毛亨郑玄朱熹《诗经》注释研究

魏启峰 著

中国社会科学出版社

图书在版编目（CIP）数据

毛亨郑玄朱熹《诗经》注释研究 / 魏启峰著.
北京：中国社会科学出版社，2025.4. -- ISBN 978-7
-5227-4799-6

Ⅰ．I207.222

中国国家版本馆 CIP 数据核字第 2025DT2717 号

出 版 人	赵剑英	
责任编辑	王　越	
责任校对	李　莉	
责任印制	戴　宽	

出　　版	中国社会科学出版社	
社　　址	北京鼓楼西大街甲 158 号	
邮　　编	100720	
网　　址	http://www.csspw.cn	
发 行 部	010 - 84083685	
门 市 部	010 - 84029450	
经　　销	新华书店及其他书店	

印　　刷	北京明恒达印务有限公司	
装　　订	廊坊市广阳区广增装订厂	
版　　次	2025 年 4 月第 1 版	
印　　次	2025 年 4 月第 1 次印刷	

开　　本	710×1000　1/16	
印　　张	27.25	
字　　数	434 千字	
定　　价	149.00 元	

凡购买中国社会科学出版社图书，如有质量问题请与本社营销中心联系调换
电话：010 - 84083683

前　言

一　章节安排

经学从来都是变化着的学问。研究经学，需要具备联系某一时段经学所赖以产生的具体历史情境的自觉。正如王国维主张的那样，我们对古人，应抱有一份理解与同情。一代又一代特出的经学家，皆其时饱学之士，必非无知妄说，其言当有所谓。本书名为"毛亨郑玄朱熹《诗经》注释研究"，顾名思义，旨在对汉、宋这三位杰出的《诗经》学者的注解作一番全面的探讨。但实际结果如何，由于学力所限，是笔者所不敢自信的。

以下分别介绍本书的章节安排和写作旨趣。本书共分八章。

第一章，毛传、郑笺与三《礼》，考证毛传、郑笺释语与《仪礼》《周礼》《礼记》的关系。毛亨、郑玄根据各自的理解，在《诗》与《礼》之间建立了联系。其一，笔者在孔疏的基础上，进一步辨析毛传、郑笺释语怎样由《礼》文而来。其二，对毛传、郑笺不当之处，提出己说。如《郑风·有女同车》"孟姜"一词，纠正郑玄"齐国长女"之释，认为是美女的代称。其三，指出以《礼》释《诗》的不足。如《小雅·四牡》一诗，笔者从"王事"一词及全诗情调出发，指出毛传昧于时、事的缺点。

第二章，毛传、郑笺与文献，举例指出毛传引用了《孟子》《孝经》《左传》《国语》等古籍。毛传在使用引文以释《诗》时，会另外给原文加上自己的语言。例如，在引用《国语》所记单穆公的话解《大雅·旱麓》"瞻彼旱麓，榛楛济济。岂弟君子，干禄岂弟"时，前加了"阴阳和"一语。而"阴阳"是毛公所处西汉初年流行的哲学术语。郑笺引用了《易》传、《尚书》、《春秋》经传、《论语》、《孝经》、《诗经》之文。

第三章，毛传解《诗》内容考察。其一，毛传注出了某个字在诗中所表示的意义，其实这个字因为音近的关系，借用了另一个字的词义，本书一一指出本字。例如，《周南·关雎》首章有"逑"字，毛传解为"匹也"，则"逑"借为"仇"。其二，毛传比对经文为训的注释方法。例如《邶风·蝃蝀》"朝隮于西，崇朝其雨。"传："崇，终也。从旦及食时为终朝。""崇""终"音近，传直接以本字释假借字。这是因为毛公看到了《诗经》另一篇《小雅·采绿》"终朝采绿，不盈一匊"中有"终朝"一词。其三，指出毛传训诂的错误与不足。其四，分析毛传以史证《诗》之处。其五，探究毛传注释中体现的哲学思想。

第四章，郑笺解《诗》内容考察。其一，全面考察了郑玄释字情况，有形似改字，如释《诗大序》时改"哀"为"衷"；有假借，如在解《周南·关雎》的毛传释语时以"至"解"挚"。其二，对郑笺涉及语言学的内容进行了分析归类，有以体词释谓词、明修辞、补出句子成分、释语气、分析诗句内部与诗句之间的语法关系、解《诗》中的方言词、探词源诸端。其三，指出郑笺以史证《诗》之处。其四，探究郑笺解《诗》体现的哲学思想。其五，指出郑笺中的不足与错误。

第五章，毛传、郑笺注《诗》对比。有的是于毛传、郑笺之释中有所去取。例如，《召南·采蘩》有"于以采蘩?"句，传释"于"为"於"，笺以"往"解"于"，笔者以传释为"是"。有的是郑笺给毛传提供依据，郑成毛说，等等。

第六章，朱熹《诗集传》解《诗》内容考察。其一，引书加强自己对《诗》旨的认识；其二，引书以评论《诗》中人物；其三，引前人或时人对《诗》旨的看法；其四，引时人对章旨的理解；其五，引前人或时人对句意的看法；其六，引时人对诗中人物行为发表评论；其七，引书以证词义；其八，引时人说以解名物；其九，发挥哲学思想。

第七章，毛传、郑笺、朱熹《诗集传》与赋比兴。其一，毛传将《诗经》的116篇诗标为兴，并进行了政教性的发挥。这与《周礼》及先秦学者如孔子对兴的零星且概念性解释相比较，是一次创新，是对西汉初年经学创立的独到贡献。其二，郑笺在毛传的基础上，在结合诗篇解兴时与毛传有同有异。其三，朱熹对"赋、比、兴"进行了全面的研究，在新时代里，从文本出发对三者的言说令人耳目一新。

第八章，毛传、郑笺与朱熹《诗集传》注释比较。其一是细绎出毛传、郑笺与朱熹《诗集传》注《诗》之不同点，侧重于义理；其二是对三家误说《诗经》字义句义的分析，重在语言层面。

二　写作旨趣

1. 回归国学本位

清人焦循云："一代有一代之文学。"学术也是这样，随世运而变。近代以来，国家落后，西学骤入，风云人物起而否定本土文化。此一时。不如此无以促变。改革开放三十多年来，我国社会各方面获得了极大的发展，国力增强，民生改善，对外影响显著。以此，国人的自信力得以恢复。及于学界，风向转变，传统学术升温，尤其时下新儒学，允为新学。又一时。当代，国人道德滑坡，有异化为物之虞。不如此，无以挽回世道人心。

在此形势下，从汉语言文字学的角度切入中国传统学术核心的经学，或是一件有意义的事。本书选取《诗经》注释为研究对象，主要是以研究上古汉语为目的的。清代皖学领袖戴震云：欲通经义，先知字义。诚哉斯言！《诗经》的字义，还没有弄清楚的，不是没有。《诗经》本来称为"诗"或"诗三百"，与《易经》一样，"经"字是后来加上去的。这从毛亨、郑玄注释《诗经》的著作名为《诗故训传》《郑诗笺》也可以看出。《诗经》是后来流行起来的书名。《诗》在战国时代被列为"六经"之一，是记录先王之迹的书，本身在中国文化上占有重要的地位。《诗》在汉代由于政治、学术间的互动，在当时的大儒毛亨、郑玄的手上，被经学化了。这是中国学术史上的大事。由此开启了《诗经》注释以至于整个注释学的历史。后之来者，绵延不绝，历唐之孔氏，南宋朱子，以至于今。从语言的角度切入《诗经》注释研究，要有将前人注释分为语义和义理的自觉。研究语义时，要剔除义理的影响。在语义层面，作者参考了战国《尔雅》、西汉扬雄《方言》、东汉许慎《说文解字》等小学书，阅读了清代考据学著作及近现代注《诗》之作，以求其是。当然经书是"道术未裂"时物，是知识的渊薮，人文在焉，凡礼制、历史、文学毕具。以上，都是作为文明古国的东方大国文化独立发展的产物。不皓首穷经，则无以知其所以然。于此，似乎长于理论的西学无所措手足。文化部分，个人观览主要集中于《十三经注疏》，庶几于有关人文的注释得其原委。清人云：不通众经，难治一经。

但取以上路径，并不意味着拒斥西方学术。其实要求得真知，学人当具有较为广阔的视野，《庄子》有关"海若""井底之蛙"的寓言，应以为戒。我国文化的演进，本身就昭示我们。汉末印度佛教渐入中土，使得我国儒学为主的面貌变化至巨，语言学上的"反切"就借鉴自梵文。唐代禅学的兴起，从中可以窥见国人融化新知的智慧。比如在当代，西方阐释学被引进，认为一部作品之解释，因时而变，在此过程中掺入了阐释者的主体意识。这当然是成立的。我国明代钟惺的"《诗》为活物"说，① 甚至战国时期孟子就讲"知人论世"，这两位学者的看法与西人是相通的。参考中西先贤时哲所言，可启发我们了解人类精神现象的实际。中西学术，一重理论，一反是，故各有特色。观诸毛、郑、朱《诗》注，可知此言不诬。三者在思想层面都是以今注古、推陈出新的，目的都指向当下。

2. 体式

本书在形式上似乎给人一种"大杂烩"的感觉，不合于流行的写法。作者要说明的是，这是由研究对象的性质决定的。我们知道，我国古代的经学，用今天的眼光看，还真有一种"一锅煮"的作派。这要从我国学科分类的发展过程来看。我国现代学科分类采用的是西方的体系，例如分为哲学、历史学、语言学、建筑学等。1952 年大学院系调整，使这种分法得以定型。这属于国际接轨，当然这种作法是可取的，于教学、管理自有便利，但一个人文学者却不可以此自限。而我国古代的学术是综合型的，浑然一体。本书研究的《诗经》注释，反映的是我国古代的文化、语言、文学、历史、思想、政治、民俗等，无所不包。毛、郑、朱在其书中，都涉及了广博的知识领域。这就不得不一一应对。研究经书，就要设身处地替古人想，切忌以今日之见，讥古人之愚。例如，作者顺着这个思路，察看了一下西周到东汉末哲学思想的实际演进，发现

---

① 刘毓庆：《从经学到文学——明代〈诗〉学史论》，商务印书馆 2001 年版，第 347 页。

郑玄笺诗，好以后起之思想观念说周人之行事。须知思想是人们创造出来的，前代与后代不会相同。博学如彼，有意邪？无意邪？不得而知。另外本人心仪清代朴学的精神，览段、王诸大师遗书，一条一条，平实写出，累代之语学纰漏，一朝烛照。有感于是，故不揣形陋，采用了中国传统小学书的写作体式，不慕"彼都人士，狐裘黄黄"抑或"天宝当年时世妆"了。

目　　录

第一章　毛传、郑笺与三《礼》 …………………………………（1）

　　第一节　毛传、郑笺与《仪礼》 …………………………………（1）

　　第二节　毛传、郑笺与《周礼》 …………………………………（10）

　　第三节　毛传、郑笺与《礼记》 …………………………………（23）

　　第四节　毛传、郑笺以《礼》解《诗》之不同 …………………（35）

第二章　毛传、郑笺与文献 ………………………………………（37）

　　第一节　毛传与文献 ………………………………………………（37）

　　第二节　郑笺与文献 ………………………………………………（48）

　　第三节　毛传、郑笺引用文献释《诗》之评析 …………………（61）

第三章　毛传解《诗》内容考察 …………………………………（69）

　　第一节　毛传的注释方法 …………………………………………（69）

　　第二节　毛传释字辨析 ……………………………………………（101）

　　第三节　毛传注释体现的哲学思想 ………………………………（192）

　　第四节　毛传训诂的不足与错误 …………………………………（196）

第四章　郑笺解《诗》内容考察 …………………………………（242）

　　第一节　郑笺释字辨析 ……………………………………………（242）

　　第二节　郑笺对《诗》句的语言学解释 …………………………（271）

　　第三节　郑笺以史证《诗》 ………………………………………（294）

　　第四节　郑笺解《诗》体现的哲学思想 …………………………（298）

第五节　郑笺训诂的错误 ………………………………………（304）

第五章　毛传、郑笺注《诗》对比 ………………………………（331）
　第一节　毛传、郑笺均正确 ……………………………………（332）
　第二节　毛传正确郑笺错误 ……………………………………（337）
　第三节　郑笺正确毛传错误 ……………………………………（342）
　第四节　毛传、郑笺皆可通 ……………………………………（354）
　第五节　毛传、郑笺俱错误 ……………………………………（358）
　第六节　郑笺更重文献依据 ……………………………………（360）

第六章　朱熹《诗集传》解《诗》内容考察 ……………………（362）
　第一节　引书加强自己对《诗》旨的认识 ……………………（362）
　第二节　引书以评论诗中人物 …………………………………（363）
　第三节　引前人或时人对《诗》旨的看法 ……………………（364）
　第四节　引时人对章旨的理解 …………………………………（364）
　第五节　引前人或时人对句意的看法 …………………………（364）
　第六节　引时人对诗中人物行为发表的评论 …………………（365）
　第七节　引书以证词义 …………………………………………（366）
　第八节　引时人说以解名物 ……………………………………（367）
　第九节　发挥哲学思想 …………………………………………（367）

第七章　毛传、郑笺、朱熹《诗集传》与赋比兴 ………………（369）
　第一节　《周礼》《论语》与兴 …………………………………（369）
　第二节　毛传、郑笺与兴 ………………………………………（372）
　第三节　朱熹《诗集传》与赋比兴 ……………………………（388）

第八章　毛传、郑笺与朱熹《诗集传》注释比较 ………………（395）
　第一节　毛传、郑笺与朱熹《诗集传》解《诗》不同 ………（395）
　第二节　毛传、郑笺、朱熹《诗集传》错误分析 ……………（410）

参考文献 ……………………………………………………………（417）

第 一 章

毛传、郑笺与三《礼》

"三礼"一词是后人对《仪礼》《周礼》《礼记》三部儒家典籍的合称，它们的内容和成书目的既不同，在政治、学术及塑造中国人精神方面的功能迥然有异，在历史时段上的呈现也有前后之别。毛亨、郑玄作为两汉时期的一流学者，生当"经学开辟时代"①，其礼学修养都可谓深邃。以此，他们在注释《诗经》时自觉不自觉地以《礼》为说。一方面，这显示出他们丰厚的学养及儒者情怀；另一方面，以《礼》说诗，在很多时候与《诗》之为诗产生了疏离，客观上泯灭了《诗》《礼》二经的界限。鉴于引用三《礼》是两位经师说诗之大宗，故本文单列一章论析之。

第一节　毛传、郑笺与《仪礼》

在三《礼》中，最先成为显学的是《仪礼》。秦焚书，赖学者讽诵，到了西汉初，鲁高堂生以十七篇教。因为是凭记忆用当时通行的文字——隶书写下来，当然是今文学。② 今文学在当时是新学③，与现实政

---

① （清）皮锡瑞，周予同校注：《经学历史》，中华书局 2008 年版，第 3 页。

② 与之相对的古文经用古文字书写，从近年来出土的《孔子诗论》等竹书来看，古文字当指战国文字。秦始皇统一六国之后，行小篆。高堂生用以书写十七篇《仪礼》的字体应是汉隶。

③ 这里的"新学"，意思是为刚建立的西汉帝国服务的学术，而非清康有为《新学伪经考》之"新学"，彼"新学"意为王莽所建新朝之学，"新"为朝代名。注（5）中的"古学"指王莽、刘歆复古之学。

治有关①，为朝廷的礼制建设所急需，所以得到重视。据《史记·儒林传》，高堂生弟子徐生以善礼容为礼官大夫②，其孙及后学并得以任官。传至东汉末，郑玄结合古《仪礼》为作注。不过到了那时，政治性《仪礼》学兴盛的时代早已过去了。下面举例分析传、笺与《仪礼》之间的关联。

一 毛传、郑笺用《仪礼》之制度、语词说诗

1. 雍雍鸣雁，旭日始旦。(《邶风·匏有苦叶》)

传：纳采用雁。旭日始出，谓大昕之时。

《仪礼·士昏礼》："下达，纳采用雁。"昏礼有六：纳采，问名，纳吉，纳徵，请期，亲迎。礼文意为，男方向媒氏下通其言，女方答应，男方向女方纳采择之礼，用雁。传将"旭日始旦"解为"大昕之时"，使诗句与《士昏礼》文也发生了联系。《士昏礼》记云："士昏礼，凡有事必用昏、昕，受诸祢庙。"③ 据唐代贾公彦疏，昏礼六个环节之中，亲迎时用昏，其他五项都以昕。经过毛传的一番疏通，诗句好像成了昏礼的流程之一。但诗与礼终究是两种文献，产生的时代不同，表达的内容也不同。《匏有苦叶》全诗四章，整体读下来，应是年轻女子急嫁之辞。西汉的经学家解《诗》，重在以其为依托，以学问家的姿态，阐释诗句中的社会意义，为当时的文化建设服务。女诗人在秋天的早晨听到雁鸣（"雍雍鸣雁，旭日始旦"），以此为由头，唱出了"士如归妻，迨冰未泮！"这才是她的心事。毛传将"雁"与《士昏礼》中的"雁"联系起来，将"旭日始旦"与《士昏礼》中的"昕"联系起来，不能不说是天才般的创造。但在今天，因为时代已经不同于毛公所处的西汉初，我们完全可

---

① 蒋庆认为公羊学是政治儒学，这是很有道理的［见其著《公羊学引论——儒家的政治智慧与历史使命》(修订本)，海峡出版发行集团、福建教育出版社 2014 年版］。古文学后起，是旧学，更侧重于学术研究的意味，西汉末，刘歆为属于古文学的《周礼》争国家学术的地位，由于当时今文学尚炽，没有成功。当然刘歆作为大学者，其争立举动的背后也有明确的政治目的。详见下文。

② 善礼容，就是在举行礼仪的正式场合，其进退、揖让、还转及表情等外见的方面都能做得恰到好处。

③ （东汉）郑玄注，（唐）贾公彦疏，王辉整理：《仪礼注疏》，上海古籍出版社 2008 年版，第 140 页。

以重新认识《诗》与《礼》两种经典不同的属性，尊重各自的价值，而对该诗作出自己的解读。

《礼记·文王世子》："天子视学，大昕……"传"旭日始出，谓大昕之时"之"大昕"一词，见于《礼记·文王世子》："天子视学，大昕鼓徵，所以惊众也。"郑玄注："早眛爽击鼓，以召众也。"显然，毛传将记时之诗句"旭日始旦"解作"大昕之时"，用《礼》语替代了《诗》语。

2. 出宿于泲，饮饯于祢。（《邶风·泉水》）

传：泲，地名。祖而舍軷，饮酒于其侧曰饯，重始有事于道也。祢，地名。

出宿于干，饮饯于言。（《邶风·泉水》）

传：干、言，所适国郊也。

《泉水》共四章，据诗《序》，是嫁于诸侯的卫女思归宁而不得之诗。其说可从。因为此诗第一章曰："有怀于卫，靡日不思。"第四章曰："我思肥泉，兹之用叹。驾言出游，以写我忧。""思归"是全诗的主题。这从关键词"怀""思""叹""忧"可以看出。第二章、第三章出现的"泲""祢""干""言"，综合毛传，应是卫女所嫁国之郊的四个地名。这位思念父母之国心切的卫女，由于当时的礼法规定，最终却没有回成娘家。所以"出宿于泲，饮饯于祢""出宿于干，饮饯于言"只不过是写她的心理活动而已。重章叠唱，抒发了她思乡的真挚情感。但"出宿""饮饯"却有当时的礼制背景。传在解释"饯"时用了"祖而舍軷，饮酒于其侧"一语，这是以《仪礼》为根据的。《仪礼·聘礼》："出祖，释軷，祭酒脯，乃饮酒于其侧。"[1] 把传的释语与《聘礼》对照可知，"祖而舍軷"由"出祖，释軷"而来，"舍"即"释"。传所谓"祖"，还见于别的诗篇。《大雅·烝民》："仲山甫出祖。"笺云："祖者，将行范軷之祭也。"又《大雅·韩奕》："韩侯出祖，出宿于屠。显父饯之，清酒百壶。"笺云："祖，将去而范軷也。饯送之，故有酒。"传"舍軷"之"軷"也见于《诗经》。《大雅·生民》："载谋载惟，取萧祭脂，取羝

---

① （东汉）郑玄注，（唐）贾公彦疏，王辉整理：《仪礼注疏》，上海古籍出版社 2008 年版，第 725 页。

以軷。"传："軷，道祭也。"由此看，"軷"先出，单用，此后才有"释軷"或"舍軷"的组合。

那么"軷"或"释（舍）軷"这种"道祭"怎样实施呢？郑玄在注《聘礼》"出祖，释軷"时写道："祖，始也。既受聘享之礼，行出国门，止陈车骑，释酒脯之奠于軷，为行始也。《诗传》曰：'軷，道祭也。'谓祭道路之神；《春秋传》曰：'軷涉山川'，然则軷，山行之名也。道路以阻险为难，是以委土为山，或伏牲其上，使者为軷，祭酒脯祈告也。卿大夫处者于是饯之，饮酒于其侧。礼毕，乘车轹之而遂行，舍于近郊矣。其牲犬羊可也。"① 再看许慎的解释。《说文·车部》："軷，出将有事于道，必先告其神，立坛四通，树茅以依神为軷。既祭犯軷，轹牲而行曰范軷。"② 则"軷"为依神之物；"释軷"即许所谓"祭犯軷"，也就是郑之"释酒脯之奠于軷"；"范軷"即"轹牲而行"。另外笺解《聘礼》之"祖"为"始""为行始"，这是可以商榷的。其实"祖"即《大雅·烝民》"仲山甫出祖"、《韩奕》"韩侯出祖"之"祖"，祭道神之义，"祖"的初文是"且"，象神主之形，后来加"示"旁为"祖"，因为出行祭道神时要陈列道神的神主，所以这种活动也叫"祖"；"释軷"一名则重在祭物。很明显，《仪礼·聘礼》"出祖，释軷"之"出祖"来自《诗经·大雅·烝民》《韩奕》之"出祖"，"祖"的意思应该一致。《诗经》或言"軷"，或言"出祖"；《仪礼》后出③，言"出祖释軷"，给"軷"字前加上"释"组成双音词"释軷"，再和"出祖"组合成四字句"出祖释軷"；毛传之"祖而舍軷"由《仪礼》"出祖释軷"来而稍变，"舍""释"通。

3. 焉得谖草，言树之背。（《卫风·伯兮》）

传：背，北堂也。

传用为训释语的"北堂"一词从何而来？《仪礼·士昏礼》云："妇洗在北堂，直室东隅。"郑玄注："北堂，房中半以北。"贾公彦疏："房

---

① （东汉）郑玄注，（唐）贾公彦疏，王辉整理：《仪礼注疏》，上海古籍出版社 2008 年版，第 725 页。

② （东汉）许慎撰，（清）段玉裁注：《说文解字注》，上海古籍出版社 1988 年版，第 727 页。

③ 沈文倬认为《仪礼》的撰作时间在春秋以后即从孔子弟子开始。见其著《略论礼典的实行和〈仪礼〉书本的撰作》（上），载《文史》第十五辑。

与室相连为之，房无北壁，故得北堂之名。"① 又《特牲馈食礼》："尊两壶于房中西墉下，南上。内宾立于其北，东面，西上。宗妇北堂，东面，北上。"郑玄注："北堂，中房而北。"② 清陈奂《诗毛氏传疏》云："北堂，燕寝之北堂也。古人居室之制，为五架之屋，前有堂，后有房有室，室西房东。入处在于室，治事在于房中。房在堂北，谓之北堂。……室之北有北牖，房之北有北阶。北阶下有余地可以树草，故妇人于房中偶见生伤，欲得善忘之草以树之者，谓此也。北堂正指北堂阶下。"③ 袁行霈先生由"北堂"的设置对诗中女主人公的社会地位作了推论，他说："迄今，两周考古发现建有北阶之建筑遗迹，或为宗庙祭祀之地，或为官邸贵府，绝非平民之居室。此诗女子欲于北堂之下，树以忘忧之草，乃随口而出，非有比拟想象之思，故此妇人必有一定地位。"④

4. 有女同车，颜如舜华。（《郑风·有女同车》）

传：亲迎同车也。

有女同行，颜如舜英。（《郑风·有女同车》）

笺：女始乘车，婿御轮三周，御者代婿。

《仪礼·士昏礼》云："婿御妇车，授绥，姆辞不受。妇乘以几，姆加景。乃驱，御者代。婿乘其车，先，俟于门外。"⑤ 这段礼文讲的是士娶妻时从妇家到自己家情形，句义为：婿先是驾妇车，妇登车时婿给妇授绥（登车所执），但是给和妇一起的姆授绥时，姆谦而不受。妇坐车时带了几以凭依，姆给妇加上罩在外面的单衣以防尘。坐好之后驱车，另有御者代婿驾妇车。婿则坐上自己的车，走在前面，先到，在自家门口等着。传据礼解诗，所谓"亲迎同车"就指从妻家启程时婿驾妇车之时。第二章云："有女同行，颜如舜英。"据笺，也是刚从妇家离开时。《士昏礼》是讲周代士这一阶层结婚的礼节，从诗所咏婚礼的排场

---

① （东汉）郑玄注，（唐）贾公彦疏，王辉整理：《仪礼注疏》，上海古籍出版社 2008 年版，第 147 页。

② （东汉）郑玄注，（唐）贾公彦疏，王辉整理：《仪礼注疏》，上海古籍出版社 2008 年版，第 1425—1426 页。

③ （清）陈奂：《诗毛氏传疏（一）》，山东友谊书社 1992 年版，第 347 页。

④ 袁行霈、徐建委、程苏东撰：《诗经国风新注》，中华书局 2018 年版，第 227 页。

⑤ （东汉）郑玄注，（唐）贾公彦疏，王辉整理：《仪礼注疏》，上海古籍出版社 2008 年版，第 115—116 页。

（有车）及男主人公的服饰（"将翱将翔，佩玉将将"）来看，与士的身份是吻合的。

5. 衣锦褧衣，裳锦褧裳。（《郑风·丰》）

笺：褧，禅也，盖以禅縠为之中衣。裳用锦，而上加禅縠焉，为其文之大著也。庶人之妻嫁服也。士妻纯衣纁袡。

《仪礼·士昏礼》云："女次，纯衣，纁袡，立于房中南面。"此为新娘盛服等待婿的到来。士妻是怎样的装束呢？郑注曰："次，首饰也，今时髲也。《周礼》'追师掌为副编次'。纯衣，丝衣。女从者毕袗玄，则此衣亦玄矣。袡，亦缘也。袡之言任也。以纁缘其衣，象阴气上任也。凡妇人之服不常施袡之衣，盛婚礼，为此服。《丧大记》曰'复衣不以袡'，明非常。"① 郑玄通过与《士昏礼》所载对士妻待嫁时服饰的说明，认为《丰》诗"衣锦褧衣，裳锦褧裳"描写的是"庶人之妻嫁服"，从礼制上区别了士、庶之妻婚服的差异，结论是可信的，这也与近代现代学者《风》诗多为下层平民之歌谣的观点相合。

6. 采菽采菽，筐之筥之。（《小雅·采菽》）

传：菽所以芼大牢而待君子也。羊则苦，豕则薇。

《仪礼·公食大夫礼》："铏芼：牛藿，羊苦，豕薇，皆有滑。"② 郑注："藿，豆叶也。""采菽"句笺云："菽，大豆也。"则"菽""藿"是大豆的籽实与叶的名称，《诗》以"菽"，恰与"筥"押韵；《仪礼》以"藿"。毛传的"菽"对应《仪礼》的"藿"。诗为什么用"菽"而不用"藿"呢？"菽"上古音韵部属觉部，"筥"上古音韵部为鱼部。王力将鱼部拟为 a，将觉部拟为 uk，③ 鱼部为阴声韵部，觉部为入声韵部，顾炎武根据《诗经》押韵的实际，将入声并入相应的阴声；鱼、觉主要元音相近。所以本书认为"菽""筥"是押韵的。

① （东汉）郑玄注，（唐）贾公彦疏，王辉整理：《仪礼注疏》，上海古籍出版社2008年版，第111页。

② （东汉）郑玄注，（唐）贾公彦疏，王辉整理：《仪礼注疏》，上海古籍出版社2008年版，第809页。

③ 王力：《诗经韵读 楚辞韵读》，中国人民大学出版社2012年版，第9页。

二　郑笺启发对《仪礼》经文形成的认识

君子有酒，嘉宾式燕绥之。（《小雅·南有嘉鱼》）

笺云：绥，安也。与嘉宾燕饮而安之。《乡饮酒》曰："宾以我安。"

孔颖达疏：案《乡饮酒》无"以我安"之文。《燕礼》："司正洗角觯，南面奠于中庭，① 升，东楹之东受命，西阶上北面命卿、大夫：'君曰：以我安卿、大夫。'皆对曰：'诺！敢不安？'"②

《燕礼》一篇，此前的内容为各类人员准备礼仪所需的物品、卿大夫入门、命宾、公就席、代表公的主人与宾之间的献、酢、公酬宾、宾旅酬卿大夫、主人献卿大夫、工歌、笙奏等。这些重在仪式，主敬。以下进入宴会环节，司正代表公安客。司正向卿、大夫转述君的话："以我安卿、大夫。""我"是君的自称。"以我安卿、大夫"是状中短语，由介词短语"以我"修饰动宾短语"安卿、大夫"构成。郑玄所谓"宾以我安"是"以我安卿、大夫"的另一说法，是将动词谓语句变为受事主语句："宾"即"卿、大夫"，"宾"就主、客对立而言，"卿、大夫"就宾的爵位而言。细读《燕礼》全文，有句云："公与客燕，曰：'寡君有不腆之酒，……'"③ 很显然，其中"寡君有不腆之酒"由诗句"君子有酒"而来。而"以我安卿、大夫"（郑玄所谓"宾以我安"）也即诗句"嘉宾式燕绥之"的翻版：《燕礼》的作者和郑玄都用"以"替换"式"，视"式"为介词，并给"以"补出宾语"我"（从逻辑上讲，诗句"君子有酒"之"君子"、《燕礼》司正所言"君曰"之"君"、司正转述公的话"以我安卿、大夫"的"我"都是同指的）；以"安"替换"燕、绥"，都是动词，"安"为今语词④，"燕、绥"俱为古语词，同义连文。从时代上讲，先有诗句，《燕礼》的作者采之以为礼文，郑玄以礼笺诗，

---

① "奠于中庭"，此句今《燕礼》为"坐奠于中庭"。见（东汉）郑玄注，（唐）贾公彦疏，王辉整理《仪礼注疏》，上海古籍出版社2008年版，第433页。

② （西汉）毛亨传，（东汉）郑玄笺，（唐）孔颖达疏，龚抗云、胡渐逵整理：《毛诗正义》，北京大学出版社1999年版，第613页。

③ （东汉）郑玄注，（唐）贾公彦疏，王辉整理：《仪礼注疏》，上海古籍出版社2008年版，第447页。

④ 此处"今语词"之"今"，指郑玄所处的东汉末。

我们于此可以细绎出诗、礼、笺所用语词的关系，连带对《仪礼》经文的生成有一定的认识。

三 郑笺引《仪礼》发《诗》之未及

君子有酒，酌言献之。（《小雅·瓠叶》第二章）

传：献，奏也。

笺云：饮酒之礼，既奏酒于宾，乃荐羞。

君子有酒，酌言酢之。（《小雅·瓠叶》第三章）

传：酢，报也。

笺云：报者，宾既卒爵，洗而酌主人也。

君子有酒，酌言酬之。（《小雅·瓠叶》末章）

传：酬，道饮也。

正如孔疏所说，关于饮酒之礼的礼节"献""酢""酬"，郑玄皆引《仪礼·乡饮酒》《燕礼》为说。现将《瓠叶》此三章与《乡饮酒礼》作一对照。与"君子有酒，酌言献之"对应的《乡饮酒礼》文为："主人坐取爵，实之，宾之席前西北面献宾。"① "主人"即乡饮酒礼整个仪式的主办者。郑玄对《乡饮酒礼》文第一句"主人就先生而谋宾、介"注曰："主人，谓诸侯之乡大夫也。""主人"是乡的行政长官。诗句的"君子"即礼的"主人"；诗句的"酌"，意思是斟酒，相当于礼文的"实"，实用如动词，即形容词的使动用法；诗的"献"也即礼的"献"；诗句"献"的接受者不明，根据礼文，则是献给了"宾"。从诗里也看不到盛酒的器名，笺所谓"宾既卒爵"，则酒具名为"爵"，也是来自礼文："宾西阶上，北面，坐卒爵，兴，坐奠爵，遂拜，执爵兴。主人阼阶上答拜。"诗句"酌言酢之"对应的礼文为："宾实爵，主人之席前东南面酢主人。……主人进受爵，复位。……坐卒爵。"② 由礼文看，这次盛酒的人是宾，而在诗句中没有出现。诗句中有"主人"，根据礼，则不是发出

---

① （东汉）郑玄注，（唐）贾公彦疏，王辉整理：《仪礼注疏》，上海古籍出版社 2008 年版，第 205 页。

② （东汉）郑玄注，（唐）贾公彦疏，王辉整理：《仪礼注疏》，上海古籍出版社 2008 年版，第 212 页。

"酌言酢之"动作的人。诗句"君子有酒，酌言酬之"对应的礼文是："主人实觯酬宾，……遂饮，卒觯，兴。坐奠觯，遂拜，执觯兴。……降洗，……升……实觯宾之席前，北面。……奠觯于荐西。宾辞，坐取觯，复位。……北面坐奠觯于荐东，复位。"① 这一次，诗的"君子"即礼的"主人"；从诗里也看不出"酬"的对象，礼告诉我们，"酬"的对象是"宾"；诗要求语言简练，"酬"所用酒具没有出现，根据礼，则知道这次用的酒具是"觯"，而不再是爵。

此例我们受到传、笺以礼解诗的启示，探索了《诗经》中有些以仪式为描写内容的诗中，由于诗体限制而未显的礼节和器物。从周初史实看，周代自从周公制礼作乐以后，变殷之质，真正进入了孔子所谓"郁郁乎文哉"的时代。当代学者说，"《诗经》的产生、编辑与流传，和周代礼乐制度的息息相关"②。那么，《诗经》中有的诗将礼乐本身作为描写对象是很自然的。

四　毛传援《仪礼》说诗有乖诗意

岂不怀归？王事靡盬，不遑启处！（《小雅·四牡》）

传：臣受命，舍币于祢乃行。

《仪礼·聘礼》云："君与卿图事，遂命使者。使者再拜稽首辞，君不许，乃退。……厥明，宾朝服，释币于祢。……又释币于行，遂受命。……遂行，舍于郊，敛膰。"③ 记载的是从诸侯国君与卿商讨出使事宜，选派使者，到使者上路的一系列仪节。"释币于祢"是派为使者的"宾"告考庙，"释币于行"是行前祭路神，下来是亲受国君的使命，出发。传文引括礼文而成。毛亨将诗句的"王事靡盬"与礼文的"臣受命"联系起来，以为"王事"即是"臣受命"之"臣"接受下来的所使之

---

① （东汉）郑玄注，（唐）贾公彦疏，王辉整理：《仪礼注疏》，上海古籍出版社 2008 年版，第 213—214 页。

② 刘跃进主编：《中国文学通史·先秦至隋代文学》，凤凰出版传媒集团、江苏文艺出版社 2013 年版，第 38 页。

③ （东汉）郑玄注，（唐）贾公彦疏，王辉整理：《仪礼注疏》，上海古籍出版社 2008 年版，第 574—586 页。

事。其实"王事"之"王"指当时统治天下之王①，"臣受命"之"臣"即使臣，其爵为卿，"受命"是接受诸侯国君之命。再从文本方面来分析。《四牡》共五章。第一章曰："岂不怀归？王事靡盬，我心伤悲！"第二章曰："王事靡盬，不遑启处！"第三章曰："不遑将父！"第四章曰："不遑将母！"第五章曰："是用作歌，将母来谂！"综合起来，作者是东周王朝的一位使臣，主题是叹苦思亲，这从末章总结之词可以明确。所以"王事靡盬，不遑启处！"是诗人真情流露，读者可以体会出诗句所表现的怨悱之情。传引《聘礼》解释本句，除了"使臣"的作者身份，时、事方面都与诗的本意不相切合。

第二节　毛传、郑笺与《周礼》

《周礼》与《仪礼》同为周公"制礼作乐"中"礼"的内容，二者是不同的。②《礼记·礼器》云："《礼》者，体也。"此"《礼》"即《周礼》。《周礼》在东汉名为《周官》。《汉书·艺文志》云"《周官》经六篇"，即《天官冢宰》《地官司徒》《春官宗伯》《夏官司马》《秋官司寇》《冬官考功记》六篇。《周礼》讲的是政官的设置与相应的职能，故为体。又《礼记·祭义》云："《礼》者，履此者也。"③此"《礼》"即《仪礼》。《仪礼》规定了社会各种场合下的仪节，重在践履，故为履。《周礼》与《仪礼》的不同，用《左传》的话来说，就是"礼"与"仪"的不同。

---

① 《四牡》小序："劳使臣之来也。有功而见知则说矣。"笺云："文王为西伯之时，三分天下有其二，以服事殷。使臣以王事往来于其职，于其来也，陈其功苦以歌乐之。""文王"是追称，则郑以"王"为殷纣王。未免过早。现代学者多认为《小雅》是东周作品。此诗开头两句云："四牡騑騑，周道倭迟。"传："周道，岐周之道。"解"周道"为"岐周之道"，则"周"为"岐周"，范围过于狭小。"岐周""宗周""成周"，都有一"周"字，但所指不一。"周道"之"周"所指，范围包括整个周王朝，时间则在周平王东迁洛邑以后。所以"王事"之"王"应是平王东迁之后不久的某一周王。

② 《礼记·明堂位》："武王崩，成王幼弱，周公践天子之位，以治天下。六年，朝诸侯于明堂，制礼作乐，颁度量，而天下大服。"（东汉）郑玄注，（唐）孔颖达疏，龚抗云整理：《礼记正义》，北京大学出版社2000年版，第1088页。

③ （东汉）郑玄注，（唐）孔颖达疏，龚抗云整理：《礼记正义》，北京大学出版社2000年版，第1556页。

据《汉书》所载，西汉景、武之际，河间献王开献书之路，得《周官》于民间，入秘府。成帝时刘歆校理秘书，得见之，以为是周公致太平之书。欲立于学官，但当时还是今文经的天下，而《周礼》是古文经，为诸儒所排，未得立。王莽代汉，歆为国师，《周礼》取得了与今文经《仪礼》同样的国学地位。东汉一代，研究《周礼》的学者有杜子春、郑兴、郑众父子、卫宏、贾逵、马融、郑玄，而郑玄为集大成者。这样，他在作《毛诗笺》时，轻车熟路，就自然地引用了《周礼》的相关文字。

一　毛传、郑笺以《周礼》名物解《诗》

《召南·采蘩》："于以采蘩？于沼于沚。"传："公侯夫人执蘩菜以助祭，神飨德与信，不求备焉，沼沚溪涧之草，犹可以荐。"笺云："'执蘩菜'者，以豆荐蘩菹。"传解释了采蘩的用处是用来祭祀。笺根据《周礼》，对传所谓"执蘩菜"作了进一步的发挥，指出祭祀时盛蘩菜的礼器名为豆。《周礼·天官冢宰·醢人》云："醢人，掌四豆之实。"其中朝事之豆实有"韭菹""昌本""菁菹""茆菹"，馈食之豆实有"葵菹""脾析""蜃""豚拍"，① 又云："凡祭祀，共荐羞之豆实。"② 《周礼》中虽没有明确地提到"蘩菹"，郑玄作了合理的引申，仿照《周礼》"……菹"的词例，造了"蘩菹"一词。

《小雅·出车》第二章："我出我车，于彼郊矣。设此旐矣，建彼旄矣。"传："龟、蛇曰旐。"又"彼旟旐斯，胡不旆旆？"传："鸟隼曰旟。"第三章"出车彭彭，旂旐央央。"传："交龙为旂。"《小雅·六月》"四牡骙骙，载是常服。"传："日月为常。""日月为常""交龙为旂""鸟隼曰旟""龟、蛇曰旐"皆出《周礼·春官·司常》，云："司常，掌九旗之物名，各有属，以待国事。日月为常，交龙为旂，通帛为旃，杂帛为物，熊虎为旗，鸟隼为旟，龟蛇为旐，全羽为旞，析羽

---

① （东汉）郑玄注，（唐）贾公彦疏，彭林整理：《周礼注疏》，上海古籍出版社 2010 年版，第 189—190 页。

② （东汉）郑玄注，（唐）贾公彦疏，彭林整理：《周礼注疏》，上海古籍出版社 2010 年版，第 192 页。

为旌。"①

《小雅·彤弓》："彤弓弨兮，受言藏之。"传："彤弓，朱弓也，以讲德习射。"《周礼·夏官·司弓矢》"唐弓、大弓以授学射者、使者、劳者。"郑玄注："学射者，弓用中，后习强，弱则易也。使者、劳者，弓亦用中，远近可也。劳者，勤劳王事，若晋文侯、文公受王弓矢之赐也。"② 毛以彤弓当《周礼》之唐弓、大弓，其所谓"讲德"即王授给使者、劳者以表功，"习射"即授与学射者用之。

《小雅·六月》："比物四骊。"传："物，毛物也。"毛传的意思是说，这里的物是毛物之物，是依据《周礼》作的传。《周礼·夏官·校人》："凡大祭祀、朝觐、会同，毛马而颁之。凡军事，物马而颁之。"郑玄注："毛马，齐其色。物马，齐其力。"③ 传训释语"毛物也"之"毛"，即"凡大祭祀、朝觐、会同，毛马而颁之"之"毛"，"毛物也"之"物"，即"凡军事，物马而颁之"之"物"。军事齐力尚强，"比物"义即挑选齐力之马。

《小雅·车攻》第二章："田车既好，四牡孔阜，东有甫草，驾言行狩。"传："田者，大芟草以为防，或舍其中。褐缠旃以为门，裘缠质以为槸，间容握，驱而入，击则不得入。之左者之左，之右者之右，然后焚而射焉。天子发然后诸侯发，诸侯发然后大夫、士发。天子发抗大绥，诸侯发抗小绥，献禽于其下，故战不出顷，田不出防，不逐奔走，古之道也。"《周礼·夏官司马》："大司马之职，……中夏，教茇舍，如振旅之陈。……中秋……中冬，教大阅。前期，群吏戒众庶修战法。虞人莱所田之野，为表，百步则一，为三表。又五十步为一表。田之日，司马建旗于后表之中，群吏以旗、物、鼓、铎、镯、铙，各帅其民而致。质明，弊旗，诛后至者。乃陈车徒，如战之陈，皆坐。……遂以狩田，以旌为左右和之门，群吏各帅其车徒以叙和出，左右陈车徒，

_____

① （东汉）郑玄注，（唐）贾公彦疏，彭林整理：《周礼注疏》，上海古籍出版社 2010 年版，第 1054—1055 页。

② （东汉）郑玄注，（唐）贾公彦疏，彭林整理：《周礼注疏》，上海古籍出版社 2010 年版，第 1233—1234 页。

③ （东汉）郑玄注，（唐）贾公彦疏，彭林整理：《周礼注疏》，上海古籍出版社 2010 年版，第 1256—1258 页。

有司平之。"① 传之"大芟草以为防，或舍其中"相当于大司马职"芟舍"。据《说文·艸部》"芟"的本义为草根，引申之，拔出草根亦谓之"芟"。"芟舍"意为拔草而舍。传之"褐缠旃以为门"对应"以旌为左右和之门"，"驱而入"也与"群吏各帅其车徒以叙和出"有关。

《小雅·采菽》第一章："又何予之？玄衮及黼。"传："白与黑谓之黼。"此传文出自《周礼·冬官·考工记》，云："画缋之事，……白与黑谓之黼。"② 第二章："觱沸槛泉，言采其芹。"笺云："芹，菜也，可以为菹，亦所用待君子也。我使采其水中芹者，尚洁清也。《周礼》'芹菹雁醢'。"郑玄引《周礼》，说明芹之所用。《周礼·天官·醢人》云："加豆之实：芹菹，兔醢；箈菹，雁醢；笋菹，鱼醢。"③

《小雅·黍苗》第二章："我任我辇，我车我牛。"笺云："营谢转餫之役，有负任者，有挽辇者，有将车者，有牵傍牛者。""牵傍"一词，出自《周礼》。《周礼·秋官司徒》："罪隶，掌役百官府与凡有守者，掌使令之小事。凡封国若家，牛助，为牵傍。"郑注："牛助，国以牛助转徙也。罪隶牵傍之，在前曰牵，在旁曰傍。"④ 又《地官司徒·牛人》云："凡会同、军旅、行役，共其兵车之牛，与其牵傍，以载公任器。"郑玄注："牵傍，在辕外挽牛也。人御之。"⑤ 郑玄注过"三礼"，对其用词甚为熟悉，拿来笺《诗》，毫不费力。又本诗第三章："我徒我御，我师我旅。"笺云："召伯营谢邑，以兵众行。其士卒有步行者，有御兵车者。五百人为旅，五旅为师。"《周礼·夏官司马》序云："二千有五百人为师，……五百人为旅。"⑥ 笺语之"五百人为旅"引自礼文，"五旅为

---

① （东汉）郑玄注，（唐）贾公彦疏，彭林整理：《周礼注疏》，上海古籍出版社 2010 年版，第 1117—1129 页。

② （东汉）郑玄注，（唐）贾公彦疏，彭林整理：《周礼注疏》，上海古籍出版社 2010 年版，第 1605—1606 页。

③ （东汉）郑玄注，（唐）贾公彦疏，彭林整理：《周礼注疏》，上海古籍出版社 2010 年版，第 190 页。

④ （东汉）郑玄注，（唐）贾公彦疏，彭林整理：《周礼注疏》，上海古籍出版社 2010 年版，第 1401 页。

⑤ （东汉）郑玄注，（唐）贾公彦疏，彭林整理：《周礼注疏》，上海古籍出版社 2010 年版，第 457 页。

⑥ （东汉）郑玄注，（唐）贾公彦疏，彭林整理：《周礼注疏》，上海古籍出版社 2010 年版，第 1074 页。

师"是根据《周礼》规定师、旅兵员配额之数所作的解说。

二 毛传用字精当而有据

《召南·驺虞》:"壹发五豝。"传:"虞人翼五豝,以待公之发。"传交代了古代田猎制度的相关信息,补出了"五豝"的由来,指出"五豝"跟"虞人"有关。"虞人"之官见于《周礼》,其实"虞人"是概括的称谓,在《周礼》中出现的是更为具体的"山虞""泽虞"二词。其职掌不限于田猎,现在录出与田猎有关的条文。《周礼·地官·山虞》云:"若大田猎,则莱山田之野,及弊田,植虞旗于中,致禽而珥焉。"①《泽虞》云:"若大田猎,则莱泽野,及弊田,植虞旌以属禽。"② 传"虞人翼五豝,以待公之发"的意思是:虞人赶过来五头公野猪,以便公发矢来射。比较毛传与礼文,《周礼》这两条并没有规定虞人"翼"(驱也)兽的细节。要是仅根据《周礼》,我们可以说传提到,"翼"字是加上了自己合理的想象。其实不然,在《诗经》其他篇章有文本依据。《小雅·吉日》第二章:"漆沮之从,天子之所。"传:"漆沮之水,麀鹿所生也。从漆沮驱禽,而至天子之所。"第三章:"悉率左右,以燕天子。"传:"驱禽之左右,以安待天子。"③笺云:"悉驱禽顺其左右之宜,以安待王之射也。"诗句"漆沮之从",传解为"从漆沮驱禽",这就是《召南·驺虞》"壹发五豝"传中"翼"字的来源。由此例,我们看到毛亨在传中下一字,是有全盘眼光的,能解释一句诗,是因为有整部《诗经》在其胸中。传"虞人"之说,也为郑玄所采纳。《秦风·驷驖》:"奉时辰牡,辰牡孔硕。"笺云:"奉是时牡者,谓虞人也。"

三 郑笺改进毛传

《小雅·采芑》:"服其命服,朱芾斯皇,有玱葱珩。"传:"朱芾,黄朱芾也。"笺云:"命服者,命为将,受王命之服也。天子之服,韦弁

---

① (东汉)郑玄注,(唐)贾公彦疏,彭林整理:《周礼注疏》,上海古籍出版社2010年版,第592页。

② (东汉)郑玄注,(唐)贾公彦疏,彭林整理:《周礼注疏》,上海古籍出版社2010年版,第595页。

③ "驱禽之左右"为兼语句。之,动词,往也。句意为驱禽往王之左或右。

服，朱衣裳也。"《小雅·斯干》："其泣喤喤，朱芾斯皇，室家君王。"
笺云："芾者，天子纯朱，诸侯黄朱。宣王将生子，或且为诸侯，或且为
天子，皆将佩朱芾煌煌然。"《采芑》是宣王派方叔南征蛮荆之诗，方叔
是诸侯，毛将其所著命服"朱芾"具体地释为"黄朱芾"，这就暗示同样
是作为兵服的"朱芾"，天子、诸侯在颜色上是有细微差别的。郑玄在笺
《斯干》时，指出"天子纯朱"，补出了天子朱芾的具体颜色是"纯朱"。
笺所谓"天子之服，韦弁服，朱衣裳也。"服指兵服。出自《周礼·春
官·司服》，《司服》云："凡兵事，（王）韦弁服。"①郑玄注："韦弁，
以靺韦为弁，又以为衣裳。"贾公彦疏："韦弁服者，以韦为弁，又以为
服。""靺是蒨染，谓赤色也。"郑玄在这里所以要引"天子之服"，是为
了以天子兵服的颜色"韦弁服"之"朱"证方叔所著"命服"之
"朱芾"。

《大雅·文王有声》："筑城伊淢，作丰伊匹。"传："淢，成沟也。"
笺云："方十里曰成。淢，其沟也，广深各八尺。"传、笺都依据《周礼》
作解，但有详略之别。《周礼·冬官·匠人》云："九夫为井，井间广四
尺，深四尺，谓之沟；方十里为成，成间广八尺，深八尺，谓之洫。"②
是毛亨所据。笺更注出淢的广、深尺度，也是以《周礼》为依据。

四　郑笺误解《周礼》

《国风》《小雅》中的一些言情诗，郑笺强以《周礼》说之。例如：
《召南·行露》第一章："厌浥行露，岂不夙夜？谓行多露！"笺云：
"厌浥然湿，道中始有露，谓二月中嫁取时也。言我岂不知当早夜成昏礼
与？谓道中之露大多，故不行耳。今强暴之男，以此多露之时，礼不足
而强来，不度时之可否，故云然。周礼：仲春之月，令会男女之无夫家
者，行事必以昏昕。"笺所谓"仲春之月，令会男女之无夫家者"引自
《周礼·地官·媒氏》，"行事必以昏昕"引自《仪礼·士昏礼》。在这

---

① （东汉）郑玄注，（唐）贾公彦疏，彭林整理：《周礼注疏》，上海古籍出版社 2010 年
版，第 794 页。

② （东汉）郑玄注，（唐）贾公彦疏，彭林整理：《周礼注疏》，上海古籍出版社 2010 年
版，第 1674 页。

里，笺将诗句之"厌浥行露"与礼文"仲春之月"联系起来；将诗句"岂不夙夜"之"夙夜"与礼文"行事必以昏昕"之"昏昕"联系起来，以"夙"对"昕"，"夜"对"昏"。郑玄注"三礼"，对《礼》研究精到，厥功甚伟。笺的这种对应，似乎也对，但却未必。对这三句诗，他之前的毛传指为"兴"。传："兴也。"孔颖达疏："毛以为厌浥然而湿，道中有露之时，行人岂不欲早夜而行也？有是可以早夜而行之道，所以不行者，以为道中之露多，惧早夜之濡己，故不行耳。以兴彊暴之男，今来求己，我岂不欲汝为室家乎？有是欲与汝为室家之道，所以不为者，室家之礼不足，惧违礼之污身，故不为耳。似①行人之惧露，喻贞女之畏礼。"毛亨解诗时，有的诗句标为"兴"，这是其成就之一。但对于"兴"的看法，学者却有异议，比如南宋朱熹就认为"兴者，先言他物以引起所咏之辞也"。笔者认为孔、朱两家之说都有道理，不可偏废。孔颖达探后文而说，落实了兴句的涵义；朱熹就兴句在篇章中的位置而言，突出其修辞作用，但既然置于篇章中，兴句当然是有意义的。无论对"兴"的认识如何，传以为这三句是"兴"，我们认为是正确的。既然是兴，那就不必非得如笺那般以《礼》文说之。《行露》是比兴体，共三章，第一章是兴，后两章是比。第二章："谁谓雀无角，何以穿我屋？谁谓女无家，何以速我狱？虽速我狱，室家不足。"第三章："谁谓鼠无牙，何以穿我墉？谁谓女无家，何以我讼？虽速我讼，亦不女从！"首章以"行露"兴，第二章、第三章以"雀""鼠"比，女主人公拒婚之意毕现。②

《召南·摽有梅》："摽有梅，其实七兮。"传："兴也。"笺云："兴者，梅实尚余七未落，喻始衰也。谓女二十，春盛而不嫁，至夏则衰。"笺虽同意"摽有梅，其实七兮"是兴，但从其解释兴义"春盛而不嫁，至夏则衰"可以知道，郑玄是根据《周礼》"仲春之月会男女"为说。《摽有梅》是一首短诗，共三章，每章四句，为了探求诗旨，我们不妨全部引出。首章三、四句："求我庶士，迨其吉兮。"第二章："摽有梅，其

---

① "似"疑"以"之误。见（西汉）毛亨传，（东汉）郑玄笺，（唐）孔颖达疏，龚抗云、李传书、胡渐逵整理《毛诗正义》，北京大学出版社 1999 年版，第 80 页。

② 郑玄认为此诗"实讼之辞也"，本书认为与拒婚有关。

实三兮。求我庶士，迨其今兮。"末章云："摽有梅，顷筐塈之。求我庶士，迨其谓之。"总体上看，这是一首女子急嫁之诗。以梅子熟而落兴女子急于嫁人而不可暂缓的心情：梅子在树未落者始则"七"，继则"三"，终则全部落光，"顷筐塈之"。召南地区梅熟的季节在夏季，这位女歌者触景生情，发而成咏，读者正可以从梅子熟落的历程体味她情感的发展。笺以《礼》"仲春之月"说"摽有梅"，"仲春之月"即二月，那时还没有进入梅熟季节，其"务虚"不"务实"的倾向昭然若揭。

《召南·野有死麇》："有女怀春，吉士诱之。"笺云："有贞女思仲春以礼与男会，吉士使媒人道成之。疾时无礼而言然。"对于"有女怀春"，笺解为"有贞女思仲春以礼与男会"，还是以礼文为据。毛传："怀，思也。春，不暇待秋也。诱，导也。"传以秋冬为婚期，"有女怀春"意为有女子想着春天结婚。与笺不同的是：笺的女子思仲春与男会，以诗句之"春"为仲春，符合礼规定的婚期；传的女子想着春天就结婚，等不到一般用为婚期的秋冬季。朱熹解"怀春"曰："当春而有怀也。"只是直解，而没有婚期之说，但更为可取。古人有"女悲春，士悲秋"之说，女子怀春是一种自然的情感，不必硬与婚期拉扯到一起。

《邶风·匏有苦叶》第三章："士如归妻，迨冰未泮。"笺云："归妻，使之来归于己，谓请期也。冰未散，正月中以前也，二月可以昏矣。"笺以为这两句是说：士你如果要使女归于己，你就得赶在"冰未泮"的正月中以前按照礼之规定，先请期，这样你我可以在二月（即仲春）结婚了。郑玄对婚事进程的规划不可谓不周到，对诗中女子的心理揣摩得不可谓不细致。但那位女子果真就是这样想的吗？第三章共四句，前两句云："雍雍鸣雁，旭日始旦。"我们把这四句诗放到一块儿细细体味，觉得表达了一个"时"的意思。《匏有苦叶》全诗四章皆为女辞。女子以雁在"旭日始旦"的清早而鸣，兴起下二句"士如归妻，迨冰未泮"，将急于结婚之意，表达得至为直白。《诗》的时代，人们以歌达意，无所拘牵，有似天籁，所以孔子曾经评论道："诗无邪。"

《郑风·野有蔓草》："野有蔓草，零露漙兮。"笺云："蔓草而有露，谓仲春之时，草始生，霜为露也。《周礼》：'仲春之月，令会男女之无夫家者。'"① 根据郑玄对《周礼》这句话的解释，这里"令会男女"之"会"也应是结婚的意思，即笺所谓"嫁娶"。对不对呢？诗接下来是："有美一人，清扬婉兮。邂逅相遇，适我愿兮。"传："邂逅，不期而会，适其时愿。"传以"不期而会"解"邂逅"的诗句之本意。传之"会"，显然与笺"嫁娶"义之"会"不同。所以，这首诗写的是一次"会"，按诗的用词来说，就是写了一次"遇"。忠实于诗的原意的话，笺"嫁娶"之"会"不可从。

《唐风·绸缪》小序："刺晋乱也。国乱则婚姻不得其时焉。"笺云："不得其时，谓不及仲春之月。"此诗第一章曰："绸缪束薪，三星在天。"笺云："三星，谓心星也。心有尊卑，夫妇父子之象，又为二月之合宿，故嫁娶者以为候焉。昏而心星不见，嫁娶之时也。今我束薪于野，乃见其在天，则三月之末，四月之中，见于东方矣，故云'不得其时'。"笺意为，"三星"是心星，"三星在天"即心星见于东方，则是三月之末、四月之中，在这样的月份结婚，而不在仲春的二月，是不得其时，所以这首诗就是"刺"诗。关键问题是笺指"三星"为"心星"，以此为解释重点，然后展开了主观性的言说。"三星"到底是什么星，毛传认为指的是"参"星。二家都以星象对应时令，意在评论在此时令结婚的宜与不宜。我们完全可以不过分在意于"三星"，转换视角，从文本出发，重新审视这首诗。诗接着写道："今夕何夕，见此良人？子兮子兮，如此良人何？"诗人洋溢着喜悦之情，称对方为"良人"，结合古人举行婚礼在昏时的定说，我们认为此诗是在咏新婚，因之是一首美诗而非刺诗。

《陈风·东门之杨》第一章："东门之杨，其叶牂牂。"传："兴也。牂牂然，盛貌。言男女失时，不逮秋冬。"笺云："杨叶牂牂，三月中也。兴者，喻时晚也，失仲春之月。"对这两句诗的解释，传定下了调子，从婚期着眼。笺萧规曹随，没有越过雷池，只是对作为婚期的"秋冬"作了修正，改为"仲春"。就诗论诗，这两句告诉我们的信息有二：地点在"东门"；季节是"绿肥红瘦"的初夏，或者是"杨柳堪藏鸦"的暮春也无不可。^① 两位学者热衷于挖掘诗句背后的意蕴，对显而易见人人都能看懂的表面意思当然是不屑言说的。《东门之杨》是《国风》中的短章，全诗共两章，每章四句。首二句之后，第三、第四句云："昏以为期，明星煌煌。"传："期而不至也。"笺云："亲迎之礼以昏时，女留他色，不时行，乃至大星煌煌然。""昏以为期"与"明星煌煌"两句之间的逻辑关系，传以为是转折关系，在解说中以"而"字表明，笺受到传的影响，也同意传说，只是一简洁、一祥赡而已。其实这两句之间的关系可以看作顺承或平列的，"昏以为期"是叙述，直接说出了时间背景；"明星煌煌"是描写，"明星"即启明星，也就是金星，亮度大，早晨、傍晚异名，在早晨名为启明，黄昏名为"长庚"，"煌煌"为状态词。西方阐释学认为，一件作品成就了之后，对它的阐释是开放的，随时而异，因人不同。对这两句诗，我们也可以发挥赏读者的主体性而试为立异，认为诗写的是男女约会的情景。"昏以为期"之"期"，传、笺都解为"婚期"，我们现在释作"会期"，即约会之期。那么这首诗就是一首情诗，但以写景出之，正好符合中国诗论中"情景合一"的说法。

《豳风·东山》第四章："仓庚于飞，熠耀其羽。"笺云："仓庚仲春而鸣，嫁取之候也。熠耀其羽，羽显明也。归士始行之时，新合昏礼，今还，故极序其情以乐之。"《礼记·月令》："仲春之月，……始雨水，桃始华。仓庚鸣，鹰化为鸠。"^② 根据《月令》对物候的记载，加上这两句之前有"我来自东，零雨其濛"，"零雨"也是农历二月的天气特征，可以证明周公东征是在当年的仲春得胜罢兵西归，此可为以诗证史之佳例。笺的说解，有对也有错："仓庚仲春而鸣"说得对，但一定说成这位战士是在三年之前的仲春结的婚则未必；^③"熠耀其羽，羽显明也"，这才说到了点子上。因为后面两句是："之子于归，皇驳其马。"西归的士兵在路上看到仓庚飞时展翅露出的"显明"之羽，想起了他在家里的妻子刚嫁来时拉车的马儿"皇驳"亮丽——这对归士"勿士行枚"的内心喜

　① 《尔雅·释木》："杨，蒲柳。"杨、柳同种异类，故得合称。见（晋）郭璞注，（宋）邢昺疏，李传书整理《尔雅注疏》，北京大学出版社 2000 年版，第 301 页。

　② （东汉）郑玄注，（唐）孔颖达正义，龚抗云整理：《礼记正义》，北京大学出版社 2000 年版，第 550—552 页。

　③ 《东山》第二章有句云："自我不见，于今三年。"是以妻子的视角而写的。

悦之情刻画得多么传神而真切！两千年之后，我们不禁为郑君体物之细、解诗之妙而击节。

《小雅·我行其野》第一章："我行其野，蔽芾其樗。昏姻之故，言就尔居。"笺云："樗之蔽芾始生，谓仲春之时，嫁取之月。妇之父，婿之父，相谓昏姻。言，我也。我乃以此二父之命，故我就女居。我岂其无礼来乎！责之也。"这首诗共三章，每章六句。首章最后两句云："尔不我畜，复我邦家。"《我行其野》为弃妇诗，古今无异词。既然是弃妇所作，将"我行其野，蔽芾其樗"看作写当下情景更为自然。妇人因丈夫"求尔新特"（第三章诗句）而被逐出家门，返回娘家，步履蹒跚，心情落寞，意绪萧然，借写景而出之，以乐景衬托出内心的悲哀。笺以为"我行其野，蔽芾其樗"是弃妇回忆以往出嫁来时路途所见景物。"仲春"而"蔽芾其樗"，似乎也合理，但细加体味，设身处地为女主人公着想，郑笺说未免隔了一层。我们的看法与笺说不同之处有二：就时间来说，这两句是言当下而非忆从前；就表达功能来说，是表情而非达礼。中间二句为责难，末尾二句道原因，都是直陈之辞，则是显而易见无须多说的。

郑玄在以上《国风》和《小雅》共九首诗一些篇章的笺中，都认为《诗经》时代人们以仲春为婚月。这当然不是杜撰，而是据《周礼》为说的。但果真是这样吗？现引相关礼文如下：

《周礼·地官·媒氏》："媒氏，掌万民之判。凡男女，自成名以上，皆书年月日名焉。令男三十而娶，女二十而嫁。凡娶判妻入子者，皆书之。中春之月，令会男女，於是时也，奔者不禁。若无故而不用令者，罚之。司男女之无夫家者而会之。凡嫁子娶妻，入币纯帛，无过五两。禁迁葬者与嫁殇者。凡男女之阴讼，听之于胜国之社；其附于刑者，归之于士。"①

先细细读懂《媒氏》这段的意思。"媒氏，掌万民之判。"是一个主题句，意为媒氏管万民的判合。由下文看，这个"万民"包括的范围很广，有正常婚龄的"男""女"，有"中春之月，令会男女"的"男女"，

① （东汉）郑玄注，（唐）贾公彦疏，彭林整理：《周礼注疏》，上海古籍出版社 2010 年版，第 509—514 页。

有已经死了的男女，有"阴讼"的"男女"。可以看出，媒氏对婚龄的管理是其职责的一个重点，"男三十而娶，女二十而嫁"应将"男三十""女二十"理解为男女嫁娶的上限，意思是男子二十岁加冠、[①] 女子十五岁及笄，[②] 就算成年人了，可以结婚。从这时起到，男子三十岁、女子二十岁，是适于结婚的时期。之所以有这个规定，是因为古时生产力低下、依靠人力生产、打仗因而重视人口的繁衍。但对婚期在一年中的春、夏、秋、冬哪个季节或月份，没有硬性规定。"中春之月，令会男女，於是时也，奔者不禁。若无故而不用令者，罚之。司男女之无夫家者而会之。"应看作一个语意群。这是针对超过婚龄的男女做出的一个规定。限定在"中春之月"，时段集中，由媒氏主持，让超龄"男女"相会，也是刚性的义务，你无正当理由不"会"，要"罚"的，男无"家"、女无"夫"者都得"会"。目的是什么呢？这也要联系当时的社会生产力状况才能理解：为的是蕃育人民。史载孔子"野合而生"[③]，后人不解，以为于圣人是不名誉之事，其实正合于当时的礼。从民这一面看，在"中春之月"，天地阴阳二气相会之时，出于这种当时流行的思想意识，作为三才之一的人要顺时而动——官方对人性的需求考虑得很周到。用孟子的话说，就算得上"仁政"了。由此可以明白，《周礼》对"媒氏"职责的规定，有一个突出的精神就在于鼓励生育。

从我们对《周礼》"媒氏"职责的解读看，《周礼》是没有规定"婚月"的，所谓"中春之月，令会男女"是面向过了最佳结婚年龄的男女——是与上文已提到的适于结婚年龄的男女不同的另一拨男女。与占主体的适龄男女青年相较，毕竟是少数。郑玄之仲春之月嫁，将"以会男女"之"会"理解为"嫁娶"，把专施之于超龄男女的"会"字扩大到全部婚龄男女，以偏概全，以权为经，是对《周礼》的误读；据以解诗，只能看作解释主观性的体现。《诗经》中上揭被郑君解为"仲春之月

---

① （东汉）郑玄注，（唐）孔颖达正义，龚抗云整理：《礼记正义》，北京大学出版社 2000 年版，第 64、1884 页。

② （东汉）郑玄注，（唐）孔颖达正义，龚抗云整理：《礼记正义》，北京大学出版社 2000 年版，第 1014 页。

③ （西汉）司马迁撰，（宋）裴骃集解，（唐）司马贞索隐，（唐）张守节正义：《史记》（简体字本），中华书局 1999 年版，第 1537 页。

嫁娶"的诗句，其实多是无关"嫁娶"的。

五 郑笺以《诗》迁就《周礼》

《秦风·驷驖》："游于北园，四马既闲。"笺云："公所以田则克获者，乃游于北园之时，时则已习其四种之马。"正如孔疏所说，笺所谓"四种之马"是据《周礼》所作的推测。《周礼·夏官·校人》："辨六马之属：种马一物、戎马一物、齐马一物、道马一物、田马一物、驽马一物。"① 孔疏曰："天子马六种，诸侯四种。郑以隆杀差之，诸侯之马无种、戎也。"但问题是诗句"四马既闲"之"四马"是否就是郑玄、孔颖达所谓"四种之马"呢？回答是否定的。一是，《周礼·夏官·校人》没有说诸侯"四种之马"具体是哪四种，二是，我们可以通过阅读《驷驖》全诗找到答案。这首诗共三章，第一章有句云："驷驖孔阜，六辔在手。"第三章曰："游于北园，四马既闲。"则第三章之"四马"即第一章之"驷驖"，为了避复，变言"四马"。此诗据序是赞美秦襄公之诗，可信。"公之媚子，从公于狩。"写其排场。第二章："公曰佐之，舍拔则获。"赞其英武。综合起来，诗写了秦襄公一次狩猎活动的前前后后。这样一来，笺以"四种之马"解"四马"确实是舍近求远，以难解易，但就郑玄作为一个经学家的主观意向来说，却是可以理解的。本来他对六经烂熟于胸，所以就能裁彼就此，似乎天衣无缝。不过要细心对读，否则不会被识破的。

《小雅·斯干》："大人占之：'维熊维罴，男子之祥；维虺维蛇，女子之祥。'"笺云："大人占之，谓以圣人占梦之法占之也。"依《周礼》，占梦之官由中士充当，不可以"大人"称之，故笺将"大人占之"释为以圣人占梦之法占之。是将"大人占之"句中"大人"视为方式状语，殊觉牵强。其实占梦之官隶属于"大人"，其为"大人"行使解梦职能，可得谓"大人占之"，将"大人"看作主语更为自然。

---

① （东汉）郑玄注，（唐）贾公彦疏，彭林整理：《周礼注疏》，上海古籍出版社 2010 年版，第 1252 页。

六　毛传、郑笺有关礼制注释的不足

《小雅·绵蛮》第一章："道之云远，我劳如何！饮之食之，教之诲之。命彼后车，谓之载之。"笺云："在国依属于卿大夫之仁者。至于为末介，从而行，道路远矣，我罢劳则卿大夫之恩宜如何乎？渴则予之饮，饥则予之食，事未至则豫教之，临事则诲之，车败则命后车载之。后车，倅车也。"《周礼·夏官·戎仆》云："掌驭戎车。掌王倅车之政，正其服。"① 笺以《绵蛮》为卿大夫出行之诗，则"命彼后车"之"后车"当然是卿大夫之后车，而非《周礼》王之"倅车"。在这里笺以《周礼》之"倅车"解《诗》之"后车"，只能看作一种比附。

《大雅·绵》："爰始爰谋，爰契我龟。"传："契，开也。"毛亨为什么训"契"为"开"呢？其所根据在于《周礼》。《周礼·春官·卜师》云："掌开龟之四兆。"郑玄注："开，开出其占书也。"② 传所用训释词"开"来自《周礼》"掌开龟之四兆"之"开"。占卜之法，视龟上之兆体以翻开占书，看对应的繇辞（即歌谣，简短的韵文）说了什么。其实由占卜环节看，传解"契"为"开书"之"开"是有问题的。诗句"爰契我龟"，"龟"作宾语，则"契"为刻义，作谓语动词。《周礼·春官·菙氏》："掌共燋契。"郑玄注："契谓契龟之凿也。""契"有动词刻义，也表示用以刻的工具，即凿。刻龟也即钻龟在先，然后灼烧之，再视灼烧后裂开的纹路开占书对照，所以开占书在后。毛传虽用"开"字指出了占卜中开占书这一步骤，但对诗句进行语言分析，却是不准确的，此"契"应解为"刻龟"才是。在《诗经》时代，刻龟或钻龟，语言中以"契"来表示。

第三节　毛传、郑笺与《礼记》

《隋书·经籍志》曰："汉初，河间献王又得仲尼弟子及后学者所记

---

① （东汉）郑玄注，（唐）贾公彦疏，彭林整理：《周礼注疏》，上海古籍出版社2010年版，第1248页。

② （东汉）郑玄注，（唐）贾公彦疏，彭林整理：《周礼注疏》，上海古籍出版社2010年版，第929页。

一百三十一篇献之"①，则《礼记》出自孔门，这是可信的。《礼记》是对礼的精神的阐释，讲解礼的制定者为什么要作这样的设计，其深意如何，而非如"三礼"中《仪礼》《周礼》那样是对仪式和官制的规定。平常所说的《礼记》即西汉宣帝时戴圣所传《小戴礼记》，删烦去重，节略为四十九篇，东汉末郑玄为之作注。郑玄既注《礼记》，在其晚年笺《诗》时，复引《记》文，对他来说是得心应手的。

一 毛传、郑笺以《礼记》的制度、语词解诗

1. 关关雎鸠，在河之洲。（《周南·关雎》）

传：兴也。关关，和声也。雎鸠，王雎也，鸟挚而有别。水中可居者曰洲。后妃说乐君子之德，无不和谐，又不淫其色，慎固幽深，若关雎之有别焉，然后可以风化天下。夫妇有别则父子亲，父子亲则君臣敬，君臣敬则朝廷正，朝廷正则王化成。

在《小序》的作者看来，《关雎》写的是"后妃之德"，毛传通过对兴句的阐释，要建立"雎鸠"与"后妃"之间的联系，并给"雎鸠"赋予了"挚而有别"的特性。为什么雎鸠"挚而有别"呢？《礼记·昏义》云："敬慎重正，而后亲之，礼之大体，而所以成男女之别，而立夫妇之义也。男女有别，而后夫妇有义；夫妇有义，而后父子有亲；父子有亲，而后君臣有正。故曰：昏礼者，礼之本也。"②传对诗句的阐释显然是来自《昏义》对婚礼要义的论述的，比对《昏义》与传说，"雎鸠"之所以"有别"，是因为人伦要求"男女有别"。

2. 简兮简兮，方将万舞。日之方中，在前上处。（《邶风·简兮》）

传：教国子弟，以日中为期。

《礼记·文王世子》云："凡学，世子及学士必时，春夏学干戈，秋冬学羽籥，皆于东序。"《礼记·月令》："仲春之月，上丁，命乐正习舞释菜。"《大戴礼记·夏小正》："二月：丁亥，万用入学。丁亥者，吉日

---

① （唐）魏征等撰：《隋书》（全六册），中华书局1973年版，第925页。

② （东汉）郑玄注，（唐）孔颖达疏，龚抗云整理：《礼记正义》，北京大学出版社2000年版，第1890页。

也。万也者，干戚舞也。入学也者，大学也。谓今时大舍采也。"① 经过对比诗句"方将万舞"与《礼记》及《大戴礼记》相关文句，毛传认为这四句诗写的是周代大学里"教国子弟"的事。

3. 髧彼两髦，实维我仪。(《鄘风·柏舟》)

笺云：两髦之人，谓共伯也，实是我之匹，故我不嫁也。礼，世子昧爽而朝，亦栉、纚、笄、总、拂髦、冠、緌、缨。

《礼记·内则》："子事父母，鸡初鸣，咸盥漱、栉、纚、笄、总、拂髦、冠、緌、缨、端、韠、绅、搢笏。"② 这些是天刚亮儿子去父母住的房间之前的一系列装束动作，其中"栉、纚、笄、总、拂髦、冠、緌、缨"涉及首饰，郑玄以此证诗中人物共伯"两髦"这种"事父母之饰"。

4. 《鄘风·定之方中》首章："揆之以日，作于楚室。"

笺云："楚室，居室也。君子将营宫室，宗庙为先，厩库为次，居室为后。"郑玄为了证明这里的"楚室"与前文的"楚宫"不同③，引用了《礼记·曲礼》："君子将营宫室，宗庙为先，厩库为次，居室为后。"④《小雅·斯干》第二章首句："似续妣祖"。笺云："似读如巳午之巳。巳续妣祖者，谓巳成其宫庙也。妣，先妣姜嫄也。祖，先祖也。"第二、第三句："筑室百堵，西南其户。"笺云："此筑室者，谓筑燕寝也。"笺的解说，与《定之方中》同样是先筑宫庙，后筑燕寝，以《礼记》营建顺序为说。

《郑风·子衿》："青青子衿。"传："青衿，青领也，学子之所服。"笺云："《礼》：'父母在，衣纯以青。'"笺所谓《礼》指《礼记》，约引礼文为说。《礼记·深衣》："具父母、大父母，衣纯以缋。具父母，衣纯以青。如孤子，衣纯以素。""深衣"是怎样的衣服呢？孔颖达疏："所以此称深衣者，以馀服则上衣下裳不相连，此深衣衣裳相连，被体深邃，

---

① （清）王聘珍撰，王文锦点校：《大戴礼记解诂》，中华书局1983年版，第30—31页。

② （东汉）郑玄注，（唐）孔颖达疏，龚抗云整理：《礼记正义》，北京大学出版社2000年版，第966页。

③ 首章一、二句："定之方中，作于楚宫。"笺云："楚宫，谓宗庙也。"

④ （东汉）郑玄注，（唐）孔颖达疏，龚抗云整理：《礼记正义》，北京大学出版社2000年版，第133页。

故谓之'深衣'。"① 要准确地理解这几句话，还得看下文。《深衣》接着写道："纯袂、缘，纯边，广各寸半。"郑玄注："纯，谓缘之也。缘袂，谓其口也。缘，緆也。缘边，衣裳之侧。"郑玄的意思是说，"纯"是动词，在衣服的边上缝上广一寸半的布就叫"纯"；有两个"纯"字，第一个"纯"字带了两个宾语"袂"和"缘"，以"缘袂"对"纯袂"，意思是缝袖口。解"缘"为"緆"，"緆"指什么？郑玄在注《仪礼·既夕礼》时给了解答。《仪礼·既夕礼》："明衣裳用幕布，袂属幅，长下膝。有前后裳，不辟，长及毂，緆綼緆。"郑玄注："饰裳，在幅曰綼，在下曰緆。"② "明衣裳"是给去世的人备的，将衣和裳的边缘都饰成纁色。由此知《深衣》郑玄用以解"缘"的"緆"也指裳的边缘，"纯""缘"意思是给裳的下边缘缝一道边。郑玄注的"缘边"对"纯边"，此"边"是连在一起的衣裳之侧，也是要缝一道边的。所以，"具父母，衣纯以青"就是如果父母健在，其子所着深衣的袖口、边侧和下缘都缝上青色的边。比较此诗毛传与《深衣》郑玄注，传所谓"青领"即注"衣裳之侧"。衣裳之侧即诗句之"衿"，上交于领，故传以"领"训"衿"。衣裳的边缘据深衣而言分为三个部位："袂""缘"和"边"，只有两"边"组成的"衿"在人体为最高，且在正前面，因而最为显眼，这就是诗句以"青青子衿"代指所思对象的原因。

《小雅·鹿鸣》第二章："我有嘉宾，德音孔昭。视民不恌，君子是则是效。"笺云："德音，先王道德之教也。……饮酒之礼，于旅也语。嘉宾之语先王德教甚明，可以示天下之民，使之不愉于礼义。""于旅也语"采自《礼记》。《礼记·乡射礼记》云："古者于旅也语。"郑玄注："礼成乐备，乃可以言语先王礼乐之道也。"③ 旅是饮酒之礼的一个环节，此时嘉宾可以自由谈论，所谈内容则为先王之道，是为

---

① （东汉）郑玄注，（唐）贾公彦疏，彭林整理：《周礼注疏》，上海古籍出版社 2010 年版，第 1822 页。

② （东汉）郑玄注，（唐）贾公彦疏，王辉整理：《仪礼注疏》，上海古籍出版社 2008 年版，第 1226—1227 页。

③ （东汉）郑玄注，（唐）贾公彦疏，王辉整理：《仪礼注疏》，上海古籍出版社 2008 年版，第 377 页。

"德音"。《诗经》中有些诗，如《鹿鸣》，是专为燕礼场合而作，① 配乐演唱，增加了君臣饮燕的和乐气氛，表现了周代礼乐文化精神。而歌词本身（即本诗）也表达的是对君臣之间其乐融融关系的企向，同时也是对宴会进程的客观描写。《鹿鸣》小序："燕群臣嘉宾也。既饮食之，又实币帛筐篚，以将其厚意，然后君臣嘉宾得尽其心矣。"对诗旨概括得很准确。

《小雅·常棣》第六章："兄弟既具，和乐且孺。"传："九族会曰和。王与亲戚燕则尚毛。"毛传的意思是，王与族人燕，座位安排以年岁长幼（表现在毛发上，发黑者年幼，发白者年长）为次。根据《左传》僖公二十四年②、《国语·周语中》③、小序，《常棣》诗的内容与周王族内部的团结有关，则传"王与族人燕"的说法可信。周王召待族人，章显的是亲亲之道，"尚毛"是其具体体现，其目的是王族的团结以利于统治，于《礼记》中也能找到相关表述。《礼记·中庸》云："子曰：'武王周公，其达孝矣乎！……燕毛，所以序齿也。'"④ 《礼记·文王世子》云："公与族则燕以齿，而孝弟之道达矣。"⑤ 此传揭示了诗句中的礼仪内涵，诗、礼、史吻合无间。

《小雅·采芑》第二章："服其命服，朱芾斯皇，有玱葱珩。"传："葱，苍也。三命葱珩。""三命葱珩"出自《礼记·玉藻》："一命缊韨黝珩，再命赤韨黝珩，三命赤韨葱珩。"⑥ 是说方叔是三命以上之官，蔽膝是赤色的，佩玉上端的横玉是苍色的。服饰的颜色表明了南征主将所任官职的等级。方叔到底是几命呢？第四章："方叔元老，克壮其犹。"传："五官之长，出于诸侯，曰天子之老。"毛公此传，由隐括《礼记》

① 可参刘跃进主编《先秦至隋代文学》，第三章：《诗经》与周代礼乐文化，凤凰出版传媒集团、江苏文艺出版社 2013 年版，第 70—71 页。

② 杨伯峻编著：《春秋左传注三》（修订本），中华书局 2009 年第 3 版，第 420—424 页。

③ 徐元诰集解：《国语集解》，上海古籍出版社 1978 年版，第 45 页。

④ （东汉）郑玄注，（唐）孔颖达疏，龚抗云整理：《礼记正义》，北京大学出版社 2000 年版，第 1681 页。

⑤ （东汉）郑玄注，（唐）孔颖达疏，龚抗云整理：《礼记正义》，北京大学出版社 2000 年版，第 755 页。

⑥ （东汉）郑玄注，（唐）孔颖达疏，龚抗云整理：《礼记正义》，北京大学出版社 2000 年版，第 1057 页。

文而来。《礼记·曲礼下》云："五官之长曰'伯'，是职方。其摈于天子也，曰'天子之吏'。同姓谓之'伯父'，异姓谓之'伯舅'。自称于诸侯曰'天子之老'，于外曰'公'，于其国曰'君'。"① 读《曲礼》这段文字，可知"五官之长"在不同场合、对于不同等级的人其称谓与自称不同。结合毛传，"五官之长"去到诸侯国办事，自称"天子之老"。传据礼解释了方叔得以称为"元老"的缘故。《周礼·春官·典命》："上公九命为伯，其国家、宫室、车旗、衣服、礼仪，皆以九为节。"郑玄注："上公，谓王之三公有德者，加命为二伯。"② 于此知方叔位居天子"五官之长"的"三公"之一，加封为"伯"，③ 赐九命。

《小雅·车攻》："徒御不惊？大庖不盈？"传："一曰干豆，二曰宾客，三曰充君之庖，故自左膘而射之，达于右腢，为上杀。射右耳本，次之。射左髀，达于右，为下杀。面伤不献。践毛不献。不成禽不献。禽虽多，择取三十焉，其余以与大夫、士，以习射于泽宫。田虽得禽，射不中不得取禽。田虽不得禽，射中则得取禽。古者以辞让取，不以勇力取。"《礼记·王制》云："天子诸侯无事，则岁三田，一为干豆，二为宾客，三为充君之庖。"④ 《车攻》为周宣王狩猎之诗，毛传由"大庖不盈"的"庖"，想到了《礼记·王制》的"充君之庖"是讲田猎所获之用。诗、礼吻合无间。

《小雅·采菽》首章："又何予之？玄衮及黼。"传："玄衮，卷龙也。"笺云："玄衮，玄衣而画以卷龙也。"传"卷龙"一语来自《礼记》。《礼记·玉藻》云："天子玉藻，十有二旒，前后邃延，龙卷以祭。"郑注："祭先王之服也。"⑤ "卷龙"即"龙卷"之倒置。但《玉

---

① （东汉）郑玄注，（唐）孔颖达疏，龚抗云整理：《礼记正义》，北京大学出版社2000年版，第156页。

② （东汉）郑玄注，（唐）贾公彦疏，彭林整理：《周礼注疏》，上海古籍出版社2010年版，第785页。

③ 此"伯"非周代五等爵位"公、侯、伯、子、男"之"伯"，而是诸侯之长，其命数比公高一级，如商末文王为西伯，周初以陕为界，召公主西，周公主东，均为诸侯之长。

④ （东汉）郑玄注，（唐）孔颖达疏，龚抗云整理：《礼记正义》，北京大学出版社2000年版，第436—437页。

⑤ （东汉）郑玄注，（唐）孔颖达疏，龚抗云整理：《礼记正义》，北京大学出版社2000年版，第1016页。

藻》这几句话说的是天子祭先王之服，而非诗《采菽》之"玄衮"。《周礼·春官·司服》云："公之服，自衮冕而下，如王之服。"① 公为周代五等爵位公、侯、伯、子、男之最高一级，其服下王一等。此诗之"玄衮"，即《周礼》公服"衮冕"之"衮"。这种"衮冕"之服在什么场合穿呢？郑玄注曰："自公之衮冕，至卿大夫之玄冕，皆其朝聘天子及助祭之服。"② 传之"卷龙"，解释了"玄衮"的形制，其实只解了"衮"，因为他认为"玄"字时人都懂，是不用解释的；笺指出"玄"为这种礼服上衣的颜色。这两句诗前写道："君子来朝，何锡予之？虽无予之，路车乘马。"合起来，可知诗写的是诸侯朝王，王赐以车服之事。结合礼书，受赐"玄衮"的应是公一级诸侯。

《小雅·都人士》："彼都人士，狐裘黄黄。"笺云："古明王时，都人之有士行者，冬则衣狐裘，黄黄然取温裕而已。"郑玄所谓"冬则衣狐裘"，是以《礼记》为据。《礼记·月令》云："孟冬，天子始裘。"③

《小雅·白华》："之子之远，俾我独兮！"笺云："王之远外我，不复答耦我，意欲使我独也。老而无子曰独。后褒姒谮申后之子，宜咎奔申。""老而无子曰独"出自《礼记·王制》④。

《大雅·下武》："媚兹一人，应侯顺德。"传："一人，天子也。"《礼记·曲礼下》："天子自称曰予一人。"

《大雅·云汉》："群公先正，则不我助。"传："先正，百辟卿士也。"《礼记·月令》："仲夏，……乃命百官雩祀百辟卿士有益于民者，以祈谷实。"⑤《云汉》诗写周宣王祷旱之事，与《礼记·月令》仲夏雩祭事正合，则所祭神应相类，所以传以《记》之"百辟卿士"释《诗》

---

① （东汉）郑玄注，（唐）贾公彦疏，彭林整理：《周礼注疏》，上海古籍出版社 2010 年版，第 805 页。

② （东汉）郑玄注，（唐）贾公彦疏，彭林整理：《周礼注疏》，上海古籍出版社 2010 年版，第 805 页。

③ （东汉）郑玄注，（唐）孔颖达疏，龚抗云整理：《礼记正义》，北京大学出版社 2000 年版，第 638 页。

④ （东汉）郑玄注，（唐）孔颖达疏，龚抗云整理：《礼记正义》，北京大学出版社 2000 年版，第 501 页。

⑤ （东汉）郑玄注，（唐）孔颖达疏，龚抗云整理：《礼记正义》，北京大学出版社 2000 年版，第 586 页。

之"先正"。

《大雅·瞻卬》:"妇无公事,休其蚕织。"传:"休,息也。妇人无与外政,虽王后犹以蚕织为事。'古者天子为藉千亩,冕而朱纮,躬秉耒。诸侯为藉百亩,冕而青纮,躬秉耒。以事天、地、山、川、社稷、先古,敬之至也。天子诸侯必有公桑蚕室,近川而为之,筑宫仞有三尺,棘墙而外闭之。及大昕之朝,君皮弁素积,卜三宫之夫人、世妇之吉者,使入蚕于蚕室,奉种浴于川,桑于公桑,风戾而食之。岁既单矣,世妇卒蚕,奉茧以示于君,遂献茧于夫人。夫人曰:此所以为君服与。遂副、袆而受之,少牢以礼之。及良日,后、夫人缫,三盆手,遂布于三宫夫人世妇之吉者,使缫,遂朱绿之,玄黄之,以为黼黻文章。服既成矣,君服之以祀先王先公,敬之至也。'"传所引文出自《礼记·祭义》①,意在证明幽王之后参与公事而废其蚕织之不合礼。

《周颂·臣工》:"嗟嗟保介,维莫之春,亦有何求?如何新畬?"笺云:"保介,车右也。《月令》'孟春,天子亲载耒耜,措之于参保介御之间。'""保介"一词见于《礼记·月令》"措之于参保介御之间"句,郑玄注此句曰:"置耒于车右与御者之间","人君之车,必使勇士衣甲居右而参乘"。②解"参"为"参乘","保介"为"车右","参保介"即参乘之车右;"御"为"御者"。在这里,笺以《诗经》之"保介"即《礼记》之"保介",是车上行使保卫职能者。只不过《礼记》之"保介"是天子行藉田礼时之"保介",《诗》之"保介"是来京师助祭诸侯之"保介",服务对象不同,都名为"保介"。此为郑玄以经注经之显例。

《鲁颂·有駜》:"夙夜在公,在公明明。"笺云:"在于公之所,但明明德也。《礼记》曰:'大学之道,在明明德。'"笺所引,出自《礼记·大学》篇。

二 毛传、郑笺据《礼记》说诗而违背诗旨

《周南·关雎》首章第三、第四句:"窈窕淑女,君子好逑。"笺云:

---

① (东汉)郑玄注,(唐)孔颖达疏,龚抗云整理:《礼记正义》,北京大学出版社2000年版,第1551—1553页。

② (东汉)郑玄注,(唐)孔颖达疏,龚抗云整理:《礼记正义》,北京大学出版社2000年版,第539—540页。

"怨耦曰仇。言后妃之德和谐，则幽闲处深宫贞专之善女，能为君子和好众妾之怨者。言皆化后妃之德，不嫉妒，谓三夫人以下。""三夫人以下"的所指，据孔颖达疏："下笺'三夫人、九嫔以下'，① 此直云'三夫人以下'，然则九嫔以下总谓众妾，三夫人以下唯兼九嫔耳，以其淑女和好众妾，据尊者，故唯指九嫔以上也。"《礼记·昏义》："古者天子后立六宫，三夫人、九嫔、二十七世妇、八十一御妻，以听天下之内治，以明章妇顺，故天下内和而家理。"② 则"窈窕淑女"，郑玄以为具体指三夫人和九嫔。我们从文本出发，认为《关雎》是一首求女诗。先来看一下诗中的人物关系。诗中的"淑女"即采荇菜的姑娘，地点是在河边。首章共四句，第一、第二句曰："关关雎鸠，在河之洲。"告诉了诗歌得以产生的地点，在野外的"河之洲"而不在深宫。第三、第四句如上引，出现了"淑女"和"君子"的字眼，但没有明确"淑女"的身份。第二章曰："参差荇菜，左右流之。窈窕淑女，寤寐求之。"道出了"淑女"和"荇菜"的关系，也出现作为诗眼的关键词"求"。全诗共五章，读了前两章，诗之大体就可明了。笺所谓"后妃"是对诗序"后妃之德"的接受，其实"后妃"的字眼诗中没有。而且把"君子"拔高到"古者天子"一级人物，因为笺是以《礼记》所规定的周王的后宫制度言说"君子"的；把"淑女"对应为"三夫人""兼九嫔"十二位女性。诗中的"君子"到底何指呢？我们认为，"淑女"在河边采荇菜，诗人见而慕之，发而为诗，而自称为"君子"，都是可能的，所以"君子"不必是周王。因为"君子"是一个好词，所以诗人才用以自谓。

　　《召南·草虫》第三章："未见君子，我心伤悲。"传："嫁女之家，不息火三日，思相离也。"传之引文出自《礼记·曾子问》而小异，原文云："孔子曰：'嫁女之家，三夜不息烛，思相离也。'"③ 认为诗句写的是待嫁女子将要离别双亲时的情感，"未见君子"是时间修饰。看看上下

---

　　① 第二章："参差荇菜，左右流之。"笺云："左右，助也。言后妃将共荇菜之菹，必有助而求之者。言三夫人、九嫔以下皆乐后妃之事。"

　　② （东汉）郑玄注，（唐）孔颖达疏，龚抗云整理：《礼记正义》，北京大学出版社2000年版，第1894页。

　　③ （东汉）郑玄注，（唐）孔颖达疏，龚抗云整理：《礼记正义》，北京大学出版社2000年版，第681页。

文，这两句诗的后三句云："亦既见止，亦既觏止，我心则夷。"联系下文看这两句诗，显然"未见君子"是"我心伤悲"的原因。此诗共三章，各章意思相同。传、笺受了《诗序》"大夫妻能以礼自防也"的影响，认为诗是出嫁的女子在途中怀念父母之作。这是可以商榷的。女性因在社会中扮演角色的不同而处于不同的关系中，对丈夫来说是妻，对父母来说是女儿。在这两种关系中都会产生真挚的情感。所以将此诗看作已出嫁妇女的思夫之作是很自然。《诗经》之作，在儒学尊崇之前，而序《诗》、传《诗》、笺《诗》的儒家学者却因所处时代的需要，根据后出的文献解《诗》，造成了与诗义的疏离。

《小雅·采绿》第二章："五日为期，六日不詹。"传："妇人五日一御。"《礼记·内则》云："故妾虽老，年未满五十，必与五日之御。"① 可以看出，传以《礼记》为据。《采绿》共四章，细读全诗，可知是一首思妇诗。首章云："终朝采绿，不盈一匊。予发曲局，薄言归沐。"同样是思妇诗的《周南·卷耳》，第一章是这样的："采采卷耳，不盈顷筐。嗟我怀人，置彼周行。"两首诗主题既同，手法也相同。《采绿》女主人所思念的对象，要到第三章出现。诗云："之子于狩，言韔其弓。之子于钓，言纶之绳。"笺云："之子，是子也，谓其君子也。"郑笺很对。这里的"五日为期，六日不詹"只是表达了丈夫出外、过期不回的意思。诗句中"五日为期"的"五日"虽然与《内则》"必与五日之御"之"五日"字面相同，但礼的"五日"是妻妾制度用词，是很精确的规定，要遵照实行；诗的"五日"则是丈夫出行时约定归期的比喻，非实指，而"六日"则喻指过期，这也是诗的语言形象化的体现。同一个"五日"，所指不同。另外，传虽然牵合了《内则》的"五日"，只是一词，却没办法解通整句。诗句的"期"即"归期"，有外出的一方，才能谈得上"归期"；要是像传那样把这句诗纳入礼的语境予以解释的话，妾五日一御是制度化的日常生活的内容，还用得着强调"期"吗？

《郑风·子衿》首章："青青子衿，悠悠我心。"传："青衿，青领

① （东汉）郑玄注，（唐）孔颖达疏，龚抗云整理：《礼记正义》，北京大学出版社 2000 年版，第 1001 页。

也，学子之所服。"笺云："学子而俱在学校之中，已留彼去，故随而思之耳。《礼》：'父母在，衣纯以青。'"笺所谓"《礼》"即《礼记》。《礼记·深衣》："具父母、大父母，衣纯以缋；具父母，衣纯以青；如孤子，衣纯以素。"① 笺以"父母在"替换《礼记》"具父母"，属意引，词稍变而意同。"具父母，衣纯以青"的意思是儿子着装，要是父母都健在，衣服的边镶成青色。郑玄引用《礼记》，为毛传解"青衿"为"青领"找到了文献依据。《礼记》之"具父母"与毛传之"学子"，就年龄而言可以说是吻合的。但据此认为《子衿》之诗是为学而发则可商。此诗三章，首章云："青青子衿，悠悠我心。纵我不往，子宁不嗣音？"第二章云："青青子佩，悠悠我思。纵我不往，子宁不来？"末章云："挑兮达兮，在城阙兮。一日不见，如三月兮！"总体上看，此诗的作者是一位年轻女子，写的是对"青衿""青佩"男子的思念和相见后的喜悦。

三 毛传、郑笺依《礼记》释诗而误解语义

《郑风·子衿》首章："纵我不往，子宁不嗣音？"传："嗣，习也。古者教以《诗》《乐》，诵之歌之，弦之舞之。"《礼记·王制》："乐正崇四术，立四教。顺先王《诗》《书》《礼》《乐》以造士。春秋教以《礼》《乐》，冬夏教以《诗》《书》。"②《礼记·文王世子》："春诵夏弦，太师诏之。"③ 周代诗、乐、舞一体，国子所习。传将诗句中"嗣音"解为练习《诗》《乐》，显然是以《礼记》上揭相关文字为依据。不过从上条的分析得知，这种弥合是不适当的。对于这里的"嗣音"，古人早有异说。陆释文："'嗣'如字，《韩诗》作'诒'。诒，寄也。女曾不传声问我，以恩责其忘己。"可知"嗣""诒"异文，在此，韩诗"诒音"寄音问之说更为可取，与女子埋怨、责难所思的口吻相合。所以毛传将"嗣"解作"习"、将"音"认为是乐音之音未为定论。

---

① （东汉）郑玄注，（唐）孔颖达疏，龚抗云整理：《礼记正义》，北京大学出版社 2000 年版，第 1823 页。

② （东汉）郑玄注，（唐）孔颖达疏，龚抗云整理：《礼记正义》，北京大学出版社 2000 年版，第 472 页。

③ （东汉）郑玄注，（唐）孔颖达疏，龚抗云整理：《礼记正义》，北京大学出版社 2000 年版，第 730 页。

《郑风·子衿》第三章："一日不见，如三月兮。"传："言礼乐不可一日而废。"笺云："君子之学，以文会友，以友辅仁。独学而无友，则孤陋而寡闻，故思之甚。"《礼记·学记》："独学而无友，则孤陋而寡闻。"① 如传所说，"一日不见"之"不见"的对象是"礼乐"，也就是国子所学的内容；笺以为所欲见者为"友"，即学友，既然是学友，很自然就引用了《礼记·学记》的相关文句。但正如我们在上两条中对该诗的整体观照，"一日不见"者既不是"礼乐"，也不是学友，而是与其相好、此心所望的男子。

四 毛传引《礼记》说诗而误解语用义

《大雅·旱麓》："鸢飞戾天，鱼跃于渊。"传："言上下察也。"这两句诗，字面意思很好懂，传用"言"以明寓意，而这样的寓意是借鉴了《礼记》的。《礼记·中庸》："天地之大也，人犹有所憾。故君子语大，天下莫能载焉；语小，天下莫能破。《诗》云：'鸢飞戾天，鱼跃于渊。'言其上下察也。君子之道，造端乎夫妇，及其至也，察乎天地。"② 《中庸》篇据传是孔子之孙子思所作。所谓"君子之道"之"君子"即其祖孔子；"道"，即开篇"天命之谓性，率性之谓道"之"道"，郑玄注："天命，谓天所命生人者也，是谓性命。木神则仁，金神则义，火神则礼，水神则性，土神则知。《孝经说》曰：'性者，生之质命，人所禀受度也。'率，循也。循性行之，是谓道。"③ 郑玄的意思是：性就是性命，这是用双音词解释单音词。谁命？天。性是生而有之的。"谓天所命生人者也"，训释语中有"生"字，是"性"的声训字。人的性与"木""金""火""水""土"等物的神在自然赋予这一点上是一致的。道是抽象名词。循性去作，就符合道的要求，就是正道，简言之，就是道。我们知道，孔子是深于《诗》学的，他在教学活动中，经常和弟子谈论诗，

① （东汉）郑玄注，（唐）孔颖达疏，龚抗云整理：《礼记正义》，北京大学出版社2000年版，第1238页。

② （东汉）郑玄注，（唐）孔颖达疏，龚抗云整理：《礼记正义》，北京大学出版社2000年版，第1669页。

③ （东汉）郑玄注，（唐）孔颖达疏，龚抗云整理：《礼记正义》，北京大学出版社2000年版，第1661页。

阐发诗义，借诗以弘道。他也教导自己的儿子学诗，"不学诗，无以言"，所以在孔子的影响下，其孙子思也有很高的《诗》学造诣，著书立说，引用诗句以成其意。但孔门用诗，不以原原本本解释诗意为满足，必以阐发新义为是。在这里子思为什么要引用"鸢飞戾天，鱼跃于渊"呢？联系上下文，就会知道其意在于表达君子（即孔子）之省察，由近及远，既知身边"夫妇"之性，进而穷极天地万物之性（"戾天"之"鸢"，"跃渊"之"鱼"），小大不遗。也就是说，"君子之道"无所不包，顺人（"夫妇"）、物（"鸢""鱼"）之性。但是，一句话，只有在具体的语境中才有确定的语用义，脱离了此语境而置于彼语境中，其语用义是不同的。《旱麓》之"鸢飞戾天，鱼跃于渊"两句诗，正如传说，在脱离了原来诗的语境而被子思引来作《中庸》时，确是用以"言（君子）上下察也"；而在原诗中，只是诗人用来描写周之先王郊祭时所看到的自然景物，同时用为兴句。

第四节 毛传、郑笺以《礼》解《诗》之不同

同一个词，毛传释义比较笼统，郑笺以《礼》释之，更为具体。例如：

1. 右 《小雅·彤弓》第二章"钟鼓既射，一朝右之。"传："右，劝也。"笺云："右之者，主人献之，宾受爵，奠于荐右。既祭俎，乃席末坐，卒爵之谓也。"郑笺依据《仪礼》。《仪礼·燕礼》云："主人筵前献宾。宾西阶上拜，筵前受爵，反位。主人宾右拜送爵。膳宰荐脯醢，宾升筵。膳宰设折俎。宾坐，左执爵，右祭脯醢，奠爵于荐右，兴；取肺，坐爵绝祭，嚌之，兴，加于俎；坐挩手，执爵，遂祭酒，兴；席末坐啐酒。"[①] 右，毛亨以普通义释之；郑玄以为这首是诸侯有功、"王飨礼之"之诗，"右之"是作为宾的诸侯在飨礼上的礼节之一，解释甚为具体。

2. 酬 《小雅·彤弓》末章"钟鼓既射，一朝酬之。"传："酬，

---

① （东汉）郑玄注，（唐）贾公彦疏，王辉整理：《仪礼注疏》，上海古籍出版社 2008 年版，第 402 页。

报也。"笺云："饮酒之礼，主人献宾，宾酢主人。主人又饮而酌宾，谓之酬。酬犹厚也，劝也。"《仪礼·燕礼》《乡饮酒礼》都载有酬的环节。《仪礼·燕礼》云："（宾既受献）西阶上北面坐卒爵。……宾以虚爵降。……宾坐取觚，奠于篚下，盥洗。……卒盥，揖升；酌……以酢主人于西阶上。主人北面拜受。遂卒爵。"① 这是主人献宾之后宾酢主人。又云："主人盥洗，升，媵觚于宾。酌散西阶上，坐奠爵。拜宾。宾降筵，北面答拜。主人坐祭，遂饮。""主人酌膳。宾西阶上拜，受爵于筵前，反位。主人拜送爵。宾升席，坐祭酒，遂奠于荐东。"这是郑玄"主人又饮而酌宾，谓之酬"②。

3. 《大雅·卷阿》第四章："有冯有翼，有孝有德，以引以翼。"传："有冯有翼，道可冯依，以为辅翼也。引，长。翼，敬也。"笺云："冯，冯几也。翼，助也。有孝，斥成王也。有德，谓群臣也。王之祭祀，择贤者以为尸，尊之。豫撰几，择佐食。庙中有孝子，有群臣。尸之入也，使祝赞道之，扶翼之。尸至，设几佐食助之。尸者，神象，故事之如祖考。"毛亨在一般意义上解释冯、翼、引、翼四个词；郑玄认为这三句诗是描写周成王在庙中祭祀场面，词不虚设，各有所当，使我们对诗句有了更为确切的理解。

同样是以《礼》释《诗》，但毛亨、郑玄对《诗》句所写礼乐场面的阐发却不尽相同。例如，《小雅·宾之初筵》首章："大侯既抗，弓矢斯张。"传："大侯，君侯也。抗，举也。有燕射之礼。"笺云："举者，举鹄而栖之于侯也。《周礼·梓人》'张皮侯而栖鹄'。天子诸侯之射，皆张三侯，故君侯谓之大侯。大侯张，而弓矢亦张节也。将祭而射，谓之大射。下章言'烝衎烈祖'，其非祭与？"《宾之初筵》一诗，写到了射的礼节。这两句，毛传以为是写燕射；郑笺以为写大射，即祭前之射，并以第二章"烝衎烈祖"是写祭而证成己说。

① （东汉）郑玄注，（唐）贾公彦疏，王辉整理：《仪礼注疏》，上海古籍出版社 2008 年版，第 403—405 页。

② （东汉）郑玄注，（唐）贾公彦疏，王辉整理：《仪礼注疏》，上海古籍出版社 2008 年版，第 403—405 页。

第 二 章

毛传、郑笺与文献

精通文献，是解《诗》的一个条件。《毛传》《郑笺》除释词而引《尔雅》、释礼制而引三《礼》之外，还引用了当时目所能及的其他古籍，这是其解《诗》意义生成的重要途径。这固然体现出了两位学者丰厚的学养、与时俱进的创造力。但现在看来，他们除对所引用的文献把握不准之外，还有漠视诗情的不足。本章一则通过举例呈现二家引用文献的实际，并在细绎所引文献与诗文本的基础上，对其启示与缺点作出评说。

第一节　毛传与文献

一　毛传引《易传》

《周易》经为周文王所作，分为上下二篇。孔子为作《易传》，有十篇，谓之"十翼"。这十篇是：《彖上》《彖下》①《象上》《象下》②《系辞上》《系辞下》《文言》《说卦》《序卦》《杂卦》。《毛传》有采自《易传》者，例如：

1. 殷其雷，在南山之阳。（《召南·殷其雷》）

传：雷出地奋，震惊百里。山出云雨，以润天下。

"雷出地奋"，豫卦象辞。"震惊百里"，震卦象辞。

---

① 《周易》六十四卦，卦由六爻组成，《周易》经给出了每卦的整体义，如《乾卦》为"元，亨，利，贞"，《彖》传阐释之。

② 由三爻积成八经卦，象自然界中八种物。《象》传既解由八经卦即六爻排列组合而成的六十四变卦中每卦的卦象义，也解每一爻在六爻整体中所象之义。

2. 贲　皎皎白驹，贲然来思。（《小雅·白驹》）

传：贲，饰也。

传解"贲"为"饰"，移录自《易传》。《周易·序卦》云："可观而后有所合，故受之以噬嗑。嗑者，合也。物不可以苟合而已，故受之以贲。贲者，饰也。致饰然后亨则尽矣，故受之以剥。"①《序卦》为孔子阐发《周易》古经六十四卦序所蕴含的哲学意义之篇，是站在主体立场上对事物运动变化之理的发挥，不是解一卦或一爻的意义，也不是解卦名用字的本义。所以其用语多有"故……"的句式。据学者研究，《周易》初为卜筮之书。用于决嫌疑，统众意，平息争论。在此篇中，从发挥哲学意义出发，孔子对六十四卦的卦名用字都有一个解释。这其中，有的被后世学者移用以解释他经，如对"贲"的说法，毛公用以解《诗》。许慎认为孔子之解同时也是"贲"字的本义，采入《说文》中。②不过有的卦名用字，孔子所说与许君所解不同。比如"蛊"，孔子说为"事也"③，许慎《说文·虫部》解为"腹中虫也。"

二　毛传引《孟子》

汉武帝"独尊儒术"，立五经博士，《孟子》那时还属于子书，未进入"经"的系列。孟子生活于战国中后期，为争鸣而著书，继踵孔子，《孟子》七篇显示了他在《诗》《书》等典籍方面的精深造诣。例如：

1. 何辜于天？我罪伊何？（《小雅·小弁》）

传：舜之怨慕，日号泣于旻天、于父母。

2. 凡周之士，不显亦世。（《大雅·文王》）

传：不世显德乎？士者世禄也。

《孟子·梁惠王下》曰："昔者文王之治歧也，耕者九一，仕者世

---

① （三国·魏）王弼注，（唐）孔颖达疏，卢光明、李申整理：《周易正义》，北京大学出版社 2000 年版，第 395 页。

② 《说文·贝部》："贲，饰也。"

③ （三国·魏）王弼注，（唐）孔颖达疏，卢光明、李申整理：《周易正义》，北京大学出版社 2000 年版，第 395 页。

禄。"赵岐注："仕者世禄，贤者子孙必有土地。"① 《文王》一诗，写周文王时事，"仕者世禄"是孟子对这两句诗的理解与概括，传反过来引孟子之说以解诗句义。

三 毛传引《孝经》

《小雅·四牡》："岂不怀归？是用作歌，将母来谂！"传："父兼尊亲之道。母至亲而尊不至。"毛亨所谓"父兼尊亲之道"，意思是，父既尊又亲。这是对伦理发生的探讨。此注由概括《孝经》之文而来。《孝经·士章第五》云："资于事父以事母，而爱同。资于事父以事君，而敬同。兼之者父也。"② 认为爱母与尊君均由父而生，为"爱"与"敬"这两种情感找到了逻辑起点。

四 毛传引《左传》

1. 害浣害否，归宁父母。（《周南·葛覃》）

传：宁，安也。父母在，则有时归宁耳。

《春秋·庄公二十七年》云："冬，杞伯姬来。"《左传》："'冬，杞伯姬来'，归宁也。凡诸侯之女，归宁曰来。"在《左传》时代，也有"归宁"一词，词义为已出嫁的女儿回娘家向父母问安。"归""宁"也可以分开来单独使用，如《左传·襄公十三年》云："秦嬴归于楚。楚司马子庚聘于秦，为夫人宁。"③ "秦嬴归于楚"的意思是，秦嬴（往秦国省亲）回到楚国。"楚司马子庚聘于秦，为夫人宁"的意思是，楚司马子庚去秦国行聘礼，替夫人向她的父母问安。传将"归宁父母"中的"归宁"解为"父母在，则有时归宁"，根据"归宁"出现的语境，将宾语位置的"父母"转化为时间修饰语"父母在"。既然"归宁"一词被《左传》的作者使用，很有可能也是毛传参考的对象。

---

① （东汉）赵岐注，（宋）孙奭疏，廖名春、刘佑平整理：《孟子注疏》，北京大学出版社2000年版，第55页。

② （唐）李隆基注，（宋）邢昺疏，邓洪波整理：《孝经注疏》，北京大学出版社2000年版，第16页。

③ 杨伯峻编著：《春秋左传注三》（修订本），中华书局2009年第3版，第997页。

2. 嗟我怀人，寘彼周行。（《周南·卷耳》）

传：怀，思。寘，置。行，列也。思君子官贤人，置周之列位。

《左传·襄公十五年》载有下面一段：

> 楚公子午为令尹，公子罢戎为右尹，蔿子冯为大司马，公子橐师为右司马，公子成为左司马，屈到为莫敖，公子追舒为箴尹，屈荡为连尹，养由基为宫厩尹，以靖国人。

> 君子谓："楚于是乎能官人。官人，国之急也。能官人，则民无觎心。诗云，'嗟我怀人，寘彼周行'，能官人也。王及公、侯、伯、子、男，甸、采、卫、大夫，各居其列，所谓周行也。"①

《左传》君子的言论，对楚国任官得人做了肯定的评论。所引《卷耳》"嗟我怀人，寘彼周行"及其"能官人也"的释义应当看成是对诗句的发挥，活学活用，未必是诗人原意。《卷耳》就其全篇来看，是思妇怀念外出从事的丈夫之诗。在原诗中，"周行"不是"各居其列"的意思，当如字面义，即周之官道。②"嗟我怀人，寘彼周行"可直译为：嗟，我所怀念的人，行在周的大路上。"周行"一词，在《诗经》中共出现三次，除本诗外，还有《小雅·鹿鸣》："人之好我，示我周行"和《大东》"纠纠葛屦，可以履霜。佻佻公子，行彼周行"。后者"周行"出现的语境同《卷耳》，词义也相同，而前者"周行"则用比较抽象的意义，但也应是周之官道的引申义，理解成周朝的大政方针该是不错的。南宋朱熹解为"大道"，学界多从之，不确，故不取其说。

《左传》君子所谓，是断章取义的解诗用诗方法，忠实于原诗的话，他将"周行"的"行"解为"列"是错误的，却为毛传所撷取，用来说诗，而诗的原意被遮蔽了起来。其"思君子官贤人，置周之列位"云云，是在《左传》"官人"说的基础上，又加上了"君子"（指周王）。这又是其接受小序对诗旨阐发的结果。《卷耳》小序云："后妃之志也，又当

---

① 杨伯峻编著：《春秋左传注三》（修订本），中华书局 2009 年第 3 版，第 1022 页。
② 笔者把"周行"解为周之官道，此后读到台湾潘富俊《诗经植物图鉴》一书，将"周行"解作"周朝之大道"，与之略同。九州出版社 2018 年版，第 7 页。

辅佐君子，求贤审官，知臣下之勤劳。"毛传之"君子"，显然从小序的"君子"而来。一首思妇直抒胸臆的"怀人"（"人"指其夫）诗，硬生生被说成"后妃""思君子""官人"（"人"指"贤人"）之诗。

3. 威仪棣棣，不可选也。（《邶风·柏舟》）

传：君子望之俨然可畏，礼容俯仰各有威仪耳。

《左传·襄公三十一年》有云：

> 卫侯在楚，北宫文子见令尹围之威仪，言于卫侯曰："令尹似君矣，将有他志。虽获其志，不能终也。《诗》云：靡不有初，鲜克有终。终之实难，令尹其将不免。"公曰："子何以知之？"对曰："诗云：敬慎威仪，惟民之则。令尹无威仪，民无则焉。民所不则，以在民上，不可以终。"公曰："善哉！何谓威仪？"对曰："有威而可畏谓之威，有仪而可象谓之仪。君有君之威仪，其臣畏而爱之，则而象之，故能有其国家，令闻长世。臣有臣之威仪，其下畏而爱之，故能守其官职，保祖宜家。顺是以下皆如是，是以上下能相固也。《卫诗》曰：威仪棣棣，不可选也。言君臣、上下、父子、兄弟、内外、大小皆有威仪也。《周诗》曰：朋友攸摄，摄以威仪。言朋友之道必相教训以威仪也。《周书》数文王之德，曰：大国畏其力，小国怀其德。言畏而爱之也。《诗》云：不识不知，顺帝之则。言则而象之也。胄囚文王七年，诸侯皆从之囚，纣于是乎惧而归之，可谓爱之。文王伐崇，再驾而降为臣，蛮夷帅服，可谓畏之。文王之功，天下诵而歌舞之，可谓则之。文王之行，至今为法，可谓象之，有威仪也。故君子在位可畏，施舍可爱，进退可度，周旋可则，容止可观，作事可法，德行可象，声气可乐，动作有文，言语可章，以临其下，谓之有威仪也。"[1]

正如清代陈奂指出，毛传对这两句诗的解释撮录了以上《左传》文。[2] 公元前 542 年，卫国的北宫文子跟随卫襄公聘问楚国，有感于所在

---

① 杨伯峻编著：《春秋左传注三》（修订本），中华书局 2009 年第 3 版，第 1193—1195 页。

② （清）陈奂撰：《诗毛氏传疏》，山东友谊书社 1992 年版，第 154—155 页。

国的政治氛围，凭借其深厚的《诗》学素养，以"威仪"标准对令尹围做了评论和预测。这是孔子所谓"《诗》可以观"的一个显例。"威仪"一词是周代礼乐文化的集中反映，最早见于《尚书》中的周初文献。《尚书·酒诰》："我闻亦唯曰：在今后嗣王酗身，厥命罔显于民，祗保越怨，不易。诞惟厥纵淫泆于非彝，用燕丧威仪，民罔不尽伤心。惟荒腆于酒，不惟自息乃逸。厥心疾很，不克畏死。辜在商邑，越殷国灭无罹。弗惟德馨香祀登闻于天，诞惟民怨。庶群自酒，腥闻在上，故天降丧于殷，罔爱于殷，惟逸。天非虐，惟民自速辜。"① 成王时，周公在平定了管叔、蔡叔叛乱之后，以殷余民封其弟康叔。鉴于殷纣酗酒亡国的教训，《酒诰》是周公以王的口气训诰卫康叔诫酒之辞。文中"嗣王"指殷王纣，对于殷创业先王来说，算是嗣王。细读之，可以感觉到在家天下时代，作为最高统治者的商王其个人德行与国家治乱、人民祸福的紧密联系。在这里，"威仪"特指王的外在表现，是新获得天命的周对商文化展开批判时创造的一个词，是对周王外在表现的要求。又《尚书·顾命》："王曰：呜呼！疾大渐，惟几。病日臻，既弥留，恐不获誓言嗣，兹予审训命汝。昔君文王、武王宣重光，奠丽陈教，则肄。肄不违，用克达殷集大命。在后之侗，敬迓天威，嗣守文武大训，无敢昏逾。今天降疾殆，弗兴弗悟。尔尚明时朕言，用敬保元子钊弘济于艰难。柔远能尔，安劝小大庶邦。思夫人自乱于威仪，而无以钊冒贡于非几！"② 《顾命》是周成王临终时对后继者康王钊和辅政大臣的遗命，同样强调了嗣王的威仪。对照这两段文字，后者"思夫人自乱于威仪，而无以钊冒贡于非几"与前者"诞惟厥纵淫泆于非彝，用燕丧威仪"遣词、表意相同，只不过一从正面告诫，一从反面训诫，都谆谆教诲未来的君或王谨守私德之重要。

"威仪"一词在《诗》《书》中屡次出现，是周代革命后文化重建中尚德意识觉醒的反映。翻检《诗经》全书，该词在风雅颂三体中均有分

---

① （西汉）孔安国传，（唐）孔颖达正义，黄怀信整理：《尚书正义》，上海古籍出版社2007年版，第557—558页。

② （西汉）孔安国传，（唐）孔颖达正义，黄怀信整理：《尚书正义》，上海古籍出版社2007年版，第724—725页。

布，共有 10 篇，除了《柏舟》，还有《周颂·执竞》《大雅·既醉》《假乐》《民劳》《板》《抑》《烝民》《瞻卬》《小雅·宾之初筵》。石超指出，在以上时代跨度从周初到春秋中期的诗篇中，"威仪"使用的对象经历了国王—诸侯国君—王朝卿士——一般贵族的变化。① 由此看，见载于《左传》中、活跃于春秋列国的行人，在他们所处的时代，虽然周纲陵夷，盛日不再，但他们浸润于宗周礼乐文化，熟读作为这种文化载体的《诗经》文本，当其出使专对时，总能活学活用——北宫文子创造性地引《诗》用《诗》，臧否人物，是再自然不过的了。

　　4. 载驰载驱，周爰咨诹。(《小雅·皇皇者华》)

　　传：访问于善为咨。咨事为诹。

　　《左传·襄公四年》载鲁卿穆叔（叔孙豹）去晋国聘问，晋侯以享礼招待，演奏了《皇皇者华》这首诗。穆叔拜答，解释了该诗的寓意及"咨""诹"二词的词义，② 传援引了《左传》的成文。

　　5. 清酒既载，骍牡既备。(《大雅·旱麓》)

　　传：言年丰畜硕也。

　　传文所据为《左传》。《左传·鲁桓公六年》载随国季梁（随国之贤者）谏其君随侯曰："夫民，神之主也，是以圣王先成于民而后致力于神。故奉牲以告曰'博硕肥腯'，谓民力之普存也，谓其畜之硕大蕃滋也，谓其不疾瘯蠡也，谓其备腯咸有也；奉盛以告曰'洁粢丰盛'，谓其三时不害而民和年丰也；奉酒醴以告曰'嘉栗旨酒'，谓其上下皆有嘉德而无违心也。"③ 传所谓"年丰畜硕"，其中"年丰"取自"三时不害而民和年丰也"句，"畜硕"摘自"谓其畜之硕大蕃滋也"句。此毛传约取《左传》文以释诗句语用义。

　　6. 维此王季，帝度其心。(《大雅·皇矣》)

　　传：心能制义曰度。

　　传对"度"的解释用了《左传》成文。《左传·鲁昭公二十八年》

---

① 石超：《品貌与人格：〈诗经〉"威仪"政治话语研究》，《暨南学报》（哲学社会科学版）2017 年第 10 期，第 41—51 页。

② 杨伯峻编著：《春秋左传注三》（修订本），中华书局 2009 年第 3 版，第 933—934 页。

③ 杨伯峻编著：《春秋左传注三》（修订本），中华书局 2009 年第 3 版，第 111—112 页。

载：晋顷公十二年，晋国发生了一件大事。这年秋天，韩宣子卒，魏献子为政，分祁氏（即祁盈，为晋顷公所杀）之田为七县，其中魏戊为梗阳大夫。魏献子问成鱄（晋大夫）："我让魏戊（魏献子族人）当一县之长，别人会以为我举亲吗？"成鱄盛赞魏戊的人品，认为举人唯善所在，亲疏一也。并引了《大雅·文王》第四章全章，以上帝对王季的考量类比魏献子对魏戊的任命，为的是增加自己言说的论据和感染力，接着对诗句中的九个关键词予以解释，"度"是其一，① 被毛传所照录。其余的八个被郑玄一一引以笺《诗》，此不具录。由此可以看出，《诗经》在春秋时代知识阶级中的言辞功能，上层人士对《诗经》是多么的熟练，随口就能配上用场。正如孔子所说："不学《诗》，无以言。"

7. 天监有周，昭假于下。保兹天子，生仲山甫。（《大雅·烝民》）

传：仲山甫，樊侯也。

《左传·僖公二十五年》晋文公纳定周襄王，王"与之阳樊"。

8. 天命降监，下民有严。不僭不滥，不敢怠遑。命于下国，封建厥福。（《商颂·殷武》）

传：不僭不滥，赏不僭，刑不滥也。

《左传·襄公二十六年》记载楚国的声子和伍举是朋友，伍举以事被逐，声子为了使伍举回国复位，伺机给令尹子木进言："归生（即声子）闻之：善为国者，赏不僭而刑不滥。赏僭，则惧及淫人；刑滥，则惧及善人。若不幸而过，宁僭，无滥。与其失善，宁其利淫。无善人，则国从之。《诗》曰：人之云亡，邦国殄瘁。无善人之谓也。故《夏书》曰：与其杀不辜，宁失不经。惧失善也。《商颂》有之曰：不僭不滥，不敢怠遑。命于下国，封建厥福。此汤所以获天福也。古之治民者，劝赏而畏刑，恤民不倦。"② 声子熟读《诗》篇，对"不僭不滥"做出了绝妙的解释，并重点发挥了"刑不滥"的道理，最终达到了让伍举返国的目的。同样，毛公因为对《左传》文句熟稔于心，就用于对相关《诗》句内涵的解释了。

---

① 杨伯峻编著：《春秋左传注三》（修订本），中华书局 2009 年第 3 版，第 1495 页。

② 杨伯峻编著：《春秋左传注三》（修订本），中华书局 2009 年第 3 版，第 1120 页。

五　毛传引《公羊传》

1. 简兮简兮，方将万舞。（《邶风·简兮》首章）

传：以干羽为万舞，用之宗庙山川，古言于四方。

《春秋》鲁宣公八年："壬午，犹绎。万入去籥。"《公羊传》云："万者何？干舞也。籥者何？籥舞也。其言'万入去籥'何？去其有声者，废其无声者，存其心焉尔。"①《大戴礼记》云："（二月）丁亥，万用入学。……万也者，干戚舞也。"②《简兮》共三章，次章有云："左手执籥，右手秉翟。""翟"为野鸡长尾羽。综合《春秋公羊传》《大戴礼记》及《诗》句，可知毛传对"万舞"所执何物的解说，主要参酌了《春秋公羊传》"万者何？干舞也"和《简兮》本文"右手秉翟"。③

2. 诸娣从之，祁祁如云。韩侯顾之，烂其盈门。（《大雅·韩奕》）

传：诸侯一取九女，二国媵之。诸娣，众妾也。

《春秋》鲁庄公十九年："秋，公子结媵陈人之妇于鄄，遂及齐侯、宋公盟。"《公羊传》云："媵者何？诸侯娶一国，则二国往媵之，以侄娣从。侄者何？兄之子也。娣者何？弟也。诸侯一聘九女，诸侯不再娶。"④此毛传用《公羊传》所说周代诸侯婚制解诗。

六　毛传引《谷梁传》

《鄘风·载驰》："载驰载驱，归唁卫侯。"传："吊失国曰唁。"昭公二十五年《春秋经》："九月，乙亥，公孙于齐。次于阳州。齐侯唁公于

① （西汉）公羊寿传，（汉）何休解诂，（唐）徐彦疏，浦卫忠整理：《春秋公羊传注疏》，北京大学出版社 2000 年版，第 391—393 页。

② （清）王聘珍撰，王文锦点校：《大戴礼记解诂》，上海古籍出版社 1999 年版，第 30—31 页。

③ 《礼记·文王世子》云："凡学，世子及学士必时，春夏学干戈，秋冬学羽籥，皆于东序。"毛传用来训"万舞"的"干羽"二字，或可看作从"春夏学干戈，秋冬学羽籥"中摘出。见（东汉）郑玄注，（唐）孔颖达疏，龚抗云整理《礼记正义》，北京大学出版社 2000 年版，第 730 页。

④ （西汉）公羊寿传，（汉）何休解诂，（唐）徐彦疏，浦卫忠整理：《春秋公羊传注疏》，北京大学出版社 2000 年版，第 184 页。

野井。"《谷梁传》云:"吊失国曰唁,唁公不得人于鲁地。"①《载驰》是许穆夫人为其胞兄卫戴公所作之诗,《春秋》所载为齐景公吊鲁昭公之事,这里的卫戴公与鲁昭公皆失国之君,毛传用《谷梁传》说,无疑是正确的。

七 毛传引《国语》

1.《邶风·新台》首章:"燕婉之求,籧篨不鲜。"传:"籧篨,不能俯者。"第三章"燕婉之求,得此戚施。"传:"戚施,不能仰者。"

《国语·晋语四》云:"文公问于胥臣曰:'吾欲使阳处父傅讙也而教诲之,其能善之乎?'对曰:'是在讙也。籧篨不可使俯,戚施不可使仰,僬侥不可使举,侏儒不可使援,矇瞍不可使视,嚚喑不可使言,聋聩不可使听,童昏不可使谋。……'"② 从《晋语》所载胥臣答晋文公的话中,可以知道"籧篨""戚施"是人的两种生理疾病,前者不能俯,后者不能仰。在《新台》诗中,这两种病态之人被用来喻指夺了儿媳的卫宣公,很能见出诗人的爱憎。在这里,毛传通过引用《晋语》中胥臣之言,使人明白"籧篨""戚施"是人怎样的两种生理缺陷。

2.《小雅·皇皇者华》第二章:"载驰载驱,周爰咨诹。"传:"忠信为周。"第三章:"载驰载驱,周爰咨谋。"传:"咨事之难易为谋。"第四章"载驰载驱,周爰咨度。"传:"咨礼义所宜为度。"末章:"载驰载驱,周爰咨询。"传:"亲戚之谋为询。"

《国语·鲁语》中记载,鲁卿叔孙豹聘于晋,晋悼公以飨礼招待他,演奏了高规格的诗乐,叔孙豹认为只有《皇皇者华》与自己的使臣身份切合,并重点做了解释:"怀和为每怀,咨才为诹,咨事为谋,咨义为度,咨亲为询,忠信为周。"③ 对这四章中"周""谋""度""询"四个词,毛传都是引用《国语·鲁语》的成说予以解释。

3.《大雅·烝民》:"天监有周,昭假于下。保兹天子,生仲山甫。"

---

① (晋)范宁集解,(唐)杨士勋疏,夏先培整理:《春秋谷梁传注疏》,北京大学出版社2000年版,第348页。

② (三国·吴)韦昭注,徐元诰集解:《国语集解》,上海古籍出版社1978年版,第386页。

③ (三国·吴)韦昭注,徐元诰集解:《国语集解》,上海古籍出版社1978年版,第185—186页。

传：仲山甫，樊侯也。

《国语·周语》："樊仲山甫谏宣王。"

4.《周颂·昊天有成命》："昊天有成命，二后受之。成王不敢康，夙夜基命宥密。于缉熙，单厥心，肆其靖之。"传："二后，文、武也。基，始。命，信。宥，宽。密，宁也。缉，明。熙，广。单，厚。肆，固。靖，和也。"

传说采自《国语》。《国语·周语下》载，晋大夫叔向去周聘问，见到周之大夫单靖公，欣赏其为人，在这次外交活动期间，二人还谈论了《周颂》中《昊天有成命》这首诗。在叔向要离开时，单靖公的家臣送行，叔向转述了单靖公说诗的话语："是道成王之德也。成王，能明文昭、能定武烈者也。夫道成命者，而称昊天，翼其上也。二后受之，让于德也。成王不敢康，敬百姓也。夙夜，恭也。基，始也。命，信也。宥，宽也。密，宁也。缉，明也。熙，广也。亶，厚也。肆，固也。靖，和也。其始也，翼上德让，而敬百姓。其中也，恭俭信宽，帅归于宁。其终也，广厚其心，以固和之。始于德让，中于信宽，终于固和，故曰成。"① 可以说，传说皆由《周语》所载单靖公之解说而来。所可注意者，传之所以将"二后"认定为指文、武二王，是因为接受了单靖公对这首诗主旨的看法——"是道成王之德"。道，言说之义。"成王"是动宾短语（非指周成王），其内涵就是"能明文昭、能定武烈"，意思是能文能武者才能成为王。此诗为成功郊祀天地所作，说的是祖、考文、武二王之德，则作在周成王时代。

八 毛传引《墨子》

纵我不往，子宁不嗣音？（《郑风·子衿》）

传：嗣，习也。古者教以诗乐，诵之歌之，弦之舞之。

《墨子·公孟》曰："子墨子谓公孟子曰：'丧礼，君与父母、妻、后、子死，三年丧服；伯父、叔父、兄弟期；族人五月；姑、姊、舅、甥皆有数月之丧。或以不丧之间诵《诗三百》，弦《诗三百》，歌《诗三

---

① （三国·吴）韦昭注，徐元诰集解，王树民、沈长方点校：《国语集解》，中华书局2019年版，第117页。

百》，舞《诗三百》。若用子之言，则君子何日以听治？庶人何日以从事？'"①传说隐括《墨子》文而成，将"诵、弦、歌、舞"的顺序变动为"诵、歌、弦、舞"。

九 毛传引《吕氏春秋》

有力如虎，执辔如组。（《邶风·简兮》）

传：组，织组也。武力比于虎，可以御乱。御众有文章。言能治众，动于近、成于远也。

《吕氏春秋·先己》云："《诗》曰：'执辔如组。'孔子曰：'审此言也，可以为天下。'子贡曰：'何其躁也？'孔子曰：'非谓其躁也，谓其为之于此而成文于彼也。圣人组修其身，而成文于天下矣。'"②《吕氏春秋》成书于战国末期，而《先己》篇讲的是欲做取天下这样的大事、先得修身的道理，所以此篇作者假托孔子师徒对《简兮》这句诗的发挥，最终取孔子之说，而未采子贡之言。孔子将这句诗阐发为"谓其为之于此而成文于彼也"，毛公生当吕书成之后，将这句话中的"为"用同义词"动"替换，将"彼"用"远"替换，而删掉"文"字。这就是毛公释语的由来。附带说一下，汉武帝时淮南王刘安在组织门客著书时，在《淮南子·缪称》篇中，又踵武毛说，写道："故《诗》曰'执辔如组'，《易》曰'含章可贞'；动于近，成文于远。"与毛传对勘，只不过将毛传删去的"文"字又补上了。

第二节 郑笺与文献

一 郑笺引《易传》

《小雅·瓠叶》："幡幡瓠叶，采之亨之。君子有酒，酌言尝之。"笺云："熟瓠叶者，以为饮酒之菹也。此君子谓庶人有贤行者也。其农功毕，乃为酒浆，以合朋友，习礼讲道艺也。酒既成，先与父兄室人亨瓠叶而饮之，所以急和亲亲也。饮酒而曰尝者，以其为之主于宾客，宾

---

① 方勇译注：《墨子》，中华书局 2015 年第 2 版，第 432 页。
② 许维遹撰，梁运华整理：《吕氏春秋集释》（上册），中华书局 2009 年版，第 73 页。

客则加之以羞。《易·兑·象》曰：'君子以朋友讲习。'"郑玄的解释突出了饮酒的礼义目的，这是诗句字面上所没有的。在他看来，"尝""酒"的人是"君子""与父兄室人"，而只是酒之用的一端——"急和亲亲"，更重要的是为"宾客"（即"朋友"）而设。《周易》兑卦兑下兑上，① 像朋友在一起。

《大雅·思齐》："不显亦临，无射亦保。"笺云："临，视也。保，犹居也。文王之在辟廱也，有贤才之质而不明者，亦得观于礼；于六艺无射才者，亦得居于位，言养善使之积小致高大。"笺以为，"无射亦保"是写周文王对待人才之宽缓，不急暴，以此励人上进。《易·升卦》象曰："地中生木，升。君子以顺德，积小以高大。"②"积小致高大"一语显然由化用"积小以高大"而来。

二　郑笺引《尚书》

《小雅·鹿鸣》："吹笙鼓簧，承筐是将。"传："筐，篚属，所以行币帛也。"笺云："《书》曰：'篚厥玄黄。'"毛传以"篚属"训筐，指出"筐"是与"篚"一类的工具，那"篚"又是什么呢？笺引《尚书》中"篚"的用例以说明。《尚书·周书·武成》："惟其士女篚厥玄黄，昭我周王。"孔安国传："言东国士女筐篚盛其丝帛，奉迎道次。明我周王为之除害。"③"玄黄"本为颜色词，孔传解为"丝帛"，这里用了借代的修辞格。如此，"篚"与"筐"都是盛放礼物、犒劳品的工具。

《大雅·文王》："侯服于周，天命靡常。"传："则见天命之无常矣。"笺云："无常者，善则就之，恶则去之。"传意为，商之孙子臣服于周，则见天命之无常。笺以善恶释无常，将天命与人事统一起来，给无常注入了道德的内涵。郑玄这种思想来自《礼记·大学》对《尚书·周书·康诰》文句的阐释。《康诰》云："王曰：'呜呼！肆汝小子

---

① （三国·魏）王弼注，（唐）孔颖达疏，卢光明、李申整理：《周易正义》，北京大学出版社 2000 年版，第 276 页。

② （三国·魏）王弼注，（唐）孔颖达疏，卢光明、李申整理：《周易正义》，北京大学出版社 2000 年版，第 225 页。

③ （西汉）孔安国传，（唐）孔颖达正义，黄怀信整理：《尚书正义》，上海古籍出版社 2007 年版，第 435 页。

封，惟命不于常。汝念哉，无我殄！'"这是周成王封康叔（成王之叔、周公之弟）于卫时周公对他的告诫。当时的政治形势是："成王既伐管叔、蔡叔，以殷余民封康叔。"① 这篇文献的产生年代大致与《文王》诗同时，都在成王时，所以"天命无常"的主体思想在两处都能见到。《大学》："《康诰》曰：'惟命不于常。'道善则得之，不善则失之矣。"② 《大学》的作者是七十子后学，时代在春秋末以至战国。身处乱世的儒者，胸中怀着给动荡、分裂、争战的社会建立一个秩序的理想，将周初册命中的这个主题句，以自己所倡导的"道"做了解释，纳入治国、平天下的礼学思想体系的构建中。笺文虽然由《大学》对《康诰》这句话的发挥而来，但还是有所变化的："道善"的"道"是体词，"善"是谓词，"道善"即善于道，"不善"即不善于道；笺的"善""恶"是用于道德评判的词。在郑玄看来，用"善""恶"这样的字眼解释这句诗，比起使用"道"这个术语，更显得平民化，而且又给它注入了新的道德教化。换句话说，在《大学》里，是善于道与不善于道的分类，在笺这里，是善与恶的对立。笺借鉴了记文，精神实质却大为不同。

《大雅·思齐》："刑于寡妻，至于兄弟，以御于家邦。"传："寡妻，适妻也。御，迎也。"笺云："寡妻，寡有之妻，言贤也。御，治也。文王以礼法接待其妻，至于宗族。以此又能为政治于家邦也。《书》曰：'乃寡兄勖。'又曰：'越乃御事。'"先说"寡"。传训"寡妻"为适妻，是把"寡妻"这个双音词作为一个整体解释。笺对"寡妻"中"寡"的语素义予以解释。"寡人"是王侯意含谦卑的自称，经常被解释为寡德之人。《左传·隐公十一年》云："十一年春，滕侯、薛侯来朝，争长。……公使羽父请于薛侯曰：'……寡人若朝于薛，不敢与诸任齿。……'"③ "寡人"是鲁国羽父在薛侯面前称呼本国国君隐公之词，在此应是谦称。"寡"的本义是少。《说文·宀部》："寡，少也。从宀、

---

① 《康诰》序文。见（西汉）孔安国传，（唐）孔颖达正义，黄怀信整理《尚书正义》，上海古籍出版社 2007 年版，第 529 页。

② （东汉）郑玄注，（唐）孔颖达疏，龚抗云整理：《礼记正义》，北京大学出版社 2000 年版，第 1890 页。

③ 杨伯峻编著：《春秋左传注三》（修订本），中华书局 2009 年第 3 版，第 71—72 页。

颂。颂，分也。宀分，故为少也。"① 所以解"寡妻"为"寡有之妻"是对的。笺接着说"言贤也"，这是讲语用。与"寡人"之"寡"较，后者为谦称，而"寡妻"之"寡"，"言贤也"，显然是褒称，敬词，笺说对不对呢？回答是肯定的。因为《思齐》是后代写的赞颂文王之诗，其妻太姒在《大雅》的另一篇《大明》中也得到赞颂："缵女为莘，长子维行。"所以"言贤也"是对的。又《尚书·周书·康诰》云："王若曰：'……乃寡兄勖，肆汝小子封在兹东土。'"孔安国传："汝寡有之兄武王勉行文王之道，故汝小子封得在此东土为诸侯。"② 可从。周公以王的身份当面诫康叔封，称武王为"乃寡兄"即你的寡有之兄，也是充满敬意。再看"御"。《尚书·周书·大诰》云："王若曰：'猷大诰尔多邦，越尔御事：……'"今《尚书》"乃"为"尔"，与郑玄所见本不同。在这里，"尔"为面称代词，复数，与"御事"是同位关系。御，动词，治。"御事"转为名词，义为治事者，是低级管理人员。郑玄举《尚书》"寡""御"的用例以证它们在《诗经》中的词义，是很恰当的。

《大雅·文王有声》："丰水有芑，武王岂不仕？诒厥孙谋，以燕翼子。"传："翼，敬也。"笺云："丰水犹以其润泽生草，武王岂不以其功业为事乎？以之为事，故传其所以顺天下之谋，以安其敬事之子孙，谓使行之也。《书》曰：'厥考翼，其肯曰：我有后，弗弃基？'"传训翼为敬，笺同意，所引《尚书·周书·大诰》这句话的意思是：他去世的父亲敬事，他还活着时会说："我有后人，不会放弃我筑好的房基吧？"笺为"翼"的敬义举了一个同时代文献的书证。

《大雅·烝民》："天监有周，昭假于下。保兹天子，生仲山甫。"笺云："天视周王之政教，其光明乃至于下，谓及众民也。天安爱此天子宣王，故生樊侯仲山甫，使佐之。言天亦好是懿德也。""《书》曰：'天聪明自我民聪明。'"这四句之前是："天生烝民，有物有则。民之秉彝，好

① 段注："宀分者，合于上而分于下也，故始多而终少。"段玉裁体会许慎意甚为精到，时来传神之笔。

② （西汉）孔安国传，（唐）孔颖达正义，黄怀信整理：《尚书正义》，上海古籍出版社2007年版，第532页。

是懿德。"是说民好有懿德者。这前后八句可以概括为郑玄所见《书》中的一句话："天聪明自我民聪明。"因为《书》句的思想与《诗》句的一致，笺正好可以引来以证《诗》。今传《尚书·周书·泰誓中》有与郑玄引《书》意思相同的文句："天视自我民视，天听自我民听。"①意为天与民同好，天无知觉，其视、听来自民众。这是将郑玄所引一句的意思分成了两句。

三　郑笺引《春秋》等经传

（一）郑笺引《春秋》

《大雅·瞻卬》小序：凡伯刺幽王大坏也。

笺云：凡伯，天子大夫也。《春秋》鲁隐公七年："冬，天王使凡伯来聘。"

此"天王"即东周桓王。②郑玄的意思是说，春秋时有凡伯，应是西周幽王时凡伯后代。此笺为周代王官世袭提供了文献依据。小序标明凡伯所作诗，《大雅》中共有三篇，除《瞻卬》外，还有《板》和《召旻》二篇。《板》小序："凡伯刺厉王也。"笺云："凡伯，周同姓，周公之胤也。"此笺郑玄虽未注明所据，实则暗用《左传》，孔疏已指出。《召旻》小序："凡伯刺幽王大坏也。旻，闵也，闵天下无如召公之臣也。"郑玄对凡伯的两次注释，一明引《春秋》，一暗用《左传》，以史解经，给人们认识《诗》以有益的启示。

（二）郑笺引《左传》

《周南·关雎》："窈窕淑女，君子好逑。"笺云："怨耦曰仇。"《左传·桓公二年》："嘉耦曰妃，怨耦曰仇，古之命也。"

《小雅·车攻》："之子于征，有闻无声。"笺云："晋人伐郑。陈成子救之，舍于柳舒之上，去穀七里，穀人不知。可谓有闻无声。"

《左传·哀公二十七年》云："晋荀瑶帅师伐郑，次于桐丘。郑驷弘请救于齐。齐师将兴，陈成子属孤子三日朝。……乃救郑。及留舒，违

---

①　今传《泰誓》属于伪《古文尚书》的篇目，非周代真实文献，而是后来拟作者。这两句当然是假的，但所表达的思想却与郑玄所见的那句相同。

②　杨伯峻编著：《春秋左传注三》（修订本），中华书局 2009 年第 3 版，第 52 页。

谷七里，谷人不知。"① 《左传》成书在《诗经》后，但两书所述均为行军之事，其理相同。西周宣王是一代中兴之主，率领军队从镐京去东都洛邑会诸侯，一路上军纪严明，"之子于征，有闻无声"②，得到了诗人的赞美。这与此后春秋时期齐国陈成子严于军纪之事相类。《左传》是历史散文，显然在叙事中不动声色地对陈成子持赞赏态度。郑玄将《左传》之事与诗句联系起来，等于给诗句举出了一个历史实例，使读者对诗句的内涵理解更为深刻，有助于让读者由读诗而引发文学想象，一前一后的两个行军场面会映现在我们面前。于此可看出郑氏对文献之熟稔，这使得其笺《诗》多处着手，左右逢源，触处即春，达到多方面的成就，显出一个文化巨人的本色。

《小雅·鱼藻》："王在在镐，有那其居。"笺云："那，安貌。天下平安，王无四方之虞，故其居处那然安也。"《左传·昭公四年》载：楚灵王欲盟诸侯，派椒举去晋国征求其同意，椒举给晋平公说道："寡君使举曰：'日君有惠，赐盟于宋。'曰：'晋、楚之从交相见也。'以岁之不易，寡人愿结欢于二三君，使举请间。君若苟无四方之虞，则愿假宠以请于诸侯。"③ "无四方之虞"意谓无邻国侵略的忧患。由第一章郑笺，"王"指周武王。在这里，笺以为诗句说的是周武王灭商之后，安居镐京，无四方之忧，引用了《左传》楚国椒举之行人辞令。

《小雅·菀柳》："俾予靖之，后予迈焉。"笺云："迈，行也。行亦放也。《春秋传》曰：'子将行之。'""子将行之"出自《左传·昭公元年》，④ 是郑国子大叔对执政子产说的话，上句为"吉若获戾"，"吉"是子大叔的名，"子"是对子产的面称，"之"是第三人称代词，指子大叔自己。这两句话的意思是：要是我犯了罪，您会放逐我的。行，自动词，在此为使动用法，使……行。笺以"后予迈焉"为意合被动句，"予"为

① 柳舒、留舒，同一地，在齐国境内。据杨伯峻注，毂也是齐国境内地名。见杨伯峻编著《春秋左传注三》（修订本），中华书局 2009 年版，第 1733—1734 页。

② 于，介词，既可用在名词前，也可用在动词前。此例是用在动词前，表示动作正在进行。可译为：此子于行军中，有好名声却无喧哗。用在名词前的例子，如本诗"搏兽于敖"，敖，地名。

③ 杨伯峻编著：《春秋左传注三》（修订本），中华书局 2009 年第 3 版，第 1245—1246 页。

④ 杨伯峻编著：《春秋左传注三》（修订本），中华书局 2009 年第 3 版，第 1213 页。

受事主语，"迈"是"使……行"之义，使动词用于被动。

《小雅·黍苗》："我徒我御，我师我旅。"笺云："召伯营谢邑，以兵众行。其士卒有步行者，有御兵车者。五百人为旅，五旅为师。《春秋传》曰：'诸侯之制，君行师从，卿行旅从。'"《左传·定公四年》载卫国祝佗对灵公之言曰："社稷不动，祝不出境，官之制也。君以军行，祓社、衅鼓，祝奉以从，于是乎出境。若嘉好之事，君行师从，卿行旅从。臣无事焉。"① 祝佗是说，有武事，君率军出境，祝有事随行。参加会盟，君出行事带一个师的兵力，卿去则带一个旅的兵力，祝由于无事不随行。《黍苗》诗写的是周宣王时召伯（召穆公）去南国为申伯营谢之事。② 第一章曰："悠悠南行，召伯劳之。"第二章曰："我任我辇，我车我牛。"第三章曰："我徒我御，我师我旅。"第四章曰："烈烈征师，召伯成之。"第五章曰："召伯有成，王心则宁。"写召伯带了营建人员，也带了军队，召伯很亲民。诗中"师"字出现 2 次，"旅"字 1 次，所以这里的"师""旅"应是泛用，非确指是"师"还是"旅"。当时是西周时代，召伯是王朝之卿士，与祝佗所说诸侯之卿不同，而且也没有出境，为营建之事而非"嘉好之事"。郑玄引《左传》，以祝佗所言诸侯之君卿为嘉好之事出国要以兵相随，比类作为天子之卿士的召伯，为国内营建出行带军队是符合礼制的。

《大雅·文王》："陈锡哉周，侯文王孙子。"笺云："哉，始。侯，君也。乃由能敷恩惠之施以受命，造始周国，故天下君之。"笺之此释，来自《左传》。《左传》的作者往往引《诗》以发表自己对春秋时人事的言论，也不可避免涉及对《诗》之字、词、句的理解与解释，有的富于个性化与倾向性，因而也是创造性的，与《诗》句原意未必吻合，旨在发表政见，以《诗》为己用的。郑笺广收博取，予以吸收。《左传·鲁昭公十年》载：在齐国的四强族相争中，陈桓子和鲍氏胜出，将栾施、高彊驱逐出国，栾、高奔鲁。桓子就召回了之前被栾、高一方所逐的子山、

① 杨伯峻编著：《春秋左传注三》（修订本），中华书局 2009 年第 3 版，第 1535 页。
② 《黍苗》小序："刺幽王也。不能膏润天下，卿士不能行召伯之职焉。"不可从。此诗与《大雅·崧高》都是周宣王时代之诗。召伯为申伯营谢之事在《崧高》中也有所反映："亹亹申伯，王缵之事。于邑于谢，南国是式。王命召伯，定申伯之宅。"

子商、子周、子城、子公、公孙捷等人，私与好处。最后为自己的作为从《诗经》中找来根据，说道："《诗》云'陈锡载周'，能施也。桓公是以霸。""能施也"是桓子对"陈锡载周"所含精义的理解，但未具体释词，因为在当时词义不需要解释，大家都明白。笺说显然借鉴了《左传》中桓子对这句诗的理解，需要指出的是郑玄释"陈锡哉周"为"乃由能敷恩惠之施以受命，造始周国"，可以看出，是以"恩惠之施"解"锡"，却显得有些含糊：这"恩惠之施"是文王自己的呢，还是文王得自殷王即纣的"锡"（即赏赐。当时文王为殷之诸侯）呢？今人杨伯峻于"陈锡载周"下注曰："诗言文王布陈所得赏赐以赐予人，所以载周，即造周也。"以"赏赐"释"锡"，比郑"恩惠之施"更为准确：郑解了语意；杨更解了词义，让读者明白文王其时的诸侯地位，有功，得了殷王之"锡"，不是舍不得发给下属，而是"陈"（分发）之，由此得人心，故能"载周"。

《大雅·皇矣》第四章："维此王季，帝度其心。貊其德音，其德克明。克明克类，克长克君。"笺云："德正应和曰貊，照临四方曰明。勤施无私曰类，教诲不倦曰长，裳庆刑威曰君。"又"王此大邦，克顺克比"。笺云："慈和遍服曰顺，择善而从曰比。"笺对"貊""明""类""长""君""顺""比"的解释，都是继承了毛传对《左传·昭公二十八年》成鱄言辞的引述。在《左传》中，晋国大夫成鱄应对执政魏献子之问，引用本诗第四章以加强自己言说的力量，并对诗句中九个表德的词给予解释；在诗笺中，郑玄学习毛传的做法，又拿《左传》成文来注释《诗经》。

《大雅·灵台》小序："民始附也。文王受命，而民乐其有灵德，以及鸟兽昆虫焉。"笺云："天子有灵台者，所以观祲象，察气之妖祥也。文王受命，而作邑于丰，立灵台。《春秋传》曰：'公既视朔，遂登观台以望，而书云物，为备故也。'"笺关于天子灵台之所用，根据的是《周礼》。《周礼·春官·保章氏》："以星土辨九州之地，所封封域，皆有分星，以观妖祥。……以五云之物，辨吉凶、水旱降丰荒之祲象。"① 笺文

① （东汉）郑玄注，（唐）贾公彦疏，彭林整理：《周礼注疏》，上海古籍出版社2010年版，第1019—1924页。

隐括礼文而成，但《周礼》中也未出现"灵台"一词。《左传·僖公五年》云："五年春王正月辛亥朔，日南至。公既视朔，遂登观台以望，而书，礼也。凡分、至、启、闭，必书云物，为备故也。"① 笺也是约引《左传》，意在说明春秋时鲁国有"观台"，其用相当于周文王为商朝的西伯时在丰邑（今西安市长安区沣河西岸）所建的"灵台"。既然《周礼》《左传》都记古人登台观天象以察人事，并以备官，这在那时是不可或缺的建置。郑玄引《周礼》没有明言，总之以这两种文献为依据说明文王灵台的用途是可信的。不过就《灵台》全诗来看，观天象只是其功用之一端。这首诗共五章：第一章写营造，第二章写"灵囿""麀鹿"，第三章有"白鸟""灵沼""鱼跃"，第四、第五章提到"辟雍"，描写奏乐。由此看，"灵台"是一个建筑群，有圈养野生动物的"囿"和"沼"，附近有"辟雍"，文王可以在里面举行音乐会，它的功能是多方面的。另外《左传·哀公二十五年》载："卫侯为灵台于藉圃，与诸大夫饮酒焉。"②"灵台"的建制从商朝晚期到春秋末一直存在，卫国也恰好曾是商文化核心区。

《大雅·云汉》小序："仍叔美宣王也。宣王承厉王之烈，内有拨乱之志，遇灾而惧，侧身修行。天下喜于王化复行，百姓见忧，故作是诗也。"笺云："仍叔，周大夫也。《春秋》桓公五年，'夏，天王使仍叔之子来聘'。"鲁桓公五年即周桓王十三年（公元前707年），当时的"仍叔之子"为《云汉》诗的作者仍叔的后代。郑玄以《春秋》经文为说，追溯了仍叔这一世族的源流。

《大雅·烝民》："古训是式，威仪是力。"笺云："力犹勤也。勤威仪者，恪居官次，不解于位也。"郑玄熟于文献，将文献用词移来笺诗，寄托着他对历史人物的褒贬。《左传·襄二十三年》曰："季氏以公鉏为马正，愠而不出。闵子马见之，曰：'子无然。祸福无门，唯人所召。为人子者，患不孝，不患无所。敬共父命，何常之有？若能孝敬，富倍季氏可也。奸回不轨，祸倍下民可也。'公鉏然之，敬共朝夕，恪居官次。季孙喜，使饮己酒，而以具往，尽舍旃。故公鉏氏富，又出为公左宰。"季氏有二子，公鉏长，悼子少，季氏立悼子为继承人，而以公鉏为马正。

① 杨伯峻编著：《春秋左传注三》（修订本），中华书局2009年第3版，第302—303页。
② 杨伯峻编著：《春秋左传注三》（修订本），中华书局2009年第3版，第1724页。

公鉏从闵子马之言，不废孝敬，"恪居官次"。《烝民》第二章曰："仲山甫之德，柔嘉维则。令仪令色，小心翼翼。古训是式，威仪是力。天子是若，明命使赋。"郑玄以《左传》"恪居官次"具体解释此诗"威仪是力"的内涵，以鲁国季氏之子公鉏比附周宣王的大臣仲山甫，虽有为子与为臣的不同，但两人都忠于职守。

《商颂·长发》："昔在中叶，有震且业。"传："业，危也。"笺云："震，犹威也。相土始有征伐之威，以为子孙讨恶之业。《春秋传》曰：'畏君之震，师徒桡败。'"《左传·成公二年》载晋齐鞍之战齐国战败后、齐顷公派宾媚人（即国佐，齐国上卿）向晋国主将郤克求和之辞："子以君师辱于敝邑，不腆敝赋，以犒从者。畏君之震，师徒桡败。……"① 显然，《左传》之"震"与此诗之"震"同义，俱训"威"。其实对"震"字的理解，传、笺是一致的。不同处在于，传以为"有震且业"写的是商汤以前未兴时的被动处境，② "震""业"词性相同，都是形容词，意思相近；而笺以为此句写的是商的祖先相土对外征伐的气势，"震"是形容词，"业"活用为动词。

（三）郑笺引《公羊传》

《鄘风·载驰》序："许穆夫人作也。闵其宗国颠覆，自伤不能救也。卫懿公为狄人所灭，国人分散，露于漕邑。许穆夫人闵卫之亡，伤许之小，力不能救，思归唁其兄，又义不得，故赋是诗也。"笺云："君死于位曰灭。"《春秋》昭公二十三年云："戊辰，吴败顿、胡、沈、蔡、陈、许之师于鸡父。胡子髡、沈子楹灭，获陈夏齿。"《公羊传》云："君死于位曰灭，生得曰获，大夫生死皆曰获。"③

《大雅·绵》"百堵皆兴，鼛鼓弗胜。"笺云："五版为堵。"《春秋》定公十二年云："夏，……季孙斯、仲孙何忌帅师堕费。"《公羊传》云：

---

① 杨伯峻编著：《春秋左传注三》（修订本），中华书局 2009 年第 3 版，第 799 页。

② 有意思的是，属于古文《尚书》的《商书·仲虺之诰》有与之意思相同的文句："小大战战，罔不惧于非辜。"孔传："言商家小大忧危，恐其非罪见灭。"此句也是说商汤胜桀之前力量相对单薄之时的忧患。清代以来，《古文尚书》之伪尘埃落定。这说明《仲虺之诰》篇的作者在写此篇时参考了《商颂·长发》，而且对"有震且业"的理解同于毛传。参见（西汉）孔安国传，（唐）孔颖达正义，黄怀信整理《尚书正义》，上海古籍出版社 2007 年版，第 292 页。

③ （西汉）公羊寿传，（汉）何休解诂，（唐）徐彦疏，浦卫忠整理：《春秋公羊传注疏》，北京大学出版社 2000 年版，第 594 页。

"曷为帅师堕郈？帅师堕费？孔子行乎季孙，三月不违，曰：'家不藏甲，邑无百雉之城。'于是帅师堕郈，帅师堕费。雉者何？五版而堵，五堵而雉，百雉而城。"[1]笺引《公羊传》之说解《诗》之"堵"。

（四）郑笺引《谷梁传》

《小雅·何草不黄》："哀我征夫，独为匪民。"笺云："征夫，从役者也。古者师出不逾时，所以厚民之性也。今则草玄至于黄，黄至于玄，此岂非民乎？"《春秋》鲁隐公五年："冬，十有二月，……宋人伐郑，围长葛。"《谷梁传》云："伐国不言围邑，此言围邑，何也？久之也。伐不逾时，战不逐奔，诛不填服。"[2]《春秋》文"宋人伐郑，围长葛"是对历史事件的客观记载，《谷梁传》就"围"字以意解之，在臧否史事时贯注了善的精神。这一观点，也是其创新，因为所及事类与《何草不黄》所写人事相同，被笺采来用之于对诗中的政治展开批评。《谷梁传》的"伐不逾时"，本是评论之辞，郑玄在引用时在前面加上"古者"二字，把"伐"改为"师"字，与诗"征夫"从役之事拉近，并使得"师出不逾时"听起来是"古"时的一个规定。

四　郑笺引《国语》

《大雅·韩奕》小序："尹吉甫美宣王也。能锡命诸侯。"笺云："韩，姬姓之国也，后为晋所灭，故大夫韩氏以为邑名焉。幽王九年，王室始骚。郑桓公问于史伯曰：'周衰，其孰兴乎？'对曰：'武实昭文之功，文之祚尽，武其嗣乎？武王之子，应、韩不在，其在晋乎！'""幽王九年，王室始骚。郑桓公问于史伯曰：'周衰，其孰兴乎？'对曰：'武实昭文之功，文之祚尽，武其嗣乎？武王之子，应、韩不在，其在晋乎！'"[3]周初成王时所封武王之子的韩国后来被晋国所灭。《韩奕》为幽王之前宣王时诗，当时宣王中兴，诗写的是当时的一位韩侯进京受周宣

----

① （西汉）公羊寿传，（汉）何休解诂，（唐）徐彦疏，浦卫忠整理：《春秋公羊传注疏》，北京大学出版社 2000 年版，第 665—666 页。

② （晋）范宁集解，（唐）杨士勋疏，夏先培整理：《春秋谷梁传注疏》，北京大学出版社 2000 年版，第 25 页。

③ 上海师范大学古籍整理组校点：《国语》（共二册），上海古籍出版社 1978 年版，第 523—524 页。

王之命。首章四句云：“奕奕梁山，维禹甸之。有倬其道，韩侯受命。”此诗之篇名“韩奕”即摘自“奕奕梁山”与“韩侯受命”。郑玄引《国语·郑语》之文以解此诗篇名之“韩”。

五　郑笺引《论语》

《小雅·桑扈》：“彼交匪敖，万福来求。”笺云：“彼，彼贤者也。贤者居处恭，执事敬，与人交必以礼，则万福之禄就而求之，谓登用爵命，加以庆赐。”“居处恭，执事敬”出自《论语·子路》。

《小雅·宾之初筵》：“发彼有的，以祈尔爵。”笺云：“发者与其耦拾发。发矢之时，各心竞云：‘我以此求爵女。’爵，射爵也。射之礼，胜者饮不胜，所以养病也，故《论语》云：‘下而饮，其争也君子。’”《论语·八佾》云：“子曰：君子无所争。必也射乎？揖让而升，下而饮。其争也君子。”

《小雅·隰桑》“心乎爱矣，遐不谓矣？中心藏之，何日忘之？”笺云：“遐，远。谓，勤。藏，善也。我心爱此君子，君子虽远在野，岂能不勤思之乎？宜思之也。我心善此君子，又诚不能忘也。孔子曰：‘爱之，能勿劳乎？忠焉，能勿诲乎？’”孔子语：“爱之能勿劳乎？忠焉能勿诲乎？”该语出自《论语·宪问》。郑玄意在引用孔子这段话的前一半“爱之，能勿劳乎？”认为其与诗之“心乎爱矣，遐不谓矣？”句义相同，将诗句之“谓”对孔子此语之“劳”，“劳”与“勤”为同义词，所以将“谓”训作“勤”。

《大雅·下武》：“永言配命，成王之孚。”笺云：“孚，信也。此为武王言也。今长我配行三后之教令者，欲成我周家王道之信也。王德之道成于信，《论语》曰：‘民无信不立。’”笺训“孚”为“信”。为了说明“信”对于王道的重要性，引用《论语·颜渊》的成说。

《大雅·瞻卬》：“如贾三倍，君子是识。”笺云：“贾物而有三倍之利者，小人所宜知也。君子反知之，非其宜也。……孔子曰：‘君子喻于义，小人喻于利。’”笺所引孔子言出自《论语·里仁》。

六　郑笺引《孟子》

《大雅·桑柔》：“民有肃心，荓云不逮。好是稼穑，力民代食。”笺云："王为政，民有进于善道之心，当任用之，反却退之，使不即门，但好任用是居家啬嗇、于聚敛作力之人，令代贤者处位食禄。明王之法，能治人者食于人，不能治人者食人。"郑玄意为，今王没有让能治人的贤者食于人，而是让"于聚敛作力之人"代贤者而食。《孟子·滕文公上》云："故曰或劳心，或劳力。劳心者治人，劳力者治于人。治于人者食人，治人者食于人，天下之通义也。"这是孟子给从宋国来到滕国定居的陈相就社会等级分工做出的解释，笺引来解"力民代食"。

七　郑笺引《孝经》

《大雅·思齐》："古之人无斁，誉髦斯士。"笺云："古之人，谓圣王明君也。口无择言，身无择行，以身化其臣下，故令此士皆有明誉于天下，成其俊乂之美也。"郑玄以"择"对"斁"。其中"口无择言，身无择行"出自《孝经》。《孝经·卿大夫章》云："口无择言，身无择行。言满天下无口过，行满天下无怨恶。三者备矣，然后能守其宗庙。盖卿大夫之孝也。"论述了卿大夫怎样才能做到孝。"口无择言，身无择行"后唐明皇李隆基注云："言行皆遵法道，所以无可择也。"①读择如字。清王引之《经义述闻》云："《吕刑》'敬忌，罔有择言在躬'，择当为斁，斁即殬也。言罔或有败言在身也。《孝经》'口无择言，身无择行'，言口无败言，身无败行也。"王引之以《尚书·吕刑》与《孝经》互证，认为"择、斁、殬"可通，训为"败"。此说不同于李注，更为可信。郑玄在此笺中虽引用了《孝经》成文，并解释"择"字之义，经过王引之的论证，则《孝经》之"择"《思齐》之"斁"相通，义为"败"。

八　郑笺引《诗经》

《大雅·烝民》："古训是式，威仪是力。"笺云："力犹勤也。勤威仪者，恪居官次，不解于位也。""不解于位"一语出自《大雅·假乐》。

---

① （唐）李隆基注，（宋）邢昺疏，邓洪波整理：《孝经注疏》，北京大学出版社2000年版，第13页。

第三节　毛传、郑笺引用文献释《诗》之评析

一　郑笺引文启发对《易传》成书的认识

《大雅·下武》："媚兹一人，应侯顺德。"笺云："可爱乎武王，能当此顺德。谓能成其祖考之功也。《易》曰：'君子以顺德，积小以高大。'"所引《易》为《易·升卦·象辞》。① 顺德，笺以为是武王所有之德，也就是武王能继其祖考之业而成之，此谓"顺德"。郑玄之此笺，指明"顺德"一语与《周易》的关系。《象辞》传为孔子所作，其所谓"君子以顺德，积小以高大"，意思是：地中生木，由小长高，君子法之。君子之"顺德"，内涵即是"积小以高大"之德。孔子深于《诗》学，作《十翼》之时，用《诗》之成词以注《易》，将本来指人孝行的"顺德"与《易》象联系起来，阐发出《易》的哲理性，发展了《易》学，而这是与其精湛的《诗》学修养分不开的。郑君以《易》笺《诗》，给我们以有益的提示，得于此窥见孔子利用《诗》《易》开创儒学、沟通天人的非凡学力与意匠。

二　毛传、郑笺误解引文的语用义

《大雅·既醉》："其类维何？室家之壸。"传："壸，广也。"笺云："壸之言梱也。其与女之族类云何乎？室家先以相梱致，已乃及于天下。"传之所以训"壸"为广，其根据在于《国语》。《国语·周语下》载晋之叔向聘周，在此次外交活动中，周王之卿士单靖公为之"语说《昊天有成命》"②，赢得了叔向的赞赏，在离开周之际，单靖公的家臣送别叔向，叔向同样引诗，褒奖了单靖公。叔向的话是这样说的："《诗》曰：'其类维何？室家之壸。君子万年，永锡祚胤。'类也者，不忝前哲之谓也。壸也者，广裕民人之谓也。万年也者，令闻不忘之谓也。胤也者，子孙蕃

---

① （三国·魏）王弼注，（唐）孔颖达疏，卢光明、李申整理：《周易正义》，北京大学出版社 2000 年版，第 225 页。

② 韦昭注曰："语，宴语所及也。说，乐也。"对"语"的解释正确。这里的"说"为说解，音 shuō。韦读"说"为"悦"，音 yuè，训为乐，可商。见（三国·吴）韦昭注，徐元诰集解《国语集解》，上海古籍出版社 1978 年版，第 114 页。

育之谓也。单子朝夕不忘成王之德，可谓不忝前哲矣。膺保民德，以佐王室，可谓广裕民人矣。若能类善物，以混厚民人者，必有章誉蕃育之祚，则单子必当之矣。单若有阙，必兹君子之子孙实续之，不出于他矣。"① 可以说，叔向之引《诗》，是把《诗》当作辞令来用，意在称誉单靖公，实在是背离了这几句诗的原意。先说"类"。这四句诗的前两句诗是"孝子不匮，永锡尔类"。"孝子"指周成王，"类"即族类。诗名《既醉》，全篇写的是成王设宴招待族人。这两句意为：您作为孝子的成王不会匮乏的，永远赐予您的族类。叔向说"类也者，不忝前哲之谓也"，是说单靖公"不忝前哲"，亦是"前哲"之"类"，等于说单靖公是"哲"人。很明显，叔向之"类"非诗之"类"。再说"壶"。叔向解为"广裕民人之谓也"，毛传之"广"来于此。郑玄解为"壶之言梱也"，梱，梱致，音 kǔn。《仪礼·大射礼》："既拾，取矢梱之。"郑玄注："梱，齐等之也。"② 梱，今之捆字。致即致密。梱致，即捆绑而致密，义为牢固，不使散开。则"室家之壶"义为室家使之紧凑，不要涣散。我们认为郑玄的这个解释是正确的，可从。从句型来说，"室家之壶"是受事主语句，《诗经》多有之。③ 这里的"室家"指的是成王的"室家"，意思是祝愿周成王先齐其家。叔向"壶也者，广裕民人之谓也"之说只是临时发挥，是对单靖公的称许，非诗中"壶"字之义。后面的"君子万年，永锡祚胤"也是对周成王的祝福。"君子"指成王，"君子万年"祝其长寿。"永锡祚胤"祝福及其子孙。该句是双宾句④，祚，

① （三国·吴）韦昭注，徐元诰集解：《国语集解》，上海古籍出版社 1978 年版，第 117—118 页。

② （东汉）郑玄注，〔唐〕贾公彦疏，王辉整理：《仪礼注疏》，上海古籍出版社 2008 年版，第 519 页。

③ 又如"周爱咨诹"。旧说以为是倒装句，其实对这种句型的功能认识有误。这是上古汉语中很重要的一个句型，主语"周"是焦点，句意是忠信之人是咨询的对象。爱，介词，用在作为主语的咨询对象与动词之间。另《尚书·周书·洪范》："土爰稼穑。"意思是土之功能（或性质，或直接说成"土"，都可以）是在上面稼穑的。"爰"用在表示处所的主语于动词之间，性质也是介词。孔传将此句翻译为"土可以种，可以敛。"很准确。清王引之简单地训"爰"为"曰"是错误的。参见何乐士《"政以治民"和"以政治民"两种句式有何不同》，载其著《古汉语语法研究论文集》，商务印书馆 2000 年版。

④ 关于上古汉语双宾句，参见时兵《上古汉语双及物结构研究》，安徽大学出版社 2007 年版。

福，受事宾语；胤，后嗣，接受对象。而叔向所谓"万年也者，令闻不忘之谓也"，其意为单靖公是"君子"，他的好声誉会传之后世。叔向是春秋时晋国名臣，善于辞令，称引《诗》句以服务于政事，在此次聘周的外务活动中可以说表现得很出色。正因为出色，当时就传闻于诸侯国之间，史家载之于书。由以上看，春秋时的政治家用诗，给诗句赋予特定的语用意，不一定符合诗句的原意。受其说的影响，毛传进而以之解释"壶"的词义。毛传将"壶"解为"广"，与其所处时代有关。《既醉》诗的时代，是家天下的时代，周初分封，多为自家子弟。那时是西周盛世，此诗为宴族人之诗，表达的是诗人对周王能团结族人所寄的厚望；而说诗的叔向和毛公，前者在春秋末，后者处西汉初，都归心儒学，信仰"修、齐、治、平"之说，将"室家之壶"解释为"由家化国"，与诗之原意渐行渐远了。

《大雅·既醉》："孝子不匮，永锡尔类。"传："匮，竭。类，善也。"笺云："孝子之孝，非有竭极之时，长以与女之族类，谓广之以教导天下也。《春秋传》：'颍考叔，纯孝也，施及庄公。'"传训"类"为"善"，笺改训为"族类"，这是优长处。笺以为这两句是说孝子的孝无竭极时，永远以孝影响族人。孝是抽象的观念。《左传·隐公元年》载：颍考叔见郑庄公，以自己对母亲的孝行开导、化解了庄公与母亲之间的矛盾。《左传》的作者赞誉颍考叔，接着引了这两句诗。[1] 可以说《左传》这样用诗是很恰当的。颍考叔用对母亲的孝确实感染了郑庄公。但这两句诗在原诗中能不能如笺所说的那样解释呢？回答是否定的。我们认为"孝子不匮"写周成王祭祀祖考释品物的丰盛、齐备，着眼于当下；"永锡尔类"是希望成王永远厚待、团结族类，这是作为族人的诗作者参加了祭祀之后举办的宴会，写诗表达对成王的期许。两句都是写用丰厚的物质惠及神人。《礼记·祭义》："孝有三，小孝用力，中孝用劳，大孝不匮。……博施备物，可谓不匮矣。"孔疏："广博于施，则德教加于百姓，刑于四海是也。备物，谓四海之内，各以其职来助祭，如此即是大孝不匮也。"[2] 《礼

① 杨伯峻编著：《春秋左传注三》（修订本），中华书局2009年第3版，第15—16页。
② （东汉）郑玄注，（唐）孔颖达疏，龚抗云整理：《礼记正义》，北京大学出版社2000年版，第1556—1559页。

记》为七十子之后学所作，精通《诗》学，在阐发孝时化用诗句，显然这里的"大孝不匮"由"孝子不匮"而来。用"博施备物"解释"不匮"大致不错，更准确一点，可用《记》之"博施"对应诗之"永锡尔类"，不过"博"的范围比"尔类"大；"备物"对应"孝子不匮"。所以，"孝子不匮"意为孝子不匮于物，而非如郑玄所说"孝子之孝，非有竭极之时"。

《商颂·烈祖》："亦有和羹，既戒既平。鬷假无言，时靡有争。"笺云："和羹者，五味调，腥熟得节，食之，于人性安和，喻诸侯有和顺之德也。"笺对"亦有和羹"的解释，与《左传》引诗用诗有关。《左传·昭公二十年》载有晏婴谏齐景公的言论，有一段是这样的："（晏子）对曰：'和如羹焉，水、火、醯、醢、盐、梅，以烹鱼肉，燀之以薪，宰夫和之，齐之以味，济其不及，以泄其过。君子食之，以平其心。君臣亦然。君所谓可而有否焉，臣献其否以成其可；君所谓否而有可焉，臣献其可以去其否，是以政平而不干，民无争心。'故《诗》曰：'亦有和羹，既戒既平。鬷嘏无言，时靡有争。'……'"[1]晏婴从作为食品亦即祭品的"和羹"发端，其言说之重心，在于自己认可的理想的君臣关系以及由此导致政治效果，最后引《诗》句证明自己并非虚言。虽然他的这段话中所用到的关键词如"和羹""平""争"在这四句诗中都有，但除了"和羹"与诗句中的用义相近，"平""争"二词的主体都不相同：在诗句中，"和羹"指祭品，晏婴所言"和羹"指食品，不过"和"都指烹调得中；诗句之"平"，杨伯峻解为"其味适中也"，切合诗义，晏婴已作了引申，这从"以平其心"和"是以政平而不干"可以看出来，二者有味之平与"平心""政平"之异；诗句之"时靡有争"是说助祭诸侯不争，即肃静，晏婴是说政平之后"民无争心"，主体有助祭者与"民"之别。郑君于晏婴对《诗》这种极尽发挥之能事的用法得了启发，而比晏子走得更远：在晏婴那儿，"和"还是指作为食品的羹之和，在郑君这里，却是"于人性安和，喻诸侯有和顺之德也"，"和"指"人性之和""和顺之德"，由言物一跃而为言人，抽象化了。

---

[1] 杨伯峻编著：《春秋左传注三》（修订本），中华书局2009年第3版，第1419页。

三　郑笺对引文理解不确

《大雅·下武》："受天之祜，四方来贺。于万斯年，不遐有佐！"笺云："武王受此万福之寿，不远有佐。言其辅佐之臣，亦宜蒙其余福也。《书》曰'公其以予万亿年'，亦君臣同福禄也。"细读《下武》这首诗，可以知道此诗作于武王时代，主题是歌颂、祝福周武王。序所说"继文也"是正确的。下面引几个主题句以明之。第一章："下武维周，世有哲王。三后在天，王配于京。"意思是：后代能继祖的唯有周，代代有哲王。三个（大王、王季、文王）在天上，武王配在镐京。第二章"永言配命，成王之孚"意为永远行使你配有的职责，成就王的威信。第三章"永言孝思，孝思维则"是说永远孝思、法则先王。第四章"昭哉嗣服"感叹武王继位功业之显。第五章"于万斯年，受天之祜！"是祝福。第六章"受天之祜，四方来贺。于万斯年，不遐有佐！"实写四方来贺，并祝千万年远方佐助。综观全诗，都是臣子在言说武王，所以"不遐有佐"也应以武王为言说的中心，"不"为发声词①，最后两句直译出来就是：千年万代，远方有佐助者！从这首诗的中心意思出发，"不遐有佐"不会是郑玄所说"不远有佐"即不疏远辅佐之臣的意思。这里，郑玄实有"摘句解诗"之嫌。一句诗，它在一首诗里面才有意思，要为整首诗的表意服务，不能离开整首诗意的制约而随意去说。再来看郑玄引《书》的那句话，出自《周书·洛诰》，原句为"公其以予万亿年敬天之休"，是周成王说给周公的话。"以予""万亿年敬天之休"是连动结构，以，动

---

① 《尚书·周书·康诰》："惟乃丕显考文王，克明德慎罚。"（西汉）孔安国传，（唐）孔颖达正义，黄怀信整理：《尚书正义》，上海古籍出版社 2007 年版，第 532 页。《经传释词》解"丕"字云："丕显考，显考也。通作'不显'。《毛诗》曰：不显，显也。则上一字乃发声，笺解为岂不显，失其意矣。"诗句"不遐有佐"之"不"与《康诰》"丕显考"之"丕"异字同词，为同一词在不同时代的不同写法。"不"形早出，亦见于西周金文，"丕"形后出。"不""丕"是虚词，无词汇意义，有语法意义，即：用在需要强调的词前，表示郑重。"不"用在这句诗中，主要是强调了"遐"，同时起了一个诗律上的作用，即配成了四字句。见（清）王引之《经传释词》，李维琦校点，岳麓书社 1985 年版，第 220 页。

词，带领。① 可译为：公请引领我亿万年敬天之美。成王说这句话意在请求周公不要引退，继续留下辅政。接下来还向周公拜求教诲之言。② 当时君臣所谈都是于时政切要之事，而不是如笺所说的"君臣同福禄"那样轻松。由以上，笺虽然因为《书》"万亿年"之语与此诗"于万斯年"字面相同引来证诗句之意，其于"万亿年"在《洛诰》中的用意及"於万斯年"在本诗中的句意的理解都是不准确的。

四 毛传、郑笺注意引文而淡化诗情

《郑风·子衿》："一日不见，如三月兮！"传："言礼乐不可一日而废。"笺云："君子之学，以文会友，以友辅仁。独学而无友，则孤陋而寡闻。故思之甚。"学者已经指出，笺所谓"君子之学，以文会友，以友辅仁"出于《论语》。《论语·颜渊》："曾子曰：'君子以文会友，以友辅仁。'"③ 孔子的弟子曾子这句话的中心意思是：君子之志在于仁。什么是"仁"呢？在本篇上文孔子作了明确而简洁的界定。文曰："樊迟问仁。子曰：'爱人。'"仁就是爱人。曾子这句话另外两个关键词是"文"和"友"，与笺语比较，则笺多出了"学"字。"学"字从何而来呢？来自此诗之序。《子衿》序："刺学校废也。"再拿笺与传对照，这两位儒者对诗句的解释都重在学的内容，但二者还是有差异：传说到"礼"与"乐"，笺更拈出了"仁"。"礼""乐"是"六艺"当中的两项，另外四项是"射""御""书""数"，是周代学子教学大纲规定的必修科目，其中前四项重在实际操作技能。"仁"则是孔子在春秋末期创建儒学时提出的核心概念，"礼""乐"是外在的，礼的仪节、诗乐的表演，都实实在在能看得到，而"仁"是内在的，是思想的趋

---

① 孔传翻译这句话云："公其当用我万亿年敬天之美。"解"以"为"用"，不确。周成王当时二十岁，刚刚亲政，对作为叔父的周公深为尊敬，使用"以"字的带领义甚为恰当。若解为"用"，表义不明，成王在周公面前诚惶诚恐、毕恭毕敬的神情遂隐而不显。《周书·大诰》："肆朕诞以尔东征。"这是周公东征前大诰天下之辞，"以"同样义为率领。《左传》多言"以师"，杜注："凡师能左右之曰以。""能左右"即有军队的指挥权，率领之义。"以"字甲骨文象人有所持之形，本义为把持，引申出带领义，是行为动词，往后虚化为介词，义为用、凭。

② （西汉）孔安国传，（唐）孔颖达正义，黄怀信整理：《尚书正义》，上海古籍出版社2007年版，第595页。

③ 朱汉民整理：《论语注疏》，北京大学出版社2000年版，第191页。

向，据孔子的论述，"仁"是"礼"的灵魂。① 礼崩乐坏，周纲陵夷，这是孔子创立"仁"学的社会历史环境，身处乱时，孔子志在教育世人，挽回人心，"知不可为而为之"，这是孔子在后世成为圣人的原因。但毛亨、郑玄之说解，未必就是这首诗的本意。我们认为《子衿》是怀人之作，应当是一首情诗。本诗共三章，前两章"青青子衿""青青子佩"写的是所思者的服饰，第三章"一日不见，如三月兮！"写的是与思念对象"在城阙"相见后的喜悦。"见"的对象应是特定的人，不是传所说的"礼乐"，更不是笺所谓"仁"。因为"仁"是抽象的，看不见，"礼乐"虽可见，但这两个字诗中没有，有的只是"衿""佩"这些实在之物。《诗经》中的《风》诗有的是先民真情的流露，其创作远在孔子之前，我们正可以通过赏读之而得以了解当时人们的精神面貌。传、笺之说，则是对原典的发挥，两位学者解诗，都是立足于自己所处的时代，凭借前代文献②与大思想家的学说，至于诗之原意是否如其说，则是另一回事。西方阐释学认为，一件作品成就之后，对后人的解释是开放的。中国古代学者解诗，其实早都这样做了。西人善于理论，这是其长处。但中国解释学之发达，却远远早于西方。③

《豳风·东山》："制彼裳衣，勿士行枚。"笺云："勿犹无也。女制彼裳衣而来，谓兵服也。亦初无行陈衔枚之事，言前定也。《春秋传》曰：'善用兵者不陈。'"笺所谓《春秋传》即指《谷梁传》。《春秋》鲁庄公八年："甲午，治兵。"《谷梁传》云："出曰治兵，习战也。入曰振旅，习战也。治兵而陈、蔡不至矣。兵事以严终，故曰善陈者不战，此之谓也。善为国者不师，善师者不陈，善陈者不战，善战者不死，善死者不亡。"④《春秋》经文只两个字"治兵"，《谷梁传》的作者发挥了一

---

① 《论语·八佾》："人而不仁，如礼何？人而不仁，如乐何？"见朱汉民整理《论语注疏》，北京大学出版社 2000 年版，第 32 页。

② 指《周礼》所列周代教育科目。

③ 汤一介：《论创建中国解释学问题——中国先秦解释经典的三种模式》，《瞩望新轴心时代——在新世纪的哲学思考》，中央编译出版社 2014 年版，第 9—12 页。

④ （晋）范宁集解，（唐）杨士勋疏，夏先培整理：《春秋谷梁传注疏》，北京大学出版社 2000 年版，第 85 页。

通评论，表述的是修德非战的儒家思想。《东山》这两句诗表达的是东征归士对和平安宁生活的殷切愿望，笺将"勿"解为"无"，将"勿士行枚"解为"亦初无行陈衔枚之事，言前定也"却是错的，否定了周公东征战事的惨烈，神话了周公。

　　《小雅·四牡》："岂不怀归？王事靡盬，我心伤悲。"传："盬，不坚固也。思归者，私恩也。靡盬者，公义也。伤悲者，情思也。"笺云："无私恩，非孝子也。无公义，非忠臣也。君子不以私害公，不以家事辞王事。"毛传将"怀归""靡盬"做了意识形态的发挥，由此引出了公、私两个对立的范畴。郑玄更前进一步，以《公羊传》"不以家事辞王事"为说，① 将表达怨情之诗句完全做了理论化的解释，致使其中饱含的思亲之浓烈情感化为乌有。

---

　　① （西汉）公羊寿传，（汉）何休解诂，（唐）徐彦疏，浦卫忠整理：《春秋公羊传注疏》，北京大学出版社 2000 年版，第 683 页。

第 三 章

毛传解《诗》内容考察

　　《诗经》之毛传是古文经，多古字，毛传在以今字读之以外，还实际上揭示了文字使用中的假借现象，只是没有如后来的许慎那样理论化而已。在注释方法上，除利用现有的《尔雅》训释之外，多方搜求，使用了排比《诗经》文句为训、以史证诗、以传闻解诗、介绍制度等方法。从注者的观念上来说，不可避免地受到了当时哲学思想的影响，朴素而富于启示。在语言解释上，也有明显的错误与不足。

第一节　毛传的注释方法

一　参考《尔雅》

　　就来源说，毛传中有大量条目是袭自《尔雅》的，因为《尔雅》多为释《诗》而作。可以分为以下几种情况：

　　第一，直接采用《尔雅》注文。例如：

　　卬　招招舟子，人涉卬否。（《邶风·匏有苦叶》）

　　传：卬，我也。

　　《尔雅·释诂》："卬，我也。"[1] 传袭自《雅》训。将"卬"训作"我"，其可靠性如何呢？"卬"在上古文献中的用例，除了《诗经》，还见于《尚书·周书·大诰》，云："越予冲人，不卬自恤。""肆予曷敢不

──────────

[1]　（清）郝懿行撰，王其和、吴庆峰、张金霞点校：《尔雅义疏》，中华书局 2017 年版，第 79 页。

越卬敉宁王大命?"① "越予冲人,不卬自恤"可译为"我幼稚人,不自顾我","肆予曷敢不越卬敉宁王大命?"可译作"故我何敢不于我身安抚定文王所受上天之大命?"《大诰》为西周初年文献,这两例中的"予"为第一人称主格,"卬"为第一人称宾格。在"不卬自恤"中"卬"作动词"恤"的宾语,否定句中前置于动词;在"肆予曷敢不越卬敉宁王大命?"中"卬"作介词"越"的宾语。而《匏有苦叶》是春秋时代的作品,在"人涉卬否"这个紧缩并列复句中,"卬"作第二个分句"卬否"的主语了,这体现了语言的演变。

郭璞《尔雅》注:"卬,我也。"下云:"卬犹姎也,语之转耳。"②郭意谓"卬"为"我"之语转。《说文·女部》:"姎,女人自称,我也。"钱坫《说文斠诠》云:"《后汉书》长沙武陵蛮相呼为姎徒,姎徒犹我徒也。"③《说文》的解释和《后汉书》的句例,说明"姎"字使用于东汉,那么,"卬""姎"可看作对古今字。据《说文》,"卬"的本义为"望也,欲有所庶及也",则是"仰"的本字。除本义之外,在西周初至于春秋,"卬"由于纯粹字音的关系,成为"我"的转语字。到了东汉,为转语字"卬"又造了"姎"字,这就是所谓后出本字。不过就"卬"与"姎"的使用来看,无论是西周《大诰》、春秋《匏有苦叶》,还是《后汉书·南蛮传》,口语性、地方性色彩比较浓厚,是各自的时代口头的鲜活的语言。也正是由于这个原因,它们没能撼动雅言中表示第一人称"我"的地位,其在语言中的存在和使用是阶段性的。

东晋的语言学家郭璞正确地指出了"卬,我也"的语言学理据,并创造了"转语"这一术语。现代学者从语音关系研究上古第一人称代词系统,王力认为上古第一人称代词主要有"我、吾、余、予、台",指出疑母的"吾""我"是鱼歌通转;④"余""予""台"为喻母字,其中

---

① (西汉)孔安国传,(唐)孔颖达正义,黄怀信整理:《尚书正义》,上海古籍出版社2007年版,第512—516页。

② (清)郝懿行撰,王其和、吴庆峰、张金霞点校《尔雅义疏》,中华书局2017年版,第79页。

③ 转引自(清)郝懿行撰,王其和、吴庆峰、张金霞点校《尔雅义疏》,中华书局2017年版,第80页。

④ 王力:《同源字典》,中华书局2014年版,第15页。

"余""予"于上古韵属鱼部，"台"属之部。① 但没有作进一步的系联。清代学者戴震在《转语二十章序》中云："参伍之法：台、余、予、阳，自称之词，在次三章；吾、卬、言、我，亦自称之词，在次十有五章。"② "在次三章"指同为喻母字，"在次十有五章"指同为疑母字。可以看到，与王力先生比较，戴震对上古第一人称代词系统的罗列比较全面。就所列四个疑母字来说，"吾"上古韵属鱼部，"卬"属阳部，"言"属元部，"我"属歌部，其主要原音相同或相近，所以"我""卬"可以相转。③

《唐风·蟋蟀》："蟋蟀在堂，岁聿其暮。"传："蟋蟀，蛬也。"《尔雅·释虫》："蟋蟀，蛬。"

《唐风·山有枢》："山有枢，隰有榆。"传："枢，荎也。"《尔雅·释木》："枢，荎。"

《小雅·常棣》："兄弟阋于墙，外御其务。"传："务，侮也。"《尔雅·释言》："务，侮也。"

《小雅·常棣》："兄弟既具，和乐且孺。"传："孺，属也。"《尔雅·释言》："孺，属也。"

第二，根据词在《诗经》中的语境区别《尔雅》同义词。例如：

《魏风·葛屦》："好人提提，宛然左辟，佩其象揥。"传："提提，安谛也。"《秦风·小戎》："厌厌良人，秩秩德音。"传："厌厌，安静也。"《尔雅·释训》："愿愿，媞媞，安也。"《尔雅》以"安"释这两首诗之"厌厌""提提"二词，传以"安谛"解"提提"，以"安静"解"厌厌"，将这两个同义词区别了开来。

《小雅·小旻》："潝潝訿訿，亦孔之哀。"传："潝潝然患其上，訿訿然不思称乎上。"《尔雅·释训》："翕翕、訿訿，莫供职也。"④《尔雅》多解《诗经》词语，此条显然是解这句诗中的两个重言词，毛传采用其

---

①　王力：《汉语史稿》，中华书局 1980 年版，第 258 页。

②　转引自（清）钱大昕撰，郭晋稀疏证《声类疏证》（上），上海古籍出版社 2019 年版，"前言"第 3 页。

③　可参郭燕妮、黄易青《上古汉语虚词溯源与转语平行互证法——以九组常见虚词为例》，载《中国人民大学复印报刊资料》2019 年第 7 期，第 97—109 页。

④　（清）郝懿行撰，王其和、吴庆峰、张金霞点校：《尔雅义疏》，中华书局 2017 年版，第 437 页。

释语，但用其义而自为注文。《尔雅》之"莫供职"与毛传之"患其上""不思称乎上"都认为这句诗说的是臣子之不作为。又《大雅·召旻》："皋皋訿訿，曾不知其玷。"传："訿訿，窳不供事也。"这里传对"訿訿"的解释也根据《尔雅》而稍变其词。

第三，袭用《尔雅》释语用词，有所变化。例如：

1. 有匪君子，如切如磋，如琢如磨。（《卫风·淇奥》）

传：道其学而成也。听其规谏以自修，如玉石之见琢磨也。

《尔雅·释训》："如切如磋者，道学也。如琢如磨者，自修也。"① 将毛传与《尔雅》一对比，就知道是用"道其学而成也"解"如切如磋"，用"听其规谏以自修，如玉石之见琢磨也"以解"如琢如磨"，在《尔雅》训释的基础上，增加了一些相关词语。

2. 瑟兮僩兮，赫兮咺兮。（《卫风·淇奥》）

传：瑟，矜庄貌。僩，宽大也。赫，有明德赫赫然。咺，威仪容止宜著也。

《尔雅·释训》："瑟兮僩兮，恂慄也。赫兮烜兮，威仪也。"② 比较毛传与《尔雅》对诗句"瑟兮僩兮"与"赫兮咺兮"的训解，除有总释与分释的不同外，毛传对《尔雅》的解释还有所背离。

先看"瑟兮僩兮"，《释训》解为"恂栗也"，对于训释词"恂栗"，东汉郑玄注《礼记·大学》相同语句时云："恂，字或作峻，读如严峻之峻，言其容貌严栗也。"③ 晋郭璞在"恂栗"下注云："恒战竦。"以"恒"解"恂"，以"战竦"解"栗"。郑玄将"恂栗"看作并列结构，"言其容貌严栗也"谓卫武公容貌威严，别人看了敬畏他；郭璞将"恂栗"看作偏正结构，"恒战竦"谓卫武公自己处事兢兢业业、如履薄冰的模样。二人虽然对"恂栗"词义的解释有别，但将"瑟""僩"二字显然是当成同义词来看待的。在毛传这里，训"瑟"为"矜庄貌"，训

---

① （清）郝懿行撰，王其和、吴庆峰、张金霞点校：《尔雅义疏》，中华书局 2017 年版，第 442 页。

② （清）郝懿行撰，王其和、吴庆峰、张金霞点校：《尔雅义疏》，中华书局 2017 年版，第 442 页。

③ （东汉）郑玄注，（唐）孔颖达疏，龚抗云整理：《礼记正义》，北京大学出版社 2000 年版，第 1860 页。

"偈"为"宽大也",将"瑟""偈"看作两种相反的精神状态。

再看"赫兮咺兮",《释训》解为"威仪也","威仪"指外在的仪容。而毛传将"赫"与"咺"的词义看作是相对的:"赫"指内在"有明德","咺"指外在"威仪容止宣著"。

《王风·兔爰》:"有兔爰爰,雉离于罗。"传:"爰爰,缓意。"《尔雅·释训》:"绰绰、爰爰,缓也。"①

《小雅·采菽》:"平平左右,亦是率从。"传:"平平,辩治也。"《尔雅·释训》:"诸诸、便便,辩也。"传以此诗之"平平"即《尔雅》之"便便"②。

第四,《尔雅》注文的具体化。例如:

《鄘风·君子偕老》:"委委佗佗,如山如河。"传:"委委者,行可委曲踪迹也。佗佗者,德平易也。"《尔雅·释训》:"委委、佗佗,美也。"③"委委""佗佗"二词,《尔雅》都释为"美",但既然是两个不同的词,词义肯定也有不同之处。毛传则分别给出了自己的解释。

《小雅·巷伯》:"骄人好好,劳人草草。"传:"草草,劳心也。"《尔雅·释训》:"庸庸、慅慅,劳也。"④ 传以"草草"即"慅慅","草"为"慅"之借字,可从。传解为"劳心",更为具体,以双音词解单音词。又《陈风·月出》有句云"劳心慅兮",《诗经》本文为毛传的正确性提供了佐证。

《大雅·抑》:"诲尔谆谆,听我藐藐。"传:"藐藐然,不入也。"《尔雅·释训》:"邈邈,闷也。"此诗小序云:"卫武公刺厉王,亦以自警也。"卫武公谆谆教诲周厉王,而王则觉烦闷,听不进忠言。

第五,《尔雅》《毛传》从不同方面解释《诗经》中同一词语。例如:

---

① (清)郝懿行撰,王其和、吴庆峰、张金霞点校:《尔雅义疏》,中华书局 2017 年版,第 420 页。

② (清)郝懿行撰,王其和、吴庆峰、张金霞点校:《尔雅义疏》,中华书局 2017 年版,第 410 页。

③ (清)郝懿行撰,王其和、吴庆峰、张金霞点校:《尔雅义疏》,中华书局 2017 年版,第 410 页。

④ (清)郝懿行撰,王其和、吴庆峰、张金霞点校:《尔雅义疏》,中华书局 2017 年版,第 420 页。

《大雅·常武》："赫赫明明，王命卿士。""赫赫业业，有严天子。"传皆云："赫赫然，盛也。"《尔雅·释训》："赫赫、跃跃，迅也。"① 同一重言词"赫赫"，《尔雅》解为"迅"，传解为"盛"。被释词"赫赫"与训释词"迅""盛"虽然都是形容词，但二者是有区别的："赫赫"表状态，"迅""盛"表性质。对于"赫赫"这个状态词，《尔雅》从速度方面解为"迅"，传从规模方面解为"盛"。

第六，用同义词替换《尔雅》释语。例如：

《小雅·角弓》："此令兄弟，绰绰有裕。"传："绰绰，宽也。"《尔雅·释训》："绰绰、爰爰，缓也。"② "缓""宽"同义词，传以"宽"替换《尔雅》之"缓"。

《大雅·板》："上帝板板，下民卒瘅。"传："板板，反也。"《尔雅·释训》："版版、荡荡，僻也。"《尔雅》以"僻"释"版版"（即《诗》之"板板"），僻即邪僻。此"僻"与传所释"反"为同义词。

第七，对《尔雅》注文有所引申。例如：

《唐风·蟋蟀》："好乐无荒，良士瞿瞿。"传："瞿瞿然顾礼义也。"又"好乐无荒，良士休休"。传："休休，乐道之心。"《尔雅·释训》："瞿瞿、休休，俭也。"③"瞿瞿"，《尔雅》解为"俭"，传释为"顾礼义也"。《蟋蟀》小序："……俭而用礼，乃有尧之遗风焉。"则传兼采小序之说。由此，其在解"休休"时，进而释为"乐道之心"，"礼义""道"词义比"俭"更为宽泛。

第八，杂合《尔雅·释诂》《释训》之解为说。例如：

《唐风·蟋蟀》："好乐无荒，良士蹶蹶。"传："蹶蹶，动而敏于事。"《尔雅·释诂》："蹶，动也。"《释训》："蹶蹶、踖踖，敏也。"④很显然，传将《释诂》释语之"动"与《释训》释语"敏"组合在一起

---

① （清）郝懿行撰，王其和、吴庆峰、张金霞点校：《尔雅义疏》，中华书局 2017 年版，第 420 页。

② （清）郝懿行撰，王其和、吴庆峰、张金霞点校：《尔雅义疏》，中华书局 2017 年版，第 420 页。

③ （清）郝懿行撰，王其和、吴庆峰、张金霞点校：《尔雅义疏》，中华书局 2017 年版，第 421 页。

④ （清）郝懿行撰，王其和、吴庆峰、张金霞点校：《尔雅义疏》，中华书局 2017 年版，第 421 页。

以成自己的释语。不过这样做是有问题的。《大雅·绵》："虞芮质厥成，文王蹶厥生。"传："蹶，动也。"诗句中的"蹶"是动词，传采《释诂》解为"动"，义为感动；而"良士蹶蹶"中的"蹶蹶"是重言词，表示状态。"蹶"与"蹶蹶"应看作两个不同的词。传将《尔雅》对二者的释语牵合在一起，看似全面，其实画蛇添足，反而造成了错误。此句之"蹶蹶"，传当采用《释训》解为"敏"即可。

第九，一组重言词，《尔雅》中只有一个释义，毛传根据这个词在诗中的语境，做了更为贴切的解释。例如：

《小雅·巷伯》："骄人好好，劳人草草。"传："好好，喜也。"《大雅·板》："老夫灌灌，小子蹻蹻。"传："蹻蹻，骄貌。"《大雅·崧高》："四牡蹻蹻，钩膺濯濯。"传："蹻蹻，壮貌。"《尔雅·释训》："旭旭、蹻蹻，憍也。"① 郭璞以为《尔雅》之"旭旭"，即此诗之"好好"，可从。《尔雅》解为"憍"，毛传换成了同义词"喜"。同一个词"蹻蹻"，《尔雅》中只有一个释义，解为"憍"；传在《板》中解为"骄貌"，用了一个贬义词，而在《崧高》中释为"壮貌"，结合被释词"四牡"其释语将表示精神状态的词"憍"变为表形貌的词"壮"。

不过，毛传以《尔雅》解《诗》，也有因误解《尔雅》而释错之处。例如，《周南》中的《芣苢》一诗，是妇女采集芣苢时所唱的民歌。对于"芣苢"究竟是什么植物，毛传曰："芣苢，马舄。马舄，车前也，宜怀任焉。"此说来自《尔雅》。《尔雅·释草》云："芣苢，马舄；马舄，车前。"② "宜怀任焉"是毛传对"芣苢"功能的说明。很明显，因为采集者为妇女，毛传才有这样的推断。赵逵夫综合《逸周书·王会解》、闻一多《匡斋尺牍》、赵晓明《薏苢名实考》等文献及浙江河姆渡出土文物，认为先秦所谓"马舄"指称两种植物，其一是芣苢，即《逸周书》之"桴苢"，也即今所谓"薏苢"，株高一米以上，实如李，可食，先民作为粮食作物，性滑，亦可入药；其二则是车前，贴地而生，只作药用。"芣

---

① （清）郝懿行撰，王其和、吴庆峰、张金霞点校：《尔雅义疏》，中华书局 2017 年版，第 422 页。

② （晋）郭璞注，（宋）邢昺疏，李传书整理：《尔雅注疏》，北京大学出版社 2000 年版，第 291 页。

苡""车前"二者皆有"马舄"之名，是因为茉苢（薏苢）的根和车前都会造成骤马泄泻（"舄""泻"二字上古音同可通，"舄"借为"泻"）。① 赵逵夫先生认为先秦"马舄"指两种植物，属于同名异实，这是很好的意见。但他将"马舄"之"马"讲为"骤马"似可商榷。《尔雅·释虫》："蝒，马蜩。"郭璞注："蜩中最大者为马蜩。"② 则训"马"为"大"。其实"蚂蚁""蚂蚱"之"蚂"，与"马蜩""马蜂""马猴"一样，起初都作"马"，义为大，偏旁"虫"是后来加上去的。又《释草》："蕍，蕮。"郭璞注："今泽蕮。"《本草纲目》作"泽泻"。③ 此"蕮"即"马舄"之"舄"的后出加旁字。所以，"马舄"之得名，是因为相对于"蕮（即舄）"来说，植株更为高大；而"马舄"（茉苢和车前）与"蕮"都性滑，主泻。可以说，在《逸周书》的西周初，"茉苢"的食用价值先民已经知道了，最迟到《尔雅》的战国时代，人们又发现了它主利的药用价值，为了与"蕮"相区别，给它又取了"马舄"的名称。由此看，毛传误读《尔雅》，以为"茉苢"是"车前"。

二　比对经传为训

这种注释方法，自我国最早的解释语义的词典《尔雅》以来，学者们就开始运用了。《尔雅·释诂》："爰，曰也。"④ 这一条雅训是比对《诗》《书》经文后作出的。《尚书·周书·洪范》云：

> 一，五行：一曰水，二曰火，三曰木，四曰金，五曰土。水曰润下，火曰炎上，木曰曲直，金曰从革，土爰稼穑。⑤

---

① 赵逵夫注评：《诗经》，凤凰出版传媒集团、凤凰出版社 2011 年版，第 10、11 页。

② （晋）郭璞注，（宋）邢昺疏，李传书整理：《尔雅注疏》，北京大学出版社 2000 年版，第 314 页。

③ （晋）郭璞注，（宋）邢昺疏，李传书整理：《尔雅注疏》，北京大学出版社 2000 年版，第 273 页。

④ （清）郝懿行撰，王其和、吴庆峰、张金霞点校：《尔雅义疏》，中华书局 2017 年版，第 43 页。

⑤ （西汉）孔安国传，（唐）孔颖达正义，黄怀信整理：《尚书正义》，上海古籍出版社 2007 年版，第 452 页。

于"水""火""木""金"下用"曰"字，而于"土"下施"爰"字。

《诗经·大雅·绵》第三章云：

> 周原膴膴，堇荼如饴。爰始爰谋，爰契我龟。曰止曰时，筑室
> 于兹。

于"爰始爰谋""爰契我龟"两句之后，有"曰止曰时"句。《尔雅》的作者注意到以上《诗》《书》文句之后，进行了比对，根据"爰""曰"出现的相同语境及在句中的相同位置，遂写下了"爰，曰也"的训释。

《释诂》："钦、寅，敬也。"① 将"钦""寅"训为"敬"，是比对了《尚书》文句后的结果。《尚书·尧典》云：

> 乃命羲和，钦若昊天，历象日月星辰，敬授人时。分命羲仲，
> 宅嵎夷，曰旸谷。寅宾出日，平秩东作。日中，星鸟，以殷仲春。
> 厥民析，鸟兽孳尾。申命羲叔，宅南交，平秩南讹，敬致。日永，
> 星火，以正仲夏。厥民因，鸟兽希革。分命和仲，宅西，曰昧谷。
> 寅饯纳日，平秩西成。宵中，星虚，以殷仲秋。厥民夷，鸟兽毛毨。
> 申命和叔，宅朔方，曰幽都，平在朔易。日短，星昴，以正仲冬。
> 厥民隩，鸟兽氄毛。②

相关的动词短语有"钦若昊天""敬授人时""寅宾出日""敬致""寅饯纳日"。从结构上讲，这五个词组都是"副词 + 谓词性短语"式，《尔雅》的作者认为处于副词位置的"钦""敬""寅"是同义词，就用其中较为常用的词"敬"训释"钦""寅"二词，写出了这一条目。

《释诂》："肆，今也。"此条也是对比《尚书》文句而来。《尚书·

---

① （清）郝懿行撰，王其和、吴庆峰、张金霞点校：《尔雅义疏》，中华书局 2017 年版，第 144 页。

② （西汉）孔安国传，（唐）孔颖达正义，黄怀信整理：《尚书正义》，上海古籍出版社 2007 年版，第 38—40 页。

周书·梓材》云：

> 今王惟曰：先王既勤用明德，怀为夹，庶邦享作，兄弟方来。
> 亦既用明德，后式典集，庶邦丕享。皇天既付中国民越厥疆土于先
> 王。肆王惟德用，和怿先后迷民，用怿先王受命。已！若兹监。惟
> 曰：欲至于万年，惟王子子孙孙永保民。①

在这段经文中，"今王惟曰：先王既勤用明德，怀为夹，庶邦享作，
兄弟方来。亦既用明德，后式典集，庶邦丕享。皇天既付中国民越厥疆
土于先王。"与"肆王惟德用，和怿先后迷民，用怿先王受命。已！若兹
监。惟曰：欲至于万年，惟王子子孙孙永保民。"大体上呈对称分布，
"今"与"肆"两字出现的语境也相同，都在"王"字前，《尔雅》的作
者注意到了，就以"今"释"肆"。

《释言》："流，求也。"② 这一训释是比对《诗经》文本的结果。《周
南·关雎》第二章共四句，云："参差荇菜，左右流之。窈窕淑女，寤寐
求之。"《尔雅》之所以将"流"训为"求"，是因为后两句是"窈窕淑
女，寤寐求之。"在《尔雅》的作者看来，"参差荇菜，左右流之"与
"窈窕淑女，寤寐求之"为对等句式，"左右流之"与"寤寐求之"的行
为主体相同，均为后妃（当然，就诗句原意来说，"参差荇菜，左右流
之"只是用于起兴，诗人要说的则由后面的"窈窕淑女，寤寐求之"道
出，训"流"为"求"也不一定对），两相对照，将前句之"流"用后
句之"求"训释。

《释言》："履，禄也。"③ 这条雅训是比对了《诗经》文句后写下的。
《周南·樛木》："乐只君子，福履绥之。"《小雅·采菽》："乐只君子，
福禄申之。"《尔雅》的作者看到"福履"与"福禄"出现的语境相同，

---

① （西汉）孔安国传，（唐）孔颖达正义，黄怀信整理：《尚书正义》，上海古籍出版社
2007年版，第567页。

② （清）郝懿行撰，王其和、吴庆峰、张金霞点校：《尔雅义疏》，中华书局2017年版，
第309页。

③ （清）郝懿行撰，王其和、吴庆峰、张金霞点校：《尔雅义疏》，中华书局2017年版，
第324页。

就做出了"履，禄也"的推断。"履""禄"音近，"履，禄也"意在说明，《诗经》中有文字借用的现象，"履"通假为"禄"。

再举一例。《尚书·虞夏书·尧典》："以殷仲秋"①，司马迁《史记·五帝本纪》读为"以正中秋"②，将"殷"对译为"正"。这一训释成果也是其对比了上下文而得出的结论。《尧典》云："日中，星鸟，以殷仲春。……日永，星火，以正仲夏。……宵中，星虚，以殷仲秋。……日短，星昴，以正仲冬。"③ 在相同的语境中"殷""正"二字交替使用。司马迁的意见为后起学者所承用，写入字书和《尚书》传中。例如三国魏张揖《广雅·释诂》："殷，正也。"④ 又《尚书·虞书·尧典》"日中，星鸟，以殷仲春。"伪孔传："殷，正也。"⑤

就出处的不同，分为以下几种情况：

其一，比对《诗经》文句。例如：

1. 羔羊之皮，素丝五紽。（《召南·羔羊》）

传：古者素丝以英裘，不失其制。大夫羔裘以居。

此传之"英"用为动词，使……英，使动用法。《郑风·清人》："二矛重英，河上乎翱翔。"传："重英，矛有英饰也。"《鲁颂·閟宫》："公车千乘，朱英绿縢，二矛重弓。"传："朱英，毛饰也。"上二诗中的"英"均为名词。传在解《羔羊》"素丝"在裘衣中起的作用时，显然是移用了《清人》《閟宫》二诗中的"英"字。还可以看出，在毛公时代，"英"由《诗经》中的名词用法已经发展出了动词用法。

2. 匏有苦叶，济有深涉。（《邶风·匏有苦叶》）

传：匏谓之瓠，瓠叶苦，不可食也。

陈奂《诗毛氏传疏》云："匏与瓠，浑言不别。析言之，则有异。……

---

① （西汉）孔安国传，（唐）孔颖达正义，黄怀信整理：《尚书正义》，上海古籍出版社2007年版，第39页。

② （西汉）司马迁撰，（宋）裴骃集解，（唐）司马贞索隐，（唐）张守节正义：《史记》，中华书局1982年版，第16页。

③ （西汉）孔安国传，（唐）孔颖达正义，黄怀信整理：《尚书正义》，上海古籍出版社2007年版，第39—40页。

④ （清）王念孙，钟宇讯点校：《广雅疏证（附索引）》，中华书局2004年版，第11页。

⑤ （西汉）孔安国传，（唐）孔颖达正义，黄怀信整理：《尚书正义》，上海古籍出版社2007年版，第39页。

是匏瓠一物异名。匏，瓠之坚强者也；瓠，匏之始生者也。瓠其大名也。"① 传用来说明"匏"的"瓠"字在《诗》篇中还能找到别的用例。《小雅·南有嘉鱼》："南有樛木，甘瓠累之。"《瓠叶》："幡幡瓠叶，采之亨之。君子有酒，酌言尝之。"在《诗经》时代，"匏""瓠"都存在于语言中，是同一物种在不同生长阶段的两个名称，毛传以彼注此。

3. 深则厉，浅则揭。（《邶风·匏有苦叶》）

传：揭，褰衣也。

传的训释词"褰"见于《诗经》他篇。《郑风·褰裳》："子惠思我，褰裳涉溱。"《匏有苦叶》中"浅则揭"说的是渡河时的动作，前文是"匏有苦叶，济有深涉"，要渡的河是"济"；《褰裳》"褰裳涉溱"的"褰裳"也说的是渡河前要做的准备，要渡的河是"溱"。"揭""褰"使用的语境同，词义同，所以传训"揭"为"褰衣"。

4. 朝隮于西，崇朝其雨。（《鄘风·蝃蝀》）

传：崇，终也。从旦至食时为终朝。

《小雅·采绿》："终朝采绿，不盈一匊。"传："自旦及食时为终朝。"可以看出，"崇（终）朝"在《诗经》时代是一个表时段的复合词。《说文·山部》："崇，山大而高也。""山大而高"为"崇"之本义，以此义解"崇朝"之"崇"则不通。正是注意到《采绿》篇中有"终朝"一词，而且与"崇朝"使用语境相同，传才做出了"崇，终也"与"自旦及食时为终朝"的解释。清代王念孙、王引之父子用排比的方法解决了古籍中的大量训诂问题，为后人所称道。分析毛传对《诗》的注释，可以知道这种办法前人早在使用，只不过毛公简古，不自申说而已。

5. 风雨潇潇，鸡鸣胶胶。（《郑风·风雨》）

传：胶胶，犹嘈嘈也。

《风雨》是一首三章的短诗，移录如下：

风雨凄凄，鸡鸣嘈嘈。既见君子，云胡不夷？

风雨潇潇，鸡鸣胶胶。既见君子，云胡不瘳？

风雨如晦，鸡鸣不已。既见君子，云胡不喜？

一、二章中的"嘈嘈""胶胶"都是模拟鸡鸣的声音，毛公经过比

---

① （清）陈奂：《诗毛氏传疏》（一），山东友谊书社 1992 年版，第 186—187 页。

对，用了一个术语"犹"，用来指出二者性质相同。

6. 蟋蟀在堂，岁聿其暮。今我不乐，日月其除。(《唐风·蟋蟀》)

传：九月在堂。

《豳风·七月》："七月在野，八月在宇，九月在户，十月蟋蟀入我床下。"传引用《七月》经文"九月在户"注此诗"蟋蟀在堂"，只是将"户"字改为"堂"字。正如孔疏所说："堂者，室之基也，户内户外总名为堂。对文言之，则堂与户别。散则近户之地亦得名堂也。"①

7. 有杕之杜，其叶湑湑。(《唐风·杕杜》)

传：兴也。湑湑，枝叶不相比次也。

同样是"湑"，在《诗经》别的篇章中毛传是怎样解释的呢？《小雅·裳裳者华》第一章："裳裳者华，其叶湑兮。"传："兴也。湑，盛貌。"对比两处，"湑湑"与"湑"都形容树叶，其词义应为"盛貌"。而在《杕杜》中，传解"湑湑"为"枝叶不相比次也"，这是什么原因呢？《杕杜》共两章，每章九句，首章兴句后的七句是："独行踽踽，岂无他人？不如我同父。嗟行之人，胡不比焉？人无兄弟，胡不佽焉？"原来传是探后文为解的，以为是以"枝叶不相比次也"兴后面诗句"不比""不佽"。我们认为传将开头两句"有杕之杜，其叶湑湑"认为"兴"是对的，但解"湑湑"为"枝叶不相比次也"却未必，其实兴之为兴，与后面诗句的联系是多途的，只要是诗人认为可以利用以起句，能配得上用场，就可以作为兴句。具体到这首诗，杜树的叶子"湑湑"然盛是客观的，除这一点外，处于第二句末的这个"湑"字，在音韵方面还有一个特点，这就是与第三句、第五句末的"踽""父"同韵，而这首诗是一首流浪者之歌，一路上在异国他乡，看到孤特之杜"其叶湑湑"，恰可与表现漂泊族意绪的必要字眼"踽""父"押韵，可以说，我们既可以不歪曲"湑湑"的词义，也为兴之为兴作出了说明——但与传说是不同的。

8. 王事靡盬，不能艺稷黍，父母何怙？(《唐风·鸨羽》)

传：怙，恃也。

传之此训，由排比《诗经》经文而来。《小雅·蓼莪》："无父何怙？

① (西汉)毛亨传，(东汉)郑玄笺，(唐)孔颖达疏，龚抗云、李传书、胡渐逵整理：《毛诗正义》，北京大学出版社1999年版，第379页。

无母何恃？""怙""恃"对文，应为同义词。毛公熟悉经文，用《蓼莪》之"恃"训解此诗之"怙"。

9. 脊令在原，兄弟急难。（《小雅·常棣》）

传：脊令，雍渠也，飞则鸣，行则摇，不能自舍耳。

传"飞则鸣"之说来自《诗经》经文。《小雅·小宛》云："题彼脊令，载飞载鸣。"

10. 兄弟阋于墙，外禦其务。（《小雅·常棣》）

传：务，侮也。兄弟虽内阋而外御侮也。

此条传虽然取自《尔雅》，但于《诗经》有据。《大雅·绵》第九章："予曰有疏附，予曰有先后，予曰有奔奏，予曰有禦侮。"以"务"为"侮"的假借字，信而有征。

11. 如南山之寿，不骞不崩。（《小雅·天保》）

传：骞，亏也。

《小雅·无羊》"尔羊来思，矜矜兢兢，不骞不崩。"传："骞，亏也。"《鲁颂·閟宫》："不亏不崩，不震不腾。三寿作朋，如冈如陵。"传之所以把《小雅·天保》与《无羊》的"不骞不崩"之"骞"训为"亏"，是因为与《鲁颂·閟宫》"不亏不崩"做了对照。《说文·马部》："骞，马腹垫也。"段玉裁注："土部曰，垫者，下也。引《春秋传》'垫隘马腹'。垫，正俗所云肚腹低陷也。《仲尼弟子列传》闵损字子骞，是其义矣。《考工记》'小体骞腹，谓之羽属。'"段玉裁举闵损字子骞以证"骞"字古有损义，古人名、字相应，甚为精到。检《周礼·考工记》："（梓人为筍虡）锐喙决吻，数目颗脰，小体骞腹，若是者谓之羽属，恒无力而轻，其声轻扬而远无力而轻，则于任轻宜；其声轻扬而远闻，于磬宜。若是者宜为磬虡，故击其所悬，而由其虡鸣。"[1] 说的是悬磬之虡画鸟为饰，这段话解释了磬虡上为什么要画鸟，因为鸟无力，适于承起轻的乐器磬；而鸟鸣声远扬，也有像磬乐音轻越的特点。"小体骞腹"是对鸟的身体的描写，段玉裁举以证"骞"字之本义。又《于部》："虧，气损也。"《无羊》传："崩，群疾也。""骞"与"崩"并用，都为疾义，

---

[1] （东汉）郑玄注，（唐）贾公彦疏，彭林整理：《周礼注疏》，北京大学出版社 2009 年版，第 1643 页。

"骞"用其本义，以言羊无疾疫，这是好事，因此见于歌咏。《天保》之"骞"、《閟宫》之"虧"，也都与"崩"并用，但都是用其引申义，义为亏损，与"崩"（用其本义，山崩）俱言山之永久，以比人之长寿。

12. 皎皎白驹，在彼空谷。（《小雅·白驹》）

传：空，大也。

《大雅·桑柔》云："大风有隧，有空大谷。"《说文·穴部》："空，窍也，"许慎解"空"为"窍"，则视"空"为名词。段玉裁注以为"空"即"孔"。在此句中"空"为形容词。"有＋形容词＋名词"是《诗经》中的一种四字句式，"有"为语助，这种四字句从节律上来说，二字一顿。《桑柔》这两句意为大风从大谷之空间吹来。但是毛公只看到"有空大谷"中"空""大"连文，以为二者义近，故以"大"释《白驹》"在彼空谷"之"空"。其实毛传解"空"为"大"，释义不够准确。

其二，比对《春秋》传文。例如：

1. 肆　遵彼汝坟，伐其条肆。（《周南·汝坟》）

传：肆，余也。

《左传·襄公二十九年》云："晋国不恤周宗之阙，而夏肆是屏。""女叔侯曰：杞，夏余也。"①"夏肆"指的是杞国。毛公比对《左传》的"夏肆"与"夏余"，故训《诗》之"肆"为"余"。余，残余。

2. 据　亦有兄弟，不可以据。（《邶风·柏舟》）

传：据，依也。

《左传·僖公五年》记载：虞公曰："吾享祀丰洁，神必据我。"宫之奇对曰："鬼神非人实亲，唯德是依。"

从这段话中，可以看出"依""据"二词同义，所以毛传以"依"训"据"。②

3. 畅毂　文茵畅毂。（《秦风·小戎》）

传：畅毂，长毂也。

传以"长毂"解"畅毂"，是因为别的书上有"长毂"一词。《左传·昭公五年》云："晋人若丧韩起、杨肸，五卿、八大夫辅韩须、杨

---

① 杨伯峻编著：《春秋左传注三》（修订本），中华书局 2009 年第 3 版，第 1158—1169 页。
② （清）陈奂撰：《诗毛氏传疏》，山东友谊书社 1992 年版，第 153 页。

石，因其十家九县，长毂九百，其余四十县，遗守四千，奋其武怒，以报其大耻。"① 文十四年《春秋》："晋人纳捷菑于邾，弗克纳。"《谷梁传》云："是郤克也。其曰人，何也？微之也。何为微之也？长毂五百乘，绵地千里，过宋、郑、滕、薛，夐入千乘之国，欲变人之主。"② 两册传书均有"长毂"，指代兵车，因兵车的车厢横长纵短；而此诗首章第一句之"小戎"也是兵车。毛传因解"畅毂"为"长毂"，"畅"为"长"之借字。

4. 十月之交，朔月辛卯。日有食之，亦孔之丑。（《小雅·十月之交》）

传：丑，恶也。

昭公七年《春秋》经文："夏四月甲辰朔，日有食之。"此句下《左传》云："晋侯问于士文伯曰：'谁将当日食？'对曰：'鲁、卫恶之。卫大，鲁小。'"③ 根据杨伯峻先生的意见，《春秋》经文"日有食之"一语袭自本诗。到了《左传》时代，鲁国的士文伯用当时的流行观念对《春秋》经文加以发挥，把天象与人事联系起来，"鲁、卫恶之"意为鲁国、卫国将遭受其恶。毛传以"恶"解"丑"，即来源于此。

5. 谁能执热，逝不以濯？（《大雅·桑柔》）

传：濯，所以救热也。礼，所以救乱也。

《左传·襄公三十一年》："《诗》云：'谁能执热，逝不以濯。'礼之于政，如热之有濯也。濯以救热，何患之有？"④ 毛传此条由《左传》"礼之于政，如热之有濯"转化而来。

其三，利用《尚书》中的重言解《诗》。例如：

何斯违斯，莫敢或遑。（《召南·殷其雷》）

传：遑，暇也。

毛传为什么以"暇"解"遑"呢？《尚书·无逸》："自朝至于日中昃，不遑暇食，用咸和万民。"在这段话中，"遑暇"是一个同义复合词，由

---

① 杨伯峻编著：《春秋左传注三》（修订本），中华书局 2009 年第 3 版，第 1269 页。

② （晋）范宁集解，（唐）杨士勋疏，夏先培整理：《春秋谷梁传注疏》，北京大学出版社 2000 年版，第 207 页。

③ 杨伯峻编著：《春秋左传注三》（修订本），中华书局 2009 年第 3 版，第 1287 页。

④ 杨伯峻编著：《春秋左传注三》（修订本），中华书局 2009 年第 3 版，第 1191 页。

"遑""暇"两个同义单字合成。孔颖达疏："遑，亦暇也。重言之者，古人自有复语。"西汉时的毛公，在读《尚书》时，体会到"遑""暇"二字同义，并且将这种理解用之于《诗经》注释中，当然是正确的。

其四，比对《孟子》文句。例如：

泾以渭浊，湜湜其沚。宴尔新昏，不我屑以。（《邶风·谷风》）

鬒髪如云，不屑髢也。（《鄘风·君子偕老》）

以上二"屑"字，毛传并云："屑，洁也。"

《孟子·尽心下》："狂者又不可得，欲得不屑、不洁之士而与之，是狷也，是又其次也。"徐灏《说文解字注笺》"屑"字下云："《孟子·尽心篇》：'欲得不屑、不洁之士而与之。'不屑者，有所不为也；不洁者，不自结束也。不屑、不洁，其义相因，故《邶风》毛传训'屑'为'洁'。'洁'即'洁'也。"在《孟子》文中，"不屑""不洁"共同修饰"士"，毛公在读了之后，经过比对，以为"屑""洁"是近义词，便以"洁"训"屑"。

《说文·尸部》："屑，动作切切也。"据华学诚研究，"动作切切"是"屑"众多引申义中的一项，也不是这两句诗中"屑"字的意思。"屑"的本义为"振动除垢"，动词；可以引申出"清洁、洁美、洁善"义，形容词，这才是此处"屑"的意思。"屑"在这里是意动用法，以……为洁。"不我屑以"属于上古汉语中否定句人称代词宾语提前的句式，其中的"以"，华先生认定为句末语气词，同"矣"，与"不屑髢也"对照，把"以"看成语气词是可信的。① 不过华先生没有指出"以（矣）"在句中具体表示什么语气，我们做一补充，认为表示的语气是悲叹，相当于今天的"唉"字。"不我屑以"的意思是不再以我为洁唉，"不屑髢也"意为不以髢为洁呀。

三　随文释义

有时毛传不以简单注出词义为满足，而是通过对诗篇的理解，对词的语境义做出具体解释。

---

① 华学诚：《〈诗〉"不我屑以"解并论"不屑"的成词》，《语言研究》2019年第3期，第76—85页。

1. 之子于归，宜其室家。(《周南·桃夭》)

传：之子，嫁子。

之子于征，劬劳于野。(《小雅·鸿雁》)

传：之子，侯、伯、卿士也。

乃如之人也，怀昏姻也。(《鄘风·蝃蝀》)

传：乃如是淫奔之人也。

"之子"一词在《周南·桃夭》《汉广》《豳风·东山》《小雅·鸿雁》《白华》中均有用例，所以《尔雅》为此专门列了一条。《尔雅·释训》："之子者，是子也。"[①] 本来对于毛传来说，移录雅训是很方便的，但他没有这样做，而是依据自己对这两首诗中"之子"的理解，做出了更为详尽的解释。解释以其目的不同，而详略各异。词典的解释注重概括，往往要做义项归纳的事，而经典的解释则重在帮助读者理解经义，往往阐明词的语境义，也就是平常所说的随文释义。从《尔雅·释训》这条注释看，以"是"释"之"，是将"之"解作指示代词，这就与"之"的动词本义"往"做了区分。从《诗经》语境看，《尔雅》另立一个义项是合乎实际的。正是从解经的观念出发，毛传将《鄘风·蝃蝀》"乃如之人也"语译为"乃如是淫奔之人也"。

2. 燕燕于飞，颉之颃之。(《邶风·燕燕》)

传：飞而上曰颉，飞而下曰颃。

该诗下章曰："燕燕于飞，下上其音。"唐代孔颖达分析了这个训释的来源，认为传所谓"下""上"是受了诗之上下文的影响而做出的。宁静将"颉""颃"分别与其同源词"桔、佶""亢、伉、闶、犹、忼、抗"比照，得出二者有直、高的词义特点，否定了旧说。[②]

3. 谁生厉阶，至今为梗。(《大雅·桑柔》)

毛传：梗，病也。

《说文·木部》："梗，山枌榆，有束，荚可为芜荑者。"有束，故名

---

① (晋)郭璞注，(宋)刑昺疏，李传书整理：《尔雅注疏》，北京大学出版社 2000 年版，第 125 页。

② 宁静：《"颉颃"释源——兼谈文意训释对义、训的影响》，《国学学刊》2018 年第 3 期，第 86—91 页。

之"梗"。"梗"是一种有束的树，在此语境下毛传解为"病"。

四　以重言解单言

1. 忡—忡忡　不我以归，忧心有忡。(《邶风·击鼓》)

毛传：忧心忡忡然。

《诗经》中有单音形容词"忡"，也有叠音形容词"忡忡"，传以叠音解单音，有诗文依据。《召南·草虫》："未见君子，忧心忡忡。"毛传用《诗》中原有的"忡忡"解"忡"，说明其对诗句是熟稔于心的。

2. 洸—洸洸　溃—溃溃　有洸有溃，既诒我肄。(《邶风·谷风》)

毛传：洸洸，武貌。溃溃，怒也。

《大雅·江汉》："武夫洸洸。"毛传："洸洸，武貌。"

3. 坎—坎坎　坎其击鼓，宛丘之下。(《陈风·宛丘》)

毛传：坎坎，鼓声。

"坎坎"表鼓声，《诗经》有用例。《小雅·伐木》："坎坎鼓我，蹲蹲舞我。""坎坎"还可以表示伐木声，这说明在《诗经》时代"坎坎"是一个凝固的叠音形式。《魏风·伐檀》："坎坎伐檀兮，置之河之干兮。""坎其"属派生构词，"其"是词尾，本来是代词。《王风·中谷有蓷》之"暵其干矣""慨其叹矣""暵其修矣""条其歗矣""啜其泣矣"，胡承珙《毛诗后笺》云："'暵其'与'慨其''条其''啜其'，四'其'字皆连上一字作形容之词，非以'其干''其脩''其湿'相连也。"[①] 胡氏正确道出了"其"的形容词语尾的性质。在《诗经》中，词尾构词和叠音构词都已经存在，毛传用叠音词"坎坎"解释派生词"坎其"。

4. 皇—煌煌　服其命服，朱芾斯皇，有玱葱珩。(《小雅·采芑》)

毛传：皇，犹煌煌也。

《陈风·东门之杨》："昏以为期，明星煌煌。"朱熹《诗集传》："煌煌，大明貌。""煌煌"是表示状态的形容词，对"明星"之"明"进一步说明。又《皇皇者华》："皇皇者华，于彼原隰。"毛传："皇皇犹煌煌也。"《大雅·大明》："檀车煌煌，驷騵彭彭。"毛传："煌煌，明也。"郑笺："兵车鲜明马又强。"朱熹《诗集传》："煌煌，鲜明貌。"关于

---

① （清）胡承珙：《毛诗后笺》（上），郭全芝校点，黄山书社 2014 年版，第 348 页。

"皇"字本义，现列举三说。《说文·王部》："皇，大也。从自、王。自，始也。始王者，三皇。大君也。自读若鼻。今俗以作始生子为鼻子是。"顾颉刚在《三皇考》一文中说过"皇"字原义，他引唐兰的意见，甲骨文中没有发现单独的"皇"字，却有作为偏旁的"皇"字初形。"皇"的金文从"土"，从"王"的错误，"象太阳刚从地下出来，光焰上射的景象"①。季旭升《说文新证》："从古文字的立场来看，皇的本义是征讨、匡正，后来假借为辉煌、盛大、帝王。……《毛诗》本篇（指《豳风·破斧》之'周公东征，四国是皇'句）用皇是本字本义。"②"皇"像地上插着一把火炬，本是个形容词，而"皇"的字音也像火声；本来从"土"，改从"王"声，是对字形的改造而形声化。以上三说当以顾说为近是；许慎解"皇"为会意字，非是，实为象形字；季氏以"皇"的本义属动词，不可从。"皇"本就是个形容词，衍为"煌煌"是很自然的。传解"皇"为"煌煌"，"煌"是"皇"的后出增旁字。在"朱芾斯皇"中，"朱"是颜色词，"皇"是表颜色状态的词，传以"煌煌"释之，体会得很准确。

5. 噂　噂沓背憎，职竞由人。（《小雅·十月之交》）

毛传：噂，犹噂噂。

6. 沓　噂沓背憎，职竞由人。（《小雅·十月之交》）

毛传：沓，犹沓沓。

7. 斁—斁斁　庸鼓有斁，万舞有奕。（《商颂·那》）

毛传：斁斁然，盛也。

8. 奕—奕奕　庸鼓有斁，万舞有奕。（《商颂·那》）

毛传：奕奕然，闲也。

五　以双音词解单音词

1. 晳—白晳　玉之瑱也，象之揥也，扬且之晳也。（《鄘风·君子偕老》）

毛传：晳，白晳。

---

① 顾颉刚：《顾颉刚古史论文集》（卷二），中华书局 2011 年版，第 28 页。
② 季旭升撰：《说文新证》，艺文印书馆 2014 年版，第 53 页。

"白晳"为并列式合成词,"白""晳"二字同义互注。《说文·白部》:"晳,人色白也。从白,析声。"《说文·木部》:"析,破木也。""晳"由"析"孳乳,"析"是破木,木破之后里面白色,故人色白谓之"晳"。

2. 弁—皮弁 有匪君子,充耳琇莹,会弁如星。(《卫风·淇奥》)

毛传:弁,皮弁,所以会发。

"皮弁"一词为偏正结构,"皮"表材质。

3. 苦—苦菜 采苦采苦,首阳之下。(《唐风·采苓》)

毛传:苦,苦菜也。

"采苦采苦"的"苦"是一种菜,当时是单音词,在毛传时代已经双音词化,谓之"苦菜"。后在语言发展中产生了上位词"菜",成为类名。《说文·艸部》:"苦,大苦,苓也。"

4. 振—振讯 六月莎鸡振羽。(《豳风·七月》)

毛传:莎鸡羽成而振讯之。

陆宗达《训诂简论》提到:"古书中'振讯'一词(迭韵连语),亦训除垢之义,或单言'振',《诗经·豳风·七月》:'六月莎鸡振羽。'毛传:'莎鸡羽成而振讯之。'用'振讯'解'振'字……鸟的'振讯'是用以去其尘垢,就像人弹冠去其尘埃,抖搂衣被去其灰土。因此,'振讯'就是除垢的动作。"①

5. 薁—蘡薁 六月食郁及薁。(《豳风·七月》)

毛传:薁,蘡薁也。

《说文·艸部》:"薁,蘡薁也。从艸,奥声。"许慎对"薁"本义的说解袭用毛诗传。"薁"由"奥"孳乳。《说文·宀部》:"奥,宛也。室之西南隅。""奥"是会意字,指室之西南角,语源是"高"。"奥"有高深义,"薁"即今之野葡萄,为物长。许慎解"薁"字采纳毛传说经。《诗经·豳风·七月》:"六月食郁及薁。"毛传:"薁,蘡薁也。"毛传以双音词"蘡薁"解单音词"薁"。"蘡",《说文》失收。《玉篇》:"蘡,草名。"《说文·女部》:"婴,绕也。从女、賏。賏,贝连也,颈饰。""蘡"由"婴"孳乳,有长义。则"蘡薁"是联合式合成词,二字同义

---

① 陆宗达:《训诂简论》,北京出版集团公司、北京出版社 2016 年版,第 135 页。

连文，以同义而组合成双音词。

6. 枸—枳枸　南山有枸，北山有楰。（《小雅·南山有台》）

毛传：枸，枳枸。

《说文·木部》：“枸，木名。从木，句声。”“枸”由“句”孳乳。《说文·句部》：“句，曲也。从口，丩声。”“句”“曲”同源。“句”的语源是“丂”，“丂”是拐杖，手握的一端弯曲，便于握持。《说文·木部》：“枳，木似橘。从木，只声。”“枳”由“只”孳乳。《说文·只部》：“只，语已词也。从口，象气下引之形。”“只”“也”同源，同为语已词。“只”的本义是从口里滴下的口液。“只”“滴”“液”同源。“只”“支”亦同源。《说文·支部》：“支，去竹之枝也。从手持半竹。凡支之属皆从支。”“枝”是“支”的增旁字。去竹之枝则掉落，故“支”“只”同源。总之，“枸”是单音词，为多句曲之树；“枳枸”为双音词，二字同义连文，“枳”也是多枝枒之义，与“枸”组成联合式合成词。战国宋玉《风赋》：“枳枸来巢。”李善注：“枸，曲也，似橘屈曲也。”①

7. 波—水波　有豕白蹢，烝涉波矣。（《小雅·渐渐之石》）

毛传：将久雨，则豕进涉水波。

六　对状态形容词的训解

朱德熙先生将形容词分为性质形容词和状态形容词两类。② 在毛传对《诗经》形容词的注释中，存在用性质形容词说明状态形容词的情况，对表示声音和颜色的状态形容词没有区分。

（一）以性质形容词说明状态形容词

1. 振振　振振君子，归哉归哉！（《召南·殷其雷》）

毛传：振振，信厚也。

“振振”是表示状态的形容词，“信”“厚”是表示性质的形容词。

---

① （南朝·梁）萧统辑，（唐）李善注：《宋尤袤刻本文选四》，国家图书馆出版社 2017 年版，第 47 页。

② 朱德熙：《语法讲义》，商务印书馆 1982 年版，第 73 页。

2. 嘒 嘒彼小星，三五在东。(《召南·小星》)

毛传：嘒，微貌。

"嘒"表状态；毛传的"微"对应"小星"的"小"，表性质。

3. 洋洋 河水洋洋，北流活活。(《卫风·硕人》)

毛传：洋洋，盛大也。

"洋洋"表水流的状态，"盛""大"是对河水流势的定性。

4. 揭揭 葭菼揭揭，庶姜孽孽，庶士有朅。(《卫风·硕人》)

毛传：揭揭，长也。

"揭揭"表状态，"长"表性质。

5. 孽孽 葭菼揭揭，庶姜孽孽，庶士有朅。(《卫风·硕人》)

毛传：孽孽，盛饰。

"孽孽"表庶姜首饰的状态，"盛"是对所戴首饰从规模方面的定性。

6. 蹶蹶 好乐无荒，良士蹶蹶。(《唐风·蟋蟀》)

毛传：蹶蹶，动而敏于事。

"蹶蹶"表状态，在"良士蹶蹶"中作谓语；"敏"表性质。

7. 牂牂 东门之杨，其叶牂牂。(《陈风·东门之杨》)

毛传：牂牂然，盛貌。

《说文·羊部》："牂，牝羊也。从羊，爿声。"段玉裁注："各本作牡羊，误。今正。《释兽》《毛传》《内则注》皆曰：牂，牝羊。"以同源字"壮""状""奘"例之，当以"牡羊"为是。公羊壮大，表义泛化，重叠为"牂牂"，状态词，形容杨树叶长大茂密，毛传用性质形容词"盛"来说明。

8. 猗傩 隰有苌楚，猗傩其枝。(《桧风·隰有苌楚》)

毛传：猗傩，柔顺也。

"猗傩"叠韵，表状态；"柔""顺"都表性质。

9. 骎骎 驾彼四骆，载骤骎骎。(《小雅·四牡》)

毛传：骎骎，骤貌。

"骎骎"是状态形容词，"骤"为性质形容词。"骤"由"聚"孳乳，"聚"义为密集，动态的密集为疾义，马疾行谓之"骤"。《说文·马部》："骎，马行疾也。"

10. 蓼蓼 蓼蓼者莪，匪莪伊蒿。(《小雅·谷风》)

毛传：蓼蓼，长大貌。

"蓼"，上古音声母为来母，韵部属幽部。《说文·艹部》："蓼，辛菜，蔷虞也。从艹，翏声。""蓼"由"翏"孳乳。《说文·羽部》："翏，高飞也。从羽、彡。"许慎分析字形不确，"翏"西周金文象鸟展翅形。释义正确，"翏"语源是"高"。综合"翏"声字和同源字，"翏"本读牙喉音，音变读入舌音来母。牙喉音声符字音变读入舌音的，"翏"不是孤例，还有"尧、乐"等。"翏"有高义，草高谓之"蓼"。明代李时珍《本草纲目·草部》："蓼类皆高扬，故字从翏，高飞貌。"①"蓼蓼"由"蓼"重叠而成，表状态；"长""大"均为性质形容词，"长""高"义通。

11. 滔滔　滔滔江汉，南国之纪。(《小雅·四月》)

毛传：滔滔，大水貌。

"滔滔"表状态，"大"表性质。《说文·水部》："滔，水漫漫，大貌。""漫漫"是状态形容词，"大"是性质形容词。

12. 偕偕　偕偕士子，朝夕从事。(《小雅·北山》)

毛传：偕偕，强壮皃。

"偕偕"表状态；"强壮"是并列合成词，表性质。

13. 亹亹　亹亹文王，令闻不已。陈锡哉周，侯文王孙子。文王孙子，本支百世。(《大雅·文王》)

毛传：亹亹，勉也。

"亹亹"表状态，"勉"表性质。

14. 济济　济济多士，文王以宁。(《大雅·文王》)

毛传：济济，多威仪也。

叠音词"济济"表状态；"多"为性质形容词。

15. 穆穆　穆穆文王，于缉熙敬止。假哉天命，有商孙子。(《大雅·文王》)

毛传：穆穆，美也。

"穆穆"表状态，"美"表性质。

16. 济济　瞻彼旱麓，榛楛济济。(《大雅·旱麓》)

毛传：济济，众多也。

---

① （明）李时珍编纂，刘衡如、刘山永校注：《新校注本〈本草纲目〉》（第四版），华夏出版社2011年版，第752页。

"济济"是状态形容词；"众多"是并列式合成词，表性质。

17. 仡仡　临冲茀茀，崇墉仡仡。（《大雅·皇矣》）

毛传：仡仡，高大也。

《说文·人部》："仡，勇壮也。《周书》曰：'仡仡勇夫。'从人，气声。"① 《说文·土部》："圪，墙高也。从土，气声。"《说文·气部》："气，云气也。象形。""圪""仡"由"气"孳乳，云气飘浮在空中，为物高，则"圪"为墙高，"仡"为人高。"仡仡"表状态；"高大"是并列式合成词，表性质。

18. 翯翯　麀鹿濯濯，白鸟翯翯。（《大雅·灵台》）

毛传：翯翯，肥泽也。

在"白鸟翯翯"中，"翯翯"是状态形容词，作谓语；"白鸟"作主语，"白"是性质形容词，作定语。毛传中"肥泽"的"肥"是表性质，用来解释"翯翯"。《说文·羽部》："翯，鸟白肥泽皃。"

19. 炎炎　旱既大甚，则不可推。赫赫炎炎，云我无所。（《大雅·云汉》）

毛传：炎炎，热气也。

《说文·炎部》："炎，火光上也。从重火。""炎"的本义是火光上腾伸长的火苗，语源是"申"。《尚书·洪范》："火曰炎上。""炎"通过重叠构词法构成"炎炎"，表火的状态，毛传以偏正词组"热气"指明状态之所属，"热"为性质形容词。

20. 啴啴　申伯番番，既入于谢，徒御啴啴。（《大雅·崧高》）

毛传：啴啴，喜乐也。

《说文·口部》："啴，喘息也。一曰：喜也。从口，单声。《诗》曰：'啴啴骆马。'"许慎释义不确。"啴"由"单"孳乳，"单"是原始社会人类狩猎时抛石的用具，有远义，出气长谓之"啴"。《乐记》："其乐心感者，其声啴以缓。"郑玄注："啴，宽绰貌。"② "声啴"义为

---

① （东汉）许慎撰，（清）段玉裁注：《说文解字注》，上海古籍出版社1988年版，第369页。

② （东汉）郑玄注，（唐）孔颖达疏，龚抗云整理：《礼记正义》，北京大学出版社2000年版，第1253页。

声长。

21. 奕奕 奕奕梁山，维禹甸之。(《大雅·韩奕》)

毛传：奕奕，大也。

《说文·亣部》："奕，大也。从大，亦声。""奕"实为双声字，"亦""大"均可表声。"奕"也可以看作合体象形，像一人张开双臂站立。"亦""奕"是繁简字的关系，"奕"由"亦"孳乳，"亦"表人之臂亦，"奕"表人之高大，义各有属。"奕"侧重表达人高义，词义泛化可以言山之高，在叠音词"奕奕"中正是此义。"奕""异"同源，俱有高义。"奕"上古音以母，铎部，"异"上古音以母，职部，二字声母相同，韵部通转。"奕奕"是状态形容词，毛传以"大"解之，"大"为性质形容词。

22. 桓桓 桓桓于征，狄彼东南。(《鲁颂·泮水》)

毛传：桓桓，威武貌。

"桓桓"是状态形容词，毛传用性质形容词"威武"释之。"威武"是并列式合成词。

23. 丸丸 陟彼景山，松柏丸丸。(《商颂·殷武》)

毛传：丸丸，易直也。

"丸丸"是状态形容词，在"松柏丸丸"中作谓语；"易直"同义连文。

(二) 以动词或动词词组说明状态形容词

1. 骓骓 四牡骓骓，周道倭迟。(《小雅·四牡》)

毛传：骓骓，行不止貌。

"骓骓"表状态，"不止"为动词词组。

2. 京京 念我独兮，忧心京京。(《小雅·正月》)

毛传：京京，忧不去也。

《说文·京部》："京，人所为绝高丘也。从高省，丨象高形。"甲骨文的"京"字描写的是高台之上建有高高的房子。语源是"江"，只是江是横向，而"京"是纵向，造字的人看到的是二者的长度。《尔雅·释丘》："绝高为之，京；非人为之，丘。"又《释诂》："京，大也。"扬雄《方言》："燕之北鄙，齐楚之交，凡人之大谓之京。"《诗经·大雅·皇矣》："依其在京，侵自阮疆。"毛传："京，大阜也。"又《鄘风·定之方中》："望楚与堂，景山与京。"毛传："京，高丘。""京京"是通过形容词重叠构成的状态词，"忧心京京"谓忧心连绵不绝，就持续时间长而言。毛传用动词词组"不去"说明。

3. 缉缉　缉缉翩翩，谋欲潜人。(《小雅·巷伯》)

毛传：翩翩，往来貌。

"翩翩"是表状态的叠音词，毛传用动词词组"往来"说明。

(三) 对表示声音的状态形容词的训解

《诗经》中有些显见的拟声词，毛传指了出来，并作了训解。例如：

1. 关关　关关雎鸠，在河之洲。(《周南·关雎》)

毛传：关关，和声也。雎鸠，王雎也，鸟挚而有别。水中可居者曰洲。后妃说乐君子之德，无不和谐，又不淫其色，慎固幽深，若关雎之有别焉，然后可以风化天下。夫妇有别则父子亲，父子亲则君臣敬，君臣敬则朝廷正，朝廷正则王化成。

"关关"是拟声词，用来模拟雎鸠鸣叫的声音，传用"和声"解之，当注意其中的"和"字。若作一探究的话，"和"字来源于毛公对《关雎》小序"后妃之德也"的发挥。其对诗义的理解及对兴义、句义、词义的训解都受到序说的影响。对序文、传文做一对比就会知道，传之"后妃说乐君子之德，无不和谐"是对序"后妃之德"的具体化，指出"后妃之德"的内容就是"说乐君子""无不和谐"。其中"说乐君子"一语也从《大序》"是以《关雎》乐得淑女以配君子"化出。①《毛诗序》之作，时代在毛公之前，毛公在作传时，一方面参考了《诗序》，另一方面有所创说，这个"和"字就是他对序所谓"后妃""君子"情感状态的阐释进行提炼之后，对"雎鸠"鸣声"关关"性质的界定，反映的是他读序、读诗的心得。

2. 虺虺　曀曀其阴，虺虺其雷。(《邶风·终风》)

毛传：暴若震雷之声虺虺然。

"其"为指示代词。

3. 镗　击鼓其镗，踊跃用兵。(《邶风·击鼓》)

毛传：镗然，击鼓声也。

---

① 《大序》"是以《关雎》乐得淑女以配君子"之"乐"字，由《关雎》第五章"窈窕淑女，钟鼓乐之"的"乐"而来。

4. 鷕　有弥济盈，有鷕雉鸣。（《邶风·匏有苦叶》）

毛传：鷕，雌雉声也。卫夫人有淫佚之志，授人以色，假人以辞，不顾礼义之难，至使宣公有淫昏之行。

5. 雍雍　雍雍鸣雁，旭日始旦。（《邶风·匏有苦叶》）

毛传：雍雍，雁声和也。

6. 活活　河水洋洋，北流活活。（《卫风·硕人》）

毛传：活活，流也。

传用动词"流"解"活活"，意为"活活"是流水声。《说文·水部》："活，水流声。"许慎解"活"字本义采用毛传说。

7. 涣涣　溱与洧，方涣涣兮。（《郑风·溱洧》）

毛传：涣涣，春水盛也。

8. 肃肃　肃肃鸨羽，集于苞栩。（《唐风·鸨羽》）

毛传：肃肃，鸨羽声也。

鸿雁于飞，肃肃其羽。（《小雅·鸿雁》）

毛传：肃肃，羽声也。

9. 嘤嘤　伐木丁丁，鸟鸣嘤嘤。（《小雅·伐木》）

毛传：嘤嘤，惊惧也。

叠音词"嘤嘤"表状态，毛传用"惊惧"释之，"惊惧"同义连文，"惊""惧"都是性质形容词。《说文·口部》："嘤，鸟鸣也。"叠音词"嘤嘤"由"嘤"重叠而来，重叠表示时间持续，程度加深。

10. 玱　玱玱

服其命服，朱芾斯皇，有玱葱珩。（《小雅·采芑》）

毛传：玱，珩声也。

"玱"为拟声词，象珩声。"有玱"意为有玱然之声，"有"是表存在的动词。

方叔率止，约𫐓错衡，八鸾玱玱。（《小雅·采芑》）

毛传：玱玱，声也。

"玱玱"是"玱"通过重叠方式构成的拟声词，表示声音在时间上的延长。"玱玱"与上例"有玱"不同，前者是叠音词，后者是动宾词组。

11. 嚣嚣　之子于苗，选徒嚣嚣。（《小雅·车攻》）

毛传：嚣嚣，声也。

"嚣嚣"是"选徒"发出的声音。

12. 嘒嘒 菀彼柳斯，鸣蜩嘒嘒。(《小雅·小弁》)

毛传：嘒嘒，声也。

毛传中的"声"指蜩声。

13. 缉缉 缉缉翩翩，谋欲谮人。(《小雅·巷伯》)

毛传：缉缉，口舌声。

毛传指出"缉缉"是拟声词。

七 释词类

(一) 指出状态词

1. 宛 宛其死矣，他人是愉。(《唐风·山有枢》)

毛传：宛，死貌。

"其"是词尾。传用"貌"字标明"宛"的造句功能。

2. 娈 思娈季女逝兮。(《小雅·车辖》)

毛传：娈，美貌。

(二) 指出虚词

1. 思 南有乔木，不可休息。汉有游女，不可求思。(《周南·汉广》)

毛传：南方之木美。乔木，上竦也。思，辞也。汉上游女，无求思者。

孔颖达《毛诗正义》曰："以'泳思''方思'之等皆不取'思'为义，故为辞也。经'求思'之文在'游女'之下，传解'乔木'之下，先言'思，辞'，然后始言'汉上'，疑经'休息'之字作'休思'也。何则？《诗》之大体，韵在辞上，疑'休''求'字为韵，二字俱作'思'，但未见如此之本，不敢辄改耳。"① 传"南方之木美。乔木，上竦也。思，辞也"解诗句"南有乔木，不可休息"，"汉上游女，无求思者"解诗句"汉有游女，不可求思"。孔氏以《诗经》语例和韵例推定"思"为辞，支持了传说，毛、郑之意可从。汉韩婴《韩诗外传·卷一》云："《诗》曰：'南有乔木，不可休思。汉有游女，不可求思。'此之谓

---

① （西汉）毛亨传，（东汉）郑玄笺，（唐）孔颖达疏，龚抗云、李传书、胡渐逵整理：《毛诗正义》，北京大学出版社 1999 年版，第 54 页。

也。"① 韩婴为西汉初人，引《诗》句作"不可休思"，为孔说提供了一个文献实例。翻检《诗经》全书，双音词"休息"除此处之外，无一用例，说明该词在《诗经》时代还没有出现。现举两处较早用例，《吕氏春秋·孟冬纪》："劳农夫以休息之"，《鹖冠子·世兵》："斡流迁徙，固无休息，终则有始，孰知其极？"②

世之不显，厥犹翼翼。思皇多士，生此王国。王国克生，维周之桢。（《大雅·文王》）

毛传：思，辞也。

2. 且　不见子都，乃见狂且！（《郑风·山有扶苏》）

毛传：且，辞也。

3. 文王在上，於昭于天。（《大雅·文王》）

毛传：於，叹辞。

八　释语气

1. 有周不显？帝命不时？（《大雅·文王》）

传：不显，显也。不时，时也。

传"不显，显也"之训是以解释词语的形式解释了整个诗句"有周不显"的语气，也就是说，他将该句看作反问句。同样，"不时，时也"之训也是将诗句"帝命不时"当作反问句来处理的。这一点，东汉末的郑玄正确地予以指出。笺云："周之德不光明乎？光明矣。天命之不是乎？又是矣。"笺在传的基础上，明确地解释了这两句诗的语气和语义。

2. 以赫厥灵，上帝不宁？不康禋祀？居然生子！（《大雅·生民》）

传：不宁，宁也；不康，康也。

"上帝不宁"是反问句，译为现代汉语就是：（姜嫄生子这样顺利，以此显现了上帝的灵异）上帝难道不满意吗？"不康禋祀？"也是反问句，只是承前省略了主语"上帝"，"康"义为安，句意为：上帝难道不安于禋祀吗？这两个含有"不"字的反问句都表达了肯定的意思，而且把肯定语气表现得更为强烈。

---

① （西汉）韩婴撰，许维遹校释：《韩诗外传集释》，中华书局1980年版，第5页。

② 黄怀信撰：《鹖冠子校注》，中华书局2014年版，第282—283页。

《诗经》中含有"不"字的反问句，有的毛传以解释词语的形式标注了出来，有的却没有。例如：

维予小子，不聪敬止？日就月将，学有缉熙于光明。（《周颂·敬之》）传无说。

九 释语用义

啴啴　申伯番番，既入于谢，徒御啴啴。（《大雅·崧高》）

毛传：啴啴，喜乐也。

《说文·口部》："啴，喘息也。一曰：喜也。从口，单声。《诗》曰：'啴啴骆马。'"长长地出气谓之"啴"。"啴""喘"同源。《乐记》："其乐心感者，其声啴以缓。"注："啴，宽绰貌。""声啴"义为声长。"啴啴"是"啴"重叠而来，表示程度加深。"喜乐"不是"啴啴"的本义，而是语用义。

十 以史证《诗》

有的诗，毛传以为与历史有关，是可信的。例如，《小雅·祈父》："予王之爪牙。胡转予于恤，靡所止居？"传："宣王之末，司马职废，姜戎为败。"笺云："此勇力之士责王之辞也。我乃王之爪牙，爪牙之士当为王闲守之卫，女何移我于忧，使我无所止居乎？谓见使从军，与姜戎战于千亩而败之时也。"传首先指出此诗的历史背景。爪牙之士本来负责王之守卫，却被司马派去打仗，因而作诗怨之。关于宣王朝这次战争，毛传、郑笺所言都与历史记载相合。《国语·周语》云："宣王三十九年，战于千母。王师败绩于姜氏之戎。"《史纪·周本纪》云："宣王即位……四十六年，宣王崩。"[①]

又如《齐风》中的《南山》《敝笱》《载驱》三首诗，当是一组诗，毛传以为写的是齐女文姜、齐襄公、鲁桓公之事。这不仅与《春秋》经传的记载吻合，而且形诸歌咏："鲁道有荡，齐子由归。""齐子归止，其从如云。""鲁道有荡，齐子发夕。"当然是可信的。

---

① （西汉）司马迁撰，（宋）裴骃集解，（唐）司马贞索隐，（唐）张守节正义：《史记》，中华书局1982年版，第144—145页。

有的诗，因为有个别字眼与历史人物的姓名用字有相同的，毛传以此对诗作了历史化的解释，显然根据不足。《郑风·将仲子》："将仲子兮！无逾我里，无折我树杞。"传："将，请也。仲子，祭仲也。"笺云："祭仲骤谏，庄公不能用其言，故言请，固距之。'无逾我里'，喻言无干我亲戚也。'无折我树杞'，喻言无伤害我兄弟也。仲初谏曰：'君将与之，臣请事之。君若不与，臣请除之。'"在这里，传将诗之"仲子"与春秋时期郑国名臣祭仲联系起来，认为是同一个人。

有的诗，写的是重大历史事件，毛传作了合理的推测，与史家记录不一。《大雅·烝民》："王命仲山甫，城彼东方。"传："东方，齐也。古者诸侯之居逼隘，则王迁其邑而定其居，盖去薄姑而迁于临菑也。"孔颖达疏："《史记·齐世家》云：'献公元年，徙薄姑都治临菑。'计献公当夷王时，与此传不合。迁之言未必实也。"① 毛公传《诗》在司马迁著史之前，认为"王命仲山甫，城彼东方"的事件"盖去薄姑而迁于临菑也"，发生在宣王朝，与太史公齐国迁都临菑在夷王时之说不合。

十一　以传说解《诗》

《大雅·绵》第九章："虞芮质厥成，文王蹶厥生。"传："虞、芮之君，相与争田，久而不平，乃相谓曰：'西伯，仁人也，盍往质焉。'乃相与朝周。入其竟，则耕者让畔，行者让路。入其邑，男女异路，班白不提挈。入其朝，士让为大夫，大夫让为卿。二国之君，感而相谓曰：'我等小人，不可以履君子之庭。'乃相让，以其所争田为间而退。天下闻之，而归者四十余国。"传于此处不专解诗句字面意思，而是不厌其烦地记述了一则关于周文王的传说，这让读者看到了诗句背后的历史详情。传说是口耳相传的史料，毛公去古未远，以当时还布在人口的传闻解《诗》，不可简单否定。比较来说，诗句由于文体的关系，则至为简括。

---

① （西汉）毛亨传，（东汉）郑玄笺，（唐）孔颖达疏，龚抗云、李传书、胡渐逵整理：《毛诗正义》，北京大学出版社 1999 年版，第 1224 页。

第二节　毛传释字辨析

一　释假借义而未指出正字

毛传注出字的假借义但没有指明该字是假借字。毛传成书在西汉景帝时代，那时人们的本字意识不强，许慎的《说文》到东汉章帝时才出现。经传多用假借字。毛传在注释《诗经》时，有的字正确地注出了假借义，但没有指出该字是假借字，没有指出正字，也就是说，他虽然心知其义，但还没有提出"假借字""正字"的概念，这些术语的出现是后世的事。例如：

1. 逑—仇　窈窕淑女，君子好逑。（《周南·关雎》）

毛传：逑，匹也。言后妃有关雎之德，是幽闲专贞之善女，宜为君子之好匹。

传意为"逑"的本字是"仇"，"逑"则是假借字。《说文·辵部》："逑，聚敛也。"无关诗意。又《人部》："仇，雠也。"许慎以"雠"训"仇"，属声训。那么"仇"和"雠"是什么关系呢？关系是："雠""仇"起初同字，"雠"为会意字，取象于两鸟相对而鸣，但义可表任何事物的对立面；"仇"为形声字，从人九声（"九""雠"声近），表义重在指人。说"逑"为"仇"之借，是因为"仇"为匹义，还见于《诗经》别的篇章。《周南·兔罝》："赳赳武夫，公侯好仇。"毛传体味句意，将"逑"义训为"匹"是正确的，但将"窈窕淑女，君子好逑"译为"言后妃有关雎之德，是幽闲专贞之善女，宜为君子之好匹"，则歪曲了诗的原意。这两句前两句也即开头两句是："关关雎鸠，在河之洲。"正如毛传所说是兴。这两句之间是主谓关系，句意为关关鸣叫的雎鸠，在黄河中的小洲上。以鸟兴人，"窈窕淑女，君子好逑"，则这两句很自然也是主谓关系，句意为：窈窕淑女是君子的好伴侣。《关雎》一诗，没有提到"后妃"，只是咏到了"淑女"与"君子"。传将"后妃"的存在设为"淑女"得为"君子好逑"的环境与条件，显然是赋予的意思，非诗句本有。

2. 定—题　麟之定，振振公姓。（《周南·麟之趾》）

毛传：定，题也。

《尔雅·释言》:"頯,题也。"① 传袭自雅驯。定假借顶。《说文·页部》:"顶,颠也。"段玉裁注:"按顶之假借字作定。《诗·周南·麟之定》,《释言》《毛传》皆曰:'定,题也。'"② 又"题,頯也。"頯、额古今字。《战国策·赵策二》:"黑齿雕题,鳀冠秫缝,大吴之国也。"③ 又"页(音 xié),头也。……凡页之属皆从页。"此"页"象人面部,与"首"为繁简字关系;与现代汉语中的书"页"(音 yè,"叶"的假借字)的"页"异字。

3. 覯—遘 亦既见止,亦既覯止。(《召南·草虫》)

毛传:覯,遇。

郑笺:"既见,谓已同牢而食矣。既覯,谓已婚矣。《易曰》:'男女覯精,万物化生。'"《说文·见部》:"覯,遇见也。"又《辵部》:"遘,遇也。"陈乔枞《诗经四家异文考》及《三家诗遗说考》据《尔雅·释诂》邢昺疏引此诗作"遘",断定鲁诗此字作"遘"。汉石经鲁诗碑图第一面第十六行:"遘"。证明陈乔枞的推断是正确的。王先谦《诗三家义集疏》:"《说文》:'遘,遇也。''覯,遇见也。'上言见,下不当复言遇见,鲁诗作遘义长。"④ "覯",当假借为"遘"。

4. 湘—鬺 于以湘之,维锜及釜。(《召南·采蘋》)

毛传:湘,亨也。

于以湘之,《汉书·郊祀志》注引韩诗作"于以鬺之"。《说文·水部》:"湘,湘水,出零陵县阳海山,北入江。"鬺,上古音书母阳部字;湘,上古音心母阳部字。"鬺""湘"叠韵邻纽,"湘"假借为"鬺"。

5. 静—靖 静言思之。(《邶风·柏舟》)

毛传:静,安也。

《说文·青部》:"静,审也。"又《立部》:"靖,亨安也。"马瑞辰

① (清)郝懿行撰,王其和、吴庆峰、张金霞点校:《尔雅义疏》,中华书局 2017 年版,第 360 页。

② (清)段玉裁:《说文解字注》,上海古籍出版社 1988 年版,第 416 页。

③ (西汉)刘向集录,范祥雍笺证,范邦瑾协校:《战国策笺证》(下),上海古籍出版社 2006 年版,第 1047—1048 页。

④ (清)王先谦撰,吴格点校:《诗三家义集疏》(全二册),中华书局 1987 年版,第 76 页。

《毛诗传笺通释》："经传多假静为靖。此传训安者，亦以静为靖字之借也。"① 汉石经鲁诗碑图第一面第二十九行："靖言思（之）。"则"静"假借为"靖"。

6. 诒—贻　我之怀矣，自诒伊阻。（《邶风·雄雉》）

毛传：诒，遗。

《说文·言部》："诒，相欺诒也。一曰遗也。"《方言》："诒、谬、谲，诈也。"② 《说文》新附："贻，赠遗也。从贝台声。经典通用诒。"诒的本义是"相欺诒"。《说文》又训遗，是假借为贻。汉石经鲁诗碑图第一面第三十七行：之怀□□贻伊阻。即"（我）之怀（矣），（自）贻伊阻"之残。"贻"是正字。

7. 畿—机　不远伊尔，薄送我畿。（《邶风·谷风》）

毛传：畿，门内也。

马瑞辰《毛诗传笺通释》："畿者，机之假借。《周礼》郑玄注：'畿过，犹限也。'王畿之限曰畿，门内之限为机，义正相近。《吕氏春秋·本生》篇高注：'机寱，门内之位也。'……蔡邕《司徒夫人灵表》：'不出其机'，言不出于梱也。"③

8. 塈—愒（憩）　不念昔者，伊余来塈！（《邶风·谷风》）

毛传：塈，息也。

不解于位，民之攸塈。（《大雅·假乐》）

毛传：塈，息也。

《尚书·梓材》："若作室家，既勤垣墉，惟其涂塈茨。"《说文·土部》："塈（音jì），仰涂也。"这两句诗，塈如字读不通。现举"息"在《诗经》及其他先秦文献中的用例，如《召南·殷其雷》："何敢违斯？莫敢遑息。"又《仪礼·乡饮酒礼》："乃息司正。"郑玄注："息，劳也。"④

---

① （清）马瑞辰撰，陈金生点校：《毛诗传笺通释》（全三册），中华书局1989年版，第110页。

② （清）钱绎撰集，李发舜、黄建中点校：《方言笺疏》，中华书局2013年第2版，第113页。

③ （清）钱绎撰集，李发舜、黄建中点校：《方言笺疏》，中华书局2013年第2版，第132页。

④ （东汉）郑玄注，（唐）贾公彦疏，王辉整理：《仪礼注疏》，上海古籍出版社2008年版，第251页。

解"塈"为息，诗意可通。塈，群母，微部；息，心母，职部。二字声韵悬隔，不可假借。塈可假作愒（音）。愒，溪母，月部，与塈音近，且《诗经》有之。《小雅·菀柳》："有菀者柳，不尚愒焉？"毛传："愒，息也。"《大雅·民劳》："民亦劳止，汔可小愒。"毛传："愒，息也。"《说文·心部》："愒，息也。"段玉裁注："此休息之息。……憩者，愒之俗体。"《说文》无"憩"字。《尔雅·释诂》："憩，息也。"《召南·甘棠》："蔽芾甘棠，勿剪勿败，召伯所憩。"毛传："憩，息也。""召伯所憩"与《假乐》之"民之攸塈"句式相同——攸，所也；此为塈假作愒（憩）的确证。

9. 蒙戎—尨茸　狐裘蒙戎，匪车不东。（《邶风·旄丘》）

毛传：大夫狐苍裘。蒙戎，以言乱也。

《阜阳汉简诗经》："狐裘蒙茸诽"。是这两句之残。《左传·僖公五年》云："退而赋曰：'狐裘尨茸，一国三公，吾谁适从？'"[1]引了这句诗。《说文·艸部》："蒙，王女。"《尔雅·释草》："唐、蒙，女萝。"[2]蒙即兔丝。"戎"的本义为兵。则蒙、戎与诗不通。《说文》："尨，犬之多毛者。"段玉裁注："引申为杂乱之称。"又《艸部》："茸，草茸茸貌。""尨""茸"是同义合成词，为正字，"蒙""戎"为假借字。

10. 瑕—遐　《邶风·二子乘舟》："愿言思子，不瑕有害。"传："言二子之不远害。"传以不远对译不瑕，则以瑕为遐之假借。

11. 茨—茤　墙有茨，不可埽也。（《鄘风·柏舟》）

传：茨，蒺藜也。

《说文·艸部》："茨，以茅盖屋也。""茤，蒺藜也。"《尔雅·释草》："茤，蒺藜。"郭璞注："布地，蔓生，细叶，子有三角，刺人。"齐、韩诗茨作茤。[3]则茨假为茤。

12. 领如蝤蛴，齿如瓠犀。（《卫风·硕人》）

传：瓠犀，瓠瓣。

---

① 杨伯峻编著：《春秋左传注三》（修订本），中华书局2009年第3版，第304页。

② （清）郝懿行撰，王其和、吴庆峰、张金霞点校：《尔雅义疏》，中华书局2017年版，第728页。

③ （清）王先谦：《诗三家义集疏》，中华书局1987年版，第220页。

《尔雅·释草》："瓠栖，瓣。"郭璞注："瓠中瓣也。"① 郝懿行指出"犀"为"栖"的假借字。王先谦《诗三家义集疏》云："《鲁》'犀'作'栖'。""'栖'本义为鸟在巢上，引申之，凡物止著其处皆谓之'栖'。瓠实著于瓠中，故云'瓠栖'，齿白而齐，似之。"② 可以看出，毛公作传时参考了雅训，但只是直接袭用其释义而未及辨字之正假，体现了其简洁的注释风格。还有，从后人对"栖"字精到的解释让我们有理由相信《鲁诗》所传、《尔雅》所载本字"栖"的可靠。

13. 孽孽　河水洋洋，北流活活。施罛濊濊，鳣鲔发发，葭菼揭揭。庶姜孽孽，庶士有朅。（《卫风·硕人》）

传：孽孽，盛饰。

《释文》引《韩诗》作"巘"（niè），曰"长貌"。

14. 耽—媅　《卫风·氓》："于嗟女兮，无与士耽。"传："耽，乐也。女与士耽则伤礼义。"《说文·耳部》："耽，耳大垂也。"又《女部》："媅，乐也。"则"耽"为"媅"之借字。

15. 泮—阪　《卫风·氓》"淇则有岸，隰则有泮。"传："泮，坡也。"笺云："泮读为畔。畔，崖也。"清陈奂《诗毛氏传疏》云："泮乃阪之假借字。《说文》：隰，阪下湿也。"③ 由此，隰、阪相连，为地势高低之称。对于"泮"所假借之字，虽然郑、陈二说皆可通，当以陈说更善。

16. 皦—皢　《王风·大车》："谓予不信，有如皦日！"传："皦，白也。"笺云："今之大夫不能然，反谓我言不信。我言之信，如白日也。"传训皦为白，笺解为白日。诗句"皦日"连文，笺申毛传说并加"日"字以明毛之隐义，可从。《说文·白部》："皦，玉石之白也。""皢，日之白也。"同样是白色，此物之白不同于彼物之白，古人都分别为造专字。如日之白为皢，玉石之白为皦。由此，传所谓"皦"，实为"皢"之假借。

---

① （清）郝懿行撰，王其和、吴庆峰、张金霞点校：《尔雅义疏》，中华书局 2017 年版，第 684 页。

② （清）王先谦：《诗三家义集疏》（上），中华书局 1987 年版，第 282 页。

③ （清）陈奂撰：《诗毛氏传疏》，山东友谊书社 1992 年版，第 332 页。

17. 贯—宦　《魏风·硕鼠》："硕鼠硕鼠，无食我黍。三岁贯女，莫我肯顾。"传："贯，事也。"《隶释》引汉石经作"三岁宦女"。《说文·宀部》："宦，仕也。""贯"之本义为钱串，与诗意不合。贯为宦之假借。

18. 慆—逾　《唐风·蟋蟀》：第三章"今我不乐，日月其慆。"传："慆，过也。"《说文·心部》："慆，说也。"说，通悦。不合诗义。林义光认为《尚书·周书·秦誓》"日月逾迈"之"逾迈"，① 即此诗之"慆""迈"，并举《大雅·生民》"或舂或揄"，《说文》作"或舂或舀"，得出舀、俞古音近。因而认为此诗"慆"为"逾"之转音。林氏为近现代文字学家，懂古音。其说有理有据，可从。

19. 凿—糳　《唐风·扬之水》首章"扬之水，白石凿凿。"传："凿凿然，鲜明貌。"凿，《说文·金部》："穿木也。"这是其本义。与"鲜明貌"无涉。《说文·毇部》凿字段玉裁注："经传多假凿为糳。"《左传·桓公二年》："粢食不凿。"孔颖达疏："谓黍稷为饭不使细也。"陆释文："凿，精米也。《字林》作糳，云粝米一斛舂为八斗。"《玉篇》引《左传》亦作"粢食不糳"。又《大雅·召旻》："彼疏斯粺。"郑笺："米之率，粝十粺九凿八侍御七。"均以凿借为糳，段玉裁所言不虚。糙米舂而精白，故糳有鲜明洁白义。陈奂《诗毛氏传疏》卷十："凿读为糳，《说文》：'粝米一斛舂为八斗曰糳'，'为米六斗大半斗为粲'，故鲜明谓之粲，亦鲜明谓之凿，重言之曰粲粲，亦曰凿凿，声义皆相近。"阜阳汉简 S116 号正作"白石糳糳"，用本字，证明了陈氏的卓见。郑笺："激阳之水，波流湍急，洗去垢浊，使白石凿凿然。"系申毛传义。

20. 栾—脔　《桧风·素冠》："庶见素冠兮，棘人栾栾兮。"传："栾栾，瘠貌。"《说文·木部》："栾，栾木，似栏。"又《肉部》："脔，臞也。""臞，少肉也。"则"栾"为"脔"之假借字。

---

① 参见（西汉）孔安国传，（唐）孔颖达正义，黄怀信整理《尚书正义》，上海古籍出版社 1999 年版，第 814 页。《蟋蟀》第二章云："今我不乐，日月其迈。"《尚书》之《秦誓》为秦穆公袭郑遭到晋国要击损兵丢将后对军队表达悔过之意的演讲。有句云"我心之忧，日月逾迈"。与此诗对照，可知穆公这两句演讲词是化用了该诗二、三章"今我不乐，日月其迈""今我不乐，日月其慆"而来：将原诗的"不乐"用"忧"字替换，将"慆（逾）""迈"组成了同义连文"逾迈"。可见穆公自己或其手下的诗学修养。

21. 土—杜　《豳风·鸱鸮》："迨天之未阴雨，彻彼桑土，绸缪牖户。"传："桑土，桑根也。"韩诗作杜。扬雄《方言》："杜，根也。东齐曰杜。"则"杜"是本字，"土"是假借字。

22. 恒—緪　《小雅·天保》："如月之恒，如日之升。"传："恒，弦。升，出也。"笺云："月上弦而就盈，日始出而就明。"毛传以"弦"训"恒"，郑玄同意。陆德明释文："恒，本亦作緪。"①《说文·糸部》："緪，大索也。"可指弓弦，也可指月相得弦。"恒"为"緪"之假借。

23. 玱—鎗　《小雅·车攻》："八鸾玱玱。"传："玱玱，声也。"玱玱即后来的鎗鎗。

24. 将—鎗　《小雅·庭燎》："君子至止，鸾声将将。"传："将将，鸾镳声也。"以字音表词义。《大雅·烝民》："四牡彭彭，八鸾鎗鎗。""鎗鎗"后来成为通用词形。

25. 何—荷　《小雅·无羊》："尔牧来思，何蓑何笠。"传："何，揭也。""何"为"荷"的本字，今音 hè。

26. 荏—桛　染—姌　《小雅·巧言》："荏染柔木，君子树之。"传："荏染，柔意也。"《大雅·抑》："荏染柔木，言缗之丝。"《说文·木部》："桛，弱貌。"《说文·艹部》："荏，桂荏，苏也。""荏"为草名，名词；"桛"为形容词。"荏染柔木"之"荏"，依毛传，则为"桛"之借字。又《水部》"染，以缯染为色。"又《女部》："姌，弱长貌。"则"染"为"姌"之借。由此看，"荏、染"二字各有所借，同义连文。

27. 鲜—尟　《小雅·蓼莪》："鲜民之生，不如死之久矣！"传："鲜，寡也。"笺同传说。《说文·鱼部》："鲜，鲜鱼也，出貉国。""鲜"为鱼名。《是部》："尟，是少也。是少，俱存也。"段玉裁注："是，此也。俱存而独少此，故曰是少。"则"鲜"为"尟"之假借。

28. 奥—燠　《小雅·小明》："昔我往矣，日月方奥。"传："奥，燠也。"《说文·宀部》："奥，宛也。"又《火部》："燠，热在中也。从火，奥声。"则"奥"为"燠"之假借。

29. 熯—戁　《小雅·楚茨》："我孔熯矣，式礼莫愆。"传："熯，敬也。"《说文·火部》："熯，干貌。"又《心部》："戁，敬也。""戁"

---

① （唐）陆德明撰，黄焯汇校：《经典释文汇校》，中华书局 2006 年版，第 171—172 页。

字见于《商颂·长发》："不戁不竦，百禄是总。"此处亦为敬义。"熯"的本义是干貌，传训"熯"为"敬"，则"熯"为"戁"之假借。

30. 因—姻 《大雅·皇矣》："维此王季，因心则友。"传："因，亲也。善兄弟曰友。"笺云："王季之心，亲亲而又善于宗族。"毛传训"因"为"亲"，郑玄同意。毛传的依据来自《周礼》所载六行，其四曰姻。《周礼·地官·大司徒》："（大司徒之职）以乡三物教万民而宾兴之。……二曰六行，孝、友、睦、姻、任、恤。"郑笺："姻，亲于外亲。""姻"是表德性的词。毛传对"因"的训释词"亲"即是对"姻"的训释，是将"因"读为"姻"的。

31. 言言—孽孽 《大雅·皇矣》："临冲闲闲，崇墉言言。执讯连连，攸馘安安。是类是祃，是致是附，四方以无侮。"传："言言，高大也。"笺云："言言，犹孽孽，将坏貌。"笺所谓"孽孽"，见于《诗经》，《卫风·硕人》："庶姜孽孽。"

32. 许—御 《大雅·下武》："昭兹来许，绳其祖武。"传："许，进。"笺云："来，勤也。武王能明此勤行，进于善道，戒慎其祖考所践履之迹，美其终成之。"传训"许"为"进"，郑玄同意。训"许"为"进"，是毛传根据语境揣摩所得。但"许"有没有"进"的词义呢？阮元云："案《九经古义》依《东观汉记》引'许'作'御'，疑作'许'是传写之误。《诗经小学》云：《广雅》'许，进也'，本此传。则《毛诗》本作'许'，作'御'者，盖三家《诗》。"① 阮元所言很有道理，秦焚经书，至汉兴除挟书之律，传《诗》各家凭记诵讲学，齐、鲁、韩、毛四家于《诗》之用字，时有出入，就"昭兹来许"这句诗而言，如果照三家《诗》之说，易"许"为"御"，则是很容易理解的。一是"御"训为"进"，乃是常训；二是"许"繁体为"許"，与"御"均从"午"，两字因形近而讹是极有可能的。由此可以看出，研究《诗经》综观各家的必要性。

33. 洞—迵 《大雅·泂酌》："泂酌彼行潦，挹彼注兹。"传："泂，远也。"笺云："远酌取之，投大器之中。"《说文·水部》："泂，沧也。"

---

① （西汉）毛亨传，（东汉）郑玄笺，（唐）孔颖达疏，龚抗云、李传书、胡渐逵整理：《毛诗正义》，北京大学出版社1999年版，第1047页。

又"沧，寒也。"则"洬"为"迥"之假借。

34. 板—反　《大雅·板》："上帝板板，下民卒瘅。"传："板板，反也。上帝，以称王者也。"笺云："王为政反先王与天之道，天下之民尽病。"传训"板板"为"反"，笺同意。依传，则"板"为"反"之假借。

35. 牖—诱　《大雅·板》："天之牖民，如埙如篪。"传："牖，道也。如埙如篪，言相和也。"笺云："王之道民以礼义，则民合而从之如此。"传训"牖"为"道"，笺同。则视"牖"为"诱"之假借。

36. 僤—亶　《大雅·桑柔》："我生不辰，逢天僤怒。"传："僤，厚也。"《说文·人部》："僤，疾也。"《尔雅·释诂》："亶，厚也。""僤"本义为疾，传训为"厚"，是以"僤"为"亶"之假借。

37. 谷—鞫　《大雅·桑柔》："人之有言：'进退维谷。'"传："谷，穷也。"笺同意。《说文·谷部》谷字段玉裁注："假谷为鞫。""鞫"字《诗经》有之。《邶风·谷风》："昔育恐育鞫"毛传："鞫，穷也。""鞫"的本义为穷治犯人。

38. 庸—墉　《大雅·崧高》："因是谢人，以作尔庸。"传："庸，城也。"则"庸"为"墉"之借字。《说文·用部》："庸，用也。"《说文·土部》："墉，城垣也。""墉"字《诗经》有之。《大雅·皇矣》："以伐崇墉。"传："墉，城也。"

39. 公—工　《大雅·江汉》："肇敏戎公，用锡尔祉。"传："公，事也。"王国维据不其簋的"女肇诲于戎工"，指出这里的"公"当读为"工"，"戎工"就是兵事的意思。毛传训"公"为"事"，则视"公"为"工"之假借。

40. 填—尘　《大雅·瞻卬》："孔填不宁，降此大厉。"传："填，久。"《尔雅·释诂》："尘，久也。"《说文·麤部》："尘，鹿行扬土也。"《说文·土部》："填，塞也。"《说文》依据字形解释"尘"字的本义；《尔雅》训"尘"为"久"，是引申义。上古"尘""填"同音，"填"在这里借为"尘"，借用"尘"的引申义。

41. 耆—厎　《周颂·武》："嗣武受之，胜殷遏刘，耆定尔功。"传："耆，致也。"《说文·厂（音hàn）部》厎字下段玉裁注曰："厎之引申义为致也、至也、平也。"因为"厎"的本义是"柔石"，即细的磨刀石。磨砺刀具，先是用叫作"厉"的粗磨刀石，再用细的磨刀石，使功得以最后完成，由此引申出"致"义。这三句诗写武王继踵文王，致定大功。传将"厎"训为"致"，可以说是很准确的。段注接着写道："有假借厎字为之者。"意思是"厎"的这一引申义"致"文献中有以"厎"字承担的，接着就举了本例。陆释文："毛音指。"音指，则与"厎"音近。由此，在毛传看来，"厎"为"厎"之假借。

42. 麃—穮　《周颂·载芟》："厌厌其苗，绵绵其麃。"传："麃，耘也。"麃，今音 páo，是鹿类动物。《说文·鹿部》："麃，麀属。"《说文·禾部》："穮，耨锄田也。"音 biāo，则"麃"为"穮"之假借。

43. 扬—疡　《鲁颂·泮水》："烝烝皇皇，不吴不扬。"传："扬，伤也。"传训"扬"为"伤"，则是训"扬"为"疡"。

44. 庸—镛　《商颂·那》："庸鼓有斁，万舞有奕。"传："大钟曰庸。"庸，后来写作"镛"。《说文·用部》："庸，用也。"又《金部》："镛，大钟谓之镛。"《说文》"庸""镛"不同字。"镛"为"庸"的分化字。

45. 适—谪　《商颂·殷武》："岁事来辟，勿予祸适，稼穑匪解。"传：适，过也。王引之解"勿予祸适"曰："予，犹施也。祸读为过。《广雅》：谪、过，责也。勿予过责，言不施过责也。"[①] 传训"适"为"过"，则读"适"为"谪"。"祸适"借为"过谪"，同义连文。

二　指出正字

即毛传以正字释假借字。例如：

1. 害—何　《周南·葛覃》："害浣害否，归宁父母。"传："害，何也。"笺云："我之衣服，今何者所当见浣乎？何所当否乎？"毛训"害"为"何"，以为疑问词。郑玄同意。"害"假借为"何"。

2. 履—禄　《周南·樛木》："乐只君子，福履绥之。"传："履，禄。"传说采自《尔雅·释言》。

3. 展—真　《邶风·雄雉》："展矣君子，实劳我心！"传："展，诚

---

① （清）王引之撰，中国训诂学会研究会主编：《经义述闻》，江苏古籍出版社 2000 年版，第 176 页。

也。"《方言》："展，信也。"①《说文·尸部》："展，转也。"《说文》所训为"展"的本义，与诗意难通。毛传、《方言》所解为"展"的假借义。展下段玉裁注云："《方言》曰：展，信也。此因'展'与'真'音近假借。"

4. 崇—终　《鄘风·蝃蝀》："朝隮于西，崇朝其雨。"传："崇，终也。从旦至食时为终朝。"笺云："朝有升气于西方，终其朝则雨，气应自然。"毛传以"崇"为"终"之借，郑玄同意。郑玄在笺别的诗篇时对传说也有所继承。《卫风·河广》："谁谓河广，曾不容刀。谁谓宋远，曾不崇朝。"笺云："崇，终也，行不终朝，亦喻近。"马瑞辰《毛诗传笺通释》卷五："'崇'即'终'之同部假借。《尚书·君奭篇》'其终出于不祥'，《释文》：'终，一本作崇。'是'终''崇'古通用之证。"②"终朝"一词，又见于《诗经》别的篇章中。《小雅·采绿》："终朝采绿，不盈一匊。"见于其他上古文献者，如《周易·讼卦》上九爻辞："或锡之鞶带，终朝三褫之。"③《左传·僖公二十七年》："楚子将围宋，使子文治兵于睽，终朝而毕，不戮一人。"④"崇朝"也有见于汉代文献者，如《公羊传·僖公三十一年》："触石而出，肤寸而合，不崇朝而雨遍乎天下者，唯泰山尔。"⑤

5. 咺—宣　《卫风·淇奥》："瑟兮僴兮，赫兮咺兮。"传："赫，有明德赫赫然。咺，威仪容止宣著也。"《说文·口部》："咺，朝鲜谓儿泣不止曰咺。"传以"威仪容止宣著也"解"咺"，实是声训，以"宣"解"咺"。据陆释文："咺，《韩诗》作'宣'。宣，显也。"证明了传说的正确性。这两句写卫武公的威仪，"赫""咺"义近平列，都是状态形容词。

6. 甲—狎　《卫风·芃兰》："虽则佩韘，能不我甲。"传："甲，

---

① （清）钱绎撰集，李发舜、黄建中点校：《方言笺疏》，中华书局 2013 年第 2 版，第 40 页。

② （清）马瑞辰撰《毛诗传笺通释》，陈金生点校，《毛诗传笺通释》，中华书局 1989 年版，第 187 页。

③ （三国·魏）王弼注，（唐）孔颖达疏，卢光明、李申整理：《周易正义》，北京大学出版社 2000 年版，第 59 页。

④ 杨伯峻编著：《春秋左传注三》（修订本），中华书局 2009 年第 3 版，第 444 页。

⑤ （西汉）公羊寿传，（汉）何休解诂，（唐）徐彦疏、浦卫忠整理：《春秋公羊传注疏》，北京大学出版社 2000 年版，第 313 页。

犴也。"

　　笺云："此君虽佩鞸与，其才能实不如我众臣之所犴习。""甲"，假借为"犴"。

　　7. 壶—瓠　《豳风·七月》："七月食瓜，八月断壶。"传："壶，瓠也。""壶"借为"瓠"。传用来说明"匏"的"瓠"字在《诗》篇中还能找到别的用例。《小雅·南有嘉鱼》："南有樛木，甘瓠累之。"《瓠叶》："幡幡瓠叶，采之亨之。君子有酒，酌言尝之。"正是因为毛公对《诗》篇熟悉，才作如是解。

　　8. 士—事　《豳风·东山》："制彼裳衣，勿士行枚。"传："士，事。"《周颂·桓》："天命匪解。桓桓武王，保有厥士。"传："士，事也。"笺云："我桓桓有威武之武王，则能安有天下之事。此言其当天意也。"传训"士"为"事"，笺同意。传以"士"为"事"之借字。

　　9. 皇—匡　《豳风·破斧》："周公东征，四国是皇。"传："皇，匡也。"

　　10. 腓—辟　《小雅·采薇》："君子所依，小人所腓。"传："腓，辟也。"《大雅·生民》："诞置之隘巷，牛羊腓字之。"传："腓，辟。"《说文·月部》："腓，胫端也。"《韩非子·扬权》："腓大于股，难以趣走。"① 如字读不通。"辟""避"古今字。《左传·僖公二十三年》："晋、楚治兵，遇于中原，其辟君三舍。"② "辟"，今字为"避"。"君子所依，小人所腓"句意为战车将帅所乘坐，兵卒所避身。"诞置之隘巷，牛羊腓字之"意为后稷被遗弃到隘巷，牛羊躲避且喂养他。"腓"于古声母属奉，轻唇音；"辟"属帮母，重唇音。清钱大昕作《古无轻唇音》一文，以众多实例证明迟至东汉尚无轻唇音，③ 轻唇由重唇发展而来。自《诗经》时代以至西汉初，"腓""辟"字音相近，故得相假。

　　11. 威—畏　《小雅·常棣》："死丧之威，兄弟孔怀。"传："威，畏。"笺云："死丧可畏怖之事，唯兄弟之亲甚相思念。"毛训"威"为

---

①　（战国）韩非，陈奇猷校注：《韩非子新校注》，上海古籍出版社 2000 年版，第164 页。

②　杨伯峻编著：《春秋左传注三》（修订本），中华书局 2009 年第 3 版，第 409 页。

③　（清）钱大昕，杨勇军整理：《十驾斋养新录》，上海书店出版社 2011 年版，第90—100 页。

"畏"，郑玄同意。

12. 裒—抔　《小雅·常棣》："原隰裒矣，兄弟求矣。"传："裒，聚也。"《说文》手部抔字云："引聚也。《诗》曰：'原隰抔矣。'"段玉裁注："裒者，抔之俗。《易》：'君子以裒多益寡。'郑、荀、董、蜀才作'抔'，云'取也'。"是许慎、段玉裁皆以"裒"为"抔"之假借。

13. 腓—辟　《小雅·采薇》："驾彼四牡，四牡骙骙。君子所依，小人所腓。"传："腓，辟也。"毛传意，"腓"是"辟"之假借，即今之"避"。

14. 干—涧　《小雅·斯干》："秩秩斯干，幽幽南山"传："干，涧也。"《说文·干部》："干，犯也。""干"是"涧"的假借。

15. 似—嗣　《小雅·斯干》："似续妣祖"传："似，嗣也。"则"似续"为同义连文，毛传以"似"为"嗣"的假借字。"似续妣祖"义为嗣续先祖先妣之功。又《大雅·江汉》："无曰予小子，召公是似。"传："似，嗣。"笺云："女无自减损曰我小子耳。女之所为，乃嗣女先祖召康公之功。"郑玄同意毛传"似"借为"嗣"的解释。

16. 坏—瘣　《小雅·小弁》："譬彼坏木，疾用无枝。"传："坏，瘣也，谓伤病也。"笺云："大子放逐而不得生子，犹内伤病之木，内有疾，故无枝也。"对"坏"的解释，笺同意传说，皆谓伤病。《说文·土部》："坏，败也。"《说文·疒部》："瘣，病也。"传训"坏"为"瘣"，实以正字释借字。《诗经》中有用"坏"字本义的，如《大雅·板》："无俾城坏。"

17. 将—壮　《小雅·北山》："嘉我未老，鲜我方将。"传："将，壮也。"

18. 几—期　《小雅·楚茨》："卜尔百福，如几如式。"传："几，期。"笺云："今予女之百福，其来如有期矣，多少如有法矣。"传训"几"为"期"，笺同意。"几"为"期"之假借。

19. 翰—干　《小雅·桑扈》："之屏之翰，百辟为宪。"传："翰，干。"笺云："王者之德，外能捍蔽四表之患难，内能立功立事，则百辟卿士莫不修职而法象之。"传训"翰"为"干"，笺同意。《说文·木部》："干，筑墙耑木也。"又《羽部》："翰，天鸡也，赤羽。从羽倝声。"则"翰"为"干"之假借。"翰""干"同从倝声，故得相借。

又《大雅·崧高》："维申及甫，维周之翰。"传："翰，干也。"笺云："申，申伯也。甫，甫侯也。皆以贤知入为周之桢干之臣。"

20. 葵—揆　《小雅·采菽》："乐只君子，天子葵之。"传："葵，揆也。"孔疏："天子于是揆度其功德之多少而命赐之。"传说袭自雅训。《尔雅·释言》："葵，揆也。"

21. 曷—害　《小雅·菀柳》："曷予靖之，居以凶矜？"传："曷，害。"笺云："王何为使我谋之，随而罪我，居我以凶危之地。"毛训"曷"为"害"，意思是，"曷""害"用法同，都是疑问代词，即"何"，在这里表示反诘。《周南·葛覃》："害浣害否，归宁父母。"传："害，何也。"这里"害""何"均表疑问。训"曷"为"害"，也就等于训"曷"为"何"。

22. 裸—灌　《大雅·文王》："殷士肤敏，裸将于京。"传："裸，灌鬯也。周人尚臭。"

23. 嚻—嗸　《大雅·板》："我即尔谋，听我嚻嚻。"传："嚻嚻，犹嗸嗸也。"笺云："我就女而谋，欲忠告以善道。女反听我言，嗸嗸然不肯受。"《说文·言部》："嗸，不省人言也。"郑与许合。依传意，"嚻"为"嗸"之假借。

24. 宪—欣　《大雅·板》："天之方难，无然宪宪。"传："宪宪，犹欣欣也。""欣"为"宪"之借。"欣""宪"双声。

25. 灌—款　《大雅·板》："老夫灌灌，小子蹻蹻。"传："灌灌，犹款款也。"笺云："老夫谏女款款然，自谓也。女反蹻蹻然如小子，不听我言。"传意，"灌"为"款"之假借。笺同。

26. 王—往　《大雅·板》："昊天曰明，及尔出王。"传："王，往。"笺云："常与女出入往来"。同意毛传说。"往"为"王"之假借。

27. 义—宜　《大雅·荡》："天不湎尔以酒，不义从式。"传："义，宜也。"笺云："天不同女颜色以酒，有沉湎于酒者，是乃过也，不宜从而法行之。"传读"义"为"宜"。笺同意。

28. 仪—宜　《大雅·烝民》："人亦有言：'德輶如毛。民鲜克举之。'我仪图之。"传："仪，宜也。"孔颖达疏："我以人之此言，实得其宜，乃图谋之，观谁能行德。"则毛传以"仪"为"宜"之假借。

29. 矢—施　《大雅·江汉》："虎拜稽首，对扬王休，作召公考：'天子万寿！明明天子，令闻不已。矢其文德，洽此四国。'"传："矢，施也。"

30. 富—福　《大雅·瞻卬》："天何以刺？何神不富？"传："富，福。"毛传以"富"为"福"之假借。

31. 假—嘉　《周颂·维天之命》："假以溢我，我其收之。"传："假，嘉。"笺云："（文王）以嘉美之道，饶衍于我，我其聚敛之，以制法度。"传训"假"为"嘉"，笺同意。

32. 戾—来　《鲁颂·泮水》："鲁侯戾止，言观其旂。"传："戾，来。"《尔雅·释诂》："来、戾，至也。"郝懿行疏："《公羊隐五年传》'登来之'，《礼记·大学》篇注引作'登戾之'。'戾、来'声同。"①"戾""来"二字声同，则"戾"假借为"来"。

33. 曷—害　《商颂·长发》："武王载旆，有虔秉钺，如火烈烈，则莫我敢曷。"传："曷，害也。"

34. 叶—世　《商颂·长发》："昔在中叶。"传："叶，世也。"《说文·艸部》："草木之叶也。从艸，枼声。"又《木部》："枼，楄也。枼，薄也。从木世声。"又《卅部》："世，三十年为一世。"传训"叶"为"世"，是以"叶"为"世"之假借。

三　释古今字

"古今字"这一术语在西汉就有了。东汉郑玄在注"三礼"时，用过这个概念。例如《礼记·曲礼下》："君天下曰'天子'，朝诸侯，分职授政任功，曰'予一人'。"郑玄在"予一人"注曰："《仪礼·觐礼》曰：'伯父实来，余一人嘉之。'余、予古今字。"②又《仪礼·士相见礼》："若父则游目，毋上于面，毋下于带"注："古文毋作无。"③西晋郭璞为西汉扬雄《方言》作注时沿用。如该书卷七"僀、眙，逗也"下

---

① （清）郝懿行撰，王其和，吴庆峰，张金霞点校：《尔雅义疏》，中华书局 2017 年版，第 16 页。

② （东汉）郑玄注，（唐）孔颖达疏，龚抗云整理：《礼记正义》，北京大学出版社 2000 年版，第 143 页。

③ （东汉）郑玄注，（唐）贾公彦疏，王辉整理：《仪礼注疏》，上海古籍出版社 2008 年版，第 180 页。

注云："逗，即今住字也。"① 清代《说文》学家段玉裁、王筠、徐灏都对古今字作过论述。现代学者洪成玉概括了古今字的三个特点：古字和今字有造字相承的关系，两者是历时的关系；在语音上相同或相近；在语义上有联系。也就是说，古今字是指同一个词在古今有不同的写法。② 在四家诗中，毛诗属古文经学，多古字。毛传释诗，从学科分类上讲，有一部分内容属于文字学的范畴，从古今字的角度疏通《诗经》用字，用当时流行的文字去读保存在典籍中的古文字——虽然那时"古今字"这一术语还没有出现。举例如下：

1. 于—於　《周南·采蘩》："于以采蘩？于沼于沚。"传："于，於。"

传以"於"解"于沼于沚"中的两个"于"字，视其为介词。"于""於"古今字，传以今字释古字。段玉裁《说文解字注》"于"字下云："《（尔雅）·释诂》、毛传皆曰：于，於也。凡《诗》《书》用于字，凡《论语》用於字。盖于、於二字在周时为古今字。故《释诂》、毛传以今字释古字也。"③ 於，据《说文》为古文"乌"字之省，是"乌"的重文，则本义是"乌鸟"之"乌"。"于""於"上古音近，但不完全同音：于，喻三，鱼部；於，影母，鱼部。郭锡良先生研究的结果是，"从古文字的资料来看，甲骨文里只有'于'字，没有'於'字，春秋时期的金文里才有'於'字，先是用作'乌呼'的'乌'，后来才用作介词"。"'于''於'的区别是时间的先后"，"'于''於'混用，在春秋时代多作'于'，战国以后，'於'字的比例越来越大，以至最后取代了'于'"。郭先生考察了出土的战国中晚期文献《包山楚简》和长沙马王堆汉墓出土的帛书《战国纵横家书》，认为"战国中晚期以后'於'已基本取代了'于'"④。毛传是西汉初的著作，用当时的通行字即今字"於"解释先秦的古字"于"。

2. 具—俱　《郑风·大叔于田》："叔在薮，火烈俱举。传：具，俱

---

①　（清）钱绎：《方言义疏》，李发舜、黄建中点校，中华书局 1991 年版，第 167 页。

②　洪成玉：《古今字》，语文出版社 1995 年版。

③　（清）段玉裁注：《说文解字注》，上海古籍出版社 1988 年版，第 204 页。

④　郭锡良：《介词"于"的起源和发展》，《汉语史论集》（增补本），商务印书馆 2005 年版，第 226—227 页。

也。"传："具，俱也。"《小雅·节南山》："赫赫师尹，民具尔瞻。"传："具，俱也。"

3. 洒—灑　《唐风·山有枢》："子有廷内，弗洒弗扫。"传："洒，灑也。"

4. 干—扞　《小雅·采芑》："方叔涖止，其车三千，师干之试。"传："干，扞。"笺云："方叔临试此戎车三千乘，其士卒皆有佐师扞敌之用尔。"对"干"的解释，毛传、郑笺相同。"扞"字后出，是"干"的分化字。

5. 蹢—蹄　《小雅·渐渐之石》："有豕白蹢，烝涉波矣。"传："蹢，蹄也。"

6. 罙—深　《商颂·殷武》："挞彼殷武，奋伐荆楚。罙入其阻，裒荆之旅。"传："罙，深。"传以为"罙""深"古今字，以今字释古字。

四　声训

1. 茀—蔽　四牡有骄，朱幩镳镳，翟茀以朝。（《卫风·硕人》）

毛传：茀，蔽也。

孔颖达正义："茀，车蔽也。妇人乘车不露见。车之前后设障以自隐蔽，谓之茀。因以翟羽为之饰。"[①] 王先谦《诗三家义集疏》："三家，茀作蔽。"[②]《齐风·载驱》："载驱薄薄，簟茀朱鞹。"毛传："簟，方文席也。车之蔽曰茀。诸侯之路车，有朱革之质而羽饰。"《小雅·采芑》："路车有奭，簟茀鱼箙。"郑笺："茀之言蔽也。车之蔽饰，象席文也。"茀是敷母字，轻唇音，蔽帮母字，重唇音。清钱大昕所作《古无轻唇音》云："六朝以后转重唇为轻唇，后世不知有正音，乃强为类隔之说，谬矣。"又云："是东京尚无轻唇音。"[③] 毛传以"蔽"解"茀"，正透露出西汉初"茀""蔽"同为重唇音的信息。

---

① （西汉）毛亨传，（东汉）郑玄笺，（唐）孔颖达疏，龚抗云、李传书、胡渐逵整理：《毛诗正义》，北京大学出版社 1999 年版，第 225 页。

② （清）王先谦撰，吴格点校：《诗三家义集疏》（全二册），中华书局 1987 年版，第 284 页。

③ （清）钱大昕，杨勇军整理：《十驾斋养新录》，上海书店出版社 2011 年版，第 90—100 页。所谓"东京尚无轻唇音"，东京即东汉，谓东汉轻唇音还没有产生。

2. 吊—至　神之吊矣，诒尔多福。(《小雅·天保》)

毛传：吊，至。

不吊昊天，不宜空我师。(《小雅·节南山》)

毛传：吊，至。

郑笺：“至，犹善也。”“至”中古音为照母，齿音。清钱大昕作《舌音类隔之说不可信》一文，说“古人多舌音，后代多变为齿音”。认为“至”上古读陟利切，读如“疐”，是舌头而非舌上音，毛传训“吊”为“至”，以声相近为义。后人转读“至”为齿音。① 按钱大昕意，“吊”“至”上古同为端母，所以毛传以“至”解“吊”。

3. 追—彫　追琢其章，金玉其相。(《大雅·棫朴》)

毛传：追，彫也。

追，中古为知母，舌上音。钱大昕以为上古读“追”如“堆”，与“彫”声相近。《周颂·有客》：“敦琢其旅。”“追琢”即“敦琢”。《周礼·天官·追师》：“掌王后之首服，为副编次，追衡笄。”贾公彦疏：“追，治玉石之名，谓治玉为衡笄也。”② 汉枚乘《七发》：“逾岸出追。”李善注：“追，亦堆字。”③ “追”“彫”同为端母。

五　同字相释

造字时给同一个词造了两个不同的字，以“六书”的观点看，这两个字是以不同的方法造出的。毛传用来解释的字与被释字之间有的是会意字与形声字的关系。例如：

1. 虚—虗　其虚其邪，既亟只且！(《邶风·北风》)

毛传：虚，虗也。

《说文·丘部》：“虗，大丘也。昆仑丘谓之昆仑虗。从丘，虍声。”段玉裁注：“《邶风》‘其虚其邪’，毛曰：‘虚，虗也。’谓此‘虚’乃谓

---

① （清）钱大昕，杨勇军整理：《十驾斋养新录》，上海书店出版社 2011 年版，第 100—104 页。

② （东汉）郑玄注，（唐）贾公彦疏，彭林整理：《周礼注疏》，上海古籍出版社 2010 年版，第 288 页。

③ （南朝·梁）萧统辑，（唐）李善注：《宋尤袤刻本文选九》，国家图书馆出版社 2017 年版，第 66 页。

空虚，非丘虚也。一字有数义数音，则训诂有此例。如许书'巳，已也'，谓此辰巳之字，其义为已甚也。"① 段说得之。"虚"的本义是大丘，此义后来分化出"墟"字。《鄘风·定之方中》："升彼虚矣，以望楚矣。""虚"即用为本义。毛传是说，"其虚其邪"的"虚"是空虚义，而非丘虚义。在《诗经》的语境中，"虚"一字有两义，所以毛传特为注出。同字为训，汉刘熙《释名》一书中有之，如《释天》云："宿，宿也，星各止宿其处也。"② 被训词"宿"与训释词"宿"同字异词，"宿"为"星宿"字，《广韵》音息救切，去声；"止宿"之"宿"音息逐切，入声。"虚邪"一语亦见于《管子·弟子职》："志毋虚邪，行必正直"。

2. 要—褮（要）　要之襋之，好人服之。（《魏风·葛屦》）

毛传：要，褮也。

段玉裁云："古本当作'要，要也'，谓此'要'即衣之要也。衣之'要'见于《丧服》《士丧礼》《玉藻》《深衣》诸篇，字无作'褮'者也。"③ 我们翻检了这四篇文字，在《仪礼·丧服传》中没有看到"衣之要"的"要"。《仪礼·士丧礼》云："君使人禭，彻帷。主人如初。禭者，左执领，右执要，入，升，致命。"④ "禭"是赠给死者的衣服。《说文·衣部》："禭，衣死人也。"《士丧礼》中助丧衣禭的"腰"正作"要"。《士丧礼》又云："苴绖，大鬲，下本在左，要绖小焉，散带垂，长三尺。"⑤ "要绖"即腰带。《礼记·玉藻》："朝玄端，夕深衣。深衣三袪，缝齐，倍要。"郑玄注："缝，纰也。纰下齐倍要中齐，长四尺四寸。"⑥ 深衣的腰，

① （东汉）许慎撰，（清）段玉裁注：《说文解字注》，上海古籍出版社1988年版，第386—387页。

② （东汉）刘熙撰，（清）毕沅疏证，王先谦补，祝敏彻、孙玉文点校：《释名疏证补》，中华书局2008年版，第5页。

③ （东汉）许慎撰，（清）段玉裁注：《说文解字注》，上海古籍出版社1988年版，第105页。

④ （东汉）郑玄注，（唐）贾公彦疏，王辉整理：《仪礼注疏》，上海古籍出版社2008年版，第1052—1053页。

⑤ （东汉）郑玄注，（唐）贾公彦疏，王辉整理：《仪礼注疏》，上海古籍出版社2008年版，第1087页。

⑥ （东汉）郑玄注，（唐）孔颖达疏，龚抗云整理：《礼记正义》，北京大学出版社2000年版，第1042页。

经文和郑玄注文均作"要"。《深衣》云:"短毋见肤,长毋被土,续衽钩边,要缝半下。"《说文》无"褑"字。今从段说,毛公作《诗》传时褑字尚未造出,则此"要,褑也"的"褑"字是后人所改,非毛公之旧。《晋书·五行志上》:"武帝泰始初,衣服上俭下丰,著衣者皆厌褑。"[1]《玉篇·衣部》:"褑,褑襷也。""褑"字晚出,见于《晋书》,字书著录到了南北朝。

3. 湑—茜 有酒湑我,无酒酤我。(《小雅·伐木》)

毛传:湑,茜之也。

笺云:王有酒则沛茜之,王无酒酤买之,要欲厚于族人。

《大雅·凫鹥》:"尔酒既湑,而殽伊脯。"笺云:"湑,酒之沛者也。"毛传以"茜"释"湑",郑笺同意。《说文·酉部》:"茜,礼祭,茅束加于裸圭而灌鬯酒,是为茜,象神歆之也。……《春秋传》曰:'尔贡苞茅不入,王祭不供,无以茜酒。'"又《水部》:"湑,茜酒也。"综合毛亨、许慎意,"湑""茜"同字。由此知"湑"为形声字,"茜"为会意字。皆为滤酒之义。(今本《左传·僖公四年》作"缩酒"。缩为"湑""茜"之借。)

4. 豕—猪 有豕白蹢,烝涉波矣。(《小雅·渐渐之石》)

毛传:豕,猪也。

有的是本字与加旁字的关系。例如:

5. 皋—泽(濢) 鹤鸣于九皋,声闻于野。(《小雅·鹤鸣》)

毛传:皋,泽也。

"皋""泽"同字。"皋"字先出,讹为"睪",后来又加了义符"水",就成了"泽"的繁体。"泽"可视作"濢"的"讹混"字。[2]

六 同源字相释

1. 窈 窈窕淑女,君子好逑。(《周南·关雎》)

毛传:窈窕,幽闲也。

---

① (唐)房玄龄等撰:《晋书》,中华书局 1974 年版,第 823 页。

② "讹混"这一术语采自刘钊《古文字构形学》,参见该书第十章,福建人民出版社 2006 年版,第 139—148 页。

毛传用"闲"解"窈"。"窈"，上古音声母为影母，韵部属幽部。《说文·穴部》："窈，深远也。从穴，幼声。""窈"由"幼"孳乳。《说文·幺部》："幼，少也。从幺，从力，幺亦声。""力"的本义为耒耜，孩子小，不能拿尖木棍干起土的农活，谓之"幼"，这是进入农业时代造出的字。"幼"由"幺"孳乳。幺，上古音声母为影母，韵部属宵部。《说文·幺部》："幺，小也。象子初生之形。凡幺之属皆从幺。"许慎说形不可从，古文字研究认为，"幺"象束丝之形。"幺"的语源是"高"，从高远的地方看一束丝，谓之"幺"。"幽"，上古音声母为影母，韵部属幽部。《说文·丝部》："幽，隐也。从山、丝。丝亦声。""幽"由"丝"孳乳，山深为"幽"。《说文·丝部》："丝，微也。从二幺。凡丝之属皆从丝。""丝"由"幺"孳乳，"幺"上古音韵部为宵部，"丝"上古音韵部为幽部，造字时幽、宵为同一韵部，还没有分化为两个韵部。由此，则"窈""幽"音近义通，同源。

2. 寤　窈窕淑女，寤寐求之。(《周南·关雎》)

毛传：寤，觉。

"寤"，上古音声母为疑母，韵部属鱼部。《说文·寢部》："寤，寐觉而有言曰寤。从寢省，吾声。一曰：昼见而夜寢也，《周礼·秋官》有司寤氏。""寤"由"吾"孳乳。《说文·口部》："吾，我自称也。从口，五声。""吾"的第一人称义来自"戈"和"我"，"戈""我"都是兵器，有主之物可以指代其人。"吾"中的"口"有义，表示在语言中"吾"是对别人称呼自己的。"吾"由"五"孳乳。《说文·五部》："五，五行也。从二，阴阳在天地间交午也。"许慎用后出的"五行"观念解释造字时代的"五"，不可从。"五"的语源是"交"。"觉"，上古音声母为见母，韵部属觉部。《说文·见部》："觉，寤也。从见，学省声。一曰：发也。"当分析为"爻"声。"觉"由"爻"孳乳。"爻"，上古音声母为匣母，韵部属宵部。《说文·爻部》："爻，交也。象《易》六爻头交也。凡爻之属皆从爻。""爻"的语源也是"交"。则"寤""觉"音近义通，同源。

3. 覃　葛之覃兮，施于中谷，维叶萋萋。(《周南·葛覃》)

毛传：覃，延也。

"覃"，上古音声母为定母，韵部属侵部。《说文·覀部》："覃，长味也。从旲，咸省声。《诗》曰：'实覃实吁。'"非"咸省声"，"咸"是牙喉音，语源是"含"，"覃"是舌音，语源是"申"，二字声母远隔，语源不同。"延"，上古音声母为以母，韵部属元部。《说文·延部》："延，长行也。""延"亦声。"延"由"延"孳乳。延，上古音声母为以母，韵部属真部。《说文·延部》："延，长行也。""延"的语源也是"申"。"覃""延"音近义通，同源。

4. 施　葛之覃兮，施于中谷，维叶萋萋。（《周南·葛覃》）

毛传：施，移也。

"施"，上古音声母为以母，韵部属歌部。《说文·㫃部》："施，旗皃。从㫃，也声。齐栾施字子旗，知施者，旗也。"由于重力的作用，旗自然下垂，这就是"旗皃"的具体所指。"施"由"也"孳乳。《说文·乁部》："也，女阴也。从乁。象形。乁亦声。""也"的语源是"帝"。"移"，上古音声母为以母，韵部属歌部。《说文·禾部》："移，禾相倚移也。从禾，多声。一曰：禾名。""移"由"多"孳乳。多，上古音声母为端母，韵部属歌部。《说文·多部》："多，重也。从重夕，相绎也，故为多。重夕为多，重日为叠。凡多之属皆从多。"所谓"从夕"之"夕"实为"肉"字。"多"的语源是"刀"。"刀"的语源也是"帝"。则"施""移"音近义通，同源。

5. 害　害浣害否，归宁父母。（《周南·葛覃》）

毛传：害，何也。

"害"，上古音声母为匣母，韵部属月部。《说文·宀部》："害，伤也。从宀、口。宀、口，言从家起也。丯声。"古文字学界到现在没弄清楚"害"的本义。本书认为"害""辖"古今字，"害"是车辖的象形字。把"害"字向右旋转90度，"口"是车厢，"丯"中的一竖是车轴，三横中靠近车厢的两横是车轮，外面的一横是车辖，"宀"是包在车辖外的车輨。"害"的语源是"河"。"何"，上古音声母为匣母，韵部属歌部。《说文·人部》："何，儋也。一曰：谁也。从人，可声。""何"的语源是"可"。"可"的语源是"丂"。"丂"的语源是"河"。"丂"像黄河中游大拐弯，亦是斧斤的手柄"柯"之形。人们经常肩上扛着斧斤出去劳作，"何"就有了负荷之义，即许慎所谓的"儋"。另一义"谁也"是这样来的：黄河中游的大拐弯，一人在大拐弯 V 字形两边的一边，看另一边上的人或物是看不到的，这是因为河流是 V 字形，视线被黄河所绕开的大山挡住了。这样，"何"就表示在何处、什么地方之义，与表人的疑问代词"谁"形成同义词。由此我们知道，"何"的疑问代词义是从何处的具体义引申而来的。这个引申过程在殷墟卜辞时代已经完成了。"害""何"音近义通，同源。

6. 遵　遵彼汝坟，伐其条枚。(《周南·汝坟》)

毛传：遵，循也。

"遵"，上古音声母为精母，韵部属文部。《说文·辵部》："遵，循也。从辵，尊声。"许慎说来自毛诗传。"遵"由"尊"孳乳。《说文·酋部》："尊，酒器也。《周礼》六尊：牺尊、象尊、著尊、壶尊、太尊、山尊，以待祭祀宾客之礼。从酋，廾以奉之。""尊"的语源是"允"。"循"，上古音声母为邪母，韵部属文部。《说文·彳部》："循，行顺也。从彳，盾声。""循"由"盾"孳乳。盾，上古音声母为定母，韵部属文部。《说文·盾部》："盾，瞂也。所以扞身蔽目。象形。凡盾之属皆从盾。""盾"为象形字，语源是"允"，"允"即人头，保护"允"的器具谓之"盾"。由此，"遵""循"音近义通，同源。

7. 条　遵彼汝坟，伐其条枚。(《周南·汝坟》)

毛传：枝曰条，杆曰枚。

"条"，上古音声母为定母，韵部属幽部。《说文·木部》："条，小枝也。从木，攸声。"许慎用"枝"解"条"，袭自毛传。"条"由"攸"孳乳。攸，上古音声母为以母，韵部属幽部。《说文·攴部》："攸，行水也。""攸"的甲骨文象人手持枝条抽打另一人。"枝"，上古音声母为章母，韵部属支部。《说文·木部》："枝，木别生条也。从木，支声。""枝"由"支"孳乳。《说文·支部》："支，去竹之枝也。从手持半竹。凡支之属皆从支。""条""枝"音近义通，同源。

8. 调　未见君子，惄如调饥。(《周南·汝坟》)

毛传：调，朝也。

"调"，上古音声母为定母，韵部属幽部。《说文·言部》："调，和也。从言，周声。""调"由"周"孳乳。《说文·口部》："周，密也。从用、口。""周"的本义为山围着的地方，语源是"舟"，而舟是啄木而成的，四周高而中央下。"朝"，上古音声母为端母，韵部属宵部。《说文·舟部》："朝，旦也。从倝，舟声。""朝"由"舟"孳乳。"舟"，上古音声母为章母，韵部属幽部。《说文·舟部》："舟，船也。古者共鼓货狄刳木为舟，剡木为楫，以济不通。象形。"则"调""朝"音近义通，同源。

9. 肄　遵彼汝坟，伐其条肄。(《周南·汝坟》)

毛传：肄，余也。斩而复生曰肄。

"肄"，上古音声母为以母，韵部属物部。《说文·聿部》："肄，习也。从聿，希声。"希，定母，质部。《说文·彑部》："希，修豪兽也。一曰：河内名豕也。从彑，下象毛足。"语源是"石"。"余"，上古音声母为以母，韵部属鱼部。《说文·食部》："余，饶也。从食，余声。""余"由"余"孳乳。《说文·八部》："余，语之舒也。从八，舍省声。""余""舍"古今字。舍，上古音声母为书母，韵部属鱼部。《说文·亼部》："市居曰舍。从亼，屮象屋也，口象筑也。"舍给别人的食物谓之"余"。"舍"的语源也是"石"。则"肄""余"音近义通，同源。

10. 燬　鲂鱼赪尾，王室如燬。(《周南·汝坟》)

毛传：燬，火也。

"燬"，上古音声母为晓母，韵部属微部。《说文·火部》："燬，火也。从火，毁声。《春秋传》：'卫侯燬。'"许慎说来自毛诗传。"燬"由"毁"孳乳。《说文·土部》："毁，缺也。从土，毇省声。""毁"由"毇"孳乳。《说文·毇部》："毇，米一斛舂为八斗也。从臼，从米，从殳。""臼"亦声。"毇"的语源是"高"。"火"，上古音声母为晓母，韵部属微部。《说文·火部》："火，毁也。南方之行，炎而上。象形。凡火之属皆从火。""火"的语源也是"高"，火苗蹿高，所谓"炎而上"。"燬""火"音近义通，同源。

11. 夙　被之僮僮，夙夜在公。(《召南·采蘩》)

毛传：夙，早也。

"夙"，上古音声母为心母，韵部属觉部。《说文·夕部》："夙，早敬者也。从丮，持事虽夕不休，早敬者也。""夕"亦声。夕，邪母，铎部。《说文·夕部》："夕，莫也。从月半见。"从古文字看，夕非"从月半见"。本书认为"夕"像切成的肉块，到晚上肉块晒干了，所以可以表示时段义。"肉"的语源是"石"。许慎以"早"解"夙"。"早"，上古音声母为精母，韵部属幽部。《说文·日部》："早，晨也。从日在甲上。"日亦声。"日"的语源也是"石"。由此，"夙""早"音近义通，同源。

12. 沼　于以采蘩，于沼于沚。（《召南·采蘩》）

毛传：沼，池。

"沼"，上古音声母为章母，韵部属宵部。《说文·水部》："沼，池水。从水，召声。"毛传解经为许慎说字采纳。"沼"由"召"孳乳。《说文·口部》："召，呼也。从口，刀声。""召"由"刀"孳乳。《说文·刀部》："刀，兵也。象形。""池"，上古音声母为澄母，韵部属歌部。《说文·水部》失收，段注本补："池，陂也。从水，也声。""池"由"也"孳乳。《说文·乁部》："也，女阴也。从乀，象形。乁亦声。""也"是女阴，尿液所出，"池"是水所停聚。新石器时代人类使用石刀，用石刀砍砸他物，其理正如尿液击打地面。"沼""池"义同音近，同源。

13. 趯　喓喓草虫，趯趯阜螽。（《召南·草虫》）

毛传：趯趯，跃也。

"趯"，上古音声母为以母，韵部属药部。《说文·走部》："趯，跃也。从走，翟声。"许慎说来自毛诗传。"趯"由"翟"孳乳。《说文·羽部》："翟，山雉尾长者。从羽，从隹。""翟"语源是"矢"。"跃"，上古音声母为以母，韵部属药部。《说文·足部》："跃，迅也。从足，翟声。""跃"亦由"翟"孳乳。"趯""跃"音近义通，同源。

14. 实　肃肃宵征，夙夜在公，实命不同。（《召南·小星》）

毛传：实，是也。

"实"，上古音声母为禅母，韵部属锡部。《说文·宀部》："寔，止也。从水，是声。""寔"的本义是所止之处。"实"由"是"孳乳。"是"，上古音声母为禅母，韵部属支部。《说文·正部》："是，直也。从日、正。凡是之属皆从是。"郭沫若《金文丛考》认为"是"即"匙"。[1] 高鸿缙《中国字例》认为"是"古文从手遮日光，从止，本意当为审谛安行。[2] 季旭昇《说文新证》云："金文从早、从止，造字本义

---

① 郭沫若：《金文丛考》，人民出版社1954年版，第252—254页。

② 高鸿缙编：《中国字例》，台北：三民书局股份有限公司1960年版，第365页。

不明。"① 季先生分析金文字形"从早、从止",高先生"从手遮日光、从止",两位说形均正确;许慎分析小篆形体所谓"从日、正"不可从,得参考更早的古文字构形。我们认为"是"的金文字形,最上面是"日",中间"十",或"从手遮日光"之形,可看作是人双手与躯干的简化,下面是"止"。所以"是"的金文构形是对"日"的人格化,整体表示"日之所止"之意——"日"运行之意,运行之意用"止"来表出,所以"止"被突出。把"日"当作有生命的人,所以给"日"安上了简化的躯干并强调其"止"。"是"的本义是此时(日运行到的地方)。"实""是"音近义通,同源。

15. 渚　江有渚,之子归,不我与。(《召南·江有汜》)

毛传:渚,小洲也。

"渚",上古音声母为章母,韵部属鱼部。《说文·水部》:"渚,水在常山中丘逢山,东入湡。从水,者声。"许慎将"渚"的本义解为专名,非是。"渚"由"者"孳乳,本义是水停聚处。"者",端母,鱼部。《说文·白(zì)部》:"者,别事词也。从白,米声。米,古文旅。"许慎说本义和字形皆不可从。"者"的语源是"止"。詹鄞鑫《释甲骨文"者"字——兼考殷代者国及其地理位置》一文说:

> 甲骨文者所从的"止"本是人脚印的形象,其周围或趾间的点滴象征脚印坑中的积水。古人造字近取诸身,以常见的具体形象表达较笼统抽象的意义。综合形音两方面线索可知,者的基本义是停聚留止,字形反映的意义是"水所停曰渚"的"渚"。"渚"字出现较晚(《说文》无),古写作"都"或"猪",借字记音而已。②

詹说是,"者"的本义是脚印积水。"洲"是"州"的加旁字。州,上古音声母为章母,韵部属幽部。《说文·川部》:"州,水中可凥曰州,水周绕其旁。从重川。昔尧遭洪水,民凥水中高土,或曰九州。《诗》曰:

---

① 季旭昇撰:《说文新证》,台北:艺文印书馆2014年版,第122页。
② 詹鄞鑫:《释甲骨文"者"字——兼考殷代者国及其地理位置》,《华夏考——詹鄞鑫文字训诂论集》,中华书局2006年版,第287页。

'在河之州。'一曰：州，畴也。各畴其土而生之。""州"的语源也是"止"。"渚""洲"音近义通，同源。

16. 处 之子归，不我与。不我与，其后也处。（《召南·江有汜》）

毛传：处，止也。

"处"，上古音声母为昌母，韵部属鱼部。《说文·几部》："处，止也。得几而止，从几，从夂。處，处或从虍声。"许慎说袭自毛诗传。"處"不从"虍"声，"虍"表示以虎皮蒙几，不为声。"处"的语源是"止"。"止"，上古音声母为章母，韵部属之部。《说文·止部》："止，下基也。象草木出有址。故以止为足。""止"的本义是脚趾，象形。"止"的语源是"帝"，"帝"的字音像野果掉到地上的声音，止以在人的最底部得名。"处""止"音近义通，同源。

17. 据 亦有兄弟，不可以据。（《邶风·柏舟》）

毛传：据，依也。

"据"，上古音声母为见母，韵部属鱼部。《说文·手部》："据，杖持也。从手，豦声。"段玉裁注："谓倚杖而持之也。""据""倚"同源。人倚杖，身体与杖之间有一个夹角。"据"的繁体形式"據"由"豦"孳乳。《说文·豕部》："豦，斗相丮不解也。从豕、虍。司马相如说：豦，封豕之属。""豦"为象形字，所从"虍"像张开的嘴，张开的嘴像"巨"，语源是"巨"，"巨"是曲尺，两边张开。"依"，上古音声母为影母，韵部属微部。《说文·人部》："依，倚也。从人，衣声。""依""倚"同源，"依"由"衣"孳乳，"衣"是象形字，两个袖子分叉；"倚"由"奇"孳乳，"奇"是人两腿分开有所骑跨。《说文·衣部》："衣，依也。上曰衣，下曰裳。象覆二人之形。"许慎以"衣""依"同源，是。"衣"的语源是"柯"，"柯"是斧斤的手柄，有一个夹角，上衣的袖子和身体之间也有一个夹角。由以上，"据""依"义通音近，同源。

18. 凯 凯风自南，吹彼棘心。（《邶风·凯风》）

毛传：南风谓之凯风，乐夏之长养者。

毛传以"夏"解"凯"。"凯"，上古音声母为溪母，韵部属微部。《说文·岂部》无。可分析为从岂，几声。"凯"由"几"孳乳。《说文·几部》："几，尻几也。象形。《周礼》五几：玉几、雕几、彤几、鬃几、素几。凡几之属皆从几。""几"的语源是"河"，几四足，左右各两，两足间跨开，正如黄河中游的大拐弯。"夏"，上古音声母为匣母，韵部属鱼部。《说文·夊部》："夏，中国之人也。从夊，从页，从臼。臼，两手。夊，两足也。"许慎用"中国之人"解"夏"是正确的，但是没有指出其语源。"夏"是居住在河即黄河边的人，语源也是"河"。"凯""夏"音近义通，同源。

19. 逝　毋逝我梁，毋发我笱。（《邶风·谷风》）

毛传：逝，之也。

"逝"，上古音声母尾禅母，韵部属月部。《说文·辵部》："逝，往也。从辵，折声。""逝"由"折"孳乳。"折"，上古音声母为章母，韵部属月部。《说文·屮部》："折，断也。从斤断草。谭长说。""折"的语源是"石"。"之"，上古音声母为端母，韵部属之部。《说文·之部》："之，出也。象草过中，枝茎益大，有所之。一者，地也。凡之之属皆从之。"许慎以"出"解"之"，二字同源。解形非是。罗振玉《增订殷虚书契考释》："按：卜辞从止，从一，人所之也。"[①] 字形从"止"，下面一横表示出发的地方。本义是往/到……地方。"之"的语源也是"石"。因此，"逝""之"音近义通，同源。

20. 隰　山有榛，隰有苓。（《邶风·简兮》）

毛传：下湿曰隰。

毛传以"湿"解"隰"。隰，上古音声母为邪母，韵部属缉部。《说文·𨸏部》："隰，阪下湿也。从𨸏，㬎声。"许慎说来自毛诗传。"隰"由"㬎"孳乳。"㬎"的语源是"帝"。"湿"，上古音声母为书母，韵部属缉部。《说文·水部》："湿，水出东郡东武阳。从水，㬎声。桑钦云：出平原高唐。""湿"亦由"㬎"孳乳。则"隰""湿"音近义通，同源。

21. 靡　之死矢靡它。（《鄘风·柏舟》）

毛传：靡，无。

"靡"，上古音声母为明母，韵部属歌部。《说文·非部》："靡，披靡也。从非，麻声。""靡"是个双声字，由"麻"孳乳。《说文·麻部》："麻，枲也。从广。林，人所治也，在屋下。""麻"的语源是"巴"，"巴"的本义是巴掌，剥麻用巴。"无"，上古音声母为明母，韵

---

① 罗振玉撰：《增订殷虚书契考释》，朝华出版社 2018 年版，第 184 页。

部属鱼部。《说文·亡部》："无，亡也。从亡，橆声。无，奇字無也。通于无者，虚无道也。王育说：天屈西北为无。""无"的繁体"無"是"舞"的简体。"舞"，上古音声母为微母，韵部属鱼部。《说文·舛部》："舞，乐也，用足相背。从舛，橆声。""舞"的甲骨文像一个人手持兽尾等舞具跳舞，所以"舞"的语源是"巴"。"无"是"無"的简体。"無"训亡，是因为人跳舞时，双手拿着道具舞动，看不见其人，因产生亡义。"靡""无"音近义通，同源。

22. 揥　玉之瑱兮，象之揥也。（《鄘风·君子偕老》）

传：揥，所以摘发也。

毛传以"摘"解"揥"。"揥"是固发的首饰，以象骨为之。揥《说文》无。"揥"由"帝"孳乳。清吴大澂《帝字说》云："象花蒂之形。……蒂落而成果，即草木之所由生，枝叶之所有发，生物之始，与天地合德，故帝足以配天。"[①] 说"帝"字本义可从。"帝"是植物连接果实和枝蔓的部分，"揥"以结发。《说文·手部》："摘，拓果树实也。从手，啻声。一曰：指近之也。""摘"亦由"帝"孳乳，"摘"的本义是摘果实，把头发固定也可谓之"摘"。又《魏风·葛屦》："好人提提，宛然左辟，佩其象揥。"

23. 允　卜云其吉，终然允臧。（《鄘风·定之方中》）

毛传：允，信。

"允"，上古音声母为以母，韵部属文部。《说文·儿部》："允，信也。从儿，㠯声。"许慎说来自毛诗传。许慎析字形错。据我们研究，"允"是象形字，画人形而用圆圈特著其头部，本义是人头。"允"的语源是"电"，雷电来自天空而高，"允"在人体最高。"信"，上古音声母为心母，云部属真部。《说文·言部》："信，诚也。从人，从言，会意。仿，古文从言省。訫，古文信。""信"为会意字，许慎说是。上古音为舌音，是其本音。音变读入齿音。语源是"申"。本义为人说话算数，在较长一段时间后兑现承诺。"允""信"音近义通，同源。

24. 直　匪直也人，秉心塞渊。（《鄘风·定之方中》）

毛传：非徒庸君。

---

① （清）吴大澂：《帝字说》，《字说》，台北：艺文印书馆1975年版，第1—3页。

毛传用"徒"解"直"。"直",上古音声母为定母,韵部属职部。《说文·乚部》:"直,正见也。从乚,从十,从目。""直"的语源是"帝","直"的概念来源于果子从树上降落的路径。"徒",上古音声母为定母,韵部属鱼部。《说文·辵部》:"徒,步行也。从辵,土声。"足亲土而行,不假交通工具,谓之徒。其语源是土。"土",上古音声母为透母,韵部属鱼部。《说文·土部》:"地之吐生万物者也。二象地之上、地之中,丨,物出形也。""土"的语源也是"帝"。"直""徒"音近义通,同源。

25. 奥　瞻彼淇奥,绿竹猗猗。(《卫风·淇奥》)

毛传:奥,隈也。

"奥",上古音声母为影母,韵部属幽部。《说文·宀部》:"奥,宛也。室之西南隅。""奥"是会意字,语源是"高"。"室之西南隅"在室之深处,"深""高"义通。陈奂《诗毛氏传疏》:"淇隈,谓淇水深曲处也。"[1]"奥""隈"同源,义为水深曲处。"隈",上古音声母为影母,韵部属微部。《说文·阜部》:"隈,水曲隩也。从阜,畏声。"许慎用"隩"解"隈",二字本同源。"隈"由"畏"孳乳。"畏",上古音为影母,韵部属物部。《说文·甶部》:"畏,恶也。从甶、虎省。鬼头而虎爪,可畏也。""畏""鬼"同源,二字的古文字都像人而大其头,可看作指事字,语源是"高",头是人的最高处。由此看,"奥""隈"义通音近,为同源字。

26. 琢　有匪君子,如切如磋,如琢如磨。(《卫风·淇奥》)

毛传:治骨曰切,象曰磋,玉曰琢,石曰磨。

毛传用"治"解"琢"。"琢",上古音声母为端母,韵部属屋部。《说文·玉部》:"琢,治玉也。从玉,豖声。"许慎说来自毛诗传。"琢"由"豖"孳乳。《说文·豖部》:"豖,豕绊足行豖豖。从豕系二足。""豖"的语源是"矢"。"矢"的语源是"帝"。"治",上古音声母为定母,韵部属之部。《说文·水部》:"治,水出东莱曲城阳丘山,南入海。从水,台声。""治"的本义为抬土堵上河堤以治水。河水泛滥,为了安然地生活,抬土堵上河堤是古代中原人常做的事,后词义泛

---

① (清)陈奂撰:《诗毛氏传疏》,山东友谊书社1992年版,第302页。

化。"治"由"台"孳乳。《说文·口部》："台，说也。从口，以声。""台""怡"古今字。"台"由"以"孳乳。"以"孳乳为"台"，"以""提"古今字。提来食物给吃，则喜悦。《说文·巳部》："以，用也。从反巳。"孙诒让①、郭沫若识出甲骨文的"以"字②。唐兰《天壤阁甲骨文存并考释》将此字释为"氏"，说："他辞云'氏众'及'氏王族'之类，疑当读为'提'"。③ 裘锡圭论证当释为"以"，④ 可从。唐兰释字形不确，他认为此字可读为"提"却是很正确的。"以"的语源也是"帝"。"琢""治"音近义通，同源。

27. 僩　瑟兮僩兮，赫兮咺兮。（《卫风·淇奥》）

毛传：僩，宽大也。

毛传以"宽"解"僩"。"僩"，上古音声母为匣母，韵部属元部。《说文·人部》："僩，武皃。从人，间声。""僩"由"闲"孳乳。《说文·门部》："闲，隙也。从门，从月。""闲"的语源是"干"，干与干之间的空隙谓之"间"。"干"的语源是"圆"。"宽"，上古音声母为疑母，韵部属元部。《说文·宀部》："宽，屋宽大也。从宀，莧声。""宽"由"莧"孳乳。《说文·莧部》："莧，山羊细角者。从兔足，苜声。凡莧之属皆从莧，读若丸。宽字从此。""苜"非声，"莧"整体象形，语源是"圆"，其角如环。"莧""羱"古今字，前象形，后形声。则"僩""宽"音近义通，同源。

28. 咺　瑟兮僩兮，赫兮咺兮。（《卫风·淇奥》）

毛传：咺，威仪容止宣著也。

毛传以"宣"解"咺"。"咺"，上古音声母为晓母，韵部属元部。《说文·口部》："咺，朝鲜谓儿泣不止曰咺。从口，亘声。""亘"，上古音声母为心母，韵部属元部。《说文·二部》："亘，求亘也。从二，从囘。囘，古文回，象亘回形。上下，所求物也。""亘"象回旋之水形，

---

① （清）孙诒让撰，程邦雄、戴家祥点校：《契文举例　名原》，中华书局2016年版，第180—181页。

② 郭沫若：《青铜时代》，中国人民大学出版社2005年版，第73页。又《卜辞中的古代社会》，《中国古代社会研究》，人民出版社1964年版，第220页。

③ 唐兰：《天壤阁甲骨文存并考释》，上海古籍出版社2016年版，第131页。

④ 裘锡圭：《裘锡圭学术文集·甲骨文卷》，复旦大学出版社2012年版，第179—184页。

本音声母属牙喉音匣母，音变读入齿音心母。语源是"环"。"宣"，上古音声母为心母，韵部属元部。《说文·宀部》："宣，天子宣室也。从宀，亘声。""宣"的本义是圈起来有围墙的建筑物，由"亘"孳乳，"亘"是回旋之水。"咺""宣"音近义通，同源。

29. 垝 乘彼垝垣，以望复关。（《卫风·氓》）

毛传：垝，毁也。

"垝"，上古音声母见母，韵部属微部。《说文·土部》："垝，毁垣也。从土，危声。"许慎对"垝"本义的说解接受了毛传的看法。"垝"由"危"孳乳。《说文·危部》："危，在高而惧也。从厃，自卩止之。""危"是"厃"的繁化，加"卩"以提示，"卩"是人跪之形。《说文·厂部》："厃，仰也。从人在厂上。一曰：屋梠也，秦谓之桷，齐谓之厃。""厃"是"危"的初文，是人跪着的写意画。语源是"开"，人跪着的时候，腰部以上和大腿之间成一个夹角，是分开的。开，上古音声母为溪母，韵部属微部。《说文·门部》："开，张也。从门，从开。""开"的语源是"河"，"河"是黄河，在中游有个大拐弯，在大拐弯处河道是张开的，那正是造字的人所生活的中原一带。"河"上古音韵部为歌部，"开"上古音韵部为微部，造字时歌、微两韵部为同一韵部，后来微部从歌部分化出来。"毁"，上古音声母为晓母，韵部属微部。《说文·土部》："毁，缺也。""垝""毁"二字义相同，音相近，同源。

30. 筮 尔卜尔筮，体无咎言。（《卫风·氓》）

毛传：龟曰卜，蓍曰筮。

"筮"，上古音声母为禅母，韵部属月部。《说文·竹部》："筮，易卦用蓍也。从竹，从巫。""竹"亦声。竹，上古音声母为端母，韵部属觉部。《说文·竹部》："竹，冬生艹也。象形。下垂者，箁箬也。""竹"的语源是"支"。"支"的语源是"石"。"蓍"，上古音声母为书母，韵部属脂部。《说文·艹部》："蓍，蒿属。从艹，耆声。""蓍"由"耆"孳乳。耆，上古音为群母，脂部。本音章母，脂部。《说文·老部》："耆，老也。从老省，旨声。""旨"，上古音为章母，脂部。《说文·甘部》："旨，美也。从甘，匕声。凡旨之属皆从旨。""匕"非声。甲骨文从匕从口，是个会意字。"匕"是进餐用的勺子，像用勺子往口里送食物。"旨"的语源也是"石"。由此知，"筮""蓍"音近义通，同源。

31. 琚 投我以木瓜，报之以琼琚。(《卫风·木瓜》)

毛传：琚，佩玉名。

毛传以"玉"解"琚"。"琚"，上古音声母为见母，韵部属鱼部。《说文·玉部》："琚，琼琚。从玉，居声。"许慎以《诗》解字。"琚"由"居"孳乳，居于石中之玉谓之"琚"。"玉"也可表声，是个双声字。《说文·尸部》："居，蹲也。从尸，古者居从古。""居"的语源是"家"。"玉"，上古音声母疑母，韵部属屋部。《说文·玉部》："玉，石之美有五德者。润泽以温，仁之方也。鳃理在外，可以知中，义之方也。其声舒扬，专以远闻，智之方也。不挠而折，勇之方也。锐廉而不忮，洁之方也。象三玉之连，丨其贯也。凡玉之属皆从玉。""玉"是象形字，语源是"壳"，包在石壳里。由以上可知，"琚""玉"音近义通，同源。

32. 穗 彼黍离离，彼稷之穗。(《王风·黍离》)

毛传：穗，秀也。

"穗"，上古音声母为邪母，韵部属质部。《说文·禾部》："采，禾成秀也。人所以收，从爪、禾。穗，采或从禾，惠声。"许慎对"采"本义的解说采自毛诗传。"秀"，上古音声母为心母，韵部属幽部。《说文·禾部》："秀，上讳。"徐锴系传："禾实也。有实之象下垂也。汉光武帝讳，故许慎阙而不书也。"[1]"秀""实""垂"同源。语源是"首"。"首"上古音声母为书母，韵部属幽部。"秀"的声母本为舌音书母，音变读入齿音心母。"穗""秀"音近义通，同源。

33. 佸 君子于役，不日不月，曷其有佸。(《王风·君子于役》)

毛传：佸，会也。

"佸"，上古音声母为匣母，韵部属月部。《说文·人部》："佸，会也。从人，舌声。"许慎说来自毛诗传。"佸"由"舌"孳乳。《说文·口部》："舌，塞口也。从口，乎省声。""舌"的语源是"合"。"会"，上古音声母为匣母，韵部属月部。《说文·会部》："会，合也。从亼，从曾省。曾，益也。凡会之属皆从会。""会"的语源也是"合"。则"佸""会"音近义通，同源。

---

① （南唐）徐锴撰：《说文解字系传：附音序、笔画、四角号码检字》，中华书局 2017 年第 2 版，第 143 页。

34. 戍　彼其之子，不与我戍申。(《王风·扬之水》)

毛传：戍，守也。

"戍"，上古音声母为书母，韵部属侯部。《说文·戈部》："戍，守边也。从人持戈。"许慎用"守"说解"戍"的本义，采自毛传。"戍"的语源是"逗"。《说文·辵部》："逗，止也。从辵，豆声。""逗""止"同源。"守"，上古音声母为书母，韵部属幽部。《说文·守部》："守，守官也。从宀，肘省声。"许慎说非本义。"守""狩"古今字，"守"的本义是狩猎。《说文·犬部》："狩，犬田也。从犬，守声。""戍""守"音近义通，同源。

35. 适　适子之馆兮，还予授子之粲兮。(《郑风·缁衣》)

传：适，之。

乱离瘼矣，爰其适归。(《小雅·四月》)

传：适，之也。

上两例中的"适"是位移动词，训为"之"，义为往。据本书研究，"之""适"实为同源字。"之"上古声母为章母，韵部为之部，"适"的声母为书母，韵部为锡部。二字章、书旁纽，之、锡旁对转，① 故得同源。从"六书"的观点来看，"之"是象形字，"适"是"形声字"，只是造字方法不同。从造字时代来说，一般是象形字先造出来，形声字后出。"适"在《诗经》中的用例，还有：

彼谮人者，谁适与谋？(《小雅·巷伯》)

笺云：适，往也，谁往就女谋乎？

岂无膏沐，谁适为容？(《卫风·伯兮》)

传：适，主也。

"谁适……？"这种句式，还可举出《左传·僖公五年》的一例："狐裘尨茸，一国三公，吾谁适从？"② 第二例毛传训为"主"，那是随文释义，推究词义，此三例中的"适"都应解为"往"，用同源词解释的话，当训"之"。笺将"适"解为"往"是对的，但将"谁适与谋？"译

---

① "旁对转"的概念来自王力《同源字典》，中华书局 2014 年版，第 14 页。虽然王力《同源字典》没有把"之""适"二字列入其中，但目前有足够的理由认为是同源字，应补入。

② 杨伯峻编著：《春秋左传注一》(修订本)，中华书局 2009 年第 3 版，第 304 页。

作"谁往就女谋乎?"却是错的。上古汉语中表人的疑问代词"谁"作动词宾语是要前置的,以示强调。如果把"谁"看作主语,《左传》的"吾谁适从?"是讲不通的,"吾谁适从?"可译为现代汉语:我去跟从谁呢?《巷伯》的"谁适与谋?"可译为:去何人处相与商量的呢?《伯兮》"谁适为容?"可译为:去谁边为他修容呢?再看下面用例:

邂逅相遇,适我愿兮。(《郑风·野有蔓草》)

传:不期而会,适其时愿。

宁适不来,微我弗顾。(《小雅·伐木》)

陈奂《诗毛氏传疏》:"适,之也。"①

"适我愿兮"的"适",由位移动词义引申,不再接表示地方、人物的宾语,而是带了一个表示抽象意义的"我愿"。《伐木》"宁适不来,微我弗顾"的意思是:难道去请了他们不来,他们不顾念我了?

36. 席 缁衣之席兮,敝,予又改作兮。(《郑风·缁衣》)

毛传:席,大也。

"席",上古音声母为邪母,韵部属铎部。古字"蓆",《说文·艹部》:"蓆,广多也。从艹,席声。""蓆"由"席"孳乳。《说文·席部》:"席,藉也。《礼》:'天子、诸侯席,有黼绣纯饰。从巾,庶省。'""席"由"石"孳乳。石,上古音声母为禅母,韵部属铎部。《说文·石部》:"石,山石也。在厂之下,口象形。""石"的本义不是自然的石块,而是加了人工做成的圆形石器,这种石球是原始人用来击打猎物的。在陕西商洛市博物馆展厅里,就陈列着几枚这样的石球。"石、矢"同源字,二者都可以由近及远投向猎物,砍砸、磨制成圆形用为武器的石的使用在矢之前,共同的语源是"帝","帝"的字音像野果掉落地上的声音。"大",上古音声母为定母,韵部属月部。《说文·大部》:"大,天大,地大,人亦大。故大象人形。""大"的语源也是"石",能发石、射箭猎取兽类谓之大,字之造以狩猎时代为背景。"蓆""大"音近义通,同源。

37. 司 彼其之子,邦之司直。(《郑风·羔裘》)

毛传:司,主也。

---

① (清)陈奂:《诗毛氏传疏》(一),山东友谊书社1992年版,第794页。

"司"，上古音声母为心母，韵部属之部。《说文·司部》："司，臣司事于外者。从反后。""司"从"人"从"口"会意，会人用口进食之意。"司"的语源是"食"，本为舌音字，音变读入齿音。"食"的语源是"石"，"石""止"同源。"主"，上古音声母为章母，韵部属侯部。《说文·丶部》："主，镫中火主也。王象形，从丶，丶亦声。"甲骨文像灯中有火炷的样子，是"炷"的初文。"主"语源是"者"，"者"的本义是脚印中积水，灯柱是盛燃料着火照明的。《说文·白（zì）部》："者，别事词也。从白，声。口，古文旅。"许说本义和字形皆不可从。据詹鄞鑫《释甲骨文"者"字——兼考殷代者国及其地理位置》一文的研究，"者"是个形声字，从白，止声。"白"象脚印。① 由此，"司""主"音近义通，同源。

38. 迋　无信人之言，人实迋女。（《郑风·扬之水》）

毛传：迋，诳也。

"迋"，上古音声母为匣母，韵部属阳部。《说文·辵部》："迋，往也。从辵，王声。""迋""往"异体字。"迋"由"王"孳乳。《说文·王部》："天下所归往也。董仲舒曰：'三者，天、地、人也。而参通之者，王也。'孔子曰：'一贯三为王。'"② "王"是象形字，象大火熊熊燃烧形。本义是火燃烧得旺盛。"王"是"旺"的本字。语源是"江"。"王""往"同源。对于许慎引春秋末期孔子和西汉初董仲舒的说法解"王"字本义，清代吴大澂说："汉儒多依小篆以说经，与古初造字之本义不尽合。"他说，"王"字古文从"二"，不从"三"画。"二"为地，地中有火，其气盛也。火盛曰王，德盛亦曰王，故为王天下之号。③ 吴说是。"诳"，上古音声母为见母，韵部属阳部。《说文·言部》："诳，欺也。从言，狂声。""诳"由"狂"孳乳。《说文·犬部》："狂，狾犬也。从犬，㞢声。""狂"由"㞢"孳乳。《说文·之部》："㞢，艹木妄生也。从之在土上。读若皇。""㞢"的语源也是"江"。由此知，"迋"

---

① 詹鄞鑫：《释甲骨文"者"字——兼考殷代者国及其地理位置》，《华夏考——詹鄞鑫文字训诂论集》，中华书局 2006 年版，第 287 页。原载华东师范大学中文系编《语言文字学刊》（第一辑），汉语大词典出版社 1998 年版，第 67—88 页。

② （清）段玉裁：《说文解字注》，上海古籍出版社 1988 年版，第 9 页。

③ （清）吴大澄：《王字说》，《字说》，台北：艺文出版社 1975 年版，第 5—6 页。

"逛"音近义通，同源。

39. 阇　出其闉阇，有女如荼。（《郑风·出其东门》）

毛传：阇，城台也。

"阇"，上古音声母为端母，韵部属鱼部。《说文·门部》："阇，闉阇也。从门，者声。""阇"由"者"孳乳，"者"的本义是脚印积水，语源是"止"。《尔雅》："阇谓之台。""台"，上古音声母为定母，韵部属之部。《说文·至部》："台，观四方而高者也。从至，从高省。与室、屋同意。之声。""台"是双声字，"之""至"皆声，语源也是"止"。"阇""台"音近义通，同源。

40. 庸　鲁道有荡，齐子庸止。（《齐风·南山》）

毛传：庸，用也。

"庸"，上古音声母为余母，韵部属东部。《说文·用部》："庸，用也。从用、庚。庚，更事也。《易》曰：先庚三日。"许说非"庸"本义，解形也错误。"庸"是一种乐器，象其形，字音象鼓钟之声，即后来的镛。宋末戴侗《六书故》："庸，大钟也。"[1] 甚是。[2] 许说采自毛诗传。"用"，上古音声母为余母，韵部属部。《说文·用部》："用，可施行也。从卜，从中。卫宏说。凡用之属皆从用。"许说非本义。商代甲骨文"用"作桶形，是桶的初文。"庸""用"虽为二物，一为钟，另一为桶，但其形相似，故同源。

41. 弟　鲁道有荡，齐子岂弟。（《齐风·载驱》）

毛传：言文姜于是乐易然。

毛传以"乐易"对译"岂弟"，则是以"易"解"弟"。《说文·弟部》："弟，韦束之次弟也。""弟"的甲骨文象简易的梯子之形，树立一木，绳索缠之，人紧握绳索可以攀援而上。"梯"是"弟"的增旁字。《说文·易部》："易，蜥易，蝘蜓，守宫也。"古文字学者研究了"易"的甲骨文字形演变，初文为会意字，两手捧酒器倾注于另一容器，后来

---

① （南宋）戴侗撰，党怀兴、刘斌点校：《六书故》（下册），中华书局2012年版，第682页。

② "庸"所从之"庚"，戴侗云："庚，盖钟类，故庸从之。"则非是。"庸"所从似"庚"之形像手握钟柄悬挂于支架（广）上，实非天干之"庚"字。戴说见"庚"字下，（南宋）戴侗撰，党怀兴、刘斌点校：《六书故》（下册），中华书局2012年版，第682页。

截取酒器一部分及倒出的酒形。"弟"和"易"都包含了重物自然下落的意象：人攀援绳索而上，如果失手会跌落；把酒从大容器倒进小容器，酒也是跌落下来。二事事理相同，字音也相近。"弟"上古音声母为定母，韵部为脂部，"易"上古音声母为以母，韵部为锡部。二字义同，声韵相近，同源。

42. 提提　好人提提，宛然左辟。(《魏风·葛屦》)

毛传：提提，安谛也。

"提"，上古音声母为定母，韵部属支部。《说文·手部》："提，挈也。从手，是声。""提"由"是"孳乳。《说文·正部》："是，直也。从日、正。凡是之属皆从是。""是"由"止"孳乳。"止"的语源是"帝"。"谛"，上古音声母为端母，韵部属锡部。《说文·言部》："谛，审也。从言，帝声。"祭祀时把所祭对象一个一个说出来就是"谛"。"谛"由"帝"孳乳。"帝"，端母，锡部。《说文·丄部》："帝，谛也。王天下之号。从丄，朿声。""帝"是"花蒂"的"蒂"本字，象花蒂形，字音像果实成熟掉在地上撞击地面所发出的声音。造字背景是古人类所经历的采集时代。"朿"非声。则"提""谛"音近义通，同源。

43. 杕　有杕之杜，其叶湑湑。(《唐风·杕杜》)

毛传：杕，特貌。

"杕"，上古音声母为定母，韵部为月部。《说文·木部》："杕，树皃。从木，大声。""杕"由"大"孳乳。《说文·大部》："大，天大，地大，人亦大。故大象人形。""大"的语源是"石""矢"，能发石、射箭猎取兽类谓之大，字造于狩猎时代。语根是"帝"，"帝""蒂"古今字，字音像野果掉落击打地面的声音。"特"，上古音声母为定母，韵部属职部。《说文·牛部》："特，朴特，牛父也。从牛，寺声。""特"由"寺"孳乳。"寺"，上古音声母为邪母，韵部属之部。"寺"本音为舌头音，音变读入齿音邪母。《说文·寸部》："寺，廷也。有法度者也。从寸，之声。"许慎说非本义。"寺"是"持"的古文。"寺"由"之"孳乳。"之"，上古音声母为端母，韵部属之部。《说文·之部》："之，出也。象艸过屮，枝茎渐益大，有所之也。一者，地也。"许慎说可商。《尔雅·释诂》："之，往。"罗振玉《增订殷墟书契考释》云："按：卜辞从止，从一，人所之也。"① 罗说是。"之"的语源是"至"，"至"的本义是矢射出去经过一段距离落下来，"之"的本义是人从出发地开始走路，经过一段路程到达目的地。"至""之"的语根也是"帝"。由此可知，"杕""特"义通音近，同源。

44.　噬　彼君子兮，噬肯适我？（《唐风·有杕之杜》）

毛传：噬，逮也。

"噬"，上古音声母为禅母，韵部属月部。《说文·口部》："噬，啖也，喙也。从口，筮声。""噬"由"筮"孳乳。《说文·竹部》："筮，易卦用蓍也。从竹，从巫。""竹"亦声。"筮"由"竹"孳乳。"竹"，上古音声母为端母，韵部属觉部。《说文·竹部》："竹，冬生艹也。象形。下垂者，箁也。""竹"的语源是"持"。"逮"，上古音声母为定母，韵部属物部。《说文·辵部》："逮，唐逮，及也。从辵，隶声。""逮"由"隶"孳乳。《说文·隶部》："隶，及也。从又，从尾省。又，持尾者，从后及之也。凡隶之属皆从隶。""隶""持"同源。由此，则"噬""逮"音近义通，同源。

45.　纪　终南何有？有纪有棠。（《秦风·终南》）

毛传：纪，基也。

"纪"，上古音声母为见母，韵部属之部。《说文·系部》："纪，丝别也。从糸，己声。""纪"由"己"孳乳。"己"，见母，之部。《说文·己部》："己，中宫也。象万物辟藏诎形也。己承戊，象人腹。"许慎说非本义。"己"像跪着的人，语源是"久"，跪是古人的坐姿，那时没有发明坐具，这个姿势可以持久。"己"跟上古结绳记事有关。字音来源于"古""久"，与之同源。"己"用为天干字后，"纪""记"承担其本义。"己"是跪着的人，其体弯曲，丝绳似之。"基"，上古音声母为见母，韵部属之部。《说文·土部》："基，墙始也。从土，其声。""基"是会意兼形声字，从土、其，其亦声，会用簸箕盛运土开始筑墙意。"基"由"其"孳乳。其，《说文》认为是"箕"的重文。《说文·竹部》："箕，所以簸者也。从竹、其。象形。丌，其下也。凡箕之属皆从箕。其，籀文箕。""其"字先出，"箕"为"其"的加旁字。"其"象簸箕形，口

---

① 罗振玉撰：《增订殷虚书契考释》，朝华出版社 2018 年版，第 184 页。

大，与人跪着的"己"形正同。"纪""基"音近义通，同源。

46. 横　衡门之下，可以栖迟。(《陈风·衡门》)

毛传：衡门，横木为门，言浅陋也。

"衡""横"同源，毛传正确地指出二者之间的关系。《说文·角部》："衡，牛触，横大木。从角，从大。行声。《诗》曰：'设其楅衡。'"《周礼·考工记》："衡四寸。"①郑玄注："衡，古文横，假借字也。"实为同源字。

47. 舒　舒窈纠兮，劳心悄兮。(《陈风·月出》)

毛传：舒，迟。

"舒"，上古音声母为书母，韵部属鱼部。《说文·予部》："舒，伸也。从舍，从予，予亦声。一曰：舒，缓也。""舒"由"舍"孳乳，在"舍"上加注"予"声，"予"亦表给予义，离家住宿，提供必需品，谓之"舒"。"舒"是双声字，"舍"亦表声义。"舍""止"同源。"迟"，上古音声母为定母，韵部属脂部。《说文·辵部》："迟，徐行也。从辵，犀声。""犀"为"犀"之讹形。"犀"，上古音声母为心母，韵部属脂部。《说文·辵部》："犀，犀迟也。从尸，辛声。""辛"非声，当为"尸"声。"尸"，上古音声母为书母，韵部属脂部。《说文·尸部》："尸，陈也。象卧之形。凡尸之属皆从尸。""尸"的本义是尸体，"尸""屍"古今字。"尸"的语源是"夷"，为"矢"射中倒下谓之"尸"。"尸""止"亦同源。由此，"舒""迟"义通音近，同源。

48. 何　彼候人兮，何戈与祋。(《曹风·候人》)

毛传：何，揭。

"何"，上古音声母为匣母，韵部属歌部。《说文·人部》："何，儋也。一曰：谁也。从人，可声。""何"由"可"孳乳。《说文·可部》："可，肯也。从口、丂，丂亦声。""可"由"丂"孳乳。"可"的本义是适可，由木材适合作斧头手柄引申而来。所从"口"是有意义的，表示主观认定。"丂"像黄河中游大拐弯，亦是斧斤的手柄"柯"之形。"揭"，上古音声母为见母，韵部属月部。《说文·手部》："揭，高举也。

---

① （东汉）郑玄注，（唐）贾公彦疏，彭林整理：《周礼注疏》，上海古籍出版社 2010 年版，第 1627 页。

从手，曷声。"揭"由"曷"孳乳。《说文·曰部》："曷，何也。从曰，丐声。""曷"的本义是口渴，是"喝""渴"的初文。"曷"由"丐"孳乳。《说文·亡部》："丐，气也。亡人为丐。逯安说。""丐"的语源是"亏"。"何""揭"音近义通，同源。

49. 祋　彼候人兮，何戈与祋。（《曹风·候人》）

毛传：祋，殳也。

"祋"由"殳"孳乳。《说文·殳部》："祋，殳也。从殳，示声。或说城郭市里，高县羊皮，有不当人而欲入者，暂下以惊牛马曰祋。故从示、殳。《诗》曰：'何戈与祋。'""祋"，上古音声母为端母，韵部为月部，"示"，上古音声母为船母，韵部为脂部，"殳"，上古音声母为禅母，韵部为侯部。三字声韵相近，为同源字。

50. 芾　彼其之子，三百赤芾。（《曹风·候人》）

毛传：芾，韠也。

"芾"，上古音声母为非母，韵部属月部。《说文·艹部》失收。"芾"由"市"孳乳。《说文·市部》："市，韠也。上古衣蔽前而已，市以象之。天子朱市，诸侯赤市，卿大夫葱衡。从巾，象连带之形。韍，篆文市，从韦，从犮。""韠"，上古音声母为帮母，韵部属质部。《说文·韦部》："韠，韍也。从韦，毕声。""韠"由"毕"孳乳。《说文·部》："毕，田网也。""毕"的语源是"巴"。"芾""韠"音近义通，同源。

51. 鹈　维鹈在梁，不濡其翼。（《曹风·候人》）

毛传：鹈，洿泽鸟也。

"鹈"，上古音声母为定母，韵部属脂部。《说文·鸟部》："鷈，鵜胡，洿泽也。从鸟，夷声。或作鹈。""鹈"由"弟"孳乳。《说文·弟部》："弟，韦束之次弟也。"许说非本义。"弟"的本义是梯子，"弟""梯"古今字。"弟"的语源是首，首的语源是石。"泽"，上古音声母为定母，韵部属铎部。《说文·水部》："泽，光润也。从水，睪声。"泽的本义是人的皮肤分泌出的油脂，由"睪"孳乳，睪是泪滴，泪滴和油脂都是体液。"睪"的语源是"也"。"也"是女性尿液撞击地面，"石"是抛石击打野兽，其理正同。由此，"鹈""泽"同源。

52. 媾　彼其之子，不遂其媾。（《曹风·候人》）

毛传：媾，厚也。

"媾"，上古音声母为见母，韵部属侯部。《说文·女部》："媾，重婚也。从女，冓声。""媾"由"冓"孳乳。《说文·冓部》："冓，交积材也。象对交之形。""冓"的语源是"高"。"厚"，上古音声母为匣母，韵部属侯部。《说文·𠬪部》："厚，山陵之厚也。从厂，𠬪声。""厚"由"𠬪"孳乳。《说文·𠬪部》："𠬪，厚也。从反享。"甲骨文象酒坛形，刚酿成的酒，打开盖子，有一股浓浓的酒气高高喷出，会酒味厚之意。"𠬪"的语源也是"高"。"媾""厚"音近义通，同源。

53. 结　其仪一兮，心如结兮。（《曹风·鸤鸠》）

毛传：言执义一，则用心固。

毛传以"固"解"结"。"结"，上古音声母为见母，韵部属质部。《说文·糸部》："结，缔也。从糸，吉声。""结"由"吉"孳乳。《说文·口部》："吉，善也。从士、口。"许慎说非本义，是引申义。裘锡圭在《戎生编钟铭文考释》一文中考释后两句时说：

> 吉金，坚实的品质好的铜。朱剑心认为"吉金"之"吉"，"坚结之意也"（《金石学》3页，商务印书馆，1955）。此说可从。从"吉"声之字多含"坚"意，如"硈"字，《说文》即训为"石坚也"。宋人著录地曰作于春秋时的磬铭文说："择其吉石，自作磬。"（《历代钟鼎彝器款识法帖》38页，中华书局，1986）其"吉"字即应读为"硈"。或谓"吉金"是吉利或吉礼所用之金，非是。①

朱剑心在其书中说：

> 周代彝器之名，多曰"吉金"；吉，坚结之意也，如王孙遗者钟曰"择其吉金"，郑公华钟曰"择厥吉金"，仆儿编钟曰"得吉金镈铝"，陈侯因齐敦"诸侯寅荐吉金"……是也。②

---

① 裘锡圭：《裘锡圭学术文集·金文及其他古文字卷》，复旦大学出版社 2012 年版，第114—115 页。

② 朱剑心：《金石学》，山东画报出版社 2019 年版，第4 页。

　　朱、裘二位的说法正确。在"吉玉""吉金""吉石"等词语中，"吉"义为坚固。周孝王时《白公父簋铭》："其金孔吉，亦玄亦黄。"①"吉"的吉祥义是引申而来的。《诗经·小雅·小明》："二月初吉，载离寒暑。""吉"与"壶""古"三字同源，由同一实体所分化，"壶""古"指器，"古"是"壶"的简体，引申出时间义，"吉"字承担了坚固义。"古"，上古声母为见母，韵部属鱼部。《说文·古部》："古，故也。从十、口，识前言也。"许慎说非本义，"古"为独体字，其解说字形割裂成"十、口"是错误的。字形象陶壶，字音来源于"果"，壶和果一样是圆形的。"古"在甲骨文中有之，是"壶"的古字。就字形来说，下面的"口"为酒壶本身，上面的"十"是带把儿的壶盖。"固"由"古"孳乳。"固"，上古声母见母，韵部属鱼部。《说文》："固，四塞也。从口，古声。""固"是"古"的孳乳字，"古"的本义是陶器中的壶，"壶""古"同字，"古"有坚硬义，"固"是坚牢的建筑物。《周礼·夏官》："掌固险。"郑玄注："固，国所依阻者也。国曰固，野曰险。"由以上，"结""固"音近义通，同源。

　　54. 窒　穹窒熏鼠，塞向墐户。(《豳风·七月》)

　　毛传：窒，塞也。

　　"窒"，上古音声母为端母，韵部属质部。《说文·穴部》："窒，塞也。从穴，至声。""窒"是会意兼形声字，人至穴中，仅容身。"窒"由"至"孳乳。《说文·至部》："至，鸟飞从高下至地也。从一。一犹地也。不上去而至下，来也。"许慎之说可商榷。"至"的甲骨文字形，上面是倒过来写的"矢"，"矢"就是箭，下面一横表示地面，表现的是一支箭从远处射来，落到了地上。"至"的语根是"帝"，"帝"是果子落到地上，"至"是箭落到地上。"塞"，上古音声母为心母，韵部属职部。《说文·土部》："塞，隔也。从宀、土、廾、廾。""窒""塞"义通音近，同源。

　　55. 乘　亟其乘屋，其始播百谷。(《豳风·七月》)

　　毛传：乘，升也，

---

　　① 中国社会科学院考古研究所编：《殷周金文集成（修订增补本）》（第四册），中华书局2007年版，第3004页。

"乘",上古音声母为船母,韵部属蒸部。《说文·桀部》:"乘,覆也。从入、桀。桀,黠也。军法曰乘。"甲骨文像人(大)在木上。"升",上古音声母为书母,韵部属蒸部。《说文·斗部》:"升,十龠也。从斗,亦象形。"《说文新附·日部》:"升,日上也。从日,升声。古只用升。"① "升""上"同源。由以上,"乘""升"义通音近,同源。

56. 士　制彼裳衣,勿士行枚。(《豳风·东山》)

毛传:士,事。

"士",上古音声母为从母,之部。《说文·士部》:"士,事也。数始于一,终于十。从一,从十。孔子曰:'推十合一为士。'凡士之属皆从士。"许慎说来自毛诗传。"士"始见于西周金文,像一把斧钺。语源是"束"。"事",上古音声母为从母,韵部属之部。《说文·史部》:"事,职也。从史,之省声。""事"由"史"孳乳。"史",上古音声母为心母,韵部属之部。《说文·史部》:"史,记事者也。从又持中。中,正也。凡史之属皆从史。""史"的语源也是"束"。则"士""事"音近义通,同源。

57. 枚　制彼裳衣,勿士行枚。(《豳风·东山》)

毛传:枚,微也。

"枚",上古音声母为明母,韵部属微部。《说文·木部》:"枚,干也。可以为杖。从木、攴。""枚"是个双声字。语源是"巴"。"微",上古音声母为微母,韵部属微部。《说文·彳部》:"微,隐行也。从彳,声。《春秋传》曰:'白公其徒微之。'""微"的本义是天黑了走路。"微"的语源是"闭"。"微"由"微右"孳乳。《说文·人部》:"散,眇也。从人,从攴,岂省声。""散""岂"声类不同,"岂"非声。高鸿缙《散盘集释》一文认为应"从攴、长会意。长为发字最初文……发既细小矣,攴之则断,而更微也。"② 本书认为"散"会"长"发之人挂"攴"微行之意, "散""微"古今字。"闭"的语源也是"巴"。则"枚""微"音近义通,同源。

58. 穹　穹窒熏鼠,塞向墐户。(《豳风·东山》)

毛传:穹,穷。

① (东汉)许慎撰,(宋)徐铉校定:《说文解字》,中华书局1963年版,第140页。

② 转引自季旭升撰《说文新证》,台北:艺文印书馆2014年版,第635页。

"穹"，上古音声母为溪母，韵部属蒸部。《说文·穴部》："穹，穷也。从穴，弓声。"许慎说来自毛诗传。"穹"由"弓"孳乳。"弓"，上古音声母为见母，韵部属蒸部。《说文·弓部》："弓，穷也，以近穷远者。象形。古者挥作弓。《周礼》六弓：王弓，弧弓以射甲革甚质。夹弓、庾弓以射干侯鸟兽。唐弓、大弓以授学射者。凡弓之属皆从弓。""弓"的语源是"杠"，将"杠"折弯，就成了一张弓。"穷"，上古音声母为群母，韵部属冬部。《说文·穴部》："穷，极也。从穴，躬声。""穷"由"躬"孳乳。《说文·吕部》："躬，身也。从身，从吕。""躬"的语源是"弓"。"穹""穷"音近义通，同源。

59. 敦　有敦瓜苦，烝在栗薪。（《豳风·东山》）

毛传：敦，犹专专也。

"敦"，上古音声母为端母，韵部属文部。《说文·攴部》："敦，恼怒也。从攴，享声。"许慎说非本义。"敦"是会意兼形声字，"享"为圆形陶器，"攴"是手持木棒击打之，今天做陶器还是这样。做成的陶器亦谓之"敦"，出土有青铜敦，圆形，有座。语源是"允"，允的本义是人的头，圆形。"专"，上古音声母为章母，韵部属元部。《说文·寸部》："专，六寸薄也。从寸，叀声。一曰：纺专。""专"的本义是纺专。语源也是"允"。"敦""专"音近义通，同源。

60. 皇　之子于归，皇驳其马。（《豳风·东山》）

毛传：黄白曰皇。

"皇"，上古音声母为匣母，韵部属阳部。《说文·王部》："皇，大也。从自、王。自，始也。始王者，三皇。大君也。自读若鼻。今俗以作始生子为鼻子是。""皇"由"王"孳乳。《说文·王部》："天下所归往也。董仲舒曰：'三者，天、地、人也。而参通之者，王也。'孔子曰：'一贯三为王。'"①"王"是象形字，象大火熊熊燃烧形。本义是火燃烧得旺盛。是"皢"的本字。语源是"杠"。"黄"，上古音声母为匣母，韵部属阳部。《说文·黄部》："黄，地之色也。从田，芡声。芡，古文光。"许慎对"黄"字形结构的分析不一定对。关于"黄"的本义，郭沫若依据其甲骨文字形，说它"像佩玉"，"其本义为佩玉名，即'璜'

---

① （清）段玉裁：《说文解字注》，上海古籍出版社1988年版，第9页。

之本字。"① 我们认为"黄"的语源也是"杠"。"皇""黄"音近义通，同源。

61. 旧　其新孔嘉，其旧如之何？（《豳风·东山》）

毛传：言久长之道也。

毛传以"久"解"旧"。"旧"，上古音声母为群母，韵部属之部。《说文·萑部》："旧，鸱旧、旧留也。从萑，臼声。鵂，旧或从鸟，休声。""旧"由"臼"孳乳。《说文·臼部》："臼，舂也。古者掘地为臼，其后穿木石。""臼"的语源是"高"，高、深义通。"久"，上古音声母为见母，韵部属之部。《说文·久部》："从后灸之也。象人两胫后有距也。《周礼》曰：'久诸墙以观其桡。'"《周礼·考工记》："灸诸墙以视其桡之均。"② 杨树达说："古人治病，燃艾灼体谓之灸，久即灸之初字也。字形从卧人，人病则卧床也。末画象以物灼体之形。许不知字形从人，而以为象两胫，误矣。"③ "久""灸"古今字，"久"象人体艾灸之形。艾灸所历时间必长，"久"的语源是"古"。"古"即时间之高远。"旧""久"音近义通，同源。

62. 皇　周公东征，四国是皇。（《豳风·九罭》）

毛传：皇，匡也。

"皇"，上古音声母为匣母，韵部属阳部。《说文·王部》："皇，大也。从自、王。自，始也。始王者，三皇。大君也。自读若鼻。今俗以作始生子为鼻子是。"清代吴大澂《字说》："皇，古文……从日有光。日出土上则光大。"④ 王国维也说，"皇"字金文上象日光放射之形。⑤ 顾颉刚引唐兰说，甲骨文中"皇"没有作为一个字出现，只作为构件，"皇"的金文所从的"王"当为"土"，"他是象太阳刚从地下出来，光焰上射的景象"⑥。"皇"的语源是"江"。"匡"，上古音声母为溪母，韵部属阳

① 郭沫若：《金文丛考》，人民出版社1954年版，第174—186页。

② （东汉）郑玄注，（唐）贾公彦疏，彭林整理：《周礼注疏》，上海古籍出版社2010年版，第1654页。

③ 杨树达：《积微居小学述林》，中华书局1983年版，第45页。

④ （清）吴大澂：《王字说》，《字说》，台北：艺文印书馆1975年版，第6页。

⑤ 王国维：《古史新证——王国维最后的讲义》，清华大学出版社1994年版，第326页。

⑥ 顾颉刚：《顾颉刚古史论文集》卷二，中华书局2011年版，第28页。

部。《说文·匚部》："匡，饮器也，筥也。从匚，𡉚声。""匡"的语源是"往"，远处送来盛食物的器具谓之"匡"。"往"的语源也是"江"。则"皇""匡"音近义通，同源。

63. 罭　九罭之鱼，鳟鲂。（《豳风·九罭》）

毛传：九罭，缗罟，小鱼之网也。

毛传以"罟"解"罭"。"罭"，上古音声母为匣母，韵部属职部。《说文新附·网部》："罭，鱼网也。从网，或声。"①《新附》对"罭"本义的解说袭自雅训和毛诗传。《尔雅·释器》："缗罟谓之九罭；九罭，鱼网也。""罭"由"或"孳乳。《说文·戈部》："或，邦也。从口、戈以守其一。一，地也。域，或或从土。""或"的语源是"果"。"罟"，上古音声母为见母，韵部属鱼部。《说文·网部》："罟，网也。从网，古声。""古"声含义，罟的语源是"古"，由"古"孳乳。《说文·古部》："古，故也。从十、口，识前言也。"许说非本义，"古"为独体字，解说字形割裂成"十、口"是错误的。字形像陶壶，字音来源于"果"，壶和果一样是圆形的。"古"在甲骨文中有之，是"壶"的古字。就字形来说，下面的"口"为酒壶本身，上面的"十"是带把儿的壶盖。"古"即壶，罟的形状像壶，圆形，用来捕鸟、兽、鱼。"古"的语源也是"果"。由此，"罭""罟"音近义通，同源。

64. 衮　我觏之子，衮衣绣裳。（《豳风·九罭》）

毛传：衮衣，卷龙也。

"衮"，上古音声母为见母，韵部属文部。《说文·衣部》："衮，天子享先王，卷龙绣于下幅，一龙蟠阿上相缩。从衣，公声。"公非声，衮为前鼻音，公为后鼻音。公实为云形。衮可视为会意字，公所服。许说来自毛诗传。"衮"的语源是凵。"卷"，上古音声母为见母，韵部属元部。《说文·卩部》："卷，𠂔曲也。从卩，𢍏声。"𢍏，上古音声母为见母，韵部属元部。《说文·收部》："𢍏，团饭也。从廾，釆声。釆，古文辨字。读若书卷。"其语源也是凵。则"衮""卷"同源。

65. 硕　公孙硕肤，赤舄几几。（《豳风·狼跋》）

毛传：硕，大。

---

① （东汉）许慎撰，（宋）徐铉校定：《说文解字》，中华书局 1963 年版，第 158 页。

"硕"，上古音声母为禅母，韵部属铎部。《说文·页部》："硕，头大也。从页，石聲。""硕"由"石"孳乳，"石"的本义是狩猎抛击野兽的磨制过的圆石，人头似之，谓之"硕"。《尔雅·释诂》："硕，大也。""硕""大"同源。《诗经·豳风·狼跋》："公孙硕肤，赤舄几几。"毛传："硕，大。"清马瑞辰《毛诗传笺通释》："硕肤者，心广体胖之象。"① "硕"的本义是像石一样的头，"公孙硕肤"是说公孙胖敦敦的体形，向外突出，马氏解释得很准确。又《魏风·硕鼠》："硕鼠硕鼠，无食我黍。""硕鼠"吃得肥胖的老鼠。又《卫风·硕人》："硕人其颀，衣锦褧衣。""硕人"指庄姜，"硕"形容她的丰满。"大"，上古音声母为定母，韵部属月部。《说文·大部》："大，天大，地大，人亦大。故大象人形。""大"的语源是"石"，史前狩猎时代，能发石猎取兽类谓之大，即大人。"大"在汉语方言中可指父亲，小儿呼其父曰"大"。"硕""大"音近义通，同源。

66. 几几　公孙硕肤，赤舄几几。(《豳风·狼跋》)

毛传：几几，絢貌。

"几"，上古音声母为见母，韵部属脂部。《说文·几部》："几，凥几也。象形。《周礼》五几：玉几、雕几、彤几、鬈几、素几。凡几之属皆从几。""几"的语源是"河"，几四足，左右各两，两足间跨开，正如黄河中游的大拐弯。"絢"，上古音声母为群母，韵部属侯部。《说文·糸部》："絢，繡绳絢也。从糸，句声。""絢"由"句"孳乳。《说文·句部》："句，曲也。从口，丩声。""句"的语源是"丂"，"丂"是拐杖。作为拐杖的丂，手握的一头弯曲，正如几四足之形。"几""絢"音近义通，同源。

67. 瑕　公孙硕肤，德音不瑕。(《豳风·狼跋》)

毛传：瑕，过也。

"瑕"，上古音声母为匣母，韵部属鱼部。《说文·玉部》："瑕，玉小赤也。从玉，叚声。""瑕"由"叚"孳乳。《说文·又部》："叚，借也。闕。""叚"的西周金文是个会意字，像两只手夹持石块，语源是"夹"。夹持石块是为了建筑城和房子，"叚"字是对古代这个生活场景的

---

① （清）马瑞辰撰，陈金生点校：《毛诗传笺通释》（全三册），中华书局1989年版，第489页。

描写。"过"，上古音声母为见母，韵部属歌部。《说文·辵部》："过，度也。从辵，呙声。""过"由"呙"孳乳。《说文·口部》："呙，口戾不正也。从口，咼声。""呙"由"咼"孳乳。《说文·咼部》："咼，剔人肉置其骨也。象形，头隆骨也。凡咼之属皆从咼。""咼""骨"同源，语源是"果"。"夹"是两人夹一人，"果"是果肉裹住核。由此，"瑕""过"音近义通，同源。

68. 启　王事靡盬，不遑启处。（《小雅·四牡》）

毛传：启，跪。

"启"，上古音声母为溪母，韵部为支部。《说文·攴部》："启，教也。从攴，启声。"古体字"启"由"启"孳乳。《说文·口部》："启，开也。从户，从口。""启""开"同源，"启"的本义是开门。"跪"，上古音声母为溪母，韵部为歌部。"跪"是"危"的增旁字。《说文·足部》："跪，拜也。从足，危声。""跪"和"拜"是两种动作，许慎以类相释，并不确切。汉刘熙《释名·释姿容》："跪，危也，两膝隐地，体危郶也。"[①]《说文·危部》："危，在高而惧也。从厃，自卩止之。""危"的本义是人跪，是"厃"的繁化，加"卩"以提示，"卩"是人跪之形。《说文·厂部》："厃，仰也。从人在厂上。一曰：屋梠也，秦谓之桷，齐谓之厃。""厃"是"危"的初文，是人跪着的写意画。语源是"开"，人跪着的时候，腰部以上和大腿之间成一个夹角，是分开的。由以上可知，"启""跪"二字同源。

69. 骃　我马维骃，六辔既均。（《小雅·皇皇者华》）

毛传：阴白杂毛曰骃。

毛传以"阴"解"骃"。"骃"，上古音声母为影母，韵部属真部。《说文·马部》："骃，马阴白杂毛也。从马，因声。"许慎说来自毛诗传。"骃"由"因"孳乳。《说文·口部》："因，就也。从口、大。""因"的语源是"圆"。"阴"，上古音声母为影母，韵部属侵部。《说文·阜部》："阴，暗也。水之南，山之北也。从阜，侌声。""阴"由"侌"孳乳。"侌"由"云"孳乳。"云"，上古音声母为匣母，韵部属文部。

---

① （东汉）刘熙撰，（清）毕沅疏证，王先谦补，祝敏彻、孙玉文点校：《释名疏证补》，中华书局 2008 年版，第 83 页。

"云"为《说文·云部》"雲"的古文。"云"甲骨文中有之，象云回旋之形。"云"的语源也是"圆"。"驷""阴"音近义通，同源。

70. 乔 出自幽谷，迁于乔木。(《小雅·伐木》)

毛传：乔，高也。

"乔"，上古音声母为群母，韵部属宵部。《说文·夭部》："乔，高而曲也。从夭，从高省。《诗》曰：'南有乔木。'""乔"为"高"的分化字，"高"的本义是建筑物之高，"乔"是树木之高。许慎对"乔"本义的解说来自毛诗传和雅训。《尔雅·释木》："上句曰乔；句如羽，乔。"① "高"，上古音声母为见母，韵部属宵部。《说文·高部》："高，崇也。象台观高之形。从冂、口。与仓舍同意。凡高之属皆从高。""乔""高"音近义通，同源。

71. 奭 路车有奭，簟茀鱼服。(《小雅·采芑》)

毛传：奭，赤貌。

"奭"，上古音声母为生母，韵部属铎部。《说文·皕部》："奭，盛也。从大，从皕。皕亦声。此燕召公名。读若郝。史篇名丑。""皕"非声。当为"大"亦声。"奭"由"大"孳乳。"大"，上古音声母为定母，韵部属月部。《说文·大部》："大，天大，地大，人亦大。故大象人形。""大"的语源是"石"，能发石猎取兽类谓之大，字音产生于狩猎时代。"赤"，上古音声母为昌母，韵部属铎部。《说文·赤部》："赤，南方色也。从大，从火。凡赤之属皆从赤。""赤"是会意兼形声字，上"大"下"火"，大亦声。"大"即人形，本义为用火烧人以祭祀。语源是"石"，石头撞击生火。"奭""赤"音近义通，同源。

72. 舄 赤芾金舄，会同有绎。(《小雅·车攻》)

毛传：诸侯赤芾金舄。舄，达屦也。

毛传以"达"解"舄"。"舄"，上古音声母为清、心母，韵部属铎部。《说文·乌部》："舄，誰也。""舄"的语源是"隹"。"隹"的语源是"帝"。"达"，上古音声母为定母，韵部属月部。《说文·辵部》："达，行不相遇也。从辵，羍声。《诗》曰：'挑兮达兮。'达，達或从

① (清)郝懿行撰，王其和、吴庆峰、张金霞点校：《尔雅义疏》，中华书局 2017 年版，第 794 页。

大。或曰达。""达"由"羍"孳乳，羍是小羊，小羊易生，加意符"辶"派生为达，义为通达。"羍"，上古音声母为透母，韵部属月部。《说文·羊部》："羍，小羊也。从羊，大声。读若达。""羍"初为象形字，篆体可看作声化的结果。约斋（傅东华）说："这字读如达，本是羊胎的意思。它的原形当作，以羊在胞衣中会意。省去两旁就成，两旁合拢误成大，正如奋字一般。大又变作土，这才成达字的。"① 约斋指出"羍""胎"的关系，甚是。段玉裁《小笺》："达、达古字通。《周礼》曰：'单下曰屦，复下曰舄。'然则达取重达之义。金舄，谓金释其下，其上则赤也。""羍"的语源也是"帝"。"舄""达"音近义通，同源。

73. 拾　决拾既佽，弓矢既调。（《小雅·车攻》）

毛传：拾，遂也。

"拾"，上古音声母为禅母，韵部属缉部。《说文·手部》："拾，掇也。从手，合声。""拾"是会意字，从手，从合，会从合里取食物意。"拾""掇"同源，语源是"帝"。"遂"，上古音声母为邪母，韵部属物部。《说文·辵部》："遂，亡也。从辵，㒸声。""遂"由"㒸"孳乳，本义是史前时期人类狩猎时把大型动物赶下悬崖摔死。本读舌音，音变读入齿音。语源也是"帝"。"拾""遂"音近义通，同源。

74. 沔　沔彼流水，朝宗于海。（《小雅·沔水》）

毛传：沔，水流满也。

毛以"满"解"沔"。"沔"，上古音声母为明母，韵部属元部。《说文·水部》："沔，水出武都沮县东狼谷，东南入江。从水，丏声。"许慎将"沔"的本义解为专名，非是，本义为水漫过义。"沔"由"丏"孳乳。《说文·丏部》："丏，不见也。象壅蔽之形。"从"人"而大其头，"乚"以壅蔽之。"满"，上古音声母为明母，韵部属元部。《说文·水部》："满，盈溢也。从水，㒳声。""满"由"㒳"孳乳。《说文·㓁部》："㒳，平也。从廿，五行之数，二十分为一辰。㓁，㒳平也。读若蛮。""沔""满"音近义通，同源。

75. 似　似续妣祖。（《小雅·斯干》）

毛传：似，嗣也。

---

① 约斋编著：《字源》，上海书店 1986 年版，第 80 页。

"似"，上古音声母为邪母，韵部属之部。《说文·人部》："似，象也。从人，以声。""似"由"姒"来，"姒"是"始"的分化字。"以""胎"同源。"似""姒"本音为舌音字，音变读入齿音。"嗣"，上古声母为邪母，韵部属之部。《说文·册部》："嗣，诸侯嗣国也。从册，从口，司声。""司"，上古声母为心母，韵部属之部。《说文·司部》："司，臣司事于外者。""司"从"人"从"口"会意，会人用口进食之意。"司"的语源是"食"，本为舌音字，音变读入齿音。"始""食"同源，"似""嗣"亦同源。

76. 吊　不吊昊天，不宜空我师。（《小雅·节南山》）

毛传：吊，至。

《说文·人部》："吊，问终也。古之葬者，后厚衣之以薪。从人持弓，会驱禽。"《礼记·杂记》："吊者升自西阶，东面，致命曰：'寡君闻君之丧，寡君使某，如何不淑！'"①　"吊"，上古音声母为端母，韵部属药部。"吊""致""淑"同源。《说文·至部》："至，鸟飞从高下至地也。从一。一犹地也。不上去而至下，来也。"许慎之说可商榷。"至"的甲骨文字形，上面是倒过来写的"矢"，矢就是箭，下面一横表示地面，表现的是一支箭从远处射来，落到了地上。"至"，上古音声母为端母，韵部属质部。"至"的语源是"帝"，"帝""蒂"古今字，字音像果子落到地上的声音，"至"是箭落到地上。"吊""至"二字都有到义，字音相近，同源。

77. 正　不惩其心，覆怨其正。（《小雅·节南山》）

毛传：正，长也。

"正"，上古音声母为章母，韵部属耕部。《说文·正部》："正，是也。从止，一以止。""正"是会意兼形声字。"正""征"古今字，"正"的上面一横在甲骨文是"囗"，也就是后来的"城"字，字从"囗""止"会向着"囗"走之意，"囗"亦声，名动相因。"正"的甲骨文从囗，从止。囗象城邑，"止"是"趾"的本字，合起来会征伐城池意。囗当读如"城"，"城"的字音来源于筑城声。所以"正"字当分析为：从

---

①　（东汉）郑玄注，（唐）孔颖达疏，龚抗云整理：《礼记正义》，北京大学出版社 2000 年版，第 1384 页。

口，从止，口亦声。"正"的语源是"城"。"长"，上古音声母为端母，韵部属阳部。《说文·长部》："长，久远也。从兀，从匕。兀者，高远意也。久则变化。亡声。者，到亡也。凡长之属皆从长。"许慎说本义和字形非是，"长"是象形字，象人头发之形，本义是头发长。"久远"是引申义。"长"的语源也是"城"。"正""长"音近义通，同源。

78. 局　谓天盖高，不敢不局。（《小雅·正月》）

毛传：局，曲也。

"局"，上古音声母为群母，韵部属屋部。《说文·口部》："局，促也。从口在尺下，复局之。一曰：博，所以行棋。象形。"许慎说形义错。"局"本义是人弯曲身子。从尸，从句，句亦声。"局"由"句"孳乳。《说文·句部》："句，曲也。从口，丩声。""句"的语源是"丂"，"丂"是拐杖。"曲"，上古音声母为溪母，韵部属屋部。《说文·曲部》："曲，象器曲受物之形。或说曲，蚕簿也。凡曲之属皆从曲。"高鸿缙认为，《说文》"曲、凵、去"三字实一字，凵加盖形大（非大字）作去，而去又假以代迲（此去来之去本字，从辵去声，只见于古钵），于是加竹为意符于去之上，作筡。《说文》又有谷字，解曰："谷，口上阿也。从口，上象其理。唡，谷或如此。臄，或从肉，从豦。"林义光以为与去当亦同字。今按林说是也，《说文》字误赘，当删。口上阿应以唡为正字。[1]高说是。"丂""凵"形似。由此，"局""曲"音近义通，同源。

79. 仇仇　执我仇仇，亦不我力。（《小雅·正月》）

毛传：仇仇，犹謷謷也。

"仇"，上古音声母为群母，韵部属幽部。《说文·人部》："仇，雠也。从人，九声。"许慎以"雠"解"仇"，为义训，二字非同源。所解亦非本义，"仇"从"九"孳乳，"九"有高远义，"仇"的本义是远方的人，远方的人相好，谓之"仇"。《说文·九部》："九，阳之变也。象其屈曲究尽之形。"许慎说非本义。"九""屈""曲"同源。丁山《数名古谊》认为"九"是"肘"的象形字，假为数名。[2] 非是，当为"尻"的初文，指事字。语源是"丂"，"丂"呈"凹"形，"尻"为"凹"

---

① 高鸿缙编：《中国字例》，台北：三民书局1960年版，第166页。
② 转引自季旭升撰《说文新证》，台北：艺文印书馆2014年版，第953页。

沟,密合无间。九,见母,幽部。"九"是见母字,牙音,"肘"是知母,舌音,二字声母不类,不得同源。"九""尻"古今字,"九"为指事字,所从"乙"像动物尾巴,"丿"指示尻之所在,"尻"为形声字,所从"尸"为躺着的人,"九"即"尻"在其后。"尻",上古音声母为溪母,韵部属幽部。《说文·尸部》:"尻,𦣞也。从尸,九声。""尻"是"九"的加旁字,本义是臀沟,许慎解为"𦣞"不够确切,邻近相释,"尻""𦣞"离得近。"嗸",上古音声母为疑母,韵部属宵部。《说文·言部》:"嗸,不肖人也。从言,敖声。一曰:哭不止,悲声嗸嗸。""嗸"由"敖"孳乳。《说文·放部》:"敖,出游也。从放,从出。""敖"是会意兼形声字,从古文字看,左边所从像长发之人,"攴"为手持拐杖,整体会挂着拐杖出游意。语源是"高",高、远义通。《庄子·德充符》:"嗸乎大哉,独成其天。"[1]"嗸"通假为"高",二字同源。《吕氏春秋·怀宠》:"嗸丑先王,排訾旧典。"[2]"仇""嗸"二字义通音近,同源。

80. 窘 终其永怀,又窘阴雨。(《小雅·正月》)

毛传:窘,困也。

"窘",上古音声母为群母,韵部属文部。《说文·穴部》:"窘,迫也。从穴,君声。""窘"由"君"孳乳。"君",上古音声母见母,韵部属文部。《说文·口部》:"君,尊也。从尹。发号,故从口。"语源是"圆"。"困"的上古音声母为溪母,韵部属文部。《说文·口部》:"困,故庐也。从木在口中。""困"的语源也是"圆"。"窘""困"音近义通,同源。

81. 将 载输尔载,将伯助予。(《小雅·正月》)

毛传:将,请。

"将",上古音声母为精纽,韵部属阳部。《说文·寸部》:"将,帅也。从寸,酱省声。"许慎说非本义。"将"的本义是献肉以祭。语源是"尚"。本读舌音,音变为齿音。王子杨释出甲骨文的"将"字,为双手奉肉之形,会持肉以祭意。[3]"请",上古音声母为清母,韵部属耕部。

① (清)郭庆藩撰,王孝鱼点校:《庄子集释》,中华书局2012年第3版,第222页。

② 许维遹撰,梁运华整理:《吕氏春秋集释》,中华书局2009年版,第172页。

③ 王子杨:《释甲骨金文中的"将"——兼说古文字"将"之流变》,载清华大学出土文献研究与保护中心编《出土文献》2013年第4辑,第115—120页。

《说文·言部》："请，谒也。从言，青声。""请"的本义是用语言表达和女性发生关系。"请"由"青"孳乳。《说文·青部》："青，东方色也。木生火，从生、丹。丹青之信言象然。凡青之属皆从青。""生"亦声。东汉刘熙《释名·释采帛》："青，生也，象物之生时色也。"① 刘说是，"青""生"同源。"青"由"生"孳乳。《说文·生部》："生，进也。象草木生出土上，凡生之属皆从生。""生"的语源是"上"。"上""尚"同源。由此，"将""请"音近义通，同源。

82. 云　洽比其邻，昏姻孔云。(《小雅·正月》)

毛传：云，旋也。

云，上古音声母为匣母，韵部属文部。《说文·云部》："云，山川气也。从雨，云象回转之形。凡云之属皆从云。云，古文省雨。"繁体的"雲"由"云"加"雨"而来，"云"甲骨文中有之。"云"的语源是"圆"。"旋"，上古音声母为邪纽，韵部属元部。《说文·㫃部》："旋，周旋，旌旗之指麾也。从㫃，从疋。疋，足也。""旋"的声母本为牙喉音，音变读入齿音。"旋"的语源也是"圆"。段玉裁注："旗有所乡，必运转其杠，是曰周旋。"② "旋""运"同源。由此，"云""旋"音近义通，同源。

83. 哿　哿矣富人，哀此惸独！(《小雅·正月》)

毛传：哿，可也。

哿矣能言，巧言如流。(《小雅·雨无正》)

毛传：哿，可也。

"哿"，上古音声母为见母，韵部属歌部。《说文·可部》："哿，可也。从可，加声。《诗》曰：'哿矣富人。'"许慎对"哿"的说解袭自毛诗传。"哿"是个双声字，可看作由"加"孳乳。《说文·力部》："加，语相加也。从力，从口。""加"的语源是"何"，"何"的本义是负荷，用话语鼓励有所负荷谓之"加"。"何"由"可"孳乳。"可"，上古音声

① （东汉）刘熙撰，（清）毕沅疏证，王先谦补，祝敏彻、孙玉文点校：《释名疏证补》，中华书局 2008 年版，第 147 页。
② （东汉）许慎撰，（清）段玉裁注：《说文解字注》，上海古籍出版社 1988 年版，第 311 页。

母为溪母，韵部属歌部。《说文·可部》："可，肎也。从口、丂，丂亦声。""可"由"丂"孳乳，"丂"上古音韵部属幽部，"可"属歌部，造字时这两个韵部为同一韵部，后来分化。"可"的本义是适可，由木材适合作斧头手柄引申而来。所从"口"是有意义的，表示主观认定。由此可知，"哿""可"音近义通，同源。

84. 云　伊谁云从，维暴之云。(《小雅·何人斯》)

毛传：云，言也。

"云"，上古音声母为匣母，韵部属文部。"云"是《说文·雲部》"雲"的古文。"云"甲骨文中有之，象云回旋之形。"云"的语源是"圆"。"言"，上古音声母为疑母，韵部属元部。《说文·言部》："言，直言曰言，论难曰语。从口，辛声。""言"是象形字，象口及说话气出之形。气如云气回旋，"言"的语源是"圆"。"云""言"音近义通，同源。

85. 易　尔还而入，我心易也。(《小雅·何人斯》)

毛传：易，说。

"易"的本义如前文所说，为倒酒，给对方倒酒，则引申为和易，平易。《说文·言部》："说，说释也。"段玉裁注："说释，即悦怿。""说"由"兑"孳乳。《说文·儿部》："兑，说也。"林义光《文源》认为，"兑"即"悦"之本字，从人、口、八，八，分也，人笑故口分开。[1] 其说可从。"易"上古音声母为以母，韵部为锡部；"兑"的上古音声母为定母，韵部为月部；"说"上古声母为以母，韵部为月部。三字义相同，声韵相近，同源。

86. 获　有冽氿泉，无浸获薪。(《小雅·大东》)

毛传：获，艾也。

"获"，上古音声母为匣母，韵部属铎部。《说文·禾部》："获，刈谷也。从禾，蒦声。""获"的繁体形式有两个，"穫"由"獲"派生，而不是"獲"由"穫"派生，这反映了由捕猎演进到农业时代的历史真实。"获"的语源是"高"。"高"的语源是"河"。"艾"，上古音声母为疑母，韵部属月部。《说文·艸部》："艾，冰台也。从艸，乂声。"

---

① 林义光，林志强标点：《文源：标点本》，上海古籍出版社2017年版，第193页。

"艾"是"乂"的对象，由"乂"孳乳，一种药草，可用于针灸。《说文·丿部》："乂，芟草也。从丿、乀相交。刈，乂或从刀。""乂"为合体象形，是一个整体，不可分析，许慎立为丿部，非是，当别立乂部。"乂"的语源是"河"。"获""艾"音近义通，同源。

87. 跂　跂彼织女，终日七襄。（《小雅·大东》）

毛传：跂，隅貌。

"跂"，上古音声母为溪母，韵部属支部。《说文·足部》："跂，足多指也。从足，支声。""跂"字群母，牙喉音，"支"字章母，舌音，支非声。会意字。"跂"的语源是"河"，黄河河道曲折。"隅"，上古音声母为疑母，韵部属侯部。《说文·阜部》："隅，陬也。从阜，禺声。""隅"由"禺"孳乳。《说文·禺部》："禺，母猴属，头似鬼。""禺"的语源是"高"。"高"的语源也是"河"。"跂""隅"音近义通，同源。

88. 挹　维北有斗，不可以挹酒浆。（《小雅·大东》）

毛传：挹，斟也。

"挹"，上古音声母为影母，韵部属缉部。《说文·手部》："挹，抒也。从手，邑声。""挹"由"邑"孳乳。《说文·邑部》："邑，国也。从口；先王之制，尊卑有大小，从卪。""邑""国"同源字，均由口孳乳，口读如国，而不读如围。邑、国都是封闭区域，语源是"果"。"斟"，上古音声母为见母，韵部属鱼部。《说文·斗部》："斟，挹也。从斗，声。""斟"的语源也是"果"。"挹""斟"音近义通，同源。

89. 翕　维南有箕，载翕其舌。（《小雅·大东》）

毛传：翕，合也。

"翕"，上古音声母为晓母，韵部属缉部。《说文·羽部》："翕，起也。从羽，合声。"《诗经·小雅·大东》："维南有箕，载翕其舌。"毛传："翕，合也。"《尔雅·释诂》："翕，合也。"[①]"翕"由"合"孳乳，鸟起飞时，先把翅膀合上，再飞起来。"合"，上古音声母为匣母，韵部属缉部。《说文·亼部》："合，合口也。从亼、口。"许慎释形错误，"合"是象形字，象盖器上下相合之形。"翕""合"音近义通，

---

① （清）郝懿行撰，王其和、吴庆峰、张金霞点校：《尔雅义疏》，中华书局 2017 年版，第 47 页。

同源。

90. 杞　山有蕨薇，隰有杞桋。(《小雅·四月》)

毛传：杞，枸檵也。

"杞"，上古音声母为溪母，韵部属之部。《说文·木部》："杞，枸杞也。从木，己声。""杞"由"己"孳乳。《说文·己部》："己，中宫也。象万物辟藏诎形也。己承戊，象人腹。"许慎解说非本义。"己"像跪着的人，语源是"久"，跪是古人的坐姿，那时没有发明坐具，这个姿势可以持久。"己"是跪着的人，身体弯曲，"杞"为物枝条弯曲。"枸杞"同义连文，都是弯曲义，许慎以双音词解单音词。"檵"，上古声母为见母，韵部属锡部。《说文·木部》："檵，枸杞也。从木，继省声。一曰：监木也。""檵"由"鑙"孳乳，"鑙"是会意字，会以刀断丝意，语源是"圭"，"圭"可以切割。"檵"之为木，有刺。由以上，"杞""檵"音近义通，同源。

91. 叫　或不知叫号，或惨惨劬劳。(《小雅·北山》)

毛传：叫，呼。

"叫"，上古音声母为见母，韵部属宵部。《说文·口部》："叫，嘑也。从口，丩声。"许慎对"叫"本义的说解袭自毛诗传。"叫"由"丩"孳乳。《说文·丩部》："丩，相纠缭也。一曰：瓜瓠结丩起。凡丩之属皆从丩。""丩"的语源是"高"，相纠缭则高。"丩""纠"古今字，"丩"象形，"纠"形声，"丩"孳乳为"纠"，亦孳乳为"叫"，拉长声音谓之"叫"。"呼"，上古音声母为晓母，韵部属鱼部。《说文·口部》："呼，外息也。从口，乎声。""呼"由"乎"孳乳。《说文·兮部》："乎，语之余也。从兮，象声上越扬之形也。"从甲骨文看，"乎""兮"均从"丂"声，"乎"上有三画，"兮"上有二画，都象气出之形，由此知"丂""乎""兮"三字同源。"乎"的韵部属鱼部，"兮"韵部属歌部，"丂"属幽部，造字时这三个韵部为同一韵部，后来分化。"丂"，上古音声母为溪母，韵部属幽部。《说文·丂部》："丂，气欲舒出上碍于一也。丂，古文以为亏字。又以为巧字。凡丂之属皆从丂。""丂"的本义是拐杖，上头弯，便于手握。"丂""高"同源。"叫""呼"义通音近，二字同源。

92. 颎　无思百忧，不出于颎。(《小雅·无将大车》)

毛传：颎，光也。

"颎"，上古音声母为见母，韵部属耕部。《说文·火部》："颎，火光也。从火，顷声。"许慎之说来自毛诗传。"颎"由"顷"孳乳。顷，溪母，耕部。《说文·匕部》："顷，头不正也。从匕，从页。""顷"的语源是江。"光"，上古音声母为见母，韵部属阳部。《说文·火部》："光，明也。从火在人上，光明意也。""光"的语源是"江"。"颎""光"二字音近义通，同源。

93. 蹙　曷云其还？政事愈蹙。(《小雅·小明》)

毛传：蹙，促也。

"蹙"，上古音声母为精母，韵部属觉部。《说文·足部》："蹙，迫也。从足，戚声。""蹙"是个双声字。"促"，上古音声母为清母，韵部属屋部。《说文·人部》："促，迫也。从人，足声。""促"由"足"孳乳。《说文·足部》："足，人之足也，在体下。从止、口。凡足之属皆从足。""足"的语源是"止"，人的五个脚趾挤在一起。"蹙""促"音近义通，同源。

94. 写　我觏之子，我心写兮。(《小雅·裳裳者华》)

毛传：输写其心也。

"写"，上古音声母心母，韵部属鱼部。《说文·宀部》："写，置物也。从宀，舄声。""写"是会意兼形声字，由"舄"孳乳。舄，上古音声母为清母，韵部属铎部。《说文·乌部》："舄，䧿也。""舄""䧿"同字，只是造字方法不同，前者象形，后者形声。"写"从宀，从舄，会喜鹊把食物衔来卸下放置意。"写""置"同源。"输"，上古音声母为书母，韵部属侯部。《说文·车部》："输，委输也。从车，俞声。""输"由"俞"孳乳。《说文·舟部》："俞，空中木为舟也。从亼，从舟，从刂。刂，水也。"西周金文从舟，余声。"俞""舟""余"同源。"俞"的本义是舟在水中行到远处，从舟，从水，舟亦声。"俞"的语源是"矢"，"矢"由近射到远处。"俞"是用水运，"输"是用车运。由此，"寫""输"音近义通，同源。

95. 旷　匪兕匪虎，率彼旷野。(《小雅·何草不黄》)

毛传：旷，空也。

"旷"，上古音声母为溪母，韵部属阳部。《说文·日部》："旷，明也。从日，广声。""旷"由"广"孳乳。《说文·广部》："广，殿之大屋也。从广，黄声。"广"由"黄"孳乳。"黄"，匣母，阳部。《说文·黄部》："黄，地之色也。从田，炗声。炗，古文光。"许慎对"黄"字形结构的分析不一定对。关于"黄"的本义，郭沫若依据其甲骨文字形，说它"像佩玉"，"其本义为佩玉名，即'璜'之本字。"① 郭说是。"黄"的语源是"虹"，而"虹"的得名源于"杠"，所以宽大足以容得下长杠的殿谓之广。"空"，上古音声母为溪母，韵部属东部。《说文·穴部》："空，窍也。从穴，工声。""空"由"工"孳乳。《说文·工部》："工，象人有规矩也。与巫同意。"许说非是。"工"是"杠"的古文，本义是独木桥，是个象形字，上下两横是河岸，中间一竖是桥。"工""杠"古今字，即独木桥。因独木桥是直的，像长江，"工"的语源是"江"。《孟子·离娄下》："岁十一月，徒杠成。"② "杠"指小桥，以直得名。江水冲开的孔穴谓之"空"。"旷""空"音近义通，同源。

96. 忱　天难忱斯，不易维王。（《大雅·大明》）

毛传：忱，信也。

《说文·心部》："忱，诚也。从心，尤声。""忱"由"尤"孳乳。尤，以母，侵部。《说文·冂部》："尤，淫淫行貌。从人出冂。""尤"是"枕"的初文，像人置首于冂上，"冂"是枕头的象形。"尤"本义是枕头。许慎说字形错。"尤"的语源是"申"，"申"有长义，人躺下睡觉时间长。"尤"与"天""参"同源，"天""参"是人头，在人身体最高处。长时间专注于某事，谓之"忱"。"尤""淫"同源。《尚书·汤诰》："尚克时忱，乃亦有终。"③ "忱"，上古音声母为禅母，韵部属侵部。"信"是会意字，人说话算数，长时间遵守。"信"，上古音声母为心母，韵部为真部。"信"语源是"申"，本为舌音，音变读入齿音。"忱""信"义同音近，为同源字。

97. 回　厥德不回，以受方国。（《大雅·大明》）

毛传：回，违也。

① 郭沫若：《金文丛考》，人民出版社1954年版，第174—186页。

② （东汉）赵岐注，（宋）孙奭疏，廖名春、刘佑平整理：《孟子注疏》，北京大学出版社2000年版，第253页。

③ （西汉）孔安国传，（唐）孔颖达正义，黄怀信整理：《尚书正义》，上海古籍出版社2007年版，第299页。

"回",上古音声母为匣母,韵部属微部。《说文·口部》:"回,转也。""违",匣母,微部。《说文·辵部》:"违,离也。从辵,韦声。""违"由"韦"孳乳。《说文·韦部》:"韦,相背也。从舛,口声。兽皮之韦,可以束枉戾相韦背,故借以为皮韦。凡韦之属皆从韦。""韦"由"囗"孳乳。囗,匣母,微部。《说文·囗部》:"囗,回也。象回匝之形。""囗""回"同源。"回""违"音近义通,同源。

98. 集 天监在下,有命既集。(《大雅·大明》)

毛传:集,就。

"集",上古音声母为从母,韵部属缉部。《说文·雥部》:"集,群鸟在木上也。从雥、木。集,雧或省。""雥"亦声。"集"的字音是对群鸟集聚于树上发出声音的模拟,是个拟声字。"集"由"雥"孳乳。《说文·雥部》:"雥,群鸟也。从三隹。凡雥之属皆从雥。""就",上古音声母为从母,韵部属觉部。《说文·京部》:"就,就高也。从京、尤。尤,异于凡也。""就"的语源是"集"。"集""就"音近义通,同源。

99. 会 肆伐大商,会朝清明。(《大雅·大明》)

毛传:会,甲也。不崇朝而天下清明。

毛传以"甲"解"会"。"会",上古音声母匣母,韵部属月部。《说文·亼部》:"会,合也。从亼,从曾省。曾,益也。凡会之属皆从会。""会"的语源是"果"。"甲",上古音声母为见母,韵部属叶部。《说文·甲部》:"东方之孟,阳气萌动。从木戴孚甲之象。一曰:人头空为甲,甲象人头。"许慎对字形的解说正确,"甲"的本义是草木萌芽时的外壳。甲骨文作"十",林义光《文源》说:"按古作十,不象人头,甲者皮开裂也,十象其裂纹。"[①]"甲"的语源也是"果","果""甲"均为圆形,"甲"是"果"外面的一层。在甲骨文中"甲"写作"十",象果实种子外皮开裂形,后来连外皮写上,就成了"甲"。"会""甲"音近义通,同源。

100. 古 古公亶父,来朝走马。率西水浒,至于岐下。(《大雅·绵》)

毛传:古公,豳公也。古,言久也。

毛传以"久"解"古"。"古",上古音声母为见母,韵部属鱼部。

---

① 林义光:《文源》,中西书局 2012 年版,第 140 页。

《说文·古部》："古，故也。从十、口，识前言也。"许慎说非本义，
"古"为独体字，解说字形割裂成"十、口"是错误的。字形像陶壶，
"壶""古"繁简字。语源是"果"，壶和果一样是圆形的。"古"在甲骨
文中有之，是"壶"的古字。就字形来说，下面的"口"为酒壶本身，
上面的"十"是带把儿的壶盖。"久"，上古音声母为见母，韵部属之部。
《说文·久部》："久，从后灸之也。象人两胫后有距也。《周礼》曰：
'久诸墙以观其桡。'""久""灸"古今字，"久"象在人体艾灸之形，艾
灸所历时间必长，始能见效，久的语源是古。"古""久"音近义通，
同源。

101. 浒　古公亶父，来朝走马。率西水浒，至于岐下。（《大雅·
绵》）

毛传：浒，水厓也。

"浒"，上古音声母为晓母，韵部属鱼部。《说文·水部》失收。可分
析为从水，许声。有"汻"，《说文·水部》："汻，水厓也。从水，午
声。""汻"由"午"孳乳。据本书研究，"午"的本义是马嚼子，有交
叉义。"汻"的本义是水流弯曲处，词义扩大为水边。在"许"字造出
后，"汻"繁化作"浒"。《尔雅·释丘》："岸上，浒。""厓"，上古音
声母为疑母，韵部属支部。《说文·厂部》："厓，山边也。从厂，圭声。"
"厓"由"圭"孳乳。"圭"，上古音声母为见母，韵部属支部。《说文·
土部》："圭，瑞玉也，上圜下方。公执桓圭，九寸；侯执信圭，伯执躬
圭，皆七寸；子执谷璧，男执蒲璧，皆五寸。以封诸侯。从重土。楚爵
有执圭。"从出土实物看，"圭"上尖下方，以尖头得名。"浒""厓"义
通音近，同源。

102. 配　天立厥配，受命既固。（《大雅·皇矣》）

毛传：配，媲也。

"配"，上古音声母为滂母，韵部属物部。《说文·酉部》："配，酒
色也。从酉，己声。"段玉裁注："己非声也，当本是妃省声，故假为妃
字，又别其音。"《王力古汉语字典》认同段说，云："段玉裁是对的。
'己声'音义都难通。"[1] 段、王之说是。"配"的语源是"巴"。"媲"，

---

① 王力主编：《王力古汉语字典》，中华书局 2000 年版，第 1490 页。

上古音声母为滂母，韵部属脂部。《说文·女部》："媲，妃也。从女，
毗声。""媲"由"毗"孳乳。《说文·囟部》："毗，人脐也。从囟，比
声。"与母体连接，相比，由"比"孳乳。《说文》："比，密也。二人为
从，反从为比。凡比之属皆从比。""比"的语源也是"巴"。"配""媲"
音近义通，同源。

103. 兑　帝省其山，柞棫斯拔，松柏斯兑。(《大雅·皇矣》)

毛传：兑，易直也。

毛传用"易"解"兑"。"兑"，上古音声母为定母，韵部属月部。
《说文·儿部》："兑，说也。从儿，㕣声。""兑"不是形声字，是个象
形字，画了一个开口笑的人，突出了口，口上有两道笑时的纹路。"兑"
的语源是"队"，"队"是原始人捕猎大型动物的一种方法，就是把它们
赶到悬崖边，无处可走，掉下去摔死，这对原始人来说是获得了成功，
他们就"兑"。"易"，上古音声母为以母，韵部属锡部。《说文·易部》：
"易，蜥易，蜒蜓，守宫也。象形。《秘书说》曰：'日月为易，象阴阳
也。'一曰：从勿。""易"见于甲骨文，本义是将容器中低熔点的锡注入
模具，铸造新器皿。语源也是"队"。则"兑""易"音近义通，同源。

104. 怀　帝谓文王，予怀明德。(《大雅·皇矣》)

毛传：怀，归也。

"怀"，上古音声母为匣母，韵部属微部。《说文·心部》："怀，念
思也。从心，从褱，褱亦声。""怀"由"褱"孳乳。《说文·衣部》：
"褱，夹也。从衣，眔声。"当为"衣"声。语源是"口"。"眔"非声，
"眔"上古音为舌音，"褱"上古音声母为牙喉音，二字声类不同。"褱"
是会意字，从"眔"，"眔""涕"古今字，有掉落义，夹物于衣以防掉
落谓之"褱"。"归"，上古音声母为见母，韵部属微部。《说文·止部》：
"归，女嫁也。从止，从妇省，声。"非声，"归"是会意字，语源也是
"口"。"怀""归"音近义通，同源。

105. 墉　以尔钩援，与尔临冲，以伐崇墉。(《大雅·皇矣》)

毛传：墉，城也。

"墉"，上古音声母为以母，韵部属东部。《说文·土部》："墉，城
垣也。从土，庸声。"许慎说来自毛诗传。"墉"由"庸"孳乳。《说
文·用部》："庸，用也。从用、庚。庚，更事也。《易》曰：先庚三

日。"许慎说非"庸"本义,解形也错。庸是一种乐器,象形,字音象鼓钟之声,即后来的"镛"。"城",上古音声母为禅母,韵部属耕部。《说文·土部》:"城,以盛民也。从土、成。""城"由"成"孳乳。《说文·戊部》:"成,就也。从戊,丁声。"黄天树认为,甲骨文"成"字从"口"(城)从"戊",表示以"戊"(武器)卫"口"(城)。则"成"的本义为城,所从之"戊"为提示符。黄先生举了"在兹逸成"(《合集》27465)的辞例,说"逸"是地名,"逸成"读为"逸城"。①黄德宽也认为甲骨文的"成"从戊(象斧形),从丁(象城邑形),会城邑与军械之意,城之初文。"丁""成""城"一字之分化,丁亦声。② 甚新颖。本书认为三字的字音都从夯筑城墙之声而来。"墉""城"音近义通,同源。

106. 馘　执讯连连,攸馘安安。(《大雅·皇矣》)

毛传:馘,获也。

"馘",上古音声母为见母,韵部属职部。《说文·耳部》:"聝,军战断耳也。《春秋传》曰:'以为俘聝。'从耳,或声。馘,聝或从首。""聝"由"或"孳乳。"或",上古音声母为匣母,韵部属职部。《说文·戈部》:"或,邦也。从口、戈以守其一。一,地也。域,或或从土。""或"的语源是"果"。"获",上古音声母为匣母,韵部属铎部。《说文·犬部》:"获,猎所获也。从犬,蒦声。""获"由"蒦"孳乳。《说文·萑部》:"蒦,鸱属。彠,蒦或从寻。""蒦"的语源也是"果"。"馘""获"音近义通,同源。

107. 圪　临冲茀茀,崇墉圪圪。(《大雅·皇矣》)

毛传:圪圪,高大也。

毛传用"高大"解"圪圪"。"圪",上古音声母为疑母,韵部属物部。《说文·土部》:"圪,墙高也。从土,气声。"许慎说来自毛诗传。"圪"由"气"孳乳,云气飘浮在空中,为物高,则"圪"为墙高。"气",溪母,物部。《说文·气部》:"气,云气也。象形。""气"的语

---

① 黄天树:《甲骨卜辞中关于商代城邑的史料》,《黄天树甲骨金文论集》,学苑出版社2014年版,第220—221页。

② 黄德宽主编:《古文字谱系疏证》,商务印书馆2007年版,第2166页。

源是"高"。"高"，上古音声母为见母，韵部属宵部。《说文·高部》："高，崇也。象台观高之形。从冂、口。与仓舍同意。凡高之属皆从高。""圪""高"音近义通，同源。

108. 囿　王在灵囿，麀鹿攸伏。(《大雅·灵台》)

毛传：囿，所以域养鸟兽也。

毛以"域"解"囿"。"囿"，上古音声母为匣母，韵部属之部。《说文·口部》："囿，苑有垣也。从口，有声。一曰：禽兽曰囿。""囿"由"有"孳乳。《说文·有部》："有，不宜有也。《春秋传》曰：'日月有食之。'从月，又声。"看古文字，当分析为从又持肉，又亦声。"有"由"又"孳乳。《说文·又部》："又，手也。象形。三指者，手之列多，略不过三也。""又"的语源是"耦"，左手、右手相耦。"域"，上古音声母为匣母，韵部属职部。《说文·戈部》："或，邦也。从口、戈以守其一。一，地也。域，或或从土。"语源是"果"。"囿""域"音近义通，同源。

109. 匹　筑城伊淢，作丰伊匹。(《大雅·文王有声》)

毛传：匹，配也。

"匹"，上古音声母为滂母，韵部属质部。《说文·匚部》："匹，四丈也。从匚、八。八揲一匹。八亦声。"关于"匹"的字形，约斋（傅东华）说："这是布匹的匹，就是布帛折叠起来的名称。试拿一块布连续地折叠三次，它的边上就成了匹的模样，里外有四条曲线。"[①]《字源》说形甚新颖。"匹"由"八"孳乳。"八"，上古音声母为帮母，韵部属物部。《说文·八部》："八，别也，象分别相背之形。""八"的语源是"巴"。"配"，上古音声母为滂母，韵部属物部。《说文·酉部》："配，酒色也。从酉，己声。""己"非声。"配"的语源也是"巴"。"匹""配"音近义通，同源。

110. 仕　丰水有芑，武王岂不仕？(《大雅·文王有声》)

毛传：仕，事。

"仕"，上古音声母为崇母，韵部属之部。《说文·人部》："仕，学也。从人，从士。""士"亦声。"仕"由"士"孳乳。《说文·士部》："士，事也。数始于一，终于十。从一，从十。孔子曰：'推十合一为

① 约斋编著：《字源》，上海书店1986年版，第156页。

士.'凡士之属皆从士。""士"的语源是"且"。"事",上古音声母为崇母,韵部属之部。《说文·史部》:"事,职也。从史,之省声。""事"由"史"孳乳。"史"的语源也是"且"。"仕""事"音近义通,同源。

111. 腓　诞置之隘巷,牛羊腓字之。(《大雅·生民》)

毛传:腓,辟。

"腓",上古音声母为并母,韵部属微部。《说文·肉部》:"腓,胫端也。从肉,非声。"人有两腓,"腓"的语源是"比"。"腓"由"非"孳乳。《说文·非部》:"非,违也。从飞下肢,取其相背。凡非之属皆从非。"许慎释形是。"非"的语源是"巴"。"辟",上古音声母为并母,韵部属锡部。《说文·辟部》:"辟,法也。从卩,从辛,节制其罪也;从口,用法者也。""辟""劈"古今字。"辟"的甲骨文字形,"卩"为人体,"辛"为刀,"口"是从人身上剐下的肉块。"辟"的语源是"巴"。"腓""辟"音近义通,同源。

112. 茂　荐厥丰草,种之黄茂。(《大雅·生民》)

毛传:茂,美也。

"茂",上古音声母为明母,韵部属幽部。《说文·艹部》:"茂,艹丰盛。从艹,戊声。""茂"由"戊"孳乳。"戊",上古音声母为明母,韵部属幽部。《说文·戊部》:"戊,中宫也。象六甲五龙相拘绞也。戊承丁,象人胁。""戊"见于甲骨文,是斧形武器。"戊"的语源是"巴",因其可把持。王宁认为"戊"是古文"矛"的省体。[1]"戊"是否是古文"矛"的省体,本书既不敢肯定,也不能否定,但"戊""矛"二字肯定同源。"美",上古音声母为明母,韵部属脂部。《说文·羊部》:"美,甘也。从羊、大。羊在六畜祝给膳也。美与善同意。"张标说:"表意偏旁羊为羊角或羽饰类,大像正面站立之人形,二者结合会美饰之意。此字商代甲骨文已经出现,繁者人体上部毛角羽饰较多,简者弯垂羊角而已。"[2]张说是。"美""眉"同源,眉毛两个,羊角也是一双,成对为

---

① 王宁:《干支字形义释》,陆宗达、王宁《训诂与训诂学》,山西教育出版社1994年版,第199页。

② 李学勤主编:《字源》(上),天津古籍出版社、辽宁人民出版社2012年版,第321页。

美，这就是造字时代美的观念。"美"的语源是"比"。"比"的语源也是"巴"。则"茂""美"音近义通，同源。

113. 秀　实发实秀。（《大雅·生民》）

毛传：不荣而实曰秀。

毛传以"实"解"秀"。"秀"，上古音声母为心母，韵部属幽部。《说文·禾部》："秀，上讳。"徐锴系传："禾实也。有实之象下垂也。汉光武帝讳，故许慎阙而不书也。"① "秀"语源是"首"。"首"上古音声母为书母，韵部属幽部。"首"的语源是"石"。"秀"的声母本为舌音书母，音变读入齿音心母。"实"，上古音声母为船母，韵部属质部。《说文·宀部》："实，富也。从宀，从贯。贯，货贝也。""实"是会意字，语源是"至"。"至"的语源也是"石"。"秀""实"音近义通，同源。

114. 秠　诞降嘉种，维秬维秠，维穈维芑。（《大雅·生民》）

毛传：秠，一稃二米也。

毛传用"稃"解"秠"。"秠"，上古音声母为滂母，韵部属之部。《说文·禾部》："秠，一稃二米。从禾，丕声。《诗》曰：'诞降嘉种，惟秬惟秠。'天赐后稷之嘉谷也。"许说来自毛诗传。"秠"由"丕"孳乳。《说文·一部》："丕，大也。从一，不声。"南宋郑樵《通志二十略·六书略第一》云："丕，从不，不音跗。象花之不萼敷披于地上之形。"② "丕"由"不"孳乳。不，帮母，之部。《说文·不部》："不，鸟飞上翔不下来。""不"是象形字，象野菜的叶子被采摘剩下根部之形。野菜的食用部分被摘取，对于野菜来说，叶子不再存在，没有了，所以引申出否定义。许说本义误。"不"的语源是"巴"。"稃"，上古音声母为敷母，韵部属幽部。《说文·禾部》："稃，（禾会）也。从禾，会声。（米付），或从米，付声。""稃"由"孚"孳乳。《说文·爪部》："孚，卵孚也。""孚"的语源也是"巴"。"秠""稃"音近义通，同源。

---

① （南唐）徐锴撰：《说文解字系传：附音序、笔画、四角号码检字》，中华书局 2017 年第 2 版，第 143 页。

② （南宋）郑樵撰，王树民点校：《通志二十略》，中华书局 1995 年版，第 236 页。

115. 释　诞我祀如何？或舂或揄，或簸或蹂。释之叟叟，烝之浮浮。（《大雅·生民》）

毛传：释，淅米也。

毛传用"淅"解"释"。"释"，上古音声母为书母，韵部属铎部。《说文·采部》："释，解也。从采。采，取其分别物也。从睪声。""淅"，上古音声母为心母，韵部属锡部。《说文·水部》："淅，汰米也。从水，析声。""淅""汰"同源。"淅"由"析"孳乳。《说文·木部》："析，破木也。从木、斤。""析"是会意字。

116. 揄　诞我祀如何？或舂或揄，或簸或蹂。释之叟叟，烝之浮浮。（《大雅·生民》）

毛传：揄，抒臼也。

毛传以"抒"解"揄"。"揄"，上古音声母为以母，韵部属侯部。《说文·手部》："揄，引也。从手，俞声。""揄"由"俞"孳乳。《说文·舟部》："俞，空中木为舟也。从亼，从舟，从刂。刂，水也。"西周金文"俞"从舟，余声。"俞"的本义是舟在水中行到远处，从舟，从水，舟亦声。"俞"的语源是"之"，"之"是由此及彼。"抒"，上古音声母为船母，韵部属鱼部。《说文·手部》："抒，挹也。从手，予声。""抒"由"予"孳乳。"予"，上古韵声母为以母，韵部属鱼部。《说文·予部》："予，推予也。象推予之形。凡予之属皆从予。""予"的语源也是"之"。则"揄""抒"音近义通，同源。

117. 舟　何以舟之？维玉及瑶，鞞琫容刀。（《大雅·公刘》）

毛传：舟，带也。

"舟"，上古音声母为章母，韵部属幽部。《说文·舟部》："舟，船也。古者共鼓货狄刳木为舟，剡木为楫，以济不通。象形。""舟"的语源是"殳"。"殳"的语源是"帝"。"带"，上古音声母为端母，韵部属月部。《说文·巾部》："带，绅也。男子鞶带，妇人带丝。象系佩之形。佩必有巾，从重巾。""带"的语源是"蒂"，蒂是连接枝条和果实的部分，带是系佩于人身的条形物。"蒂"由"帝"孳乳。则"舟""带"音近义通，同源。

118. 濯　泂酌彼行潦，挹彼注兹，可以濯罍。（《大雅·泂酌》）

毛传：濯，涤也。

"濯"，上古音声母为定母，韵部属药部。《说文·水部》："濯，也。从水，翟声。""濯"由"翟"孳乳。《说文·羽部》："翟，山雉尾长者。从羽，从隹。""隹"亦声。"隹"的语源是"矢"，因为隹是用矢射下来的。"涤"，上古音声母为定母，韵部属觉部。《说文·水部》："涤，洒也。从水，条声。""涤"由"条"孳乳。《说文·木部》："条，小枝也。从木，攸声。""條"由"攸"孳乳。《说文·攴部》："攸，行水也。"许慎说本义非是。"攸"的甲骨文像一人手持枝条抽打另一人。"攸""矢"同源。由此，"濯""涤"音近义通，同源。

119. 逑　惠此中国，以为民逑。(《大雅·民劳》)

毛传：逑，合也。

"逑"，上古音声母为群母，韵部属幽部。《说文·辵部》："逑，敛聚也。从辵，求声。怨匹曰逑。""逑"由"求"孳乳，"求""裘"古今字。《说文·裘部》："裘，皮衣也。从衣，象形。与衰同意。求，古文裘。""求"人被衣物包裹形，其语源是"果"。"合"，上古音声母为匣母，韵部属缉部。《说文·亼部》："合，合口也。从亼、口。"许慎释形错误，"合"是象形字，象盖器上下相合之形。"合"的语源也是"果"。"逑""合"义通音近，同源。

120. 蔑　丧乱蔑资，曾莫惠我师。(《大雅·板》)

毛传：蔑，无。

"蔑"，上古音声母为明母，韵部属月部。《说文·苜部》："蔑，劳目无精也。从苜，人劳则蔑然。从戍。""蔑"由"苜"孳乳。《说文·苜部》："苜，目不正也。""苜"的语源是"闭"，目闭则无所见。"无"，上古音声母为明母，韵部属鱼部。《说文·亡部》："无，亡也。从亡，舞声。无，奇字无也。通于无者，虚无道也。王育说：天屈西北为无。""亡"为义训，"无""亡"阴阳对转。"無"是"舞"的简体，"无"是"無"的简体。"无"训"亡"，是因为人跳舞时，双手拿着道具舞动，看不见其人，因产生亡义。"蔑""無"音近义通，同源。

121. 资　丧乱蔑资，曾莫惠我师。(《大雅·板》)

毛传：资，财也。

"资"，上古音声母为精母，韵部疏脂部。《说文·贝部》："资，货也。从贝，次声。""资"由"次"孳乳。《说文·欠部》："次，不前不精也。从欠，二声。"许慎说非本义，分析形声也错。甲骨文中没有"次"字，西周金文有之，从欠，口形中部和下方各着一斜点，像叹息之状，黄德宽疑其是"咨"之初文。① "财"，上古音声母为从母，韵部属之部。《说文·贝部》："财，人所宝也。从贝，才声。""财"由"才"孳乳。《说文·才部》："才，屮木之初也。从丨上贯一将生枝叶。一，地也。""资""财"音近义通，同源。

122. 跻 老夫灌灌，小子跻跻。(《大雅·板》)

毛传：跻跻，骄貌。

"跻"，上古音声母为溪母，韵部属宵部。《说文·足部》："跻，举足行高也。从足，乔声。""跻""高"同源。重叠为"跻跻"，成为状态词。《说文·马部》："骄，马高六尺为骄。从马，乔声。《诗》曰：'我马唯骄。'""跻""骄"音同义通，同源。

123. 咨 文王曰咨，咨汝殷商！(《大雅·荡》)

毛传：咨，嗟也。

"咨"，上古音声母为精母，韵部属脂部。《说文·口部》："咨，谋事曰咨。从口，次声。""咨"由"次"孳乳。《说文·欠部》："次，不前不精也。从欠，二声。"许慎说非本义，分析形声也错。甲骨文中没有"次"字，西周金文有之，从欠，口形中部和下方各着一斜点，像叹息之状，黄德宽疑是"咨"之初文。② 其说可从，"次"是会意字，字音拟声。"二"非声，亦非字，只是表示叹息所呼气的符号。"嗟"，上古音声母为精母，韵部属歌部。《说文·口部》失收。"嗟"为叹词。"咨""嗟"音近义通，同源。

124. 对 流言以对，口嚣式内。(《大雅·荡》)

毛传：对，遂也。

"对"，上古音声母为端母，韵部属物部。《说文·丵部》："对，䧹无方也。从丵，从口，从寸。对，对或从士。汉文帝以为责对而为言，多非诚对，故去其口以从士也。"詹鄞鑫释出甲骨文的"对"字，他说："对的本义是对物雕治，所以又引申为临事、面对，又引申为对应、对

---

① 黄德宽主编：《古文字谱系疏证（三）》，商务印书馆 2007 年版，第 3066 页。

② 黄德宽主编：《古文字谱系疏证（三）》，商务印书馆 2007 年版，第 3066 页。

等、敌对、对偶，越引申越远，本义遂由锤镎雕等分化字来承担了。"①
"对"的语源是"帝"。"遂"，上古音声母为邪母，韵部属物部。《说文·辵部》："遂，亡也。从辵，㒸声。""遂"的本义是史前时期人类狩猎时把大型动物赶下悬崖摔死。语源也是"帝"。本读舌音，音变读入齿音。"对""遂"音近义通，同源。

125. 作　侯作侯祝，靡届靡究。（《大雅·荡》）

毛传：作、祝，诅也。

毛传以"诅"解"作"。"作"，上古音声母为精母，韵部属铎部。《说文·人部》："作，起也。从人，乍声。""作"由"乍"孳乳。《说文·亡部》："乍，止也。一曰：亡也。从亡，从一。"吴其昌以为量侯簋一形为"乍"的初文，字本从刀从木。②裘锡圭同意其说，认为"乍"是"柞"初文。③"乍"是会意字，从刀从木，会以刀伐木意。"乍"的语源是"且"，以刀伐木，刀刃一下一下砍击树干，正如鸟用嘴（且）啄食或啄木。"诅"，上古音声母为精母，韵部属鱼部。《说文·言部》："诅，詶也。从言，且声。""诅"由"且"孳乳。《说文·且部》："且，所以荐也。从几，足有二横。一，其下地也。凡且之属皆从且。""且"是鸟嘴的象形字，因为鸟嘴不独作"且"形，亦能发出类似"且"的声音。"作""诅"音近义通，同源。

126. 届　侯作侯祝，靡届靡究。（《大雅·荡》）

毛传：届，极。

"届"，上古音声母为见母，韵部属质部。《说文·尸部》："届，行不便也。一曰：极也。从尸，㞢声。""届"是会意兼形声字，本义是人用"㞢"运土到了筑城或其他工程的地点，用运土次数来算报酬。许慎说来自毛诗传。"届"由"㞢"孳乳。《说文·土部》："㞢，墣也。从土，一屈象形。块，㞢或从鬼。""㞢"的语源是"鬼"。"鬼"的语源是"高"。"极"，上古音声母为群母，韵部属职部。《说文·木部》："极，

①　詹鄞鑫：《释辛及与辛有关的几个字》，《华夏考——詹鄞鑫文字训诂论集》，中华书局2006年版，第192—193页。原载《中国语文》1983年第5期，第369—373页。

②　吴其昌：《殷虚书契解诂》，武汉大学出版社2008年版，第299—302页。

③　裘锡圭：《裘锡圭学术文集·甲骨文卷》，复旦大学出版社2012年版，第250页。

栋也。从木，亟声。"极"由"亟"孳乳。《说文·二部》："亟，敏疾也。从人，从口，从又，从二。二，天地也。""亟"的语源也是"高"。"届""极"音近义通，同源。

127. 义　天不湎尔以酒，不义从式。（《大雅·荡》）

毛传：义，宜也。

"义"，上古音声母为疑母，韵部属歌部。《说文·我部》："义，己之威仪也。从我，从羊。羛，墨翟书义从弗。魏郡有羛阳乡。读若锜。今属邺。本内黄北二十里乡也。""义"是形声字。从"羊""我"声，声中有义。"义"本义是以"我"杀羊祭祀。"义"的抽象义就是这样来的。"义"由"我"孳乳。《说文·我部》："我，施身自谓也。或说：我，顷顿也。从戈、禾。禾，古文垂也。一曰古文杀字。凡我之属皆从我。""我"由"戈"孳乳。"戈"，上古音声母为见母，韵部属歌部。《说文·戈部》："戈，平头戟也。从弋，一衡之。象形。凡戈之属皆从戈。""宜"，上古音声母为疑母，韵部属歌部。《说文·宀部》："宜，所安也。从宀之下，一之上。多省声。"许慎说非本义。"多"亦非声。约斋（傅东华）说："宜的本义是作下酒的菜肴，故字从且上有肉。且就是肉几。几上肉有安置的意思，故转为相宜的宜。且旁有仌是俎字。仌也是肉形，故俎、宜本是一字。"[1]"宜"的语源也是"我"。"义""宜"音近义通，同源。

128. 沛　人亦有言，颠沛之揭，枝叶未有害，本实先拨。（《大雅·荡》）

毛传：沛，拔也。

"沛"，上古音声母为滂母，韵部属月部。《说文·水部》："沛，水出辽东番汗塞外，西南入海。从水，市声。""沛"由"市"孳乳。《说文·市部》："市，屮木盛市市然。象形，八声。读若辈。""市"的语源是"巴"。"拔"，上古音声母为并母，韵部属月部。《说文·手部》："拔，擢也。从手，犮声。""拔"由"犮"孳乳。《说文·犬部》："犮，犬走貌。从犬而丿之，曳其足则剌犮也。""犮"的语源也是"巴"，"犮"像犬爬着行走的样子。由此，"沛""拔"音近义通，同源。

---

① 约斋编著：《字源》，上海书店 1986 年版，第 219—220 页。

129. 职　庶人之愚，亦职为疾。(《大雅·抑》)

毛传：职，主。

"职"，上古音声母为章母，韵部属职部。《说文·耳部》："职，记微也。从耳，戠声。""职"由"戠"孳乳。《说文·戈部》："戠，阙。从戈，从音。"日本汉学家高田忠周说："盖古职、识、樴皆当以戠为之。其心谓之志，言谓之戠，音、言同意。""又按《石鼓》炽字所从戠作（音弋），从言弋，弋所以标识之意。又戠弋古音同部。作戠者，形声兼会意。"① "戠"由"弋"孳乳，所从"戈"是"弋"之讹。"弋"，上古音声母为以母，韵部属职部。《说文·厂部》："弋，橛也。象折木邪锐者形。从，象物挂之也。""弋"的语源是"帝"。"主"，上古音声母为章母，韵部属侯部。《说文·丶部》："主，灯中火主也。王象形，从丶，丶亦声。"甲骨文像灯中有火炷的样子，是"炷"的初文。语源也是"帝"。"职""主"音近义通，同源。

130. 谟　訏谟定命，远犹辰告。(《大雅·抑》)

毛传：谟，谋。

"谟"，上古音声母为明母，韵部属鱼部。《说文·言部》："谟，议谋也。从言莫声。"许慎对"谟"的解说来自毛诗传。"谟"由"莫"孳乳。"莫"，上古音声母为明母，韵部属铎部。《说文·茻部》："莫，日且冥也。从日在茻中。茻亦声。""莫"是会意字，其语源是"闭"。"谋"，上古音声母为明母，韵部属之部。《说文·言部》："谋，虑难曰谋。从言，某声。""谋"由"某"孳乳。《说文·木部》："某，酸果也。""某"的语源是"巴"，可把持。"某"本读若"巴"，韵部属鱼部，音变入之部，为语音弱化。"闭"的语源也是"巴"。则"谟""谋"音近义通，同源。

131. 犹　訏谟定命，远犹辰告。(《大雅·抑》)

毛传：犹，道。

"犹"，上古音声母为以母，韵部属幽部。《说文·犬部》："犹，玃属。从犬，酋声。""犹"由"酋"孳乳。《说文·酉部》："酋，绎酒也。从酉，水半见于上。《礼》有大酋，掌酒官也。""酋"上的两点像散发

---

① ［日］高田忠周纂述：《古籀篇》（二），台北：宏业书局1975年版，第849页。

的酒气，本读舌音以母，音变读为齿音从母。"酋"由"酉"孳乳。"酉"，上古音声母为以母，韵部属幽部。《说文·酉部》："酉，就也。八月黍成，可为酎酒。象古文'酉'之形。古文酉，从丣。卯为春门，万物已出。酉为秋门，万物已入。一。闭门象也。凡酉之属皆从酉。"甲骨文"酉"像尖底酒坛子形状。"酉"的语源是"兜"。"兜"的语源是"首"。"道"，上古音声母为定母，韵部属幽部。《说文·辵部》："道，所行道也。从辵，从首。""首"亦声。"道"由"首"孳乳。"首"，上古音声母为书母，韵部属幽部。《说文·首部》："首，古文頁也。巛象发，发谓之鬊，鬊即巛也。""首"是头的象形字，语源是"殳"，"殳"是上古捕猎用的抛石器，头是人的要害器官，成为"殳"伤害的对象。由此，"犹""道"音近义通，同源。

132. 止　淑慎尔止，不愆于仪。（《大雅·抑》）

毛传：止，至也。

"止"，上古音声母为章母，韵部属之部。《说文·止部》："止，下基也。象草木出有阯。故以止为足。""止"的本义是脚趾，象形。"止"的语源是"帝"，"帝"的字音像野果掉到地上的声音，"止"以在人的最底部得名。"至"，上古音声母为章母，韵部属质部。《说文·至部》："至，鸟飞从高下至地也。从一。一犹地也。不上去而至下，来也。"许慎之说可商榷。"至"的甲骨文字形，上面是倒过来写的"矢"，矢就是箭，下面一横表示地面，表现的是一支箭从远处射来，落到了地上。"至"的语源是"帝"，"帝"是果子落到地上，"至"是箭落到地上。"止""至"音近义通，同源。

133. 翰　维申及甫，维周之翰。（《大雅·崧高》）

毛传：翰，干也。

"翰"，上古音声母为匣母，韵部属元部。《说文·羽部》："翰，天鸡赤羽也。从羽，倝声。《逸周书》曰：'大翰，若翚雉，一曰晨风。周成王时蜀人献之。'""翰"由"倝"孳乳。《说文·倝部》："倝，日始出，光倝倝也。从旦，㫃声。"许慎说本义非是，"㫃""倝"为异体字，语源是"干"。"干"，上古音声母为见母，韵部属元部。《说文·干部》："干，犯也。从反入，从一。凡干之属皆从干。"许慎解形错，"干"是象形字。语源是"圆"，因树干的截面是圆的。由此，"翰""干"音近义通，同源。

134. 膺　四牡跻跻，钩膺濯濯。（《大雅·崧高》）

毛传：钩膺，樊缨也。

毛传以"缨"解"膺"。"膺"，上古音声母为影母，韵部属蒸部。《说文·肉部》："膺，胸也。从肉，声。""膺"的语源是"颈"。"缨"，上古音声母为影母，韵部属耕部。《说文·糸部》："缨，冠系也。从糸，婴声。""缨"由"婴"孳乳。《说文·女部》："婴，绕也。从女、賏。賏，贝连也，颈饰。""婴"的语源也是"颈"。"膺""缨"音近义通，同源。

135. 烝　天生烝民，有物有则。（《大雅·烝民》）

毛传：烝，众。

"烝"，上古音声母为章母，韵部属蒸部。《说文·火部》："烝，火气上行也。从火，丞声。""烝"的语源是"升"。"升"的语源是"城"。"烝"由"丞"孳乳。《说文·廾部》："丞，翊也。从廾，从卪，从山。山高，奉承之义。""众"，上古音声母为章母，韵部属冬部。《说文·似部》："众，多也。"语源是"城"。由此，"烝""众"音近义通，同源。

136. 鞹　鞹鞃浅幭，鞗革金厄。（《大雅·韩奕》）

毛传：鞹，革也。

"鞹"，上古音声母为溪母，韵部属铎部。《说文·革部》："鞹，去毛皮也。《论语》曰：'虎豹之鞹。'从革，郭声。""鞹"由"郭"孳乳，加注"革"声。《说文·邑部》："郭，齐之郭氏虚。善善不能进，恶恶不能退，是以亡国也。从邑，享声。""郭"是在象形字"享"上加形符"邑"而成。"享"的语源是"果"。汉刘熙《释名·释宫室》："郭，廓也，廓落在城外也。"[①] "郭"亦孳乳为"廓"。"革"，上古音声母为见母，韵部属职部。《说文·革部》："革，兽皮治去其毛。从三十。三十年为一世，而道更也。从臼。""革"的语源是"果"，兽皮裹在外面。由此，"鞹""革"义通音近，二字同源。

─────────

① （东汉）刘熙撰，（清）毕沅疏证，王先谦补，祝敏彻、孙玉文点校：《释名疏证补》，中华书局 2008 年版，第 182 页。

137. 舒　王舒保作，匪绍匪游。(《大雅·常武》)

毛传：舒，徐也。

"舒"，上古音声母为书母，韵部属鱼部。《说文·予部》："舒，伸也。从舍，从予，予亦声。一曰：舒，缓也。""舒"由"予"孳乳，在"舍"上加注"予"声，"予"亦表给予义，离家住宿，提供必需品，谓之"舒"。予，上古音声母为以母，韵部属鱼部。《说文·予部》："予，推予也。象推予之形。凡予之属皆从予。""予"的语源是"之"。"徐"，上古音声母为邪母，韵部属鱼部。《说文·彳部》："徐，安行也。从彳，余声。""徐"由"余"孳乳，"余"是在外住宿，在路上走一段住一晚谓之"徐"。余，上古音声母为以母，韵部属鱼部。《说文·八部》："余，语之舒也。从八，舍省声。"徐中舒以为余"象以木柱支撑屋顶之房舍，为原始地上住宅，卜辞借为第一人称代词。"① 其说是。"余""舍"古今字。"余"的语源也是"之"。"舒""徐"音近义通，同源。

138. 濯　不测不克，濯征徐国。(《大雅·常武》)

毛传：濯，大也。

由前文可知"濯"的语源是"矢"。"大"，上古音声母为定母，韵部属月部。《说文·大部》："大，天大，地大，人亦大。故大象人形。""大"的语源是"石""矢"，能发石、射箭猎取兽类谓之大，字音产生于狩猎时代。则"濯""大"音近义通，同源。

139. 穆　于穆清庙，肃雍显相。(《周颂·清庙》)

毛传：穆，美。

"穆"，上古音声母为明母，韵部属觉部。《说文·禾部》："穆，禾也。从禾，㣎声。""穆"的本义是庄稼穗粒饱满可收获。"穆"由"㣎"孳乳。《说文·彡部》："㣎，细文也。从彡，（隙右）省声。""㣎"的本义是白天从黑暗屋子的缝隙透进的光线细纹，语源是"闭"。"闭"的语源是"巴"。"美"，上古音声母为明母，韵部属脂部。《说文·羊部》："美，甘也。从羊、大。羊在六畜祝给膳也。美与善同意。"张标说："表意偏旁羊为羊角或羽饰类，大像正面站立之人形，二者结合会美饰之意。

---

① 徐中舒主编：《甲骨文字典（第 3 版）》，四川出版集团、四川辞书出版社 2014 年版，第 72 页。

此字商代甲骨文已经出现，繁者人体上部毛角羽饰较多，简者弯垂羊角而已。"① 张说是。"美""眉"同源，眉毛两个，羊角也是一双，成对为美，这就是造字时代美的观念。"美"的语源是"比"。"比"的语源也是"巴"。"穆""美"音近义通，同源。

140. 肇　维清缉熙，文王之典。肇禋。（《周颂·维清》）

毛传：肇，始。

"肇"，上古音声母为定母，韵部属宵部。《说文·攴部》："肇，击也。从攴，肁省声。""肇"的语源是"帝"。"始"，上古音声母为书母，韵部属之部。《说文·女部》："始，女之初也。从女，台声。""始"的本义是人之始，是"胎"的区别字，用来概括一切事物的开始之义。"始"由"台"孳乳。"台"，上古音声母为以母，韵部属之部。《说文·口部》："台，说也。从口，以声。""台""怡"古今字。"台"由"以"孳乳。《说文·巳部》："以，用也。从反巳。"孙诒让②、郭沫若识出甲骨文的"以"字。③ 唐兰《天壤阁甲骨文存并考释》将此字释为"氏"，说："他辞云'氏众'及'氏王族'之类，疑当读为'提'"④。裘锡圭论证当释为"以"⑤，可从。唐兰释字形不确，他认为此字可读为"提"却是很正确的。"以""提"古今字，"以"于"六书"为象形，"提"为形声。"以"甲骨字形像人手中提一物，语源也是"帝"。"肇""始"音近义通，同源。

141. 祯　迄用有成，维周之祯。（《周颂·维清》）

毛传：祯，祥也。

"祯"，上古音声母为端母，韵部属耕部。《说文·示部》："祯，祥也。从示，贞声。"许慎说来自毛诗传。"祯"由"贞"孳乳。《说文·卜部》："贞，卜问也。从卜、贝、贝，以为贽。一曰：鼎省声。京房所说。"当以"鼎省声"为是。"贞"的语源是"鼎"。"鼎"的语源是

---

① 李学勤主编：《字源》（上），天津古籍出版社 2012 年版，第 321 页。

② （清）孙诒让撰，程邦雄、戴家祥点校：《契文举例　名原》，中华书局 2016 年版，第 180—181 页。

③ 郭沫若：《青铜时代》，中国人民大学出版社 2009 年版，第 73 页。又《卜辞中的古代生活》，《中国古代社会研究》，人民出版社 1964 年版，第220 页。

④ 唐兰：《天壤阁甲骨文存并考释》，上海古籍出版社 2016 年版，第 131 页。

⑤ 裘锡圭：《裘锡圭学术文集·甲骨文卷》，复旦大学出版社 2012 年版，第 179—184 页。

"城"。"祥"，上古音声母为邪母，韵部属阳部。《说文·示部》："祥，福也。从示，羊声。""祥"由"羊"孳乳，本读舌音，音变为齿音。"羊"，上古音声母为以母，韵部属阳部。《说文·羊部》："羊，祥也。从，象头、角、尾之形。孔子曰：牛羊之字，以形举也。凡羊之属皆从羊。""羊"是象形字，其指代的动物分布中心在亚洲腹地，多生活于高原山地。"羊"的语源是"尚"，"尚"有高义。"尚"的语源也是"城"。"祯""祥"音近义通，同源。

142. 竞　无竞维人，四方其训之。(《周颂·烈文》)

毛传：竞，强。

"竞"，上古音声母为群母，韵部属阳部。《说文·誩部》："竞，强语也。从誩、二人。一曰：逐也。"许慎说来自毛诗传。"竞"的语源是"杠"。"强"，上古音声母为群母，韵部属阳部。《说文·弓部》："强，弓有力也。从弓，畺声。"所谓"弓有力"，就是弓的张力大，"弓"本来是由"杠"弯成的，它返回"杠"形绷紧弦产生的力大。"强"由"畺"孳乳。《说文·田部》："畺，界也。从畕；三，其界画也。疆，畺或从土，强声。""畺"的语源是"杠"，先民进入农业时代治理田地的时候，一块田与另一块田的分界就像"杠"。"竞""强"音近义通，同源。

143. 乔　怀柔百神，及河乔岳。(《周颂·时迈》)

毛传：乔，高也。

"乔"，上古音声母为群母，韵部属宵部。《说文·夭部》："乔，高而曲也。从夭，从高省。《诗》曰：'南有乔木。'""乔"的语源是"高"。"高"，上古音声母为见母，韵部属宵部。《说文·高部》："高，崇也。象台观高之形。从冂、口。与仓舍同义。凡高之属皆从高。""高"的语源是"河"。"乔""高"音近义通，同源。

144. 戢　载戢干戈，载櫜弓矢。(《周颂·时迈》)

毛传：戢，聚。

"戢"，上古音声母为精母，韵部属缉部。《说文·戈部》："戢，藏兵也。从戈，咠声。""戢"由"咠"孳乳。"咠"，上古音声母为清母，韵部属缉部。《说文·口部》："咠，聂语也。《诗》曰：'咠咠幡幡。'""咠"的语源是"聚"。"聚"，上古音声母为从母，韵部属侯部。《说文·仦部》："聚，会也。从仦，取声。""聚"由"取"孳乳。《说文·

又部》："取，捕取也。从又从耳。《周礼》：'获者取左耳。'《司马法》曰：'载献聝。'聝者，耳也。""取"是会意字，语源是"集"。"戢""聚"音近义通，同源。

145. 稌　丰年多黍多稌。（《周颂·丰年》）

毛传：稌，稻也。

"稌"，上古音声母为透母，韵部属鱼部。《说文·禾部》："稌，稻也。从禾，余声。《周礼》曰：'牛宜稌。'"许慎说来自毛诗传。"稌"由"余"孳乳。"余"，上古音声母为以母，韵部属鱼部。《说文·八部》："余，语之舒也。从八，舍省声。""余""舍"古今字，本义是在外地住。"稌"是先培育秧苗，把秧苗再移插到水田里。"余"的语源是"之"。"稻"，上古音声母为定母，韵部属幽部。《说文·禾部》："稻，稌也。从禾，舀声。""稻"由"舀"孳乳。"舀"，上古音声母为以母，韵部属幽部。《说文·臼部》："舀，抒臼也。从爪、臼。《诗》曰：'或簸或舀。'""舀"的语源也是"之"。"稌""稻"音近义通，同源。

146. 燕　燕及皇天，克昌厥后。（《周颂·雍》）

毛传：燕，安也。

"燕"，上古音声母为影母，韵部属元部。《说文·燕部》："燕，玄鸟也。籋口，布翄，枝尾。象形。凡燕之属皆从燕。""燕"的语源是"厂"。"厂"，上古音声母为晓母，韵部属元部。《说文·厂部》："厂，山石之厓岩，人可居。象形。凡厂之属皆从厂。厈，籀文从干。"厂遮蔽光线，则色如燕。"安"，上古音声母为影母，韵部属元部。《说文·宀部》："安，静也。从女在宀下。""安"是会意字，语源是"官"，"官"是密闭的建筑物，在其中居住就算"安"。"燕""安"音近义通，同源。

147. 耆　嗣武受之，胜殷遏刘，耆定尔功。（《周颂·武》）

毛传：耆，致也。

"耆"，上古音声母为群母，韵部属脂部。本音章母，脂部。《说文·老部》："耆，老也。从老省，旨声。"《礼·曲礼》："六十曰'耆'，指使。"[1] 孔颖达疏："耆，至也，至老之境也。"疏得之。《释名》："'六十曰耆'，耆，指也，不从力役，指事使人也。"① "耆"由"旨"孳乳。
"旨"，上古音声母为章母，韵部属脂部。《说文·甘部》："旨，美也。
从甘，匕声。凡旨之属皆从旨。""匕"非声。甲骨文从匕从口，是个会
意字。匕是进餐用的勺子，像用勺子向口里送食物。"旨"的语源是
"隹"。"隹"的语源是"帝"。"致"，上古音声母为知母，韵部属质部。
《说文·夊部》："致，送诣也。从夊，从至。""致"由"至"孳乳。《说
文·至部》："至，鸟飞从高下至地也。从一。一犹地也。不上去而至下，
来也。"许慎之说可商榷。"至"的甲骨文字形，上面是倒过来写的
"矢"，矢就是箭，下面一横表示地面，表现的是一支箭从远处射来，落
到了地上。"至"的语源也是"帝"，"帝"是果子落到地上，"至"是箭
落到地上。"耆""致"音近义通，同源。

148. 序　於乎皇王，继序思不忘。(《周颂·闵予小子》)

毛传：序，绪也。

"序"，上古音声母为邪母，韵部属鱼部。《说文·广部》："序，东
西墙也。从广，予声。""序"由"予"孳乳。"予"，上古音声母为以
母，韵部属鱼部。《说文·予部》："予，推予也。象推予之形。凡予之属
皆从予。""予"的语源是"帝"。"绪"，上古音声母为邪母，韵部属鱼
部。《说文·糸部》："绪，丝专也。从糸，者声。""绪"由"者"孳乳。
"者"，上古音声母为端母，韵部属鱼部。《说文·白（zì）部》："者，别事
词也。从白，口声。古文旅。"许慎说本义和字形皆不可从。詹鄞鑫《释甲
骨文"者"字——兼考殷代者国及其地理位置》一文认为"者"字的本义
是人脚趾踩出的脚印中聚积的水，因用来命名天然形成湖泊。② "者"的语
源是"止"。"止"的语源也是"帝"。"序""绪"音近义通，同源。

149. 判　将予就之，继犹判涣。(《周颂·访落》)

毛传：判，分。

"判"，上古音声母为滂母，韵部属元部。《说文·刀部》："判，分

---

① （东汉）刘熙撰，（清）毕沅疏证，王先谦补，祝敏彻、孙玉文点校：《释名疏证补》，
中华书局 2008 年版，第 95 页。

② 詹鄞鑫：《释甲骨文"者"字——兼考殷代者国及其地理位置》，其著《华夏考——詹
鄞鑫文字训诂论集》，中华书局 2006 年版，第 297—299 页。原载华东师范大学中文系编《语言
文字学刊》（第一辑），汉语大词典出版社 1998 年版，第 67—88 页。

也。从刀，半声。"许慎说来自毛诗传。"判"由"半"孳乳。"半"，上古音声母为帮母，韵部属元部。《说文·半部》："半，物中分也。从八。从牛，牛为物大，可以分也。凡半之属皆从半。""半"是会意字，语源是"凤"。"凤"有两个翅膀，字音因拍翅声而来。"分"，上古音声母为帮母，韵部属文部。《说文·八部》："分，别也。从八，从刀，刀以分别物也。""分"是会意字，语源也是"凤"。"判""分"音近义通，同源。

150. 显　敬之敬之，天维显思，命不易哉！（《周颂·敬之》）

毛传：显，见。

"显"，上古音声母为晓母，韵部属元部。《说文·页部》："显，头明饰也。从页，㬎声。""显"由"㬎"孳乳。《说文·日部》："㬎，众微杪也。从日中视丝。古文以为显字。或曰众口皃，读若吟。吟或以为茧。茧者，絮中往往有小茧也。""㬎"的语源是"见"，上古音声母为见母，韵部属元部。《说文·见部》："见，视也。从儿，从目。""见"的语源是"间"。"显""见"音近义通，同源。

151. 达　驿驿其达，有厌其杰。（《周颂·载芟》）

毛传：达，射。

"达"，上古音声母为定母，韵部属月部。《说文·辵部》："达，行不相遇也。从辵，羍声。《诗》曰：'挑兮达兮。'达，達或从大。或曰迭。""达"由"羍"孳乳，羍是小羊，小羊易生，加意符"辵"派生为"达"，义为通达。"羍"，上古音声母为透母，韵部属月部。《说文·羊部》："羍，小羊也。从羊，大声。读若达。""羍"初为象形字，篆体可看作声化的结果。约斋（傅东华）说："这字读如达，本是羊胎的意思。它的原形当作，以羊在胞衣中会意。省去两旁就成，两旁合拢误成大，正如奄字一般。大又变作土，这才成达字的。"[①] 约斋指出"羍""胎"的关系，甚是。"羍"的语源是"帝"。"射"，上古音声母为船母，韵部属铎部。《说文·矢部》："躲，弓弩发于身而中于远也。从矢，从身。射，篆文躲，从寸。寸，亦手也。""射"的语源是"矢"。"矢"的语源是"石"。"石"的语源也是"帝"。"达""射"音近义通，同源。

---

① 约斋编著：《字源》，上海书店 1986 年版，第 80 页。

152. 畟畟　畟畟良耜，俶载南亩。（《周颂·良耜》）

毛传：畟畟，犹测测也。

"畟"，上古音声母为清母，韵部属职部。《说文·夊部》："畟，治稼畟畟进也。从田、人，从夊。""畟"的语源是"朿"。"朿"的语源是"且"。"测"，上古音声母为清母，韵部属职部。《说文·水部》："测，深所至也。从水，则声。""测"由"则"孳乳。《说文·刀部》："则，等画物也。从刀，从贝。贝，古之物货也。""贝"为"鼎"之讹。则字始见于西周金文，从鼎从刀，会用刀在鼎上刻画意。"则"的语源是"且"，即鸟嘴，鸟嘴尖，可以啄食；刀尖可以在器物表面刻画。"畟""测"音近义通，同源。

153. 犉　杀时犉牡，有捄其角。（《周颂·良耜》）

毛传：黄牛黑唇曰犉。

"犉"，上古音声母为日母，韵部属文部。《说文·牛部》："犉，黄牛黑唇也。从牛，𦎫（上亯下羊）声。《诗》曰：'九十其犉。'""犉"由"亯"孳乳。上古音声母为禅母，韵部属文部。《说文·亯部》："𦎫，熟也。从亯，从羊。读若纯。一曰：鬻也。""𦎫"为会意字，"亯"是土台或桌子，如今之供桌，"羊"是向神灵或祖先所献，合二字会熟食之意。语源是"电"，原始人吃到熟食从雷电引发的树林天火烧熟野兽开始，故"𦎫"的字音来自"电"。"唇"，上古音声母为船母，韵部属文部。《说文·肉部》："唇，口端也。从肉，辰声。""唇"由"辰"孳乳。《说文·辰部》："辰，震也。三月阳气动，雷电震，民农时也。物皆生。从乙、匕，匕象芒达，厂声。辰，房星，天时也。从二，二，古文上字。"许慎释形不可从。"辰"的本义"实古之耕器"[①]。"辰"的语源是电。三月雷电震时，开始持这种农具下地劳作，"辰"因此得音。"犉""唇"音近义通，同源。

154. 高　於乎时周，陟其高山。（《周颂·丝衣》）

毛传：高山，四岳也。

毛传以"岳"解"高"。"高"，上古音声母为见母，韵部属宵部。

---

① 郭沫若，郭沫若著作编辑出版委员会编：《郭沫若全集考古编第一卷》，科学出版社1982年版，第204页。

《说文·高部》：“高，崇也。象台观高之形。从冂、口。与仓舍同意。凡高之属皆从高。”“高”的语源是“河”。“岳”，上古音声母为疑母，韵部属屋部。《说文·山部》：“岳，东岱，南霍，西华，北恒，中泰室，王者之所以巡狩所至。从山，狱声。岳，古文象高形。”“岳”由“狱”孳乳。“狱”，上古音声母为疑母，韵部属屋部。《说文·狱部》：“狱，确也。从㹜，从言。二犬，所以守也。”“狱”的语源也是“河”。“高”“岳”音近义通，同源。

155. 駓　薄言駉者，有骓有駓，有骍有骐，以车伾伾。（《鲁颂·駉》）
毛传：黄白杂毛曰駓。

毛传用“白”解“駓”。“駓”，上古音声母为滂母，韵部属之部。《说文·马部》：“駓，黄马白毛也。从马，丕声。”许慎说来自毛诗传。高亨《诗经今注》：“駓之名疑出于罴，駓、罴一声之转。《尔雅·释兽》：‘罴如熊，黄白文。’马的毛色似罴，所以名駓。”[1]“駓”由“丕”孳乳。“丕”由“不”孳乳。“不”的语源是“巴”。“白”，上古音声为并母，韵部属铎部。《说文·白部》：“白，西方色也。阴用事，物色白。从入合二。二，阴数。”郭沫若《金文丛考》以为“此实拇指之象形”[2]。“白”是象形字，语源是“巴”。“巴”的本义是巴掌，二字阴入对转。白色即巴掌之色，也是人的肤色。“駓”“白”音近义通，同源。

156. 骆　薄言駉者，有骍有骆，有駵有雒，以车绎绎。（《鲁颂·駉》）
毛传：白马黑鬣曰骆。

毛传用“鬣”解“骆”。“骆”，上古音声母为来母，韵部属铎部。《说文·马部》：“骆，马白色黑鬣尾也。从马，各声。”“骆”由“雒”来，以色得名，骆的毛色似雒。许慎说来自毛诗传。“骆”由“各”孳乳。“各”，上古音声母为见母，韵部属铎部。《说文·口部》：“各，异辞也。从口、夂。夂者，有行而止之不相听意。”“各”的语源是“高”。“鬣”，上古音声母为来母，韵部属叶部。《说文·髟部》：“鬣，发鬣鬣也。从髟，巤声。”“鬣”由“巤”孳乳。巤，来母，叶部。《说文·巤部》：“巤，毛巤也。象发在囟上及毛髮巤巤之形。”“巤”的语源也是

---

[1]　高亨注：《诗经今注》，上海古籍出版社1980年版，第510页。
[2]　郭沫若：《金文丛考·释自》，人民出版社1954年版，第181—182页。

"高"。"骆""骊"音近义通，同源。

157. 駵　薄言駉者，有驒有骆，有駵有雒，以车绎绎。（《鲁颂·駉》）

毛传：赤身黑鬣曰駵。

毛传以"骊"解"駵"。《说文》作"骝"。"骝"，上古音声母为来母，韵部属幽部。《说文·马部》："骝，赤马黑髦尾也。从马，留声。"许说来自毛诗传。"駵"由"丣"孳乳。"丣"，上古音声母为来母，韵部属幽部。《说文》失收。《说文·酉部》"酉"下曰："古文酉，从丣。""丣"即今之漏斗，很早就有了。"丣"的语源是"高"。"骊"，上古音声母为来母，韵部属叶部。语源也是"高"。"駵""骊"音近义通，同源。

158. 駜　有駜有駜，駜彼乘黄。（《鲁颂·有駜》）

毛传：駜，马肥强貌。

毛传以"肥"解"駜"。"駜"，上古音声母为帮母，韵部属质部。《说文·马部》："駜，马饱也。从马，必声。《诗》曰：'有駜有駜。'""駜"由"必"孳乳。《说文·八部》："必，分极也。从八、弋，弋亦声。"许说非本义。"必"的本义是古代戈、戟、矛等武器的柄，字音由"巴"而来。柄为人手所把持，因得必音。"肥"，上古音声母为并母，韵部属微部。《说文·肉部》："肥，多肉也。从肉，从卩。""肥"是形声字，从肉，巴声。"肥"由"巴"孳乳。"巴"，上古音声母为帮母，韵部属鱼部。《说文·巴部》："巴，虫也。或曰食象它。象形。"许慎说非巴的本形本义。黄德宽主编《古文字谱系疏证》认为甲骨文"巴""象人手杷土之形，群点表示土粒，杷之初文。《后汉书·贡禹传》：'捽屮杷土，手足胼胝。'注'杷，手掊之也。'《说文》'巴，虫也。或曰，食象蛇。象形。'许慎所云乃误据战国文字解释"[1]。其说可从。由此，则"巴"是用手杷土的动作；干完杷土的活，双手对着"啪……啪……"拍几下，为的是让粘在手上的土掉落下来，"巴"的字音正像拍手发出的声音。"巴"的本义是巴掌。"駜""肥"音近义通，同源。

159. 茆　思乐泮水，薄采其茆。（《鲁颂·泮水》）

毛传：茆，凫葵也。

毛传以"凫"解"茆"。茆，上古音声母为明母，韵部属幽部。《说

---

① 黄德宽主编：《古文字谱系疏证》（二），商务印书馆2007年版，第1637页。

文·艸部》："茆，凫葵也。从艸，卯声。"许慎说来自毛诗传。"茆"由"卯"孳乳。"卯"，上古音声母为明母，韵部属幽部。《说文·卯部》："卯，冒也。二月万物冒地而出。象开门之形。故二月为天门。凡卯之属皆从卯。"许慎说非本义。赵诚说"卯"是牲体剖为两半之形。① 其说是。"卯"的语源是"巴"。"凫"，上古音声母为并母，韵部属侯部。《说文·几部》："凫，舒凫，鹜也。从几鸟，几亦声。"于省吾释出甲骨文的"凫"字，认为应解作："凫，水鸟也，从鸟、勹，勹亦声。"②"凫"由"勹"孳乳。"勹"，上古音声母为帮母，韵部属幽部。《说文·勹部》："勹，裹也。象人曲形有所包裹。""勹"的语源也是"巴"。"茆""凫"音近义通，同源。

160. 憬　憬彼淮夷，来献其琛。（《鲁颂·泮水》）

毛传：憬，远行貌。

毛传以"行"解"憬"。"憬"，上古音声母为见母，韵部属阳部。《说文·心部》："憬，觉悟也。从心，景声。""憬"由"景"孳乳。《说文·日部》："景，日光也。从日，京声。""景""光"同源。"景"由"京"孳乳。《说文·京部》："京，人所为绝高丘也。从高省，丨象高形。"甲骨文的"京"字描写的是高台之上建有高高的房子。语源是"江"，只是江是横的，而京是竖的，造字的人看到的是二者的长度。"行"，上古音声母匣母，韵部属阳部。《说文·行部》："行，人之步趋也。从彳、亍。"许慎说字形错，"行"为象形字。罗振玉说："象四达之衢，人之所行也。"③《尔雅·释宫》："行，道也。"④"行"的本义非"人之步趋"，而是直道，语源是"江"。由此，"憬""行"音近义通，同源。

161. 閟　閟宫有侐，实实枚枚。（《鲁颂·閟宫》）

毛传：閟，闭也。

"閟"，上古音声母为帮母，韵部属质部。《说文·门部》："閟，闭

---

① 赵诚编：《甲骨文简明词典——卜辞分类读本》，中华书局2009年版，第316页。
② 于省吾：《甲骨文字释林》，中华书局1979年版，第375—376页。
③ 罗振玉撰：《增订殷虚书契考释》，朝华出版社2018年版，第72页。
④ （清）郝懿行撰，王其和、吴庆峰、张金霞点校：《尔雅义疏》，中华书局2017年版，第488页。

门也。从门，必声。"许慎说来自毛诗传。"阓"由"必"孳乳。《说文·八部》："必，分极也。从八、弋，弋亦声。"许慎说非本义。古代戈、戟、矛等武器的柲，字音由"巴"而来。柄为人手所把持，因得"必"音。"闭"，上古音声母为帮母，韵部属质部。《说文·门部》："闭，阖门也。""闭"的语源也是"巴"。则"阓""闭"音近义通，同源。

162. 枚枚　閟宫有侐，实实枚枚。（《鲁颂·閟宫》）

毛传：枚枚，砻密也。

毛传以"密"解"枚枚"。"枚"，上古音声母为明母，韵部属微部。《说文·木部》："枚，干也。可以为杖。从木、支。""枚"是个双声字，语源是"巴"。"密"，上古音声母为明母，韵部属质部。《说文·山部》："密，山如堂者。从山，宓声。""密"由"宓"孳乳。《说文·宀部》："宓，安也。从宀，必声。""宓"由"必"孳乳。"必"，上古音声母为帮母，韵部属质部。《说文·八部》："必，分极也。从八、弋，弋亦声。"许慎说非本义。古代戈、戟、矛等武器的柄，字音由"巴"而来。柄为人手所把持，因得"必"音。"枚""密"音近义通，同源。

163. 虞　无贰无虞，上帝临女！（《鲁颂·閟宫》）

毛传：虞，误也。

"虞"，上古音声母为疑母，韵部属鱼部。《说文·虍部》："虞，驺虞也。白虎黑文，尾长于身，仁兽，食自死之肉。从虍，吴声。"许慎说本义错。"虞"的本义是管理山林动物资源的官员。"虞"由"吴"孳乳。《说文·矢部》："吴，大言也。""吴"是个拟声字。"误"，上古音声母为疑母，韵部属鱼部。《说文·言部》："误，谬也。从言，吴声。""误"亦由"吴"孳乳。"虞""误"音近义通，同源。

164. 增增　公徒三万，贝胄朱綅，烝徒增增。（《鲁颂·閟宫》）

毛传：增增，众也。

"增"，上古音声母为精母，韵部属蒸部。《说文·土部》："增，益也。从土，曾声。""增"由"曾"孳乳。《说文·八部》："曾，词之舒也。从八，从曰，声。"许慎说解的是"曾"的虚词义，非本义。"曾"是"甑"的初文，是个实物，炊具。"曾"的语源是"城"。本音为端母，蒸部，读成精母是音变。"众"，上古音声母为章母，韵部属冬部。

《说文·仦部》："众，多也。""众"的语源是"盛"，与"城"同源。"增""众"音近义通，同源。

165. 鸤　松桷有舄，路寝孔硕。（《鲁颂·閟宫》）

毛传：鸤，大貌。

"鸤"，上古音声母为清、心母，韵部属铎部。《说文·乌部》："鸤，雞也。""鸤"的语源是"隹"。"隹"的语源是"帝"。"大"，上古音声母为定母，韵部属月部。《说文·大部》："大，天大，地大，人亦大。故大象人形。""大"的语源是"石"，能发石猎取兽类谓之大，字之造以狩猎时代为背景。"石"的语源也是"帝"。"鸤""大"音近义通，同源。

166. 夷　我有嘉客，亦不夷怿？（《商颂·那》）

毛传：夷，说也。

"夷"，上古音声母为以母，韵部属脂部。《说文·大部》："夷，东方之人也。从大，从弓。""夷"中的"大"即"人"，字形像人背了一张弓，上古东夷部落发明弓箭。"大"亦声。"夷"的语源是"矢"。"矢"的语源是"帝"。"说"，上古音声母为以母，韵部属月部。《说文·言部》："说，说释也。从言，兑声。一曰：谈说。""说"由"兑"孳乳。"兑"，上古音声母为定母，韵部属月部。《说文·儿部》："兑，说也。从儿，公声。""兑"不是形声字，是个象形字，画了一个开口笑的人，突出了口，口上有两道笑时的纹路。"兑"的语源是"队"，"队"是原始人捕猎大型动物的一种方法，就是把它们赶到悬崖边，无路可走，掉下去摔死，这对原始人来说是获得了成功，他们就"兑"。"队"的语源也是"帝"。"夷""说"音近义通，同源。

167. 胜　武丁孙子，武王靡不胜。（《商颂·玄鸟》）

毛传：胜，任也。

"胜"，上古音声母为书母，韵部属蒸部。《说文·力部》："胜，任也。从力，朕声。""胜"由"朕"孳乳，韵部本为侵部，音变读入蒸部。"朕"，上古音声母为定母，韵部属侵部。《说文·舟部》："朕，我也。阙。"段玉裁注："按朕在舟部，其解当曰：舟缝也。从舟，灷声。何以知为舟缝也？《考工记·函人》曰：'视其朕，欲其直也。'戴先生曰：'舟之缝理曰朕，故札续之缝亦谓之朕。'所以补许书之佚文也。本训舟缝，引申为凡缝之称。"① 看"朕"的古文字，所谓"舟"实为盘子的象形，是个会意字，会用手从盘中取火种意，本义是火种。"朕"的语源是"电"。"任"，上古音声母为日母，韵部属侵部。《说文·人部》："任，保也。从人，壬声。""任"由"壬"孳乳。《说文·壬部》："壬，位北方也。阴极阳生，故《易》曰：'龙战于野。'战者，接也。象人怀妊之形。承亥壬以子，生之叙也。壬与巫同意。'壬承辛，象人胫。'胫任体也。"许慎释语中有些观念是后起的，用来解说"壬"字的本义欠妥。但说"壬""象人怀妊之形"，却是正确的，而且连类而及的"任"也是"壬"的同源字，这都是极为可贵的。"壬"的语源也是"电"。"朕""任"音近义通，同源。

168. 员　景员维河，殷受命咸宜，百禄是何。(《商颂·玄鸟》)

毛传：员，均。

"员"，上古音声母为匣母，韵部属文部。《说文·员部》："员，物数也。从贝，口声。凡员之属皆从员。""口"即〇，"员"是会意字，下"贝"是鼎之简笔画，上"口"是鼎之圆口，便于书写，刻成了方形。"员"的语源是"圆"。"均"，上古音声母为见母，韵部属真部。《说文·土部》："均，平遍也。从土，匀声。""均"由"匀"孳乳。"匀"，上古音声母为匣母，韵部属真部。《说文·勹部》："匀，少也。从勹、二。"古文字学者周宝宏说，西周金文的"匀"字从"二""勹"声。② "云"的语源也是"圆"。"员""均"音近义通，同源。

169. 濬　濬哲维商，长发其祥。(《商颂·长发》)

毛传：濬，深。

"濬"，上古音声母为心母，韵部属真部。《说文·谷部》"睿"的古文。"濬"的语源是"申"。"深"，上古音声母为书母，韵部属侵部。《说文·水部》："深，深水出桂阳南平③，西入营道。从水，罙声。""深"的本义是从地面向下的垂直距离，作为水名是后起义。"深"由

---

① (东汉)许慎撰，(清)段玉裁注：《说文解字注》，上海古籍出版社 1988 年版，第403 页。

② 李学勤主编：《字源》，天津古籍出版社、辽宁人民出版社 2012 年版，第 802 页。

③ 今湖南省郴州市桂阳县。

"罙"孳乳。《说文·网部》："罙，周行也。从网，米声。"许慎说非本义。"罙"的甲骨文字形象伸长手臂探穴。"罙"的语源也是"申"。"浚""深"音近义通，同源。

170. 球　受小球大球，为下国缀旒，何天之休。（《商颂·长发》）

毛传：球，玉。

"球"，上古音声母为群母，韵部属幽部。《说文·玉部》："球，玉也。从玉，求声。璆，球或从翏。"许慎说来自毛诗传。"球"由"求"孳乳。求，《说文·裘部》以为"裘"之古文。裘，上古音声母为群母，韵部属幽部。《说文·裘部》："裘，皮衣也。从衣，象形。与衰同意。求，古文裘。""求""裘"古今字。"求"为皮衣，语源是"居"。"玉"，上古音声母为疑母，韵部属屋部。《说文·玉部》："玉，石之美有五德者。润泽以温，仁之方也。䚡理在外，可以知中，义之方也。其声舒扬，专以远闻，智之方也。不挠而折，勇之方也。锐廉而不忮，洁之方也。象三玉之连，丨其贯也。凡玉之属皆从玉。""玉"的语源也是"居"，居于石中。"球""玉"音近义通，同源。

171. 絿　不竞不絿，不刚不柔。（《商颂·长发》）

毛传：絿，急也。

"絿"，上古音声母为群母，韵部属幽部。《说文·糸部》："絿，急也。从糸，求声。"许慎说来自毛诗传。"絿"由"求"孳乳。"求"的语源"果"。"急"，上古音声母为见母，韵部属缉部。《说文·心部》："急，褊也。从心，及声。""急"由"及"孳乳。《说文·又部》："及，逮也。从人，从又。乁，古文及。《秦刻石》'及'如此。""及"的语源也是"合"。"合"的语源也是"果"。"絿""急"音近义通，同源。

172. 曷　武王载斾，有虔秉钺，如火烈烈，则莫我敢曷。（《商颂·长发》）

毛传：曷，害也。

"曷"，上古音声母为匣母，韵部属月部。《说文·曰部》："曷，何也。从曰，匃声。""曷"的本义是口渴，是"喝""渴"的初文。"曷"是个双声字，在"匃"上加注"曰"声。"匃""曰"都有高义，高、远义通，人走远路则口渴。有一个著名的神话，说的是夸父道渴而死，化为邓林。"曷"的语源是"河"。"害"，上古音声母为匣母，韵部属月部。《说文·宀部》："害，伤也。从宀、口。宀、口，言从家起也。丰声。"古文字学界到现在没弄清楚"害"的本义。本书认为"害""辖"为古今字，"害"是车辖的象形字。把"害"字向右旋转 90 度，"口"是车厢，"丰"中的一竖是车轴，三横中靠近车厢的两横是车轮，外面的一横是车辖，"宀"是包在车辖外的车輵。"害"由"丰"孳乳。"丰"，上古音声母为见母，韵部属月部。《说文·丰部》："丰，丩蔡也。象草绳之散乱也。读若介。"许慎说本义错。"丰"的本义是用刀在物上留下的刻痕。"丰"的语源是"圭"，圭有锋可以划伤人、物。"圭"的语源也是"河"。"曷""害"音近义通，同源。

173. 罙　奋伐荆楚，罙入其阻。(《商颂·殷武》)

毛传：罙，深。

"罙"，上古音声母为书母，韵部属侵部。《说文·穴部》："罙，周行也。从网，米声。"许慎说可商。"罙"的甲骨文字形像伸长手臂探穴。语源是"申"。商代卜辞《合》6357 云："贞：工方弗罙（深）西土？// ［贞］：工方其罙（深）西土？"[1] 黄天树说："'罙'字犹《商颂·殷武》'罙入其阻'之'罙'。《国语》：'秦寇深矣。'韦昭注：'深，入境深也。'"[2]"深"，上古音声母为书母，韵部属侵部。《说文·水部》："深，深水出桂阳南平，西入营道。从水，罙声。"许慎将"深"解为专名，当有本义。"深"的本义是从水面向下到水底的垂直距离。作为水名是后起义。"深"由"罙"孳乳，二字同源。

七　释方言字

詹　五日为期，六日不詹。(《小雅·采绿》)

传：詹，至也。

泰山岩岩，鲁邦所詹。(《鲁颂·閟宫》)

传：詹，至也。

---

① 转引自黄天树《禹鼎铭文补释》，张光裕、黄德宽主编《古文字学论稿》，安徽大学出版社 2008 年版，第 63—64 页。

② 黄天树：《禹鼎铭文补释》，张光裕、黄德宽主编《古文字学论稿》，安徽大学出版社 2008 年版，第 63—64 页。

传将"詹"解为"至"，采自《尔雅·释诂》："詹，至也。"据洪诚、何九盈、赵振铎等的说法，《尔雅》成书于战国末年。许慎在《说文解字叙》中讲到六国古文时说："言语异声，文字异形。"正确地解释了方言跟文字的关系。"詹"是一个方言字，在西汉扬雄《方言》中也有所反映，并指明是楚语词。① 东汉张衡《思玄赋》："黄灵詹而访命兮。"旧注："詹，至也。"② 张衡是南阳人，南阳在战国属楚地。华学诚在《论〈尔雅〉方言词的考鉴》一文中说："二十世纪的学者大多都承认《尔雅》中有方言。"③ "詹"的方言字性质，在《诗经》中也有佐证。《魏风·陟岵》："尚慎旃哉！犹来无止。"④ 毛传训"旃"为"之"，视"旃"为"之"的方言转音。以此例之，则"詹"为"至"的方言记音字是可信的。

八　随文释义

瘳　既见君子，云胡不瘳？（《郑风·风雨》）

毛传：瘳，愈也。

"瘳"，上古音声母为透母，韵部属幽部。《说文·疒部》："瘳，疾病愈也。从疒，翏声。""瘳"由"翏"孳乳。"翏"，上古音来母，幽、觉部。《说文·羽部》："翏，高飞也。从羽、彡。"许慎分析字形不确，"翏"西周金文象鸟展翅形。许慎释义正确，"翏"语源是"高"。综合"翏"声字"摎、嘐"和同源的"尧"声字的音变，本书认为"翏"的声母本为牙喉音，音变读入舌音来母。"翏"有高义，引申为时间长，时间长则病好。许慎解"瘳"字承袭毛传说经。颇疑"瘳"音受了毛传释义的影响，在"云胡不瘳"语境下，毛传解"瘳"为"愈"，"瘳"因此读入舌音。"愈"，上古音以母，侯部。《说文·心部》失收，当分析为从心，俞声。"愈"由"俞"孳乳。《说文·舟部》："俞，空中木为舟也。

---

① （清）钱绎撰，李发舜、黄建中点校：《方言笺疏》，中华书局2013年版，第28—29页。

② （南朝·梁）萧统辑，（唐）李善注：《宋尤袤刻本文选》四，国家图书馆出版社2017年版，第152页。

③ 华学诚：《华学诚古汉语论文集》，北京语言大学出版社2012年版，第202页。

④ （西汉）毛亨传，（东汉）郑玄笺，（唐）孔颖达疏，龚抗云、李传书、胡渐逵整理：《毛诗正义》，北京大学出版社1999年版，第367页。

从人，从舟，从丨。丨，水也。"西周金文从舟，余声。"俞""舟"
"余"同源。"俞"的本义是舟在水中行到远处。是会意兼形声字，从舟，
从水，舟亦声。"俞"的语源是"矢"，"矢"由近射到远处。

第三节　毛传注释体现的哲学思想

毛传不以注出语义为满足，有时还要揭示诗句背后的古人思想。

一　《易传》思想

吉日维戊，既伯既祷。（《小雅·车攻》）

传：维戊，顺类乘牡也。伯，马祖也。重物慎微，将用马力，必先
为之祷其祖。

笺云：戊，刚日也，故乘牡为顺类也。

吉日庚午，既差我马。（《小雅·车攻》）

传：外事以刚日。

综合传、笺对这四句诗的解释，可以知道，"刚日"之说出自毛公。
毛传先出，认为"吉日庚午，既差我马"的"吉日"为"刚日"。在郑
玄看来，同样是"吉日"，那么前面两句"吉日维戊，既伯既祷"的
"戊"也是"刚日"。郑玄的推理是可以成立的。毛传之所以在前面两句
诗下没有注出"戊"为"刚日"，是因为其注尚简，前后照应。结合诗句
"吉日维戊""吉日庚午"，句中"戊""庚"均为天干，则作诗、释诗之
时"吉日""刚日"的划分依据天干。① 那时使用干支纪日法。天干为：
甲、乙、丙、丁、戊、己、庚、辛、壬、癸。地支为：子、丑、寅、卯、
辰、巳、午、未、申、酉、戌、亥。天干、地支组合以纪日。组成天干
的这十个字中，又按照排序之奇偶以定刚柔。是怎样定的呢？《易传》对
本来是占筮之书的《周易》进行了创造性的哲学论述，尤其是《系辞》
一篇，从"天地"出发，提出了几对基本概念，并将不同性质的概念彼
此联系起来，以说明万物变化、人事否泰的道理。这些成对的概念有：

---

① 前句"维戊"点明天干，而后句"庚午"连带写出地支的"午"，这是修辞之需要：
"午"与"戊""马"正好押韵。

"天地""乾坤""贵贱""动静""刚柔""吉凶""男女""阴阳"等。《周易·系辞》云："天一，地二；天三，地四；天五，地六；天七，地八；天九，地十。"① 这里将"天""地"与十个数对应起来。而十个数从一到十对应从甲到癸十个天干，天阳地阴，阳刚阴柔，经过这样的推理，天干从甲至癸的十日自然可以言刚柔了。具体来说，甲、丙、戊、庚、壬为刚日，乙、丁、己、辛、癸为柔日。《易传》成书于孔子与七十子之徒之手，是儒家经典，而毛公乃汉初大儒，以易学思想解诗是很自然的。又《系辞》云："动静有常，刚柔断矣。"② 周宣王"复会诸侯于东都，因田猎而选车徒焉"属于"外事"，毛传以"外事"对应《系辞》之"动"，可谓密合无间。

《大雅·旱麓》首章："瞻彼旱麓，榛楛济济。岂弟君子，干禄岂弟。"传："言阴阳和，山薮殖，故君子得以干禄乐易。"《国语·周语下》："景王二十一年，将铸大钱。单穆公曰：'不可。……《诗》亦有之曰："瞻彼旱麓，榛楛济济。岂弟君子，干禄岂弟。"夫旱麓之榛楛殖，故君子以易乐干禄焉。若夫山林匮竭，林麓散亡，薮泽既既，民力雕尽，田畴荒芜，资用乏匮，君子自将险哀之不暇，而何易乐之有焉？'"③ 单穆公是周景王的卿士。据《周礼》，国子的教育内容中有《诗》，不独习《诗》乐及舞，而且诵《诗》，并能《诗》语，即对《诗》有所发挥，由此言及社会人事。单穆公看到周景王将铸大钱于民不利，正是引《诗》以言政。可以看出，春秋时代的有识之士，主张取于民、利用自然都要有节度，适可而止。毛传在引用单穆公的话时，加上了"阴阳和"的字眼，而"阴阳"是自己所出时代西汉初年的哲学术语，在《国语》时代还没有流行开来。

但有时也显得牵强，给本来没有哲学内容的诗句戴上神秘的面罩。《小雅·裳裳者华》第四章："左之左之，君子宜之。右之右之，君子有之。"传："左，阳道，朝祀之事。右，阴道，丧戎之事。"传以哲学术语

---

① （三国·魏）王弼注，（唐）孔颖达疏，卢光明、李申整理：《周易正义》，北京大学出版社2000年版，第336—337页。

② （三国·魏）王弼注，（唐）孔颖达疏，卢光明、李申整理：《周易正义》，北京大学出版社2000年版，第336—337、303页。

③ （三国·吴）韦昭注：《国语》，上海古籍出版社1978年版，第121页。

"阳""阴"解诗句之"左""右",是不是诗的原意呢?"左""右"在诗中到底是什么意思呢,这也得从《诗经》本身寻找答案。《秦风·驷驖》第二章:"公曰左之,舍拔则获。"笺云:"左之者,从禽之左射之也。"此诗美秦襄公田猎,有上下文,语意鲜明,笺得其义。以彼例此,《裳裳者华》之"左""右",也是从君田猎之臣驱兽以待君射。"宜"意为宜于君射,"有"意为射得兽。射得兽用于什么呢?本章五、六句:"维其有之,是以似之。"传:"似,嗣也。"笺云:"维我先人,有是二德,故先王使之世禄,子孙嗣之。今遇谗陷并进,而见弃绝也。""我先人"之说,笺以意添加,诗句本无。"维其有之"之"其",指代前文之"君子",此"似"通"祀",是说"君子"田猎得禽用之于祀。本诗共四章,由此本书对前一章即第三章毛郑之外立一新解。第三章曰:"裳裳者华,或黄或白。我觏之子,乘其四骆。乘其四骆,六辔沃若。"于后四句传:"言世禄也。"笺云:"我得见明王德之驳者,虽无庆誉,犹能免于谗陷之害,守我先人之禄位,乘其四骆之马,六辔沃若然。"我们认为此四句全是白描,写的是诗人"我"眼中实看到的"君子"射猎时的车马之盛,是一个特写镜头。唯有写车马,方可见得与"君子"身份相称的排场来。那么这章头两句也就好懂了。此两句下笺云:"华或有黄者,或有白者,兴明王之德,时有驳而不纯。"说这两句是"兴",甚是。不过笺对兴义讲错了。诗人正是用"华""或黄或白"之鲜明以兴"君子"服马之丽。诗句"兴"的也不是古之"明王",而是当下之"君子",正是由于诗人经历了一次可歌可咏之事,触动了他的诗情,发而成篇。通过对这两章的考辨,得以明白:传对"左""右"以哲学思想解之,不是诗之原义。诗尚实,传务虚。

二 天人感应思想

麟之趾,振振公子。(《周南·麟之趾》)

传:兴也。麟信而应礼,以足至者也。振振,信厚也。

传意是说,麟有信德,公子信厚,这两句诗是以麟比公子。其中"麟信而应礼"意思是国家治理得有礼就会出现有信德的麟,反映了当时的天人感应思想。这种思想把德分为五种,即五德:礼、信、义、智、仁,依次互为母子,修母能致子。就是说,统治者若有礼,就会致来有信德的麟。统治者有信，则有义德的白虎会出现。《召南·驺虞》："于嗟乎驺虞！"传："驺虞，义兽也。白虎黑文，不食生物，有至信之德则应之。"在《诗经》中还有一处，毛传也以这种思想解释。《大雅·卷阿》："凤皇于飞，翙翙其羽，亦集爰止。"传："凤皇，灵鸟，仁瑞也。"对于传的这个解释，段玉裁评论道："此传及《说文》皆当作'礼鸟也'。《麟之趾》传言'麟信而应礼'；《驺虞》传言'驺虞，义兽也，有至信之德则应之'。此传意谓'礼而应仁'，言礼鸟而应仁德之瑞也。"① 段玉裁的意思是说，毛传"凤皇，灵鸟仁瑞也"中"灵鸟"之"灵"应为"礼"，本书认为，段说虽有理，但传之"灵鸟"未必错误。其实传的"仁瑞"意谓仁德之瑞，即凤皇是应人之有仁德者而出的"瑞"鸟，当然是有礼德的。传未言"礼"而意在其中，不必改字。这种思想在《左传》中就有反映。《左传·昭公二十九年》载：这年秋天，龙出现在绛郊，魏献子问太史蔡墨："我听人说，动物里面没有比龙聪明的，因为龙不能让你活着抓捕到，说龙聪明，是这样的吗？"蔡墨回答道："是人知道的少，而不是龙聪明。"他下面的话，以自己对上古之事的知识，证明以前是有龙的。魏献子问："那么现在为什么没有龙呢？"蔡墨说道："夫物，物有其官，官修其方，朝夕思之。一日失职，则死及之，失官不食。官宿其业，其物乃至。若泯弃之，物乃坻伏，郁湮不育。故有五行之官，是谓五官，实列受氏姓，封为上公，祀为贵神。社稷五祀，是尊是奉。木正曰句芒，火正曰祝融，金正曰蓐收，水正曰玄冥，土正曰后土。龙，水物也，水官弃矣，故龙不生得。"② 蔡墨认为物都有官治理，居官敬业，所治之物就来；失职，所治之物就不会光顾。所以设置了掌管五行的官，龙属水物，水官不称职，龙不能捉到活的。可以明白，魏献子以为龙"不生得"是因为龙聪明，而蔡墨认为这是水官没有尽职的缘故。蔡墨的这种说法，就是天人感应的思想，不过在蔡墨那，"天""人"之间是以类相互感应的："水官"属人，"龙"属天，水官修，则属于其职责范围的"水物"龙会出现。到了西汉初年，这种天人感应的思想由于战国时代产生的五行学说而具有了不同的内涵，天人间以类相感的说

---

① （清）段玉裁撰：《诗经小学二种》（上），广西师范大学出版社 2019 年版，第 29 页。
② 杨伯峻编著：《春秋左传注三》（修订本），中华书局 2009 年第 3 版，第 1500—1502 页。

法被修正为母能致子。我们在东汉章帝朝的经古文学者服虔所注的《左传》，可以看到这一思想的系统表达。《左传·哀公十四年》云："十四年春，西狩于大野，叔孙氏之车子锄商获麟，以为不祥，以赐虞人。仲尼观之，曰：'麟也'，然后取之。"[1] 服注："视明礼修而麟至，思睿信立白虎扰，言从义成神龟在沼，听聪知正而名山出龙，貌恭体仁则凤凰来仪。"[2] 毛传在西汉初，服虔在东汉，毛传注《诗》，服虔注《左传》，同属经古文学者，二说先后相应，足见天人感应思想之深入人心及盛行时间之长久。

三 节物思想

鱼丽于罶，鲿鲨。（《小雅·鱼丽》）

传：太平而后微物众多，取之有时，用之有道，则物莫不多矣。古者不风不暴，不行火。草木不折，不操斧斤，不如山林。豺祭兽然后杀，獭祭鱼然后渔，鹰隼击然后罻罗设。是以天子不合围，诸侯不掩群，大夫不麛不卵，士不隐塞，庶人不数罟，罟必寸，然后入泽梁。故山不童，泽不竭，鸟兽鱼鳖皆得其所然。

这段传文，因"鱼丽于罶，鲿鲨"而发，道出了古人开发自然资源时的节制思想。诗句只说到渔，毛传连带而及猎，显示了儒者节而用之的情怀。

第四节 毛传训诂的不足与错误

一 误释假借字

毛传有时没有正确地指出某字在诗句中用为假借字，望文生义，造成错误。例如：

1. 肃肃—缩缩　肃肃兔罝，椓之丁丁。（《周南·兔罝》）

传：肃肃，敬也。

---

① 杨伯峻编著：《春秋左传注四》（修订本），中华书局 2009 年第 3 版，第 1682 页。

② 转引自（西汉）毛亨传，（东汉）郑玄笺，（唐）孔颖达疏，龚抗云、李传书、胡渐逵整理《毛诗正义》，北京大学出版社 1999 年版，第 60—61 页。

传训"肃肃"为"敬",不为无据。《尔雅·释训》:"穆穆、肃肃,敬也。"① 这一解释不一定适用于《诗经》中所有的"肃肃"。对于以下二例显然可通:《召南·小星》:"肃肃宵征,夙夜在公。"《周颂·雍》:"有来雍雍,至止肃肃。"这两例中,"肃肃"修饰人的动作或状态,可释为"敬"。但在《兔罝》此句中,"肃肃"修饰的"兔罝"是物而不是人,移录《尔雅》之训则有张冠李戴之嫌。马瑞辰云:"'肃肃'盖'缩缩'之假借。《通俗文》:'物不申曰缩。'兔罝本结绳为之,言其结绳之状则为缩缩。"② 马说可从。闻一多《诗经新义》:"肃当读为缩,缩犹密也。"③ 亦同马说。

2. 宜—我　黾勉同心,不宜有怒。(《邶风·谷风》)

阜阳汉简诗经 S030:□我有怒采□。④ 对应今本《毛诗》"不宜有怒。采葑(采菲)"。"宜",上古音疑母歌部字;"我",上古音也是疑母歌部字。无论"宜"假借为"我"还是"我"假借为"宜",似乎都可以讲得通。胡平生就此认为:"此句'我'字亦可能仍应读为尔我之'我',与毛诗异文异义。"⑤ "不我××"句式还见于本诗第三章第四句"不我屑以"和第五章首句"不我能慉"。由此看,认为是"宜"假借为"我"更合理。不过毛公所览有限,无缘看到地下出土文物,遑论择善而从了。

3. 车—居　惠而好我,携手同车。(《邶风·北风》)

传:携手就车。

传把"车"当成名词,以本字读之。阜阳汉简 S045 号为"惠而好我,携手同居"。《诗经》叠章中有的仅换一字,意义相关,词性相同。本诗前两章对应的诗句为"携手同行""携手同归","行""归"都为动词,则第三章"携手同□"处"□"为动词符合《诗经》的通例。"居"可作动词,可训为"处"。《易·系辞下》:"上古穴居而野处。"⑥ "居"

① (晋)郭璞注,(宋)邢昺疏,李传书整理:《尔雅注疏》,北京大学出版社2000年版,第104页。

② (清)马瑞辰撰,陈金生点校:《毛诗传笺通释》(全三册),中华书局1989年版,第57页。

③ 闻一多:《古典新义·诗经新义》,商务印书馆2011年版,第63页。

④ 胡平生、韩自强:《阜阳汉简〈诗经〉研究》,上海古籍出版社1988年版,第48页。

⑤ 胡平生、韩自强:《阜阳汉简〈诗经〉研究》,上海古籍出版社1988年版,第48页。

⑥ (唐)李鼎祚集注,王鹤鸣、殷子和整理:《周易集解》,中央编译出版社2011年版,第267页。

"处"对文。《吕氏春秋·离俗》："仁者居之。"高诱注："居，处也。"①
"同行"号召逃跑，"同归"指示归趋（有德者），"同居"指明目的，层层递进。又上古"车、居"音韵地位相同，刘熙《释名·释车》："车，古者曰车，声如居。"②《尔雅·释草》："望，乘车。"陆释文："居，本亦作车。"③《庄子·徐无鬼》："若乘日之车而游于襄城之野。"释文："元嘉本车作居。"④ "车""居"可通假，则《诗经》"携手同车"之"车"，为"居"的假借字。

4. 殄—腆　燕婉之求，籧篨不殄。（《邶风·新台》）

传：殄，绝也。

笺云：殄当作腆。腆，善也。

传解"殄"为"绝"，根据《尔雅》。《尔雅·释诂》："殄，尽也。"⑤ "尽""绝"同义词，传以"绝"替换"尽"。"尽""绝"是"殄"的常用义，也是"殄"的本义。《说文·歺部》："殄，尽也。"但此处"殄"解为"绝"不通，当从笺说。《新台》共三章，是讽刺卫宣公夺儿媳占为己有之诗。诗人站在女方的立场上，首章曰："燕婉之求，籧篨不鲜。"二章曰："燕婉之求，籧篨不殄。"末章曰："燕婉之求，得此戚施。"三章诗意是统一的。"籧篨不鲜""籧篨不殄""得此戚施"都是说卫宣公之老丑。

5. 陨—隓　桑之落矣，其黄而陨。（《卫风·氓》）

传：陨，惰也。

陆德明《经典释文》："隋，字又作堕，唐果反。"⑥ 根据《释文》，

---

① 许维遹撰，梁运华整理：《吕氏春秋集释》，中华书局2009年版，第511页。

② （东汉）刘熙撰，（清）毕沅疏证，王先谦补，祝敏彻、孙玉文点校：《释名疏证补》，中华书局2008年版，第246页。

③ （清）郝懿行撰，王其和、吴庆峰、张金霞点校：《尔雅义疏》，中华书局2017年版，第736页。

④ （清）郭庆藩撰，王孝鱼点校：《庄子集释》，中华书局2012年第3版，第826页。

⑤ （清）郝懿行撰，王其和、吴庆峰、张金霞点校：《尔雅义疏》，中华书局2017年版，第101页。

⑥ （西汉）毛亨传，（东汉）郑玄笺，（唐）孔颖达疏，龚抗云、李传书、胡渐逵整理：《毛诗正义》，北京大学出版社1999年版，第232页。

则传之"惰"另有异文"隋""堕"。阮元以为"惰"为误字①，"隋"字是。今从之。闻一多云："上章曰'桑之未落，其叶沃若'，本章曰'桑之落矣，其黄而陨'，分喻颜色之盛衰，语意相偶，句法亦当一律。'其叶沃若'专据颜色而言，则'其黄而陨'亦当专言颜色，不涉他意。疑陨当读为煴。《汉书·礼乐志》'珠煴黄'《注》引如淳曰：'煴音殒，黄貌也。'字一作芸。《裳裳者华》'芸其黄矣'，《传》：'芸，黄盛也。'又作焜。《文选》乐府《长歌行》'常恐秋节至，焜黄华叶衰'，《注》：'焜黄，色衰貌也。'陨煴芸焜并字异而意同。《传》读芸如字，训为隋（堕），既与上句落字义复，又与前章句法参差，是以知其不然。"② 阜阳汉简诗经字正作"芸"。阜阳汉简诗经 S070"（其黄而）芸。自我（徂尔）"之残。《说文》："芸，草也。"《说文》无煴字。《集韵·文韵》："煴，黄貌。"③ "陨、芸"均当是煴的假借字。

6. 纪—杞　堂—棠　终南何有？有纪有堂。（《秦风·终南》）

传：纪，基也。堂，毕道平如堂也。

笺云：毕也堂也，亦高大之山所宜有也。毕，终南山之道名，边如堂之墙然。

王引之《经义述闻》"有纪有堂"条根据三家诗"纪"作"杞"、"堂"作"棠"的异文，认定"纪"为"杞"之通假，"堂"为"棠"之通假，"杞"与"棠"是本字，指两种树。④ 一是从古人用字规律看，"纪"和"杞"同韵，"堂"和"棠"同音，符合叠韵通假和同音通假要求；二是从全诗看，一章的"有条有梅"是讲有两种树，此训正好与之相对；三是从全书看，《诗经》中所有"山有×""山有××""×山有×"句式，都是讲有植物，有树木花草，此训正合全书文例。

---

① （西汉）毛亨传，（东汉）郑玄笺，（唐）孔颖达疏，龚抗云、李传书、胡渐逵整理：《毛诗正义》，北京大学出版社 1999 年版，第 232 页。

② 闻一多：《诗经通义乙》，《闻一多全集 4·诗经编下》，湖北人民出版社 1993 年版，第 158 页。

③ 赵振铎校：《集韵校本》，上海辞书出版社 2012 年版，第 271 页。

④ （清）王引之撰，中国训诂学会研究会主编：《经义述闻》，江苏古籍出版社 2000 年版，第 137 页。

7. 匪—彼　匪风发兮，匪车偈兮。(《桧风·匪风》)

传：发发飘风，非有道之风。偈偈疾驱，非有道之车。

《说文·匚部》："匪，器似竹匪。"显然不合语境。从传解句来看，是将诗句中的两个"匪"字都读为"非"，由此，将"匪风"解为"非有道之风"，将"匪车"解作"非有道之车"，似乎"风"也有了"有道""无道"之分。毛公是否受了战国宋玉《风赋》的影响呢？但本书更倾向于比较朴实的解释。《广雅》："匪，彼也。"① 清王念孙引这两句诗以证之，认为"'匪'当为'彼'"。② "彼"为指示代词，用于远指，《诗经》中有用例。《小雅·伐木》云："相彼鸟矣，犹求友声。""彼"用在名词"鸟"之前，以此例之，"彼"亦可用在"风""车"之前，王说可信，传说则是错的。

8. 旅—膂　旅力方刚。(《小雅·北山》)

传：旅，众也。

《说文》："旅，军之五百人。"引申为众义。但此义并不恰当。"旅力"在《诗经》时代可视为一个稳固的双音词，这从古文献使用情况可以看到。《大雅·桑柔》："靡有旅力。"《尚书·秦誓》："番番良士，旅力既愆。"③《国语·周语》："四军之帅，旅力方刚。"《广雅》："膂，力也。"④ 清代王念孙认为，"旅"与"膂"同；"膂""力"一声之转。⑤今按：《说文·吕部》："吕，脊骨也。象形。膂，篆文吕。"则"吕""膂"同字，依《说文》体例，"吕"为籀文、古文，先出，象形字；"膂"为后出形声字，从肉旅声，"旅"与"吕"音同而借其义；⑥ "旅"为"膂"的省借字。又《说文·力部》："力，筋也。象人筋之形。"由此看，"吕""力"二字，都像人体的发力器官，容易组成一个双音词，表示"力气"这个抽象、概括的意义。传训"旅"为"众"是错误的。

① (清) 王念孙，张其昀点校：《广雅疏证》(点校本)，中华书局 2019 年版，第 414 页。

② (清) 王念孙，张其昀点校：《广雅疏证》(点校本)，中华书局 2019 年版，第 414 页。

③ (西汉) 孔安国传，(唐) 孔颖达正义，黄怀信整理：《尚书正义》，上海古籍出版社 2007 年版，第 816 页。

④ (清) 王念孙，钟宇讯点校：《广雅疏证》，中华书局 2004 年版，第 44 页。

⑤ (清) 王念孙，钟宇讯点校：《广雅疏证》，中华书局 2004 年版，第 44 页。

⑥ 这就是杨树达先生所说的"造字时有通借"。见杨树达《积微居小学述林》，中华书局 1983 年版，第 97—109 页。

9. 皇—往　先祖是皇，神保是飨。(《小雅·楚茨》)

传：皇，大。

笺云：皇，暀也。先祖以孝子祀礼甚明之故，精气归暀之，其鬼神又安而飨其祭祀。

"先祖是皇，神保是飨。"二句对偶，"先祖""神保"都是名词，"飨"为动词，则"皇"也有可能是动词。《说文·示部》："祊，门内祭，先祖所徬徨。"此为声训，许慎以"徬"释"祊"，"徬""祊"义皆为庙门。《尔雅》："徨，往也。"许慎所谓"徬徨"义为先祖之魂灵在门(徬)附近来往(徨)。笺语中有"归暀"一词。《说文·日部》："暀，光美也。"从"暀"的本义看，应是形容词。则笺虽未明言，"归暀"之"暀"似亦假为"往"。"先祖是皇"一语，也见《小雅·信南山》，云："先祖是皇，报以介福，万寿无疆。"笺云："皇之言暀也。先祖之灵归暀是孝孙而报之以福。"又《鲁颂·泮水》："烝烝皇皇。"笺云："皇皇当作暀暀，暀暀犹往往也。"由以上可知，"先祖是皇"之"皇"当为"往"的假借字，是表示位移的动词，句义是说孝子祭祀先祖，先祖的灵魂往而飨祭品。传释为"大"，看作形容词，不合诗义。①

10. 景—迥　高山仰止，景行行止。(《小雅·车舝》)

传：景，大也。

传解"景"为"大"，虽据雅训，但于诗义未切。《尔雅·释诂》："……京……景……，大也。"邢疏："景者，《周颂·潜》篇云：'以介景福。'"②邢意是说，《周颂·潜》"以介景福"之"景"可解为大。于句义可通。"景"的本义为日影，此句之"景"，实为"京"之借字。《说文》："京，人所为绝高台。"是说人为而非自然形成的高台谓之京。"京"的这个本义引申出抽象的大义是很有理的。《方言》："秦晋之间，凡人大谓之奘，燕之北鄙、齐楚之郊或曰京。"③"奘""京"可认为同字，在解为"大"时，都可认为是其本义。二字古音同，只是造字方法

---

① 可参(清)马瑞辰，陈金生点校《毛诗传笺通释》，中华书局1989年版，第702、703页。

② (晋)郭璞注，(宋)邢昺疏，李传书整理：《尔雅注疏》，北京大学出版社2000年版，第10、11页。

③ (清)钱绎撰集，李发舜、黄建中点校：《方言笺疏》，中华书局2013年第2版，第21页。

不同，前者形声，后者象形。① 但《尔雅》解为"大"的"景"则是假借字。《尔雅》对"京""景"都解为"大"，"京"是本字，"景"是假借字，解释了"京"的引申义和"景"的假借义。而且，《尔雅》释"景"为大，但这不等于说《诗经》中的"景"字都义为"大"。闻一多指出，景、迥声近，《礼记·中庸》"衣锦尚褧"，《仪礼·士昏礼》"母加景"作"褧"。② 可从。"景行"即"迥行"，与"高山"对偶，义为远道，此"行"为名词。"景行"之"景"，认为是"迥"的借字，更切句义。

11. 串—混，昆，犬 帝迁明德，串夷载路。(《大雅·皇矣》)

传：串，习。夷，常。路，大也。

诗句中的"串夷"是周代西部一种族名。郑笺："串夷即混夷，西戎国名也。"《小雅·采薇》序"西有混夷之患"是笺所本。孔疏云："《书传》作'昆夷'，盖昆、混声相近，后世而作字异耳。或作'犬夷'，犬即昆字之省也。"清马瑞辰指出，《尔雅·释诂》"串、贯"并训"习"，"串"即"毌"之隶变，"贯、毌"古今字，"混""贯"双声，"昆"与"混""贯"亦双声，故知"串夷""混夷"为一，皆"昆夷"之假借。③ "串夷""混夷""昆夷""犬夷"是同一部族在不同时期、不同文献的称呼与记录，郑、孔、马三家说是。

12. 介—祸 履帝武敏歆，攸介攸止。(《大雅·生民》)

传：介，大也。攸止，福禄所止也。

《尔雅·释诂》："弘、廓、宏、溥、介……，大也。"传依据雅训。《释诂》中"介"有"大"训，但这不意味着诗句之"介"都为"大"义。在以下用例中，"介"无疑训为"大"。《小雅·楚茨》："报以介福，万寿无疆。"《大雅·崧高》："锡尔介圭。"《生民》之"介"能不能解为"大"呢？民国时期，闻一多受西学的影响，将此诗以民俗学的眼光解释，云："所谓'帝'实即代表上帝之神尸。神尸舞于前，姜嫄尾随其后，践神尸之迹而舞，其事可乐，故曰'履帝武敏歆'，犹言与尸伴舞而

---

① 唐僧法名玄奘，义为玄之大者。

② 闻一多：《古典新义》，商务印书馆2011年版，第179页。

③ (清) 马瑞辰，陈金生点校：《毛诗传笺通释》，中华书局1989年版，第843页。

心甚悦喜也。'攸介攸止','介'林义光读为'愒',息也,至确。盖舞毕而相携止息于幽闲之处,因而有孕也。"①《说文·心部》:"愒,息也。""愒"在《诗经》中还有用例,《大雅·民劳》:"民亦劳止,汔可小愒。"

"攸介攸止"一语,也见于《小雅·甫田》,云:"攸介攸止,烝我髦士。"毛传同字同义者例不出注。笺云:"介,舍也。礼,使民锄作耘籽,闲暇则于庐舍及所止息之处,以道艺相讲肄,以进其为俊士之行。"笺训介为"庐舍"之"舍",名词,于义为近,但终未达一间。《诗经》四字句中,在同一虚字之后跟两个不同的实字,组成"虚 A 虚 B"句式,则这两个实字之字义相类,词性也相同,此为一通例。所以,此例之"介"还是应读为"愒"。

13. 性—生　俾尔弥尔性,似先公遒矣。(《大雅·卷阿》)

"性"字传无说。西周铜器铭文和《诗经》的《雅》《颂》是同时期的文献,其用词往往相同,可以利用来校读《诗经》。王国维据蔡姞簋"弥厥生"指出该句的"性"当读为"生","弥生"就是长命的意思。《卷阿》小序云:"召康公戒成王也。"② 内容为臣下对周王的祝颂之辞。自古至今,长寿都是人生福气的一个重要方面,③ 王说可从。

14. 绍—弨　王舒保作,匪绍匪游。(《大雅·常武》)

传:舒,徐也。保,安也。匪绍匪游,不敢继以敖游也。

传在对译时以"继"解"绍",是读"绍"如字。从形式上看,《诗经》之"匪……匪……"这一句式,第一个"匪"与第二个"匪"后的两个词词类相同,词义相近,是由两个否定性词语构成的并列短句,前后两个"匪……"是对等而非一偏一正、前偏后正。笺云:"绍,缓也。"释义正确。则"匪绍匪游"为不怠慢之义。释文云:"徐云:'郑尺遥反。'"则郑玄读为"弨","弨"之本义为弓弛,引申为精神涣散,切合诗义。传读"绍"如字是错误的。

① 闻一多:《神话与诗》,武汉大学出版社 2009 年版,第 67 页。

② (西汉)毛亨传,(东汉)郑玄笺,(唐)孔颖达疏,龚抗云、李传书、胡渐逵整理:《毛诗正义》,北京大学出版社 1999 年版,第 1126 页。

③ 《尚书·洪范》:"九,五福:一曰寿,二曰富,三曰康宁,四曰攸好德,五曰考终命。"寿被列为"五福"之首。见(汉)孔安国传,(唐)孔颖达正义,黄怀信整理《尚书正义》,上海古籍出版社 1999 年版,第 47 页。

二 误解义位

同一个字，从对应的词来说，可有多个词义，到底用的是哪个义项，则要通过语境来确定。在义项认定方面，毛传也存在错误。例如：

1. 方　简兮简兮，方将万舞。（《邶风·简兮》）

传：方，四方也。将，行也。以干羽为万舞，用之宗庙山川，故言于四方。

传意为，"方"为地点副词，修饰动词"将"。看看"方"在《诗经》中其他用例。《小雅·节南山》："天方荐瘥，丧乱弘多。"笺云："天气方今又重以疫病，长幼相乱，而死丧甚大多也。"《小雅·正月》："燎之方扬，宁或灭之？"《小雅·北山》："嘉我未老，鲜我方将。旅力方刚，经营四方。"《大雅·行苇》："敦彼行苇，牛羊勿践履。方苞方体，维叶泥泥。"以上诸例中，"方"都用在谓词之前，表示动作进行或状态持续，为时间副词，义为"方今"，正在。此诗"方将万舞"之"方"同义，传解为"四方"是错的。

2. 考槃　考槃在涧，硕人之宽。（《卫风·考槃》）

传：考，成。槃，乐也。

朱熹《诗集传》引陈氏说："考，扣也。槃，器名。盖扣之以节歌，如鼓盆拊缶之为乐也。"李樗、黄櫄《毛诗集解》："考槃者，犹考击其槃以自乐也。"当以朱、李、黄之说为是。"考"为敲击义，《诗经》中还有用例。《唐风·山有枢》："子有钟鼓，弗鼓弗考。"又《小雅·湛露》："厌厌夜饮，在宗载考。"以上二例中，"考"均为敲击乐器义。

比较《考槃》"考槃在涧"与《湛露》"在宗载考"的词序，是很有意思的。前者为动补结构，地点补语"在涧"在动词之后，后者为一紧缩结构，地点状语"在宗"在动词"载考"之前。为什么要这样安排呢？这全是诗人遣词造句时押韵的需要。为了看得清楚，我们把《考槃》三章全部移录如下：

考槃在涧，硕人之宽。独寐无言，永矢弗谖。
考槃在阿，硕人之薖。独寐无歌，永矢弗过。
考槃在陆，硕人之轴。独寐无宿，永矢弗告。

为了三章都能押韵，第一章的"考槃"必须置于"在涧"之前。《湛露》的第二章为：

> 湛湛露斯，在彼丰草。厌厌夜饮，在宗载考。

为了与前文"在彼丰草"押韵，"载考"须置于"在宗"之后。

传训"考"为"成"，是"考"的另一义，实由考老、考室义引申而来。训"槃"为"乐"，实由盘桓、盘游的"盘"而来，在此都迁而不切。

3. 驳　山有苞栎，隰有六驳。（《秦风·晨风》）

传：驳如马，倨牙，食虎豹。

《尔雅·释木》："驳，赤李。"① 三国吴陆玑《毛诗草木鸟兽虫鱼疏》云："驳马，梓榆也。其树皮青白驳荦，故谓之驳马。下章云'山有苞棣，隰有树檖'，皆山、隰之木相配，不宜云兽。"② 以上二说均以为"驳"是一种树名，陆玑更解释了其得名理据，并指出文本根据，可从。传说虽取自《尔雅·释畜》，但在《尔雅》中，"驳"已经是一个多义词，在诗《晨风》的语境中，宜认为指树名。

4. 周　载驰载驱，周爰咨诹。（《小雅·黄黄者华》）

传：忠信为周。

传"忠信为周"是引《国语·鲁语》所载叔孙豹对诗句的发挥为训，不必看作"周"字在本句中的词义。还可以举出《诗经》中相同的句式，《大雅·绵》："自西徂东，周爰执事。"在这两句中，"咨诹"与"执事"为动词，"爰"为虚词，"周"当为周遍、周全义。朱熹《诗集传》："周，遍。"③ 今之成语中亦有"严于律己"，词法结构同于"周爰咨诹"与"周爰执事"，不同点是虚词用了"于"而不是"爰"，"爰"更为古老。

---

① （晋）郭璞注，（宋）邢昺疏，李传书整理：《尔雅注疏》，北京大学出版社 2000 年版，第 304 页。

② 转引自（西汉）毛亨传，（东汉）郑玄笺，（唐）孔颖达疏，龚抗云、李传书、胡渐逵整理《毛诗正义》，北京大学出版社 1999 年版，第 430 页。

③ （宋）朱熹注，赵长征点校：《诗集传》，中华书局 2011 年版，第 132 页。

5. 周　彼都人士，狐裘黄黄。其容不改，出言有章。行归于周，万民所望。(《小雅·都人士》)

毛传：周，忠信也。

前文已经说到，传"周，忠信也"之训是引《国语》为说。笺同意，云："都人之士所行，要归于忠信。""周"字在《诗经》中是一个多义词，其实在这里是地名。在《诗经》中可举出相同的句式，《大雅·大明》："挚仲氏任，自彼殷商，来嫁于周，曰嫔于京。乃及王季，维德之行。"在《尚书》中也有类似用例，《尚书·周书·酒诰》："厥或诰曰群饮，汝勿佚，尽执拘以归于周，予其杀。"①《诗》《书》两例中，"于周"分别在位移动词"嫁""归"后，作补语，对动作的方向给予说明。只不过两个"周"所处的位置不同，"来嫁于周"写的是太任从殷商来嫁给王季，王季是太王之子、文王之父，那时周人还住在岐山周原，其中的"周"在今陕西岐山县；《酒诰》是周人灭商后周公诫康叔而作，"尽执拘以归于周"的"周"指镐京或成周，地点在今陕西西安或河南洛阳。据邵炳军先生的研究，"《都人士》为周大夫美平王自西申东归镐京时万民群集、观者如堵热烈场面之作"，"当作于东迁洛邑之前，即平王元年（前770年）顷"②，则"行归于周"的"周"也指镐京，地点在今陕西西安东郊。

6. 世之不显，厥犹翼翼。思皇多士，生此王国。王国克生，维周之桢。(《大雅·文王》)

毛传：皇，天。

"皇"是形容词，非名词。

7. 京　殷士肤敏，裸将于京。(《大雅·文王》)

毛传：京，大也。

挚仲氏任，自彼殷商，来嫁于周，曰嫔于京。乃及王季，维德之行。(《大雅·大明》)

---

① （西汉）孔安国传，（唐）孔颖达正义，黄怀信整理：《尚书正义》，上海古籍出版社2007年版，第561页。

② 邵炳军：《〈小雅·正月〉〈雨无正〉〈都人士〉〈鱼藻〉创作年代考论——春秋诗歌创作年代考论之十五》，《德音斋文集·诗经卷》（下册），上海大学出版社2017年版，第490—495页。

毛传：京，大也。

《尔雅·释丘》："绝高为之，京；非人为之，丘。"引申为大义。《释诂》："京，大也。"是传所本。"京"虽有"大"的义项，但在这里，宜解为京都，周京，是专有名词。"京"作为表示地点的专有名词，在周族发展的不同阶段，所处的地理位置有所不同。《大雅·公刘》："笃公刘，逝彼百泉，瞻彼溥原，乃陟南冈，乃觏于京"，"度其夕阳，豳居允荒"，此"京"在豳地。有人实地考察，认为今甘肃宁县当地人习称为"公刘邑"的庙咀坪遗址"太子冢"就是先周时期京的所在地。① 古公迁岐，"周原膴膴"。《大明》："挚仲氏任，自彼殷商，来嫁于周，曰嫔于京。乃及王季，维德之行。"《思齐》："思媚周姜，京室之妇。"《皇矣》："依其在京，侵自阮疆。陟我高冈，无矢我陵，我陵我阿。无饮我泉，我泉我池。度其鲜原，居岐之阳，在渭之将。万邦之方，下民之王。"此三处"京"都在岐。岐周的"京"在哪儿呢？1976 年，在陕西岐山县京当镇发掘的"甲组"西周建筑基址，或认为诗中之"京"即此地。② 文王晚年伐崇，"作邑于丰"，在沣河西岸。武王灭商，在沣河东岸建了镐。《下武》云"下武维周，世有哲王。三后在天，王配于京"，此"京"指镐京，在今西安西郊。上揭《文王》诗句所在的第五章云："侯服于周，天命靡常。殷士肤敏，裸将于京。厥作裸将，常服黼冔。王之荩臣，无念尔祖！"诗为成王朝"周公既成洛邑，朝诸侯，率以祀文王焉"时所作，本章是对前来助祭的殷商遗民的劝诫之辞，则所谓"京"在洛邑。而《曹风·下泉》云："忾我寤叹，念彼京周。"此诗据学者研究，是一首与春秋时期晋人相关的作品，为颂美晋荀跞纳周敬王于成周之事而作，写于鲁昭公三十二年（前 510 年）前后，③ 那么"京"也指洛阳的成周。

8. 樕　芃芃棫朴，薪之槱之。（《大雅·棫朴》）

毛传：槱，积也。

"槱"，上古音声母为以母，韵部属幽部。《说文·木部》："槱，积

---

① 雍际春：《秦早期历史研究》，中国社会科学出版社 2017 年版，第 127 页。

② 雍际春：《秦早期历史研究》，中国社会科学出版社 2017 年版，第 127 页。

③ 马银琴：《两周诗史》，社会科学文献出版社 2006 年版，第 286 页。

木燎之也。从木，从火，酉声。"许慎对"槱"字本义的说解采用了毛诗传，对核心义素有所遗漏。"槱"的本义是积木燎之并奠之以酒。"槱"由"酉"孳乳。《说文·酉部》："酉，就也。八月黍成，可为酎酒。象古文'酉'之形。古文酉，从卯。卯为春门，万物已出。酉为秋门，万物已入。一，闭门象也。凡酉之属皆从酉。"甲骨文"酉"像尖底酒坛子形状。"酉""酒"古今字，"酉"的本义为酒，义项增多，造专字"酒"表"酉"的本义。"槱"由"木""火""酉"三部分组成，积柴即"木"只占其一，而且倒酒即"酉"应是该字的主要义素。

9. 夷　帝迁明德，串夷载路。(《大雅·皇矣》)

传：夷，常。

正如清代郝懿行所说，传解"夷"为"常"，是读"夷"为"彝"。《尔雅·释诂》："彝，常也。"① "串夷"为部族名。

10. 路　帝迁明德，串夷载路。(《大雅·皇矣》)

传：路，大也。

《诗经》中的"路"字，有的是大义，其义见载于《尔雅》，用例如《小雅·采薇》："彼尔维何？维常之华。彼路斯何？君子之车。"又《鲁颂·閟宫》："路寝孔硕，新庙奕奕。"有的并非大义，其义项不见载于《尔雅》，却为古代文献所用，也为后世所编字书补录。《孟子》："是率天下而路。"赵岐注："是率导天下之人以赢路也。"② 赵岐以复语"率导"解单文"率"，以复语"赢路"解单文"路"，"率导"同义连文，"赢路"亦同义连文。"赢路"为疲弱义。《广雅·释诂》："赢，恶也。"③ 王念孙疏证："赢，劣之恶也。"④ 毛传将"串夷载路"的"路"解作"大"是错的。

11. 翼　黄耇台背，以引以翼。(《大雅·行苇》)

传：引，长。翼，敬也，

---

① （清）郝懿行撰：《尔雅义疏上》，王其和、吴庆峰、张金霞点校，中华书局 2017 年版，第 33—34 页。

② （东汉）赵岐注，（宋）孙奭疏，廖名春、刘佑平整理：《孟子注疏》，北京大学出版社 2000 年版，第 172—173 页。

③ （清）王念孙，张其昀点校：《广雅疏证》，中华书局 2019 年版，第 264 页。

④ （清）王念孙，张其昀点校：《广雅疏证》，中华书局 2019 年版，第 265 页。

贻厥孙谋，以燕翼子。(《大雅·文王有声》)

传：燕，安。翼，敬也。

有严有翼，共武之服。(《小雅·六月》)

传：严，威严也。翼，敬也。

"翼"的本翼为翅膀，如《曹风·蜉蝣》"蜉蝣之翼，采采衣服"之"翼"。引申为动词，如《大雅·生民》："诞置之含冰，鸟覆翼之。"义为用翅膀掩护住。《大雅·行苇》、"以引以翼。"笺云："在前曰引，在旁曰翼"，将"引""翼"都解为动词，对二者的词义也作了区分。《大雅·文王有声》"以燕翼子"之"翼"也应看作动词，词义更为抽象，与"燕"组成同义连文"燕翼"。在《小雅·六月》"有严有翼"中，"严""翼"均为形容词用为名词，传说是。笺云"有威严者，有恭敬者"，给形容词后加了"者"字，使表义更为显豁。显然，毛传对上面三处"翼"字的解释，根据的都是《尔雅·释诂》"翼，敬也"之训，没有从词类、词义上加以区分。

12. 类　孝子不匮，永锡尔类。(《大雅·既醉》)

传：类，善也。

《尔雅·释诂》："类，善也。"[①] 是毛传所本。《尔雅》所解为"类"的引申义，也未必是对此诗之"类"所作的解释，而为毛传照搬。其实这里的"类"当解为族类。本章共四句，云："威仪孔时，君子有孝子。孝子不匮，永锡尔类。""君子"指主祭周成王，这章意为，周成王祭祀祖先的威仪很好，祖先之神就会让他有孝子。孝子源源不断，是不会少的，祖先永远会赐给你以与你相同的族类。也就是说，在天之祖先会让周成王一族人丁旺盛。这个意思得到了下章的呼应。下章云："其类维何？室家之壶。君子万年，永锡祚胤。"开头两句"其类维何？室家之壶"就是对"类"的说明——室家繁衍。后两句"君子万年，永锡祚胤"中的"胤"与前章中的"类"不同，"类"指族类，同族的人，"胤"指周成王的王位继承人。"类"为单音词，后来随着汉语的双音词化，发展出新的双音词"族类"，专门表示"类"的这一义项，在先秦就

---

① (清)郝懿行撰，王其和、吴庆峰、张金霞点校：《尔雅义疏》，中华书局 2017 年版，第 20 页。

有用例的。如《国语·楚语上》："教之《春秋》，而为之耸善抑恶焉，以劝戒其心……教之'训典'，使知族类，行比义焉。"① 在这里，是用"族类"来表示西周时期"类"要表达的意思的。

"孝子不匮，永锡尔类"两句诗在《左传》中被引用过，隐公元年云："君子曰：'颍考叔，纯孝也，爱其母，施及庄公。《诗》曰：孝子不匮，永锡尔类。其是之谓乎？'"王力主编的《古代汉语》对所引诗句的解释是："孝子的孝没有穷尽，永久把它给与你（指孝子）的同类。"② 我们知道，《左传》引《诗》的方式多是"断章取义"，是对诗句创造性地运用。把特定的诗句从原来的语境中摘出来，组合到一个新的语境当中，诗句的意思与所表原意比较，就发生了变化。就此例来说，在"君子"的言论中，将"孝子不匮，永锡尔类"安排到"颍考叔，纯孝也，爱其母，施及庄公"后面，"孝子不匮"的意思就由原来的周成王的孝子不会少（人丁兴旺）变为"孝子的孝没有穷尽"，这是典型的"增字解经"，凭空加了"的孝"二字；"永锡尔类"的施动者本来是享用祭品的祖先之神灵，在这里却变成了"颍考叔"；所赐之物也由为主祭者所看重的具体的子孙后代而变为抽象的孝。就《左传》而言，王力编《古代汉语》对诗句的翻译不错，但就诗句在《诗经》中的语境来说，则是不合原意的。

13. 将　我将我享，维羊维牛，维天其右之。（《周颂·我将》）

传：将，大。享，献也。

此例的"将"，笺训为"犹奉也"。孔颖达《毛诗正义》："将与享同类。"孔氏的意思是说，"将"与"享"都是动词，表示祭祀的动作。郑、孔说可从。传解"将"为"大"，在雅训中也能找到出处。《尔雅·释诂》："将，大也。"③ 不过大义是否符合诗句语境，则另当别论。在《诗经》中，处于对文位置的词，义类相同。下文"维羊维牛"中，"羊""牛"也同为牺牲。在别的篇章中，如《小雅·楚茨》也写了祭祀

---

① 徐元诰集解：《国语集解》，王树民、沈长云点校，中华书局 2002 年版，第 485—486 页。

② 王力主编：《古代汉语》（校订重排本）第一册，中华书局 1999 年版，第 13 页。

③ （晋）郭璞注，（宋）邢昺疏，李传书整理：《尔雅注疏》，北京大学出版社 2000 年版，第 10 页。

场面："或剥或亨，或肆或将"，"剥""亨""肆""将"均为动词。以此例之，传解"将"为大是错的。

　　"将"在《诗经》全书中是一个高频词，由于所录诗歌时间跨度大，"将"的词义得到了充分发展，词类也从实词到虚词均有分布。在实词用法中，既有动词用例，也有形容词用例。"将"的本义所属范畴为动词，这从字形上可以看出来：以手持肉置于几案之上。除本例外，其他如《周颂·访落》"将予就之，继犹判涣"，《敬之》"日就月将，学有缉熙于光明"，《大雅·文王》"殷士肤敏，祼将于京"，《桑柔》"国步蔑资，天不我将"，《小雅·无将大车》"无将大车，祇自尘兮"，《鹿鸣》"吹笙鼓簧，承筐是将"，《召南·鹊巢》"之子于归，百两将之"，《郑风·丰》"子之昌兮，俟我乎堂兮，悔予不将兮"。其中"祼将于京"与"我将我享"一样，都描写祭祀场面。

　　"将"的大义，据本书研究，非其本义，而是假借义。"将"假借为"壮"，这可以从毛亨、郑玄的注释实践中得到印证。《小雅·北山》"嘉我未老，鲜我方将"毛传："将，壮也。"《礼记·射义》"幼壮孝弟"郑玄注："壮或为将。"[①] 将，精母，阳部；壮，照二，阳部。声母相近，韵部相同，音近可通。《诗经》其他用例如《小雅·正月》"民之讹言，亦孔之将"。其虚词用法，如《小雅·谷风》"将恐将惧，维予与女；将安将乐，女转弃予"。

　　毛传援引《尔雅》解释《诗》句的时候，对一些字的常用义不取，而采信其引申义或假借义，但这种意义放到语境中去并不切合，这时候，本书更倾向于从具体文句出发选择前贤中比较优长的说法。另外，值得一提的是，《尔雅》的释义，是为解经服务的，一些字的常用义它倒不收的，而收的是该字的余义，且这一意义为特定《诗》句而设，并未涵盖《诗经》中该字的全部意义。对于《尔雅》所列的词义，不问恰当与否，拿来随意硬套，会使读者不知所云，造成理解错误。

　　14. 假　奏鼓简简，衎我烈祖。汤孙奏假，绥我思成。（《商颂·那》）

　　传：假，大也。

　　在《诗经》中祭祀先祖的诗篇中，习见"昭假""奏假"二语，怎

---

① （东汉）郑玄注，（唐）孔颖达疏，龚抗云整理：《礼记正义》，北京大学出版社 2000 年版，第 1919—1920 页。

样解释，历来有不同说法。清马瑞成认为："假"与"格"一声之转，故通用。《尔雅·释诂》："格，至也。"① 其说可从。奏，即奏乐，具体指前文的"奏鼓"。"奏假"意为演奏的乐声上达先祖。传将"假"解为"大"，其依据来源于《尔雅》。《尔雅·释诂》："假，大也。"② 但在《尔雅·释诂》中，"假"除了大义，还列有两个义项："升也"③"嘉也"④。显然，升义符合"奏假"的语境。

三　误解词义

1. 流　参差荇菜，左右流之。（《周南·关雎》）

传：流，求也。后妃有关雎之德，乃能共荇菜，备庶物，以事宗庙也。

前文提到，传将"流"解为"求"，是因为看到后文"窈窕淑女，寤寐求之"，就方法来说，属于对比经文为训。一个疑难词，这样解释是要冒风险的。"参差荇菜，左右流之"与其后的"窈窕淑女，寤寐求之"虽然整齐对仗，但对"参差荇菜，左右流之"句义的理解不同，可导致对"流"字的不同解释。如将这两句解为河水将荇菜向左向右的漂流⑤，则"流"字可按"如"字读之，此处为使动用法，义为使……流，即及物动词，而"流"的这种用法在《诗经》中很常见，如《王风·扬之水》："扬之水，不流束薪。""左右流之"的"之"指代前句之"荇菜"。清方玉润云："'流'即荇菜菜之随水而流，'左右流'，言其左右皆流而无方也。"⑥ 认为"流"是自动词，其主语是"荇菜"而不是河水，且

---

① （清）马瑞辰撰，陈金生点校：《毛诗传笺通释》（全三册），中华书局1989年版，第1158—1159页。

② （晋）郭璞注，（宋）邢昺疏，李传书整理：《尔雅注疏》，北京大学出版社2000年版，第10页。

③ （晋）郭璞注，（宋）邢昺疏，李传书整理：《尔雅注疏》，北京大学出版社2000年版，第51页。

④ （晋）郭璞注，（宋）邢昺疏，李传书整理：《尔雅注疏》，北京大学出版社2000年版，第49页。

⑤ 毛传将"左右流之"的主语理解为"后妃"。

⑥ （清）方玉润撰，李先耕点校：《诗经原始》（全二册），中华书局1986年版，第74、75页。

"之"字无说，可谓未达一间。"流"在这里读为本字，还可以从文字学上找到佐证。与"流"在同一语境中"荇菜"是一种生长于水上的可食之菜，"菜"为通名，"荇"为专名，"荇"从艹行声，艹以示类，行以表德，行者，流也，正因为这种菜随水漂流，故以"荇"名之。

2. 不　南有乔木，不可休息。汉有游女，不可求思。（《周南·汉广》）

传：南方之木美。乔木，上竦也。思，辞也。汉上游女，无求思者。

传将"不"解为"无"。

3. 济有深涉，深则厉，浅则揭。（《邶风·匏有苦叶》）

传：以衣涉水为厉，谓由带以上也。揭，褰衣也。

值得一提的是，这两句诗被后出的《论语·宪问》所引："子击磬于卫。有荷蒉而过孔氏之门者，曰：'有心哉，击磬乎！'既而曰：'鄙哉，硁硁乎！莫己知也，斯己而已矣。深则厉，浅则揭。'"苞氏曰："以衣涉水为厉。揭，揭衣。言随世以行己，若遇水必以济，知其不可则当不为也。"[1] 传、苞从根本上说均袭自《尔雅》。《尔雅·释水》云："'济有深涉，深则厉，浅则揭'，揭者，揭衣也。以衣涉水为厉。由膝以下为揭，由膝以上为涉，由带以上为厉。"[2] 但雅训却是有问题的。"厉""砺"古今字，谓砺石，可以踩在上面过河。在没有桥梁的上古时代，踩砺石过河是生活中常有的事。"深则厉"正谓河水深了就踩着石头过河。对"济由深涉，深则厉，浅则揭"这一语段，《尔雅》的作者对"浅则揭"的理解无疑是正确的，但对"深则厉"的阐发："以衣涉水为厉""由带以上为厉"，只是由"揭"的揭衣义反向推论而来却是靠不住的。该义实则"厉"与衣无关。《说文·水部》："砅，履石渡水也。从水石。《诗》曰：深则砅。""砺""砅"同字，只是造字方法不同，后者会意，前者形声。清俞樾《春在堂随笔》卷六："余与陈、沈两君皆下舆步行，履石渡水者数次，诗人所谓'深则砅'也。"[3] 俞氏从自己的生活经验出发，对诗意

①（南朝·梁）皇侃撰，高尚榘校点：《论语义疏》，中华书局2013年版，第383—384页。

②（清）郝懿行撰，王其和、吴庆峰、张金霞点校：《尔雅义疏》，中华书局2017年版，第663页。

③（清）俞樾：《春在堂随笔》，朝华出版社2017年版，第227页。

作了确解，对许慎的说法表示认同。"厉"为砺石义，可从同为《邶风》的《谷风》篇得到印证。该诗有句云："就其深矣，方之舟之；就其浅矣，泳之游之。""就其深矣，方之舟之"与"深则厉"可为类比，都是过河水深时借助外力之意。砺石除踩着过河之外，还可以采来当磨刀石。如《大雅·公刘》"涉渭为乱，取厉取锻"，"厉"即砺石。再如《卫风·有狐》："有狐有狐，在彼淇厉。"胡承珙《毛诗后笺》解《卫风·有狐》句"在彼淇厉"之"厉"字云："此'厉'当为'濑'之借字。《史记·南越传》'为戈船下厉将军'，《汉书》作'下濑'。《说文》：'濑，水流沙上也。'《楚辞》：'石濑兮浅浅。'是'濑'为水流沙石间，当在由深而浅之处。上章'石绝水曰梁'，为水深之所；次章言'厉'，为水浅之所；三章言'侧'，则在岸矣。立言次序如此。"① 胡说可从，但"厉""濑"当为古今字的关系，"厉"先造，"濑"后出，"厉"非"濑"之借字。由此，可知传"以衣涉水为厉"的说法是错误的。探究传说致错的原因，除没有排比《诗经》中"厉"字的其他用例以求其义以外，还有一点，就是受到后文"浅则揭"的影响，一味从衣服方面寻求句意，以为"深则厉"的"厉"也与衣服有关。"厉"和"揭"虽然处于对文的位置，"揭"跟衣服有关，但"厉"的词义不必跟衣服有关，可以是无关的，将"厉"解释为一种过河方式即可。

4. 磬　纵　送　抑磬控忌，抑纵送忌。(《郑风·大叔于田》)

毛传：骑马曰磬。止马曰控。发矢曰纵。从禽曰送。

除"止马曰控"外，传所谓"骑马曰磬""发矢曰纵""从禽曰送"均可疑。其实这里的"磬"是石制的乐器，其状似矩。在"磬控"中，"磬"字用作状语，指人身曲折如磬。《礼记·曲礼下》："立则磬折垂佩。"②《史记·滑稽列传·西门豹》："西门豹簪笔磬折。"张守节正义："磬折，谓曲体揖之，若石磬之形曲折也。"③"磬控"的意义为骑手弯腰身体像磬那样控马。"纵"与"磬"对应，指的是一种身体状态。身体坐

---

① （清）胡承珙撰，郭全芝校点：《毛诗后笺》（上），黄山书社 2014 年版，第 319 页。

② （东汉）郑玄注，（唐）孔颖达疏，龚抗云整理：《礼记正义》，北京大学出版社 2000 年版，第 120 页。

③ （西汉）司马迁撰，（宋）裴骃集解，（唐）司马贞索隐，（唐）张守节正义，中华书局1982 年版，第 3212 页。

直，拴着马的缰绳放松，让马奔跑，就是"纵送"。《大叔于田》全诗三章，第二章后四句是："叔善射忌，又良御忌。抑磬控忌，抑纵送忌。"第三章后四句是："叔马慢忌，叔发罕忌。抑释掤忌，抑鬯弓忌。""叔善射忌，又良御忌"两句是先总说射御，接下来分说，"抑磬控忌，抑纵送忌"只承"良御"而言；"叔马慢忌，叔发罕忌"也是先总说御射，而"抑释掤忌，抑鬯弓忌"仅承射事为言，语句安排甚为均匀。毛传"骑马曰磬"之说不够确切，让人不明就里；"发矢曰纵""从禽曰送"之释于古无征，虽然是通过寻绎句意而得到的词义训解，却是错误的。

5. 英　羔裘晏兮，三英粲兮。（《郑风·羔裘》）

传：三英，三德也。

《尚书·周书·洪范》与《周礼·地官司徒》均有"三德"之说，[①]虽然两书中"三德"的内容并不相同，但传之"三德"显然由此而来。毛于"粲"无说。笺云："粲，众意。"综合传、笺，则"三英粲兮"句意为身具三德之人好多啊。但毛传对"英"、郑玄对"粲"的解释都是错误的。先说"粲"。郑玄释"粲"为"众意"是对《周语》相关文句的误解。《国语·周语》云："女三为粲。……夫粲，美之物也。"[②] 这里的"粲"指的是女子的艳丽，即下文的"美"，而不指"众"。至于"英"，其实与《郑风·清人》"重英"之"英"、《鲁颂·閟宫》"朱英"之"英"均为英饰。所以"三英粲兮"意为羔裘的三条英饰好灿烂啊。[③]

6. 沃　素衣朱襮，从子于沃。（《唐风·扬之水》）

传：沃，曲沃也。

---

① （西汉）孔安国传，（唐）孔颖达正义，黄怀信整理：《尚书正义》，上海古籍出版社1999 年版，第 465 页。（东汉）郑玄注，（唐）贾公彦疏，彭林整理：《周礼注疏》，上海古籍出版社 2008 年版，第 493 页。

② 参见上海师范大学古籍整理组校点《国语》，上海古籍出版社 1978 年版，第 8 页。所引文为密康公母亲对密康公所说的话。当时的情况是：密康公从周恭王游于泾水之上，有三个女子奔密康公，其母劝说将这三个女子进于恭王，密康公没有听。本书认为密康公的母亲是一位熟读《诗》的贵妇，她知道《羔裘》"三英粲兮"这句诗，恰好三个女子奔她儿子，她为了劝说其子，就将这句诗作一改动，将"英"替换为"女"，变动字序，就成了"三女为粲"的说辞。这与《左传》引《诗》赋《诗》一样，都属于对《诗》的活学活用。

③ "粲""灿"是一对古今字，音同而声符不同，造字时取象于米，指米的颜色，今天还用"黄灿灿"一词形容米。

传解"沃"为"曲沃"，将此诗与晋国的重大历史事件联系起来。虽然"沃"与"曲沃"之"沃"同字，似有根据，但求得字义，还要从领悟诗的整体意思入手。这首诗共三章，云：

> 扬之水，白石凿凿。素衣朱襮，从子于沃。既见君子，云何不乐？
> 扬之水，白石皓皓。素衣朱襮，从子于鹄。既见君子，云何其忧？
> 扬之水，白石粼粼。我闻有命，不可以告人。

细品诗义，本书不同意序说，而认为是写男女相偕游乐、偷情之诗。全诗以女方口吻写出。三章开头两句是兴，以水石相激喻男女相与。"素衣朱襮""素衣朱襮"为女方服饰。首章、次章"子""君子"均指男方，"子"为面称代词，"君子"为名词。"沃"为通名，义为水边平地，而非传所谓专名。"鹄"通"皋"，水边高地，亦为通名，非传之"曲沃邑也"。《左传·襄公二十五年》云："町原防，牧隰皋，井衍沃。"①"皋""沃"对文，与此诗正同。末章"我闻有命"之"我"为女诗人自指，"命"指男方说给自己不可告诉别人的话。自抒其情，言为心声，女诗人形象鲜活逼真。读诗可得人性之真者，以此。《召南》中有一首《野有死麕》，也是三章，末章云："舒而脱脱兮！无感我帨兮，无使尨也吠！"为女提醒男方之辞，与此诗男丁嘱女同科。又《焦氏易林》"否之师"云："扬水潜凿，使石洁白。里素表朱，游戏皋沃。得君所愿，心志娱乐"②《易林》作者也以此诗写男女游玩之事。③

---

① 杨伯峻编著：《春秋左传注》（修订本），中华书局 2009 年第 3 版，第 1107 页。

② （西汉）焦延寿，尚秉和注，王鹤鸣、殷子和整理：《焦氏易林注》，九州出版社 2013 年版，第 97 页。

③ 《焦氏易林》题汉焦延寿撰。但自明代学者郑晓以来，以为非焦氏所作，到近现代，胡适认为是东汉崔篆作。尚秉和以为是西汉焦赣作。参见《中国思想学说史》（秦汉卷），王子今、方光华、黄留珠，广西师范大学出版社 2008 年版，第 481—486 页。由此知道，与毛公同时代的西汉或东汉人，对此诗就有不同的解读。我们认为，毛传儒学解诗的趋向影响了其对诗旨的认识，倒是易学家，由于学术态度较为独立，其眼光更接近于诗意的本真。

7. 盬　王事靡盬，不能艺稷黍，父母何怙？（《唐风·鸨羽》）

传：盬，不攻致也。

"王事靡盬"一语，除本诗外，还见于《小雅·四牡》《采薇》《杕杜》《北山》。"盬"的本义为未经加工的盐，① 传所谓"不攻致也"是"盬"的引申义。但以上各诗都表达的是诗人同时也是役人不得养亲的怨恕之情，清王引之认为"靡盬"之"盬"即《尔雅》"苦，息也"之"苦"②。按《尔雅·释诂》："栖迟、憩、休、苦……，息也。"③ 则诗句义为王的征役没有止息，只有这样解，"王事"才成为"怨"的对象。

8. 萚　八月其获，十月陨萚。（《豳风·七月》）

毛传：萚，落也。

汪维辉指出，"十月陨萚"的结构同此诗前两句"四月秀葽，五月鸣蜩"，"陨萚"与"秀葽""鸣蜩"一样，都是"动词＋名词"，"萚"应指枯叶。④ 汪说甚为精到，对"萚"的词义和词类的看法可从。至于为什么要采用"动名"的词序，本书认为这与诗人缀句时的押韵有关。无论是"四月秀葽，五月鸣蜩"，还是"八月其获，十月陨萚"，念起来都是很顺口的。"萚"字在《诗经》中共出现 3 次，除本诗外，还有"萚兮萚兮，风其吹女"（《郑风·萚兮》），"乐彼之园，爰有树檀，其下维萚"（《小雅·鹤鸣》），无一例外都是名词。毛传错。

9. 有周不显？帝命不时？（《大雅·文王》）

毛传：有周，周也。

"有周"中的"周"指地，是地名；而"有周"指人，意为占有"周"这个地方的部族。"有周"已词化，可看作复合词，内部结构为述宾，"有"的词素义为占有、领有，整体为名词。一个部族和这个部族所生活的那块地方，是一而二、二而一的关系。传将"有周"解为"周"，

---

① 此义见王力主编，《王力古汉语字典》，中华书局 2000 年版，第 781 页。《说文·盐部》："盬，河东盐池也。"将"盬"的本义视为地名，本书不采此说。

② （清）王引之撰，中国训诂学会研究会主编：《经义述闻》，江苏古籍出版社 2000 年版，第 136 页。

③ （清）郝懿行撰，王其和、吴庆峰、张金霞点校：《尔雅义疏》，中华书局 2017 年版，第 224 页。

④ 汪维辉：《训诂基本原则例说》，《汉字汉语研究》2018 年第 1 期。

没有指出"周"与"有周"最初所指的不同，没有对"有周"作内部分析，在今天看来，是其缺点；当然，或许他那时候已经说不清楚了。

10. 缉熙　穆穆文王，于缉熙敬止。（《大雅·文王》）

毛传：缉熙，光明也。

传说来自《国语》。《周颂·昊天有成命》也有"缉熙"一词："于缉熙，宣厥心，肆其靖之。"《国语·周语下》记载晋国大夫叔向引此诗并释之云："缉，明也。熙，广也。"① 毛传取之，变"广"为"光"并颠倒"明、广"的顺序而成常见的"光明"。暂时放下叔向的解说，先来看此条毛传。将"缉熙"解为"光明"，肯定是有问题的。《周颂·敬之》云："日就月将，学有缉熙于光明。"在这里，将"缉熙"解作"光明"，则与诗句的"光明"重复。本书试为解释：缉，本义为绩麻，引申为积累；熙，同"曦""熹"，早晨的日光，小光。后有双音词"晨曦"，又有"熹微"，如陶渊明《归去来兮辞》"恨晨光之熹微"。由此，"缉熙"义为积累小明。这样解释，于"学有缉熙于光明"也能讲通。其实叔向将"缉"解为"明"，这个"明"可能是"勉"的意思；将"熙"解为"广"，即广业。则"缉熙"义为勤勉以广业，差近原意。《诗经》中"缉熙"多用来说周文王，正合勤勉造周的形象。

11. 无　王之荩臣，无念尔祖！（《大雅·文王》）

毛传：无念，念也。

诗句所在的第四章："侯服于周，天命靡常。殷士肤敏，裸将于京。厥作裸将，常服黼冔。王之荩臣，无念尔祖！"诗之下文第五章："无念尔祖，聿修厥德。永言配命，自求多福。殷之未丧师，克配上帝。宜鉴于殷，骏命不易。"第四章说"殷士"参加周王组织的祭祀文王的活动，"王之荩臣，无念尔祖"是告诫参加周王祭礼的"殷士"的话，意为周王进用之臣（即"殷士"）啊，心里不要念你们自己的祖先了！下章开头的"无念尔祖，聿修厥德。永言配命，自求多福"四句是说，不要念你们的祖先，快修德吧，永远配合天命，以求多福。传解

---

① （三国·吴）韦昭注，徐元诰集解，王树民、沈长云点校，《国语集解》，中华书局 2019年版，第 111 页。

"无念"为"念",视"无"为不表意虚词,是错误的;"无"是否定副词,用在动词前面,意为不要。

四 解错词在语境中的含义

1. 上 文王在上,於昭于天。(《大雅·文王》)

毛传:在上,在民上也。

在上,在天上。

2. 作 松桷有舄,路寝孔硕。新庙奕奕,奚斯所作。(《鲁颂·閟宫》)

毛传:有大夫公子奚斯者,作是庙也。

这里"作"字的含义,有可能理解为作庙,像毛传那样;也有可能理解为作诗,也就是作了本诗。东汉以来的学者在他们的赋作中有着不同于毛传的新说,例如班固《两都赋序》云:"皋陶歌虞,奚斯颂鲁,同见采于孔氏,列于《诗》《书》。"① 王延寿《鲁灵光殿赋序》:"诗人之兴,感物而作,故奚斯颂僖,歌其路寝,而功绩存乎辞,德音昭乎声。"② 宋范处义《诗补传》、王质《诗总闻》皆认同毛传。

到了清代,学者们对这一问题又有新说,马瑞辰的说法有代表性,他说:"班固《两都赋序》:'奚斯颂鲁。'李善注引薛君《章句》曰:'是诗公子奚斯所作也。'扬子《法言》:'正考父常晞尹吉甫矣,公子奚斯常晞正考甫矣。'王延寿《鲁灵光殿赋》:'奚斯颂僖。'……其说均本《韩诗》,以'奚斯所作'为作颂,与《节南山》'家父作诵',《巷伯》'寺人孟子,作为此诗',《崧高》《烝民》并言'吉甫作诵',皆于篇中见意,文法相类。此诗不言'作颂'者,以言'作颂'则于韵不相协也。"③

---

① (南朝·梁)萧统辑,(唐)李善注:《宋尤袤刻本文选一》,国家图书馆出版社 2017 年版,第 81 页。

② (南朝·梁)萧统辑,(唐)李善注:《宋尤袤刻本文选三》,国家图书馆出版社 2017 年版,第 183 页。

③ (清)马瑞辰撰,陈金生点校:《毛诗传笺通释》下册,中华书局 1989 年版,第 1155—1156 页。

马说甚精微，他在西汉四家《诗》之《韩诗》说的启发下，综合比较"作"在同类篇章中的用例来考求其含义，并从创作层面说明了不说"作颂"而说"所作"的原因。下面本书跟着马氏的思路，将相关诗句所在的第八章全部引录于下，并重新标点，这样本章的句群就呈现出不同的面貌来：

> 徂来之松，新甫之柏，是断是度，是寻是尺。松桷有舄，路寝孔硕，新庙奕奕。奚斯所作，孔曼且硕，万民是若。

现在可以清楚地看到，由于毛传没有正确地划分句群，误将"松桷有舄，路寝孔硕。新庙奕奕，奚斯所作"四句诗作为一个注释单位，而没有去考虑后面的"孔曼且硕，万民是若"两句，相应地就将"奚斯所作"的"作"解为修造之义。在将句群作了重新划分之后，就会知道"松桷有舄，路寝孔硕，新庙奕奕"三句是用来写庙的；"奚斯所作，孔曼且硕，万民是若"是说《閟宫》这首诗的——对其作者、规模及受推崇等方面都做了交代。这样处理，表义句群和押韵单位犁然有划，相得益彰。

五 拆词为训

毛传有时将一个具有整体意义的词分开来解释。例如：

1. 玄黄　陟彼高冈，我马玄黄。(《周南·卷耳》)

传：玄，马病则黄。

意思是说，马本来是玄色的，由于病累而变为黄色。郑笺无注，是同意毛说。朱集传："玄黄，玄马而黄，病极而变色也。"[1] 与毛传同。《周易·坤卦·上六》爻辞："龙战于野，其血玄黄。"高亨《周易大传今注》："玄黄亦可读为泫潢，血流甚多之貌。"[2] 《说文》释"泫"为"湝流也"，"潢"为"积水池"。傅道彬云："《坤》卦爻辞是大地之诗，

---

① (南宋)朱熹注，赵长征点校：《诗集传》，中华书局 2011 年版，第 5 页。
② 高亨：《周易大传今注》，齐鲁书社 1979 年版，第 82 页。

描绘的是秋天大地壮丽景色。"① "此处写寒霜初降之际，蛇奈何不了初来的寒冷相互盘绕撕咬而鲜血淋漓的样子。"② 血流可谓玄黄，马流汗亦可谓玄黄。由此，"玄黄"是形容液体四处流动的状态词。毛传如字读，解释为马变色，不如高氏读为"泫潢"，解为马流汗。要是以变色解之，"龙战于野，其血玄黄。"就难以讲通。血怎么由玄变黄呢？

2. 神保　先祖是皇，神保是飨。（《小雅·楚茨》）

传：保，安也。

笺云：其鬼神又安而享其祭祀。

"先祖是皇，神保是飨"两句对仗整齐，句子结构一致。"先祖"为名词，"神保"亦当为名词，"神""保"不可分训。"保"当训为"依""凭"，"神保"是一个双音词，内部为主谓结构，字面意思是神灵凭依，指的是祭礼中代替祖先、祖先之灵依附其上而接受孝子祭祀的"尸"。正如清代马瑞辰所说，"当以'神保'连读"③。如果说传习惯于解单字，将"保"训为"安"还能说过去的话（"安""依""凭"可视为同义词），笺将诗句"神保是飨"对译为"其鬼神又安而享其祭祀"则与句义更远了。

六　误释词的比喻义

荼　出其闉阇，有女如荼。（《郑风·出其东门》）

传：荼，英荼也。言皆丧服也。

"荼"为一种开白花的植物，传将"有女如荼"解为女皆丧服，是受了此诗《小序》的影响。《小序》云："《出其东门》，闵乱也。公子五争，兵革不息，男女相弃，民人思保其家室焉。"以史说诗的倾向很

---

① 傅氏谓："如果我们除去爻位与断占之辞，而仅仅看爻辞原文的话，应该是这样的结构：

履霜，直方。

含章，括囊。

黄裳。

龙战于野，其血玄黄。"

就成为一首诗。

② 傅道彬：《〈周易〉的诗体结构形式与诗性智慧》，《文学评论》2010 年第 2 期。

③ （清）马瑞辰撰，陈金生点校：《毛诗传笺通释》（全三册），中华书局 1989 年版，第 703 页。

明显。正确与否，则要经过原诗的检验。此诗不长，共两章，引之如下：

> 出其东门，有女如云。虽则如云，匪我思存。缟衣綦巾，聊乐
> 我员。
> 出其闉阇，有女如荼。虽则如荼，匪我思且。缟衣茹藘，聊可
> 与娱。

涵咏此诗，从整体上把握，可认为是男诗人于东门外游乐时写给心仪女主角的诗。"缟衣綦巾""缟衣茹藘"写那位女士的服饰。据马瑞辰的考证，当时"缟衣亦未嫁女所服也"①。春秋时代，遇着民俗节日，士女游玩，是此诗之作的历史文化背景。女青年既多，且服色的主色调为"缟衣"之白，所以诗人以"有女如云""有女如荼"描写再贴切不过，写出了其时之场面。很明显，此诗的情调是欢快的。传解"有女如荼"为"皆丧服也"，则使诗句蒙上了一层悲苦气氛。读《春秋左氏传》，郑国公子五争，确为信史；但郑国同时也是春秋前期的强国，因其富庶，民风欢娱，新乐发达，引领着东周初的时尚文化。传之释，突出了政争而遮蔽了民风，有赖诗句得其正解。

七 以虚为实

1. 嗟 丘中有麻，彼留子嗟。(《王风·丘中有麻》)

传：子嗟，字也。

传将"子嗟"解为男子之字，正确与否，有必要对全诗作一解析。现移录全诗如下：

> 丘中有麻，彼留子嗟。彼留子嗟，将其来施施。
> 丘中有麦，彼留子国。彼留子国，将其来食。
> 丘中有李，彼留之子。彼留之子，遗我佩玖。

---

① （清）马瑞辰撰，陈金生点校：《毛诗传笺通释》（全三册），中华书局1989年版，第282页。

全诗共三章，属于重章叠唱，各章意思大体相同。要对相关字词做出正确的解释，得先从整体上把握全诗的主题。涵咏之，我们体悟到此诗为女子唱给相好之歌，而诗序"思贤也"之说不可从。前两章"丘中有麻""丘中有麦"提示为此女子与"留子"相会的地点。所关联的男主人只有一个，即"留子"，也即末章的"留之子"。由此，"嗟""国"均当为足句的语气词。"嗟"为语气词好懂，"国"为虚词怎么解释呢？我们认为它用在句尾相当于"兮""猗"之类的煞句词。"国"在《诗经》中用为句末语气词固然不多，只此一例，却只能这样看。比如"我"在《小雅·伐木》"有酒湑我，无酒酤我。坎坎鼓我，蹲蹲舞我"四句中也是语气词，不能因为"我"只在这一首诗中有此用法而不予承认。《诗经》注家自毛公以来，没有人看出这一点，两千多年因循旧说而已。"国"上古音韵部为职部，见母，① 也满足语气多为喉音这一规则。② 首章"将其来施施（应只有一个'施'字，见下文）"与次章"将其来食"即"将其来斯"或"将其来止"中的"施""食"与《诗经》中经见的"斯""止"一样，皆为语已词，在上古属舌齿音。将，愿。经过上面的解析，这首诗的内容就至为清晰了。男主人只有一个，而不是毛公所说的留氏父子二人。前两章要其来，末章写"留子"来了，并且送了自己"佩玖"。

2. 施施　彼留子嗟，将其来施施。（《王风·丘中有麻》）

传：施施，难进之意。

《颜氏家训·书证》篇曰："河北《毛诗》皆云'施施'，江南旧本悉单为'施'，俗遂是之，恐为少误。"③ 林义光分析道，经单言"施"，颜氏所亲见，而传、笺重言之曰"施施"。犹《氓》篇"咥其笑矣"，传、笺重言之曰"咥咥"；《芄兰》"垂带悸兮"，传、笺重言之曰"悸悸"④。林氏以河北所传本"施施"是注文窜入经文所致，可从。但他将"施"仍当作实词，并认同诗序所概括的主题，则不可从。我们认为首章

---

① 本书有关上古音，参考了郭锡良《汉字古音手册》，北京大学出版社1986年版。

② 在现代汉语中，句尾语气词"啊""哈"也多为喉音，这与人类叹词由喉发出有关。

③ 王利器撰：《颜氏家训集解》（增补本），中华书局1993年版，第420页。

④ 林义光：《诗经通解》，中西书局2012年版，第89、90页。

的"施"与次章的"食"同为语已词。

《诗经》里有三类语已词，第一类为喉音，如"矣"（匣母，之部）、"兮"（匣母，支部）、"猗"（影母，歌部）、"我"（疑母，歌部）、"忌"（群母，之部）、"国"（见母，职部）。"矣""兮"习见，"国"的用例见上文，其余举例如下：

猗：坎坎伐檀兮，置之河之干兮，河水清且涟猗。（《魏风·伐檀》）

我：有酒湑我，无酒酤我。坎坎鼓我，蹲蹲舞我。（《小雅·伐木》）

忌：叔善射忌，又良御忌。抑磬控忌，抑纵送忌。（《郑风·大叔于田》）

第二类为齿音，如"哉"（精母，之部）、"嗟"（精母，歌部）、"且"（清母，鱼部）、"思"（心母，之部）。"哉""嗟"用为语气词较为常见，"且""思"各举一例：

且：其虚其邪，既亟只且。（《邶风·北风》）

虽则如荼，匪我思且。（《郑风·出其东门》）

不见子都，乃见狂且。（《郑风·山有扶苏》）

思：南有乔木，不可休思。汉有有女，不可求思。（《周南·汉广》）

第三类为舌音，如"也"（余母，歌部）、"止"（章母，之部）、"只"（章母，之部）、"诸"（章母，鱼部）、"施"（书母，歌部）、"食"（船母，职部）、"而"（日母，之部）。"也"常见，"施""食""而"用例如上，"止""只"举例如下：

止：既曰归止，曷又怀止？（《齐风·南山》）

只：母也天只！不谅人只！（《鄘风·柏舟》）

诸：日居月诸，照临下土。（《邶风·日月》）

而：俟我于著乎而，充耳以素乎而。（《齐风·著》）

相当于"斯""止"之类的语已词，同为齿音。

3. 国　丘中有麦，彼留子国。（《王风·丘中有麻》）

传：子国，子嗟父。

国，相当于"兮""猗""我"之类的句末喉音语气词。

4. 食　彼留子国，将其来食。（《王风·丘中有麻》）

传：子国复来，我乃得食。

食，在此非实词，与首章"施"异字而同为助语词。

八　释词义不确

1. 俣俣　硕人俣俣，宫廷万舞。（《邶风·简兮》）

毛传：俣俣，容貌大也。

"俣"，上古音声母为疑母，韵部属鱼部。《说文·人部》："俣，大也。从人，吴声。"许慎对"俣"本义的解说来自毛诗传。"俣"由"吴"孳乳。《说文·矢部》："吴，大言也。""吴"从矢（矢为"人"之讹）从口，突出口，会人大声意。《诗经·周颂·丝衣》："不吴不敖，胡考之休。"毛传："吴，哗也。""吴""哗"同源。"吴"义项增多，加"人"旁造"俣"表其本义。"俣"的本义是大声。"俣俣"是叠音象声词，由"俣"重叠而来，表示程度加强，状舞者"硕人"跳舞时喊出的声音。毛传将其解为"容貌大"是错误的。

2. 瑳　巧笑之瑳，佩玉之傩。（《卫风·竹竿》）

毛传：瑳，巧笑貌。

《说文·玉部》："瑳，玉色鲜白。从玉，差声。"毛传将"瑳"解为"巧笑貌"不够确切，没有说出"瑳"的词义。"巧笑之瑳"的"瑳"是状态词，形容女孩子巧笑时露出牙齿的洁白。"瑳"最初指玉器经打磨后的白色，这里状齿白。从"差"声的"醝""齹"均有白义，"醝"为酒之白，"齹"为盐之白。

醝，明李时珍《本草纲目·谷部·造酿类》："《饮膳标题》云：酒之清者曰酿……红曰醍，绿曰醽，白曰醝。"[1] 晋张华《轻薄篇》诗："苍梧竹叶清，宜城九酝醝。"《宋书·王玄谟传》："鮰酱调秋菜，白醝解冬寒。"[2]

齹，《礼记·曲礼下》："凡祭宗庙之礼，……盐曰咸齹。"[3] 北魏郦道元《水经注·涑水》："畦水耗竭，土自成盐，即所谓咸齹也。"[4]

---

① （明）李时珍编纂，刘衡如、刘山永校注：《本草纲目》下册，华夏出版社2011年版，第1045页。

② （南朝·梁）沈约撰：《宋书》（全八册），中华书局1974年版，第1975页。

③ （东汉）郑玄注，（唐）孔颖达疏，龚抗云整理：《礼记正义》，北京大学出版社2000年版，第181—182页。

④ 陈桥驿译注，王东补注：《水经注》，中华书局2009年版，第50页。

《艺文类聚》五七引后汉崔骃《七依》："鹾以大夏之盐，酢以越裳之梅。"①

3. 鳏 敝笱在梁，其鱼鲂鳏。(《齐风·敝笱》)

毛传：鳏，大鱼。

《说文·鱼部》："鳏，鳏鱼也。从鱼，眔声。""眔"非声，"鳏"的声母为牙喉音，"眔"的声母为舌音，二字声母不相同。段玉裁注："鳏多假借为鳏寡字，鳏寡字盖古只作矜。"② 段注将《说文》的"矜"改为"矜"是错的，但认为鳏寡的"鳏"读为"矜"是对的。"矜"是矛杆儿，与"杆""棍"同源，今语谓无妻者为"光棍""光杆"。谓没有枝叶附丽，只有杆儿，以喻无妻。《尚书·尧典》："有鳏在下，曰虞舜。"③ 《孟子·梁惠王》："老而无妻曰鳏。"④ "鳏"本义是体圆的鱼，是渔猎时代造出的会意字，所从"眔"与"涕"是古今字，义为掉泪，会孤独之意。汉刘熙《释名·释亲属》："鳏，昆也。昆，明也。愁悒不寐，目恒鳏鳏然也。故其字从鱼，鱼目恒不闭者也。"⑤ 《白虎通义》："鳏之言鳏鳏无所亲。"李时珍《本草纲目·鳞部三·鱤鱼》："鱤，敢也。……其性独行，故曰鳏。《诗》云'其鱼鲂鳏'是矣。"⑥ "鳏"的语源是"矜"，"矜"只有杆而无枝叶。《诗经·齐风·敝笱》："弊笱在梁，其鱼鲂鳏。"毛传："鳏，大鱼也。"毛传将"鳏"解为"大鱼"只是随文释义，不确，"鳏"本义是圆体鱼。

4. 钦钦 未见君子，忧心钦钦。(《秦风·晨风》)

传：思望之，心中钦钦然。

笺云："言穆公始未见贤者之时，思望而忧之。"《晨风》是思妇诗，

---

① (唐) 欧阳询撰，汪绍楹校：《艺文类聚上》，上海古籍出版社1999年版，第1024页。

② (东汉) 许慎撰，(清) 段玉裁注：《说文解字注》，上海古籍出版社1988年版，第576页。

③ (西汉) 孔安国传，(唐) 孔颖达正义，黄怀信整理：《尚书正义》，上海古籍出版社2007年版，第58页。

④ (东汉) 赵岐注，(宋) 孙奭疏，廖名春、刘佑平整理：《孟子注疏》，北京大学出版社2000年版，第55页。

⑤ (东汉) 刘熙撰，(清) 毕沅疏证，王先谦补，祝敏彻、孙玉文点校，中华书局2008年版，第108页。

⑥ (明) 李时珍编纂，刘衡如、刘山永校注：《新校注本〈本草纲目〉》(第四版)，华夏出版社2011年版，第1617页。

自《小序》以来，毛传、郑笺都解为是刺秦康公之诗，而以为"未见君子，忧心钦钦"两句写的是秦康公的父亲、明君秦穆公对贤臣的思念之情。传"思望之"的"之"，当是诗句"未见君子"中的"君子"，但没有明确指出"思望"的主体，郑笺补出这个主体是"穆公"，还指出传的"思望"一语是对诗句"忧心钦钦"中"忧"的解释，"忧"的原因是"思望"。今天看来，读者需要知道"钦钦"一词的意思，传却没有解释，本书试为索解。

先将《诗经》中写到忧心的诗句作一罗列，从中寻找答案。《小雅·正月》"念我独兮，忧心京京"，传："京京，忧不去也。"传说也有理据不明的缺点。朱熹《诗集传》："京京，亦大也。"① 属望文生义。《邶风·柏舟》"耿耿不寐，如有隐忧"，传："耿耿，犹儆儆也。"朱熹《诗集传》："耿耿，小明，忧之貌也。"② 陈奂《诗毛氏传疏》："《广雅》：'耿耿、警警，不安也。'儆与警通。"③ 高亨《诗经今注》："耿耿，耿字从耳从火，心烦耳热也。"④《楚辞·远游》："夜耿耿而不寐兮。"王逸注："《诗》云：'耿耿不寐。'耿，一作'炯'"。⑤ 可知"钦钦""京京""耿耿""炯炯"有可能是同一个词的不同书写形式。"钦"，上古声韵属溪母、侵部；"京"，见母、阳部；"耿"，见母、耕部；"炯"，见母、耕部。四字声母或同为见母，或见、溪邻纽相近，可视为一声之转。

5. 鳟　九罭之鱼，鳟鲂。（《豳风·九罭》）

毛传：鳟，大鱼。

"鳟"，上古音声母为从母，韵部为文部。《说文·鱼部》："鳟，赤目鱼也。从鱼，尊声。""鳟"由"尊"孳乳。"尊"，上古音声母为精母，韵部为文部。《说文·酋部》："尊，酒器也。从酋，廾以奉之。"本书系统研究全部字音的来源，得知"尊"的字音由"敦"来，"敦"是一种圆形的礼器，"敦"，上古音声母为端母，韵部为文部。"尊"先有圆

---

① （南宋）朱熹注，赵长征点校：《诗集传》，中华书局2011年版，第170页。

② （南宋）朱熹注，赵长征点校：《诗集传》，中华书局2011年版，第21页。

③ （清）陈奂撰：《诗毛氏传疏》，山东友谊书社1992年版，第152页。

④ 高亨注：《诗经今注》，上海古籍出版社1980年版，第36页。

⑤ （南宋）洪兴祖撰，白化文等点校：《楚辞补注》，中华书局1983年版，第163页。

的，带圈形座，后来出现方的。"尊"的本音读同"敦"，声母为舌音，音变读入齿音。① "尊"有圆义，体圆之鱼谓之"鳟"。鳟的体形延长，前部圆筒形，后部侧扁，银灰色，眼上缘红色。《尔雅·释鱼》："鮅，鳟。"郭璞注："似鲤子，赤眼。"② "鮅""鳟"是同一种鱼的不同称呼，其名都源于形体。"鮅"由"必"孳乳，"必"是武器或农具的手柄，手柄圆形，体圆之鱼因谓之"鮅"。郭注语的"鲗"由"军"孳乳，"军"有圆义，鱼圆体呼"鲗"。毛传将"鳟"解作"大鱼"，不够准确。

6. 麌麌　兽之所同，麀鹿麌麌。(《小雅·吉日》)

毛传：麌麌，众多也。

"麌"，上古音声母为疑母，韵部属鱼部。《说文·鹿部》失收。《说文·矢部》："吴，大言也。""吴"从矢(矢为"人"之讹)从口，突出口，会人大声意。"麌"由"吴"孳乳，本义是鹿的鸣叫声。"麌麌"是"麌"的重叠，表示程度加深。毛传将"麌麌"解为麀鹿数目的众多，不切。

7. 艾　夜未艾，庭燎晰晰。(《小雅·庭燎》)

传：艾，久也。

《说文·艹部》："艾，冰台也。从艹，乂声。""艾"是"乂"的对象，由"乂"孳乳，一种药草，可用于针灸。毛传随文释义，不够确切。《左传·襄公九年》："大劳未艾，君子劳心，小人劳力，先王之制也。"③ 又《左传·昭公元年》："一世无道，国未艾也。"④ 又《左传·哀公二年》："忧未艾也。"⑤ 以上四例"未艾"的"艾"均为尽义，是由割草义引申而来。

8. 餤　盗言孔安，乱是用餤。(《小雅·巧言》)

毛传：餤，进也。

---

① 李姣雷《湘西乡话来母读擦音塞擦音现象——兼论闽语来母读 s 声母的来源》一文结论："来母读擦音塞擦音的现象以 [1] 为演变起点是一种可能的演变，可以从端组定母同时有读 [1] 和擦音塞擦音现象得到证实。"《中国语文》2016 年第 4 期。

② (清) 郝懿行撰，王其和、吴庆峰、张金霞点校：《尔雅义疏》，中华书局 2017 年版，第 840 页。

③ 杨伯峻编著：《春秋左传注三》(修订本)，中华书局 2009 年第 3 版，第 968 页。

④ 杨伯峻编著：《春秋左传注四》(修订本)，中华书局 2009 年第 3 版，第 1215 页。

⑤ 杨伯峻编著：《春秋左传注四》(修订本)，中华书局 2009 年第 3 版，第 1617 页。

"燅"字《说文》失收。"燅"由"炎"孳乳，"炎"的语源是"申"，"燅"在诗句中是持续之意。毛传解"燅"为"进"，没有准确地说出"燅"的意思。《尔雅·释诂上》："燅，进也。"①"进"谓进食。据本书研究，"进"为会意字，从"辵"，从"隹"，本义是经过一段距离向神奉献捕获的鸟类，引申为向长者或地位高的人送食物吃。"进"是完成性的动作，而"燅"重在表示祸乱蔓延，强调状态。

九　对表示颜色的状态形容词释义不确

一些表示颜色的状态形容词，在毛传中使用了与普通状态形容词相同的格式，掩盖了其作为表颜色词的性质，将这部分词语挑选出来并一一予以考释。

1. 苍苍　蒹葭苍苍，白露为霜。（《秦风·蒹葭》）

毛传：苍苍，盛也。

"苍苍"为表示颜色的状态词。《庄子·逍遥游》："天之苍苍，其正色邪？"汉蔡琰《胡笳十八拍》："泣血仰头兮诉苍苍，胡为生兮独罹此殃！"曹操《观沧海》诗："东临碣石，以观沧海。"唐白居易《卖炭翁》诗："满面尘灰烟火色，两鬓苍苍十指黑。"唐李华《吊古战场文》："苍苍蒸民，谁无父母？""苍苍""沧"皆就颜色而言，"苍""沧"同源字，声同义同；指植物、天、头发的颜色时用"苍"，指大海的颜色时用"沧"。"苍苍蒸民"的"苍苍"指头发的颜色。《战国策·魏策一》："今窃闻大王之卒，武力二十余万，苍头二千万。"②"苍头"指以青巾裹头的兵卒。毛传将"苍苍"，解为"盛"，不准确。

"苍苍"就青色而言。从文字学上来看，"苍"取象于"艹"，而"青"字取象于"丹"。"苍"是草色，也可指天的颜色，在《诗经》中有之。如《王风·黍离》："悠悠苍天，此何人哉！"又《秦风·黄鸟》："彼苍者天，歼我良人。"《吕氏春秋·当染》："墨子见染素丝者而叹曰：

---

① （清）郝懿行撰，王其和、吴庆峰、张金霞点校：《尔雅义疏》，中华书局 2017 年版，第 84 页。

② （西汉）刘向集录，范祥雍笺证，范邦瑾协校：《战国策笺证下册》，上海古籍出版社 2006 年版，第 1263 页。

染于苍则苍，染于黄则黄。"① "苍"指颜色，还可以从与之同源的"沧"得到印证，"沧"指水的颜色，如"沧海""沧浪"。

现在就作品来分析，"苍苍"在诗人那里被看重的是"蒹葭"的颜色。有必要将第一章全部引用：

> 蒹葭苍苍，白露为霜。所谓伊人，在水一方。溯洄从之，道阻且长，溯游从之，宛在水中央。

诗人用"蒹葭苍苍，白露为霜"两句起兴，这也是他眼前的实景，用以引出"所咏之词"——"所谓伊人，在水一方"。细读开头这四句诗，会发现"蒹葭苍苍，白露为霜"与"所谓伊人，在水一方"内部都是相对的："蒹葭苍苍，白露为霜"是颜色的相对，"苍"跟"白"的对立；而"所谓伊人，在水一方"是人的相对，诗人自己在"水"的这边，"伊人"却"在水一方"（在水的另一方即对岸）。《蒹葭》全诗写的是对"伊人"的追寻，诗人的心理是极细微的：蓬勃青苍、富有生命力的"蒹葭"上突然覆盖了一层"白露"，兴句中颜色的反差已经预示了追寻"伊人"的不易。

事物的性质是多方面的，诗人眼前的这一片"蒹葭"，就颜色来说可谓"苍苍"，而从其呈现出的生命力来看，则是茂盛的。但无论怎么说，传将"苍苍"解为"盛也"，都是遗漏了其主要词义。

2. 采采　蒹葭采采，白露未已。（《秦风·蒹葭》）

毛传：采采，犹萋萋也。

"采""彩"古今字，"采采"即后来之"彩彩"。朱熹《诗集传》："采采，言其盛而可采也。"② 此说错误。《诗经》中有单用"采"字的，是动词，例如，《小雅·采薇》的"采薇采薇，薇亦柔止。"又有叠音词"采采"，有的用在名词前，如《周南·芣苢》："采采芣苢，薄言采之。"毛传："采采，非一采也。"《卷耳》："采采卷耳，不盈倾筐。"朱熹《诗集传》："采采，非一采也。"毛传将"采采"视为动词，朱熹沿袭而已，没有发明。其实两例中的"采采"均为表颜色的状态词，修饰其后的名

① 许维遹撰，梁运华整理：《吕氏春秋集释上》，中华书局2009年版，第47页。

② （南宋）朱熹注，赵长征点校：《诗集传》，中华书局2011年版，第98页。

词。在"采采芣苢，薄言采之"中，"采采芣苢"是受事主语，后一小句中的"采"是谓语动词，"之"复指"芣苢"；在"采采卷耳，不盈倾筐"中，"采采卷耳"是施事主语，谓语动词是"盈"，宾语是"倾筐"。有的"采采"用在名词后面，如上例"蒹葭采采"，则是主谓结构的陈述句，"采采"是对主语"蒹葭"性状的说明。在《诗经》中，"采"是动词，"采采"是状态词；而"采采"即后来的"彩彩"，是对植物"卷耳""芣苢""蒹葭"的描写。"采"是人类进入采集时代后造出的一个字，直观地表示采摘的动作；植物生长到可以采摘的阶段所呈现出颜色状态即"采采"。在战国时期说文文献中，"彩色"的才仍作"采"。《孟子·梁惠王上》："抑为采色不足视于目与？声音不足听于耳与？"[1]"彩"字后出，《说文》所无，新附有之。《文选·汉祢衡鹦鹉赋》："采采丽容，咬咬好音。"[2] 直到祢衡所生活的东汉时期，依旧写作"采采"。从所修饰的"丽容"来看，其表颜色状态词的性质是无疑的，只是由形容蒹葭的茎叶扩展为形容鸟类的羽毛。《文选·南朝梁江淹别赋》出现了"彩"字："日下壁而沉彩，月上轩而飞光。"[3]"彩"和"影"一样，是南北朝时代新造的字。

3. 采采　采采卷耳，不盈倾筐。(《周南·卷耳》)

传：采采，事采之也。

采采芣苢，薄言采之。(《周南·芣苢》)

传：采采，非一辞也。

蒹葭采采，白露未已。(《秦风·蒹葭》)

传：采采，犹萋萋也。

蜉蝣之翼，采采衣服。(《曹风·蜉蝣》)

传：采采，众多也。

上揭四例"采采"，从传的训解看，其在前两首诗中被看作单音动词

---

[1]　(东汉)赵岐注，(宋)孙奭疏，廖名春、刘佑平整理：《孟子注疏》，北京大学出版社2000年版，第27页。

[2]　(南朝·梁)萧统辑，(唐)李善注：《宋尤袤刻本文选四》，国家图书馆出版社2017年版，第85页。

[3]　(南朝·梁)萧统辑，(唐)李善注：《宋尤袤刻本文选四》，国家图书馆出版社2017年版，第232页。

的重叠，在后两首诗中被当成状态词。经过本书研究，认为这四例"采采"都统一是表示颜色的状态词，义为新鲜亮丽，而不是单音动词重叠的形式。

第一例"采采卷耳，不盈顷筐。嗟我怀人，置彼周行"，"采采卷耳，不盈顷筐"这两句是兴，只是为了引出后面两句——嗟叹我怀念那个人啊，他在遥远的周道上——而不必说她自己在采摘卷耳。"采采卷耳"意思其实是鲜嫩的卷耳。

第二例"采采芣苢，薄言采之"，将"采采"理解为表示颜色状态的词，还可以避免与下句中的动词"采"犯重。

第三例"蒹葭采采，白露未已"中的"采采"，理解为颜色词，恰好与本诗第一章形成呼应。第一章"蒹葭苍苍，白露为霜"的"苍苍"，前文已经纠正了毛传"盛也"之训，认为是描写颜色的。

第四例"蜉蝣之翼，采采衣服"，是把"蜉蝣"成虫的薄翼比作鲜艳的衣服，是不难理解的。

既然上面四例中，"采采"都是表示颜色的状态形容词，本书怀疑"采"有可能就是后来的"彩"字。翻检向熹先生的《诗经词典》，没有"彩"字条，意味着《诗经》中没有"彩"字，也说明后世"彩"字的意思在《诗经》中是用"采"来表示的，那时候"彩"还没有从"采"字分化出来。"采"的本义是采摘，被采摘的"卷耳""芣苢""蒹葭"，那种亮丽的色泽，可以称为"采采"，将"采"字重叠一下就可以了。将动作名之为"采"，将动作所及的对象之性状名为"采采"，显示了词汇的发展路径，同时反映了人类认知能力的进步。一开始，"采采"作为颜色词只用于可供"采"摘的植物，后来也可以用到动物身上，用来描写其薄翼的鲜活之色。

十　对拟声词认定有误

一些表示声音的状态形容词，由于毛传使用了与普通状态形容词相同的格式，掩盖了其作为表示声音词的性质，将这部分词语挑选出来并一一予以考释。

1. 肃肃　肃肃兔罝，椓之丁丁。（《周南·兔罝》）

毛传：肃肃，敬也。

肃肃宵征，夙夜在公。实命不同！（《召南·小星》）

毛传：肃肃，疾貌。

"肃肃"作为拟声词，在他处也有使用。《唐风·鸨羽》："肃肃鸨羽，集于苞栩。"毛传："肃肃，鸨羽声也。"又《小雅·鸿雁》："鸿雁于飞，肃肃其羽。"毛传："肃肃，羽声也。"这两处毛传无疑是正确的，也容易理解，"肃肃"连读的字音准确地模拟了鸟类拍打翅膀的声音。同样是"肃肃"，在"肃肃宵征"中，传训"肃肃"为"疾貌"，是怎么回事呢？《尔雅·释诂》："肃，疾也。"① 这是用动词解释状态词。毛传在训释语中用了"貌"这一术语，说明毛公是把"肃肃"看成状态词的。但"貌"的内涵较为宽泛，颜色、声音等都可以包括进去。做进一步的探究，说得确切一点，本书认为，"肃肃"是对夜晚疾行从声音方面做的修饰，即它是一个拟声词。诗写的主人是有君命在身的使者，当他快步行走野外道路上时，脚底与地面及其上的植物之间的摩擦声就是"肃肃"，有过为某件事而在路上奔波经历的人会有较更为亲切的体会。"肃肃"对人类的生产建设活动从声音方面进行描写，还可以举出一例。《小雅·黍苗》："肃肃谢功，召伯营之。""肃肃"极写浩大的营城队伍修建谢邑时赶工的声势，也应当看成象声词。只不过在上举"肃肃宵征"和"肃肃谢功"中，"肃肃"的声音修饰比较隐晦，要凭借生活经验才能揭示出来。

《兔罝》之"肃肃兔罝，椓之丁丁"的"肃肃"，毛传解为"敬也"是错的。毛传的解释有出处。《尔雅·释训》："肃肃，敬也。"② 只不过这条雅训是来解释以下两首诗中的"肃肃"：《周颂·雍》之"有来雍雍，至止肃肃"和《大雅·思齐》之"雍雍在宫，肃肃在庙"。可以说毛传张冠李戴了。

"肃肃"可为拟声词，"肃"单言时也可以是拟声词。《礼记·祭义》："祭之日，入室，僾然必有见乎其位。周还出户，肃然必有闻乎其

---

① （清）郝懿行撰，王其和、吴庆峰、张金霞点校：《尔雅义疏上》，中华书局2017年版，第108页。

② （清）郝懿行撰，王其和、吴庆峰、张金霞点校：《尔雅义疏上》，中华书局2017年版，第409页。

容声。出户而听，忾然必有闻乎其叹息之声。"①"僾然""忾然"指被祭者而言，"僾然"意为隐约的样子，说的是视觉感知，"忾然"是叹气声，诉诸听觉。"肃然"当然是对被祭者"容声"的模拟之词，应当是状行动时发出的声响。又《史记·孝武本纪》："（神君）来则风肃然也。"②"肃"象风声。以上四个双音词中，"然"都是词尾。

再举出成语"栩栩如生"以类比，"栩栩"也是拟声词，像蝴蝶扇动两翅的声音。《庄子·齐物论》："昔者庄周梦为胡蝶，栩栩然蝴蝶也，自喻适志与！不知周也。俄然觉，则蘧蘧然周也。不知周之梦为胡蝶与，胡蝶之梦为周与？周与胡蝶，则必有分矣。此之谓物化。"③成玄英疏："栩栩，忻畅貌也。"④确切地说，"栩栩"也是模拟鼓动两扇翅膀的声音。与"肃肃"不同的是，"栩"为晓母字，属喉音，而"肃"为心母，齿音，对于作者来说，自然界或人类活动的声音，分别挑来合适的字音以象之，以达到形象化的描写效果。

2. 习习　习习谷风，以阴以雨。（《邶风·谷风》）

毛传：习习，和舒貌。

"习习"实为拟声词，状"谷风"之声。毛传"和风貌"有误。"貌"诉诸视觉，声诉诸听觉。"习习"与《郑风·风雨》第二章"风雨潇潇"中的"潇潇"一样，都是风雨之声或风雨触动草木的声音。在上古音中，"习"是邪母字，"潇"是心母字，声属邻纽，描摹的声音也相近。中唐白居易《长恨歌》"黄埃散漫风萧索"，"萧索"二字与"潇""习"声近或同，故得用来模拟自然界风雨之声。

3. 发发　河水洋洋，北流活活。施罛濊濊，鱣鲔发发。葭菼揭揭，庶姜孽孽，庶士有朅。（《卫风·硕人》）

毛传：发发，盛貌。

① （东汉）郑玄注，（唐）孔颖达疏，龚抗云整理：《礼记正义》，北京大学出版社2000年版，第1530页。

② （西汉）司马迁撰，（宋）裴骃集解，（唐）司马贞索隐，（唐）张守节正义：《史记》，中华书局1982年版，第459页。

③ （清）郭庆藩撰：《庄子集释上》，王孝鱼点校，中华书局2012年版，第118页。

④ （西汉）司马迁撰，（宋）裴骃集解，（唐）司马贞索隐，（唐）张守节正义：《史记》，中华书局1982年版，第459页。（清）郭庆藩撰：《庄子集释上》，王孝鱼点校，中华书局2012年版，第118页。

《释文》引马融说："鱼著网，尾发发然。"① 将毛、马两说结合起来，再加上自己的体会，认为"发发"（bō bō）是个拟声词，模拟鱼被捕获时掉尾的声响。"发"之所以能当拟声词用，是因为"发"在上古属于重唇音的帮母，读如［b-］，这样它用来模拟鱼著网的声音是相宜的。"发"当拟声词用，在《诗经》中还有句例。《豳风·七月》："一之日觱发，二之日栗烈。"其中"觱发"双声，且两字皆为入声字，音短促，以像寒风吹折草木的"啪啪"声。又《桧风·匪风》："匪风发兮，匪风偈兮。""发"也是模拟秋冬寒凉季节风触草木之声。

4. 潇潇　风雨潇潇，鸡鸣胶胶。（《郑风·风雨》）

毛传：潇潇，暴疾也。

"潇潇"实为风雨之声。晚唐李商隐诗句："飒飒东风细雨来，芙蓉塘外有轻雷。""潇潇""飒飒"都拟风雨之声。

5. 濊濊　河水洋洋，北流活活。施罛濊濊，鳣鲔发发，葭菼揭揭。庶姜孽孽，庶士有朅。（《卫风·硕人》）

毛传：活活，流也。濊，施之水中。

有的表示声音的状态形容词，毛传用动词语进行了说明。传以动词"流"解"活活"，以动词短语"施之水中"解"濊"。其实"活活""濊濊"都是拟声词，"活活"模拟水流的声音，"濊濊"（huò huò）模拟撒网捕鱼时鱼网与水摩擦发出的声音。在前些年的小学语文课本上，有过"河水哗哗"的话。这"哗哗"大概相当于《硕人》的"活活""濊濊"。"活"字的本义即是水流声，"人活着"的"活"是引申义，由水到处流动的活动义发展出生命有机体的活力义。

毛传"活活，流也。濊，施之水中"没有准确地注出"活活""濊濊"是拟声词，或是由于其简洁的注释风格所致，或是其本来格物上欠工夫，今天就不得而知了。

6. 交交　交交黄鸟，止于棘。（《秦风·黄鸟》）

传：交交，小貌。

交交桑扈，率场啄粟。（《小雅·小宛》）

---

① （西汉）毛亨传，（东汉）郑玄笺，（唐）孔颖达疏，龚抗云、李传书、胡渐逵整理：《毛诗正义》，北京大学出版社1999年版，第226页。

毛传：交交，小貌。

交交桑扈，有莺其羽。（《小雅·桑扈》）

毛传：交交，无说。

"交交"是否表示"小貌"呢？《文选》嵇康《赠秀才入军》诗"咬咬黄鸟，顾畴弄音"①，李善注引此诗"交交黄鸟"，又引古歌"黄鸟鸣相追，咬咬弄好音。"② 嵇康是魏晋作者，化《诗》句为己诗，李善为唐朝注家，援古解今，都以"交交"为"咬咬"之省借，认定为拟声词。其说可从。

7. 睍睆　睍睆黄鸟，载好其音。（《邶风·凯风》）

毛传：睍睆，好貌。

本书认为"睍睆"也是拟声词。同为黄鸟，其叫声在《黄鸟》中拟为"交交"，在《凯风》中拟作"睍睆"，"交""睍""睆"三字均为喉音，故诗人选作用以象声之字。将"睍睆"看作拟声词，诗句本身作了提示——诗曰："载好其音"——则"睍睆"在诗人看来是对黄鸟鸣声的模拟，而且是悦耳的。传之所以将"睍睆"解作"好貌"，从视觉角度考虑，除了没有对诗句作比较综合的研究，还受了"睍睆"二字形旁的误导。从听觉出发，现对另外几首诗中的词做出新解。《郑风·鸡鸣》"鸡鸣喈喈""鸡鸣胶胶"，"喈喈""胶胶"模拟鸡叫声，可为类比。《邶风·简兮》："简兮简兮，方将万舞。"传："简，大也。"《小雅·车舝》："间关车之舝兮，思娈季女逝兮。"传："间关，设舝也。"这两首诗中的"简""间关"三字，虽所拟实物不一，"简"拟乐器声，"间关"拟车行声，但与上揭几例一样都是喉音。传解为"大"，解为"设舝"，则让人不知所云。上举数句诗，其句式一致，都是拟声词打头，这与《魏风·伐檀》的"坎坎伐檀兮，实之河之干兮"相同，也是"坎坎"居首，此例传训"坎坎"为"伐檀声"则无疑是正确的。

---

① （南朝·梁）萧统辑，（唐）李善注：《宋尤袤刻本文选六》，国家图书馆出版社 2017 年版，第 188 页。

② （南朝·梁）萧统辑，（唐）李善注：《宋尤袤刻本文选六》，国家图书馆出版社 2017 年版，第 188 页。

8. 觱发（音 bì bō）　一之日觱发，二之日栗烈。（《豳风·七月》）

毛传：一之日，十之余也。二之日，周正月也。觱发，风寒也。

传解"觱发"为风寒虽不算错，但不够确切，觱发实拟寒风动物声。

9. 栗烈　一之日觱发，二之日栗烈，无衣无褐，何以卒岁？（《豳风·七月》）

毛传：二之日，殷正月也。栗烈，寒气也。

栗烈是寒风动物声。栗烈与凛冽、猎猎都拟寒风触物声。

10. 麌麌　噳噳　兽之所同，麀鹿麌麌。（《小雅·吉日》）

毛传：麌麌，众多也。

魴鱮甫甫，麀鹿噳噳。（《大雅·韩奕》）

毛传：噳噳然，众也。

麌麌、噳噳，同词异字，声旁同为"吴"，拟鹿鸣声。毛传解为众多、众，是语境义。《诗经·小雅·鹿鸣》云："呦呦鹿鸣，食野之苹。"毛传："鹿得萍，呦呦然鸣而相呼，恳诚发乎中。"解"呦呦"为鹿鸣声，得之。麌麌、噳噳、呦呦，实同一词；"麌""噳"为疑母，"呦"影母，属牙喉音，发音部位相近。《说文·口部》："噳，麋鹿群口相聚貌。"释义不确。《小尔雅·广训》："'麀鹿麌麌'，语其众也。"[1] 袭自毛传。

11. 钦钦　鼓钟钦钦，鼓瑟鼓琴，笙磬同音。（《小雅·鼓钟》）

毛传：钦钦，言使人乐进也。

先探究"钦"的本义。《说文·欠部》："钦，欠貌。从欠，金声。"段玉裁注："钦者，倦而张口之貌也。""钦"本义为欠声，打呵欠时发出的声音。《山海经·西山经》："（刚山）刚水出焉，北流注于渭。是多神䰠，其状人面兽身，一足一手，其音如钦。"[2] 郭璞云："钦亦吟字假音。"郝懿行云："《说文》云：'钦，欠貌。'盖人呵欠则有音声也。"[3] 郝说是。本例的"钦钦"拟鼓钟声，传说有误。

---

① 杨琳认为《小尔雅》既然著录于《汉书·艺文志》，其成书当不晚于西汉末年。但今本《小尔雅》中有不少内容却是东汉以后才有的，这些内容应该是东汉以后的人不断增益的。见杨琳《小尔雅今注》，汉语大词典出版社 2002 年版，第 12 页。

② 袁珂校注：《山海经校注》，北京联合出版公司 2014 年版，第 54—55 页。

③ 袁珂校注：《山海经校注》，北京联合出版公司 2014 年版，第 54—55 页。

12. 觱沸　觱沸槛泉，言采其芹。(《小雅·采菽》)

毛传：觱沸，泉出貌。槛，泉正出也。

觱沸槛泉，维其深矣。(《诗经·大雅·瞻卬》)

郑笺：槛，泉正出，涌出也。觱沸，其貌。

毛传、郑笺均以觱沸为泉涌出貌，不确，实为泉水腾涌声。《说文·水部》："沸，毕沸，滥泉也。从水，弗声。""毕沸"即《诗》之"觱沸"。只是引《诗》说字，并没有说出"毕（觱）沸"的词义。"觱沸"为两个拟声字"觱""沸"的联合，拟泉水涌出的声音。汉司马相如《上林赋》之"滭弗"司马彪注："盛貌也。"①"滭弗"即《诗》之"觱沸"，其实也是泉水声。

13. 甫甫　川泽訏訏，鲂鱮甫甫。(《大雅·韩奕》)

毛传：甫甫然，大也。

甫甫，音 fǔ fǔ。上古音属帮母，音略同《诗经·卫风·硕人》之"发发（音 bō bō）"，鱼掉尾声。《硕人》云："施罛濊濊，鳣鲔发发，葭菼揭揭。"毛传："发发，盛貌。"不确。"发发"是拟声词，拟鱼掉尾声。

十一　语法观念欠缺

1. 缗　其钓维何？维丝伊缗。齐侯之子，平王之孙。(《周南·何彼襛矣》)

传：伊，维。缗，纶也。

《大雅·抑》："荏染柔木，言缗之丝。"传："缗，被也。"同一个"缗"字，传的解释不同，这就是所谓"随文释义"。现在本书从语法的角度对"缗"的用法予以疏通。"丝""缗"都是名词，但"丝"是物质名词，表材料、质地。"缗"为物体名词，是对用某种材料制成的物体的称呼，意思是绳子。"维丝伊缗"义为用丝纠成钓绳。笺云："钓者以此又求于彼，何以为之乎？以丝为之纶，则是善钓也。"在"言缗之丝"里，"缗之丝"为双宾语结构，"缗"用为动词；"之"为代词，代指前面的"荏染柔木"，作间接宾语，是动作的承受者；"丝"

---

① （南朝·梁）萧统辑，（唐）李善注：《宋尤袤刻本文选三》，国家图书馆出版社 2017 年版，第 4 页。

为直接宾语，是动作的支配者。上述两处的"緍"字，一为本用，二为活用。传在第一例中，训"緍"为"纶"，解释了本用；在第二例中，以"被"解"緍"，训释词"被"是动词，这就正确地解释了"緍"的词性，结合语境，对传的说解还是可以理解的，但用语法学的视角看，显得不够科学。

2. 式夷式已，无小人殆。（《小雅·节南山》）

传：用平则已，无以小人之言至于危殆也。

释"无小人殆"为"无以小人之言至于危殆也"，属增字解经。本诗共十章，现将诗句所在的第三章照录如下：

> 弗躬弗亲，庶民弗信。弗问弗仕，勿罔君子。式夷式已，无小人殆。琐琐姻亚，则无膴仕。

比勘前文"勿罔君子"，则"无小人殆"实"无殆小人"之倒，诗人为了与之前的"子"、之后的"仕"等韵脚字相押，调整动名词序为名动。另，本句的"小人"一词，虽与"君子"为对文，但只是指社会地位的差别，还没有引申出道德低下之义。① 诗句本以同情"小人"为意，如传说，则成了对"小人"的鄙视。

十二　错解兴义

1. 习习谷风，以阴以雨。（《邶风·谷风》）

传：兴也。习习，和舒貌。东风谓之谷风。阴阳和而谷风至，夫妇和则室家成，室家成而继嗣生。

传解"习习"为"和舒貌"之不是，前文已有论列，其实当训为"大风貌"。接下来的两句是："黾勉同心，不宜有怒。"这四句诗可译为：习习从谷中吹来的大风，带来了阴天带来了雨。你和我勉勉同心，不该发怒。诗正是用反常的天气来兴起前夫性情的翻覆。"谷风"带来阴雨天气，这与丈夫发怒之间有可比性。如果像传那样解说兴义，则存在与后两句搭不起来的欠缺。

---

① 参见汪维辉《训诂基本原则例说》，《汉字汉语研究》2018 年第 1 期。

2. 蒹葭苍苍，白露为霜。(《秦风·蒹葭》)

传：兴也。白露凝戾为霜，然后岁事成；国家待礼，然后兴。

宋朱熹云："兴者，先言他物以引起所咏之词也。"[①] 此言得之。由"蒹葭苍苍，白露为霜"引入正题，使所咏的对象不显得突兀，得悠扬之致，这是民歌的惯用手法，其导源于《诗经·国风》。《蒹葭》全篇三章，重章叠唱，写的是对"伊人"的追寻。为了方便对诗意的探讨，现将第一章移录如下：

> 蒹葭苍苍，白露为霜。所谓伊人，在水一方。溯洄从之，道阻且长。溯游从之，宛在水中央。

由景语发端，作为铺垫，带出所思念的心上人，接下来便付诸行动，是对"伊人"的追寻，可以从"溯洄从之""溯游从之"二语中感觉到其追寻的执着。结果呢，诗人却没有遂愿，最后仍以景语作结，留下了"宛在水中央"的余响，回味无穷。相思过，追寻过，却不沉溺，作放达之语。体会情调，歌唱者更像一位女性，全诗可看作一首山歌，歌者并没有实际参与其事，只是"唱"出了这段情事的全过程，而这个过程正可以成为审美对象。即使将它看作一首婉转的山歌，同样能给我们以生活真相的启示：所追求的不是容易得到的。

这样一件纯粹个人的事，毛传不顾诗之全篇，却上升到"国家""礼"的层面去阐释。这是因为解《诗》具有时代性，他接受了诗序的影响。《小序》云："《蒹葭》，刺襄公也。未能用周礼，将无以固其国焉。"《小序》的解读，不符合诗意，它是当时国家意识借助经典阐释的表现。毛传将本诗开头两句"蒹葭苍苍，白露为霜"指为"兴"却是正确的，这也是他的功绩。只不过他对"兴"的内涵的认识与我们不同——他脱离诗的上下文，对"兴"做了不切语境的解释：把"白露为霜"牵强地比附为"国家待礼"。就作品构成的有机性来说，这种解读是对兴句本身的随意发挥，而不管与其后诗句表意上的联系，不顾诗篇整体的统一性。

---

① （南宋）朱熹注，赵长征点校：《诗集传》，中华书局 2011 年版，第 2 页。

3. 鴥彼晨风，郁彼北林。(《秦风·晨风》)

传：兴也。先君招贤人，贤人往之，驶疾如晨风之飞入北林。

《晨风》全诗三章，每章六句，组篇上采用了复沓的形式，每章的意旨也就是全篇的意旨。现将这两句所在的首章录在下面：

> 鴥彼晨风，郁彼北林。未见君子，忧心钦钦。如何如何？忘我实多！

传认为"鴥彼晨风，郁彼北林"是兴，当然是正确的，但对兴义的解释可商。涵咏诗句，本书认为其写的是思妇对在外丈夫的思念。在《诗经》的语境中，"君子"是一个多义词，除了指天子、国君、将帅等在上者，还可以是妻子对丈夫的称呼，本诗三章中都有"君子"，就是这种用法。他如《召南·草虫》"未见君子，忧心忡忡"、《郑风·风雨》"既见君子，云胡不夷"、《秦风·小戎》"言念君子，温其如玉"，其中的"君子"用例全同。"鴥彼晨风，郁彼北林。未见君子，忧心钦钦"，是由"晨风"(一种鸟)快速地飞向"北林"之得其所的适意反兴自己"未见君子"的忧思。诗句本来写的是平常的家庭生活场景，传将兴句所涉及的自然景物阐发为"先君"与"贤人"之间至为相得之关系。接下来，传在"未见君子，忧心钦钦"下云："思望之，心中钦钦然。"如传所说，诗中的"君子"就是"先君(秦穆公)""思望"的"贤人"。传将思妇念夫之诗解为君臣之诗，当然也受到了《小序》的影响。《小序》云："刺康公也。忘穆公之业，始弃其贤臣焉。"传步武《小序》解诗的精神，将诗所写的空间由家提升到国，相应地，个别词义(如"君子")的解释也随之发生了变化。

第 四 章

郑笺解《诗》内容考察

本章从语言文字、历史及思想三个方面考察郑笺注释内容。因为郑玄与毛亨所处时代不同，去古更远，在以上三方面尤其是语言文字和思想层面大为不同。本章着重分析了郑笺对《诗》句的语言学解释。最后简要指出了其训诂中存在的错误。

第一节　郑笺释字辨析

一　改字

分为以下三类：

第一，因形近而改字。涉及改正《诗序》《国语》中的形讹字。例如：

1. 哀—衷　是以《关雎》乐得淑女以配君子，忧在进贤，不淫其色。哀窈窕，思贤才，而无伤善之心焉，是《关雎》之义也。（《周南·关雎》序）

笺云："哀"，盖字之误也，当为"衷"。"衷"谓中心恕之。无伤善之心，谓好逑也。

陆德明《释文》已经指出，序所谓"哀窈窕"，"而无伤善之心焉"来自《论语》所载孔子语"哀而不伤"。《论语·八佾》："子曰：《关雎》乐而不淫，哀而不伤。"[1]"乐而不淫，哀而不伤"应看作孔子读了《关雎》之后的感悟。《关雎》第三章云："求之不得，寤寐思服。悠哉悠哉，

---

① 杨伯峻译注：《论语译注》，中华书局 1980 年版，第 30 页。

辗转反侧。"孔子所谓"哀"指的是"求""淑女""不得"之后的情感状态，认为这种相思之情是适度的，没有发展到"悲伤"的程度。到了《关雎》序的作者笔下，把"乐而不淫"解释成了"乐得淑女以配君子"，"不淫其色"，把"哀"字的内涵解释成了"哀窈窕，思贤才，""忧在进贤"，把"而不伤"解作"而无伤善之心焉"，这已经背离了孔子的原意。在孔子那里，《关雎》是"君子"追求"淑女"之诗；在诗序那里，这首诗写的是"后妃之德"，"德"的表现，即"乐得淑女以配君子，忧在进贤，不淫其色。哀窈窕，思贤才，而无伤善之心焉"。在孔子的解读中，诗中的"淑女"是"君子"追求的对象，"君子"是情感主体，男女之间的爱情具有平民化的色彩；在诗序那里，"淑女"成了"后妃"物色、同情的对象，"君子"则是妻妾众多的男性统治者。笺将诗序的"哀"改为"衷"，虽然二字形似，但从孔子"哀而不伤"的话看来，郑说是难以成立的。

2. 和—私　《小雅·皇皇者华》："駪駪征夫，每怀靡及。"传："每，虽。怀，和也。"笺云："《春秋外传》曰：'怀和为每怀也。''和'当为'私'。众行人既受君命当速行，每人怀其私相稽留，则于事将无所及。"毛训"怀"为"和"。《春秋外传》即《国语》，"怀和为每怀也"是该书中所载鲁卿叔孙豹对《诗经》中"每怀靡及"之"每怀"的解释。郑玄认为"和"当为"私"，"和"为"私"之形讹。这是笺对《国语》里面涉及解释《诗经》语句中误字的订正。

3. 博—傅　《鲁颂·泮水》："戎车孔博，徒御无斁。"笺云："'博'当作'傅'。甚傅致者，言安利也。"笺改"博"为"傅"，则以"博"为"傅"之形误。

4. 祀—祫　《商颂·玄鸟》小序："祀高宗也。"笺云："祀当为'祫'。祫，合也。高宗，殷王武丁，中宗玄孙之孙也。有雊雉之异，又惧而修德，殷道复兴，故亦表显之，号为高宗。云崩而始合祭于契之庙，歌是诗焉。古者，君丧三年既毕，禘于其庙，而后祫祭于太祖。明年春，禘于群庙。自此之后，五年而再殷祭。一禘一祫，《春秋》谓之大事。"笺以此诗所写为殷王武丁死后三年合其神主于太祖契之庙之祭，此祭命之为"祫"。笺文"祀当为'祫'"，可有两解：一为小序之"祀"字是"祫"字之误，当是形讹；二为祀的含义广于祫，祀指各种祭祀，祫指三年合祭，小序所谓祜，当指袷祭。

第二，因音同或音近而改字。例如：

1. 挚—至　关关雎鸠，在河之洲。(《周南·关雎》)

传：雎鸠，王雎也，鸟挚而有别。

笺云："挚"之言"至"也。

王力曾说，使用"之言"这个术语，必然是声训；除释义之外，释者与被释者之间有时是同音的关系，有时是双声叠韵的关系。[①] 对于传"鸟挚而有别"的"挚"，后代学者有不同的理解。北宋欧阳修《诗本义》："先儒辩雎鸠者甚众，皆不离于水鸟，唯毛公得之，曰：'鸟挚而有别。'谓水上之鸟，捕鱼而食，鸟之猛挚者也。"[②] 用双音词"猛挚"替换毛传的单音词"挚"。看两个文献中"挚"和"鸷"用例：《大戴礼记·夏小正》："六月，……鹰始挚。始挚而言之何也？讳杀之辞也，故言挚云。"[③]《淮南子》："猛兽不群，鸷鸟不双。"[④] 从文字学来讲，"执""挚""鸷"是同源字，"执"与"挚""鸷"又是古今字，由"执"孳乳为"挚""鸷"，"挚"为"执"的累增字。"挚""鸷"同音，只能说二者具备了相通的可能性，不一定在传说"鸟挚而有别"中"挚"真地通假为"鸷"，那还需要进一步考察。在《夏小正》"鹰始挚"中，"挚"为动词，通"执"，义为捕食。在毛传"鸟挚而有别"的"挚"应为形容词，表性状，义为情意真挚。"挚"既可作动词，也可作形容词，动词、形容词部分语法功能是重合的。笺"挚之言至也"，将"挚"声训为"至"，等于为"挚"找到了一个同音的同义词，但"至"与"挚"表达感情深厚义，其理据却不同："挚"的真挚义由"执"的握持义而来，对喜欢的对象"紧抓"着不放，矢志不移，用情专一，用毛传时代的单音词来说，就是"挚"；"至"是到达义，造字时用矢着地来形象示意，引申为感情深至。从此例来看，虽然笺使用一个同音的同义字来解释经字，还是可以用同源字的理论找到更为合理的解释途径。

---

① 王力主编：《古代汉语》（校订重排本）第二册，中华书局1999年版，第617页。

② （北宋）欧阳修撰，刘心明、杨纪荣校点：《诗本义》，北京大学出版社2023年版，第1页。

③ （清）王聘珍撰，王文锦点校：《大戴礼记解诂》，中华书局1983年版，第40页。

④ 刘文典撰，冯逸、乔华点校：《淮南鸿烈集解》，中华书局2013年第2版，第690页。

2. 逑—仇　窈窕淑女，君子好逑。(《周南·关雎》)

笺云：怨耦曰仇。言后妃之德和谐，则幽闲处深宫专贞之善女，能为君子和好众妾之怨者。言皆化后妃之德，不嫉妒，谓三夫人以下。

《左传·桓公二年》："初，晋穆侯之夫人姜氏以条之役生大子，命之曰仇。其弟以千亩之战生，命之曰成师。师服曰：'异哉，君子之名子也！夫名以制义，义以出礼，礼以体政，政以政民，是以政成而民听。易则生乱。嘉耦曰妃，怨耦曰仇，古之命也。今君命大子曰仇，弟曰成师，始兆乱矣。兄其替乎！'"其中"怨耦曰仇"一句，杨伯峻注引《竹书纪年》云："王师及晋穆侯伐条戎、奔戎，王师败逋。"杨注云："王师败逃，晋师亦必败逃，故穆侯不悦，因名其子为仇。"① 由此，则笺所引《左传》师服之言"怨耦曰仇"的"仇"为仇敌、仇恨义。笺意为，"逑"是"仇"的假借字，这是正确的。不过这个"仇"应该像毛传那样解为"匹"，"好逑"就是好的伴侣。"雠""俦""仇"为同族字，最先造出的是"雠"，取象于两只鸟儿相对着说话，意义引申，当用来表人的时候，同类的谓之"俦"，而敌对的则谓之"仇"，都由"雠"分化而来，意各有当。

3. 展—袒　瑳兮瑳兮，其之展也。蒙彼绉絺，是绁袢也。(《鄘风·君子偕老》)

传：礼有展衣者，以丹縠为衣。蒙，覆也。絺之靡者为绉，是当暑袢延之服。

笺云：后妃六服之次展衣，宜白。绉絺，絺之蹙蹙者。展衣，夏则里衣绉絺。此以礼见于君及宾客之盛服也。展衣字误，《礼记》作"袒衣"。

4. 祝—属　素丝祝之，良马六之。(《鄘风·干旄》)

笺云："祝"当作"属"。属，著也。

5. 堂—枨　子之昌兮，俟我乎堂兮。(《郑风·丰》)

笺云："堂"当为"枨"。枨，门橛上木近边者。

枨是门两旁竖立的长木。《尔雅·释宫》："枨谓之楔。"果璞注："门两旁木。"

---

① 杨伯峻编著：《春秋左传注一》(修订本)，中华书局 2009 年第 3 版，第 91—92 页。

6. 骐—瑂　其弁伊骐。(《曹风·鸤鸠》)

笺云："骐"当作"瑂"，以玉为之。

7. 示—寘　人之好我，示我周行。(《小雅·鹿鸣》)

笺云："示"当作"寘"。寘，置也。周行，周之列位也。好犹善也。人有以德善我者，我则置之于周之列位。言己唯贤是用。

笺意是说，"示""寘"音近，在此处应用"寘"字，因音近而写成了"示"字，以今天的说法，就是写了别字。但这是可以商榷的。郑玄为什么会说"'示'当作'寘'"呢?《周南·卷耳》："嗟我怀人，寘彼周行。"传："寘，置也。"原来他把《鹿鸣》的"示我周行"与《卷耳》的"寘彼周行"作了对照，就作出了"'示'当作'寘'"的结论。笺认为这两句诗的"周行"都是"周之列位"。其实《鹿鸣》中"示我周行"之"示"义为指示、出示，"周行"当从传说，用的是比喻义，即至道，好的治国之道。《鹿鸣》是宴宾之诗，"于旅也语"，宾客要谈论先王治国之道，以为国君作为理政的参照，这就是"示我周行"。"寘彼周行"之"周行"义为周(周朝)的道路，"行"用本义。《卷耳》写女主人公惦念在外因出使而奔波于道路的丈夫。《诗经》中还有一处用到"周行"。《小雅·大东》："佻佻公子，行彼周行。""周行"也指周的道路。诗句实写谭国国君之子在通往周的路上因输送贡赋而忙碌，这与后面"既往既来，使我心疚"相呼应。笺接受了传继承《左传》"君子"对《卷耳》之"周行"别出心裁的发挥，将这三处的"周行"都解为"周之列位"，陈陈相因，缺乏辨析。

8. 不—柎　常棣之华，鄂不韡韡。(《小雅·常棣》)

笺云：承华者曰鄂。不当作柎。柎，鄂足也。鄂足得华之光明，则韡韡然盛。兴者，喻弟以敬事兄，兄以荣覆弟，恩义之显亦韡韡然。古声不、柎同。

在笺看来，鄂、柎是花的两个连着的部分，鄂承花，柎是鄂足，故得以比兄弟。"不"是"柎"的别字，故因声近致误。

9. 祁—麌　瞻彼中原，其祁孔有。(《小雅·吉日》)

传：祁，大也。

笺云："祁"当作"麌"。麌，麋牝也。中原之野甚有之。

段玉裁《说文解字注》麌字下云："按'麌'在汉时必读与'祁'

音同，故后郑得定《诗》之祁为麛。"则"祁"为"麛"之借。

10. 伊—繄　所谓伊人，于焉逍遥？(《小雅·白驹》)

笺云："伊"当作"繄"，繄犹是也。所谓是乘白驹而去之贤人，今于何游息乎？思之甚也。

11. 明—盟　此邦之人，不可与明。(《小雅·黄鸟》)

传：不可与明夫妇之道。

笺云："明"当为"盟"。盟，信也。

12. 犹—愈　《小雅·斯干》"兄及弟矣，式相好矣，无相犹矣。"

传：犹，道也。

笺云："犹"当作"愈"。愈，病也。言时人骨肉用是相爱好，无相诟病也。

13. 芋—幠　风雨攸除，鸟鼠攸去，君子攸芋。(《小雅·斯干》)

传：芋，大也。

笺云："芋"当作"幠"。幠，覆也。寝庙既成，其墙屋弘杀，则风雨之所除也。其坚致，则鸟鼠之所去也。其堂室相称，则君子之所覆盖。

14. 厉—裂　彼都人士，垂带而厉。彼君子女，卷发如虿。(《小雅·都人士》)

笺云："而"亦"如"也。"而厉"，如鬈厉也。鬈必垂厉以为饰，"厉"字当作"裂"。

15. 乘—绳　其绳则直，缩版以载，作庙翼翼。(《大雅·绵》)

传：乘谓之缩。

笺云：绳者，营其广轮方正之正也，既正则以索缩其筑版，上下相承而起。乘，声之误，当为"绳"也。

笺以为传所说"乘谓之缩"之"乘"是因为其与"绳"声相近而写错了的字，经文"其绳则直"，此处应为"绳"字。此例为郑改正毛传中的错字。

16. 遏—剔　修尔车马，弓矢戎兵，用戒戎作，用遏蛮方。(《大雅·抑》)

笺云："遏"当作"剔"。剔，治也。女当用此备兵事之起，用此治九州之外不服者。

17. 圉—御　多我觏痻，孔棘我圉。(《大雅·桑柔》)

笺云："圉"当作"御"。甚急矣，我之御寇之事。

18. 克—刻　后稷不克，上帝不临。(《大雅·云汉》)

笺云："克"当作"刻"。刻，识也。是我先祖后稷不识知我之所困与？天不视我之精诚与？郑以"克"为"刻"之误字，因声同而致误。

19. 摧—嗺　昊天上帝，则不我遗。胡不相畏？先祖于摧。(《大雅·云汉》)

笺云："摧"当作"嗺"。嗺，嗟也。天将遂旱，饿杀我与？先祖何不助我恐惧，使天雨也？先祖之神于(即"吁"。作者注)嗟乎！告困之辞。"

20. 周—賙　靡人不周，无不能止。(《大雅·云汉》)

笺云："周"当作"賙"。王以诸臣困于食，人人賙给之，权救其急。后日乏无，不能豫止。

"賙"是"周"的分化字。不过在《诗经》之时，"賙"字还没有造出来，賙济、分财之义还是由"周"担当。

21. 实—寔　实墉实壑，实亩实藉。(《大雅·韩奕》)

笺云："实"当作"寔"，赵、魏之东，实、寔同声。寔，是也。

22. 旬—营　王命召虎："来旬来宣。文武受命，召公维翰……"(《大雅·江汉》)

笺云："旬"当作"营"。王命召虎，女勤劳于经营四方，勤劳于遍疆理众国。

23. 绎—驿　赫赫业业，有严天子。王舒保作，匪绍匪游，徐方绎骚。(《大雅·常武》)

笺云："绎"当作"驿"。徐方传遽之驿见之，知王兵必克，驰走以相恐动。

24. 敦—屯　铺敦淮濆，仍执丑虏。(《大雅·常武》)

笺云："敦"当作"屯"。陈屯其兵于淮水大防之上以临敌，就执其众之降服者也。

25. 溃—汇　如彼岁旱，草不溃茂，如彼栖苴。(《大雅·召旻》)

笺云："溃茂"之"溃"当作"汇"。汇，茂貌。王无恩惠于天下，天下之人如岁旱之草，皆枯槁无润泽，如树上之栖苴。

笺以"溃"为"汇"之错字，以音近致错。

26. 频—滨　池之竭矣，不云自频？（《大雅·召旻》）

笺云："频"，当作"滨"。池水之益，由外灌焉。今池竭，人不言由外无益者与？言由之也。喻王犹池也，政之乱，由外无贤臣益之。

笺以"频"为"滨"之误字。

27. 广—光　固—故　於缉熙，单厥心，肆其靖之。（《周颂·我将》）

传：缉，明。熙，广。单，厚。肆，固。靖，和也。

笺云："广"当为"光"，"固"当为"故"，字之误也。于美乎。此成王之德也，既光明矣，又能厚其心矣，为之不解倦，故于其功终能和安之。谓夙夜自勤，至于天下太平。

笺意为，"熙"当训为"光"，而传因"光"与"广"音相近而误"光"为"广"；"肆"当训为"故"，表因果的连词，而传因"故"与"固"音同而误"故"为"固"。这两例都是笺对传的训释字给予修正。

28. 立—粒　立我烝民，莫匪尔极。（《周颂·思文》）

笺云："立"，当作"粒"。昔尧遭洪水，黎民阻饥，后稷播殖百谷，烝民乃粒，万邦则乂，天下之民无不于女时得其中者。言反其性。

郑玄之此读以《尚书》为据。《尚书·益稷》云："暨稷播，奏庶艰食鲜食，懋迁有无化居，烝民乃粒，万邦作乂。"[①]

29. 田—朄　应田县鼓，鞉磬柷圉。（《周颂·有瞽》）

传：田，大鼓也。

笺云："田"当作"朄"。朄，小鼓，在大鼓旁。应，鞞之属也。声转字误，变而作田。

30. 俶载—炽菑　有略其耜，俶载南亩。（《周颂·载芟》）

笺云："俶载"当作"炽菑"。

孔疏：炽然入地而灾杀其草于南亩之中。

31. 狄—剔　桓桓于征，狄彼东南。（《鲁颂·泮水》）

笺云："狄"当作"剔"。剔，治也。东南，斥淮夷。

---

① （西汉）孔安国传，（唐）孔颖达正义，黄怀信整理：《尚书正义》，上海古籍出版社2007年版，第162页。

笺训"剔"为"治"，即用武力治服，是引申义，"剔"的本义是剔发。陆释文："《韩诗》云：鬀，除也。"则笺接近《韩诗》说。《仪礼·士丧礼》："其实特豚，四鬏，去蹄。"郑玄注："今文鬏为剔。"① 《方言·卷十二》："剔，狄也。"② 西晋郭璞音义："狄宜音剔。"《墨子·明鬼篇》："昔者殷王纣……，刳剔孕妇。"③

32. 皇—眭 吴—娱 烝烝皇皇，不吴不扬。（《鲁颂·泮水》）

笺云："皇皇"，当作"眭眭"。眭眭，犹往往也。吴，哗也。言多士之于伐淮夷，皆劝之，有进进往往之心，不欢哗，不大声。

笺训"吴"为"哗"，则读"吴"为"娱"。值得注意的是，从《诗经》全书注释来看，郑笺是继承了毛传。《周颂·丝衣》："不吴不敖，胡考之休！"传："吴，哗也。"

郑玄改字，从有关《诗经》的出土材料文字来看，有的未必正确。例如：

33. 绿—褖 小序：卫庄姜伤己也。妾上僭，夫人失位而作是诗也。（《邶风·绿衣》）

笺云："绿'当作"褖"。故作"褖"，转作"绿"，字之误也。

近年来出版的《上海博物馆藏战国楚竹书·孔子诗论》第十六简云："《绿衣》之忧，思古人也。"④ 是孔子论此诗之语。字作"绿"，则证实郑玄的推断可能是错误的。

34. 我之怀矣，自诒伊阻。（《邶风·雄雉》）

笺云："伊"当作"繄"，繄犹是也。

《汉石经残碑》云："之怀□□贻伊阻。"⑤ 对应的毛诗为上面两句。则鲁诗也作"伊"。《尔雅·释诂》云："伊，维也。"⑥ "伊""维"皆语

① （东汉）郑玄注，（唐）孔颖达疏，王辉整理：《仪礼注疏》，上海古籍出版社 2008 年版，第 1090 页。

② （清）钱绎撰集，李发舜、黄建中点校：《方言笺疏》，中华书局 1991 年版，第 433 页。

③ （清）孙诒让，孙启治点校：《墨子间诂》，中华书局 2009 年版，第 246—247 页。

④ 马承源主编：《上海博物馆藏战国楚竹书（一）》，上海古籍出版社 2001 年版，第 145 页。

⑤ 转引自程燕《诗经异文辑考》，北京师范大学出版社集团、安徽大学出版社 2010 年版，第 54 页。

⑥ （晋）郭璞注，（宋）邢昺疏，李传书整理：《尔雅注疏》，北京大学出版社 2000 年版，第 61 页。

辞。郑玄所谓"繄"也是语辞，与"伊"同音，"伊""繄"因音同而语法作用相同，可视为异字同词或古今字。郑玄以为"伊"用错是不对的。

第三，订正错字。范围包括《毛传》《诗序》中的错字。例如：

1. 射—达　《小雅·车攻》"大庖不盈"，传："一曰干豆，二曰宾客，三曰充君之庖，故自左膘而射之，达于右腢，为上杀。射右耳本，次之。射左髀，达于右，为下杀。"笺云："'射右耳本'，'射'当为'达'。"田猎射兽，从兽的左胁射，箭洞穿兽体而达于右胁。根据文理，"射右耳本"当为"达右耳本"，蒙前而省"自左膘射"四字。这是改正毛传的错字。

2. 幽—厉　《小雅·十月之交》小序："《十月之交》，大夫刺幽王也。"笺云："当为刺厉王。作《诂训传》时移其篇第，因改之耳。《节》刺师尹不平，乱靡有定。此篇讥皇父擅恣，日月告凶。《正月》恶褒姒灭周。此篇疾艳妻煽方处。又幽王时，司徒乃郑桓公友，非此篇之所云番也，是以知然。"笺意是说，《节南山》和《正月》是幽王时诗，前者刺师尹，后者恶褒姒，而《十月之交》讥皇父，疾艳妻，就不再是幽王时诗，而应是厉王时诗。要是认为都是幽王时诗，就显得题材重复。另外《十月之交》提到"番维司徒"，而幽王的司徒是郑桓公友，这也是郑玄将此篇定为厉王时诗的原因。这是郑玄以诗的内容尤其是所涉及的人物为依据，关于诗的时代对旧说作出修正。

除《十月之交》外，此后《雨无正》《小旻》《小宛》三篇，郑玄认为都是厉王时诗，依次在《菁菁者莪》（成王、周公时诗）和《六月》（宣王时诗）之间。

二　释假借字

释假借字涉及毛传的只有一例。《周南·关雎》："关关雎鸠，在河之洲。"毛传："雎鸠，王雎也，鸟挚而有别。"笺云："挚之言至也，谓王雎之鸟，雌雄情意至然而有别。"笺解毛传释语中的"挚"字，读为至。其余全是释《诗经》文本中的假借字，可分为两类：一是标出本字，二是只注出假借义。应当指出的是，"假借"这一术语，最早见于《周礼》，是"六书"之一，那是指造字时的"假借"。这里所说的，是经典文献用字中的假借现象。笺在指出《诗经》用字的假借时，有的用"读如"

"读曰""读为""当作"等术语，有的用"A，B 也""古者声 A、B 同""A、B 同""A 之言 B""A，古文 B"等形式，有时不专门指出，而在解句意时显示出来。例如：

1. 逑—仇 窈窕淑女，君子好逑。(《周南·关雎》)

笺云：怨偶曰仇。言后妃之德和谐，则幽闲处深宫贞专之善女，能为君子和好众妾之怨者。

笺指出"逑"假借为"仇"是对的，但解为"怨偶"是错的。其实这里的"仇"，如毛传训为"匹"即可。"好逑"即好匹，定中关系，意为好的配偶，拿今语来说，就是天生的一对，换用《诗经》的话，即"天作之合"。笺将"好"解为动词，"好逑"是动宾关系，这是因为郑玄接受了诗序和毛传的看法，认为此诗与"后妃"有关，其实"后妃"字诗中所无，是郑玄以己意添加的。①

2. 邪—徐 其虚其邪，既亟只且！(《邶风·北风》)

笺云："邪"读如"徐"。言今在位之人，其故威仪虚徐宽仁者，今皆以为急刻之行矣，所以当去，以此也。

《尔雅·释训》："其虚其徐，威仪容止也。"② 孙炎曰："虚、徐，威仪谦退也。"③《尔雅》"其邪"作"其徐"，为郑玄所采用。

3. 说怿—说释 彤管有炜，说怿女美。(《邶风·静女》)

笺云："悦怿"当作"说释"。赤管炜炜然，女史以之说释妃妾之德，美之。

"说怿"(yuè yì)，毛传未注，则如字读，据孔疏："此女史彤管能成静女之德，故嘉善此彤管之状有炜炜然，而喜乐其能成女德之美。因静女能循彤管之法，故又悦美彤管之能成静女。"喜悦之义。笺云："'悦怿'当作'说释'。赤管炜炜然，女史以之说释妃妾之德，美之。"孔疏

---

① 成情从郑玄所处时代皇后与妃嫔之间关系恶化的现实出发探究了改训的主观原因，认为注入了注者现实情怀和志意趋向，这是有道理的。见成情《郑玄改动"〈关雎〉后妃之德"及原因探析——以"逑，匹"与"怨耦曰仇"的训诂为切入点》一文，载《西北大学学报》(社会科学版) 2015 年第 3 期。

② (清) 郝懿行撰，王其和、吴庆峰、张金霞点校：《尔雅义疏》，中华书局 2017 年版，第 445 页。

③ (清) 郝懿行撰，王其和、吴庆峰、张金霞点校：《尔雅义疏》，中华书局 2017 年版，第 445 页。

"以笔陈说而释此妃妾之德美"，则音 shuō shì，解说之义。

4. 殄—腆　燕婉之求，籧篨不殄。(《邶风·新台》)

笺云："殄"当作"腆"。腆，善也。

"殄""腆"古音同，"殄"假为"腆"。

5. 害—曷　《邶风·二子乘舟》："愿言思子，不瑕有害。"

传：言二子之不远害。

笺云："瑕"犹过也。我思念此二子之事，于行无过差，有何不可而不去也？

陆释文："害，毛如字，郑音曷，何也。"则郑玄将"害"读为"曷"，训为"何"。

6. 烝—尘　蜎蜎者蠋，烝在桑野。(《豳风·东山》)

传：烝，置也。

笺云：蠋蜎蜎然特行久处桑野，有似劳苦者。古者声置、填、尘同也。《小雅·常棣》"每有良朋，烝也无戎，"传："烝，填。"笺云："当有急难之时，虽有善同门来，久也犹无相助也。古声填、置、尘同。"《小雅·南有嘉鱼》"南有嘉鱼，烝然罩罩。"笺云："烝，尘也。尘然，犹言久如也。言南方水中有善鱼，人将久如而俱罩之，迟之也。"郑玄以"尘"释"烝"，训为"久"，实将"烝"看作"尘"的同声借字。《说文·火部》："烝，火气上行也。"此为"烝"的本义。

7. 务—侮　兄弟阋于墙，外御其务。(《小雅·常棣》)

笺云：务，侮也。兄弟虽内阋而外御侮也。

"务"借为"侮"。

8. 腓—芘(庇)　驾彼四牡，四牡骙骙。君子所依，小人所腓。(《小雅·采薇》)

传：腓，辟也。

笺云："腓"当作"芘"。此言戎车者，将率之所依乘，戍役之所芘倚。

《说文·肉部》："腓，胫腨也。""腨，腓肠也。"又《艹部》："芘，草也。"《广部》："庇，荫也。"由此，郑玄所谓"芘"，实"庇"之借。

9. 棘—急　岂不日戒，玁狁孔棘。(《小雅·采薇》)

笺云：棘，急也。言君子小人岂不曰相警戒乎？诚曰相警戒也。玁狁之难甚急，豫述其苦以劝之。

召彼仆夫，谓之载矣。王事多难，维其棘矣。(《小雅·出车》)

笺云：棘，急也。王命召己，己即召御夫，使装载物而往。王之事多难，其召我必急，欲急趋之。此序其忠敬也。

郑玄读"棘"为"急"。

10. 甫—圃 东有甫草，驾言行狩。(《小雅·车攻》)

传：甫，大也。

笺云：甫草者，肓田之草也。郑有甫田。

陆释文："毛如字，大也。郑音补，谓圃田，郑薮也。"则郑玄所谓"甫田"即"圃田"，是专名。"甫"为"圃"之借。

11. 祈—圻、畿 小序：刺宣王也。(《小雅·祈父》)

笺：祈父之职，掌六军之事，有九伐之法。祈、圻、畿同。

"祈父"传："祈父，司马也，职掌封圻之兵甲。"祈父即司马。《诗经》作"祈"，用假借字；《尚书·酒诰》："矧惟若畴圻父。"[1] 作"圻"。"圻""畿"均为本字。从"六书"的观点看，"圻""畿"都是形声字，但形符、声符各不同。

12. 似—巳 似续妣祖。(《小雅·斯干》)

笺云：似读如巳午之巳。巳续妣祖者，谓巳成其宫庙也。妣，先妣姜嫄也。祖，先祖也。

郑玄意，辰之巳午都表方位，门在午地，庙在巳地，"似续妣祖"义为在巳地续立先妣先祖之庙。

13. 棘—戟 如矢斯棘。(《小雅·斯干》)

传：棘，棱廉也。

笺云：棘，戟也，如人挟弓矢戟其肘。

孔疏："谓射者左手拊弓，而右手弯之，则戟其肘，谓右手之肘，亦喻室之外廉隅也。"以"棘"为"戟"，古文献常见。《礼记·明堂位》曰"越棘、大弓，"[2]《左传·隐公十一年》曰"子都拔棘"，都以"棘"

---

① （西汉）孔安国传，（唐）孔颖达正义，黄怀兴整理：《尚书正义》，上海古籍出版社2007年版，第559页。

② （东汉）郑玄注，（唐）孔颖达疏，龚抗云整理：《礼记正义》，北京大学出版社2000年版，第1105页。

假借为"载"。

14. 壬—任　百礼既至，有壬有林。(《小雅·宾之初筵》)

传：壬，大。林，君也。

笺云：壬，任也，谓卿大夫也。诸侯所献之礼既陈于庭，有卿大夫，又有国君，言天下遍至，得万国之欢心。

传训"壬"为"大"，训"林"为"君"，所指不明。笺读"壬"为"任"，训为卿大夫。以林为天子祭祀时来助祭的诸侯国君。笺对"壬""林"的改释，使句意更为明确。

15. 式—慝　式勿从谓，无俾大怠。(《小雅·宾之初筵》)

笺云：式读曰慝。……武公见时人多说醉者之状，或以取怨致仇，故为设禁。醉者有过恶，女勿就而谓之也，当防护之，无使颠仆至于怠慢也。

16. 附—柎　毋教猱升木，如涂涂附。(《小雅·角弓》)

笺云：猱之性善登木，若教使其为之，必也。附，木柎也。涂之性善著，若以涂附，其著亦必也。

郑玄训"附"为"木柎也"，是读"附"为"柎"。

17. 遗—随　莫肯下遗，式居娄骄。(《小雅·角弓》)

笺云：莫，无也。遗读曰随。式，用也。娄，敛也。今王不以善政启小人之心，则无肯谦虚，以礼相卑下，先人而后己，用此自居处，敛其骄慢之过者。

18. 蹈—悼　上帝甚蹈，无自昵焉。(《小雅·菀柳》)

笺云：蹈读曰悼。上帝乎者，诉之也。今幽王暴虐，不可以朝事，甚使我心中悼病，是以不从而近之。释己所以不朝之意。

19. 瘵—际　上帝甚蹈，无自瘵焉。(《小雅·菀柳》)

传：瘵，病也。

笺云：瘵，接也。

陆释文："郑音际。"孔颖达疏："读为交际之际，故言接也。""瘵"，毛传释以本义；陆德明、孔颖达都认为郑玄读"瘵"为"际"。

20. 吉—姞　彼君子女，谓之尹吉。(《小雅·都人士》)

笺云：吉读为姞。尹氏、姞氏，周室昏姻之旧姓也。人见都人之家女，咸谓之尹氏、姞氏之女，言有礼法。

　　郑玄说可在《诗经》中得到印证。《大雅·韩奕》第四章："韩侯取妻，汾王之甥，蹶父之子。"传："蹶父，卿士也。"笺云："汾王，厉王也。厉王流于彘，彘在汾水之上，故时人因以号之，犹言莒郊公、黎比公也。姊妹之子为甥。"由此可知，汾王即周厉王姊妹嫁给做卿士之官的蹶父，所生女儿韩侯娶以为妻。第五章又说："蹶父孔武，靡国不到。为韩姞相攸，莫如韩乐。"诗句是说蹶父为自己的女儿选了个好女婿。韩姞是蹶父女儿的名字，其中韩是所嫁国的国名，姞是娘家即其父蹶父的姓。综合这两章，可得出结论：厉王的姊妹中有嫁给蹶父者，而蹶父之姓为姞。所以，"姞氏，周室昏姻之旧姓也"之说是有根据的。

　　21. 劳—辽　山川悠远，维其劳矣。（《小雅·渐渐之石》）

　　笺云：山川者，荆舒之国所处也，其道里长远，邦域又劳劳广阔，言不可卒服。

　　孔疏："郑以劳为辽，辽言广阔之意。"则郑玄虽未明言，实读"劳"为"辽"。

　　22. 卒—崒　渐渐之石，维其卒矣。（《小雅·渐渐之石》）

　　笺云：卒者，崔嵬也，谓山巅之末也。

　　则读"卒"为"崒"。

　　23. 烈—厉　假—瘕　肆戎疾不殄，烈假不遐。（《大雅·思齐》）

　　笺云：厉、假皆病也。瑕，已也。文王于辟廱，德如此，故大疾害人者，不绝之而自绝。为厉假之行者，不已之而自已。言化之深也。

　　"烈"，郑玄读为"厉"。"假"，郑玄以为"病"，则是当作"瘕"的借字。

　　24. 斁—择　古之人无斁，誉髦斯士。（《大雅·思齐》）

　　笺云：古之人，谓圣王明君也。口无择言，身无择行，以身化其臣下，故令此士皆有明誉于天下，成其俊乂之美也。

　　则郑玄读"斁"为"择"。

　　25. 岸—犴　帝谓文王，无然畔援，无然歆羡，诞先登于岸。（《大雅·皇矣》）

　　传：岸，高位也。

　　笺云：岸，讼也。天语文王曰："女无如是拔扈者，妄出兵也。无如是贪羡者，侵人土地也。欲广大德美者，当先平狱讼，正曲直也。"

笺训"岸"为"讼"，则是读"岸"为"犴"。考察《诗经》全书，笺对"岸"的这一训释，还是从毛传、《韩诗》得了启示。《小雅·小宛》"哀我填寡，宜岸宜狱。"传："岸，讼也。"此处"岸"字用在"宜×宜×"这一结构中，两个×的词义应相近，毛训"岸"为"讼"，是读"岸"为"犴"，显然是对的。而《韩诗》作"犴"，云："乡亭之系曰犴，朝廷曰狱。""犴"为本字。《荀子·宥坐》云："狱犴不治，不可刑也。"①

26. 论—伦　虡业维枞，贲鼓维镛。于论鼓钟，于乐辟雍。(《大雅·灵台》)

笺云：论之言伦也。……文王立灵台，而知民之归附。作灵囿、灵沼，而知鸟兽之得其所。以为音声之道与政通，故合乐以祥之。于得其伦理乎？鼓与钟也。于得其乐乎？诸在辟雍中者。言感于中和之至。

笺以"伦"释"论"，是声训。

27. 政—正　维此二国，其政不获。(《大雅·灵台》)

笺云：正，长。

"长"音 zhǎng，领导。郑玄读"政"为"正"。阮元云："考此笺云'正，长也'，乃以'政'为'正'之假借，直于训释中改其字以显之，而不言读为也。"这两句诗意为：殷纣与崇侯之二国，其为长，不得于天心。

28. 茀—福　尔受命长矣，茀禄尔康矣。(《大雅·卷阿》)

笺云：茀，福。

以"茀"为"福"之借。《诗经》经文可以证实。《小雅·瞻彼洛矣》："君子至止，福禄如茨。"

29. 夙—肃　载震载夙，载生载育，时维后稷。(《大雅·生民》)

传：夙，早。

笺云：夙之言肃也。于是遂有身，而肃戒不复御。

30. 敏—拇　履帝武敏歆。(《大雅·生民》)

传：敏，疾也。从于帝而见于天，将事齐敏也。

---

①　（清）王先谦撰，沈啸寰、王星贤点校：《荀子集解下》，中华书局 2013 年版，第 616 页。

笺云：敏，拇也。祀郊禖之时，时则有大神之迹，姜嫄履之，足不能满。履其拇指之处，心体歆歆然。

笺以"敏"为"拇"之借，指神踩出脚印的大拇指处。

31. 葵—揆　民之方殿屎，则莫我敢葵。（《大雅·板》）

笺云：葵，揆也。民方愁苦而呻吟，则忽然无有揆度知其然者。

笺意，"葵"为"揆"之借。忽然，熟视无睹、视而不见之义，用以批评在朝大臣无有亲民之心，只是助王为恶。笺说采自雅训。《尔雅·释言》："葵，揆也。"

32. 义—宜　而秉义类，强御多怼。（《大雅·荡》）

笺云：义之言宜也。女执事之臣，宜用善人，反任强御众怼为恶者。

33. 遏—剔　修尔车马，弓矢戎兵，用戒戎作，用遏蛮方。（《大雅·抑》）

笺云："遏"当作"剔"。"剔"，治也。女当用此备兵事之起，用此治九州之外不服者。

34. 虹—讧　彼童而角，实虹小子。（《大雅·抑》）

笺云：此人实溃乱小子之政。

笺将"虹"对译为"溃乱"，是将"虹"看作"讧"的假借。《说文·虫部》："虹，蝃蝀也，状似虫。从虫，工声。""虹"又名"蝃蝀"。"蝃蝀"为联合式合成词，"蝃""蝀"均有义：似带，故谓之"蝃"；出现在东方，故谓之"蝀"。《言部》："讧，（言贵）也。从言，工声。""讧"由"工"孳乳，"工"即木杠，杠可以击打人，用语言击打人谓之"讧"。

35. 凉—谅　民之罔极，职凉善背。（《大雅·桑柔》）

笺云：凉，信也。

是郑笺读"凉"为"谅"。

36. 懿—噫　懿厥哲妇，为枭为鸱。（《大雅·瞻卬》）

笺云：懿，有所痛伤之声也。

《说文·壹部》："懿，专久而美也。"《口部》："噫，饱出息也。""懿"，形容词。"噫"，叹词。则郑玄以"懿"为"噫"之借。

37. 颂—容　郑玄《周颂谱》："颂之言容。天子之德，光被四表，格于上下，无不覆焘，无不持载，此之谓容。"

"容"，包容万物之义。笺以"容"解"颂"，突出天子之德。

38. 薄—甫　薄言震之，莫不震叠。(《周颂·时迈》)

笺云：薄，犹甫也。甫，始也。其所证伐，甫动之以威，则莫不动惧而服者。言其威武，又见畏也。

《说文·艸部》："薄，林薄也。从艸，溥声。"《说文·水部》："溥，大也。从水，尃声。"《说文·寸部》："尃，布也。从寸，甫声。"笺读"薄"为"甫"。

39. 奄—淹　命我众人，庤乃钱镈，奄观铚艾。(《周颂·臣工》)

笺云：奄，久。观，多也。教我庶民，具女田器，终久必多铚艾，劝之也。

《说文·大部》："奄，覆也。大有余也。""奄"音 yǎn。《尔雅·释诂》："淹，久。""淹"音 yān。笺读"奄"为"淹"。

40. 拼—翻　肇允彼桃虫，拼飞维鸟。(《周颂·小弁》)

笺云：始者信以彼管、蔡之属，虽有流言之罪，如鹪鸟之小，不登诛之，后反叛而作乱，犹鹪之翻飞为大鸟也。

笺以"翻飞"对译"拼飞"，是以"翻"解"拼"，视"拼"为"翻"之借。

41. 籍—借　小序：春籍田而祈社稷也。(《周颂·载芟》)

笺云：籍之言借也，借民力治之，故谓之籍田。

笺以"借"释"籍"，属于声训，未必科学——因"籍""借"二字音同便以"借"义解"籍"，现代学者多持批评态度。声训在汉代流行，是政治学向文字学扩散的表现。一些著名学者因主观推论以声解义，而缺乏考证，学界向风，《释名》一书集其大成。

42. 依—爱　有嗿其馌，思媚其妇，有依其士。(《周颂·载芟》)

笺云：依之言爱也。妇子来馈饷其农人于田野，乃逆而媚爱之。言劝其事，劳不自苦。

43. 置—植　猗与那与，置我鞉鼓。(《商颂·那》)

笺云：置读曰植。植鞉鼓者，为楹贯而树之。美汤受命伐桀，定天下而作《濩》乐，故叹之。多其改夏之制，乃始植我周家之乐鞉与鼓也。鞉虽不植，贯而摇之，亦植之类。

笺读"置"为"植"。

44. 赉—来　既载清酤，赉我思成。(《商颂·烈祖》)

笺云："赉"读如往来之"来"。既载清酒于尊，酌以裸献，而神灵来至，我致齐之所思则用成。

45. 肇—兆　邦畿千里，维民所止，肇域彼四海。(《商颂·玄鸟》)

笺云："肇"当作"兆"。王畿千里之内，其民居安，乃后兆域正天下之经界。言其为政自内及外。

46. 员—云　河—何　四海来假，来假祁祁。景员维河，殷受命咸宜，百禄是何。(《商颂·玄鸟》)

笺云：员，古文云。河之言何也。天下既蒙王之政令，皆得其所，而来朝觐贡献。其至已祁祁然众多。其所贡于殷大至，所云维言何乎？言殷王之受命皆其宜也。百禄是何，谓当檐负天之多福。

笺意，在古文中"员"是"云说"之"云"的假借字。"河"，笺以为"何"之借。按郑玄意，此五句应标点为："四海来假，来假祁祁。景员维河？'殷受命咸宜，百禄是何。'"

47. 骏—俊　龙—宠　受小共大共，为下国骏厖，何天之龙。(《商颂·长发》)

笺云：骏之言俊也。"龙"当作"宠"。宠，荣名之谓。

"骏"言马，"俊"言人。笺意是说，"骏"在此语境中应读为"俊"。

48. 有—又　武王载旆，有虔秉钺，如火烈烈，则莫我敢曷。(《商颂·长发》)

笺云：有之言又也。上既美其刚柔得中，勇毅不惧，于是有武功，有王德。及建旆兴师曰伐，又固持其钺，志在诛有罪也其威势如猛火之炎炽，谁敢御害我。

三　释古今字

释古今字即以今字释古字。例如：

1. 视—示　我有嘉宾，德音孔昭。视民不恍，君子是则是效。(《小雅·鹿鸣》)

笺云：视，古示字也。饮酒之礼，于旅也语。嘉宾之语先王德教甚明，可以示天下之民，使之不愉于礼义。

"视"，古字；"示"，今字。

2. 载—则 沔彼飞隼，载飞载止。(《小雅·沔水》)

笺云：载之言则也。言隼欲飞则飞，欲止则止。

郑玄意为，"载""则"皆虚词，古之"载"即今之"则"。

又《小雅·正月》："载输尔载，将伯助予！"笺云："弃女车辅，则堕女之载，乃请长者见助，以言国危而求贤者，已晚矣。"诗句"载输尔载"第一个"载"字，笺以"则"字对译，是视其为今之"则"字。

又《周颂·时迈》："载戢干戈，载櫜弓矢。"笺云："载之言则也。"郑玄以自己所处东汉时代之"则"解《诗经》之"载"，以今释古，将"载"看作顺承连词。

3. 皇—煌 其泣喤喤，朱芾斯皇，室家君王。(《小雅·斯干》)

笺云：皇犹煌煌也。

笺以今字"煌"解古字"皇"。

4. 具—俱 《大雅·桑柔》"民靡有黎，具祸以烬。"

笺云：具，犹俱也。言时民无有不齐被兵寇之害者，俱遇此祸，以为烬者。言害所及广。

笺用训诂术语"犹"表明"具"和"俱"是古今字。

5. 胡—何 匪言不能，胡斯畏忌。(《大雅·桑柔》)

笺云：胡之言何也。贤者见此事之是非，非不能分别皂白言之于王也。然不言之，何也？此畏惧犯颜得罪罚。

郑玄意为，"胡斯畏忌"中的"胡"是疑问副词，问原因，后来被"何"替换。

6. 共—恭 夙夜匪解，虔共尔位。(《大雅·韩奕》)

笺云：古之恭字或作"共"。

笺意为，"共"即古"恭"字。清代王筠谓"恭"为"共"的"分别文"，[①] 也就是说，"恭"是"共"的分化字。文字这种表义符号，在中国历史上先后有过"名""文""字"三种形式指称文字，这三种形式

---

① (清) 王筠撰《说文释例》卷八云："字有不须偏旁而义已足者，则其偏旁为后人递加也。其加偏旁而义遂异者，是为分别文。其种有二：一则正义为借义所夺，因加偏旁以别之者也；二则本字义多，既加偏旁则只分其一义也。"北京市中国书店1983年版，第327页。

各有理据，"名"以声音，"文"以视觉，"字"以能够生息。"共"造字在先，象形；这个字同时有表示精神状态方面的意义是很容易理解的。这个意义后来加上"心"旁以区分，就有了"恭"字。二字出现的早晚来看，郑玄说得之。

7. 敬—警　既敬既戒，惠此南国。（《大雅·常武》）

笺云：敬之言警也。警戒六军之众，以惠淮浦之旁国。

8. 娄—屡　绥万邦，娄丰年。（《周颂·桓》）

笺云：娄，亟也。诛无道，安天下，则亟有丰熟之年，阴阳和也。

陆释文："亟，数也。"

四　释同源字

郑笺中这部分注释内容，与句义关系不大，属于词源学的范畴。例如：

1. 以　之子归，不我以。不我以，其后也悔。（《召南·江有汜》）

笺云：以，犹与也。

郑笺以"与"解"以"。"以"，上古音声母为以母，韵部属之部。《说文·巳部》："以，用也。从反巳。贾侍中说：巳，意巳实也。象形。"许慎说非本义。甲骨文象人提物之形。"以""提"古今字。语源是"帝"。"与"，以母，鱼部。《说文·舁部》："与，党与也。从舁，从与。舁，古文舆。"古文的"舆"由"与"孳乳。《说文·勺部》："与，赐予也。一勺为与。""与"的语源也是"帝"。"以""与"音近义通，同源。

2. 啸　之子归，不我过。不我过，其啸也歌。（《召南·江有汜》）

笺云：啸，蹙口而出声。

啸，上古音声母为心母，韵部属幽部。《说文·口部》："啸，吹声也。从口，肃声。""啸"由"肃"孳乳。"肃"，心母，觉部。《说文·聿部》："肃，持事振敬也。从聿在上，战战兢兢也。""肃""事"同源，语源是"束"。"蹙"，精母，觉部。《说文·足部》："蹙，迫也。从足，戚声。""蹙"由"戚"孳乳。《说文·戉部》："戚，戉也。从戊，尗声。"甲骨文字形像边缘带齿的斧钺，因带齿而得名。"戊""戚"古今字，"戊"象形，用为干支字之后，又造了形声字"戚"。语源也是"束"。由此，"啸""蹙"音近义通，同源。

3. 珈—加　君子偕老，副笄六珈。（《鄘风·君子偕老》）

毛传：副者，后夫人之首饰，编发为之。笄，衡笄也。珈笄，饰之最盛者，所以别尊卑。

笺云：珈之言加也，副既笄而加饰，如今步摇上饰。古之制所有，未闻。

"珈之言加也"是释词源，加上去的玉饰。

4. 媛—援　展如之人兮，邦之媛也？（《鄘风·君子偕老》）

毛传：美女为媛。

笺云：媛者，邦人所依倚以为援助也。

笺以动词"援"解名词"媛"，二字同源。

5. 韘—沓　芃兰之叶，童子佩韘。（《卫风·芃兰》）

笺云：韘之言沓，所以彄沓手指。

"韘""沓"同源字。

6. 其　彼其之子，不与我戍申。（《王风·扬之水》）

笺云：其，或作记，或作己，读声相似。

"其"，上古音声母为见母，韵部属之部。"其"是《说文》"箕"的重文。"其"字先出，"箕"为"其"的加旁字。"其"象簸箕之形，语源是"河"，"河"指黄河，黄河中游有一个 V 形大拐弯，与簸箕张口相似。"记"，上古音声母为见母，韵部属之部。《说文·言部》："记，疏也。从言，己声。""记"由"己"孳乳。《说文·己部》："己，中宫也。象万物辟藏诎形也。己承戊，象人腹。"许慎说非本义。"己"像跪着的人，语源也是"河"。"其""记""己"音近义通，同源。

7. 校　《郑风·子衿》小序："刺学校废焉。乱世则学校不修焉。"

笺云：郑国谓学为校，言可以校正道艺。

"学校"之"校"与"校正"之"校"，今音不同，但语音是随时变化的，因地域的不同而不同，郑玄以动词"校正"解名词"学校"，意在说明"学校"的得名理据。

8. 勿　制彼裳衣，勿士行枚。（《豳风·东山》）

笺云：勿犹无也。

郑笺用"无"解"勿"。"勿"，上古音声母为明母，韵部属物部。《说文·勿部》："勿，州里所建旗。象其柄，有三游。杂帛，幅半异。所以趣民，故遽称勿勿。凡勿之属皆从勿。"孟蓬生认为"勿"像刀旁有血滴形，是"刎"的初文。① 孟说是。"勿"是象形字，语源是"巴"，刀刃上有血巴。"无"，上古音声母为明母，韵部属鱼部。《说文·亡部》："无，亡也。从亡，橆声。无，奇字无也。通于无者，虚无道也。王育说：天屈西北为无。""橆"是"舞"的简体，"无"是"無"的简体。"无"训"亡"，是因为人跳舞时，双手拿着道具舞动，看不见其人，因产生亡义。语源是"巴"。"勿""无"音近义通，同源。

9. 阳　曰归曰归，岁亦阳止。(《小雅·采薇》)

传：阳，历阳月也。

笺云：十月为阳。时坤用事，嫌于无阳，故以名此月为阳。

传解释诗之"阳"为月名，笺追索了十月被命名为"阳"的原因。

10. 弭—别　四牡翼翼，象弭鱼服。(《小雅·采薇》)

笺云：弭，弓反末别者，以象骨为之。

"弭"，上古音声母为明母，韵部属支部。《说文·弓部》："弭，弓无缘可以解辔纷者。从弓，耳声。""耳"非声。"弭"是会意字，语源是"巴"，人有两个巴掌，弓有两头。"别"，上古音声母为并母，韵部属月部。广韵："别，弓别。""别"由"敝"孳乳。《说文·㡀部》："敝，帗也。一曰：败衣。从㡀，从攴，㡀亦声。""敝"由"㡀"孳乳。《说文·㡀部》："㡀，败衣也。从巾，象衣败之形。凡㡀之属皆从㡀。""㡀"的语源是"巴"。"弭""别"音近义通，同源。

11. 茀—蔽　簟茀鱼服。(《小雅·采芑》)

笺云：茀之言蔽也，车之蔽饰，象席文也。

"茀""蔽"二字同源。

12. 毗　天子是毗，俾民不迷。(《小雅·节南山》)

笺云：毗，辅也。

"毗"，上古音声母为并母，韵部属脂部。《说文·田部》失收。"毗"由"比"孳乳。《说文》："比，密也。二人为从，反从为比。凡比之属皆从比。""比"的语源是"巴"。"辅"，上古音声母为并母，韵部属鱼部。《说文·车部》："辅，人颊车也。从车，甫声。""辅"的本义

---

① 李学勤主编：《字源》，天津古籍出版社 2012 年版，第 841 页。

是大车榜木，即大车两边木，以夹持车上运载之物。"辅"由"甫"孳乳。"甫"，上古音声母为帮母，韵部属鱼部。《说文·用部》："甫，男子美称也。从用、父。""父"亦声。"甫"的甲骨文字形，下面是"田"而不是"用"，可理解为手持农具在田地里劳作，是"圃"的初文。因为在园圃中劳作的多为男子，成了男子的美称。"甫"由"父"孳乳。《说文·又部》："父，矩也。家长率教者。从又举杖。""父"的本义是斧头。最初使用斧头时得用手直接把持。"父"的语源也是"巴"。"毗""辅"音近义通，同源。

13. 兹　心之忧矣，如或结之。今兹之正，胡然厉矣？（《小雅·正月》）

笺云：兹，此。

"兹""此"音近义通，二字同源。

14. 正　心之忧矣，如或结之。今兹之正，胡然厉矣？（《小雅·正月》）

笺云：正，长也。

"正"，上古音声母为章母，韵部属耕部。《说文·正部》："正，是也。从止，一以止。""正"是会意兼形声字。"正""征"古今字，"正"的上面一横在甲骨文是"口"，也就是后来的"城"字，字从"口"，"止"会向着"口"走之意，"口"亦声，名动相因。"正"的甲骨文从"口"，从"止"。"口"像城邑，"止"是"趾"的本字，合起来会征伐城池意。"口"当读如"城"，"城"的字音来源于筑城声。所以"正"字当分析为：从口，从止，口亦声。"口"有一定的高度，与"长"同源。"长"，上古音声母为端母，韵部属阳部。《说文·长部》："长，久远也。从兀，从匕。兀者，高远意也。久则变化。亡声。者，到亡也。凡长之属皆从长。"许慎说本义和字形非是，"长"是象形字，像人的头发，本义是头发长。"久远"是引申义。由此知，"正""长"音近义通，同源。

15. 民—冥　小序：民始附也。（《大雅·灵台》）

笺云：民者，冥也。其见仁道迟，故于是乃附也。

郑玄以"冥"释"民"，反映了他对"民"字得义的看法。"民"，上古音声母为明母，韵部属真部。《说文·民部》："民，众萌也。从古文之象。""冥",上古音声母明母,韵部属耕部。《说文·冥部》:"冥,幽也。从日,从六,冖声。日数十,十六日而月始亏幽也。"王志平说,《诅楚文》"冥"字从日,从冖,从大,表示人头顶的太阳被覆盖之意。①王说是。"冥"的甲骨文从同,从廾,会双手把住窗口张望外面的光明意。语源是明,外明,里冥。江苏南京发掘明代康世才墓,出土"明道通宝"金币,"明"通"冥",以"明"代"冥"属于避讳。"民""冥"声母相同,韵部真、耕通转,且字义相近,同源。

16. 跃　鸢飞戾天,鱼跃于渊。(《大雅·旱麓》)

郑笺:鱼跳跃于渊中,喻民喜得所。

郑笺用双音词"跳跃"解单音词"跃"。"跃",上古音声母为以母,韵部属药部。《说文·足部》:"跃,迅也。从足,翟声。""跃"由"翟"孳乳。《说文·羽部》:"翟,山雉尾长者。从羽,从隹。""翟"的语源是"矢"。"跳",上古音声母为透母,韵部属宵部。《说文·足部》:"跳,蹶也。从足,兆声。一曰:跃也。""跃"由"兆"孳乳。卜,定母,宵部。《说文·卜部》:"卜,灼龟坼也。从卜兆。象形。兆,古文。"于省吾《释兆》一文在罗振玉考释的基础上,认为甲骨文的"兆"始终作"水",左右从"人"。"其右旁所从之人或作倒形者,因随中间之曲画以作势也。""兆为洮及逃之本字。兆字中本从水,后世作洮,左增水旁,因用各有当,以资识别。犹永为游永,后增水左泳。益为盈益,后增水作溢,是其例也。上古洪水为患,初民苦之,字象两人均背水外向,自有逃避之意。今作逃为后起字。《庄子·天下》:'兆于变化。'《释文》:'兆本或作逃。'《广雅·释诂》:'兆,避也。'是兆、逃古通用。絜文兆为地名,亦为水名。""训兆坼者,引申义也。"② 于说是。"兆"的语源也是"矢"。"跃""跳"音近义通,同源。

17. 竞—强　无竞维人,四方其训之。(《大雅·抑》)

郑笺:竞,强也。

"竞",上古音声母为群母,韵部属阳部。《说文·誩部》:"竞,强

---

① 李学勤主编:《字源中》,天津古籍出版社、辽宁人民出版社2012年版,第616页。

② 于省吾:《释兆》,《双剑誃殷契骈枝·双剑誃殷契骈枝读编·双剑誃殷契骈枝三编》,中华书局2009年版,第252—253页。

语也。从誩、二人。一曰：逐也。"" 竞 "" 强 " 同源。" 强 "，上古音声母亦为群母，韵部亦属阳部。《说文·虫部》："强，蚚也。从虫，弘声。"" 强 " 由 " 弘 " 孳乳。" 弘 "，上古音声母为匣母，韵部属蒸部。《说文·弓部》："弘，弓声也。从弓，厶声。厶，古文肱字。"" 弘 " 是个双声字，语源是 " 江 "。" 竞 "" 强 " 音近义通，同源。

18. 剔　用戒戎作，用遏蛮方。(《大雅·抑》)

笺云：遏当作剔。剔，治也。

" 剔 "，上古音声母为透母，韵部属锡部。《说文·辵部》："逖，远也。从辵，狄声。遏，古文。"" 剔 " 由 " 易 " 孳乳。" 易 "，上古音声母为以母，韵部属锡部。《说文·易部》："易，蜥易，蝘蜓，守宫也。象形。《秘书说》曰：' 日月为易，象阴阳也。' 一曰：从勿。"" 易 " 见于甲骨文，本义是将容器中低熔点的锡注入模具，铸造新器皿。" 易 " 的语源是 " 帝 "。" 治 "，上古音声母为定母，韵部属之部。《说文·水部》："治，水出东莱曲城阳丘山，南入海。从水，台声。"" 治 " 的本义为提土堵上河堤以治水。由 " 台 " 孳乳。《说文·口部》："台，说也。从口，以声。"" 台 " 由 " 以 " 孳乳。《说文·巳部》："以，用也。从反巳。"" 以 " 的语源是 " 之 "，" 之 " 的语源是 " 帝 "。由此，则 " 剔 "" 治 " 音近义通，同源。

19. 斯　白圭之玷，尚可磨也。斯言之玷，不可为也。(《大雅·抑》)

笺云：斯，此也。

" 斯 "，上古音声母为心母，韵部属支部。《说文·斤部》："斯，析也。从斤，其声。《诗》曰：' 斧以斯之。'"" 其 " 见母，" 斯 " 心母，声母不同，" 其 " 非声；" 斯 " 是会意字。" 斯 " 的语源是 " 析 "。" 析 " 的语源是 " 帝 "。" 此 "，上古音声母为清母，韵部属支部。《说文·此部》："此，止也。从止，从匕。匕，相比次也。凡此之属皆从此。"" 此 " 的语源是 " 止 "。" 止 " 的语源也是 " 帝 "。" 此 " 本为舌音，音变为齿音。" 斯 "" 此 " 音近义通，同源。

20. 辟　辟尔为德，俾臧俾嘉。(《大雅·抑》)

笺云：辟，法也。

" 辟 "，上古音声母为并母，韵部属锡部。《说文·辟部》："辟，法也。从卩，从辛，节制其罪也；从口，用法者也。"" 辟 " 的甲骨文字形，当从古文字学家所说，"卩"为人体，"辛"为刀，"口"是从人身上剮下的肉块。"辟"的语源是"巴"。"法"，上古音声母为帮母，韵部属叶部。《说文·廌部》："法，刑也。平之如水，从水。廌，所以触不直者去之，从去。会意。""法"的语源也是"巴"。"辟""法"音近义通，同源。

21. 投　投我以桃，报之以李。（《大雅·抑》）

郑笺：投，犹掷也。

郑笺用"掷"解"投"。"投"，上古音声母为定母，韵部属侯部。《说文·手部》："投，擿也。从手，殳声。""投"由"殳"孳乳。《说文·殳部》："殳，以杖殊人也。《周礼》：殳以积竹，八觚，长丈二尺，建于兵车，旅贲以先驱。从又，几声。""殳"的语源是"帝"。"掷"，《说文》作"擿"。擿，上古音声母为定母，韵部属锡部。《说文·手部》："擿，搔也。从手，適声。一曰：投也。""擿"由"適"孳乳。《说文·辵部》："適，之也。从辵，啻声。適，宋、鲁语。""適"由"啻"孳乳。《说文·口部》："啻，语时不啻也。从口，帝聲。一曰：啻，諟也。读若鞮。""啻"由"帝"孳乳。《说文·丄部》："帝，谛也。王天下之号。从丄，朿聲。"是"花蒂"的"蒂"本字，象花蒂形，字音像果实成熟掉在地上撞击所发出的声音。这是古人类在采集时代造出的字。"投""掷"音近义通，同源。

22. 进　进厥虎臣，阚如虓虎。（《大雅·常武》）

笺云：进，前也。

"进"，上古音声母为精母，韵部属真部。《说文·辵部》："进，登也。从辵，閵省声。""进"是会意字。本义是进食，即向神奉献食物，所从"隹"是捕获的鸟，人所食。许慎说本义对，但分析为形声字则错。"进"的语源是"电"，在狩猎时代，雷电引起的火把动物烧死，味道鲜美。"前"，上古音声母为精母，韵部属元部。《说文·刀部》："前，齐断也。从刀，歬声。""前"由"歬"孳乳。歬，上古音声母从母，韵部属元部。《说文·止部》："歬，不行而进谓之歬。从止在舟上。"甲骨文上止，下凡，"凡"即"盘"，会人走进去（止）端上饭菜（凡）意。古文字学界至今不得其说，说之如上。本读舌音，音变读入齿音。"歬"的语源也是"电"。"进""前"音近义通，同源。

23. 庙—貌　小序：祀文王也。周公既成洛邑，朝诸侯，率以祀文王焉。(《周颂·清庙》)

笺云：庙之言貌也，死者精神不可得而见，但以生时之居耳，立宫室象貌为之耳。

笺以"貌"解"庙"，二字同源。

24. 函—含　实函斯活，驿驿其达。(《周颂·载芟》)

笺云：函，含也。

"函"，上古音声母为匣母，韵部属谈部。《说文·马部》："函，舌也。象形。舌体已已。从已，象形。已亦声。肣，俗函从肉、今。"从古文字看，"函"是装矢的袋子，语源是"凵"。"含"，上古音声母为匣母，韵部属侵部。《说文·口部》："含，嗛也。从口，今声。""含"由"今"孳乳。"今"，上古音声母为见母，韵部属侵部。《说文·亼部》："今，是时也。从亼、乛。乛，古文及。"许慎说非本义。流沙河《白鱼解字：流沙河讲汉字》所录《捕兽钳与牛刀》一文说：

> 今象捕兽钳形，所以擒获的擒由今字演变成。甲骨文用鸟网表示擒（禽）。到了金文，鸟网之上又置兽钳，意思就周到了。后又加右手，更周到。到了篆文，稍变其形，遂难解矣。
>
> 原始人以狩猎喻时日。昨天已经逃跑，明天尚未捕到，被我们钳住的只有此日，所以叫作今天，意即被我们钳住的这一天。
>
> 今本义为夹钳，所以绕颈成夹钳形的交领曰衿，所以缄口不语曰吟（通噤），所以围合的衣带曰紟，所以江西分宜县有一山被二水夹持曰紟山，所以锁闭曰紟。①

流先生对"今"字本义的阐发，本书认为是唯一正确的。但没有讲到字音的来源，本书认为"今"的语源是"凵"，因为夹钳的形状像凵，故名之"今"，而且以今捕兽，其理同于兽掉进凵中。"函""含"音近义通，同源。

25. 泮—半　思乐泮水，薄采其芹。(《鲁颂·泮水》)

笺云：泮之言半也。半水者，盖东西门以南通水，北无也。天子诸

---

① 流沙河：《白鱼解字：流沙河讲汉字》，北京联合出版公司2020年版，第302—305页。

侯宫异制，因形然。

笺以"半"解"泮"，从字形出发，说明了这种建筑物的形制。

五 释方言词

斯—鲜 有兔斯首，炮之燔之。（《小雅·瓠叶》）

笺云：斯，白也。今俗语"斯白"之字作"鲜"，齐、鲁之间声近斯。有兔白首者，兔之小者也。

郑意是说，齐鲁俗语"斯白"的"斯"字，即是雅言的"鲜"字。郑玄是东汉末年鲁人，属于齐鲁方言区，对其方音是熟悉的，以其方言素养，还原了齐、鲁方音对应的雅言正字。由此，"斯"是方言标音字，不可以其本义释之，这是另一种形式的"破读"。在齐鲁方言中，"鲜""斯"音同，后人根据郑玄指出的这一语言现象，对经书中的相关训诂提出了新说。例如清代阮元说："《书》云'惠鲜鳏寡'，又云'知恤鲜哉'，《诗》云'鲜民之生'，鲜皆斯字之假借，伪孔传训鲜为少，毛传训鲜为寡，皆非也。"[1] 还有学者利用这一现象揭示出春秋时期鲁国人奚斯在名字取义上的相应，如金鹗说："奚斯字子鱼，斯亦鲜之假借也。"[2] 阮、金两位所谓"假借"，也就是方言记音字，同时为笺以方言解《诗》提供了文献证据。也有学者对笺"斯，白也"之训提出质疑，如马瑞辰认为："斯乃句中语助，与'螽斯羽'、'鹿斯之奔'句法中相类。"[3] "斯"在这种句式中确为句中语助词，但在"有兔斯首"这样的句式中将"斯"看作颜色词，在《诗经》中可以得到印证。如《秦风·车邻》："有车邻邻，有马白颠。"其中"有马白颠"正与"有兔斯首"为同一句式。

郑玄以方言解经，不单表现在笺《诗》上，在注"三礼"时也有反映。《礼记·中庸》："武王缵大王、王季、文王之绪，壹戎衣而有天下。"郑注："戎，兵也。衣读如'殷'，声之误也。齐人言殷声如衣。'壹戎

---

① 转引自（清）郝懿行撰，王其和、吴庆峰、张金霞点校《尔雅义疏》，中华书局 2017 年版，第 22 页。

② 转引自（清）郝懿行撰，王其和、吴庆峰、张金霞点校《尔雅义疏》，中华书局 2017 年版，第 22 页。

③ （清）马瑞辰撰，陈金生点校：《毛诗传笺通释》（全三册），中华书局 1989 年版，第 785—786 页。

衣'者，壹用兵伐殷也。"① "殷"上古韵为文部，"衣"为微部。《礼记·郊特牲》"汁献涗于盏酒"，郑玄注："谓沛秬鬯以盏酒也。献，当读为莎，齐语，声之误也。秬鬯者，中有煮欎，和以盎齐，摩莎沛之，出其香汁，因为之汁莎。"② "献"上古韵为元部，"莎"为歌部。从郑注中可以看出，当时在齐地方言中，文部、元部字与对应的阴声韵之间有语转现象。这在其他注家的著作中也存在。《公羊传·僖公十年》："晋之不言出入者，踊为文公讳也。"何休注："踊，豫也。齐人语。"③ "踊"东部，"豫"鱼部。

第二节　郑笺对《诗》句的语言学解释

一　以体词释谓词

这里所谓的"体词"，拿现在更常用的术语来说就是名词，表实体。"谓词"即动词和形容词，是对体词所表事物的陈述。④ 拿汉语来说，越是晚近，形式因素越发达；越是往古，形式性表现得越弱。汉语的形式是发展出来的，从无到有。也就是说，这形式都是各个时代汉语的使用者的创造。就比较语言学的研究来看，汉语相对于印欧系诸语言，形式因素要差些。所以人们说，汉语是人治的，英语等西方语言是法治的。《诗经》的语言属于上古汉语，正是有了郑玄等注家对包括谓体转换等语言现象的解释，今天的我们方能读懂经典。

在解释文献语言时，将文句中的谓词解为体词，是比较常见的。《左传·宣公十五年》有云：

　　　　羊舌职说是赏也，曰："《周书》所谓'庸庸祇祇'者，谓此物

① （东汉）郑玄注，（唐）孔颖达疏，龚抗云整理：《礼记正义》，北京大学出版社2000年版，第1678页。

② （东汉）郑玄注，（唐）孔颖达疏，龚抗云整理：《礼记正义》，北京大学出版社2000年版，第955页。

③ （西汉）公羊寿传，（汉）何休解诂，（唐）徐彦疏，浦卫忠整理：《春秋公羊传注疏》，北京大学出版社2000年版，第265页。

④ "体词""谓词"这两个术语采自朱德熙。参见其著《语法讲义》第三、第四、第五章，商务印书馆2011年版，第37—79页。

也夫。……"

　　杜注："《周书》,《康诰》。庸,用也。祗,敬也。言文王能用可用,敬可敬。"①

"庸""祗"本为动词,杜注在解《尚书·周书·康诰》篇"庸庸祗祗"句时,将第二个"庸"和第二个"祗"字解成了名词,"庸庸"即用可用的人,"祗祗"即敬可敬的人。

　　郑笺释例如下:

　　1. 严　翼　有严有翼,共武之服。(《小雅·六月》)

　　传:严,威严也。翼,敬也。

　　笺:言今师之群帅,有威严者,有恭敬者,而共典是兵事。言文武之人备。

　　"严""翼"二词,传都解为形容词,在句中的用法没有进一步解释,或以为不言自明,无须辞费;笺在诗句对译中,以"有威严者"对"有严","有恭敬者"对"有翼",视"有"为表存在的动词,"严""翼"都用为名词,以表性质的形容词指具有这种性质的人。

　　2. 夷　已　式夷式已,无小人殆。(《小雅·节南山》)

　　传:式,用。夷,平也。用平则已,无以小人之言至于危殆也。

　　笺云:殆,近也。为政当用平正之人,用能纪理其事者,无小人近。

　　"夷",传解为"平",形容词;笺从之,进一步释作"平正之人",是将谓词体词化,也即将表德之词实体化。"已",传解为"已止"之"已",不及物动词;笺视"已"为"己","己""已"实不同字。从其解句可以看出,是读"己"为"纪理"之"纪",也即"纲纪"之"纪",② 及物动词。将"式己"解为"用能纪理其事者",也是将谓词体词化。

　　3. 遹有声　遹宁　厥成　文王有声,遹骏有声。遹求遹宁,遹观厥成。(《大雅·文王有声》)

　　笺云:遹,述。骏,大。求,终。观,多。文王有令闻之声者,乃

---

　　① 杨伯峻编著:《春秋左传注二》(修订本),中华书局 2009 年第 3 版,第 765 页。

　　② 清阮元云:"考此笺以'纪'说'己',乃诂训之法。"李学勤主编:《毛诗正义》,北京大学出版社 1999 年版,第 702 页。

述行有令闻之声之道所致也。所述者，谓大王、王季也。又述行终其安民之道，又述行多其成民之德。言周德之世益盛。

笺将"遹骏有声"对译为"述行有令闻之声之道"，是将"遹骏有声"看作动宾短语，以"有令闻之声之道"译"骏有声"，给谓词性短语"骏有声"后加上"之道"将其名词化。"遹宁""厥成"同。

4. 忧　熇熇　匪我言耄，尔用忧谑。多将熇熇，不可救药。（《大雅·板》）

笺云：将，行也。今我言非老耄有失误，乃告女用可忧之事，而女反如戏谑，多行熇熇惨毒之恶，谁能止其祸？

"忧"，表示心情的动词，本是指主体对对象的一种负面的精神状态。在此处笺解为"可忧之事"，将其对象化，是很正确的。试分析"尔用忧谑"的语法关系，"尔"为主语，对称代词，指周厉王；"用忧"是介宾短语，"用"为介词，"忧"用为名词；"谑"为谓语动词。"熇熇"，重言状态词，笺解为"熇熇惨毒之恶"，也将其名词化，作动词"将"的宾语。

5. 秉　寇攘　而秉义类，强御多怼。流言以对，寇攘式内。（《大雅·荡》）

笺云：义之言宜也。类，善。式，用也。女执事之臣，宜用善人，反任强御众怼为恶者，皆流言毁谤贤者。王若问之，则又以对。寇盗攘窃为奸宄者，而王信之，使用事于内。

笺以"执事之臣"对"秉"，以"寇盗攘窃为奸宄者"对"寇攘"，或使用偏正短语，或通过给被释词加上名词标记"者"，将动词转化为名词，解释了词在句中的功能。

二　补句义成分

指郑笺补出诗句蕴含的句义成分。有以下几种情况：

第一，补出主语。例如：

1. 不失其驰，舍矢如破。（《小雅·车攻》）

笺云：御者之良，得舒疾之中。射者之工，矢发则中，如锤破物也。

《车攻》为周宣王田猎之诗，笺根据《诗经》时代的驾车制度给"不失其驰"补出主语"御者"，给"舍矢如破"补出"射者"，使诗句之词各有所属，文理清晰。

2. 昊天不佣，降此鞠讻。昊天不惠，降此大戾。（《小雅·节南山》）

笺云：昊天乎，师氏为政不均，乃下此多讼之俗，又为不和顺之行，乃下此乖争之化。病时民效为之，诉之于天。

"昊天不傭，降此鞠讻"与"昊天不惠，降此大戾"是并列关系，郑玄将两个"昊天"都解为呼语，即诗人呼天之语；同时补出了自己所认为的真正的主语——官任卿士替周王执政的"师氏"。因为在郑玄的认知中，"昊天"高高在上，是人间的主宰，诗句不可能是在埋怨上天。经过这一番处理，就将诗人报怨的对象转化为师氏。其实根据当代学者的研究，《节南山》是两周之际"二王并立"时期的诗歌，当时由于社会的动乱，人们对天的观念已不同于周初成康盛世，由对天的尊崇变为对天的怀疑、怨恨，这正表现出社会现实对人们心理的影响。[①] 那么，笺的解释恰好违背了诗句的原意。

3. 浩浩昊天，不骏其德。降丧饥馑，斩伐四国。（小雅·雨无正）

笺云：此言王不能继长昊天之德，至使昊天下此死丧饥馑之灾，而天下诸侯于是更相侵伐。

笺认为"不骏其德"的主体为"王"，予以补出。笺在其解释中责备了人间的王，对"昊天"予以回护，在其认知中，"昊天"是公正的。但后世学者对此解读有异，此四句的主语都是"昊天"。如清代马瑞辰以为诗句"借天以刺王"，与《小雅·节南山》"不吊昊天，乱靡有定"用意相同。[②] 马说可从。

4. 乐只君子，天子命之。乐只君子，福禄申之。（《小雅·采菽》）

笺云：只之言是也。古者天子赐诸侯也，以礼乐乐之，乃后命予之也。天子赐之，神则以福禄申重之也，所谓人谋鬼谋也。刺今王不然。

在这一注释单元的四句诗中，郑玄以为"乐只君子"的主体是天子，是正确的；他给"福禄申之"补出主语"神"。

5. 旱既太甚，则不可沮。赫赫炎炎，云我无所。大命近止，靡瞻靡顾。（《大雅·云汉》）

笺云：旱既不可却止，热气大盛，人皆不堪，言我无所庇阴而处，

---

① 邵炳军：《春秋文学系年辑证》（第一册），高等教育出版社2013年版，第4—5页。

② （清）马瑞辰：《毛诗传笺通释》，陈金生点校，中华书局1989年版，第622页。

众民之命近将死亡，天曾无所视、无所顾于此国中而哀闵之。

其中"天曾无所视、无所顾于此国中而哀闵之"一句解诗句"靡瞻靡顾"，为这句诗补出主语"天"，即周宣王祈祷的对象。

6. 于荐广牡，相予肆祀。（《周颂·雍》）

笺云：于进广牡之牲，百辟与诸侯又助我陈祭礼之馔。

笺以"百辟与诸侯又助我陈祭礼之馔"对译诗句之"相予肆祀"，根据语境，给这句诗补出了主语"百辟与诸侯"。"于荐广牡，相予肆祀"之前的两句是"相维辟公，天子穆穆"，笺补出的"百辟与诸侯"也就是"相维辟公"中的"辟公"。

7. 思无疆，思马斯臧。（《鲁颂·駉》）

第一章："思无疆，思马斯臧。"笺云："僖公之思遵伯禽之法，反覆思之，无有竟已，乃至于思马斯善。多其所及广博。"第二章："思无期，思马斯才。"笺无释。第三章："思无斁，思马斯作。"笺云："思伯禽之法，无厌倦也。作，谓牧之使可乘驾也。"末章："思无邪，思马斯徂。"笺云："思伯禽之法，专心无复邪意也。牧马使可走行。"《駉》为赞颂鲁僖公养马之诗。僖公是春秋中期鲁国贤明之君，而马又是那时国力的象征，有"问国之富，数马以对"之说，所以言马即等于颂君，角度再好不过。除第二章外，笺给"思"字都补出了主体鲁僖公，所思的内容一是效法先祖伯禽，二是思虑专注于马的兴盛。僖公所思若此，一意为国操劳，当然是值得赞颂的。

第二，补出宾语。

补出动词宾语。例如：

1. 彼作矣，文王康之。（《周颂·天作》）

笺云：彼，彼万民也。彼万民居岐邦者，皆筑作宫室，以为常居，文王则能安之。

诗句中的"作"字，如果没有笺"筑作宫室"的解释的话，后人是难以理解的。民生之衣食住行四要素，住为其一，郑玄以"作"之所施为"宫室"，这是很有道理的。

有时会补出介词宾语，例如：

2. 爰采唐矣？沬之乡矣。（《鄘风·桑中》）

传：爰，於也。

笺云：于何采唐，必沫之乡，犹言欲为淫乱者，必之卫之都。恶卫为淫乱之主。

笺所谓"欲为淫乱……"是其主观发挥。语言层面，传解"爰"为"於"，是视"爰"为介词。笺以"于"替换传之"於"，是以今字释古字，并在"于"字后加上疑问代词"何"，使句义更为显豁。郑玄给诗句中"爰"字补出宾语，还见于他处。《小雅·斯干》："爰居爰处，爰笑爰语。"笺云："爰，于也。于是居，于是处，于是笑，于是语。言诸寝之中，皆可安乐。"笺训释语"于是"之"是"为代词，指代方所，是郑玄所补出。此"是"所代，即前句"筑室百堵，西南其户"中的"室"。《斯干》据毛序是祝贺周宣王庙寝落成之诗，从"筑室百堵"的排场看是可信的。

3. 黄耇台背，以引以翼。(《大雅·行苇》)

笺云：台之言鲐也，大老则背有鲐文。既告老人，即其来也，以礼引之，以礼翼之。在前曰引，在旁曰翼。

诗句"以引以翼"，笺给两个介词"以"都补出了宾语"礼"。

第三，补出补语。例如：

不吊不祥，威仪不类。(《大雅·瞻卬》)

笺云：吊，至也。王之为政，德不至于天矣，不能致征祥于神矣，威仪又不善于朝廷矣。

笺将"不吊不祥"看作两个动词短语的并列，给"不吊"补出主语"德"，给动词"吊"补出补语"于天"；解"不祥"时，以为"祥"用为动词，在此为"致征祥"义，同时补出补语"于天"；给"类"补出补语"于朝廷"。

第四，补出呼语。例如：

1. 有皇上帝，伊谁云憎？(《小雅·正月》)

笺云：有君上帝者，以情告天也。使王暴虐如是，是憎恶谁乎？欲天指其所憎而已。

由笺"有君上帝者，以情告天也"之解，可知郑玄是将"有皇上帝"看作呼语，即"有皇上帝"是呼天之语；"伊谁云憎？"则是向天呼告的内容：（天）使王暴虐如是，（天）憎恶的人是谁呢？

2. 上帝甚蹈，无自昵焉。(《小雅·菀柳》)

笺云：蹈读曰悼。上帝乎者，诉之也。今幽王暴虐，不可以朝事，甚使我心中悼病，是以不从而近之。释己所以不朝之意。

笺以为"上帝"是呼语，"甚蹈，无自昵焉"的主语是"我"，即省略了本诗的作者。①

3. 王欲玉女，是用大谏。（《大雅·民劳》）

笺云：王乎！我欲令女如玉然，故作是诗，用大谏正女。此穆公至忠之言。

笺意，"王"为呼语而非主语，并补出了主语"我"，即这首诗的作者召穆公。《诗经》的句式多为四字，古汉语不加标点，郑氏这样一解释，就使句意豁然。没有这一对译，读者就会不大理解这句诗的语法。

4. 天之方难，无然宪宪。天之方蹶，无然泄泄。（《大雅·板》）

笺云：天斥王也。王方艰难天下之民，又方变更先王之道。臣乎，女无宪宪然、无沓沓然为之制法度，达其意，以成其恶。

笺在解释时给"无然宪宪""无然泄泄"都加上了呼语"臣乎"，在郑玄看来，"无然宪宪"与"无然泄泄"都是诗人凡伯出于中君而对臣子的忠告或呵责。

第五，补出比喻句的本体。例如：

如竹苞矣，如松茂矣。（《小雅·斯干》）

笺云：言时民殷众，如竹之本生矣；其佼好，又如松柏之畅茂矣。

"如竹苞矣，如松茂矣"是两个比喻句，但主语也就是构成比喻的本体未现，依笺则本体是"时民"，即周宣王时代的人民。宣王是西周末期中兴之君，"时民殷众"。

第六，补出小句。例如：

兄弟不知，咥其笑矣。（《卫风·氓》）

笺云：兄弟在家，不知我之见酷暴。若其知之，则咥咥然笑我。

当然也有失败的案例。《商颂·长发》"苞有三蘖，莫遂莫达。九有有截"，传："苞，本。蘖，余也。"笺云："苞，丰也。天丰大先三正之后世，谓居以大国，行天子之礼乐，然而无有能以德自遂达于天者，故天下归乡汤，九州齐一截然。"结合下来的两句诗"韦顾既伐，昆吾夏桀"，就会知道这里的"苞"是比喻的说法，指"夏桀"，"三蘖"指

---

① 当然还可以有别的读法，以"上帝"为"甚蹈"的主语。

"韦""顾""昆吾",传训"苞"为本、"蘖"为余是对的,却没有指出喻义。笺改释"苞"为动词,义为丰,翻译时加上了主语"天",其"三正之后世"的说法在诗句中没法证实,所以终觉未安。

三 释语气

语气,在《论语》中被称为"辞气"。《论语·泰伯第八》云:"曾子言曰:君子所贵乎道者三:动容貌,斯远暴慢矣;正颜色,斯近信矣;出辞气,斯远鄙倍矣。"① 这里的"道"是言说的意思,句谓君子面对面跟人说话的时候,"容貌""颜色""辞气"都应当很注意,体现出作为君子的修养。当时说这番话的情境是曾子有病,鲁国的显要人物孟敬子登门看望,有了曾子关于在上者待人接物时言谈举止方面该如何表现的"善言"。要求君子这样做,是为了人与人之间的和谐,能够接纳彼此。曾子所言,重在口语,语调和口气运用得当,对表达与交流起到很好的辅助作用。书面语也是这样,不单有"辞",而且自然也带上了"气"。所以,郑笺除了释"辞"(大体相当于今天的词,但比今天的词所指范围要广,一个话语单位谓之辞),还要释"辞气"即语气。有以下几种:

第一,释疑问语气。

有的诗句,由于使用了疑问代词,其表示疑问是明显的。例如:《小雅·巷伯》:"谁适与谋?"笺云"谁往就女谋乎?怪其言多且巧。"《大雅·既醉》:"其告维何?笾豆静嘉。"笺云:"公尸所以善言告之,是何故乎?乃用笾豆之物,洁净尔美,政平气和所致故也。"但《诗经》所使用的语言,一是处于上古汉语的发展阶段,② 二是由于四字格句式的特定要求,都使得诗句里语气词极为缺乏。现代汉语里使用的标点符号是从西方引进的,非所固有,诗句传达了什么语气,全赖注家从字里行间来揣摩。因此,对于一个句子表达的语气,各家的说法有所不同。例如:

① (三国·魏)何晏生,(宋)邢昺疏,朱汉民整理:《论语注疏》,北京大学出版社2000年版,第113页。

② 王力认为,"公元三世纪以前(五胡乱华以前)为上古期"。参见其著《汉语史稿》,中华书局1980年版,第35页。

1. 何彼襛矣？唐棣之华。(《召南·何彼襛矣》)

笺云：何乎彼戎戎者？乃栘之华。

这里诗人使用了无疑而问的设问修辞格。"何彼襛矣？"为特指疑问句，疑问代词"何"在句首，是句子焦点所在；"矣"为疑问语气词，助成发问。① 笺训释语在"何"字加"乎"，使疑问的语气更加显明。"襛"为谓词，但在此句中前面加了远指代词"彼"，其功能与体词性成分相同，笺在"戎戎"后加"者"，从形式上使谓词体词化。

2. 嘉我未老，鲜我方将。(《小雅·北山》)

笺云：嘉、鲜皆善也。王善我年未老乎？善我方壮乎？何独久使我也？

3. 鱼在在藻，有颁其首。(《小雅·鱼藻》)

笺云：明王之时，鱼何处乎？处于藻。

由笺之释，则第一句可标点为："鱼在？在藻。"这个四字句紧缩问句和答句而成，且问句省略了疑问词。省略疑问词属古人语急例。

第二，释反问语气。例如：

1. 曷不肃雍？王姬之车。(《召南·何彼襛矣》)

笺云：何不敬和乎，王姬往乘车也。言其嫁时，始乘车则已敬和。

"曷不肃雍？"为反诘句，笺以"何不敬和乎"对译，加了"乎"字，使反问语气更为显明。

2. 徒御不惊，大庖不盈。(《小雅·车攻》)

笺云：不惊，惊也。不盈，盈也。反其言，美之也。

笺将"徒御不惊"和"大庖不盈"都读为反问句，表达了肯定的意思。

3. 尔之安行，亦不遑舍；尔之亟行，遑脂尔车。(《小雅·何人斯》)

笺云：女可安行乎，则何不暇舍息乎？女当疾行乎，则又何暇脂女

---

① 王力主编《古代汉语》认为"'矣'字是一个表示动态的语气词"，并把"矣"字与叙述句联系起来。在论证这一看法时所举的例句出自《左传》《孟子》《战国策》《论语》[见《古代汉语》(校订重排本)第一册，中华书局 1999 年版，第 252—259 页]。在古代汉语经过相当的发展之后，对"矣"字的性质作出这一界定无疑有其合理性。但"矣"字的用法是丰富的，可以用在疑问句中。起初，"矣"只是一个拟声词，模拟人说话的声音，与句子的功能无关。东汉许慎《说文》："矣，语已词也。"概括得很全面。据杨伯峻、何乐士《古汉语语法及其发展》，"矣"可用在陈述句、疑问句、祈使句、感叹句，其中，以用在陈述句中为最多。参见《古汉语语法及其发展》，语文出版社，1992 年，第 901—902 页。

车乎？

笺在对译"亦不遑舍"与"遑启尔车"时，给原句分别加上了"何""乎"二字，构成了"何……乎？"的反问句式。

4. 先祖匪人，胡宁忍予。（《小雅·四月》）

笺云：匪，非也。宁，犹曾也。我先祖非人乎？人则当知患难，何为曾使我当此乱世乎！

这两句诗，"胡宁忍予"由于使用了疑问词"胡"和增强疑问语气的副词"宁"，其表达的疑问语气是明显的。"先祖匪人"一句，笺在解释时于句末加以语气词"乎"，是将此句读为反问句。

5. 有菀者柳，不尚息焉。（《小雅·菀柳》）

笺云：尚，庶几也。有菀然枝叶茂盛之柳，行路之人，岂有不庶几欲就之止息乎？笺读"不尚息焉"为反问句。

6. 有周不显，帝命不时。（《大雅·文王》）

笺云：周之德不光明乎？光明矣。天命之不是乎？又是矣。

从郑玄的解释可以看出，他将这两句看作反问句，诗句以反问语气表达了肯定的内容。

7. 天生烝民，其命匪谌。靡不有初，鲜克有终。（《大雅·荡》）

笺云：天之生此众民，其教导之，非当以诚信使之忠厚乎？今则不然，民始皆庶几于善道，后更化于恶俗。

"其命匪谌"这句诗，笺对译为："其教导之，非当以诚信使之忠厚乎？"显然，"其"代指天，"命"解为教导，用"非……乎？"表明此句为反问语气。

8. 我有嘉客，亦不夷怿。自古在昔，先民有作。温恭朝夕，执事有恪。（《商颂·那》）

笺云：我客之来助祭者，亦不说怿乎？言说怿也。

以上郑玄解为反问语气的句子有一个共同特点，就是：这些诗句中都无一例外地含有否定词。

在整理古代文献的时候，对于这种含否定词的反问句，注家在解读时往往会造成错误。例如，《左传·襄公二十九年》：

晋侯使司马女叔侯来治杞田，弗尽归也。晋悼夫人愠曰："齐也取货，先君若有知也，不尚取之。"公告叔侯。叔侯曰："虞、虢、焦、滑、霍、杨、韩、魏，皆姬姓也，晋是以大。若非侵小，将何所取？武、献以下，兼国多矣，谁得治之？杞，夏余也，而即东夷。鲁，周公之后也，而睦于晋。以杞封鲁犹可，而何有焉？鲁之于晋也，职贡不乏，玩好时至，公卿大夫相继于朝，史不绝书，府无虚月。如是可矣，何必瘠鲁以肥杞？且先君而有知也，毋宁夫人，而焉用老臣？"

杨伯峻先生在"先君若有知也，不尚取之"后注云："尚，《尔雅·释诂》：右也。郝懿行《义疏》云：'《诗·抑》云：肆皇天弗尚。言天命不佑助也。'此不尚取之，谓女齐不尽归田于杞，先君有知，不佑助也。"[1]

杨说可商。"晋侯"指晋平公，是当时的霸主，"晋悼夫人"为其母，杞国之女。晋平公派司马女叔侯来鲁国，让鲁国归还此前占自齐国的田，但他受了鲁国的贿赂，没有把这些田全部划给杞国，而是把一部分留给了鲁国。晋悼夫人生气着给晋平公说："女叔侯受了鲁国人的贿赂，先君（晋悼公）若地下有知，不是也会赞成取回鲁国侵占去的杞国的全部田吗？"晋悼夫人以不容置疑的语气这样说话，是以自己长辈的身份，用霸主的职责悚动晋平公。"不尚取之"是一个反问句，应标问号，"尚"为情态副词，可训为"犹"。

第三，释感叹语气。例如：

1. 不吊昊天，不宜空我师。（《小雅·节南山》）

笺云：不善乎昊天，诉之也。不宜使此人居尊官，困穷我之众民也。

笺意是说，"昊天"是呼天之词，即呼语。对译"不吊"时，加上了表示感叹的"乎"字，在这里表示悲叹。

2. 哀今之人，胡为虺蜴？（《小雅·正月》）

笺云：哀哉！今之人何为如是？伤时政也。

笺将诗句"哀今之人"之"哀"分析为感叹语。

3. 于论鼓钟，于乐辟雍。（《大雅·灵台》）

笺云：（文王立灵台，而知民之归附。作灵囿、灵沼，而知鸟兽之得

---

① 杨伯峻编著：《春秋左传注三》（修订本），中华书局2009年第3版，第1159—1160页。

其所。以为音声之道与政通，故合乐以祥之：）于！得其伦理乎！鼓与钟也；于！喜乐乎！诸在辟雍中者。言感于中和之至。

对这两句诗的解释，郑玄明显地受到了《礼记·乐记》的影响。这个先不去管，我们先看郑君是怎样解读这两句的。从句子结构上讲，郑玄认为这两句都是倒装句；从语气上讲，都是反问语气。在郑玄看来，文王是受了后出的《礼记·乐记》所阐发的音乐理论的影响，而这两句诗写的是文王对自己乐团所奏的乐声起初有所不安最终获得自信的心理过程。文王于鼓声与钟声中得其伦理，这乐声给"在辟雍中者"带来了娱乐，他所二次塑造的文王这个仁君的形象不是呼之欲出了吗？但我们不得不说这是郑玄不自觉的虚构，不过他倒是很真诚的，因为他是受儒学浸润很深的学者。[①]

4. 於乎小子，未知臧否！匪手携之，言示之事。匪面命之，言提其耳。（《大雅·抑》）

笺云："於乎"，伤王不知善否。

一个"伤"字，表明笺将这两句诗看作感叹句，表示悲叹。

5. 浚哲维商。（《商颂·长发》）

笺云：深知乎！维商家之德也。

第四，释限止语气。例如：

有鸟高飞，亦傅于天。彼人之心，于何其臻？（《小雅·菀柳》）

笺云：傅、臻皆至也。彼人，斥幽王也。鸟之高飞，极至于天耳。幽王之心，于何所至乎？言其转侧无常，人不知其所届。

诗句将鸟高飞与幽王之心作对比，突出了幽王的反复无常。笺将"有鸟高飞，亦傅于天"翻译为"鸟之高飞，极至于天耳。"通过句末加语气词"耳"，表明句子是限止语气。后两句"彼人之心，于何其臻？"表达的是反问语气，较为明显。

第五，释测度语气。例如：

---

① 本书倾向于认为这两句是感叹句，论，音 lún，在《诗经》时代与"伦"是同一个字，即《论语》之"论"，义为有顺序，形容词，指乐师演奏时钟声、鼓声的有条不紊（"钟""鼓"二字错位是为了与"雍"乘韵）。这两句是写音乐场面，而非为文王安排的特写镜头。关于西周时期汉语的感叹句，可参见张玉金《西周汉语语法研究》，商务印书馆 2004 年版，第 384—385 页。

后稷不克，上帝不临。（《大雅·云汉》）

笺云：克当作刻。刻，识也。是我先祖后稷不识知我之所困与？天不视我之精诚与？

在今天看来，郑玄也有对语气解释不当的地方。《邶风·匏有苦叶》："济盈不濡轨，雉鸣求其牡。"笺云："渡深水者必濡其轨，言不濡者，喻夫人犯礼而不自。雉鸣反求其牡，喻夫人所求非所求。"笺从小序，认为这两句诗说的是卫宣公的夫人夷姜不守礼制。本书认为此诗为一首民歌，非诗人咏宫闱之事，而是自抒心声，随口唱出，反映了《诗经》时代礼教尚未建立时的民风，作者当是一位未婚女性，表现的是急于嫁人之情。"济盈不濡轨"为反问句（渡口水满肯定会湿着正在渡河之车的轨），表达肯定的意思，以水与轨相触隐喻男女相与。这两句诗，前句反问，后句直说，奇正相错，摇曳多姿，造语之奇，颇能动人，野外永歌之女的形象，如在目前。笺由于从礼的立场出发，没有体会到"济盈不濡轨"一句的语气及寓意。

四　释语义关系

指的是分析诗句内部和诗句间的意义关系。汉语中的关联词是后出的，在《诗经》时代，汉语中的关联词绝大多数还没有产生出来，只有"肆""斯"等不多的几个。另外诗歌要求语言简洁，也使得句子之间很少用关联词。组句使用意合法。那么读者阅读时，同样就得意会，这就为理解诗句之间的关系增加了难度。在这种情况下，郑玄就根据自己的理解，将这些句子翻译出来，以今释古，使用自己所处东汉时代汉语中已有的关联词语，表明两句诗之间逻辑关系。分述如下：

第一，郑玄解为因果关系者。例如：

1. 终远兄弟，谓他人父。（《王风·葛藟》）

笺云：王寡于恩施，今已远弃族亲矣，是我谓他人为己父。族人尚亲亲之辞。

笺在对译这两句诗时，在"谓他人父"之前加一"是"字，将这两句诗之间的关系读为因果关系。郑玄这样解句，是受了此诗小序的影响。小序云："王族刺平王也。周室道衰，弃其九族焉。"顺着这样已有的说法，郑玄认为"终远兄弟"的主体是"王"，"谓他人父"的主体是身为王族中一员的诗人。今细玩味此诗，共三章，首章曰："终远兄弟，谓他人父。谓他人父，亦莫我顾！"二章曰："终远兄弟，谓他人母。谓他人母，亦莫我有！"末章曰："终远兄弟，谓他人昆。谓他人昆，亦莫我闻！"可认为此诗是一首流浪乞讨者之歌，唱出了流落他乡、世态冷漠的遭遇。则"终远兄弟，谓他人父"的主体都是诗作者，两句间是并列关系。

2. 民今之无禄，天夭是椓。(《小雅·正月》)

笺云：民于今而无禄者，天以荐瘥夭杀之，是王者之政复椓破之。言遇害甚也。

笺以为，"民今之无禄"与"天夭是椓"之间是因果关系，其中"民今之无禄"是果，"天夭是椓"是因。"天夭是椓"是一个由两个主谓词组合并而成的小句："天""是"，一名词，一代词，"夭""椓"皆为动词。

3. 天步艰难，之子不犹。(《小雅·白华》)

笺云：犹，图也。天行此艰难之妖久矣，王不图其变之所由尔。

这两句诗，笺认为之间是因果关系，前句是果，后句为因，以为是说天行此艰难之妖好久了，这是王不图其变化所导致的。很显然，笺运用天人感应的思想解释了这两句诗，道出了自然之"天"与"之子"即"天"与人间的王之间的神秘关系。笺所谓"天行此艰难之妖"是怎么回事呢？这要看其对前两句诗的解释。本章头两句："英英白云，露彼菅茅。"笺云："白云下露，养彼可以为菅之茅，使与白华之菅相乱易，犹天下妖气生褒姒，使申后见黜。""天行此艰难之妖"即指"天下妖气生褒姒"，褒姒妖气所生。笺所谓"其变"具体指什么呢？后文接着写道："昔夏之衰，有二龙之妖，卜藏其漦。周厉王发而观之，化为玄鼋。童女遇之，当宣王时而生女，惧而弃之。后褒人有狱而入之幽王。幽王嬖之，是谓褒姒。"正如孔疏所说，郑玄之引文出于《国语·郑语》。现在可以说，这四句诗的本意未必如笺所释；笺将这四句诗语《国语·郑语》所载有关褒姒的传说联系起来，只能看作郑玄对古籍的妙用。笺对"天步艰难，之子不犹"的解释，说得明白一点就是：天行此妖气（即天下妖气，天让龙漦化为褒姒），那是由于时王（幽王）的识力不及所致。当然笺之所以有这样的解释，诗句本身也提供了某些因素。"英英白云，露彼菅茅"，毛传的解释是："露亦有云，言天地之气，无微不著，无不覆养。"传的释语中，"露""云"二字诗句中本来就有，但多出了"气"字。正是这一"气"字，为郑笺的进一步发挥提供了跳板，由"气"字想出了"妖气"一词，与《国语》的褒姒链接起来。

4. 王配于京，世德作求。（《大雅·下武》）

笺云：作，为。求，终也。武王配行三后之道于镐京者，以其世世积德，庶为终成其大功。

笺在翻译时第二个分句前加了"以"字，表明两个分句间是因果关系，前为果，后为因。

5. 文王有声，遹骏有声。遹求遹宁，遹观厥成。（《大雅·文王有声》）

笺云：遹，述。骏，大。求，终。观，多。文王有令闻之声者，乃述行有令闻之声之道所致也。所述者，谓大王、王季也。又述行终其安民之道，① 又述行多其成民之德。言周德之世益盛。

笺以为"遹骏有声""遹求遹宁""遹观厥成"三个都是动宾词组。从其对译可知，是将"文王有声"与后面三个分句之间视为结果与原因的关系。

6. 民之罔极，职凉善背。（《大雅·桑柔》）

笺云：职，主。凉，信也。民之行失其中者，主由为政者信用小人，工相欺违。

笺给"职凉善背"补出主语"为政者"，指出"民之罔极"是果，"职凉善背"是因。

7. 维清缉熙，文王之典。（《周颂·维清》）

笺云：天下之所以无败乱之政而清明者，乃文王有征伐之法故也。文王受命，七年五伐。

"维清缉熙"是写太平之时，"文王之典"意为文王所制定的征伐之法，两句所言不在同一个历史层面。有笺的解释得以明了这两句诗的时间关系和逻辑关系：从时间段来说，"维清缉熙"是今，"文王之典"是

---

① 笺将"遹求遹宁"译为"又述行终其安民之道"，"其"为"厥"之对译，则所据版本第二个"遹"字为"厥"，其句式与后面"遹观厥成"一样。

古；从逻辑上来说，"维清缉熙"是果，"文王之典"是因。

8. 彼作矣，文王康之。彼徂矣，岐有夷之行。（《周颂·天作》）

传：夷，易也。

笺云：彼，彼万民也。徂，往。行，道也。彼万民居岐邦者，皆筑作宫室，以为常居，文王则能安之。后之往者，又以岐邦之君有佼易之道故也。

笺认为，"彼徂矣"，是因为"岐有夷之行"。

9. 贻我来牟，帝命率育。无此疆尔介，陈常于时夏。（《周颂·思文》）

笺云：此谓贻我来牟，天命以是循存后稷养天下之功，而广大其子孙之国，无此封竟于女今之经界，乃大有天下也。用是故，陈其久常之功于是夏而歌之。

"贻我来牟，帝命率育。无此疆尔介"写天贻周之先祖后稷来牟以养民，命循存此功，拓土而大有天下。突出周得天下在于其养民之德，是天所命。此诗周公所作，"陈常于时夏"是说将前三句所叙的常久之功陈载于此《夏》歌中。笺在前三句和第四句中间加上"用是故"一语，使周公功成作乐动机的表白得以显现。

10. 宣哲维人，文武维后。（《周颂·雍》）

笺云：又遍使天下之人有才知，以文德武功为之君故。

笺指明"宣哲维人"和"文武为后"之间是结果和原因的关系。

11. 既右烈考，亦右文母。（《周颂·雍》）

笺云：子孙所以得考寿与多福者，乃以见右助于光明之考与文德之母。归美焉。

这两句的前文是："绥我眉寿，介以繁祉。"笺将"绥我眉寿，介以繁祉"与"既右烈考，亦右文母"解为因果关系。

12. 式固尔犹，淮夷卒获。（《鲁颂·泮水》）

笺云：式，用。犹，谋也。用坚固女军谋之故，故淮夷尽可获服也。

笺在这两个分句间用一"故"字，表明之间是因果关系。

第二，郑玄解为假设关系者。例如：

1. 人之好我，示我周行。（《小雅·鹿鸣》）

笺云："示"当作"寘"。寘，置也。周行，周之列位也。好，犹善也。人有以德善我者，我则置之于周之列位。言己唯贤是用。

笺在翻译这两句时，在后一分句中使用了"则"字，是将这两句当作假设复句。①

2. 为鬼为蜮，则不可得。有靦面目，视人罔极。（《小雅·何人斯》）

笺云：使女为鬼为蜮也，则女诚不可得见也。姡然有面目，女乃人也，人相视无有极时，终必与女相见。

"为鬼为蜮，则不可得"是表假设关系的复句，这从后一分句使用了"则"字可以看出来。为了原句表意更为显豁，郑笺在对译时，为前一分句加了表假设的"使"字。

第三，郑玄解为条件关系者。例如：

1. 駪駪征夫，每怀靡及。（《小雅·皇皇者华》）

传：每，虽。怀，和也。

---

①　本书认为这是个顺承复句。意思是在座的宾客喜好我，给我指示了很好的道理。"示"字传没有破读，"周"训为"至"，"行"训为"道"（道理，治国之道，这是从道路义引申而来的），可从。这有如下理由：其一，诗的第二章曰："我有嘉宾，德音孔昭。视民不恌，君子是则是傚。"正如笺所解释的："饮酒之礼，于旅也语。""德音"是指宴群臣嘉宾进入旅的环节时陈说的先王德教。"视民不恌"是说宾客规劝、进言治国者应先垂范，不偷薄，以实际行动给民众作个好榜样。"君子是则是傚"，是说在上的君子（治国者，也就是宴请宾客的主人）于此善言当有所取法。尤可注意者，第一章"示我周行"之"示"是宾客向主人（"我"）指示，第二章"视民不恌"之"视"指君子向民众示范、展示，"示""视"用字不同，各有所指。其二，笺将"周行"解为周之列位是不对的。一是在座的宾客已经在周之列位。诗描写已在进行的事，气氛和谐。二是《诗经》三次用到"周行"，除此诗外，《周南·卷耳》："嗟我怀人，实彼周行。"传、笺都以"周行"为"周之列位"，那是受了《左传》中"君子"说诗的影响。《左传·襄公十五年》记载：楚国在康王即位的第二年，任命新官得人。《左传》的作者借"君子"的口吻，对此次任命给予肯定的评价。就引用了"嗟我怀人，实彼周行"这两句诗，接着对"周行"作出了别出心裁的解释。作者之所以要在《左传》中特意写下自己对"周行"的解释，是为了表明自己是怎样使用"周行"一词的。因为《左传》的作者是熟读《诗经》且能成诵的，随便能引诗以用之于政治评论，这体现了其《诗经》学修养，活学活用。但传、笺确采其说用于解诗，却是失于考察的。追寻他们三者都要如此解释的原因，还与他们都是儒者的身份有关，不在于求真，而在于求善。其是从文本出发，《卷耳》是女子思念在位执行公务得夫君之诗，"周行"即周（周朝）的路。《小雅·大东》："佻佻公子，行彼周行。"因为写的是东方诸侯国向周王贡赋之事，"周行"也应解作通往周（具体指镐京）的路。此"周行"传没有解释，笺解为"周之列位"也是错的。

对这种主谓间有"之"字的句子形式的处理，笺也不是整齐划一的。《大雅·文王》："命之不易，无遏尔躬。"传："遏，止。"笺云："天之大命已不可改易矣，当使子孙长行之，无终汝身则止。"笺视为因果复句。《大雅·烝民》："民之秉彝，好是懿德。"笺云："……民所执持有常道，莫不好有美德之人。"由翻译看出，笺以两个分句之间是解释与被解释的关系。

笺云：《春秋外传》曰："怀和为每怀也。""和"当为"私"。众行人既受君命当速行，每人怀其私相稽留，则于事将无所及。

笺将"每怀靡及"解为"每人怀其私相稽留，则于事将无所及"，是将其看成是一个紧缩复句，"每怀"和"靡及"之间是条件关系。①

2. 弗躬弗亲，庶民弗信。弗问弗仕，勿罔君子。（《小雅·节南山》）

笺云：仕，察也。"勿"当作"末"。此言王之政不躬而亲之，则恩泽不信（信，通"伸"。作者按），于众民矣。不问而察之，则下民末罔其上矣。

笺在对译时使用了两个"则"字，认为"弗躬弗亲"与"庶民弗信"之间、"弗问弗仕"与"勿罔君子"之间俱为条件关系。由于王不勤政，导致官民矛盾激化，造成当时政治形势的严重困境。

3. 我觏之子，乘其四骆。乘其四骆，六辔沃若。（《小雅·裳裳者华》）

笺云：我得见明王德之骓者，虽无庆誉，犹能免于谗陷之害，守我先人之禄位，乘其四骆之马，六辔沃若然。

由笺解"我觏之子，乘其四骆"为"我得见明王德之骓者，……犹能……乘其四骆之马"可以知道，是将诗句之"我觏之子"与"乘其四骆"之间看作条件关系。这符不符合诗之原意呢？看第二章，有句云："我觏之子，维其有章矣。"笺云："章，礼文也。言我得见古之明王，虽无贤臣，犹能使其政有礼文法度。"在这里，笺将诗句之"章"解为"其政有礼文法度"，本书不同意，②但以"维其有章矣"之"其"指代前句"我觏之子"之"之子"，认为"维其有章矣"说的是"之子"则切合诗意。经过对照，本书认为第三章"乘其四骆"之"其"也是指代前句的"之子"，而不是指代"我先人"，"我先人"诗句所无，郑玄以意添加，"我觏之子"与"乘其四骆"之间是并列关系，是对经历的叙述而不是推理。

---

① 笺对这句的解释也为韦昭所采纳。他在《国语》此句下作注："既受命，当思在功，每人怀其私，于事将无所及也。"参见上海师范大学古籍整理组校点《国语》，上海古籍出版社1978年版，第187页。

② "章"在这里是具体义而非抽象义，"我"见到"之子"，是说"之子"的排场。第三章云："我觏之子，乘其四骆。乘其四骆，六辔沃若。"都是对所见到真实事物的叙述和描写。

4. 君子乐胥，受天之祜。(《小雅·桑扈》)

传：胥，皆也。

笺云：胥，有才知之名也。王者乐臣下有才知文章，则贤人在位，庶官不旷，政和而民安，天子之以福禄。

《桑扈》共四章，细读之，本书认为是臣下祝王之诗。"君子乐胥"与"受天之祜"之间是并列关系，"君子乐胥"写当下，"君子"所指即王，是说王摆下了宴席，以乐重臣；"受天之祜"的主语还是前分句中的"君子"，是臣下祝"君子"之辞，着眼于将来。笺对这两句诗的解释，有两点可注意：传训"胥"为"皆"，即众臣下，笺改训为"有才知之名"，即贤者；在训释语中用一"则"字，将"君子乐胥"与"受天之祜"之间的关系读为条件关系，突出了"胥"即贤者于政治的重要性。经笺的这一转换，将诗句所蕴含的祝王主题变为论述事理，由臣下对王的迎合而变为贤者自重。

5. 不戢不难，受福不那。(《小雅·桑扈》)

传：戢，聚也。不戢，戢也。不难，难也。那，多也。不多，多也。

笺云：王者位至尊，天所子也。然而不自敛以先王之法，不自难以亡国之戒，则其受福禄亦不多也。

根据传对这两句诗的解释，可以看出，传认为两句都是反问句，反问中包含着感叹，"不戢不难"是对王摆的宴席上宾客济济的美叹；"受福不那"是对王的祝福，意思是王会得福多多，包含着必然语气。本书认定此诗的主题是臣下祝王，则传之解切合诗的原意；笺将"不戢不难"与"受福不那"之间的关系解为条件关系，表意的重心落在了"不戢不难"上，认为诗句是对王的警戒、忠告，这是笺在解诗时主体性的体现。

6. 尔之远矣，民胥然矣。尔之教矣，民胥效矣。(《小雅·宾之初筵》)

笺云：言王，女不亲骨肉，则天下之人皆如之。见女之教令无善无恶所尚者，天下之人皆学之。言上之化下，不可不慎。

从解句看，笺正确地解读了"尔之远矣，民胥然矣"与"尔之教矣，民胥效矣"是条件复句。《经传释词》卷九："'之'，犹'若'也。……僖三十三年左传曰：'寡君之以为戮，死且不朽。若从君惠而免之，三年将拜君赐。'宣十二年传曰：'楚之无恶，除备而盟，何损于好。若以恶来，有备不败。'成二年传曰：'大夫之许，寡人之愿也。若其不许，亦将见也。'皆上言'之'而下言'若'；'之'亦'若'也，互文耳。"①对这种看法，《马氏文通》写道："不知凡起词坐动间有'之'字为间者，皆读也。而凡读挺接上文者，时有假设之意，不必以'之'字泥解为'若'字也。"② 学者对这种句式的认识经历了一个漫长的过程。

7. 俾予靖之，后予极焉。(《小雅·菀柳》)

笺云：靖，谋。俾，使。极，诛也。假使我朝王，王留我，使我谋政事。王信谗，不察功考绩，后反诛放我。是言王刑罚不中，不可朝事也。

由笺对这两句的释义看，是将"俾予靖之"与"后予极焉"之间理解为条件关系。可注意者，笺训"俾"为"使"，使役动词，"予"是兼语，充当"俾"的宾语，"靖之"的主语。笺虽然在释语中出现了"假使"二字，那只是用于指出"俾予靖之"的整体意义，而不是说用来释"俾"的"使"是假设连词。

8. 辞之辑矣，民之洽矣。辞之怿矣，民之莫矣。(《大雅·板》)

传：辑，和。洽，合。怿，说。莫，定也。

笺云：辞，辞气，谓政教也。王者政教和说顺于民，则民心合定。此戒语时之大臣

郑玄在对译中用一"则"字，表明"辞之辑矣"与"民之洽矣"之间、"辞之怿矣"与"民之莫矣"之间是条件关系，是对在位者的规劝。

9. 怀德维宁，宗子维城。(《大雅·板》)

传：怀，和也。

笺云：和女德，无行酷虐之政，以安女国，以是维宗子之城，使免于难。

笺在释句时，给后一分句"宗子维城"前加上"以是"，表明在其看来"怀德维宁"与"宗子维城"两分句间是条件关系。③

---

① (清)王引之撰，李花蕾校点：《经传释词》，上海古籍出版社2014年版，第196页。

② 马建忠：《马氏文通》，中国出版集团、商务印书馆2008年版，第249页。

③ 笺对两个"维"字的处理不同，第一个"维"字翻译时没有出现，当作语词，第二个"维"字以"维"对译，是当作动词，维持之义。本书倾向于认为这两个分句是并列的。

第四，郑玄解为转折关系者。例如：

1. 民今方殆，视天梦梦。（《小雅·正月》）

笺云：民今且危亡，视王者所为，反梦梦然而乱无统理安人之意。

笺将"视天梦梦"译为"视王者所为，反梦梦然而乱无统理安人之意"，着一"反"字，是视两句之间为转折关系。

2. 召彼故老，讯之占梦。（《小雅·正月》）

笺云：君臣在朝，侮慢元老，召之不问政事，但问占梦；不尚道德，而信征祥之甚。

笺将"讯之占梦"译为"但问占梦"，再从对句义的解释来看，是将"召彼故老"与"讯之占梦"之间的关系认定为转折关系。

3. 旻天疾威，弗虑弗图。（《小雅·雨无正》）

笺云：（王既不骏昊天之德）今旻天又疾其政，以刑罚威恐天下，而不虑不图。

笺认为"弗虑弗图"的主体是"王"，在对译时前着一"而"字，是将这两个分句之间的关系视为转折关系。

4. 尔秉义类，强御多怼。（《大雅·荡》）

笺云：义之言宜也。类，善。式，用也。女执事之臣，宜用善人，反任强御众怼为恶者。

笺在翻译后一分句"强御多怼"时加上了"反"字，以表明两个分句之间是转折关系。

5. 为谋为毖，乱况斯削。（《大雅·桑柔》）

笺云：女为军旅之谋，为重慎兵事也。而乱滋甚于此，日见侵削。言其所任非贤。

诗句"为谋为毖"和"乱况斯削"之间的句意关系，笺用一"而"字，表明是转折关系。

6. 如贾三倍，君子是识。妇无公事，休其蚕织。（《大雅·瞻卬》）

笺云：贾物而有三倍之利者，小人所宜知也。君子反知之，非其宜也。今妇人休其蚕桑织纴之职，而与朝廷之事，其为非宜亦犹是也。

诗句"如贾三倍"与"君子是识"之间的语义关系，笺用一"反"字，视为转折关系；同样地，笺用一"而"字表明"妇无公事"与"休其蚕织"之间也是转折关系。

第五，郑玄解为进逼关系者。例如：

谓山盖高，为冈为陵。（《小雅·正月》）

笺云：此喻为君子贤者之道，人尚谓之卑，况为凡庸小人之行！

笺在对译这两句诗时，给"为冈为陵"前加了"况"字，这就表明这两句之间是进逼关系。①

五　释语用

郑玄注释中有的是解释字、词、句，梳理诗句之间的逻辑关系，这是对语言本身的解释；有的是对运用语言的诗人意图的解释，即"释语用"。从形式上看，有时笺用"言"字标明。例如：

1. 淇则有岸，隰则有泮。（《卫风·氓》）

笺云：言淇与隰皆有厓岸，以自拱持，今君子放恣心意，曾无所拘制。

这两句诗的字面意思很好懂，郑玄站在弃妇同时也是诗人的立场上，解释了在此语境下"淇则有岸，隰则有泮"这两句诗的语用义是："今君子放恣心意，曾无所拘制。"

2. 于荐广牡，相予肆祀。（《周颂·雍》）

笺云：于荐大牡之牲，百辟与诸侯又助我陈祭祀之馔。言得天下之欢心。

在这里，郑玄解诗句的字面意思即语义，与解诗句所表达的诗作者的意图即语用义，截然分为前后两段。

有时不用"言"字。例如：

3. 终远兄弟，谓他人父。（《王风·葛藟》）

笺云：王寡于恩施，今已远弃族亲矣，是我谓他人为己父。族人尚亲亲之辞。

笺之"王寡于恩施，今已远弃族亲矣，是我谓他人为己父"，释句义；而"族人尚亲亲之辞"是郑玄以诗的作者同时也是王之"族人"的视角对这两句诗的语用义的解释。

---

① 古汉语复句之间的关系及其分类，见杨伯峻、何乐士《古汉语语法及其发展》，语文出版社1992年版，第993—999页。

郑玄在释语用义时发挥了其主观性。《邶风·简兮》第三章："山有榛，隰有苓。云谁之思？西方美人。彼美人兮，西方之人兮！""山有榛，隰有苓"，笺云："榛也令也，生各得其所。以言硕人处非其位。"《简兮》全诗共三章，写的是对一位"西方"舞者的赞美与思念。"山有榛，隰有苓"两句是兴，以山、隰间有榛、苓引起自己所思是"西方美人"，兴句与被兴之辞两者之间由"某地有某物"的线索连在一起。笺所谓"以言硕人处非其位"是对此诗序说的继承。《简兮》序云："刺不用贤也。卫之贤者仕于伶官，皆可以承事王者也。"郑玄有"贤者"情结，这在解释诗句的语用义时很容易流露出来。

4. 显允方叔，征伐猃狁，蛮荆来威。（《小雅·采芑》）

笺云：方叔先与吉甫征伐猃狁，今特往伐蛮荆，皆使来服于宣王之威，美其功之多也。

"征伐猃狁，蛮荆来威"两句，笺解为"今特往伐蛮荆，皆使来服于宣王之威"，这是对语义即诗句的字面意思的解释；"美其功之多也"是郑玄对诗人写下这两句诗的意图的说明，在他看来，这两句诗是在赞美方叔功劳多。

六　明修辞

1. 方叔率止，钲人伐鼓，陈师鞠旅。（《小雅·采芑》）

笺云：钲也，鼓也，各有人焉。言钲人伐鼓，互言尔。二千五百人为师，五百人为旅。此言将战之日，陈列其师旅，誓告之也。陈师告旅，亦互言之。

"钲人伐鼓"义即钲人伐以静之，鼓人伐鼓以动之。"陈师鞠旅"义为既陈师、旅，又誓告之。郑玄分析了文理，指出了修辞方法。

2. 楚楚者茨，言抽其棘。自昔何为？我艺黍稷。（《小雅·楚茨》）

传：楚楚，茨棘貌。抽，除也。

笺云：茨，蒺藜也。伐除蒺藜与棘，自古之人，何乃勤苦为此事乎？我将树黍稷焉。言古者先王之政以农为本。茨言楚楚，棘言抽，互辞也。

"楚楚者茨，言抽其棘。"传意为"楚楚"是形容词，修饰"茨"与"棘"两个名词；笺将这种"楚楚"在字面上只修饰"茨"、而实际上也修饰"棘"的属辞现象名为"互辞"，并指出动词"抽"的对象除了本句中的"棘"，还有"楚楚者茨"中的"茨"。

第三节　郑笺以史证《诗》

《诗经》中的诗，有的内容与重大历史事件有关，而且诗之作者就是该历史事件的参加者，自伤遭遇，发而为诗。例如：

《邶风·击鼓》小序：怨州吁也。卫州吁用兵暴乱，使公孙文仲将而平陈与宋，国人怨其勇而无礼也。

郑笺：《春秋左氏传》曰："宋殇公之即位也，公子冯出奔郑。郑人欲纳之。及卫州吁立，将修先君之怨于郑，而求宠于诸侯，以和其民。使告于宋曰：'君若伐郑，以除君害，君为主，敝邑以赋与陈、蔡从，则卫国之愿也。'宋人许之。于是陈、蔡方睦于卫，故宋公、陈侯、蔡人、卫人伐郑。"是也。伐郑在鲁隐公四年。

此诗小序之"使公孙文仲将而平陈与宋"来自第二章前两句："从孙子仲，平陈与宋。"点出了卫国执行此次军事活动的主将和两个与国：陈国与宋国。此事发生在卫国公子州吁弑卫桓公而自立为君的鲁隐公四年（公元前719年）夏天。《春秋》经曰："宋公、陈侯、蔡人、卫人伐郑。"通过郑玄所引《左传》对历史细节的记述，可知道卫国州吁是这次事件的发动者，外交着力点主要是宋国，所以《春秋》将宋国列在第一位，出于礼貌，将卫国列在末位。诗为入伍的一个普通兵士所作，言"平陈与宋"意思是自己作为一个普通的兵士，跟着主将去和陈国、宋国的军队组成联军，要准备打仗了。这句诗与《春秋》经文比较起来，一是诗句中缺了蔡国，二是经文宋国排在最前面，在诗句中"宋"在"陈"之后。这可从诗尚简、乘韵两方面去解释：诗句中既然有了"陈"，由于四字一句的格式限制，就只能割舍"蔡"了；押韵单元是"从孙子仲，平陈与宋。不我以归，忧心有忡"，"宋""忡"押韵，自然就将"宋"字安排到"平陈与宋"的末尾了。

以上将《诗》与《春秋》两种经文借助忠实于历史的《左传》及引用了《左传》的郑笺比较后知道，同一历史事件，会因之而产生两种书写，形成两种文本——诗的文本和史的文本。写诗与著史的是两个不同阶层的人，此诗的作者在军事活动中得以全身而归，以自己的亲身经历、情感体验写成了这首诗，抒发了一己情怀；著史的是当时鲁国的太史，是上层人物，"国之大事，在祀与戎"，有责任记下这一句。虽然诗、史文体不同，功能各异，但是同一事件的产物，这时郑玄引史证诗，启发读者探索诗的现实根源。

有的诗，其背景固与历史事件有关，但笺所举史事未必准确。例如《卫风·伯兮》一诗，小序云："刺时也。言君子行役，为王前驱，过时而不反焉。"笺："卫宣公之时，蔡人、卫人、陈人从王伐郑。"比较诗、序、笺、史四者，有两点可注意：一，小序的措辞，只是概括诗义为说，所谓"君子行役"为诗义所有，而"为王前驱"即是所引该诗第一章诗句。笺之"蔡人、卫人、陈人从王伐郑"为鲁桓公五年《春秋》经文，伐郑事发生在此年秋，当卫宣公十二年。可以看出，由序到笺，就诗与历史事件的关系看，对诗歌内容的认识有一个从模糊到确定的过程。二，此诗第二章"自伯之东"一语，要是确如笺所说为卫人等从周桓王伐郑，则与郑在卫西的空间位置不合。① 所以清孔广森以为此诗盖与《春秋》桓公五年"冬，公会齐人、宋人、陈人、蔡人伐卫"、桓公六年"春王正月，王人子突救卫"事有关。② 结合《左传》及《史记·卫康叔世家》，卫宣公死后，惠公立，左公子与右公子废惠公，惠公奔齐，③ 立公子留，此事得到周庄王的支持。但当时齐襄公"小霸"，联合诸国武力纳惠公而成功。齐在卫东，卫公子留当国未败时，面对齐国联军，赴东而战，与诗句"自伯之东"相合。

有的分明是一首言情之诗，郑玄硬要与历史人物扯到一起，模糊了诗与史的界限，人为挤压诗应有的空间。例如，《郑风·将仲子》共三章，其实是联章叠唱提，三章同一个意思。举第一章："将仲子兮！无逾我里，无折我树杞。岂敢爱之？畏我父母。仲可怀也，父母之言，亦可

---

① 郑玄《邶鄘卫谱》："其封域在《禹贡》冀州大（即今之'太'。笔者注）行之东，北逾衡漳。"据其《郑谱》，郑地"右洛左济，前华后河，食溱、洧焉"，"今河南新郑是也"。观（清）方玉润《十五国风舆地图》，郑在卫的西南方。见方著《诗经原始》，中华书局1986年版，第10、11页。谭其骧主编《春秋时期全图》同。见其主编《简明中国历史地图集》（精装本），中国地图出版社1996年版，第11—12页。

② （清）孔广森：《经学卮言》，杨新勋校注，华东师范大学出版社2010年版，第65页。

③ 卫宣公烝于夷姜，生急子。为急子娶于齐，齐女美，占为己有，生子朔，是为惠公。则齐为惠公舅家。见于《左传》。

畏也！"该章是抒写女子怀仲心有所虑的诗。郑玄以诗中"仲子"之"仲"与《左传》中郑庄公时大臣"祭仲"之"仲"同字，就认为是写的郑君兄弟之争的国家大事。"岂敢爱之？畏我父母"的"之"，联系上下文，显然是指代前句的"树杞"，郑笺却说："段（共叔段，郑庄公的母弟。笔者注）将为害，我（郑庄公自称。笔者注）岂敢爱之而不诛与？以父母之故，故不为也。"以为这个"之"是郑庄公用以指代其母弟共叔段。但问题是"共叔段"上文却并没有出现。所以郑玄对这首诗的解释是他歪曲了诗的原意，将这首诗与郑国君主兄弟残杀的历史说到一起，在今天看来是不必的。

又如《郑风·有女同车》这首诗，读其全篇，可认为是赞美贵族阶层嫁娶之诗。郑笺受到该诗小序的影响，缺乏辨析，将此诗与郑太子忽联系到一起。诗的两章中都有"彼美孟姜"之句，这是写女主人公的。此句下郑笺曰："孟姜，齐之长女。"就"孟姜"的字面意思来说，笺说当然是正确的。此诗小序曰："刺忽也。郑人刺忽之不昏于齐。太子忽尝有功于齐，齐后请妻之。齐女贤而不取，卒以无大国之助，至于见逐，故国人刺之。"笺云："忽，郑庄公世子，祭仲逐之而立突。"郑世子忽辞齐婚，即位被逐，见于史籍。为了将此诗序、笺与《春秋》及《左传》相关记载之间的关系看得清楚，得到真实感，将史实移录如下，予以辨析。《左传·鲁桓公六年》云：

> 北戎伐齐，齐使乞师于郑。郑大子忽帅师救齐。六月，大败戎师，获其二帅大良、少良，甲首三百，以献于齐。……公之未婚于齐也，齐侯欲以文姜妻郑大子忽。大子忽辞。人问其故。大子曰："人各有耦，齐大，非吾耦也。《诗》云：'自求多福。'在我而已，大国何为？"君子曰："善自为谋。"及其败戎师也，齐侯又请妻之。固辞。人问其故。大子曰："无事于齐，吾犹不敢。今以君命奔齐之急，而受室以归，是以师昏也。民其谓我何？"遂辞诸郑伯。

在"及其败戎师也，齐侯又请妻之"句下杨伯峻注云："此时文姜归鲁已四年，盖以他女妻之。隐八年《传》云'郑公子忽如陈逆妇妫'，则忽早已娶正妻矣。"杨伯峻不同意《左传》说，认为这一年齐女文姜已嫁

给鲁桓公有四年了，郑太子忽于鲁隐公八年（公元前 715 年）已从陈国
迎回了正妻，那么齐僖公要以文姜妻郑忽是在鲁桓公二年（公元前 710
年）之前文姜论嫁之时。《左传》据郑太子忽时代不远，于春秋三传中最
为信史，① 能将郑忽辞婚之语记录下来，读史者如闻其声，如见其人，其
所言播在人口，笔之于史，必非杜撰。

鲁桓公十一年（公元前 701 年）《春秋》云：

> 夏五月癸未，郑伯寤生卒。秋七月，葬郑庄公。九月，宋人执
> 郑祭仲。突归于郑。郑忽出奔卫。

“郑伯寤生”即“郑庄公”，结合《左传》，可知他去世后，宋人要
挟郑权臣祭仲改立亲己的突为君，突是太子忽的弟弟，已经立为君的太
子忽出奔卫国。

以上就是史书所记郑太子忽救齐、继位、去国的过程。但诗与史写
的是不是具有同一性呢？此诗之作是不是“刺忽”呢？我们分析一下诗
之文本。

诗中透露出齐国信息的有“彼美孟姜”一语，但就“孟姜”一词在
《诗经》中的使用来看，这里“孟姜”并非实指齐国的长女，而只是美女
的代称。看看别的篇章。《鄘风·桑中》共三章，第一章曰：“云谁之思？
美孟姜矣。”第二章曰：“云谁之思？美孟弋矣。”第三章曰：“云谁之思？
美孟庸矣。”正如毛传所说，“弋”“庸”与“姜”一样，都是姑娘的姓，
在诗中也并非实指，而是作诗属辞之法，不可较真。又《陈风·衡门》
第二章：“岂其取妻，必齐之姜？”第三章：“岂其取妻，必宋之子？”也
是相同的手法。诗中所提到的“姜”“弋”“庸”“子”都是春秋时列国
著姓，与他们联姻是人所艳羡的。而齐国又是大国，故诗中屡屡出现
“孟姜”“齐之姜”，这就更使得“孟姜”容易成为美女的代名词。②

---

① 杨伯峻在顾炎武、崔述之说的基础上，推定《左传》成书于公元前 403 年——公元前 389
年之间。杨伯峻编著：《春秋左传注一》（修订本），中华书局 2009 年第 3 版，第 34—41 页。《谷
梁传》《公羊传》迟到西汉初才著于竹帛，之前处于口说阶段，其旨趣不在解事，而受到当时
情势的影响，为现实服务，极力阐发文句背后的儒家意识，可看作是理论著述。

② 后世有孟姜女哭长城的民间故事，足以见出“孟姜”一词的流行。

另外，据《左传》记载，郑忽最终辞了齐国的许婚，而诗人有感而发，有为而作，是不会去歌咏未曾发生、子虚乌有之事的。那么这首诗是不是"刺"呢？这也要从诗本身寻找答案。诗句除对男主人公仪态的描写如上所说之外，写女主角曰："洵美且都！""德音不忘！"极尽赞美之能事。所以，传、笺虽然根据《士昏礼》的条文以为此诗写婚礼，不错；但指为刺郑忽辞齐婚则是不对的。本书认为此诗是正面咏歌新郎新娘的美诗。

第四节　郑笺解《诗》体现的哲学思想

一　郑笺以阴阳思想解《诗》

1. 雍雍鸣雁，旭日始旦。（《召南·匏有苦叶》）

笺云：雁者阴随阳而处，似妇人从夫，故昏礼用焉。自纳采至请期用昕，亲迎用昏。

其实将这两句诗与下两句"士如归妻，迨冰未泮"合读之，就能体会到是女子急嫁之辞。雁在清早鸣，鸣这个动作的发生有时间性；结婚之期也应选在冰泮之前。婚礼是用雁，笺解释了所以用雁的文化含义：随阳。也是对的。不过那适用于注礼，在解诗时，却要视具体语境。一则诗之作，至晚在春秋时，《仪礼》之成书，要晚到战国；二则一种思想之兴起与流行，有特定的历史确定性，不可拿后代之思想牢笼前代人之意识；三则一物之用，在此处与彼处可以不同，如同样是"雁"，用于诗和用于礼，因主体视角不同而可不同。

2. 大人占之：维熊维罴，男子之祥；维虺维蛇，女子之祥。（《小雅·斯干》）

笺云：熊罴在山，阳之祥也，故为生男。虺蛇穴处，阴之祥也，故为生女。

《斯干》是周宣王考室之诗，全诗九章。第一章："如竹苞矣，如松茂矣。"颂庙寝等建筑物的永固矗立；第二章："爰居爰处，爰笑爰语。"写庙寝落成之后庆祝宴会的喜庆气氛；第三章："约之阁阁，椓之橐橐。"状建筑过程中的劳动场面；第四章："如跂斯翼，如矢斯棘。"写房室之外表，谓房檐展开如鸟翼，其竖立的边角似矢之棱；第五章："哙哙其正，哕哕其冥，君子攸宁。"哈犹快。正，昼也。哕犹煴。诗句写君子即周王昼夜居住其中但觉宽明之感觉；第六、第七、第八、第九章诗人由周王游息于内的居寝想到了其子嗣的兴旺，用思自然，其迹可寻，可谓善颂善祝。其中第七章："大人占之：'维熊维罴，男子之祥；维虺维蛇，女子之祥。'""大人"即周王掌梦之官。"祥"，先兆之吉祥。诗人以当时的民俗如诗，显得甚为活泼，富有生气，颂祝之意自在其中。笺以"阳"对"熊""罴"，以"阴"对"虺""蛇"，表现出以哲学术语解诗的努力。

3. 哲夫成城，哲妇倾城。(《大雅·瞻卬》)

笺云：丈夫，阳也。阳动，故多谋虑则成国。妇人，阴也。阴静，故多谋虑则乱国。

《瞻卬》据小序是凡伯刺周幽王之诗，幽王有后曰褒姒，即诗句之"哲妇"。这两句之前曰："人有土田，女反有之。人有民人，女覆夺之。此宜无罪，女反收之。彼宜有罪，女覆说之。"诗人于此章主责幽王，末尾带出王后。第三章："懿厥哲妇，为枭为鸱。妇有长舌，维厉之阶。乱非降自天，生自妇人。匪教匪诲，时维妇寺。"专刺"哲妇"。第四章也有刺哲妇之句："妇无公事，休其蚕织。"[①] 诗人锋芒所向为最高统治者的王与后，对后尤多针砭之辞，直面时政，情甚激切；笺以"阴""阳"说之，其旨趣在于阐明或拓展哲学术语"阴""阳"之内涵，可看作对"阴""阳"的发挥，虽能对得上，实则不切诗意，于此可见朝堂上臧否恶政的歌者与书房里从容讲理的学者是多么的不同。

4. 绥万邦，娄丰年。(《周颂·桓》)

笺云：娄，亟也。诛无道，安天下，则亟有丰熟之年，阴阳和也。

《桓》为周初克纣建国之后的祭祀诗，云"桓桓武王""克定厥家"，当作于致太平的周成王时。"绥万邦，娄丰年"是对天下安宁、农业连年丰收的真实写照。笺所谓"阴阳和"，只是用当时的哲学观念对周诗的阐发。

二　郑笺以星占思想解《诗》

笃生武王，保右命尔，燮伐大商。(《大雅·大明》)

传：和也。

---

① 句意为：妇人无外事，不得干政，而王后哲妇却休其分内蚕织之事影响幽王之政。

笺云：天降气于大姒，厚生圣子武王，安而助之，又遂命之尔，使协和伐殷之事。协和伐殷之事，谓合位三五也。

郑玄将"燮伐大商"解为"协和伐殷"，这当然是正确的；但将"协和"的内容却指为"合位三五"，这并非原诗句固有之义，而是郑玄受到了《国语》说法的影响。《国语·周语下》云："王（周景王）曰：'七律者何？'（伶州鸠）对曰：'昔武王伐殷，岁在鹑火，月在天驷，日在析木之津，辰在斗柄，星在天鼋。星与日、辰之位，皆在北维。颛顼之所建也，帝喾受之。我姬氏出自天鼋，及析木者，有建星及牵牛焉，则我皇妣大姜之姪伯陵之后逄公之所凭神也。岁之所在，则我有周之分野也。月之所在，辰马农祥也。我太祖后稷之所经维也，王欲合是五位三所而用之。自鹑及驷七列也。南北之揆七同也，凡人神以数合之，以声昭之。数合声合，然后可同也。故以七同其数，而以律和其声，于是乎有七律……'"① 七律是周乐的七个音阶，伶州鸠作为王朝的乐官，是当时的知识精英，懂天文地理，他在国王垂询时，利用自己的专业优势，将七律的由来与周武王伐商时的天象联系起来：武王伐商时，岁星与月运行所在的"鹑火"与"天驷"之间有七宿。② 这段话应当是他编造的漂亮说辞，搬出武王意在耸动时王，达到劝谏周景王放弃铸造大钟的目的。我们看到，武王作为创业之君，在周景王和伶州鸠的时代已经被神化，他可以通过选定出兵日期得到附有己方神灵的星宿的佑助。对取得杰出成就的人物进行神化，在历史上是一个普遍现象，是可以理解的。但这种思想及其创造者的出现，毕竟是后来的事，《国语》有确切的记载，郑玄以春秋时的思想意识去解释创作于西周的诗歌中的字义，显然是有所疏忽的。其实"燮"字之内涵，未必像笺那样去解释。《大雅·绵》："虞芮质厥成。"传谓文王平息了虞、芮两国争地之讼后，"天下闻之，而归者四十余国"。《尚书·周书·牧誓》云："王曰：'……及庸、蜀、羌、髳、微、卢、彭、濮人……，"孔颖达注："八国皆蛮、夷、戎、狄属文王者国名。羌在西蜀叟，髳、微在巴蜀，卢、彭在西北，庸、濮

---

① 上海师范大学古籍整理组校点：《国语》，上海古籍出版社 1978 年版，第138 页。

② 按韦昭注，这七宿是：张、翼、轸、角、亢、氐、房。

在江汉之南。"① 《牧誓》是可信的周朝文献。周族至文王大盛，治国有道，崇教尚德，能调和列国之间的矛盾冲突，树立了极高的威信。到了武王，子承父业，民心归周，所以能成改朝换代之大业。诗句中的"燮"字可以解释为组织联合所有灭商力量，从誓词中提到的这些少数民族就可见其一斑。又《尚书·周书·顾命》："太史秉书，由宾阶隮，御王策命。曰：'皇后凭玉几，道扬末命，命汝嗣训，临君周邦，率循大下，燮合天下，用答扬文、武之光训。'"两处"燮"的词义相同，只是在前例中作状语，修饰谓语动词"伐"，在后例中与"和"同义连文，共同作谓语动词。

三　郑笺以谶纬思想解《诗》

谶纬是西汉末直至东汉末郑玄时代流行的思潮，为当时现实政治服务。对现代人来说，可以指为封建落后，但在其时，却是须臾不可离的。人是需要精神支撑的。不过要指出的是，《诗经》是周人所造，事实上是不可能在诗句中预知后代人的意识的。试举两例说明：

1. 不自为政，卒劳百姓。（《小雅·节南山》）

笺云：昊天不自出政教，则终穷苦百姓。欲使昊天出《图》《书》有所授命，民乃得安。

《图》《书》之说，最早见于《周易·系辞上》，云："河出《图》，洛出《书》，圣人则之。"孔疏："如郑康成之义，则《春秋纬》云：'河以通干出天苞，洛以流坤吐地符。河龙图发，洛龟书感。《河图》有九篇，《洛书》有六篇。'"② 今检清赵在翰辑《七纬》，孔颖达疏所说《春秋纬》共有十三篇，所引文出其中第十三篇《春秋说题辞》。③《系辞上》是作为《易传》的"十翼"之一，其成书年代，根据篇内有"子

---

① （西汉）孔安国传，（唐）孔颖达正义，黄怀信整理：《尚书正义》，上海古籍出版社1999年版，第422页。

② （三国·魏）王弼注，（唐）孔颖达疏，卢光明、李申整理：《周易正义》，北京大学出版社2000年版，第341页。

③ （清）赵在翰辑，钟肇鹏、萧文郁点校：《七纬》（附论语谶），中华书局2012年版，第630页。

曰"之文①，则是孔子后学所著，应在春秋战国之际。对于《系辞上》所说"河出《图》，洛出《书》"中"《图》""《书》"所指，学者说法多样，但本书认为唐代孔颖达以《春秋纬》疏郑义，其对郑玄学术的把握是正确的。也就是说，郑玄是以西汉纬书的说法解释《易传》的。郑玄博学，注书范围广，所注既有先秦经典，也有近代书籍，比如《尚书中候》也在其注释之列，②而该书属两汉之际所出纬书。郑玄生在东汉末年，显然是信仰谶纬之学的，因为谶纬是当时的新学术，为刘氏再度受命造舆论，因之为朝廷所扶持，中兴皇帝刘秀曾专门为此下过诏书。郑玄既然注过纬书，相信谶纬，用这种思想笺诗就是很自然的了。那么，郑玄用谶纬思想说诗对不对呢？在今天看来是不对的——郑所说非诗原意。从郑笺来看，他是给这两句诗"不自为政，卒劳百姓"加上了主语"昊天"，但只要看看前面的诗句，就会知道这是错的。第四章："弗躬弗亲，庶民弗信。弗问弗仕，勿罔君子。"笺云："仕，察也。勿当作'末'。此言王之政不躬而亲之，则恩泽不信（信通伸。笔者注）于众民矣。不问而察之，则下民末罔其上矣。"在这里，郑玄认为"弗躬弗亲""弗问弗仕"的是"王"，那么，"不自为政"的主体也应该是"王"。综合起来，诗句通过使用两个否定词"弗"与"不"，都是在怨王不亲政，因而导致了"卒劳百姓"的恶果。

2. 燕及皇天，克昌厥后。绥我眉寿，介以繁祉。(《周颂·雍》)

笺云：文王之德，安及皇天，谓降瑞应也，无变异也。又能昌大其子孙，安助之以考寿与多福禄。

笺在解释"燕及皇天"一句时，在将其对译为"安及皇天"后，顺便作了发挥，认为周文王之作为皇天满意，所以降下瑞应，无变异。但这是郑玄所处东汉时代流行的思想，作诗的西周人不一定具备。

---

① 试举一例："子曰：'《易》其至矣乎？夫《易》，圣人所以崇德而广业也。知崇礼卑，崇效天，卑法地。天地设位，而《易》行乎其中矣。成性存存，道义之门。'"这是孔子弟子所引从老师那听到的对《周易》的看法。见（三国·魏）王弼注，（唐）孔颖达疏，卢光明、李申整理《周易正义》，北京大学出版社 2000 年版，第 321—322 页。

② （南朝·宋）范晔撰，（唐）李贤等注：《后汉书·张曹郑列传》，中华书局 1965 年版，第 814 页。

四　郑笺以三统论思想解《诗》

有娀方将，帝立子生商。（《商颂·长发》）

笺云：帝，黑帝也。禹敷下土之时，有娀氏之国亦始广大。有女简狄，吞乙卵而生契，尧封之于商，后汤王因以为天下号，故云"帝立子生商"。

玄王桓拨，受小国是达，受大国是达。率履不越，遂视既发。（《商颂·长发》）

笺云：承黑帝而立子，故谓契为玄王。

"帝立子生商"之"帝"，笺以为即黑帝，也就是夏尧；句意为，尧立了有娀氏之国的女子简狄所生之子契建立了商。对于"玄王桓拨"之"玄王"，笺以为契之所以号为玄王，是因为契承黑帝尧而立。由此可以看出，郑玄是以夏尧为黑帝。郑玄如此解释，是继承了西汉武帝时大思想家董仲舒的学说。董子是研究《春秋》公羊学的大师，他在《春秋繁露·三代改制质文》中，发挥《公羊传》对《春秋》"王正月"的阐释，[1] 写道："……故汤受命而王，应天变夏作殷号，时正白统。……文王受命而王，应天变殷作周号，时正赤统。……故《春秋》应天作新王之事，时正黑统。……然则其略说奈何？曰：三正以黑统初。"[2] 这就是董子的"三统论"，讲的是三代——夏、商、周的历法依次以阴历一月、十二月、十一月为正月，而所尚之色对应为黑、白、赤，周而复始，春秋是继周之后的一个时代，故"时正黑统"。

不过，郑玄对"黑"的用运与董仲舒已有所不同。在董仲舒看来，"黑"是指一个朝代文化上的流行色，"黑"与"统"结合为"黑统"，指历法；而郑玄将"黑"与"帝"结合为"黑帝"，指人。

那么，《长发》"帝立子生商"之"帝"是不是郑玄所谓的"黑帝"呢？从诗的本文来看，其实也不是。此诗第三章曰："帝命不违，至于汤齐。汤降不迟，圣敬日跻。昭假迟迟，上帝是祇。帝命式于九围。"则"帝"即"上帝"。也即《商颂·玄鸟》之"天"。《玄鸟》首章曰："天

---

① 《公羊传》曰："王者孰谓？谓文王也。曷为先言王而后言正月？王正月也。"

② （清）苏舆撰，钟哲点校：《春秋繁露义证》，中华书局2015年版，第183—213页。

命玄鸟，降而生商，宅殷土芒芒。"这里的"天命玄鸟，降而生商"，也就是《长发》之"有娀方将，帝立子生商"。"天""帝"同指，但有自然与人格的区别。

　　所以，《商颂》中的"帝"，只是人间的主宰；郑玄以"黑帝"释之，是受了董仲舒"三统论"学说的影响而又变之，将《商颂》中唯一主宰之"帝"说成"黑帝"，使"帝"一变为三，各主一代，因时不同。

第五节　郑笺训诂的错误

一　释词错误

　　郑笺中释词的错误具体可分以下十三种情况。

　　第一，一个词，其词义是发展的，因此在不同时期的文献中，同一个词有不止一个义项。在《诗》句中，本来用此义项，而笺却用彼义项释之。例如：

　　1. 上襄　两服上襄，两骖雁行。(《郑风·大叔于田》)

　　笺云：襄，驾也。上驾者，言为众马之最良者也。

　　王引之《经义述闻》曰："予谓上者，前也。上襄，犹言前驾，谓并驾于车前，即下章之'两服齐首'也。雁行，谓在旁而差后，如雁行然，即下章之'两骖如手'也。"[1] 王说可从。"上"的本义是"上面"，指空间垂直水平面的上方，用《说文·上部》"上"的释语，即"高也"。引申为空间平面上的前面，如本诗句。又可引申为时间上的前面，如《商君书·开塞》："上不及虞夏之时，而下不修汤武。"又可引申为品质最良，如《战国策·齐策一》："群臣吏民能面刺寡人之过者，受上赏。"[2]《大叔于田》共三章，二章之"两服上襄，两骖雁行"与末章之"两服齐首，两骖如手"都是说叔田猎时驾车的两匹在中的服马在前且齐首、

---

　　① （清）王引之撰，中国训诂学会研究会主编：《经义述闻》，江苏古籍出版社2000年版，第131页。

　　② （西汉）刘向集录，范祥雍笺证，范邦瑾协校：《战国策笺证》，上海古籍出版社2006年版，第521页。

在边的两匹骖马稍后，以"雁行""如手"比喻两骖相对于两服之布局，近取诸身，远取诸物，可谓绝妙好诗。

2. 舍命　彼其之子，舍命不渝。（《郑风·羔裘》）

笺云：舍，犹处也。是子处命不变，谓死守善道，见危授命之等。

笺将诗中"舍命"理解为舍掉性命。《毛公鼎》《小克鼎》铭文均有"舍命"一词，如后者云："王命膳夫克舍命于成周。"① 林义光据此认为"舍命"即锡命，也即敷命，是致其君命的意思，② 则"命"为使命之命，而非性命之命。

3. 皇　武人东征，不皇朝矣。（《小雅·渐渐之石》）

笺云：皇，正也。将率受王命，东行而征伐，役人罢病，必不能正荆舒，使之朝于王。

陈奂《诗毛氏传疏》："皇，暇也。朝音朝夕之朝。不皇朝，犹言无暇日耳。"③ 可从。"遑"是"皇"的后起字。在《诗经》的其他篇目中，还用到"遑"字。例如，《小雅·采薇》："不遑启居，玁狁之故。"《渐渐之石》是"东征"士兵的怨诗，"不皇朝矣"直抒其不得歇息的情绪。"皇"训为"暇"，还可以在《诗经》的语境中得到佐证。《卫风·氓》："三岁为妇，靡室劳矣。夙兴夜寐，靡有朝矣。""不皇朝矣"与"靡有朝矣"语义相同，郑笺解"皇"为"正"是错的。

4. 朝　武人东征，不皇朝矣。（《小雅·渐渐之石》）

笺云：皇，正也。将率受王命，东行而征伐，役人罢病，必不能正荆舒，使之朝于王。

"不皇朝矣"中的"朝"，如陈奂所说，应读朝夕之朝（zhāo），而不可读为朝见之朝（cháo）。

5. 下　下武维周，世有哲王。（《大雅·下武》）

笺云：下，犹后也。哲，知也。后人能继先祖者，维有周家最大。世世益有明知之王，谓大王。王季、文王稍就盛也。

---

① 中国社会科学院考古研究所编：《殷周金文集成（修订增补本）》，中华书局2007年版，第1465页。

② 林义光：《诗经通解》，中西书局2012年版，第94页。

③ （清）陈奂撰：《诗毛氏传疏》，山东友谊书社1992年版，第1230页。

《尔雅·释诂》："武，继也。"①"下武维周"，句义谓在下继天者，维周也。"下武维周"，句式与《大雅·生民》的"厥初生民，时维姜嫄"和《商颂·长发》的"浚哲维商"同，"下武""厥初生民""浚哲"均为描述德性的词语。《下武》全诗六章，每章四句，首章云："下武维周，世有哲王。三后在天，王配于京。"在周初的意识形态中，周是上帝在人间的代表，集有天命。今王以前的"三后"，死了之后升天。"下武"的"下"，是就"三后在天"的"天"而言的。再举《商颂·长发》的诗句："浚哲维商，长发其祥。洪水芒芒，禹敷下土方。""下"也指人间。

6. 降　汤降不迟，圣敬日跻。(《商颂·长发》)

笺云：降，下。……汤之下士尊贤甚疾，其圣敬之德日进。

"降"义为降生。后文"允也天子，降予卿士"的"降"也是天降生卿士的意思。又《商颂·玄鸟》："天命玄鸟，降而生商。"其中的"降"也是降生义。《商颂》是春秋时期宋国的诗，《长发》"汤降不迟"赞美了宋国的祖先商汤应天命而降生，正得其时。郑笺将"降"解为"下士尊贤"不合诗句原意，因而是错误的。

第二，误以本义释引申义。例如：

三　岂敢定居？一月三捷。(《小雅·采薇》)

笺云：往则庶乎一月之中三有胜功，谓侵也，伐也，战也。

虽然笺"侵""伐""战"之说不为无据，如《左传·庄公二十九年》云："凡师，有钟鼓曰伐，无曰侵。"②又《庄公十一年》云："凡师，敌未陈曰败某师，皆陈曰战。"③但诗句的"三"既非确定的数词三，也不是指"侵""伐""战"，而是泛指多次。又《卫风·氓》："自我徂尔，三岁食贫。"笺云："我自是往之女家，女家乏谷食已三岁，贫矣。"此例之"三"，郑玄认为确指数词三，其实也是泛指多数。

第三，将借字误认为本字。例如：

---

1. 以　于以采蘩？于沼于沚。(《召南·采蘩》)

笺云：于以，犹言往以也。

于以采萍？南涧之滨。(《召南·采苹》)

笺云：无说。

于以求之？于林之下。(《邶风·击鼓》)

笺云：于，於也。求不还者及亡其马者，当于山林之下。军行必依山林，求其故处，近得之。

笺将"于"解为"往"，动词，是对的；将"以"当作连词，则可以寻求更好的讲法，该字实为"何"字之借。《说文·巳部》："已，用也。"段玉裁注："又按今字皆作'以'由隶变加'人'于右也。"则"已""以"一字二形。《尚书·商书·汤誓》："今汝其曰：'夏罪，其如台？'"① 孙星衍《尚书今古文注疏》云："台、何，音之转。《一切经音义》八引《苍颉篇》云：'奚，何也。'台声近奚，故为'何'。"② 王力《古汉语字典》："台、何音不近，台不能转音为何。"③ "台"上古音为喻母、之部，"何"为匣母、歌部，根据王力先生的同源字理论，"台""何"不具备相通的条件。④ 黄易青认为确定两个字是否转音，语言事实与理论应当兼顾，而应从语言事实出发。⑤ 由此可认定疑问词"台""何"二字声母喻、匣相近，韵母之、歌通转。⑥ 《说文·口部》："台，从口已（以）声。"既然"台"可通"何"，则"以"也可通"何"。则"于以"当训"往何"，诗句"于以采蘩"的意思是：去哪里采蘩？

将"于以"之"以"解为"何"，似不符上古汉语中疑问代词作动词、介词宾语时前置的语法规则。其实，在上古汉语中，疑问代词作动

---

① （清）孙星衍撰，陈抗、盛冬铃点校：《尚书今古文注疏》，中华书局 2004 年版，第 218 页。

② （清）孙星衍撰，陈抗、盛冬铃点校：《尚书今古文注疏》，中华书局 2004 年版，第 218 页。

③ 王力主编：《王力古汉语字典》，中华书局 2000 年版，第 104 页。

④ 王力：《同源字典》，中华书局 2014 年版，第 12—19 页。

⑤ 郭燕妮、黄易青：《上古汉语虚词溯源与转语平行互证法——以九组常见虚词为例》，《北京师范大学学报》（社会科学版）2019 年第 2 期，第 97—109 页。

⑥ 段玉裁《说文解字注》"台"下云："按《汤誓》《高宗肜日》《西伯戡黎》皆云'如台'，《殷本纪》皆云'奈何'，《释诂》'台''予'同训'我'，此皆以双声为用，'何''予''台'三字双声也。"段玉裁以"台""何"为双声。段玉裁：《说文解字注》，上海古籍出版社 1988 年版，第 58 页。

词、介词宾语时既可前置，也可后置，是比较自由的，全由说话者临时决定。现举后置语例如，《小雅·小宛》："握粟出卜，自何能谷？"《白驹》："所谓伊人，于焉逍遥？"《正月》："哀我人斯，于何从禄？"《十月之交》"此日而食，于何不臧？"《菀柳》："彼人之心，于何其臻？"《小旻》："我视谋犹，伊于胡底？"《庄子·则阳》："盗贼之行，于谁责而可乎？"《列子·汤问》："吾于何逃声哉？"①

2. 我　坎坎鼓我，蹲蹲舞我。(《小雅·伐木》)

笺云：为我击鼓坎坎然，为我兴舞蹲蹲然。谓以乐乐己。

句末的两个"我"字，笺释作第一人称代词单数的"我"。其实与前两句"有酒湑我，无酒酤我"末的"我"一样，读同"猗"，句末语气词。闻一多1939年在《歌与诗》一文中论到了诗的起源，认为"歌"就是"啊"，在后世的歌辞中有时又写作"猗"或"我"，十九作"兮"。②其说确不可拔。笺说错。

3. 君子有酒，嘉宾式燕又思。(《小雅·南有嘉鱼》)

笺云：又，复也。以其壹意，欲复与燕，加厚之。

"又"通"友"。《南有嘉鱼》共四章，第一章"嘉宾式燕以乐"与第二章"嘉宾式燕以衎"句式相同，第三章"嘉宾式燕绥之"与第四章"嘉宾式燕又思"句式相同。现在说后两句。第三句中的"绥之"是动宾结构，"之"指代前面的"嘉宾"，则第四句中的"又思"当亦为动宾结构。"又"通"友"，"思"通"之"，"又思"即"友之"，义同"绥之"。为什么要用"思"假为"之"呢？这得从修辞上找原因，就是为了避免与前章的"之"重复。笺将解"又"为"复"，将实词说成虚词，是错误的。

4. 遐　乐只君子，遐不眉寿。(《小雅·南山有台》)

笺云：遐，远也。远不眉寿者，言其近眉寿也。

"遐"，郑玄以本字解之，甚为迂曲。"远不眉寿"，不合汉语句法。由《诗经》语例，"遐"为"胡"之借，"胡不眉寿？"为反问句，表达

① 可参见杨树达《〈诗〉"于以采蘩"解》，《积微居小学金石论丛》(增订本)，科学出版社1955年版，第209—210页。

② 闻一多：《神话与诗》，武汉大学出版社2009年版，第159—168页。

了肯定的意思。

5. 信　信彼南山，维禹甸之。畇畇原隰，曾孙田之。(《小雅·信南山》)

笺云：信乎彼南山之野，禹治而丘甸之。

"信"，笺以本义释之。其实"信彼南山，维禹甸之"与"畇畇原隰，曾孙田之"构成对偶，"信彼南山"与"畇畇原隰"句式相同，其词类序列都应是"状态词 + 名词"，"畇畇"毛传释为"垦辟貌"，"信"该是假借为"申"，以状终南山绵延之势。此句"信"毛传无说，毛公认为时人皆知，无须作传，但郑玄望文生义，强说致错。

6. 而秉义类，强御多怼。流言以对，寇攘式内。(《大雅·荡》)

笺云：义之言宜也。类，善。式，用也。女执事之臣，宜用善人，反用强御众怼为恶者，皆流言谤毁贤者。王若问之，则又以对。寇盗攘窃为奸宄者，而王信之，使用事于内。

"义""类"两个字的解释，当从俞樾《群经平议》说："义"通"俄"，邪；"类"通"戾"，邪曲。①

7. 绩　天命多辟，设都于禹之绩。(《商颂·殷武》)

笺云：天命乃令天下众君诸侯，立都于禹所治之功。

由笺对这两句诗的释义来看，是将"绩"训为"功"，如字读，欠妥。《说文·辵部》："迹，步处也。或作蹟。"上古传世文献中"禹之迹"一语习见。《尚书·周书·立政》："其克诘尔戎兵，以陟禹之迹。"②"绩""迹（蹟）"声旁同，可通。

第四，误释通假字。例如：

攘　曾孙来止，以其妇子，馌彼南亩。田畯至喜，攘其左右，尝其旨否。(《小雅·甫田》)

笺云：攘当读为饟。馌、饟，馈也。

清孔广森云："攘，郑读为饟。既言馌，复言饟，词旨似复。……《曲礼》'左右攘辟'，郑君曰：'攘，古让字。'此诗疑亦古文之未尽变

---

① 俞樾，王其和整理：《群经平议》，凤凰出版社 2021 年版，第 378 页。

② （西汉）孔安国传，（唐）孔颖达正义：《尚书正义》，上海古籍出版社 2007 年版，第 697 页。

者。'让其左右'，言农夫各以其食让与左右邻井偕耕者，互尝其家人所作羹饭孰旨孰否也。"① 孔氏从修辞避复、文献用例和生活经验三方面驳正笺说，可从。

第五，将本义解为借义。例如：

劳　山川悠远，维其劳矣。(《小雅·渐渐之石》)

笺云：山川者，荆舒之国所处也，其道里长远，邦域又劳劳广阔，言不可卒服。

孔疏：郑以劳为辽，辽言广阔之意。

孔氏之分析可从，郑玄在此实读"劳"为"辽"。但在另一首诗中，"劳"字的使用语境与这两句诗相同，郑玄却作出了不同的解释。《小雅·绵蛮》："道之云远，我劳如何！饮之食之，教之诲之。命彼后车，谓之载之。"笺云："在国依属于卿大夫之仁者。至于为末介，从而行，道路远矣，我罢劳则卿大夫之恩宜如何乎？渴则予之饮，饥则予之食，事未至则豫教之，临事则诲之，车败则命后车载之。"郑玄在解释"道之云远，我劳如何！"时，对"劳"又以本字读之。通过比较，这两首诗中的"劳"字，都可以统一地解为"劳苦"，用其本义，没必要改读。

第六，将虚词解为实词。例如：

1. 言　陟彼南山，言采其蕨。(《召南·草虫》)

笺云：言，我也。

《诗经》中有些"言"，用在地点名词的后面，表示动作发生的场所，这个"言"用以代替前文提到的地点，相当于英语中的"there"，就其词性而言，可以名之为表地副词。又如《小雅·采菽》："觱沸槛泉，言采其芹。"《大雅·抑》："荏染柔木，言缗之丝。"有些"言"，用在动词后面，如《周南·葛覃》第二章："葛之覃兮，施于中谷，维叶莫莫。是刈是濩，为絺为绤，服之无斁。"第三章前两句："言告师氏，言告言归。"第三章三个"言"字用在第二章后三句的四个动词"刈""濩""为""服"之后，这类"言"字，笺也解为"我"，其实《尔雅·释诂》"言，间也"正是解释这种"言"字，因为用在两个动词之间。于此郭璞不得

① （清）孔广森撰，杨新勋校注：《经学卮言》，华东师范大学出版社 2010 年版，第 79—80 页。

其说。①《卫风·伯兮》第四章："愿言思伯，使我心痗。"根据第三章"愿言思伯"笺："愿，念也。我念思伯，心不能已。"则此章"愿言思伯"之"言"笺亦当解为"我"，但要是那样的话，与其后"使我心痗"之"我"重复。

维此圣人，瞻言百里，维彼愚人，覆狂以喜。（《大雅·桑柔》）

笺云：圣人所视而言者百里，言见事远而王不用。有愚暗之人，为王言其事，浅且近耳，王反迷惑信用之而喜。

上句中的"言"字，用在动词"瞻"和宾语"百里"之间，是个虚词，起舒缓、调节语气的作用，"瞻言百里"意思是看到百里远的地方。笺解为"言说"之"言"，是错的。

2. 以　泾以渭浊，湜湜其沚。宴尔新昏，不我屑以。（《邶风·谷风》）

笺云：以，用也。言君子不复洁用我当室家。

对于"不我屑以"这样的句式，华学诚先生专文讨论过，他写道：

根据吕玉仙（2012）的考察，先秦否定句的代词宾语前置句，"若两个动词连用，在句中的语法功能又都为谓语，同时所带的宾语又为同一个宾语，那么这两个词必然为近义或反义关系"，如"瑕疹""灭亡"或"毁誉""赏罚"之类。据此衡之，不管是把"以"训为"用"，还是训为"与"，它们与训"洁"或其他动词意义的"屑"，都不属于这种关系，也就是说，"以"解释为动词不符合这一句式成立的意义条件。②

《鄘风·君子偕老》有句云："鬒发如云，不屑髢也。"将"不我屑以"与"不屑髢也"比照，"以"被认定为句末语气词，表达确定的语气。"屑"为"清洁""洁美"义，形容词，在此为意动用法。"不屑髢

---

① （晋）郭璞注，（宋）邢昺疏，李传书整理：《尔雅注疏》，北京大学出版社 2000 年版，第 42 页。

② 华学诚：《〈诗〉"不我屑以"解并论"不屑"的成词》，《语言研究》2019 年第 3 期。吕玉仙：《释"不我屑以"——从先秦否定句代词宾语前置的几种情况谈起》，《江苏广播电视大学学报》2012 年第 6 期。

也"的意思是不以髢为洁呀，"不我屑以"的意思是不以我为洁唉。

华先生将"宴尔新昏，不我屑以"语译为"你快快乐乐地跟新人结婚，不再把我当做洁美之人（而喜欢我）了"①，其中对"宴尔新昏"的今译可以进一步琢磨。他将"新昏"解为"跟新人结婚"，将"宴尔"解为"快快乐乐地"，是把"宴尔新昏"当成状中结构。其实"宴尔新昏"与"不我屑以"一样，是动宾结构，动词是"宴"，意思是安，其宾语是"尔新昏"，意为你的新婚妻子。"宴尔新昏，不我屑以"意为安于你的新婚妻子，不以我为洁了。两个动宾结构组成对比句，上句肯定，下句否定，而且两个女当事人——作为新人的"尔新昏"和作为旧人的"我"——共现，对比鲜明。在此语境中，"宴"和"屑"构成对文且近义的关系，对华先生所考的"屑"的词义也提供了佐证。

3. 只　乐只君子，福履绥之！（《周南·樛木》）

笺云：妃妾以礼义相与和，又能以礼乐乐其君子，使为福禄所安。

乐只君子，邦家之基。乐只君子，万寿无期。（《小雅·南山有台》）

笺云：只之言是也。人君既得贤者，置之于位，又尊敬，以礼乐乐之，则能为国家之本，得寿考之福。

乐只君子，天子命之。乐只君子，福禄申之。（《小雅·采菽》）

笺云：只之言是也。古者天子赐诸侯也，以礼乐乐之，乃后命予之也。天子赐之，神则以福禄申重之，所谓"人谋鬼谋"也。刺今王不然。

以上三例"乐只君子"，后两例中的"只"，笺云"只之言是也"，第一例中的"只"，笺对译为"其"，也视作代词。本书认为，"只"为语气词，用在形容词"乐"之后。"乐只"在句子中作谓语，为了强调而提及句首。"君子"是主语，是一个感叹句。笺将"乐只君子"看作动宾结构，视"乐"为动词，这也是不对的。"乐"作谓语且主谓语序正常的诗句在《诗经》中也存在，如《王风·君子阳阳》"其乐只且"，"只""且"语气词连用。又《小雅·桑扈》"君子乐胥"，"胥"是句尾语气词。像"乐只君子"那样，表性状的形容词谓语提前、主语置后的句式，

---

① 华学诚：《〈诗〉"不我屑以"解并论"不屑"的成词》，《语言研究》2019 年第 3 期。吕玉仙：《释"不我屑以"——从先秦否定句代词宾语前置的几种情况谈起》，《江苏广播电视大学学报》2012 年第 6 期。

在春秋时的其他文献中也不乏其例，如《论语·雍也》："贤哉回也！"正常语序为"回也贤哉"，"哉"是表示感叹的语气词，"也"用在主语后，是起舒缓作用的语气词。为了表达的需要，把"贤哉"提前。"乐只君子"与"贤哉回也"的语序相同，不同的是形容词后的语气词用了"只"。《诗经》中形容词"乐"字有两种用法，一种是直接作谓语，后跟语气词，如上揭例句；另一种是使动用法，带有宾语，如《周南·关雎》"钟鼓乐之"。笺将"乐只君子"的"乐"解为使动用法，将"只"解为"是"，大概是受到了"钟鼓乐之"中"乐"的影响。"只"作语气词的用例，在《诗经》其他篇章中还有，如《邶风·燕燕》："仲氏任只，其心塞渊。"《鄘风·柏舟》："母也天只，不谅人只！""只"作为语气词，在战国时代的《楚辞》中用得很普遍，蔚为大观。例如《大招》："嫮目宜笑，娥眉曼只。容则秀雅，稚朱颜只。"① 检此文共用了 108 个"只"字。许慎、郑玄都是东汉人，许慎生活年代在郑玄之前，其在《说文·只部》云："只，语已词也。从口，象气下引之形。"许慎通过精研经学而成汉语言文字学名家，他对"只"字的语感和对其本义的说解是正确的。

4. 载　泛泛杨舟，载沉载浮。(《小雅·菁菁者莪》)

传：杨木为舟，载沉亦浮，载浮亦浮。

笺云：舟者，沉物亦载，浮物亦载。喻人君用士，文亦用，武亦用，于人之材，无所废。

《小雅·沔水》"鴥彼飞隼，载飞载止。"笺云："载之言则也。言隼欲飞则飞，欲止则止。"两处"载"字，语境相同，郑玄所释不一，前例以本字释之，后例释以借字。两处都为虚词，可释为"则"。今语有"载歌载舞"，"载"字与上两例同。"载沉载浮"状"杨舟"在水中随波上下之状，正与"泛泛"相应。

5. 于　之子于苗，选徒嚣嚣。(《小雅·车攻》)

笺云：于，曰也。

其实此处的"于"还是介词，表方所，只不过表方所的词蒙前而省略了。诗的首章"四牡庞庞，驾言徂东"的"东"，第二章"东有甫草"，已经指出了这次狩猎的地点，所以紧接其后的第三章"之子于苗"，

---

① （南宋）朱熹撰，黄灵庚点校：《楚辞集注》，上海古籍出版社 2015 年版，第 184 页。

"于"之后就省略了地点名词,直接跟了动词"苗"。同时也是诗句四字格的需要。这在其他诗篇中也能看到。《小雅·出车》首章"我出我车,于彼牧矣",第二章"我出我车,于彼郊矣",第三章"王命南仲,往城于方",介词"于"后的名词都没有省去。而第三章的另一例:"天子命我,城彼朔方。赫赫南仲,玁狁于襄。""于"的地点宾语在前面的诗句"城彼朔方"中已被表明,因此理所当然地省去了。如果不省的话,诗句显得多么臃肿累赘!"玁狁于襄"用现代汉语去说,就是"玁狁于此地被攘除了"。

6. 攸　风雨攸除,鸟鼠攸去,君子攸芋。(《小雅·斯干》)

笺云:寝庙既成,其墙屋弘杀,则风雨之所除也。其坚致,则鸟鼠之所去也。其堂室相称,则君子之所覆盖。

在《诗经》所有"攸"的用例中,有的是实词,有的已经虚化。《大雅·韩奕》:"为韩姞相攸,莫如韩乐。"笺训"攸"为"所",根据的是《尔雅·释言》,无疑是对的。但实词"所"这一义项,在其他用例中并不见得都适用。王引之通过对《广雅》的精到研究,在《经传释词》中以为以上三句诗中的"攸"通"由",训为"用"。① 其实这种"攸"字,西汉孔安国早就做出了类似的正确解释。《尚书·洪范》:"帝乃震怒,不畀洪范九畴,彝伦攸斁。""彝伦攸斁"孔传:"故常道所以败。"② 解"攸"为"所以",跟后来王引之的看法是一致的。杨树达在《词诠》中将这种"攸"字定性为连词。③ 向熹先生在其《诗经词典》中对"攸"在《诗经》的义项按照由实到虚的发展作了恰当的分类。④

在句译时,将这三句诗替换成"风雨用除,鸟鼠用去,君子用芋"或"风雨所以除,鸟鼠所以去,君子所以芋",既简练又正确,而郑笺用"所"字去对译,则显得不知所云。

7. 思　兕觥其觩,旨酒思柔。(《小雅·桑扈》)

笺云:其饮美酒,思得柔顺中和与共其乐,言不愀敖自淫恣也。

---

① (清)王引之撰,李花蕾校点:《经传释词》,上海古籍出版社2014年版,第10—13页。

② (西汉)孔安国传,(唐)孔颖达正义,黄怀兴整理:《尚书正义》,上海古籍出版社1999年版,第448页。

③ 杨树达:《词诠》,中华书局2004年第3版,第379页。

④ 向熹编著:《诗经词典》(修订本),商务印书馆2014年版,第652页。

"兕觥其觩"与"旨酒斯柔"构成对偶，其句式也相同，都是形容词谓语句，"觩"言"兕觥"之状，"柔"道"旨酒"之质，"思"与前句中的"其"一样都是虚词，郑玄解为动词是错的。

8. 曰　雨雪瀌瀌，见晛曰消。(《小雅·角弓》)

笺云：雨雪之盛瀌瀌然，至日将出，其气始见，人则皆称曰雪今消释矣。

"见晛曰消"，《韩诗》作"瞴晛聿消"。《荀子》引《诗》作"宴然聿消"。由此看这里的"见"为记音字，应以"宴""瞴"为本字，二者异形同字。"曰"借为"聿"，表示两件事物之间的因果联系，"见晛"是因，"消"是果。用戴震的说法，是承明上文之辞。[1]"见晛曰消"句义为日出则雪于是消释。

9. 侯　商之孙子，其丽不亿。上帝既命，侯于周服。(《大雅·文王》)

笺云：至天已命文王之后，乃为君于周之九服之中。

从笺对"侯于周服"的对译看，是训"侯"为"君"，用为动词，"服"为九服之服。此句之"侯"，与上章"陈锡哉周，侯文王孙子"中的"侯"，[2] 当训为"乃"，为虚词，"服"为"服事"之"服"，"于周"为介词短语。后两句义为，至天已命文王之后，商之孙子就在周服事。笺将"周服"视为偏正短语，解为"周之九服"，则没办法解释下章"侯服于周"。此句只是将动词"服"提到介词短语"于周"之前，句义不变。"侯"在《尔雅》中有两个义项，一实一虚。《尔雅·释诂》："林、烝、天、帝、皇、王、后、辟、公、侯，君也。"[3] 此为实词之"侯"。又"郡、臻、仍、侯，乃也。"此为虚词之侯。虚词之侯，在《诗》中用于句首，除上举两例外，又如《小雅·六月》："侯谁在矣？张仲孝友。"由此看，笺将虚词之"侯"误解为"君"。

---

① 转引自（清）王引之撰，李花蕾校点《经传释词》，上海古籍出版社 2014 年版，第31 页。

② 句义为：文王因广赐乐施，创立了周之天下，则文王的孙子堪为统治。

③ （清）郝懿行撰，王其和、吴庆峰、张金霞点校：《尔雅义疏》，中华书局 2017 年版，第3 页。

10. 斯　王赫斯怒，爰整其旅，以按徂旅。以笃于周怙，以对于天下。（《大雅·皇矣》）

笺云：斯，尽也。文王赫然与群臣尽怒曰：整其军旅而出，以却止徂国之兵众，以厚周当王之福，以答天下向周之望。

"斯"用在形容词"赫"与动词"怒"之间，可看作形容词词尾，也即语助，起凑足音节的作用。还可举出如下用例：《小雅·小弁》："鹿斯之奔，维足伎伎。"孔颖达正义："此'鹿斯'与'鶉斯''柳斯'，'斯'皆辞也。"① 又《周颂·清庙》："无射于人斯。"朱熹《诗集传》："斯，语辞。"② 孔、朱之说可从。

笺"斯，尽也"之训，来自西汉扬雄《方言》。《方言·卷第三》："澌，尽也。"③ "斯""澌"古今字，"斯"的本义为析木，孳乳为"澌"，义为尽。"澌"字及其尽义是在西汉扬雄的时代才出现，不意味着《皇矣》所造的西周时代的"斯"字有尽义。《尚书·周书·金滕》有二例："周公居东二年，则罪人斯得。"又"秋，大熟未获，天大雷电以风。禾尽偃，大木斯拔，邦人大恐。"④ 体会这两例中的"斯"，与在《诗经·豳风·七月》"朋酒斯飨，曰杀羔羊"、《大雅·公刘》"笃公刘，于京斯依"句中一样，都用在前置名词宾语之后，复指该名词。对于上引《金滕》中的第二例，西汉司马迁在《史记·鲁世家》中虽然将"大木斯拔"转写作"大木尽拔"，但那应理解为是对该句的意译，而不是将"大木斯拔"的"斯"训为"尽"。

11. 爰　王赫斯怒，爰整其旅，以按徂旅。以笃于周怙，以对于天下。（《大雅·皇矣》）

笺云：文王赫然与群臣尽怒，曰：整其军旅而出，以却止徂国之兵众，以厚周当王之福，以答天下向周之望。

---

① （西汉）毛亨传，（东汉）郑玄笺，（唐）孔颖达疏，龚抗云、李传书、胡渐逵整理：《毛诗正义》，北京大学出版社1999年版，第751页。

② （南宋）朱熹注，赵长征点校：《诗集传》，中华书局2011年版，第298页。

③ （清）钱绎撰集，李发舜、黄建中点校：《方言笺疏》，中华书局1991年版，第131—132页。

④ （西汉）孔安国传，（唐）孔颖达正义，黄怀信整理：《尚书正义》，上海古籍出版社2007年版，第499—501页。

从笺对以上诗句的对译可以看出，是将"爱整其旅"的"爱"训为"曰"，将"爱"之后的诗句都视为"曰"的直接引语。将"爱"训作"曰"，根据是《尔雅》，前文已经说到。但"爱，曰也"那条雅训，也只能当作是比照特定经文之后肤浅的结论，不可看作是对"爱""曰"词义及其用法的正确说明。

为了探讨"爱"的词义及用法，本书援引以下例句：

《邶风·凯风》："爱有寒泉，在浚之下。"

《鄘风·桑中》："爰采唐矣，沫之乡矣。"①

《魏风·硕鼠》："乐土乐土，爰得我所。"

《小雅·鸿雁》："鸿雁于飞，肃肃其羽。之子于征，劬劳于野。爰及矜人，哀此鳏寡。"

《大雅·绵》第二章："古公亶父，来朝走马。率西水浒，至于岐下。爰及姜女，聿来胥宇。"

《大雅·绵》第三章："周原膴膴，堇荼如饴。爰始爰谋，爰契我龟。曰止曰时，筑室于兹。"

《荀子·赋》："爰有大物，非丝非帛，文理成章。非日非月，为天下明。"②

《尚书·商书·咸有一德》："以有九有之师，爰革夏政。非天私我有商，惟天佑于一德。"③

体会上揭例句中的"爱"字，可以认定它是一个指称地点的代词，有时上文中出现"爰"指代的具体地名，如在《魏风·硕鼠》"乐土乐土，爰得我所"中，"爰"指"乐土"，在《小雅·鸿雁》"鸿雁于飞，

---

① "爰采唐矣，沫之乡矣"两句，多标点为："爰采唐矣？沫之乡矣。"将"爰"看作表地点的疑问代词，今不取。本书认为将"爰采唐矣，沫之乡矣"看成一问一答是受了下两句"云谁之思？美孟姜矣"的影响。其实"爰"这个指地代词就明确地告诉了"采唐"的地点，下句"沫之乡矣"接着唱出了"爰"所指的具体地点，这正是民歌特有的表现手法。

② （清）王先谦撰，沈啸寰、王星贤点校：《荀子集解》，中华书局2013年版，第558页。

③ （西汉）孔安国传，（唐）孔颖达正义，黄怀信整理：《尚书正义》，上海古籍出版社1999年版，第322页。

肃肃其羽。之子于征，劬劳于野。爰及矜人，哀此鳏寡"中，"爰"指"野"，在《大雅·绵》第二章"古公亶父，来朝走马。率西水浒，至于岐下。爰及姜女，聿来胥宇"中，"爰"指"岐下"，在《大雅·绵》第三章"周原膴膴，堇荼如饴。爰始爰谋，爰契我龟。曰止曰时，筑室于兹"中，"爰"指"周原"；有时下文中出现"爰"指代的具体地名，如在《邶风·凯风》"爰有寒泉，在浚之下"中，"爰"指下文的"在浚之下"，在《鄘风·桑中》："爰采唐矣，沫之乡矣"中，"爰"指下文的"沫之乡"。"爰"都是在动词前面，表示动作发生的地点。① 在本例"王赫斯怒，爰整其旅"中"爰"的词义向更抽象的方向发展，引申出表示时间、逻辑上先后发生的"于是"义。

12. 而　嗟尔朋友，予岂不知而作？（《大雅·桑柔》）

笺云："嗟尔朋友"者，亲而切磋之也。"而"犹女也。我岂不知女所行者恶与？直知之。

"而"如字读，是连词。笺解"而"为第二人称代词"女"，则与前句中的"尔"重复。

13. 笾豆有且，韩侯燕胥。（《大雅·韩奕》）

笺云：且，多貌。

"且"为语气词，表感叹。上古音精母，鱼部，读作 jū。"且"作语气词的用例如《王风·君子阳阳》："其乐只且！"《邶风·北风》："惠而好我，携手同行。其虚其邪，既亟只且！"孔颖达正义："只且，语助也。"② 又《郑风·褰裳》："子不我思，岂无他人？狂童之狂也且！"朱熹《诗集传》："且，语辞也。"③ 又《出其东门》："出其闉阇，有女如荼。虽则如荼，匪我思且。"朱熹《诗集传》："且，语助词。"④ 陈奂《诗毛氏传疏》："且为语已之词。"⑤ 又《溱洧》："女曰观乎？士曰既

① 这里"爰"字的看法可参见梅广《上古汉语语法纲要》一书第一章所论，上海教育出版社 2018 年版，第 6—7 页。

② （西汉）毛亨传，（东汉）郑玄笺，（唐）孔颖达疏，龚抗云、李传书、胡渐逵整理：《毛诗正义》，北京大学出版社 1999 年版，第 172 页。

③ （南宋）朱熹注，赵长征点校：《诗集传》，中华书局 2011 年版，第 68 页。

④ （南宋）朱熹注，赵长征点校：《诗集传》，中华书局 2011 年版，第 71 页。

⑤ （清）陈奂撰：《诗毛氏传疏》，山东友谊书社 1992 年版，第 461 页。

且。"朱熹《诗集传》："且，语辞。"① 又《唐风·椒聊》："椒聊且！远条且！"高亨《诗经今注》："且，犹哉，语气词。"② 又《山有扶苏》："不见子都，乃见狂且！"毛传："且，辞也。"又《小雅·巧言》："悠悠苍天，曰父母且！"王先谦《诗三家义集疏》："且，语余声。"③ 笺解本诗"笾豆有且"的"且"为"多貌"，则是形容词。词义具有客观性，这个义项是"且"所不具有的。其实"且"前的"有"是形容词，义为多，"笾豆有且"是一个形容词谓语句。从词汇方面来说，在《诗经》时代，要表示多义，用一个单音词"有"就可以了，不会用复合形式"有且"的，"且"只能看成句尾语气词。

第七，强说讹字。例如：

育　昔育恐育鞫，及尔颠覆。（《邶风·谷风》）

笺云："昔育"，育，稚也。及，与也。昔幼稚之时，恐至长老穷匮，故与女颠覆尽力于众事，难易无所辟。

笺认为两个"育"字异义，"昔"与第一个"育"都为表时间的词，说句义迂曲难通。闻一多根据《山海经》《庄子》《韩诗外传》《晏子春秋》《韩非子》《说苑》等文献"育""有"相讹的现象，以为诗本作"昔有恐有鞫"，"育""有"形声俱近，作"育"是涉下文"既生既育"而误。并指出，《邶风·谷风》与《小雅·谷风》为一诗之分化，《小雅·谷风》"将恐将惧，置予于怀"与此诗"育恐育鞫，及尔颠覆"句义相同。④ 闻说以诗解诗，信而有征，不独说字有理，亦可纠正《小雅·谷风》自序以来，为毛传、郑笺所遵的"朋友道绝"之说。⑤

第八，将形容词解为名词。例如：

皇—君　假哉皇考，绥予孝子。（《周颂·雍》）

笺云：嘉哉君考，斥文王也。

于乎皇考，永世克孝！念兹皇祖，陟降庭止。（《周颂·闵予小子》）

---

① （南宋）朱熹注，赵长征点校：《诗集传》，中华书局2011年版，第72页。

② 高亨注：《诗经今注》，上海古籍出版社1980年版，第154页。

③ （清）王先谦撰：《诗三家义集疏》，中华书局1987年版，第705页。

④ 闻一多以《邶风·谷风》"有恐有鞫"之"鞫"为"惧"声之转。见其著《古典新义》，商务印书馆2011年版，第168页。

⑤ 两诗均为弃妇诗。

笺云：于乎我君考武王，长世能孝，谓能以孝行为子孙法度，使长见行也。念此君祖文王，上以直道事天，下以直道治民，言无私枉。

于乎皇王，继序思不忘。(《周颂·闵予小子》)

笺云：於乎君王，叹文王、武王也。

休矣皇考，以保明其身。(《周颂·闵予小子》)

笺云：美矣，我君考武王，能以此道尊安其身。

以上诗句中，笺用"君"对译"皇"。其实"君"为名词，"皇"为形容词。按《雍》诗全篇共十六句，"皇"可修饰"考"组成"皇考"一语之外，还有"皇天"一词。如："燕及皇天，克昌厥后。"在《周颂·闵予小子》中，还有"皇王"。例如："於乎皇王，继序思不忘。"《雍》诗的末两句是："既右烈考，亦右文母。"可以看出，"皇"和"烈""文"等字一样，都用作形容词，而且都是褒扬义，是对已经去世的父亲、母亲及上天的赞词。用来修饰"考"的单字，还有"昭"，组成"昭考"。例如《周颂·载见》："率见昭考，以孝以享。"又《周颂·访落》："访予落止，率时昭考。""昭"也是形容词，在《诗经》的语境中，和"皇"是近义词。

於皇时周。(《周颂·般》)

笺云：皇，君。於乎美哉，君是周邦而巡守。

"於"为感叹词，"皇"为形容词，作谓语，"时周"作主语。

第九，对动词内涵理解有误。例如：

1. 来　有洸有溃，既诒我肆。不念昔者，伊余来塈！(《邶风·谷风》)

笺云：君子忘旧，不念往昔年稚我始来之时安息我。

戎车啴啴，啴啴焞焞，如霆如雷。显允方叔，征伐玁狁，荆蛮来威。(《小雅·采芑》)

笺云：方叔先与言甫征伐玁狁，今特往伐蛮荆，皆使来服于宣王之威，美其功之多也。

第一例"伊余来塈"笺解为"我始来之时安息我"。其实"伊余来塈"是一个倒装句，倒装的原因有两个：一是为了突出"余"，二是为了使之与前面的"既诒我肆"构成押韵。"伊"是虚词，用在"余"前面，起标记"余"的作用；"来塈"是两个动词连用，所表示动作的发出者是"余"的前夫。"不念昔者，伊余来塈"，两个小句内部，都是两字一顿，两个节拍，重音落在两字组的第二个字上。笺译不只错解了"来"这个动作的发出者，而且也因此破坏了"伊余来塈"的节律。现在可将"不念昔者，伊余来塈"，在笺云的基础上，句译为：君子忘旧，不念往昔之时，唯有我是（你）来安息的对象。

第二例"荆蛮来威"，笺解为"今特往伐蛮荆，皆使来服于宣王之威"，其实它也是一个强调"荆蛮"的句式。"来威"也是两个动词连用，动作的发出者都是"方叔"，"威"的意思是向……施威。笺"今特往伐蛮荆，皆使来服于宣王之威"的译法，是由于不懂"荆蛮来威"的句法结构造成的。

这种含有动词"来"字、为了趁韵而颠倒词序的句子，在《诗经》中还能找见别的例子。《小雅·四牡》第五章："驾彼四牡，四牡骙骙。岂不怀归？是用作歌，将母来谂。"本来应当说成"是用作歌，来谂将母"，但为了与前句的韵脚字"骙"相押，遂作了相应的调整。不过这里"来"的字义已有所虚化，其动词义弱化，与前两例中表示较为实在的意义不同。

2. 作　嗟尔朋友，予岂不知而作？（《大雅·桑柔》）

笺云："而"犹女也。我岂不知女所行者恶与？直知之。

笺将"而作"解为"女所行者"，把"而作"看成偏正结构，"而"修饰"作"。以"行"对"作"，是将"作"理解为"作恶"之"作"。乍看起来，这种解读未尝不可。但在更大的片段中读诗，就会发现，这种解读是有问题的。本篇最后两句是："虽曰匪予，既作尔歌。"两个"作"字的所指的内容应是相同的，都是作歌。所以，"岂不知而作"可译为：我难道是不知你的底细而作歌的吗？

在《诗经》的其他篇章中，"作"字用为作歌之义的还有。比如《小雅节南山》："家父作诵，以究王讻。式讹尔心，以畜万邦。"《巷伯》："寺人孟子，作为此诗。凡百君子，敬而听之。"《大雅·嵩高》："吉甫作诵，其诗孔硕。其风肆好，以赠申伯。"《烝民》："吉甫作诵，穆如清风。仲山甫永怀，以慰其心。"《鲁颂·閟宫》："奚斯所作，孔曼且硕，万民是若。"

第十，不明词的古义，望文生义。例如：

执　告尔恤忧，诲尔序爵。谁能执热，逝不以濯？（《大雅·桑柔》）

笺云：我语女以忧天下之忧，教女以次序贤能之爵，其为之当如手执热物之用濯。

笺将"执热"解为"执热物"。清代段玉裁写过一篇《〈诗〉"执热"解》的论文，认为"执热"即"触热""苦热"。

第十一，误读古籍致错。例如：

宜　乃立冢土，戎丑攸行。（《大雅·绵》）

传：冢，大。戎，大。丑，众也。冢土，大社也。起大事，动大众，必先有事乎社而后出，谓之宜。

笺云：大社者，出大众，将所告而行也。《春秋传》曰："蜃，宜社之肉。"

毛传的意思是说，诗句中的"冢土"，相当于后来的大社，在《诗经》时代是没有"社"这一名称的。"起大事，动大众，必先有事乎社而后出，谓之宜。"是毛传引《尔雅·释天》之文，以证诗里的"冢土"即是《尔雅》的"社"。《尔雅》这些话也是专门解《诗》的，这句话前面就是《诗》句"乃立冢土，戎丑攸行"。在释语的最后有一句"谓之宜"，这是《尔雅》作者的评论，意思是说，出师祭社这样做是适宜的。"宜"未必有专门的"宜祭"义。也不能认为毛传以宜为宜祭。笺所引《春秋传》，据孔疏，《春秋》三传皆无此文。现举《左传》两处用例。《左传·闵公二年》曰："帅师者，受命于庙，受脤于社。"又《成公十三年》曰："成子受脤于社，不敬。"① 这两处都提到了"脤"与"社"，但就是没有"宜"。郑玄这句话的意思是说，《左传》中提到的"脤"，是宜祭社所用过肉。他把宜和社连在一起，进行了超越时空的对接，显然认为宜是祭社之专名，拿了《尔雅》《毛传》的"宜"字来说《左传》的"脤"，对"宜"字的理解其实是错的。不过郑玄这一说法影响很大，后来大有人认为"宜"为宜祭。

第十二，将句式义指为词义。例如：

每　每有良朋，况也永叹。（《小雅·常棣》）

每，传无解。笺云：每，虽也。当急难之时，虽有善同门来，兹对

① 杨伯峻编著：《春秋左传注二》（修订本），中华书局 2009 年第 3 版，第 860 页。

之长叹而已。

"每有良朋"和"况也永叹"两个分句之间是转折关系，并不意味着"每"一定得训表转折的虚词"虽"。应该指出的是，《诗经》中这种"每"字，郑笺也有讲对的地方。《小雅·皇皇者华》："駪駪征夫，每怀靡及。"传："每，虽。"笺云："《春秋外传》曰：'怀和为每怀也。''和'当为'私'。众行人既受君命当速行，每人怀其私相稽留，则于事将无所及。""每怀靡及"是紧缩句，"每怀"和"靡及"之间是条件关系。

第十三，将一个词认定为短语或句子，或将短语认定为句子。例如：

1. 疾威　旻天疾威，弗虑弗图。（《小雅·雨无正》）

笺云：（王既不骏昊天之德）今旻天又疾其政，以刑罚威恐天下，而不虑不图。

笺将"疾威"解为"疾其政，以刑罚威恐天下"，是将"疾""威"二字都当作动词，并给"疾"补出了宾语"其政"，"其政"即王政；给"威"补出了宾语"天下"。朱熹《诗集传》云："疾威，犹暴虐也。"[1]马瑞辰同意朱说，以为"疾威"二字平列。[2] 本书认为"疾威"在《诗经》中已凝固成一个并列合成词，词类属形容词。在《诗经》中还有用例。《小雅·小旻》："旻天疾威，敷于下土。"笺云："旻天之德，疾王者以刑罚威恐万民，其政教乃布于下土。言天下遍知。""旻天疾威"本诗人怨天之语，"疾威"是形容词作谓语，是个坏字眼，是对"天"的表述，笺在解释中加进了"王"，非词义所有。《大雅·召旻》："旻天疾威，天笃降丧。"笺云："天，斥王也。疾，犹疾也。病乎幽王之为政也，急行暴虐之法，厚下丧乱之教，谓重赋税也。"笺将"疾威"解作"急行暴虐之法"，是将其看作动宾短语。

2. 遐　心乎爱矣，遐不谓矣？中心藏之，何日忘之？（《小雅·隰桑》）

笺云：遐，远。谓，勤。藏，善也。我心爱此君子，君子虽远在野，

① （南宋）朱熹注，赵长征点校：《诗集传》，中华书局2011年版，第176页。
② （清）马瑞辰撰，陈金生点校：《毛诗传笺通释中》，中华书局1989年版，第622—623页。

岂能不勤思之乎？宜思之也。我心善此君子，又诚不能忘也。

郑玄将"遐"训为"远"，以本义释之；将"遐不谓矣？"解为"君子虽远在野，岂能不勤思之乎？宜思之也。"其实"心乎爱矣，遐不谓矣？"和"中心藏之，何日忘之？"是两个对等的句组，"遐不谓矣？"和"何日忘之？"相对应，以后例前，"遐"可读为"胡"，疑问词，义为何。"何不谓矣？"表反问。由于"何日忘之？"中有"何"，前句中就使用了"遐"字以避复。本来将"遐不谓矣？"看作一个反问句可通，这时"遐"只是组句的一个词；而郑玄却将"遐"升格为一个分句。

3. 匪车　狐裘蒙戎，匪车不东。（《邶风·旄丘》）

笺云：刺卫诸臣形貌蒙戎然，但为昏乱之行。女非有戎车乎，何不来东迎我君而复之？

"匪车不东"笺解为"女非有戎车乎，何不来东迎我君而复之？"将一句解为两句：将"匪"读为"非"，将"匪车"解作"女非有戎车乎"，前面加了主语"女"，后面加了语气词"乎"。其实"匪车不东"只是一句，"匪车"是偏正短语，作句子主语。《广雅》："匪，彼也。""匪"以音近通"彼"，远指代词，诗中具体指穿着"蒙戎""狐裘"的卫国臣子。此例笺将组句单位"匪车"这个偏正短语解为句子。

4. 履　在我室兮，履我即兮。（《齐风·东方之日》）

笺云：即，就也。在我室者，以礼来，我则就之，与之去也。言今者之子，不以礼来也。

笺将"履我即兮"解为"以礼来，我则就之"，一是将"履"训为"礼"，这是声训，认同了毛传的解释；二是将"履我即兮"看作一个条件复句，认为写的是未然的事。杨树达读"即"为"膝"，"履"如字读。[①] 则"履"为动词，"我即"即"我膝"，"履我即兮"为动宾关系，是一个单句。《东方之日》共二章，涵咏之，应是一首写新婚之诗。正如杨氏所说，诗句实写了男女相亲爱之事，历历如绘。在此例中，"履"本为动词，是造句单位；笺错误地继承了毛传的声训，认为是"礼"之假借，并进一步将"履"看作是条件复句的前一分句。

---

① 杨树达：《积微居小学述林》，中华书局1983年版，第227页。

5. 天子　允也天子，降予卿士。(《商颂·长发》)

笺云：信也，天命而子之。下予之卿士，谓生贤佐矣。

笺将"天子"解为"天命而子之"，除了有增字解经的嫌疑外，显然是将"天子"当作一个句子形式。据蒋庆研究，"天子"一词出现得甚早，在《尚书》中的《商书》《周书》就已存在。① 例如《商书·西伯戡黎》："西伯既戡黎，祖伊恐，奔告于王，曰：天子，天既讫我殷命。"② 《周书·洪范》："凡庶厥民极之敷言，是训是行，以近天子之光。"③ 作为与《尚书》平行的上古文献，《诗经》中"天子"一词的使用达 21 次。

二　释句错误

1. 窈窕淑女，君子好逑。(《周南·关雎》)

笺云：怨耦曰仇。言后妃之德和谐，则幽闲处深宫专贞之善女，能为君子和好众妾之怨者。言皆化后妃之德，不嫉妒，谓三夫人以下。

"窈窕淑女，君子好逑"是一个判断句，其中谓语部分的"好逑"是定中结构，义为好伴侣。笺将"君子好逑"对译为"能为君子和好众妾之怨者"，不合语法。④ 毛传解为："逑，匹也。言后妃有关雎之德，是幽闲专贞之善女，宜为君子之好匹。""后妃"云云，是受了序说的影响，就《关雎》全诗来看，就其作意来说，本与后妃无关。但传将"君子好逑"解作"君子之好匹"，却是对的。

2. 不念昔者，伊余来塈。(《邶风·谷风》)

笺云：塈，息也。君子忘旧，不念往昔年稚我始来之时安息我。

《说文·土部》："塈，仰涂也。"此处"塈"为假借字。传训为息，清马瑞辰以为即"呬"之借；承"昔者"而来，当为"爱"之借。⑤ 伊，

---

① 蒋庆：《公羊学引论：儒家的政治智慧与历史信仰》(修订本)，海峡出版发行集团、福建教育出版社 2014 年版，第 159 页。

② (西汉)孔安国传，(唐)孔颖达正义：《尚书正义》，上海古籍出版社 1999 年版，第 382 页。

③ (西汉)孔安国传，(唐)孔颖达正义：《尚书正义》，上海古籍出版社 1999 年版，第 464 页。

④ 汪维辉：《训诂基本原则例说》，《汉字汉语研究》2018 年第 1 期。

⑤ (清)马瑞辰撰：《毛诗传笺通释》(中)，中华书局 1989 年版，第 138—139 页。

辞也，相当于"维"，用于句首。来，虚词，用在宾语和及物动词中间，是宾语前置的标记。"伊余来墍"犹维予是爱。笺将"来"视为动词，依字序生硬对译，因不明《诗》之句法所致。

3. 虽则佩觿，能不我知。（《卫风·芄兰》）

笺云：此幼稚之君，虽佩觿与，其才能实不如我众臣之所知为也。

笺在解释"能不我知"时，在否定副词之后给该小句补出主要动词"如"。其实考察《诗经》语法，"能不我知"一句，成分自足，"能"读为"乃"，语气副词；句中由于用了否定副词"不"，要强调宾语"我"，所以将宾语提到了动词"知"的前面。郑玄不知其语法，增词解句，造成错误。这种否定词"不"之后宾语置于动词之前的句式，《诗经》中多有。如《召南·江有汜》"不我以""不我与""不我过"；《邶风·谷风》"宴尔新婚，不我屑以"。以"莫"为否定词者，《王风·葛藟》："谓他人昆，亦莫我闻！"笺云："不与我相闻命也。""亦莫我闻"句，"莫"为否定词，"我"为宾语，是被强调的成分，在动词"闻"的前面，"闻"通"问"，存问，及物动词。郑玄解此句错误与前句一例。

4. 鱼丽于罶，鲿鲨。君子有酒，旨且多。（《小雅·鱼丽》）

笺云：酒美而此鱼又多也。

《鱼丽》是一首短诗，共六章：

> 鱼丽于罶，鲿鲨。君子有酒，旨且多。
> 鱼丽于罶，鲂鳢。君子有酒，多且旨。
> 鱼丽于罶，鰋鲤。君子有酒，旨且有。
> 物其多矣，维其嘉矣。
> 物其旨矣，维其偕矣。
> 物其有矣，维其时矣。

王贵元说："《鱼丽》前三章的首句也是全诗起兴部分，与后句没有必然联系，并不是作者的论述对象。"① 这是很正确的。南宋朱熹说："兴者，先言他物以引起所咏之词也。"② 前三章的"他物"是鱼，而诗人要讴歌的对象则是君子的酒。这一点清人马瑞辰也看到了，他说："至笺以且多、且旨、且有属鱼，则非。旨且多、多且旨、旨且有自专指酒言之。"③ 古今三位学者，朱熹从理论上对兴予以界定，马、王两位对诗歌文本进行了细致分析，结论是可信的。

郑笺中也存在不明文学表现而误的例子。

5. 节彼南山，有实其猗。（《小雅·节南山》）

笺云：言南山既能高峻，又以草木填满其旁倚之畎谷，使之齐均也。

"有实其猗"为"其猗有实"之倒，这样就照顾到了与下文"赫赫师尹，不平谓何！民言无嘉，憯莫惩嗟。"的押韵。

6. 吉甫作诵，其诗孔硕。其风肆好，以赠申伯。（《大雅·崧高》）

笺云：风切申伯，又使之长行善道。

笺将"其风肆好"解为"风切申伯，又使之长行善道"，从结构上看是复杂化了，从句意上看也是错误的。《崧高》是一首长诗，共八章，每章八句。第八章的最后四句是："吉甫作诵，其诗孔硕。其风肆好，以赠申伯。""其风肆好"与"其诗孔硕"在结构上是一样的，都是形容词谓语句；但表意却不同，"其诗孔硕"是说诗的篇幅大，而"其风肆好"是说诗的用意好。"肆"与"孔"一样，都是程度副词。

7. 既右烈考，亦右文母。（《周颂·雍》）

笺云：子孙所以得考寿与多福者，乃以见右助于光明之考与文德之母。归美焉。

自郑玄以来，《雍》被认为是周武王祭祀乃父周文王的诗。明清之际的钱澄之在其《田间诗学》中从文本分析的角度有过精到的论述。④ 诗句中"烈考"即指周文王，"文母"指太姒。笺将这两句都解为被动语态，

---

① 王贵元：《〈诗经·鱼丽〉中的"偕"》，《汉字与出土文献论集》，中国社会科学出版社2016年版，第382页。

② （南宋）朱熹注，赵长征点校：《诗集传》，中华书局2011年版，第2页。

③ （清）马瑞辰撰：《毛诗传笺通释》（中），中华书局1989年版，第528页。

④ （清）钱澄之撰，朱一清校点：《田间诗学》（下），黄山书社2014年版，第899—900页。

是因为这两个"右"字如字读，与周武王以人子作为祭主的口气不符。但将这两句诗理解为被动，总觉语感不对。清马瑞辰认为"右"当读为"侑"①，很好地解决了这一问题。"侑"在《诗经》全书有用例。《小雅·楚茨》："以为酒食，以享以祀。以妥以侑，以介景福。"在这里，"侑"也用在祭祀场合，义为向在仪式中装扮祖先的神尸劝食。

8. 我有嘉客，亦不夷怿。自古在昔，先民有作。温恭朝夕，执事有恪。（《商颂·那》）

笺云：我客之来助祭者，亦不说怿乎？言说怿也。

对"亦不夷怿"的解释，当取钱澄之说。②

9. 昭假迟迟，上帝是祗。（《商颂·长发》）

笺云：天用是故爱敬之也。

《长发》共七章，是商朝后代怀念先公先王功业的乐歌。第一章叙契，第二章叙玄王，从第三章开始一直到第七章，都是叙述商的开国之君汤的功绩。对汤的指称，除第三章直呼"汤"之外，还有第六章的"武王"，第七章的"天子"和"商王"。现将第三章移录如下：

> 帝命不违，至于汤齐。汤降不迟，圣敬日跻。昭假迟迟，上帝是祗。帝命式于九围。

本章叙述的主人公是汤，着重说的是他和上天（帝）的关系，突出了他对上天的虔诚态度—这也就是"上帝是祗"所表达的意思。对于"上帝是祗"这种句式，王力在20世纪60年代表达过很好的意见，他说，上古汉语叙述句中，"有时候为了强调宾语，可以把宾语提前，在宾语后面用是字、实字或之字复指"③。这说明，"上帝是祗"这句诗中的"上帝"并不是主语。主语（也就是发出动作的主体）是什么，要通过对全诗内容的分析来确定。不能因为"上帝"在"上帝是祗"中处于句首就轻率地认为它是主语，其实在句子结构中只是处于动作所涉及对象的

---

① （清）马瑞辰撰：《毛诗传笺通释》（下），中华书局2008年版，第1083—1084页。

② （清）钱澄之撰，朱一清校点：《田间诗学》（下），黄山书社2014年版，第968页。

③ 王力主编：《古代汉语》（校定重排本）第一册，中华书局1999年版，第253页。

地位，为了强调对象，就把它提前了。

这种把动作对象提前的句式，在《诗经》中是很多的。就在该诗的第四章有"百禄是遒"，第五章有"百禄是总"，如上文所说，其主语都是"汤"，而不是"百禄"。在《商颂·殷武》第二章中有"昔有成汤，自彼氐羌，莫敢不来享，莫敢不来王，曰商是常"。主语是"氐羌"。

在《鲁颂·閟宫》一诗中，这种句式较多，下面一一分析。全诗共八章，第一章："赫赫姜嫄，其德不回。上帝是依，无灾无害。弥月不迟，是生后稷。""上帝是依"的主语是前文的"姜嫄"。第三章："皇皇后帝，皇祖后稷，享以骍牺，是飨是宜，降福孔多。""飨""宜"的对象是"骍牺"，其主语则是"皇皇后帝"和"皇祖后稷"。又"俾尔炽尔昌，俾尔寿尔臧。保俾东方，鲁邦是常"，"常"是动词，其对象是"鲁邦"，主语是其前的"东方"。第四章："公车千乘，朱英绿縢，二矛重弓。公徒三万，贝胄朱綅，烝徒增增。戎狄是膺，荆舒是惩，则莫敢我承。""膺"的对象是"戎狄"，"惩"的对象是"荆舒"，二者共用的主语则是章首的"公"，也就是诗的歌颂对象鲁僖公。第五章："保有凫绎，遂荒徐宅。至于海邦，淮夷蛮貊。及彼南夷，莫不率从。莫敢不诺，鲁侯是若。""鲁侯"是动词"若"的对象，"若"的主语则是"淮夷蛮貊"和"南夷"。第六章："鲁侯燕喜，令妻寿母。宜大夫庶士，邦国是有。"动词"有"的对象是"邦国"，其主语是"鲁侯"。第八章："徂来之松，新甫之柏，是断是度，是寻是尺。"动词是"断""度""寻""尺"，对象是"徂来之松，新甫之柏"，主语没有出现。又"孔曼且硕，万民是若"，"万民"是动词"若"的对象。

再看这一句式在《大雅·嵩高》中的使用情况。《嵩高》共八章，第二章："亹亹申伯，王缵之事。于邑于谢，南国是式。"第五章："往近王舅，南土是保。"第七章："不显申伯，王之元舅，文武是宪。"

《大雅·烝民》中也有用例，共八章，其第二章："仲山甫之德，柔嘉维则。令仪令色，小心翼翼。古训是式，威仪是力。天子是若，明命使赋。"第三章："王命仲山甫，式是百辟。缵戎祖考，王躬是保。"

值得说明的是，在《嵩高》中，我们看到了这一句式的转换情况。第三章："王命申伯：式是南邦。因是谢人，以作尔庸。"很明显，其中"式是南邦"一句是由上一章"南国是式"转换而来。与"式是南邦"

相同的句式，又见于《小雅·巷伯》："萋兮斐兮，成是贝锦。"

10. 昔有成汤，自彼氐羌，莫敢不来享，莫敢不来王，曰商是常。（《商颂·殷武》）

笺云：成汤之时，乃氐羌远夷之国来献来见，曰"商王是吾常君也"。

郑玄所处的东汉末年汉语的系词"是"已产生①，但《商颂》为春秋鲁诗，此句中"是"为指示代词而非系词，郑笺以今律古。

---

① 参见郭锡良《关于系词"是"产生时代和来源论争的几点认识》，《汉语史论集》（增补本）第116—135页，商务印书馆2005年版。

第 五 章

毛传、郑笺注《诗》对比

　　本章从探求诗句原意出发，比较毛传、郑笺优劣。不过不能一概而论，需要一句一句，甚至一个字一个字细心领会。《诗经》在先秦"六经"中位列第一，[①] 语言古奥，非历时日难以为功，不可造次。古人云，燃香读经，良有以也。自《诗经》编辑成书以来，因为里面真实地凝聚了祖先的生命信息，事关人生、社会，各类学者就开始了对它的解释和应用，我国典籍所载，比比皆是。但这些只可作为参考，欲知诗人之意，最后还得回到诗本身。西汉大儒董仲舒云："诗无达诂。"这句话就董子思想家的身份而言，本无足怪，因为作为《公羊传》研究大师，他心仪孔门的说诗方法，极尽引申发挥之能事，意在教世，不在求真。从《诗经》的解释史看，总的趋势是朝着求真的方向发展。西汉今文三家诗之亡，原因就在于阐释者作了政治权势的奴隶，不屑或不及于聆听远古这块土地上先民的歌哭。处在今天的时代研究《诗经》，本书持诗意可以还原的观点，从孟子"知言""知人""论世""意逆"之教[②]，认为《诗经》中的每一篇每一句每一字都有唯一特定的意思。所以本书对于举到的例子通过简要论证尽量对两家之说予以去取，分了五种情况论列之。至于第五节"毛传郑笺俱可通"之说，则是由于笔者学力不逮、一时难

──────────

　　① 《庄子·天运篇》云："孔子谓老聃曰：丘治《诗》《书》《礼》《乐》《易》《春秋》六经。"

　　② 孟子认为《尚书·武成》周武王伐纣"流血漂杵"之说不可信，参见（东汉）赵岐注，（宋）孙奭疏，廖名春、刘佑平整理《孟子注疏》，北京大学出版社 1999 年版，第 451 页。近现代研究《逸周书》的学者对孟子此论颇有质疑。我们认为这是他倡"仁政"学说的神来之笔。孟子"尽信《书》，不如无《书》"的说法对后学研读经典甚有教益，法言也。

于裁断的权宜之计，不意味某字某句本有两解。最后一节以实例指出郑笺更重视文献这一特点。

第一节　毛传、郑笺均正确

1. 被　被之僮僮，夙夜在宫。(《召南·采蘩》)

传：被，首饰也。

笺云：《礼记》："主妇髲髢。"

笺所谓《礼记》，即《仪礼》。按《仪礼·少牢馈食礼》："主妇被锡。"郑玄注："被锡，读为髲鬄。古者或剔贱者、刑者之发，以被妇人之紒为饰，因名髲鬄焉，此《周礼》所谓次也。"① 郑玄引《仪礼》，以"髲髢"代"被锡"，以今字代古字，以读代引。在注《仪礼》时，从词源上解释了"髲鬄（髢）"。比较传、笺对"被"的解释，可以明白：传训"被"为"首饰"，属义训，其根据或许也以《仪礼》此文为本，只是风格尚简，不出引文；笺举出"被"在《仪礼》中的用例，更为明了，同时又解释了词源，且以今之双音词释古之单音词。

2. 敦　王事敦我，政事一埤益我。(《邶风·北门》)

传：敦，厚也。

笺云：敦犹投掷也。

传训"敦"为"厚"，段注以为"敦"是"惇"之借。《说文·攴部》"敦字下"段玉裁注："按心部：'惇，厚也。'然则凡言敦厚者，皆假借为惇字也。"对"敦"字的训释，传、笺异词，但其意不二。传所用训释词"厚"，是增厚、加多之义，"王事"是"役使之事"，"王事敦我"意思是王有役使之事加重于我。传训"敦"为"厚"，是随文解之，因为"敦"的本义是责问，从攴，形义密合。但此"厚"非作为"惇"本义之厚。"惇"一直是用作褒义词的。《尚书·舜典》："柔远能迩，惇德允元。"又《武成》："惇信明义，崇德报功。"《汉书·翼奉传》："奉

---

① （东汉）郑玄注，（唐）贾公彦疏，王辉整理：《仪礼注疏》，上海古籍出版社 2008 年版，第 1471 页。

悖学不仕。"① 不能以传随文释义的训释词与《说文》用于解本义的训释词相同，就简单地推定"敦"是"悖"之借。例如，"敦厚"之"敦"为"悖"之借，此"敦"为笃实之义；"敦促"之"敦"为其本义，义为责问。对"敦"的解释，笺为什么要改变传说呢？上一章："王事适我，政事一埤益我。"传："适，之。"笺云："国有王命役使之事，则不以之彼，必来之我。""适"之解，传、笺同意。这两章属重章叠唱，意同辞异。正是笺看到了这一点，比较上下文义，训"敦"为"投掷"。陆释文："郑都回反。"陆意，"敦"为"堆"之借。"王事敦我"一句，笺以为王事投掷于我，将"敦"解为动词，这与上一章"王事适我"之"适"词性相同；传以为王事厚于我，将"敦"解为形容词，此"厚"相当于今天的"重"，义为劳苦、分配的活重，是"投掷"的动作造成的结果。总之，传、笺所释，词异意同，是结合上下诗句的意思，对疑难词各自作出的说解。

3. 镳　辔车鸾镳，载猃歇骄。(《秦风·驷骥》)

传：辔，轻也。

笺云：轻车，驱逆之车。置鸾于镳，异于乘车也。

笺提到了两种车：驱逆之车和乘车，且以为诗句中的"辔车"即驱逆之车。这两种车见于《周礼》，用途与形制不同。驱逆之车属田车，用于狩猎。《周礼·夏官·田仆》："掌设驱逆之车。"② 乘车用于平时所乘。《冬官·考工记》："乘车之轮六尺有六寸。"③ 郑注："乘车，玉路、金路、象路也。"玉路、金路、象路是王的乘车，用于不同的场合。《驷骥》赞美秦襄公，诸侯之车与王车规格不同，但从《周礼》可以知道驱逆之车与乘车异制。郑玄在注《周礼·夏官·大驭》及《礼记·玉藻》《经解》时皆云："鸾在衡，和在轼。"④ 这说的是乘车。郑玄在此笺中说

① （东汉）班固撰，（唐）颜师古注：《汉书》，中华书局 1962 年版，第 3167 页。

② （东汉）郑玄注，（唐）贾公彦疏，彭林整理：《周礼注疏》，上海古籍出版社 2010 年版，第 1250 页。

③ （东汉）郑玄注，（唐）贾公彦疏，彭林整理：《周礼注疏》，上海古籍出版社 2010 年版，第 1534 页。

④ （东汉）郑玄注，（唐）贾公彦疏，彭林整理：《周礼注疏》，上海古籍出版社 2010 年版，第 1247 页。

"置鸾于镳"，这就是驱逆之车与乘车不同的地方。翻检《诗经》，这是对毛传的继承。《小雅·蓼萧》："和鸾雍雍，万福攸同。"传："在轼曰和，在镳曰鸾。"

4. 讯　执讯获丑，薄言还归。(《小雅·出车》)

传：讯，辞也。

笺云：讯，言。

对"讯"的释语，毛传、郑笺用词不同，其义相同，都指战争中俘获的能够经过审问得到敌方讯息的人员。所不同者，毛传选用的"辞"字出于己，是根据语境的创说；郑笺的"言"是移用了《尔雅·释言》的成说。"辞""言"在这里是同义词，都是话语的意思。

5. 不　徒御不惊，大庖不盈。① 《小雅·车攻》

传：不惊，惊也。不盈，盈也。

笺云：不惊，惊也。不盈，盈也。反其言，美之也。

传训"不惊"为"惊"，"不盈"为"盈"，是读"徒御不惊""大庖不盈"均为反问句，表示肯定；笺以"不惊""不盈"是"反其言"，明言"不"为否定副词，等于告诉读者"徒御不惊""大庖不盈"为反问句。传、笺对这两句整体意思的解释相同。稍异者，笺更体会出了这种"反其言"的语用效果——"美之也"。

6. 俾予靖之，后予极焉。(《小雅·菀柳》)

传：靖，治。极，至也。

笺云：靖，谋。俾，使。极，诛也。假使我朝王，王留我，使我谋政事。王信谗，不察功考绩，后反诛放我。是言王刑罚不中，不可朝事也。

于传，孔疏："言王之有事，若使我治之，于后则使我更至焉。"先说"靖"。传训为"治"，笺解为"谋"，治的内涵大于谋，但都可以讲得通。对于"极"字，只有从全诗的表意出发综合考虑，才能得到确诂。这首诗共三章。第一章曰："俾予靖之，后予极焉。"第二章曰："俾予靖之，后予迈焉。"笺云："迈，行也。行亦放也。"第三章曰："曷予靖之，

---

① 阮校："案段玉裁云：经文作'警'。传、笺、正义皆甚明。考文古本作'警'，采正义。"本书同意段玉裁的观点。"徒御不警"意思是徒和御警戒。如果是"惊"字，义为惊动。一字之异，效果顿殊。此为美周宣王车徒之诗，故知字当为"警"。

居以凶矜?"传:"曷,害。矜,危也。"笺云:"王何为使我谋之,随而罪我、居我以凶危之地? 谓四裔也。"细读之,可以知道这首诗的作者曾为王效过力,但最终被放逐到边远地区,诗也正为此而作。"后予极焉""后予迈焉""居以凶矜"都指同一事件——放逐。这样,"极"在这里用为动词,意思是"使……到很远的地方去"。笺解为"诛",又说"诛放",解句正确;传训为"至",用字简古但心知其意,应为至远。孔疏不可信。

7. 会 肆伐大商,会朝清明!(《大雅·大明》)

传:会,甲也。不崇朝而天下清明。

笺云:会,合也。以天期已至,兵甲之强,师率之武,故今伐殷,合兵以清明。

传训"会"为"甲",非训"会"字之义,此"会"字在"朝"前,毛传意是说,会在甲日之朝。对"会"本身之字义,毛传与郑笺同。由此可见,毛传简略,要读懂其意,避免误解前贤。不然,对这种似异实同释语,会因不明注家的用意而与古人产生隔阂。

8. 汔 民亦劳止,汔可小康。(《大雅·民劳》)

传:汔,危也。

笺云:汔,几也。今周民罢劳矣,王几可以小安之乎?

传训"汔"为"危",孔疏:"言今周亦既疲劳止,而又危耳,近于丧亡,王可以小省赋役而安息之。"将此"危"理解为形容词,危险。从"汔"在"汔可小康"中的位置看,"汔"应该是情态副词。《说文·水部》:"汔,水涸也,"段注:"水涸为将尽之时。故引申之义曰危、曰几也。"段说可从。传训"汔"为"危",未必如孔疏所说,其实也是用"危"字表达希冀的情态意义;笺训为"几",显得比"危"更为贴切。传、笺所用训释词不同,表意不二。

9. 泄 惠此中国,俾民忧泄。(《大雅·民劳》)

传:泄,去也。

笺云:泄,犹出也、发也。

传、笺用了不同的训释词,其意相同。

10. 厉 无纵诡随,以谨丑厉。(《大雅·民劳》)

传:厉,危也。

笺云：厉，恶也。《春秋传》曰："其父为厉。"

于传，孔疏："以此敕慎众为危殆之行者。""危"，是就行为的安全性来说；"恶"，就行为对人主观动机的好坏来评价。

11. 椓　昏椓靡共，溃溃回遹，实靖夷我邦。（《大雅·召旻》）

传：椓，夭椓也。

笺云：昏、椓皆奄人也。昏，其官名也。椓，椓毁阴者也。

传所谓"椓，夭椓也"，其训释语"夭椓也"是一种提示语，其意为，此处的"椓"为"夭椓"之"椓"。其实"夭"和"椓"是两个词，"夭"义为夭杀；"椓"为椓破，特指去阴之刑。笺对"椓"解释得更为明了。为什么会这样呢？毛公为西汉文、景时代人，他对"椓"做出简略的提示性解释，时人是能看得懂的；而到了郑玄的东汉时代，就有必要对"椓"本身的词义予以解释。

12. 相　于穆清庙，肃雍显相。（《周颂·清庙》）

传：相，助也。

笺云：于乎美哉，周公之祭清庙也。其礼仪敬且和，又诸侯有光明著见之德者来助祭。

相，传解为"助"；笺以"诸侯"对译。传解释了"相"的词义，笺注出了"相"在具体语境中的所指。

13. 閟　閟宫有恤，实实枚枚。（《鲁颂·閟宫》）

传：閟，闭也。先妣姜嫄之庙，在周常闭而无事。孟仲子曰：是禖宫也。

笺云：閟，神也。姜嫄神所依，故庙曰神宫。

传以"闭"释閟，以今字释古字。于文献可证。《左传·庄公三十二年》云："公见孟任，从之，閟。"笺以"神"释閟。两家所解，有具体与抽象之异。

14. 大房　毛炰胾羹，笾豆大房。（《鲁颂·閟宫》）

传：大房，半体之俎也。

笺云：大房，玉饰俎也，其制足间有横，下有跗，似乎堂后有房然。

大房是一种礼器，后来名之曰俎。传解大房之用，祭祀时盛载半体牲（与全体有别，将牲体判为两半）；笺解大房之形制，指出大房之"房"，以其像房，大房之"大"，因以玉饰，更为尊贵。两家从不同角度予以解释，使读者对大房的认识较为全面。

第二节　毛传正确郑笺错误

1. 于　于以采蘩？于沼于沚。（《召南·采蘩》）

传：于，於。

笺云：于以，犹言"往以"也。

传以"於"解"于"，视为介词。"于""於"古今字，传以今字释古字。笺将"于以"解为"往以"，即解"于"为"往"，动词，解"以"为连词。笺所释在以上两句可以讲通。但诗句接着有："于以用之？公侯之事。"在此例中，解"于以"为"往以"就不合适，因为这两句说的是在庙中祭祀要用到"蘩"，没必要再去到野外了。综合起来，传"于，於"之释是正确的。据现代语言学理论，介词多由动词虚化而来。学者研究，在卜辞中，"于"字主要用作动词，训为"往"，有少量已经虚化为介词。在《诗经》此例中，"于"应视为介词。当"于"用为介词的时候，由于与"於"音近（于，匣母鱼部，於，影母鱼部。① 影母、匣母均为喉音，声母相近，韵母同属鱼部）。后来就用"於"替换了"于"②。生活在西汉初的毛公以"於"释"于"就是很自然的了。但是传没有解释"以"字。杨树达认为，"以"假借为"台"，《尚书·商书·高宗肜日》："乃曰：'其如台？'"③《史记·殷本纪》作"乃曰其奈何"。④ 是"台"得训为"何"。"台"从口，"以"声，则"以"可假借

---

① 据郭锡良《汉字古音手册》，北京大学出版社1986年版。

② 介词"於"取代"于"在战国中晚期以后。郭锡良先生指出："战国中晚期以后'於'已基本上取代了'于'，此后的古籍，大多只在引用古籍时才用'于'字，或者是方言或仿古的影响，仍有用'于'的。"见郭锡良《介词"于"的起源和发展》，《中国语文》1997年第2期。张玉金先生考察了战国时期出土文献，发现其中"於"出现1006次，"于"出现68次。见张玉金《出土战国文献中的介词"於""于""乎"》，中国社会科学院语言研究所《历史语言学研究》编辑部编《历史语言学研究》（第四辑），商务印书馆2011年版。

③ （西汉）孔安国传，（唐）孔颖达正义，黄怀信整理：《尚书正义》，上海古籍出版社2007年版，第380页。

④ （西汉）司马迁撰，（宋）裴骃集解，（唐）司马贞索隐，（唐）张守节正义：《史记》，中华书局1982年版，第103页。

为"台"，训为"何"①。至于"台"为什么训"何"呢？段玉裁认为是"台""何"双声的缘故。《说文·口部》台字段注："《汤誓》《高宗肜日》《西伯戡黎》皆云'如台'，《殷本纪》皆作'奈何'。《释诂》：'台''予'同训'我'，此皆以双声为用。'何''台''予'三字双声也。"

2. 示我周行　人之好我，示我周行。(《小雅·鹿鸣》)

传：周，至。行，道也。

笺云："示"当作"寘"。寘，置也。周行，周之列位也。好犹善也。人有以德善我者，我则置之于周之列位。言己维贤是用。

传意，"示我周行"句义为示我以先王至美之道。笺袭用了《左传》义，而在《左传》中"周行"使用的是语用意——左氏赋予的新意，非在原诗中的本意。示如字读。

3. 戾　优哉游哉，亦是戾矣。(《小雅·采菽》)

传：戾，至也。

笺云：戾，止也。诸侯有盛德者亦优游，自安止于是，言思不出其外。

于传，孔疏："明王既以赐禄诸侯，优饶之哉，游纵之哉。明王之德能如此，亦如是至美矣。"毛训"戾"为"至"，据孔疏，至即至美，用以称扬明王之德；笺训为"止"，用来表明诸侯能自律。二者是非，得从诗之文本出发予以裁断。《采菽》是《小雅》中一首长诗，共五章，是诸侯朝王之诗，可看作描写礼仪的实录。②诗第五章云："泛泛杨舟，绋缡维之。乐只君子，天子葵之。乐只君子，福禄膍之。优哉游哉，亦是戾矣。"孔氏疏传，虽强调"明王之德"，但就诗之上下文看，前句为"优哉游哉"，传训"至"，只能理解为"优""游"之"至"，纯粹是诗人对眼前场面之赞叹。而笺说，是受了后出文献《孝经》的影响，儒学色彩更浓，与诗意可说是不搭边的。

---

① 杨树达：《积微居小学金石论丛》(增订本)，科学出版社1955年版，第209—210页。

② 此诗小序云："刺幽王也。"本文所不取。诗序为汉人研《诗》之心得，是从当时所需之意识出发，为现实服务。纵使诗为幽王时所作，也应看作一首美诗。幽王在后世名声不好，是亡国所致。在当时，诸侯朝王，诗人亲眼睹其场面，只能是由衷地赞美，岂能预知幽王亡国而寓讽意乎？

4. 思　世之不显，厥犹翼翼。思皇多士，生此王国。王国克生，维周之桢。(《大雅·文王》)

传：思，辞也。皇，天。

笺云：思，愿也。周之臣既世世光明，其为君之谋事忠敬翼翼然，又愿多生贤人于此邦。

"思"，传以为"辞"，不为义；笺以为动词，义为愿。《诗经》中"思"用在形容词之前，为虚词，无实义。

5. 言　无念尔祖，聿修厥德。永言配命，自求多福。(《大雅·文王》)

传：言，我也。我长配天命而行，尔庶国亦当自求多福。

笺云：王既述修祖德，常言当配天命而行，则福禄自来。

"言"，传训为"我"，人称代词；笺解为言说，动词。《尔雅》中"言"词义有二：一为"我也"，二为"间也"。在这里义为"我"，当从传解。"言配命"意为我所配的天命。

6. "上帝临女，无贰尔心！"　殷商之旅，其会如林。矢于牧野，维予侯兴。"上帝临女，无贰尔心！"(《大雅·大明》)

传：言无敢怀贰心也。

笺云：女，女武王也。天护视女，伐纣必克，无有疑心。

传所言，显然是将"上帝临女，无贰尔心！"看作武王在牧野战前誓军众之辞，这于《尚书》中也能得到佐证。《尚书·周书·牧誓》云："至于商郊牧野乃誓。"[1]"女"指女军众。传说是可信的。笺以为这两句是军众鼓励武王之语，虽违背史实，但突出了武王伐纣事业的正义性，为军众所拥护，乐为之战。从所主张的意识形态角度而言，郑笺在毛传之后，上距殷周革命那场惨烈的战斗更为遥远，对战场之严酷性、作为战争环节的统率誓以戒众不再那么关注，却进入了抽象的正义与否的评判。就此来说，郑玄所言虽显得迂阔，却不是无谓的：郑玄之笺《诗》，有其教世的主观性，不徒在求真，更在张理，以教化人民，影响自己所处的时代。不过要求诗本意，应从毛传。

---

① (西汉)孔安国传，(唐)孔颖达正义，黄怀信整理：《尚书正义》，上海古籍出版社2007年版，第419页。

武王克商誓众之辞，在《鲁颂·閟宫》中也出现："至于文、武，缵大王之绪。致天之届，于牧之野。'无贰无虞，上帝临女！'"笺云："文王、武王继大王之事，至受命致天所罚，极纣于商郊牧野，其时之民皆乐武王之如是，故戒之云：无有二心也，无复计度也。天视护女，至则克胜。"对"无贰无虞，上帝临女！"的解释表现出的注释者神化周武王的思想倾向，与以上情形相同。这是郑玄移东汉流行的谶纬神话时君的意识形态说诗的典型体现。

7. 鲜　《大雅·皇矣》"度其鲜原，居歧之阳，在渭之将。"

传：小山别大山曰鲜。①

笺云：鲜，善也。文王见侵阮而兵不见敌，知己德盛而威行，可以迁居，定天下之心，乃始谋居善原广平之地。

只此一例，还不易判断训之优劣。《大雅·公刘》："陟则在巘，复降在原。"传："巘，小山，别于大山也。"笺同意。前一首诗写周文王察看地宜以准备迁其民众，后一首诗写周之先公刘省视地形，都是程式化的描写，两相对勘，《皇矣》之"鲜"即《公刘》之"巘"，传说为胜。

8. 不显不承，无射于人斯。骏奔走在庙，不显不承，无射于人斯。（《周颂·清庙》）

传：显于天矣，见承于人矣，不见厌于人矣。

笺云：诸侯与众士，于周公祭文王，俱奔走而来，在庙中助祭，是不光明文王之德与？言其光明之也。是不承顺文王志意与？言其承顺之也。此文王之德，人无厌之。

这两句诗，传以为写的是作为祭祀对象的文王；笺以为"不显不承"是写作为参与祭祀的诸侯与士，"无射于人斯"写被祭祀的文王。《清庙》是周公在庙中祭文王之诗，诗句当突出所祭之人，故以传说为是。

9. 耆　嗣武受之，胜殷遏刘，耆定尔功。（《周颂·武》）

传：耆，致也。

笺云：耆，老也。……年老乃定女之此功。言不汲汲于诛纣，须暇

---

① 毛传此释与《尔雅·释山》同。此条宋邢昺疏曰："谓小山与大山分别不相连属者，名鲜。"（晋）郭璞注，（宋）邢昺疏，李传书整理：《尔雅注疏》，北京大学出版社 2000 年版，第 236 页。据《说文》，"鲜"之本义为鱼名。《尔雅》与此诗之"鲜"为地理名词，不用为本义。

五年。

于传，孔疏："以致安定汝武王之大功。""耆"音 zhǐ。笺训"耆"为"老"，则音 qí。郑笺有神化周创业之亡的主观倾向，此"言不汲汲于诛纣，须暇五年"之说，清楚地表现出来。其实"耆定尔功"只是说，武王继文王之遗志，终成其克商之大功。传说胜。

10. 遵养时晦　於铄王师，遵养时晦。(《周颂·酌》①)

传：遵，率。养，取。晦，昧。

笺云：於美乎文王之用师，率殷之叛国以事纣，养是暗昧之君，以老其恶。

于传，孔疏："武王之用师也，率此师以取是暗昧之君。谓诛纣以定天下。""遵"，传、笺皆训为"率"，但所率对象不同：传以为率的是师，即军队；笺以为率的是"殷之叛国"。"养"，传解为"取"，此义生僻；笺解为"养育"之"养"，常用义。传以为此句写的是武王的武功；笺以为写的是文王之德。就诗解诗，"遵"的宾语是前句"於铄王师"之"王师"，"时晦"指殷纣王。时，是，指示代词。晦，表德形容词，贬义，暗昧，在这里谓词转用为体词。笺"率殷之叛国以事纣，养是暗昧之君，以老其恶"之说，或以文献为说，或以意说，都是对历史的倾向性言说。就句意来说，当从传。

11. 苞　苞有三蘗，莫遂莫达。九有有截。(《商颂·长发》)

传：苞，本。蘗，余也。

笺云：苞，丰也。天丰大先三正之后世，谓居以大国，行天子之礼乐，然而无有能以德自遂达于天者，故天下归乡汤，九州齐一截然。

于传，孔疏："言夏桀与二王之后，根本之上有三种蘗馀。"传以"苞"为名词，孔疏以为喻夏桀和当时二王之后的祖先（三蘗指夏桀和当时二王之后自身。因为他们三者都是各自祖先的后代，故谓之蘗）；笺以"苞"为动词，丰大之义。那么这两种说法哪一种切合诗的原意呢？来看接下来的两句诗："韦顾既伐，昆吾夏桀。"传："有韦国者，有顾国者，有昆吾国者。"笺云："韦，豕韦，彭姓也。顾、昆吾，皆己姓也。三国党于桀。汤先伐韦、顾，克之。昆吾、夏桀则同时诛也。"传、笺所释，

———————

① 篇名"酌"是首句"於铄王师"之"铄"的假借字。

认为这两句诗写同一事件，综合起来可以知道更多的信息。韦、顾、昆吾是夏桀的三个诸侯国。把这两句和前面的三句放到一起考虑，可得"苞"喻指夏桀，"三蘖"指韦、顾、昆吾，若合符节。毛传训"苞"为"本"，训"蘖"为"余"，正确，只不过其注释特点是简洁，没有指出喻义；笺解"苞"为"丰"，动词，错误，而且郑玄所说"先三正之后世"之所指于诗句也看不出来。孔疏则是对毛传的误解，由郑玄所谓"先三正之后"之说生出"二王之后"的说法。先比喻，后实写，前后呼应。诗歌不同于散文，这样做也是乘韵的需要。否则，诗的作者只顾自己设譬，而在行文中不作必要的提示，那就失去了诗言志的功能。"苞"之训为"本"，《诗经》中还有用例。《小雅·斯干》："如竹苞矣，如松茂矣。"传："苞，本也。"再举一个《诗经》同时代文献的用例。《周易·否》九五爻辞："休否，大人吉。其亡其亡？系于苞桑。"① 孔疏："苞，本也。凡物系于桑之苞本则牢固也。"② 另外，郑君解诗，多附有教化义，释"苞有三蘖，莫遂莫达"也不例外。这两句的意思是：树桩上长出三根枝条，都没有长成长高。由此可以看出，郑君解诗，有时就某句诗一味强解，而不去联系上下文求得正解。

第三节 郑笺正确毛传错误

1. 伙　决拾既伙，弓矢既调。(《小雅·车攻》)

传：伙，利也。

笺云：伙，谓手指相伙比也。

决、拾都是射具，决著于右手大指以钩弦，拾著于左臂。传训"伙"为"利"，是因为看到"决拾既伙"与"弓矢既调"句式对举，"伙"对"调"，故以"调"的同义词"利"解"伙"，主观性强，理据不足；笺解"伙"为"手指相伙比也"，是以"伙""次"同字，较有理据。

---

① 以前引《诗经·小雅·斯干》中"竹苞"例之，"苞桑"本应该写成"桑苞"，由于要与"亡"押韵，所以临时调换。

② (三国·魏) 王弼注，(唐) 孔颖达疏，卢光明、李申整理：《周易正义》，北京大学出版社 2000 年版，第 85 页。

2. 芋　风雨攸除，鸟鼠攸去，君子攸芋。(《小雅·斯干》)

传：芋，大也。

笺云：芋当作幠。幠，覆也。其堂室相称，则君子之所覆盖。

于传，孔疏："君子于是居中，所以自光大也。"《说文·艸部》芋字下段注曰："谓居中以自光大。"《尔雅·释言》："攸，所也。"① 段说同意孔疏对传训"芋"为"大"的理解；而笺破"芋"为幠，解为覆盖，其说更为具体实在。这三句诗构成排比句，都说的是建筑物给人带来的好处。句式相同，还有下一章"君子攸跻"，"攸"为虚词，其后都应该是动词，分别是"除""去""芋""跻"，如果将"芋"训为形容词"大"，理解为"以自光大"，引出抽象义，就与其他三句的动词不类，所以笺说更为可取。

3. 康　酌彼康爵，以奏而时。(《小雅·宾之初筵》)

传：酒所以安体也。时，中者也。

笺云：康，虚也。时，谓心所尊者也。加爵之间，宾与兄弟交错相酬。酌爵者，酌以之其所尊，亦交错而已，又无次也。

从传之"酒所以安体也"看，是其训"酌彼康爵"之"康"为"安"。不若笺训"虚"为"切"。虚，空也。

4. 尹、吉　彼君子女，谓之尹、吉。(《小雅·都人士》)

传：尹，正也。

笺云：吉读为姞。尹氏、姞氏，周室昏姻之旧姓也。人见都人之家女，咸谓之尹氏、姞氏之女，言有礼法。

"尹""吉"并列，毛传于"吉"无说，"尹，正也"之训，不切诗意；笺说为长。

5. 卒　渐渐之石，维其卒矣。(《小雅·渐渐之石》)

传：卒，竟。

笺云：卒者，崒嵬也，谓山巅之末也。

于传，孔疏："维其终竟，言当遍历此石也。"于笺，孔疏："维其崔嵬然不可登而上矣。""卒"，传如字读；笺破为"崒"。诗句为役卒描写

---

① （清）郝懿行撰，王其和、吴庆峰、张金霞点校：《尔雅义疏》，中华书局 2017 年版，第 376 页。

路途所见，二者相比笺义为长。

6. 尚父　维师尚父，释维鹰扬，凉彼武王。（《大雅·大明》）

传：师，大师也。尚父，可尚可父。

笺云：尚父，吕尚也，尊称焉。

尚父，传解释了称号之义，重在义；笺指出尚父即吕尚，重在名。笺说更切。

7. 追　相　追琢其章，金玉其相。（《大雅·棫朴》）

传：追，雕也。金曰雕，玉曰琢。相，质也。

笺云：《周礼·追师》"掌追衡笄"，则追亦治玉也。相，视也，犹观视也。

"追"，传以为是治金之名，笺举《周礼·天官·追师》文："掌……追衡、笄。"[1] 王后之首服"衡"与"笄"，其质料皆为玉，治之得名为"追"，由此以实例扩大了"追"的使用范围。"相"，传训为"质"，是由前句"追琢其章"之"章"义为表面之章，以为"金玉其相"与之相对，是说人内在的本质。其实这两句是互文见义，"相"还是面相之义。毛传之训似较为率性。郑玄改训为"视"，为"观"，有客观语言根据，也容易理解。

8. 畔援　帝谓文王，无然畔援，无然歆羡，诞先登于岸。（《大雅·皇矣》）

传：无是畔道，无是援取。

笺云：畔援，犹拔扈也。

一个二字单位"畔援"，毛传拆开来解释；郑玄视为一个整体。传拆词为训，笺更为可取。

9. 京　依其在京，侵自阮疆。（《大雅·皇矣》）

传：京，大阜也。

笺云：京，周地名。文王但发其依居京地之众，以往侵阮国之疆。

"京"，毛传以词典义释之。《尔雅·释丘》曰："绝高为之京。"[2]

---

① （东汉）郑玄注，（唐）贾公彦疏，彭林整理：《周礼注疏》，上海古籍出版社2010年版，第288页。

② （清）郝懿行撰，王其和、吴庆峰、张金霞点校：《尔雅义疏》，中华书局2017年版，第631页。

《释地》曰："大阜曰陵。"① 毛传综合此二条作注。郑玄以为"京"是地名。在《诗经》其他篇章中，对"京"字的解释，毛传、郑玄也有所不同。《大雅·大明》："挚仲氏任，自彼殷商，来嫁于周，曰嫔于京。"传："京，大也。"笺云："京，周国之地，小别名也。"《大雅·思齐》："思媚周姜，京室之妇。"毛传训"京"为"大"，则是"绝高谓之京"的引申义，由具体而抽象。可见将"京"看作表地名的专有名词较为合适。从词义发展来看，传所谓"大阜"之义出现在先；笺之"周地名"义在后。从《诗经》"京"用例来看，当如郑玄解为专名；毛传以本义解之，不切。

10. 帝　履帝武敏歆，攸介攸止。（《大雅·生民》）

传：帝，高辛氏之帝也。武，迹。敏，疾也。从于帝而见于天，将事齐敏也。歆，飨。

笺云：帝，上帝也。敏，拇也。祀郊禖之时，时则有大神之迹，姜嫄履之，足不能满。履其拇指之处，心体歆歆然。

"帝"，传以为是高辛氏，则是人间之帝，即姜嫄的丈夫；笺以为是天帝，则所指是神。传、笺对"帝"之解，有人、神之差异。《鲁颂·閟宫》云："赫赫姜嫄，其德不回。上帝是依，无灾无害。"《生民》《閟宫》同咏周之先妣、后稷之母姜嫄，以诗证诗，郑笺对毛传错无疑。

11. 类　孝子不匮，永锡尔类。（《大雅·既醉》）

传：类，善也。

笺云：孝子之行，非有竭极之时，长以与女之族类，谓广之以教导天下也。

在"永锡尔类"句中，传训"类"为"善"，则"尔"为接受者，"类"为受事；笺将"永锡尔类"翻译为"长以与女之族类"，解"类"为族类，则"尔"在偏位。训"类"为"善"，虽采自《尔雅·释诂》②，但"善"为抽象名词，用于道德评判，是恶的对立面，在此语境中所指

---

① （清）郝懿行撰，王其和、吴庆峰、张金霞点校：《尔雅义疏》，中华书局 2017 年版，第 620 页。

② （晋）郭璞注，（宋）邢昺疏，李传书整理：《尔雅注疏》，北京大学出版社 2000 年版，第 14 页。

为何，不好确定；接下来的两句诗是："其类维何？室家之壸。"解"类"为族类，所指明确。《说文·犬部》："类，种类相似，唯犬为甚。"许意类字之造，取象于犬。引申之，凡属于同一个种的谓之类。《荀子·劝学》："草木畴生，禽兽群焉，物各从其类也。"《左传·昭公二十八年》："勤施无私曰类。"① 此"类"也是族类义。又《庄公八年》："杀孟阳于床，曰：'非君也，不类。'"此"类"在"不"字后，活用为动词。古人把能照应同族成员的德行名之为"类"，是善之一种，所以《尔雅》释"类"为"善"。其实二者是两个词，不能简单代替，否则会掩盖诗句的真正意义。《尔雅》所释为"类"的引申义，虽然"族类"义其所不载，但并不意味着它不承认"类"有这个意义。这是由其同义词字典的性质决定的。《尔雅·释诂》："仪、若、祥、淑、省、臧、嘉、令、类、鳞、毂、攻、谷、介、徽，善也。"② 毛公传《诗》时，他当然是参考、采纳了《尔雅》的训释。虽然《说文》后出，但对"类"字的解释显然是不能否定的。在经义的解释上，这两部字典都要参考，不可偏废。更为重要的是要根据上下文，有所取去，不可盲从。正如黄侃所言："经学之训诂贵专。"③ 蒋绍愚先生也曾在《〈论语〉的阅读和理解》一文中谈道："在读古书的时候，看到古人对某个字有一个训释，或词典中的某字有一个意义，就不问条件，把这个训释或意义用到某一个句子里的某一个字上，这是读古书的大忌。因为这个字的这个意义能处在什么组合关系中，一般是有条件的，离开了这个条件，这个字就不可能是这种意义。"④ 蒋先生虽是就《论语·子罕》篇"子罕言利与命与仁"中"与"字的解释而发，对经典字义的正确解读有很好的启示。由此看，传对"类"的解释，只是简单地照录了字典的条文，如果以此理解诗句，会误解句意；笺虽然受了《左传》的影响，对前句"孝子不匮"

---

① 此为春秋时晋国大夫成鱄解《大雅·皇矣》中歌颂周文王的诗句"克明克类"之"类"之语。参见杨伯峻编著《春秋左传注三》（修订本），中华书局2009年第3版，第1495页。

② （清）郝懿行撰，王其和、吴庆峰、张金霞点校：《尔雅义疏》，中华书局2017年版，第20页。

③ 黄侃述，黄焯编：《文字声韵训诂笔记》，武汉大学出版社2013年版，第192页。

④ 蒋绍愚：《〈论语〉的阅读与理解》，《汉语词汇语法史论文续集》，商务印书馆2012年版，第317页。

的解释有错①，但将"类"解为族类则是对的。

12. 禄　其胤维何？天被尔禄。（《大雅·既醉》）

传：禄，福也。

笺云：天予女福祚至于子孙，云何乎？天覆被女以禄位，使录临天下。

由笺看，"禄"指在统治者之位。禄、禄位，皆见于《周礼·天官·冢宰》："大宰之职，以八柄诏王驭群臣。……二曰禄，以驭富。"②"……以八则治都鄙。四曰禄位，以驭其士。"③ 禄位，官位以次、各有俸禄之谓。此字用于治民者，《周礼》属之于"群臣""士"，《诗》则用之于成王之"胤"。这与传用来训"禄"的"福"是有区别的。《尚书·周书·洪范》有"五福"之说："寿""富""康宁""攸好德""考终命"。④ 传采《尔雅》释以解诗，反映了在《尔雅》时代以至西汉初，在当时的语言中人们对"禄""福"之区别已不大敏感了。⑤

13. 莆　尔命长矣，莆禄尔康矣。（《大雅·卷阿》）

传：莆，小也。

笺云：莆，福。女得贤者，与之承顺天地，则受久长之命，福禄又安女。

传训"莆"为"小"，孔疏："其细小之福禄亦与汝而安之矣。"其说不可从。笺训"莆"为"福"，是以"莆"假为"福"，可从。据《说文》，"莆"的本义是"道多草不可行"。但此字在《诗经》和同时代的文献中有多种用法。《大雅·生民》："莆厥丰草，种之黄茂。"传："莆，治也。""莆"即后来的"拔"字，"莆厥丰草"即"拔那茂盛的草"。传训"莆"为"治"，没有错。《小雅·采芑》："路车有奭，簟

_____

① "孝子不匮"意为孝子祭物不会匮乏，而不是郑玄所谓"孝子之行非有竭极之时"。"匮"在先秦指物的缺乏，而不用以指抽象的"行"。

② （东汉）郑玄注，（唐）贾公彦疏，彭林整理：《周礼注疏》，上海古籍出版社2008年版，第43页。

③ （东汉）郑玄注，（唐）贾公彦疏，彭林整理：《周礼注疏》，上海古籍出版社2008年版，第41页。

④ （西汉）孔安国传，（唐）孔颖达正义，黄怀信整理：《尚书正义》，上海古籍出版社1999年版，第478页。

⑤ 学界普遍以为《尔雅》成书在战国末期。

茀鱼服。""茀",毛亨无传。笺云:"茀之言蔽也,车之蔽饰,象席文也。""茀"为名词,即车蔽,车篷。簟状茀之形,用在茀字前,笺的解释很正确。《大雅·皇矣》"临冲茀茀",传:"茀茀,强盛也。"《易·既济》六二爻辞:"妇丧其茀,勿逐,七日得。"王弼注:"茀,首饰也。"①《易》之"茀"即《诗》之"副"。《鄘风·君子偕老》:"君子偕老,副笄六珈。"传:"副者,后夫人之首饰,编发为之。"从以上所举诗例中,就能看出"茀"的诸种用法。在这首诗中,笺根据上下文及语音条件读"茀"为"福"是很有道理的。那么传解"茀"为"小"为什么不对呢?原来传之解"茀"为"小",是由自己解"蔽芾"为"小貌"而致,"茀""芾"音近,所以就做了这样的解释。《召南·甘棠》:"蔽芾甘棠,勿翦勿伐,召公所茇。"传:"蔽芾,小貌。"不过把这里的"蔽芾"解为"小貌"却是错了——这里的"蔽芾"即"旆旆""湝湝""苃苃",恰是形容召伯曾在下面断狱的那棵树枝叶茂密的样子。由于传对"蔽芾"的解释错了,对音近的"茀"的解释也跟着错了。这里的"茀"只能如笺所说,看作"福"的假借,与"禄"构成同义连文。

14. 嘏 岂弟君子,俾尔弥尔性,纯嘏尔常矣。(《大雅·卷阿》)

传:嘏,大也。

笺云:纯,大也。予福曰嘏。使女大受神之福以为常。

于传,孔疏:"得大大之福,于汝为常矣。"传训嘏为"大",很简略,依孔疏,指大福。"纯",无传,常训为"大"。因此孔疏对译"纯嘏"为"大大"。这会让人误解"纯"与"嘏"之间的关系。其实在这里,嘏为动词,"纯"修饰"嘏"。笺说更明白些。《仪礼·少牢馈食礼》:"尸执以命祝。卒命祝。祝受以东,北面于户西,以嘏于主人,曰:'皇氏命工祝承致多福无疆于女孝孙,来女孝孙,使女受禄于天,宜稼于田,眉寿万年,勿替引之。'"② 这条礼文记载了诸侯之卿大夫祭祖祢于庙时,祝代表尸(象祖祢之神)"嘏"作为"主人"的"孝孙"之仪节。

① (三国·魏)王弼注,(唐)孔颖达疏,卢光明、李申整理:《周易正义》,北京大学出版社 2000 年版,第 294 页。

② (东汉)郑玄注,(唐)贾公彦疏,王辉整理:《仪礼注疏》,上海古籍出版社 2008 年版,第 1484 页。

郑氏精深于"三礼"，对各种礼仪甚为熟悉，而《诗》中有的篇章就是对这种场面的描写，用之于解诗，使其说解少了抽象、悬想之词，更为具体。比较而言，传之说解就笼统多了。

15. 有冯有翼，有孝有德，以引以翼。(《大雅·卷阿》)

传：有冯有翼，道可冯依，以为辅翼也。引，长。翼，敬也。

笺云：冯，冯几也。翼，助也。有孝，斥成王也。有德，谓群臣也。王之祭祀，择贤者以为尸，尊之。豫撰几，择佐食。庙中有孝子，有群臣。尸之人也，使祝赞道之，扶翼之。尸至，设几，佐食助之。尸者，神象，故事之如祖考。

"有冯有翼"的"冯"，传以为所指是"道"，即治国之道，"翼"，传解为"辅翼"。"以引以翼"之"引"，传解为"长"(zhǎng，以……为长)，"翼"，传解为"敬"。长和敬的对象，传文简略，没有交代。笺以周成王在庙里祭祀祖先的场面解释这三句诗，众人以"尸"为中心展开活动。六个关键词"冯""翼""孝""德""引""翼"解释得很具体。有设备(冯，指尸坐时的冯几)，有专门人员(第一个"翼"字，解为助，指"助"尸品尝祭物的专门人员"佐食")，有人物(孝，指作为孝子孝孙的主人成王；德，指与祭的有德之臣)，有动作，而且动作都有归属("引"解为道，动词，引导；第二个"翼"字解为扶翼。这两个动作都由名叫"祝"的人来作，字用得很形象，让人想到"尸"进到庙里时受到尊敬的情形)。郑玄的解释很具体，能够引发读者的文学想象。而且，由郑玄的解释可以看到，"有"字后面的四个字都用为名词，"以"字后面的两个字都用作动词，对《诗经》的用字法得到启发。

16. 犹　上帝板板，下民卒瘅。出话不然，为犹不远。(《大雅·板》)

传：犹，道也。

笺云：犹，谋也。王为政反先王与天之道，天下之民尽病，其出善言而不行之也。此为谋不能远图，不知祸之将至。

笺既解"上帝板板"为"王为政反先王与天之道"，则训"犹"为"谋"。在郑玄看来，道指"先王与天之道"；而"犹"则指周厉王之"谋"。

17. 价 价人维藩，大师维垣，大邦维屏，大宗维翰。(《大雅·板》)

传：价，善也。

笺云：价，甲也。被甲之人，谓卿士掌军事者。大师，三公也。大邦，成国诸侯也。大宗，王之同姓世適子也。王当用公卿诸侯及宗室之贵者为藩、屏、垣、干，为辅弼，无疏远之。

笺训"价"为"甲"，则读"价"为"介"。① 这四句诗为排比句，笺由"大师""大邦""大宗"推定"价人"具体所指为"卿士掌军事者"，而传训为善，显得笼统而不切。又《尔雅·释诂》："介，善也。"②《说文·人部》："价，善也。"虽传与《尔雅》《说文》三家相同，但都是相因为说，笺另立别解，其说为胜。

18. 雠 无言不雠，无德不报。(《大雅·抑》)

传：雠，用也。

笺云：教令之出如卖物，物善则其售贾贵，物恶则其售贾贱。德加于民，民则以义报之。

于传，孔疏："王之所出，无有一言而不为人用。"依郑笺，"无言不雠"句意为：王之教令，没有不得到雠报者（善有善报，恶有恶报）。以售解雠，雠、售古今字。《说文·言部》："雠，犹膺也。""膺"即应答。许慎、郑玄对"雠"的解释其实相同。毛传时代早，训雠为"用"，虽然在"无言不雠"中似乎能讲得通，但只要考察"雠"字的本义，就会知道毛传的这个解释是错误的。

19. 戎 王命仲山甫，式是百辟。缵戎祖考，王躬是保。(《大雅·烝民》)

传：戎，大也。

笺云：戎，犹女也。王曰：女施行法度于是百君，继女先祖先父始见命者之功德，王身是安。

又《大雅·韩奕》："王亲命之：'缵戎祖考，无废朕命。……'"

① "贾"的价钱义对应现代简化字"价"，"价人"之"价"与简化字"价"构成一对古今同形字。

② （清）郝懿行撰，王其和、吴庆峰、张金霞点校：《尔雅义疏》，中华书局 2017 年版，第 20 页。

传："戎，大。"笺云："戎，犹女也。"由第二例"戎""朕"呈第二人称、第一人称对等用法来看，当以笺说为是。"戎""女"双声。又《大雅·崧高》："周邦咸喜，戎有良翰。"笺云："戎，犹女也。申伯入谢，遍邦内皆喜曰：女乎，有善君也。相庆之言。"这里毛传对戎未作传。如果解为"大"，显然是不对的。而郑玄训"戎"为"女"，则有一以贯之并皆可通的长处。

20. 纯　于乎不显，文王之德之纯！（《周颂·维天之命》）

传：纯，大。

笺云：纯亦不已也。於乎不光明与，文王之施德教也无倦已，美其与天同功也。

笺"纯亦不已也"之解，采自《礼记·中庸》。《中庸》是孔子之孙子思所作。文中在论述了个人修养上"诚"的重要性之后，引《诗》为证。写道："《诗》曰：'维天之命，于穆不已。'盖曰天之所以为天也。'于乎不显，文王之德之纯。'盖曰文王之所以为文王也。'纯'亦'不已'。"① 子思的意思是说，天道运行不已，文王德能法天。可以说，子思联系语境对"纯"的解释是准确的，同时也是具体的。天命之"不已"、文王德之"纯"、众生之"诚"很明显有相同之处，这也是子思作文引《诗》的原因。郑氏文献功底深，拿来笺《诗》，对毛传作了修正，可谓慧眼独具。而毛传的"纯，大"之训，虽说出自《尔雅·释诂》，但终究含糊。笺说显然后出转精。

21. 典　维清缉熙，文王之典。（《周颂·维清》）

传：典，法。

笺云：天下之所以无败乱之政而清明者，乃文王有征伐之法故也。文王受命，七年五伐。

"典"，传训为"法"；笺以"征伐之法"对译。法的内容很多，有文的，也有武的。笺的解释突出了当时的天下太平与先王文王所有的征伐之法的关系。传的解释笼统；笺的解释具体，涉及历史时所言明确。

---

① （东汉）郑玄注，（唐）孔颖达疏，龚抗云整理：《礼记正义》，北京大学出版社2000年版，第1697页。

22. 仪　式　仪式刑文王之典。(《周颂·我将》)

传：仪，善。刑，法。

笺云：我仪则式象法行文王之常道。

于传，孔疏："我周公、成王善用法此文王之常道。""仪"，传训为"善"，形容词；笺以"仪则"对译，名词。"式"，传训为"用"，动词；笺以"式象"对译，名词。"仪式"同义连文，"仪"为"仪礼"之仪，"式"即式样。"刑"为动词，效法。当从笺。

23. 将　我将我享，维羊维牛，维天其右之。(《周颂·我将》)

传：将，大。享，献也。

笺云：将，犹奉也。我奉养我享祭之羊牛，皆充盛肥腯，有天气之力助。

"将"，传训作"大"，形容词；笺解为"奉"，动词。"我将我享"内部为并列结构，"将""享"所属词类应统一，都是动词。"将"在一定的语境中可解为"大"，那时"将"为"京"或"奘"的假借字。在这里"将"当用本义，也即字形显示的意义。传未详察语境，只移用了《尔雅》的条目，显然是错的。笺说较胜。

24. 夏　我求懿德，肆于时夏。(《周颂·时迈》)

传：夏，大也。

笺云：我武王求有有美德之士而任用之，故陈其功于是《夏》而歌之。乐歌大者称《夏》。

传解"夏"为"大"，只是移用了《尔雅·释诂》的成训，用于理解诗句，终觉悬远；笺解"夏"为乐歌之专名，诗句就好懂得多了。

25. 道　顺彼长道，屈此群丑 (《鲁颂·泮水》)

传：屈，收。丑，众也。

笺云：顺从长远，屈治丑恶。是时淮夷叛逆，既谋之于泮宫，则从彼远道往伐之，治此群为恶之人。

于传，孔疏："故能顺彼仁义之长道，以收敛此群众人民。""道"，传解为仁义之道，笺解为道路；"屈"，传解为"收"，笺解为治；"丑"，传解为"众"，笺解为恶。"道"，前有"彼"字修饰，"彼"为远指代词，所修饰者为可见之物，非抽象之"仁义之道"。郑笺义长。

26. 上帝是依　赫赫姜嫄，其德不回。上帝是依，无灾无害。（《鲁颂·閟宫》）

传：上帝是依，依其子孙也。

笺云：依，依其身也。赫赫乎显著，姜嫄也。其德贞正不回邪，天用是冯依而降精气。

"依"，动词，冯依，也就是为神所附的意思。其宾语是什么，传、笺所解有分歧，传以为冯依姜嫄的子孙，笺以为冯依姜嫄。由诗句所提供的语境看，应以冯依姜嫄为是。又《大雅·生民》"履帝武敏歆"也是咏姜嫄，"帝"即《閟宫》之"上帝"。有此内证，郑笺对无疑。

27. 新庙　《鲁颂·閟宫》"新庙奕奕，奚斯所作。"

传：新庙，闵公庙也。有大夫公子奚斯者，作是庙也。

笺云：修旧曰新。新者，姜嫄庙也。僖公承衰乱之政，修周公、伯禽之教，故治正寝，上新姜嫄之庙。姜嫄之庙，庙之先也。奚斯新者，教护属功课章程也。至文公之时，大室屋坏。

新庙，传解作为前任君主闵公新立庙，"新"为形容词；笺以为新修先妣姜嫄之庙，"新"为动词。此诗篇幅较长，共八章。细读全诗，知诗为公子奚斯落成先妣姜嫄之庙而作，内容从眼前的"閟宫有侐"（首章"閟宫"也就是末章"新庙"，避复而已）所供之神姜嫄写起，概括叙述鲁国历史，一直到时君僖公。虽然"新庙"未必如郑玄说"修旧曰新"，但此庙肯定是姜嫄庙而非传所谓"闵公庙"。

28. 虔　陟彼景山，松柏丸丸。是断是迁，方斫是虔。松桷有梴，旅楹有闲。（《商颂·殷武》）

传：虔，敬也。

笺云：椹谓之虔。升景山，抢财木，取松柏易直者，断而迁之，正斫于椹上，以为桷于众楹。

于传，孔疏："又方正而斫之，于是之时，工匠皆敬其事。"《尔雅·释宫》云："椹谓之榩。"[①]　"虔"作"榩"。则郑玄读"虔"为"榩"，训为"椹"，较传说切于诗所写伐木之事。毛传忘文生义，孔疏为曲说，

---

① （清）郝懿行撰，王其和、吴庆峰、张金霞点校：《尔雅义疏》，中华书局2017年版，第474页。

皆不得句意。

第四节　毛传、郑笺皆可通

1. 宫　室　定之方中，作于楚宫。（《鄘风·定之方中》）

传：楚宫，楚丘之宫也。

笺云：楚宫，谓宗庙也。

"揆之以日，作于楚室。"传："室犹宫也。"笺云："楚室，居室也。君子将营宫室，宗庙为先，厩库为次，居室为后。"毛传义宫即室，室即宫。郑笺义宫为宗庙，室为居室。

2. 说　灵雨既零，命彼倌人。星焉夙驾，说于桑田。（《鄘风·定之方中》）

笺云：文公于雨下，命主驾者："雨止，为我晨早驾，欲往为辞说于桑田，教民稼穑。"务农急也。

陆释文："说，毛始锐反，舍也。郑如字。辞，说。"则毛传音 shuì，停车。郑笺音 shuō，辞说。

3. 容　遂　容兮遂兮，垂带悸兮。（《卫风·芄兰》）

传：容仪可观，佩玉遂遂然。垂其绅带，悸悸然有节度。

笺云：容，容刀也。遂，瑞也。言惠公佩容刀与瑞及垂绅带三尺，则悸悸然行止有节度，然其德不称服。

"容"，传解为容仪，笺解为容刀；"遂"，传解为形容词，佩玉之状，笺以为是瑞玉本身。

4. 将　悔予不将兮！（《郑风·丰》）

传：将，行也。

笺云：将亦送也。

《丰》序云："刺乱也。婚姻之道缺，阳倡而阴不和，男行而女不随。"传训"将"为"行"，与诗序对应，则诗句"悔予不将兮！"可译为："后悔我没有跟上去啊！"此前有新郎迎娶自己，她拒绝了，后来又后悔了。笺解"将"为"送"，则与前面的诗句对应。此诗第一章有句云："悔予不送兮！"

5. 素　俟我于著乎而，充耳以素乎而。(《齐风·著》)

传：素，象瑱。

笺云：我视君子则以素为充耳，谓所以县瑱者，或名为紞，织之，人君五色，臣则三色而已。此言素者，目所先见而云。

充耳，古人首饰，其末端所悬用以塞耳者名瑱，悬瑱之彩绳所织者名紞。传以"素"为象牙磨制成的瑱，色白，故名为"素"；笺以此"素"为组成紞的三种颜色之一，另外两种颜色是"青"和"黄"，见于第二、三章，"充耳以青乎而""充耳以黄乎而"。

6. 会　卜筮偕止，会言近止，征夫迩止！(《小雅·杕杜》)

传：卜之，筮之，会人占之。

笺云：会，合也。或卜之，或筮之，俱占之，合言于繇为近，征夫如今近耳。

毛传以为会的对象是人，郑笺以为是把卜、筮之繇（繇词，占卜的结果）会合起来。

7. 宾载手仇，室人入又。(《小雅·宾之初筵》)

传：手，取也。室人，主人也。主人请射于宾，宾许诺，自取其匹而射。主人亦入于次（次，帐也。笔者注），又射以耦宾也。

笺云：仇读曰郠。室人，有室中之事者，谓佐食也。宾手挹酒，室人复酢为加爵。

毛传以为诗句写的是燕射的场面，意为宾找自己的搭档比射，主人也入帐又射，为的是和宾组成对。郑玄认为写的是大射之后祭祀的场面，句意为宾手挹酒，室人复酢为加爵，向尸献酒。

8. 附　毋教猱升木，如涂涂附。(《小雅·角弓》)

传：附，著也。

笺云：猱之性善登木，若教使其为之，必也。附，木桴也。涂之性善著，若以涂附，其著亦必也。

"附"，毛传释以本义；郑玄读为"桴"。所不同者，传第一个"涂"为动词，第二个为名词；笺读第一个"涂"为名词，第二个为动词。不过就整体句义来说都可通。

9. 莫肯下遗，式居娄骄。(《小雅·角弓》)

笺云：莫，无也。遗读曰随。式，用也。娄，敛也。今王不以善政启小人之心，则无肯谦虚，以礼相卑下，先人而后己，用此自居处，敛其骄慢之过者。

毛无传。据孔疏，毛亨义为"莫肯自卑下，而遗去其恶心者。用此之故，其与人居处，数为骄慢之行。"由于对"莫""遗""娄"三词的解释不同，毛传、郑玄对这两句的解说有异。

10. 不显亦临，无射亦保。（《大雅·思齐》）

传：以显临之，保安无斁也。

笺云：临，视也。保，犹居也。文王之在辟雍也，有贤才之质而不明者，亦得观于礼；于六艺无射才者，亦得居于位，言养善使之积小致高大。

这两句诗，毛传以为上句"不显亦临"是说文王，下句"无射亦保"是说人民；郑笺以为都是说文王怎样对待群臣。

11. 不长夏以革　帝谓文王，予怀明德。不大声以色，不长夏以革。（《大雅·皇矣》）

传：革，更也。不以长大有所更。

笺云：夏，诸夏也。天之言云：我归人君有光明之德，而不虚广言语，以外作容貌，不长诸夏以变更王法者。

差别在对"长""夏"二字的解释上。毛传释"长"为"成长"之"长"，释"夏"为"大"；郑笺解"长"为"长管"之"长"，解"夏"为"诸夏"。

12. 维此二国，其政不获（《大雅·灵台》）

传：二国，殷、夏也。依孔疏，意为：桀、纣二君，其政不得民心。

笺云：二国，谓今殷纣及崇侯也。正，长。殷、崇之君，其行暴乱，不得于天心。

于传，依孔疏，句意为：桀、纣二君，其政不得民心。

13. 帝　履帝武敏歆，攸介攸止。（《大雅·生民》）

传：帝，高辛氏之帝也。武，迹。敏，疾也。从于帝而见于天，将事齐敏也。歆，飨。

笺云：帝，上帝巳。敏，拇也。祀郊禖之时，时则有大神之迹，姜嫄履之，足不能满。履其拇指之处，心体歆歆然。

"帝"，传以为是高辛氏，则是人间之帝，即姜嫄的丈夫；笺以为是天帝，则所指是神。传、笺对"帝"之解，有人、神之差异。

14. 烈文辟公，锡兹祉福。(《周颂·烈文》)

传：文王锡之。

笺云：光文百辟卿士及天下诸侯者，天锡之以此祉福也。

于传，孔疏："成王于祭之末，呼诸侯而戒之曰：汝等有是光明文章者，君人之辟公，我君文王赐汝以此祉福也。"传以为给"烈文辟公""锡兹祉福"的主体是文王，笺以为是天。

15. 将予就之，继犹判涣　访予落止，率时昭考。于乎悠哉，朕未有艾。将予就之，继犹判涣。(《周颂·访落》)

传：犹，道。判，分。涣，散也。

笺云：犹，图也。成王始即政，自以承圣父之业，惧不能遵其道德，故于庙中与群臣谋我始即政之事。群臣曰：当循是明德之考所施行。故答之以谦曰：于乎远哉，我于是未有数。言远不可及也。女扶将我，就其典法而行之，继续其业，图我所失，分散者收敛之。

于传，孔疏："汝若将我就之，使我继此先人之业，则先人之道乃分散而去矣。言己之才不足以继之也。"先看传、笺对"犹"解释的差异：传训"犹"为"道"，名词，"犹判涣"是主谓结构，意为道分散；笺训"犹"为"图"，动词，"犹判涣"是动宾结构，意为图分散之事。再看两诗句之间的关系：传以"将予就之"与"继犹判涣"之间是条件与结果的关系；笺以为"将予就之"与"继犹判涣"之间是并列关系，"将""就""继""犹"四个动词各有所施，其中"继"的宾语省略，郑笺予以补出。

16. 且　匪且有且，匪今斯今，振古如兹。(《周颂·载芟》)

传：且，此也。

笺云：飨燕祭祀，心非云且而有且，谓将有嘉庆祯祥先来见也。心非云今而有此今，谓嘉庆之事不闻而至也。言修德行礼，莫不获报。

从对译可以看出，笺以"将有"解"且"，则将"且"当作表将来之副词，这与传训"且"为"此"者不同。

17. 裒时之对　《周颂·般》"敷天之下，裒时之对，时周之命。"

传：裒，聚也。

笺云：裒，众。对，配也。遍天下，众山川之神，皆如是配而祭之，是周之所以受天下而王也。

于传，孔疏："遍天之下山川，皆聚其神于是，配而祭之。"传训"褱"为"聚"，谓语动词，以"时"为地点补语，于此；笺训"褱"为"众"，主语，以"时"为方式状语，如此。

第五节　毛传、郑笺俱错误

1. 我　虽则佩觽，能不我知。(《卫风·芄兰》)
传：不自谓无知，以骄慢人也。

笺云：此幼稚之君，虽佩觽与，其才能实不如我众臣之所知为也。惠公自谓有才能而骄慢，所以见刺。

"我"，传以为惠公自我，"能不我知"即能不自知，于才能不自知，责惠公不自能反省；笺以"我"为我众臣，"能不我知"义为才能不如我众臣之知，拿惠公与我众臣作比较。传、笺都受到此诗小序"刺惠公也"的影响，以为臣子所作的政治讽刺诗。汉代经师说诗，有一个倾向，就是喜欢将诗的主题政治化。其实本诗只有两章，从口吻来看，可认为是女子写给一位所爱者的戏谑之诗。"能不我知"与第二章"能不我甲"("甲"即"狎")都是抱怨对方不理会自己。"能"通"乃"。由于句中有否定词"不"，宾语"我"提到及物动词"知""甲"的前头。"我"，作诗的女子自称。既非传所谓惠公自我，亦非笺所解我众臣。

2. 士　子不我思，岂无他士？(《郑风·褰裳》)
传：士，事也。孔疏：以其堪任于事，谓之为事。

笺云：大国之卿，当天子之上士。

传解"士"为"事"，如孔说，解释了"士"的语源；郑玄认为诗人思"大国之卿"来帮助解决自己国家的难事，解释了为什么以"士"称呼"大国之卿"。二者解释的角度不同。这还得从诗的主题入手——此诗为女子埋怨所好之词，由此出发，则传训"士"为"事"不必；笺认为这里的"士"为"大国之卿"，跟国际的外交扯上关系。其实这里的"士"只是未婚的男士。

3. 言　彤弓弨兮，受言藏之。(《小雅·彤弓》)
传：言，我也。

笺云：言者，谓王策命也。王赐朱弓，必策其功以命之。

此"言"为虚词，用在两个动词之间，《尔雅》训为"间也"，可定为连词，相当于英语的 then。

4. 常服 六月栖栖，戎车既饬。四牡骙骙，载是常服。(《小雅·六月》)

传：日月为常。服，戎服也。

笺云：戎车之常服，韦弁服也。

毛传视"常服"为并列，旗帜和军服，常是画日月的旗帜；郑笺视为偏正，常，经常。

清孔广森以《仪礼·觐礼》所称侯氏载龙旗、弓衣，进而谓诸侯不过龙旗，王者得建大常（大常是王者之旗，上画日月，下画升龙降龙）。戎车载戎器，则所载"常服"为大常和矢服（即"矢箙"，箭袋）。①《六月》诗小序："宣王北伐也"。孔氏以礼证诗，密合无间，实补毛传、郑笺之缺。传解"常"对，解"服"错；笺解"常服"俱错。

5. 不遐有佐 受天之祜，四方来贺。于万斯年，不遐有佐！(《大雅·下武》)

传：远夷来佐也。

笺云：武王受此万福之寿，不远有佐。言其辅佐之臣，亦宜蒙其余福也。《书》曰"公其以予万亿年"，亦君臣同福禄也。

不遐有佐，毛传解为，不是远方有佐助吗？是反问句。意为远夷来佐。"不遐有佐"可以切分为"不"和"遐有佐"，"遐有佐"是主动宾结构，"不"表反问。郑笺解为，福不远佐助之臣。"不遐有佐"可以切分为"不遐"和"有佐"，主语"福"省略，"有佐"是名词。《下武》是臣民颂祷时王周武王之诗，聚焦点在武王，不应如郑玄说再生枝蔓，转而又说礼贤。传虽未远离主题，但受前文"四方"的影响，"遐"的训诂有错。"遐"当训为"已"。"不遐有佐"犹"不已有佐"，与前句"於万斯年"合在一起，意为从今而后万年，周武王不断有佐助者（佐，即指那些"四方来贺"的诸侯。——笔者注）！

---

① （清）孔广森撰，杨新勋校注：《经学卮言》，华东师范大学出版社 2010 年版，第 82 页。

第六节 郑笺更重文献依据

1. 象服 象服是宜。(《鄘风·君子偕老》)

传：象服，尊者所以为饰。孔疏：以象骨为饰。

笺云：象服者，揄翟、阙翟也。人君之象服，则舜所云"予欲观古人之象，日月星辰"之属。

对于传说，孔疏："以象骨为饰。"于笺，孔云："以象骨饰服，则书传之所未闻。下云'其之翟也'，明此为揄翟、阙翟也。翟而言象者，象鸟羽而画之，故谓之象。以人君之服画日月星辰谓之象，故知画翟羽亦为象也，故引古人之象以证之。《皋陶谟》云：'帝曰："予欲观古人之象，日、月、星辰、山、龙、华虫，作会；宗彝、藻、火、粉米、黼、黻，絺绣"是也。'自日月至黼黻皆为象，独言日、月、星辰者，取证象服而已，故略之也。"

质言之，毛传释象服为象骨所饰，因经传无文，郑笺改释为画翟羽为象之服。

2. 百堵皆作 之子于垣，百堵皆作。(《小雅·鸿雁》)

传：一丈为版，五版为堵。

笺云：《春秋传》曰："五版为堵，五堵为雉。"雉长三丈，则版六尺。

笺所引"五版为堵，五堵为雉"出自《公羊传》定公十二年；传未注所出，或得自其师口说。

3. 兑 柞棫拔矣，行道兑矣。(《大雅·绵》)

传：兑，成蹊也。

笺云：今以柞棫生柯叶之时，使大夫将师旅出聘问，其行道士众兑然，不有征伐之意。

陆释文："脱，通外反，本亦作'兑'。"阮校："此笺意以'兑'为'脱'之假借，直于训释中改用'脱'字以显之，其不云读为者，省文之例每如此也。""兑"，传以为是说其前的"道"，指道"成蹊"的状态；笺以为是说行走在道上的"士众"，指士众的精神状态。陆、阮皆以为笺所谓"兑然"之"兑"实为"脱"（音 tuì）之假借。"脱"的这种用法，

见于《诗经·召南·野有死麕》："舒而脱脱兮，无感我帨兮，无使尨也
吠。"传："脱脱，舒迟也。""脱脱"用来说人，指人行动舒缓，不急
迫。则郑笺以"兑（脱）然"释"兑"，不为无据。而传解"兑"为
"成蹊"，则缺乏依据。

4. 常　许　居常与许，复周公之宇。（《鲁颂·閟宫》）

传：常、许，鲁南鄙、西鄙。

笺云：许，许田也，鲁朝宿之邑也。常或作"尝"，在薛之旁，《春
秋》鲁庄公三十一年"筑台于薛"是与？周公有尝邑，所由未闻也。六
国时，齐有孟尝君，食邑于薛。

常、许两个地名，传、笺之注有详有略。传所谓南鄙、西鄙，是说
常、许是鲁国南部、西部边远地区的两个地方。这种说法在文献中得不
到证实，或者是毛公的推测也未可知。笺对"许"的注释，有文献依据。
《春秋》鲁桓公元年云："郑伯以璧假许田。"①《公羊传》曰："许田者
何？鲁朝宿之邑也。"②许这块地方，是周天子划给鲁国用以朝王时暂住，
地近许国，所以名之为许田。在鲁桓公元年（公元前 711 年），郑庄公趁
着鲁国新君上台争取国际认同的机会，完成了以郑国祭祀泰山时的暂住
地祊（祊在之前的鲁隐公时代即公元前 715 年已经归鲁）外加璧换取鲁
国许田的交易。《閟宫》是颂扬鲁僖公的诗，由"居常与许"的诗句看
来，僖公时由于鲁国复兴，又索回了许地。至于"常"，笺也给出了很有
价值的线索：指出"常"或就是"尝"，而"尝"这块地方在薛国之旁，
因为六国时齐国的孟尝君食邑于薛，"孟尝君"这个称号中的"尝"是其
食邑地之名，也就是《诗经》之"常"，只不过到了战国时此地为齐国所
有。《春秋》载鲁庄公三十一年（公元前 663 年）鲁国筑台于薛，再过四
年（公元前 659 年）鲁僖公即位，这就与诗句中僖公"居常"联系起来。
笺所言，既有语言学理论，又有文献考证，使读者明白了"居常与许，
复周公之宇"这两句诗之所以颂扬鲁僖公的历史内涵。

---

① 杨伯峻编著：《春秋左传注一》（修订本），中华书局 2009 年第 3 版，第 81 页。
② （西汉）公羊寿传，（汉）何休解诂，（唐）徐彦疏，浦卫忠整理：《春秋公羊传注疏》，
北京大学出版社 2000 年版，第 79 页。

第 六 章

朱熹《诗集传》解《诗》内容考察

宋代学术丕变，鲜明地表现在《诗经》研究上。欧阳修、苏辙倡其前，朱子殿其后。尤其是朱熹，身为思想界理学集大成者，其学在身后被定为官方正统。于"诗经学"，撰为《诗集传》① 一书。最可称道者，他研究《诗经》中的每一篇，从文本中求诗意。这一则与时运有关，一则以其博览群书的努力，故能革故鼎新，继往开来。

第一节　引书加强自己对《诗》旨的认识

朱熹引书解读《诗经》有两种情况：

其一，朱熹对诗旨的看法同于旧说。例如对于《郑风·缁衣》，《集传》："旧说郑桓公、武公相继为周司徒，善于其职，周人爱之，故作是诗。"② 又引《礼记》成说支持自己的观点。"《记》曰：好贤如《缁衣》。又曰：于《缁衣》见好贤之至。"

其二，朱熹对诗旨的看法不同于旧说。《郑风·遵大路》小序曰："庄公失道，君子去之，国人思望焉。"这首诗共两章，第一章："遵大路兮，掺执子之袪兮。无我恶兮，不寁故也。"《集传》："淫妇为人所弃，故于其去也，揽其袪而留之曰：子无恶我而不留，故旧不可以遽绝也。宋玉赋有'遵大路兮揽子袪'之句，亦男女相说之词也。"朱熹引宋玉赋句以证己说。宋玉是战国时代楚国的辞赋家，《集传》的意思是，宋玉作

<hr>

① 本书使用的《诗集传》是中华书局 2011 年赵长征点校本。

② 为了行文简略，下文提到《诗集传》均简称为《集传》。

品中"遵大路兮揽子袪"一句是化用了《郑风·遵大路》的"遵大路兮，掺执子之袪兮"两句，可见宋玉也认为这首诗写的是男女之事，而不是诗序所认为的"国人思望""君子"。战国时代离春秋时代比东汉更近，诗序据《后汉书》是东汉卫宏所作。宋、卫两人，一个是文学家，另一个是经学家，对诗意的看法有分歧，前者认为该诗写的是妻子和丈夫间的矛盾，后者该诗认为写的是国人对朝中出走贤臣的挽留。《集传》从宋弃卫，就古舍今，举出实证以支持自己的看法。朱熹是一代通儒，本人又能诗，精于文献，以辞证诗，这与两汉毛传、郑笺以礼证诗大为不同。

第二节　引书以评论诗中人物

出其东门，有女如云。虽则如云，匪我思存。缟衣綦巾，聊乐我员。（《郑风·出其东门》）

《集传》："如云"，美且众也。"缟衣綦巾"，女服之贫陋者，此人自目其室家也。人见淫奔之女，而作此诗。以为此女虽美且众，而非我思之所存。不如己之室家，虽贫且陋，而聊可以自乐也。是时淫风大行，而其间乃有如此之人，亦可谓能自好，而不为习俗所移矣。"羞恶之心，人皆有之"，岂不信哉！

"羞恶之心，人皆有之"出于《孟子·告子上》，原文为："恻隐之心，人皆有之；羞恶之心，人皆有之；恭敬之心，人皆有之；是非之心，人皆有之。恻隐之心，仁也；羞恶之心，义也；恭敬之心，礼也；是非之心，智也。仁义礼智非由外铄我也，我固有之也。"[①] 《集传》认为诗中的"女"是淫奔之女，虽美且多，但诗人"我"看到她们，不为所动，认为不如自己家里身着"缟衣綦巾"的妻子。朱熹对"我"的精神状态的剖析，引用孟子对人的心性的论述，朱子意在说明他对这首诗作出如此解说的可能性和正确性。

---

① （东汉）赵岐注，（宋）孙奭疏，廖名春、刘佑平整理：《孟子注疏》，北京大学出版社2000年版，第354页。

第三节　引前人或时人对《诗》旨的看法

《周南·关雎》这首诗，《集传》以为是宫人为周文王妃姒氏始来时所作。引匡衡说此诗曰："妃匹之际，生民之始，万福之原。婚姻之礼正，然后品物遂而天命全。孔子论《诗》以《关雎》为始。言太上者，民之父母。后夫人之行不侔乎天地，则无以奉神灵之统而理万物之宜。……自上世以来，三代兴废，未有不由此者也。"《关雎》诗，不必落实为歌颂太姒。朱子此说由小序"后妃之德"而来。匡衡以深明经学，西汉元帝时为丞相，以经傅政。此段引文，摘自成帝初继位时所上疏①，意在"戒妃匹"。匡衡引此诗为说，从人伦方面规正人主，朱子激赏之。

《郑风·将仲子》小序："刺庄公也。不胜其母，以害其弟。弟叔失道而公弗制，祭仲谏而公弗听，小不忍以致大乱焉。"《集传》："莆田郑氏曰：'此淫奔者之辞。'"朱熹从文本出发，弃诗序之说，认同同时代先辈郑樵的看法。

第四节　引时人对章旨的理解

清人在轴，驷介陶陶。左旋右抽，中军作好。（《郑风·清人》）

《集传》：东莱吕氏曰："言师久而不归，无所聊赖，姑游戏以自乐，必溃之势也。不言已溃，而言将溃，其词深，其情危矣。"

朱熹引南宋吕祖谦说，同意此诗有特定的历史背景，并认可吕祖谦的艺术分析。

第五节　引前人或时人对句意的看法

1. 窈窕淑女，君子好逑。（《周南·关雎》）

《集传》：汉匡衡曰："'窈窕淑女，君子好逑'，言能致其贞淑，不

---

①　（东汉）班固撰，（唐）颜师古注：《汉书·匡张孔马传第五十一》，中华书局1962年版，第2483—2493页。

贰其操。情欲之感，无介乎容仪；宴私之义，无形乎动静。夫然后可以配至尊而为宗庙主。此纲纪之首，王教之端也。"可谓善说《诗》矣。

对于"淑女"其品质方面的具体内容，匡衡做了详尽的发挥。朱熹同意并且赞赏。

2. 俟我于著乎而，充耳以素乎而，尚之以琼华乎而。（《齐风·著》）

笺云：待我于著，谓从君子而出至于著，君子揖之时也，我视君子则以素为充耳。

《集传》：东莱吕氏曰："昏礼，婿往妇家亲迎，既奠雁，御轮而先归，俟于门外。妇至，则揖以入。时齐俗不亲迎，故女至婿门，始见其俟己也。"

"俟我于著乎而"，郑玄以为说的是婿亲迎到女方家，新娘随婿而出至于著。要是这样的话，等待的行为发生在女家。朱熹引东莱吕氏的看法对郑说表示异议，认为这句说的是因为当时齐国习俗，婚礼中不再行亲迎之礼，新娘到了婿家门口，婿才在自家的著等待着迎接她。

在这首诗的后两章中，《集传》都同意吕氏的说法，认为诗句中的"庭""堂"都不是女家的，而是婿家的。第二章："俟我于庭乎而。"笺云："待我于庭，谓揖我于庭时。"《集传》："吕氏曰：'此《昏礼》谓婿道妇，"及寝门"时也。'"第三章："俟我于堂乎而。"《集传》："吕氏曰：'升阶而后至堂，此《昏礼》所谓"升自西阶"之时也。'"

第六节　引时人对诗中人物行为发表的评论

《邶风·泉水》是写卫女嫁于诸侯为国君夫人，在其父母去世后想归宁而不得的诗。《集传》与诗序的看法一致。最后《集传》写道："杨氏曰：卫女思归，发乎情也。其卒也不归，止乎礼义也。圣人著之于经，以示后世，使知适异国者，父母终，无归宁之义，则能自克者，知所处矣。"

杨氏认为，"卫女思归"，但实际上最终还是没有真的回去，使自己的行动符合当时的礼法规范，她作诗只是抒写思念父母之情，"以写我忧"。有情有义，应当受到表彰。所说"圣人"即孔子，相信孔子删诗说。评论诗中主角卫女的行止，挖掘这一事件中的伦理意义，在这点上朱熹与杨氏发生了共鸣。不过与那位卫女浓烈的思亲之情已大异其趣了。

第七节　引书以证词义

1. 加　宜　弋言加之，与子宜之。(《郑风·女曰鸡鸣》)

传：宜，肴也。

笺：所弋之凫雁，我以为加豆之实，与君子共肴也。

《集传》：加，中也。《史记》所谓"以弱弓微缴加诸凫雁之上"是也。宜，和其所宜也。《内则》所谓"雁宜麦"之属是也。

"加"，笺释为"加豆之实"，即把射得的凫和雁，做成食品，盛在添加的豆里。集传改释为"中也"，即射中，并引了《史记》中"加"相同的用例。"宜"，传、笺都释为"肴"，即用原料做好了供人食用的菜肴。《集传》改释为"和其所宜也"，则指烹调过程中食材、佐料的调配，也引了《礼记·内则》的用例。"弋言加之"之"加"，笺虽然依《礼》认为是"加豆之实"，但终觉未安；《集传》引《史记》密合无间。本书认同朱熹说，此句是写射获，无关礼仪场合的"加豆"，因为郑玄说不独跳跃过大，且与此诗描写家庭生活不合。"宜"之解，《集传》举出了用例，更令人信服。

2. 来　知子之来之，杂佩以赠之。(《郑风·女曰鸡鸣》)

《集传》：来之，致其来者，如所谓"修文德以来之"。

朱熹引《论语·季氏》文句，意在说明"来之"之"来"，即"劳来"之"来"。

3. 兄弟　扬之水，不流束楚。终鲜兄弟，维予与女。无信人之言，人实迋女。(《郑风·扬之水》)

《集传》：兄弟，婚姻之称，《礼》所谓"不得嗣为兄弟"是也。予、女，男女自相谓也。淫者相谓，言扬之水，则不流束楚矣。终鲜兄弟，则维予与女矣。岂可以它人离间之言而疑之哉？彼人之言，特诳女耳。(《仪礼·曾子问》)

经朱子一番解说，诗意显豁。"兄弟"一词，常用于男性之间，而在先秦有"婚姻之称"义，朱熹引用了《礼记·曾子问》的用例①。朱熹之此释，与全诗情调相合，得之。而郑笺以为指郑忽兄弟，把平民之诗硬是划给了上层。

第八节　引时人说以解名物

杂佩　知子之来之，杂佩以赠之。（《郑风·女曰鸡鸣》）

《集传》：杂佩者，左右佩玉也。上横曰珩，下系三组，贯以蠙珠。中组之半，贯以大珠，曰瑀；末悬一玉，两端皆锐，曰冲牙。两旁组半，各悬一玉，长博而方，曰琚；其末各悬一玉，如半璧而内向，曰璜。又以两组贯珠，上系珩两端，下交贯于瑀，而下系于两璜。行则冲牙触璜，而有声也。吕氏曰："非独玉也。觿燧箴管，凡可佩者皆是也。"

《集传》在对"杂佩"这种名物的形制作了介绍之后，引了同时代人吕氏的看法，意在强调"杂佩""非独玉"。

第九节　发挥哲学思想

《集传》对"命"字的解释，明显地表现出朱熹的哲学思想。例如：

乃如之人也，怀昏姻也，大无信也，不知命也。（《鄘风·蝃蝀》）

传：不待命也。

笺：淫奔之女，大无贞洁之信，又不知昏姻当待父母之命，恶之也。

《集传》：命，正理也。言此淫奔之人，但知思念男女之欲，是不能自守其贞信之节，而不知天理之正也。程子曰："人虽不能无欲，然当有以制之。无以制之，而惟欲之从，则人道废而入于禽兽矣。以道制欲，则能顺命。"

对于"不知命也"的"命"，毛传、郑笺解为"父母之命"，朱熹解为"正理也""天理之正"。毛传、郑笺的解释具体，朱熹给予了哲学化的解释，赋予了自己所处时代的思想意识。

---

① （东汉）郑玄注，（唐）孔颖达疏，龚抗云整理：《礼记正义》，北京大学出版社 2000 年版，第 679 页。

舍命不渝　羔裘如濡，洵直且侯。彼其之子，舍命不渝。（《郑风·羔裘》）

传：渝，变也。

笺：舍，犹处也。之子，是子也。是子处命不变，谓死守善道，见危授命之等。

《集传》：舍，处。渝，变也。言此羔裘润泽，毛顺而美。彼服此者，当生死之际，又能以身居其所受之理，而不可夺。盖美其大夫之词，然不知其所指也。

舍命不渝，传义，据孔疏，是"其自处性命，躬行善道，至死不变"。把"命"解释为"性命"；笺将"命"解为"善道"；《集传》将"命"解为"理"。

第 七 章

毛传、郑笺、朱熹《诗集传》与赋比兴

　　"兴"之一字，在作为先王之书的《周礼》与先秦子书《论语》中均有出现。到了西汉初，这个字又出现在了当时古文经学家毛亨的《诗故训传》中。东汉末，郑玄作《诗笺》，关于"兴"，对毛传之说有因有革，蔚为大观。千年而后，子朱子出①，其于"赋、比、兴"，不屑于盲从汉人那些老掉牙的旧说，推倒重来，打理一番。本章所论，即此也。

第一节　《周礼》《论语》与兴

　　"赋、比、兴"是《周礼》以来与《诗经》相关的术语，当然要从《周礼》说起。这得提起《周礼》中"六诗"一语，指的是周代学校的教育科目。《周礼·春官宗伯》有一段："大师，……教六诗：曰风，曰赋，曰比，曰兴，曰雅，曰颂，以六德为之本，以六律为之音。"② 郑玄注："教，教瞽蒙也。风，言贤圣治道之遗化也。赋之言铺，直铺陈今之政教善恶。比，见今之失，不敢斥言，取比类以言之。兴，见今之美，嫌于媚谀，取善事以喻劝之。雅，正也，言今之正者，以为后世法。颂之言诵也，容也，诵今之德，广以美之。"

　　本书通过前人注疏来看《周礼》这段话讲了什么。首先，施教者是大师，大师教的对象是瞽蒙。《说文·目部》："瞽，目但有朕也。"意思

① 郑玄（127—200 年），东汉经学家。朱熹（1130—1200 年），南宋理学家。

② （东汉）郑玄注，（唐）贾公彦疏，彭林整理：《周礼注疏》，上海古籍出版社 2010 年版，第 880—881 页。

是瞽这种人，眼睛只有缝，但看不见。段玉裁注："朕从舟，舟之缝理也。引申之，凡缝皆曰朕。'但有朕'者，才有缝而已。"又"蒙，童蒙也"。童谓童仁，蒙谓蒙闭。段玉裁注："谓目童子如蒙覆也。"瞽、蒙这两种人，由于都是瞎子，故比常人更能知音，充当乐人。又《周礼·春官宗伯》云："瞽蒙，掌播鼗、柷、敔、埙、箫、管、弦、歌。讽诵诗，世奠系，鼓琴瑟。掌九德、六诗之歌，以役大师。"① 告诉了读者瞽蒙的职责。施教者大师与大司乐比较起来，更侧重于音乐技术的教学。瞽蒙学成则在礼仪场合进行表演。

其次，教的内容是"六诗"。"六诗"是《周礼》对《诗》的分类，指风、赋、比、兴、雅、颂。《周礼》的这个分类是按照什么标准呢？"风、雅、颂"按体分类，传世《诗经》将所录三百来首诗分编为风、雅、颂三类，这是清楚的。体的不同是由于时代的不同，那么，这三类诗也对应着时代的先后。就"风、雅、颂"的排列来说，大致可以说，排在前面的"风"最晚，"雅"次之，"颂"最古②。"赋、比、兴"在《周礼》中到底何指呢？郑玄在上引《周礼注》中连同"风、雅、颂"一起从政教的角度做了简略的解释。本书认为，从政教的角度解释"六诗"，郑君把握得不错，因为《周礼》就是一部言政体之书。但《周礼》原文是"大师教六诗"，更具体地说，"赋、比、兴"应当与怎样用诗有关。我们知道，周代盛行礼乐文化，那时诗与乐结合在一起③，"大师"教给瞽蒙的"六诗"，其中"风、雅、颂"就体而言，也就是要教会瞽蒙演奏诗的技艺；而"赋、比、兴"是就用而言，也就是教瞽蒙怎样恰当地阐发诗乐的精神内容，目的是稳定政治、亲和人际关系。

最后，"以六德为之本"的"六德"，从下文"所教诗必有知、仁、圣、义、忠、和之道，后乃可教以乐歌"来看，是就诗的内容的性质来说的，"德"即"道"，"六德"即"知、仁、圣、义、忠、和"。只有内

① （东汉）郑玄注，（唐）贾公彦疏，彭林整理：《周礼注疏》，上海古籍出版社 2010 年版，第 891—893 页。

② 就"颂"来说，《周颂》是《诗经》中时代最早的诗，早到周初，《鲁颂》《商颂》虽以"颂"名，那是就精神而言，时代却晚到春秋了。

③ 当然能与乐结合的不一定是《诗经》中的所有诗，上文已经说到《周礼》对入乐的诗在内容方面是有要求的。

容符合"六德"要求的诗，才能入乐教给瞽蒙。用今天的话说，就是要内容健康。"以六律为之音"，据贾疏"听其人之声，则知宜歌何诗"，也就是说，视瞽蒙的发音条件教以不同的乐歌。通俗地说，就是因材施教。

先秦典籍中，还有一部提到了"兴"，那就是《论语》。《论语》是孔门弟子所编，论者，伦也，将孔子的言论按照主题不同有条理地编辑成书，就是"论语"。《论语》晚到战国时代只是子书，不算经书，不是先王之书。孔子所处的春秋末年是一个乱世，那时周纲陵夷，礼崩乐坏，诸侯争战。他是一个积极的入世者，在教育方面，兴私学，收门徒以教，内容则是作为先王之迹的"六经"。《诗》作为"六经"之首，是孔子师徒经常谈论的。他曾给自己的儿子鲤说："不学《诗》，无以言。"强调了《诗》的言说功能。关于《诗》其他方面的功能，《论语》中还有一则。《论语·阳货》："子曰：小子何莫学夫《诗》？《诗》可以兴，可以观，可以群，可以怨。"① 孔子可称得上《诗》学大家，他对《诗经》中相当数量的具体诗篇发表过看法。② 载于《阳货》中的这句话是这位文化巨人对《诗》的总体言说。本书认为，孔子的这句话要结合其所处的时代才能正确理解。那个时候已经与他向往的西周盛世大不一样了。孔子所谓"《诗》可以兴"的"兴"，即《周礼》大师所教"六诗"之一的"兴"：《周礼》中大师教学对象的瞽蒙，要结合当下对演奏的诗乐发表体现正能量的评说，这就是"兴"；孔子所处的春秋末期，穿梭在列国间的政治家和行人引《诗》赋《诗》，然后对之做一番发挥引申，这就是"兴"。一部《左传》所载，可谓多矣。但与西周盛世有所不同：一是西周时代诗乐合一，场面宏大，而春秋末则诗乐分离，多的时候只是诵徒诗而已，"兴"者所处的文化环境不同；二是参与的主体不同，在西周是王朝宗伯领导下专门的音乐从业人员——瞽蒙，在春秋时代则是列国卿士。

由以上所论看，毛传以前《周礼》《论语》中的"兴"，虽有不同之处，但都是就用《诗》而言的。

---

① （三国·魏）何晏注，（宋）邢昺疏，朱汉民整理：《论语注疏》，北京大学出版社 2000 年版，第 269—270 页。

② 参见晁福林《上博简〈诗论〉研究》，商务印书馆 2013 年版。

第二节 毛传、郑笺与兴

一 毛传释兴体现出很强的儒家主体意识

毛传"独标兴体"①，《诗经》306 首诗，《毛传》给其中 116 篇标注为兴。② 有的毛氏自己给予了解释。以喻解之，其喻义指向不同的社会成员与生活方面，体现出很强的儒家意识。

第一，强调王室和国君的个人品质对社会的垂范作用，肯定合理的政治秩序。例如：

《周南·关雎》首章第一、第二句："关关雎鸠，在河之洲。"传："兴也。关关，和声也。雎鸠，王鸠也，鸟挚而有别。后妃说乐君子之德，无不和谐，又不淫其色，慎固幽深，若关雎之有别焉，然后可以风化天下。夫妇有别则父子亲，父子亲则君臣敬，君臣敬则朝廷正，朝廷正则王化成。"毛传认为兴句有义，以雎鸠之性喻后妃之德。雎鸠雄雌"挚而有别"，后妃之与君子，既"无不和谐，又不淫其色，慎固幽深，若关雎之有别焉"。阐发了这种不过分的品行在政治社会方面的重要意义。

《唐风·山有枢》首章："山有枢，隰有榆。"传："国君有财货而不能用，如山隰不能自用其财。"

《齐风·南山》首章"南山崔崔，雄狐绥绥。"传："兴也。国君尊严，如南山崔崔然。雄狐相随，绥绥然无别，失阴阳之匹。"这是认为以"南山""雄狐"隐喻齐襄公。齐襄公淫其妹，其事见于《左传》。

《小雅·沔水》首章："沔彼流水，朝宗于海。"传："兴也。水犹有所朝宗。"传用字极简，"水犹有所朝宗"显然包含着诸侯当朝见天子之意。

---

① 《文心雕龙·比兴第三十六》："〈诗〉文弘奥，包韫六义，毛公述传，独标兴体，岂不以风通而赋同，比显而兴隐哉！"见（南朝·梁）刘勰著，詹锳义证《文心雕龙义证》，上海古籍出版社 1989 年版，第 1333 页。

② （南宋）王应麟《困学纪闻》卷三引吴泳语："自《关雎》而下总百十六篇，首系之'兴'"。（南宋）王应麟，（清）阎若璩、何焯、全祖望注，栾保群、田松青校点，上海古籍出版社 2015 年版，第 84—85 页。

第二，赞许规范的家庭伦理。例如：

《召南·草虫》首章："喓喓草虫，趯趯阜螽。"传："兴也。卿大夫之妻，待礼而行，随从君子。"

《邶风·谷风》首章："习习谷风，以阴以雨"传："兴也。阴阳和而谷风至，夫妇和则室家成，室家成而继嗣生。"这是以阴阳之和喻夫妇之和。

《卫风·竹竿》首章："籊籊竹竿，以钓于淇。"传："兴也。钓以得鱼，如妇人待礼以成为室家。"毛传以钓鱼喻"妇人待礼以成为室家"。

第三，向往良好的政治文明，同情下层人民。例如：

《王风·兔爰》首章："有兔爰爰，雉离于罗。"传："兴也。言为政有缓有急，用心之不均。"以兔与雉之不同遭遇喻为政之缓急不均。

《小雅·杕杜》首章："有杕之杜，有睆其实。"传："兴也。杕杜犹得其时蕃滋，役夫劳苦，不得尽其天性。"首章其余五句云："王事靡盬，继嗣我日。日月阳止，女心伤止，征夫遑止！"传体会前后文指出，以杕杜之实反兴役夫之劳苦。

第四，希望国家培养人才，重用贤人。例如：

《小雅·菁菁者莪》首章："菁菁者莪，在彼中阿。"传："兴也。君子能长育人才，如阿之长莪菁菁然。"《菁菁者莪》全诗四章，歌咏同一个主题，从第三章"既见君子，锡我百朋"来看，此诗为下级官员因得到上级赏赐而作。各章结构相同，前两句是兴，表意重点在后两句。毛传将兴句解为"君子能长育人才"，割裂诗意。

《小雅·采芑》首章："薄言采芑，于彼新田，于此菑田。"传："兴也。宣王能新美天下之士，然后用之。"《采芑》共四章，总体上看，诗的主题是对周宣王时军事统帅方叔的赞美。首章这三句后面是："方叔率止，乘其四骐，四骐翼翼。"毛传将兴句解为"宣王能新美天下之士"，与诗整体表意不合。可以认为，兴句所写景物暗示方叔用兵的时令。

《小雅·鹤鸣》首章："鹤鸣于九皋，声闻于野。"传："兴也。言身隐而名著也。"毛传以鹤鸣喻贤者身虽隐而名著，与小序诲宣王求贤的主题联系了起来。[1]

---

[1] 《鹤鸣》小序云："诲宣王也。"

《大雅·棫朴》首章："芃芃棫朴，薪之槱之。"传："兴也。山木茂盛，万民得而薪之。贤人众多，国家得用蕃兴。"《棫朴》小序："文王能官人也。"第一、第二章均有"济济辟王"句。第三章："周王于迈，六师及之。"第四章："周王寿考，遐不作人。"第五章："勉勉我王，纲纪四方。"从措辞看，诗是臣下以一次活动为背景对某一位周王的赞美，但不会是文王，因为"文王"这个称号是追称。第一章的兴句"芃芃棫朴，薪之槱之"引出后两句"济济辟王，左右趣之"，表意重点在后两句，中心是"辟王"。在小序"文王能官人"的影响下，毛传对兴句作了过度阐释。

二　毛传不标兴而以兴释之

毛传标兴一般在一首诗首章的前两句后，以后不再标出。在不标明的情况下，毛传或暗示有兴义，或直接注出兴义。

第一，暗示兴义的，如：

《小雅·南有嘉鱼》第四章："翩翩者鵻，烝然来思。"传："鵻，壹宿之鸟。"笺云："壹宿者，壹宿于其所宿之木也。喻贤者有专壹之意于我，我将久如而来，迟之也。"

《小雅·鹤鸣》首章第二、第三句："鱼潜在渊，或在于渚。"传："良鱼在渊，小鱼在渚。"孔疏："毛以潜渊喻隐者。不云大鱼，而云良鱼者，以其喻善人，故变文称良也。"依释语的文例，良鱼处宜为大鱼，毛传将大鱼变称良鱼，赋予了"良"的嘉评，表明是将这两句看作兴。

又第三、第四句："乐彼之园，爰有树檀，其下维萚。"传："尚有树檀而下其萚。"毛传的解释多一"尚"字，构成了"尚"与"下"的对比。正是在此提示下，郑玄作笺云："言所以之彼园而观者，人曰有树檀，檀下有萚。此犹朝廷之尚贤者而下小人，是以往也。"

第二，在不标明的情况下，直接注出兴义，如：

《小雅·采菽》第五章："泛泛杨舟，绋纚维之。"传："明王能维持诸侯也。"《采菽》五章，每章八句。就整体来看，主题是赞美诸侯朝王而得到赏赐。这从以下诗句中可以看出。第一章："君子来朝，何锡予之？虽无予之，路车乘马。"第二章："君子来朝，言观其旂。"第三章："乐只君子，天子命之。"第四章："乐只君子，殿天子之邦。"第五章：

"乐只君子，天子葵之。""君子"即守邦的诸侯，"天子"即周王。第五章的前四句是："泛泛杨舟，绋纚维之。乐只君子，天子葵之。""泛泛杨舟，绋纚维之"是兴显而易见，毛传没有标明，但对兴句的解释求之过深。

《鲁颂·有駜》首章："振振鹭，鹭于下。鼓咽咽，醉言舞。于胥乐兮。"传："鹭，白鸟也，以兴洁白之士。"《有駜》三章，每章九句。主题是对鲁僖公君臣饮酒宴乐的赞美。第一章有云："振振鹭，鹭于下。鼓咽咽，醉言舞。"第二章："振振鹭，鹭于飞。鼓咽咽，醉言归。""鹭"是舞者所持的鹭羽，这是用实景作为兴，但表意的重点还是后两句，突出宾客"醉言舞""醉言归"的满足。毛传就兴句本身的"鹭"发挥，认为"以兴洁白之士"，好像是诗句在写宾客的品德，这就转移了诗的主题。

有时，毛传在首章前两句后虽未标兴，但注出了兴义，这说明他是视其为兴的。

《鲁颂·有駜》首章两句："有駜有駜，駜彼乘黄。"传："駜，马肥强貌。马肥强则能升高进远，臣强力则能安国。"毛传未标兴，但认为这两句诗虽在写马，同时喻人，则也看作兴。

三　毛传释兴在经学史上的开创性

前文说道，"兴"这一术语毛传以前就有，例如《周礼》中，除上引"大师"职外，在"大司乐"职下云："以乐语教国子：兴、道、讽、诵、言、语。"① 先秦学者也提到过"兴"，《论语》记孔子之言曰："诗可以兴。"② 但这里的"兴"指的是人们怎样用《诗》。《毛传》将"兴"与《诗经》特定篇章联系起来，视之为作诗方法，并第一次阐发了兴在诗中的意义，以己意加大了兴体在《诗经》全书所占的比重，将一部分本来没有政教伦理内容的诗赋予了政教伦理的内涵，为《诗》的解释开

---

① （东汉）郑玄注，（唐）贾公彦疏，彭林整理：《周礼注疏》，上海古籍出版社 2010 年版，第 833 页。

② 《论语·阳货》："子曰：'小子何莫学夫《诗》？《诗》兴，可以观，可以群，可以怨。'"参见（三国·魏）何晏注，（宋）邢昺疏，朱汉民整理《论语注疏》，北京大学出版社 2000 年版，第 269—270 页。

辟了无限广阔的空间，使解《诗》者获得了极大的自由。其结合西汉初年的现实，依托《诗经》对"兴"作出的创造性解释，对汉代经学的创建作出了极大的贡献。

四　毛传释兴对郑笺的启发

毛传既标了"兴"，同时阐发了"兴"的具体喻义，这种情况不多。一般情况是，毛传只标注了"兴"，郑笺继承其说，进一步揭示"兴"义。毛传对兴义的揭示对郑玄起了指引作用，郑玄说得更为明白，把在人事方面的意义落实得更为具体。毛传对兴的阐发，给郑玄作出了示范和启示。从注释实践看来，由传到笺阐发的所谓兴义，其内容具有极大的丰富性，涵盖了人们生活的方方面面。

《小雅·鸿雁》首章："鸿雁于飞，肃肃其羽。"传："兴也。鸿雁知辟阴阳寒暑。"笺云："兴者，喻民知去无道，就有道。"传只是说鸿雁随着寒暑交替而有所避趋，这其中有去就，有选择，但没有明确指出"鸿雁"喻的是"民"，笺将毛传"阴"与"阳"、"寒"与"暑"这种自然气候方面的对立引申为国君"有道"与"无道"的品质对立。

《小雅·沔水》第二章："沔彼流水，其流汤汤。"传："言放纵无所入也。""放纵"一词，毛传在释语中虽没有明言，但显然指的是人事。笺云："汤汤。波流盛貌。喻诸侯奢僭，既不朝天子，复不事侯伯。""既不朝天子，复不事侯伯"是"放纵"的具体化。

《小雅·瞻彼洛矣》首章："瞻彼洛矣，维水泱泱。"传："兴也。洛，宗周溉浸水也。"言说宗周洛水（即漆沮水，非东都伊洛水），毛传特选出"溉浸"二字，选取了灌溉农作物这一角度，对郑笺的导向是显而易见的。笺云："我视彼洛水，灌溉以时，其泽浸润，以成嘉谷。兴者，喻古明王恩泽加于天下，爵命赏赐，以成贤者。"水浸润嘉谷以养人，古明王恩泽及于贤者，由物喻及人事。

《小雅·角弓》首章："骍骍角弓，翩其反矣。"传："兴也。不善继檠则翩然而反。"笺云："兴者，喻王与九族，不以恩礼御待之，则使之多怨也。"毛传虽未明兴义，但其解说之"不……则……"的形式给郑玄以启示。

《小雅·绵蛮》首章："绵蛮黄鸟，止于丘阿。"传："兴也。鸟止于阿，人止于仁。"笺云："兴者，小鸟知止于丘之曲阿静安之处而托熹焉，喻小臣择卿大夫有仁厚之德者而依属焉。"

五　毛传、郑笺释兴之不同

郑玄在注《周礼》时对"兴"做过解释，那只是抽象的概括性文字；到了笺《诗》的时候，在毛传的基础上，有依有违，开疆辟土。

第一，毛传标了兴，注明兴义，郑笺不再解释，同意毛说。例如：

《邶风·谷风》首章："习习谷风，以阴以雨。"传："兴也。阴阳和而谷风至，夫妇和则室家成，室家成而继嗣生。"郑玄无笺，同意毛说。

《小雅·鹿鸣》首章："呦呦鹿鸣，食野之苹。"传："兴也。苹，蓱也。鹿得蓱，呦呦然鸣而相呼，恳诚发乎中。以兴嘉乐宾客，当有恳诚相招呼以成礼也。"郑笺于兴义无说，意同毛传。

《小雅·杕杜》首章："有杕之杜，有睆其实。"传："兴也。杕杜犹得其时蕃滋，役夫劳苦，不得尽其天性。"郑玄无笺。

第二，毛传标了兴，对兴义有所暗示，没有明白说出，郑笺予以阐发，明确地讲了出来。例如：

《周南·葛覃》首章："葛之覃兮，施于中谷；维叶萋萋。"毛传："兴也。葛所以为絺绤，女功之事烦辱者。"笺云："葛者，妇人之所有事也，此因葛之性以兴焉。兴者，葛延蔓于谷中，喻女在父母之家，形体浸浸日长大也。叶萋妻然，喻其容色美盛。"毛传点出"葛"与"女"有关，郑笺进一步拓展喻的范围，指出"葛"喻"女"，"中谷"喻女的父母之家，动词"施"喻女形体浸浸日长大，"叶萋妻"喻女容色美盛。

《齐风·甫田》首章："无田甫田，维莠骄骄。"毛传："兴也。大田国度，而无人功，终不能获。"笺云："兴者，喻人君欲立功致治，必勤身修德，积小以成高大。"毛传解释了诗句的字面意思。郑笺指出喻义，根据小序，"人君"指齐襄公。

《邶风·北门》首章："出自北门，忧心殷殷。"毛传："兴也。北门背明乡阴。"笺云："兴者，喻己仕于暗君，犹行而出北门，心为之忧殷殷然。"

《小雅·黄鸟》首章："黄鸟黄鸟，无集于穀，无啄我粟。"传："兴也。黄鸟，宜集木啄粟者。"笺云："兴者，喻天下室家不以其道而相去，是失其性。"

《小雅·斯干》首章:"秩秩斯干,幽幽南山。"传:"兴也。"笺云:"兴者,喻宣王之德,如涧水之源,秩秩流出,无极已也。国以饶富,民取足焉,如于深山。"毛传认为"秩秩斯干,幽幽南山"两句都是"喻宣王之德",其中"秩秩斯干"喻德无已,是说德性有恒;"幽幽南山"以南山喻宣王,着眼于国家饶富。

第三,毛传标了兴,有简略解释,郑笺详解之。例如:

《周南·卷耳》首章:"采采卷耳,不盈顷筐。"传:"忧者之兴也。"笺云:"器之易盈而不盈者,志在辅佐君子,忧思深也。"毛传只标明"忧者之兴",郑笺指出致忧的原因是"志在辅佐君子",更为具体。

《周南·麟之趾》:"麟之趾,振振公子。"传:"兴也。趾,足也。麟信而应礼,以足至者也。振振,信厚也。"笺云:"兴者,喻今公子亦信厚,与礼相应,有似于麟。"

《王风·采葛》首章:"彼采葛兮,一日不见,如三月兮。"传:"兴也。葛所以为絺绤也。事虽小,一日不见于君,忧惧于谗矣。"笺云:"兴者,以采葛喻臣以小事使出。"

第四,毛传标了兴,没有注出兴义,或兴义不明,郑笺阐发之。毛传对兴的标明,一般在一首诗第一章的前几句后。有的注出兴义,有的没有。没有注出的,则郑笺予以补出。例如:

《周南·樛木》首章:"南有樛木,葛藟累之"毛传:"兴也。"笺云:"木枝以下垂之故,故葛也藟也得累而蔓之,而上下俱盛。兴者,喻后妃能以意下逮众妾,使得其次序,则众妾上附事之,而礼义亦俱盛。"

《周南·桃夭》首章:"桃之夭夭,灼灼其华。"毛传:"兴也。"笺云:"兴者,喻时妇人皆得以年盛时行也。"

《汉广》首章:"南有乔木,不可休息。汉有游女,不可求思。"毛传:"兴也。"笺云:"兴者,喻贤女虽出游流水之上,人无欲求犯礼者,亦由贞洁使之然。"

《召南·鹊巢》首章:"维鹊有巢,维鸠居之。"毛传:"兴也。"笺云:"兴者,鸤鸠因鹊成巢而居有之,而有均一之德,犹国君夫人来嫁,居君子之室,德亦然。"

《召南·江有汜》首章:"江有汜"毛传:"兴也。"笺云:"兴者,喻江水大，汜水小，然而并流，似嫡媵宜俱行。"

《召南·何彼襛矣》首章："何彼襛矣？唐棣之华。"毛传："兴也。"笺云："兴者，喻王姬颜色之美盛。"

《邶风·柏舟》首章："泛彼柏舟，亦泛其流。"毛传："兴也。"笺云："舟，载渡物者，今不用，而与无泛泛然俱流水中。兴者，喻仁人之不见用，而与群小人并列。"

《邶风·终风》首章："终风且暴，顾我则笑。"毛传："兴也。"笺云："兴者，喻州吁之为不善，如终风之无休止。而其间又有甚恶，其在庄姜之旁，视庄姜则反笑之，是无敬心之甚。"

《邶风·凯风》首章："凯风自南，吹彼棘心。"毛传："兴也。"笺云："兴者，以凯风喻宽仁之母，棘犹七子也。"

《邶风·雄雉》首章："雄雉于飞，泄泄其羽。"毛传："兴也。"笺云："兴者，喻宣公整其衣服而起，奋迅其形貌，志在妇人而已，不恤国之政事。"

《邶风·泉水》首章："毖彼泉水，亦流于淇。"毛传："兴也。"笺云："泉水流而入淇，犹妇人出嫁于异国。"

《邶风·北风》首章："北风其凉，雨雪其雱。"毛传："兴也。"笺云："兴者，喻君政教酷暴，使民散乱。"

《鄘风·柏舟》首章："泛彼柏舟，在彼中河。"毛传："兴也。"笺云："舟在河中，犹妇人之在夫家，是其常处。"

《小雅·常棣》首章："常棣之华，鄂不韡韡。"传："兴也。"笺云："承华者曰鄂，不当作拊。拊，鄂足也。鄂足得华之光明，则韡韡然盛。兴者，喻弟以敬事兄，兄以荣覆弟，恩义之显亦韡韡然。古声不、拊同。"

《小雅·南有嘉鱼》第二章："南有樛木，甘瓠累之。"传："兴也。"笺云："君子下其臣，故贤者归往也。"

《小雅·伐木》首章："伐木丁丁，鸟鸣嘤嘤。"传："兴也。"笺云："丁丁、嘤嘤，相切直也。言昔日未居位，在农之时，与友生于山岩，伐木为勤苦之事，犹以道德相切直也。嘤嘤，两鸟声也，似于有有道然，故连言之。"

《小雅·南山有台》首章："南山有台，北山有莱。"传："兴也。"

笺云："兴者，山之有草木，以自覆盖，成其高大，喻人君有贤臣，以自尊显。"

《小雅·蓼萧》首章："蓼彼萧斯，零露湑兮。"传："兴也。"笺云："兴者，萧，香物之微者，喻四海之诸侯，亦国君之贱者。润者，天所以润万物，喻王者恩泽，不为远国则不及也。"

《小雅·湛露》首章："湛湛露斯，匪阳不晞。"传："兴也。露虽湛湛然，见阳则干。"毛传解释了这两句诗的字面意思。如果说指明了兴义的话，则是不容易看出来的。笺云："兴者，露之在物湛湛然，使物柯叶低垂。喻诸侯受燕爵，其仪有似醉之貌。诸侯旅酬之则犹然。唯天子赐爵则貌变，肃敬承命，有似露见日而晞也。"

《小雅·青蝇》首章："营营青蝇，止于樊。"传："兴也。"无兴义。笺云："兴者，蝇之为虫，污白使黑，喻佞人变乱善恶也。言止于樊，欲外之，令远物也。"

《小雅·菀柳》首章："有菀者柳，不尚息焉。"传："兴也。"无兴义。笺云："有菀然枝叶茂盛之柳，行路之人，岂有不庶几欲就之止息乎？兴者，喻王有盛德，则天下皆庶几愿往朝焉。"

《小雅·黍苗》首章："芃芃黍苗，阴雨膏之。"传："兴也。"无兴义。笺云："兴者，喻天下之民如黍苗然，宣王能以恩泽育养之，亦如天之有阴雨之润。"

《小雅·隰桑》首章："隰桑有阿，其叶有难。"传："兴也。……有以利人也。"笺云："兴者，喻时贤人君子不用而野处，有覆养之德也。正义隰桑兴者，反求此义，则原上之桑，枝叶不能然，以刺时小人在位，无德于民。"

《小雅·白华》首章："白华菅兮，白茅束兮。"传："兴也。"无兴义。笺云："白华于野，已沤名之为菅。菅柔忍中用矣，而更取白茅收束之。茅比于白华为脆。兴者，喻王取于申，申后礼仪备，任妃后之事。而更纳褒姒，褒姒为孽，将至灭国。"

《小雅·苕之华》首章："苕之华，芸其黄矣。"传："兴也。"无兴义。笺云："兴者，陵苕之干喻如京师也，其华犹诸夏也，故或谓诸夏为诸华。华衰则黄，犹诸侯之师旅罢病将败，则京师孤弱。"

《大雅·绵》首章："绵绵瓜瓞。民之初生，自土沮漆。"传："兴也。"无兴义。笺云："兴者，喻后稷乃帝喾之胄，封于邰。其后公刘失职，迁于豳，居沮、漆之地，历世亦绵绵然。"

《周颂·振鹭》首章："振鹭于飞，于彼西雍。我客戾至，亦有斯容。"传："兴也。"无兴义。笺云："白鸟集于西雍之泽，言所集得其处也。兴者，喻杞、宋之君有洁白之德，来助祭于周之庙，得礼之宜也。其至止亦有此容，言威仪之善如鹭然。"

第五，毛传标了兴，无兴义，郑笺不以为兴，另作解。例如：

《召南·行露》首章："厌浥行露，岂不夙夜？谓行多露！"毛传："兴也。"笺云："厌浥然湿，道中始有露，谓二月中嫁娶时也。言我岂不知当早夜成婚礼与？谓道中之露大多，故不行耳。今强暴之男，以此多露之时，礼不足而强来，不度时之可否，故云然。《周礼》仲春之月，令会男女之无夫家者，行事必以昏昕。"据孔疏："毛以为厌浥然而湿，道中有露之时，行人岂不敢早夜而行也？有是可以早夜而行之道，所以不行者，以为道中之露多，惧早夜之濡己，故不行耳。以兴强暴之男，今来求己，我岂不欲与汝为室家乎？有是欲与汝为室家之道，所以不为者，室家之礼不足，惧违礼之污身，故不为耳。以行人之惧露，喻贞女之畏礼。郑以为昏用仲春之月多露之时而来，谓三月、四月之中，既失时而礼不足，故贞女不从。"毛传以为是以惧露喻畏礼，郑笺以为是直白的陈述。

《邶风·匏有苦叶》首章："匏有苦叶，济有深涉。"毛传："兴也。"孔疏："毛以为，匏有苦叶不可食，济有深涉不可渡，以兴礼有禁法不可越。"笺云："瓠叶苦而渡处深，谓八月之时，阴阳交会，始可以为婚礼，纳采、问名。"毛传以为这两句是兴，兴礼法之不可越；郑笺认为是实写八月的景物，这时于嫁娶之礼，可以行纳采与问名。

《郑风·野有蔓草》首章："野有蔓草，零露溥兮。"传："兴也。"王肃申毛，云："草之所以能延蔓，被盛露也。民之所以能蕃息，蒙君泽也。"笺云："蔓草而有露，谓仲春之时，草始生，霜为露也。《周礼》'仲春之月，令会男女之无夫家者'"毛传以此两句兴君泽；郑笺据《周礼》，以为是实写仲春即婚月的物象，则不认为是兴。

《小雅·采菽》："采菽采菽，筐之莒之。"传："兴也。"无兴义。笺云："菽，大豆也。采之者，采其叶以为藿。三牲牛、羊、藿芼以藿。王飨宾客，有牛俎，乃用铏羹，故使采之。"郑笺未解兴义，则以为这两句写的是实事。

《小雅·采绿》首章："终朝采绿，不盈一匊。"传："兴也。"无兴义。笺云："绿，王刍也，易得之菜也。终朝采之而不满手，怨旷之深，忧思不专于事。"郑笺未言"兴者"，则不以为兴，认为实写思妇。

《大雅·棫朴》首章："芃芃棫朴，薪之槱之。"传："兴也。山木茂盛，万民得而薪之。贤人众多，国家得用蕃兴。"笺云："白桵相朴属而生者，枝条芃芃然，豫斫以为薪。至祭皇天上帝及三辰，则聚积以燎之。"毛传注出兴义，郑笺以为是实写祭礼。

第六，毛传标了兴，但与郑笺所解兴义不同。例如：

《邶风·绿衣》首章："绿兮衣兮，绿衣黄里。"毛传："兴也。绿，间色。黄，正色。"据孔疏："毛以间色之绿不当为衣，犹不正之妾不宜嬖宠。今绿兮乃为衣兮，间色之绿今为衣而见，正色之黄反为里而隐，以兴今妾兮乃蒙宠兮。不正之妾今蒙宠而显，正嫡夫人反见疏而微。绿衣以邪干正，犹妾以贱陵贵。"笺云："褖兮衣兮者，言褖（郑笺认为，绿当为'褖'，故作'褖'，转作'绿'，字之误也）衣自有礼制也。诸侯夫人祭服之下，鞠衣次之，展衣次之，褖衣次之。次之者，众妾亦以贵贱之等服之。鞠衣黄，展衣白，褖衣黑，皆以素纱为里。今褖衣反以黄为里，非其礼制也，故以喻妾上僭。"毛传认为，间色之绿为衣而正色之黄为裳喻妾以贱陵贵；郑笺认为，褖衣本以素纱为里，今却以黄为里，喻妾上僭。

《邶风·旄丘》首章："旄丘之葛兮，何诞之节兮？"毛传："兴也。诸侯以国相连属，忧患相及，如葛之蔓延相连及也。诞，阔也。"据孔疏："毛以为，言旄丘之葛兮，何为阔之节兮，以当延蔓相及，以兴方伯之国兮，何为使之连属兮，亦当忧思相及。今卫伯何为不使连属救己而同其忧患乎！"笺云："土气缓则葛生阔节。兴者，喻此时卫伯不恤其职，故其臣于君事亦疏废也。"孔疏："郑以为，言旄丘之葛兮，何由诞之节兮？由旄丘之土，其气和缓，故其葛之生长皆阔节，以兴卫伯之臣兮，何由废其事兮？由卫伯不恤其职，故其臣于君事亦废疏。"毛传的兴义重在对友邦的企望，郑笺则重在对卫伯不恤其职的怨望。

《卫风·芄兰》首章："芄兰之枝。"传："兴也。君子之德当柔润温良。"笺云："芄兰柔弱，恒蔓于地，有所依缘则起。兴者，喻幼稚之君，任用大臣，乃能成其政。"传以芄兰之柔兴君子柔润温良之德，重在柔，视柔为好的德性；笺以为，芄兰柔弱，喻君之幼稚，重在弱，就为政而言，则是客观上的短处。传、笺对兴义的揭示不同。

《小雅·采菽》第五章："泛泛杨舟，绋纚维之。"传："明王能维持诸侯也。"笺云："杨木之舟，浮于水上，泛泛然东西无所定。舟人以绋系其纚以制行之，犹诸侯之治民，御之以礼法。"

《大雅·卷阿》首章："有卷者阿，飘风自南。"传："兴也。恶人被德化而消，犹飘风之入曲阿也。"笺云："有大陵卷然而曲，回风从长养之方人之。兴者，喻王当曲体以得贤者，贤者则猥来就之，如飘风之入曲阿然。其来也，为长养民。"同样是兴，毛传、郑笺兴义不同。毛传从反面言之，郑笺从正面言之；毛传从消极的一面言，郑笺从积极的一面言。飘风，毛传以为喻恶人，郑笺以为贤者。"卷阿"，毛传以为喻有德者，能化恶，郑笺以为喻王曲体待贤之象，能来贤。南，毛传无喻义，郑笺喻长养之方。这两句诗毛传郑笺都认为是说君臣关系，但具体言说是不同的。

第七，毛传标兴一般在首章的前几句后，这几句后面的诗句和首章之后各章，毛传未解兴义或无传，郑笺补出了兴义。由此，郑笺扩大了兴涉及的范围。例如：

《周南·葛覃》首章毛传在前三句后标了兴，而郑笺在第四、第五、第六句后也注出兴义。"黄鸟于飞，集于灌木；其鸣喈喈"，传："黄鸟，抟黍也。灌木，藂木也。喈喈，和声之远闻也。"笺云："葛延蔓之时，则抟黍飞鸣，亦因以兴焉。飞集藂木，兴女有嫁于君子之道。和声之远闻，兴女有才美之称达于远方。"毛传注出了词义，郑笺注出了兴义。

《周南·汉广》首章第五、第六、第七、第八句："汉之广矣，不可泳思。江之永矣，不可方思。"毛传未注兴义。笺云："汉也，江也，其欲渡之者，必有潜行乘泭之道。今以广长之故，故不可也。又喻女之贞洁，犯礼而往，将不至也。"又第二章："翘翘错薪，言刈其楚。"毛传未注兴义。笺云："楚，杂薪之中尤翘翘者。我欲刈取之，以喻众女皆贞洁，我又欲取其尤高洁者。"

《邶风·燕燕》首章："燕燕于飞，差池其羽。"毛未标兴。笺云：

"差池其羽，谓张舒其尾翼，兴戴妫将归，顾视其衣服。"

《小雅·四牡》第三章："翩翩者鵻，载飞载下，集于苞栩。"传："鵻，夫不也。"未注兴义。笺云："夫不，鸟之慤谨者，人皆爱之。可以不劳，犹则飞则下，止于栩木。喻人虽无事，其可获安乎？感厉之。"

《小雅·出车》第五章："喓喓草虫，趯趯阜螽。"毛亨无传。笺云："草虫鸣，阜螽跃而从之，天性也。喻近西戎之诸侯，闻南仲既征玁狁，将伐西戎之命，则跳跃而乡望之，如阜螽之闻草虫鸣焉。草虫鸣，晚秋之时也。此以其时所见而兴之。"

《小雅·湛露》第二章："湛湛露斯，在彼丰草。"传无兴义。笺云："丰草，喻同姓诸侯也。载之言则也。考，成也。夜饮之礼，在宗室同姓诸侯则成之，于庶姓其让之则止。"又第三章："湛湛露斯，在比杞棘。"毛传无兴义。笺云："杞也棘也异类，喻庶姓诸侯也。"又末章："其桐其椅，其实离离。"毛传无兴义。笺云："桐也椅也，同类而异名，喻二王之后也。其实离离，喻其荐俎礼物多于诸侯也。"这三章开头两句，毛传都未解兴义，郑都对应于"同姓诸侯""庶姓诸侯"和"二王之后"，言之凿凿，丝毫不乱，好像自己就是诗的作者一样，说到底，都是其精深于礼学的缘故。

《小雅·菁菁者莪》第四章："泛泛杨舟，载沉载浮。"传："杨木为舟，载沉亦浮，载浮亦浮。"笺云："舟者，沉物亦载，浮物亦载。喻人君用士，文亦用，武亦用，于人之材，无所废。""载沉载浮"，毛传解为"载沉亦浮，载浮亦浮"，虽然似乎暗示兴义，但终究不够明朗。郑笺由此发挥为"文亦用，武亦用"，从杨舟可载沉、浮两种物生出人君用文、武两类人才，创义之功实为不小。

《小雅·采芑》第三章："鴥彼飞隼，其飞戾天，亦集爰止。"毛传无兴义。笺云："隼，急疾之鸟也，飞乃至天，喻士卒劲勇，能深攻入敌也。亦集于淇所止，喻士卒须命乃行也。"

《小雅·鸿雁》第二章："鸿雁于飞，集于中泽。"毛传无兴义，笺云："鸿雁之性，安居泽中，今飞又集于泽中，犹民去其居而离散，今见还定安集。"又三章："鸿雁于飞，哀鸣嗷嗷。"传："未得所安集则嗷嗷然。"笺云："此之子所未至者。"之子，侯伯卿士。郑笺义，哀鸣之鸿雁喻侯伯卿士还未抚恤到的离散之民。

《小雅·沔水》首章第三、第四句："鴥彼飞隼，载飞载止。"毛亨无传。笺云："言隼欲飞则飞，欲止则止，喻诸侯之自骄恣，欲朝不朝，自由无所在心也。"又第三章："鴥彼飞隼，率彼中陵。"毛亨无传。笺云："隼之性，待鸟雀而食。飞循陵阜者，是其常也。喻诸侯之守职，顺法度者，亦是其常也。"

《小雅·车舝》第二章："依彼平林，有集维鷮。辰彼硕女，令德来教。"传无兴义。笺云："平林之木茂，则则耿介之鸟往集焉。喻王若有茂美之德，则其时贤女来配之，与相训告，改修德教。"又第四章："陟彼高冈，析其柞薪。析其柞薪，其叶湑兮。"毛亨无传。笺云："登高岗者，必析其木以为薪，析其木以为薪者，为其叶茂盛，蔽冈之高也。此喻贤女得在王后之位，则必辟除嫉妒之女，亦为其蔽君之明。""析其柞薪"是不是因为"其叶湑兮"而"蔽冈之高"呢？我们也可以认为"析其柞薪"是因为"其叶湑兮"的茂盛所致的多材。但郑笺认为是因为"蔽冈之高"就和君的地位之高联系起来，从而也就和君联系起来，也就得出了"贤女得在王后之位，则必辟除嫉妒之女，亦为其蔽君之明"的兴义。所以本书认为，郑笺所阐发兴义，是真正的创造。

《小雅·采菽》第四章："维柞之枝，其叶蓬蓬。"毛传未标兴。笺云："此兴也。柞之干，犹先祖也。枝，犹子孙也。其叶蓬蓬，喻贤才也。正以柞为兴者，柞之叶新，将生；故，乃落于地。以喻继世以德相承者也。"

《小雅·白华》第三章："滮池北流，浸彼稻田。"毛传无兴义。笺云"池水之泽，浸润稻田，使之生殖。喻王无恩意于申后，滮池之不如也。丰、镐之间，水北流。"又第六章："有鹙在梁，有鹤在林。"毛传无兴义。笺云："鹙也，鹤也，皆以鱼为美食者也。鹙之性贪恶，而今在梁。鹤洁白，而反在林。兴王养褒姒而餲申后，近恶而远善。"又第七章："鸳鸯在梁，戢其左翼。"毛亨无传。笺云："敛左翼者，谓右掩左也。鸟之雌雄不可别者，以翼右掩左雄，左掩右雌，阴阳相下之义也。夫妇之道，亦以礼义相下，以成家道。"

《小雅·渐渐之石》第三章："有豕白蹢，烝涉波矣。"传："将久雨，则豕进涉水波。"笺云："豕之性能水，又唐突难禁制。四蹄皆白曰骇，则白蹄其尤躁疾者。今离其缮牧之处，与众豕涉入水之波涟矣。喻荆舒之人，勇悍捷敏，其君犹白蹢之豕也，乃率民去礼义之安，而居乱亡之危。贱之，故比方于豕。"毛传只是指出豕涉水是久雨之象，暗示这会增加征夫一路行军之苦。郑笺把眼光转移到"有豕白蹢"上，认为其喻荆舒之君，接着引出华夷之辩。从阐释本身的创造力上来说，真是神来之笔！

《小雅·苕之华》第二章："苕之华，其叶青青。"毛传无兴义。笺云："京师以诸夏为郭蔽。今陵苕之华衰而叶见青青然，喻诸侯微弱，而王之臣当出见也。"

《大雅·棫朴》第二章："淠彼泾舟，烝徒楫之。"毛传未标兴。笺云："淠淠然泾水中之舟，顺流而行者，乃众徒船人以楫棹之故也。兴众臣之贤者，行君政令。"又第三章："倬彼云汉，为章于天。"毛传未标兴。笺云："云汉之在天，其为文章，譬犹天子为法度于天下。"郑笺虽未言兴，"譬犹"云云，实解兴义。又第四章："追琢其章，金玉其相。"毛传无兴义。笺云："追琢玉使成文章，与文王为政，先以心研精，合于礼义，然后施之。万民视而观之，其好而乐之，如睹金玉然。言其政可乐也。"郑玄将治玉使有文章与文王为政以心研精联系起来，用思实为细密。

第八，毛传于首章未标兴，郑注出兴义。例如：

《周南·螽斯》首章："螽斯羽，诜诜兮。"毛传未标兴，郑笺云："凡物有阴阳情欲者莫不妒忌，维蚣蝑不耳，各得受气而生子，故能诜诜然众多。后妃之德能如是，则宜然。"

《鄘风·蝃蝀》："蝃蝀在东，莫之敢指。"毛传："蝃蝀，虹也。夫妇过礼则虹气盛，君子见戒而惧讳之，莫之敢指。"笺云："虹，天气之戒，尚无敢指者，况淫奔之女，谁敢视之。"传指出了夫妇过礼和虹气盛之间的关系，解释了这两句诗的字面意思，郑笺则引申为"况淫奔之女，谁敢视之"，这就等于把这两句诗当成了兴。

《小雅·南有嘉鱼》首章："南有嘉鱼，烝然罩罩。"毛传未标兴。笺云："言南方水中有善鱼，人将久如而俱罩之，迟之也。喻天下有贤者，在位之人将久如而并求致之于朝，亦迟之也。迟之者，谓至诚也。"郑笺实以兴解之。

《小雅·四月》首章："四月维夏，六月徂暑。"毛传未标兴。笺云：

"徂，犹始也。四月立夏矣，至六月乃始盛衰，兴人为恶亦有渐，非一朝一夕。"

《小雅·渐渐之石》首章："渐渐之石，维其高矣。山川悠远，维其劳矣。"毛传未标兴。笺云："山是渐渐然高峻，不可登而上，喻戎狄众强而无礼义，不可得而伐也。""渐渐之石，维其高矣。"毛传认为写实，郑笺认为有喻义，是兴。

《大雅·旱麓》首章："瞻彼旱麓，榛楛济济。"毛传未标兴。笺云："旱山之足，林木茂盛者，得山云雨之润泽也。喻周邦之民独丰乐者，被其君德教。"毛传未标兴，或以为纯粹写实；郑笺阐发了诗句所蕴含的兴义。

第九，毛传无兴义，郑笺由传文得到启示，注出兴义。例如：

《小雅·白华》第二章第一、第二句："英英白云，露彼菅茅。"传："英英，白云貌。露亦有云，言天地之气，无微不著，无不覆养。"笺云："白云下露，养彼可以为菅之茅，使与白华之菅相乱易，犹天下妖气生褒姒，使申后见黜。"毛传将"白云"释为"天地之气"，也只是一种词义的训解。但说者无心，听者有意，郑笺由此生发，创为"妖气"之说，这就和西周之末的史实有了关联，也就等于给这两句诗赋予了兴义。这一点，从郑笺对下两句诗的解释得到了加强。第三、第四句："天步艰难，之子不犹。"笺云："犹，图也。天行此艰难之妖久矣，王不图其变之所由耳。昔夏之衰，有二龙之妖，卜藏其漦。周厉王发而观之，化为玄鼋。童女遇之，当宣王时而生女，惧而弃之。后褒人有狱而入之幽王，幽王嬖之，是谓褒姒。"有了"妖气"说，郑玄对这两句诗作了令人叹服的挖掘，和《国语》的记载牵合上了。要不是经过白云—天地之气—妖气—褒姒祸国这个思维之链，尤其是由"天地之气"到"妖气"的升华，这两句诗可简单地说成"天行艰难于我，这人全然不管"，可见毛传的"气"字成了郑氏的灵感之源。当然，如果没有郑玄的学养之富，也不会写出这样的笺文的。

又第四章："樵彼桑薪，卬烘于煁。"传："桑薪，宜以养人者也。"笺云："人之樵，取彼桑薪，宜以炊爨膳之爨，以养食人。桑薪，新之善者也，我反以燎于灶，用照事物而已。喻王始以礼取申后，申后礼仪备。今反黜之，使为卑贱之事，亦犹是。"兴义不明，言外之意，宜以养人却置于闲散之地，价值得不到发挥。郑笺由物及人，兴义明了。又第八章"有扁斯石，履之卑兮"，传："扁扁，乘石貌。王乘车履石。"笺云："王后出入之礼与王同，其行登车亦履石。申后始时亦然，今见黜而卑贱。"毛传将"有扁斯石"和王之乘石联系起来；郑笺更具体，认为诗句是兴幽王申后被废之事。

第十，郑笺所阐发之兴义，义重在礼。例如：

《小雅·白华》第五章："鼓钟于宫，声闻于外。"笺云："王失礼于外，而下国闻知而化之，王弗能治。如鸣鼓钟于宫中，而欲外人不闻，亦不可止。"《白华》诗共八章，综合各章之意，都是弃妇思夫、怨夫之词，从使用"鼓钟于外""有扁斯石"这些王家所特有之物起兴设譬来看，郑玄认为是申后思幽王之诗也是切合的。诗中"之子之远""之子不犹""之子无良"之"之子"，"念子懆懆"之"子"，"啸歌伤怀，念彼硕人""维彼硕人"之"硕人"，均指被思被怨之人即幽王，"俾我独兮""实劳我心""视我迈迈""俾我疧兮"之"我"即作为思者、怨者的申后。"鼓钟于宫，声闻于外"是以鼓钟于宫得声闻于外反衬"念子懆懆，视我迈迈"的不为所知、不为亲近之悲哀；郑笺却从礼的角度作了解读，增加了教化意义，从诗本意来说是错的，但郑笺之说诗，不屑于以求得本意为满足，从其解诗的目的来看却是成功的。

郑玄在毛传基础上，通过对《诗》中之兴的认定与阐发，沟通了自然与人事之间的联系，以自然之物喻人间之事，以扬善抑恶为旨归，而且针线细密。

第三节 朱熹《诗集传》与赋比兴

一 朱熹《诗集传》与赋

有的诗，毛传、郑笺认为是兴，《集传》认为是赋。例如：

1. 葛之覃兮，施于中谷。（《周南·葛覃》）

传：兴也。

笺云：葛者，妇人之所有事也，此因葛之性以兴焉。兴者，葛延蔓于谷中，喻女在父母之家，形体浸浸日长大也。叶萋萋然，喻其容色美盛。维叶萋萋。黄鸟于飞，集于灌木；其鸣喈喈。黄鸟，抟黍也。笺云：

葛延蔓之时，则抟黍飞鸣，亦因以兴焉。飞集灌木，兴女有嫁于君子之道。和声之远闻，兴女有才美之称达于远方。

《集传》：赋也。赋者，敷陈其事而直言之者也。盖后妃既成絺绤而赋其事，追叙初夏之时，葛叶方盛，而有黄鸟鸣于其上也。后凡言"赋"者，放此。

2. 彼采葛兮，一日不见，如三月兮。（《王风·采葛》）

传：兴也。葛所以为絺绤也。事虽小，一日不见于君，忧惧于谗矣。

笺云：兴者，以采葛喻臣以小事使出。

《集传》：赋也。采葛，所以为絺绤，盖淫奔者托以行也。故因以指其人，而言思念之深，未久而似久也。

对表现手法的解释不同。传、笺以为是兴，以采葛喻臣以小事外出，一日不见君，忧惧有谗言。而臣忧惧谗言这样的意思确没有明白地说出来，这就是兴。《集传》认为此处用的表达方式是赋，确实有"彼采葛"即"淫奔者"外出，"思念之深"者作了这首诗。

《集传》对《诗经》作为诗的文体特征作了新的阐发，提出了有关诗体的新术语。例如：

《王风·黍离》首章第一、第二句："彼黍离离，彼稷之苗。"传："彼，彼宗庙宫室。"笺云："宗庙宫室毁坏，而其地尽为禾黍。我以黍离离时至，稷则尚苗。"第三、第四句："行迈靡靡，中心摇摇。"传："迈，行也。靡靡，犹迟迟也。摇摇，忧无所诉。"笺云："行，道也。道行，犹行道也。"第五、第六句："知我者，谓我心忧。"笺云："知我者，知我之情。"第七、第八句："不知我者，谓我何求。"笺云："谓我何求，怪我久留不去。"第九、第十句："悠悠苍天，此何人哉！"传："悠悠，远意。苍天，以体言之。尊而君之，则称皇天；元气广大，则称昊天；仁覆闵下，则称旻天；自上降鉴，则称上天；据远视之苍苍然，则称苍天。"笺云："远乎苍天，仰视欲其察己言也。此亡国之君，何等人哉！疾之甚。"《集传·总释》首章曰："赋而兴也。黍，穀名，苗似芦，高丈余，穗黑色，实圆重。离离，垂貌。稷，亦穀也，一名穄，似黍而小，或曰粟也。迈，行也。靡密，犹迟迟也。摇摇，无所定也。悠悠，远义。苍天者，据远而视之，苍苍然也。周室东迁，大夫行役至于宗周，过故宗庙宫室，尽为禾黍。闵周室之颠覆，彷徨不忍去，故赋其所见黍之离离，与稷之苗，以兴行之靡靡，心之摇摇，既叹时人莫识己意，又伤所以致此者，果何人哉？追怨之深也。”

对于这一章，《集传》以为所用的表达方式是“赋而兴也”，“赋其所见黍之离离，与稷之苗，以兴行之靡靡，心之摇摇”，认为诗人所见外物的“彼黍离离，彼稷之苗”与诗人自我的“行迈靡靡，中心摇摇”是有“兴”的关系的，即黍和稷的形象特点与诗人行路的特点及其心理变化之间有相似处：彼黍离离——行迈靡靡，彼稷之苗——中心摇摇。朱子看到了这层关系，就详细加注了“黍”这种农作物的样子，强调了“圆而重”，作注“离离，垂貌”，而这个词传、笺都没有注出。稷处于生长期的苗的阶段，易于摇动，象征着诗人中心无定的状态，所以把“摇摇”由传的“忧无所诉”改为“无所定也”。“彼黍离离，彼稷之苗”，笺以为“我以黍离离时至，稷则尚苗”，是纯粹从季节方面来理解的，而《集传》又从物我关系方面作了阐发，使读者明白了诗句的丰富性。

二 朱熹《诗集传》与比

1. 螽斯羽，诜诜兮。宜尔子孙，振振兮。（《周南·螽斯》）

《集传》：比也。

《集传》以为这四句写的是螽斯，以螽斯比后妃。被比拟的事物没有出现。

2. 蝃蝀在东，莫之敢指。女子有行，远父母兄弟。（《鄘风·蝃蝀》）

《集传》：比也。言蝃蝀在东，而人不敢指，以比淫奔之恶，人不可道。

3. 折柳樊圃，狂夫瞿瞿。（《齐风·东方未明》）

传：柳，柔脆之木。樊，藩也。折柳以为藩园，无益于禁矣。瞿瞿，无守之貌。古者，有挈壶氏以水火分日夜，以告时于朝。

笺云：柳木之不可以为藩，犹是狂夫不任挈壶氏之事。不能辰夜，不夙则莫。辰，时。夙，早。莫，晚也。此言不任其事者，恒失节数也。

《集传》：比也。柳，杨之下垂者，柔脆之木也。樊，藩也，圃，菜园也。瞿瞿，惊顾之貌。夙，早也。折柳樊圃，虽不足恃，然狂夫见之，犹惊顾而不敢越。以比辰夜之限甚明，人所易知，今乃不能知，而不失之早，则失之莫也。

传释"瞿瞿"为"无守之貌",则认为"狂夫"指的是"挈壶氏"。笺特别指出:"柳木之不可以为藩,犹是狂夫不任挈壶氏之事。"二家对"折柳樊圃,狂夫瞿瞿"的看法是一致的,认为以"折柳樊圃"比"狂夫瞿瞿"。《集传》在这章末尾明确地标出"比也",是以"折柳樊圃,狂夫瞿瞿"比"不能辰夜,不夙则莫",属事理之比:以柔脆的柳条来藩园,狂夫惊顾而不敢越,这与分不清白天、夜晚界线并因之而误导群臣上朝的人在智力低下上有相似性。由此看,对这四句诗之间的比拟关系,《集传》做了与传、笺截然不同的解释。

值得注意的是,《集传》将"瞿瞿"释为"惊顾之貌"与《唐风·蟋蟀》"好乐无荒,良士瞿瞿"的"瞿瞿"暗合,在那首诗中,传将"瞿瞿"释为"瞿瞿然顾礼义也",《集传》释为"却顾之貌"。综合这两处看,将"瞿瞿"释作"惊顾之貌""却顾之貌"是比较准确的:"狂夫瞿瞿",是由于"狂夫"见识短浅,心智有所不及,所以在"折柳"之藩前竟然"惊"而"瞿瞿";"良士瞿瞿",是由于"良士"有"好乐无荒"的忧患意识,对自己享受的"乐"有所反省而"瞿瞿"。造成"瞿瞿"的原因不同,但"瞿瞿"的由于担心而呈现出的左顾右盼之貌的词义是统一的。为了突出词义的统一性,《集传》在注释语中用恰当的词特意予以标示,如"顾",而在传的解释中就看不出来。

4. 南山崔崔,雄狐绥绥。(《齐风·南山》)

传:兴也。南山,齐南山也。崔崔,高大也。国君尊严,如南山崔崔然。雄狐相随,绥绥然无别,失阴阳之匹。

笺云:雄狐行求匹耦于南山之上,形貌绥绥然。兴者,喻襄公居人君之尊,而为淫泆之行,其威仪可耻恶如狐。鲁道有荡,齐子由归。既曰归止,曷又怀止?

《集传》:比也。南山,齐南山也。崔崔,高大貌。狐,邪媚之兽。绥绥,求匹之貌。齐子,襄公之妹、鲁桓公夫人文姜,襄公通焉者也。言南山有狐,以比襄公居高位而行邪行。且文姜既从此道归鲁矣,襄公何为而复思之乎?

传标为兴,笺释为喻。用来"喻"的事物"南山""雄狐"在开头两句中出现。后面的四句说的是襄公,这就等于喻所指向的事物也出现了。《集传》认为这是比。

三 朱熹《诗集传》对兴的阐发与传、笺不同

有的诗，毛传、郑笺与朱熹《诗集传》都认为是兴，但对兴的阐发不同。例如：

1. 关关雎鸠，在河之洲。（《周南·关雎》）

传：兴也。关关，和声也。雎鸠，王鸠也，鸟挚而有别。后妃说乐君子之德，无不和谐，又不淫其色，慎固幽深，若关雎之有别焉，然后可以风化天下。夫妇有别则父子亲，父子亲则君臣敬，君臣敬则朝廷正，朝廷正则王化成。

笺云：挚之言至也，谓王雎之鸟，雌雄情意至然而有别。

窈窕淑女，君子好逑。（《周南·关雎》）

传：逑，匹也。言后妃有关雎之德，是幽闲贞专之善女，宜为君子之好匹。

笺云：怨耦曰仇。言后妃之德和谐，则幽闲处深宫贞专之善女，能为君子和好众妾之怨者。言皆化后妃之德，不嫉妒，谓三夫人以下。

此诗首章共四句，如上引，《集传》：兴也。兴者，先言他物以引起所咏之词者也。周之文王，生有圣德，又得圣女姒氏以为之配，宫中之人于其始至，见其幽闲贞静之德，故作是诗。言彼关关然之雎鸠，则相与和鸣于河洲之上矣。此窈窕之善女，则岂非君子之善匹乎？言其相与和乐而恭敬，亦若雎鸠之情，挚而有别也。后凡言"兴"者，其文意皆放此云。

虽然传、笺与《集传》都认为此处的表现手法是兴，但仔细玩味，对于为什么是兴的具体解答，传、笺与《集传》却是不同的。传、笺以为，"关关雎鸠，在河之洲"表面上说的是雎鸠，其实内骨子里写的是后妃。以雎鸠之德比后妃之德，雎鸠对应着后妃。写雎鸠就等于写了后妃。这种隐含了所要吟咏的对象的表达方式就是兴，有点像今天的"隐喻"。《集传》以为，"关关雎鸠，在河之洲"是一个"引子"，表达重心在后两句。这种"引起所咏之词"的表达方式就是兴。

按照传、笺的解释，这一章中写到了三类人：后妃、淑女、君子。"后妃"的字眼虽然没有出现，但和谐、不嫉妒之德似乎使她成为这四句诗的总背景。"窈窕淑女，君子好逑"就发生在由后妃纯良的德行所影响

了的环境中。开头两句"关关雎鸠，在河之洲"所映射的后妃之德奠定了首章的氛围，是条件。在此条件下，才有了后两句。与《集传》的"引起"的说法比较起来，传、笺对"兴"赋予的内涵更为要紧。

按照《集传》的解释，这首诗写的是一个具体事件——姒氏初嫁文王之时。提到了两个人：淑女，君子。"淑女"特指姒氏，是焦点人物。

由以上，传、笺的兴本身就是内容，只不过是隐性的、以另外一个具有相似性的事物来表达的。《集传》所谓兴，本身不是内容，用来"引起"内容。

2. 桃之夭夭，灼灼其华。(《周南·桃夭》)

传：兴也。桃，有华之盛者。夭夭，其少壮也。灼灼，华之盛也。

笺云：兴者，喻时妇人皆得以年盛时行也。之子于归，宜其室家。

《集传》：兴也。《周礼》："仲春令会男女。"然则桃之有华，正婚姻之时也。文王之化，自家而国，男女以正，婚姻以时。故诗人因所见以起兴，而叹其女子之贤，知其必有以宜其室家也。

传、笺与《集传》虽然都认为开头的两句"桃之夭夭，灼灼其华"是写桃花的少壮，但对这两句作用的看法是截然不同的。笺认为这两句在表面上写的是桃花，其实是写正在出嫁的女子：桃以其少壮而花盛，女子正当盛时。由传"桃，有华之盛者"(意思是：桃花，是开花的植物当中花开得盛的)的注看，作诗者之所以以桃为兴，是经过一番选择的，正是因为看中了桃花的这一特点而将其摄入诗中。而且按照传的解释，桃树开花与女子出嫁并不在同一季节，桃树在仲春开花，而本诗所写的女子是在秋冬举行婚礼，这样的话，"桃之夭夭，灼灼其华"也不是诗人眼中之景，只能说是心中之象，在表意上这两句是独立的，不可或缺的。《集传》认为，桃之开花和女子出嫁，这两件事都发生在仲春，作诗的人看到前者，便顺便拿来作为话头，真正要说的是后两句。客观上桃花壮盛的事实没有变，但诗人不取壮盛义，不见得以桃喻人，只是"因所见以起兴"。

3. 麟之趾，振振公子。(《周南·麟之趾》)

传：兴也。趾，足也。麟信而应礼，以足至者也。振振，信厚也。

笺云：兴者，喻今公子亦信厚，与礼相应，有似于麟。

于嗟麟兮！(《周南·麟之趾》)

《集传》：兴也。趾，足也。麟之足不践生草，不履生虫。振振，仁厚貌。文王后妃德修于身，而子孙宗族皆化于善，故诗人以麟之趾兴公之子。言麟性仁厚，故其趾亦仁厚；文王后妃仁厚，故其子亦仁厚。

传、笺与《集传》对兴的阐发有两点不同：一，对麟和公子所具有的"德"的具体内容的解释不同。传、笺认为这种德有两方面的内容：信（信厚），与礼相应。《集传》认为德即仁厚。信和仁是两种德行，信指诚信，仁指仁爱。二，对"趾"（足）的认识不同。传认为之所以咏到"趾"，是因为麟"以足（趾）至者也"，意思是社会治理达到了"礼"的状况，麟就"应礼""以足至"；《集传》以为"麟之足不践生草，不履生虫"，这就使麟的"仁厚"落到了实处。

第 八 章

毛传、郑笺与朱熹《诗集传》注释比较

本章涉及两个方面的内容，其一是细绎出毛传、郑笺与朱熹《诗集传》注《诗》之不同点，侧重于义理；其二是对三家误说《诗经》字义句义进行分析，重在语言层面。

第一节　毛传、郑笺与朱熹《诗集传》解《诗》不同

一　朱熹《诗集传》另立新解

1. 南　南有樛木，葛藟累之。(《周南·樛木》)

传：南，南土也。

笺：南土谓荆、扬之域。

《集传》：南，南山也。

传解"南"为南土，即周统治下的南方，笺指出南土对应的行政区域名称；《集传》解"南"为南山，即陕西终南山，山名。

2. 只　君子　乐只君子，福履绥之。(《周南·樛木》)

笺：(妃妾以礼义相与和) 又能以礼乐乐其君子，使为福禄所安。

《集传》：只，语助辞。君子，自众妾而指后妃，犹言小君内子也。

《小雅·南山有台》"乐只君子"，笺云"只，之，言是也。"则"乐只君子"是陈述句，意思是妃妾乐其君子。"只"是代词。"君子"指文王。据《集传》，则"乐只君子"是众妾向后妃祝福的话语，是感叹句。主谓倒置，"乐只"是谓语，"君子"是主语，"只"是语助辞，"君子"是众妾对后妃的称呼。

3. 尔　宜尔子孙，振振兮。(《周南·螽斯》)

笺：后妃之德宽容不嫉妒，则宜女（同"汝"）之子孙，使其无不仁厚。

《集传》：尔，指螽斯也。

在郑笺看来，"尔"是第二人称代词，指后妃。据《集传》，"尔"同样是第二人称代词，是对螽斯的拟人化的称呼。

4. 之子　之子于归，宜其室家。(《周南·桃夭》)

传：之子，嫁子也。

《集传》：之子，是子也。此指嫁者而言也。

传、《集传》对"之子"的解释，虽然都认为其指出嫁的女子，但对其中"之"的看法不同。传以"嫁"对译"之"，则"之"为动词。这也可从孔疏对这两句的解释得到证实："是此行嫁之子，往归嫁于夫，正得善时，宜其为室家矣。"这里，将传之"嫁"对译为"行嫁"。因此，在传看来，在"之子"这个名词性偏正结构中，"之"是动词，义为嫁，作定语以修饰名词"子"。《集传》以"是"对译"之"，则以"之"为指示代词，"之子"中的"之"，是指示代词作定语。

5. 室家　之子于归，宜其室家。(《周南·桃夭》)

《集传》：室，谓夫妇所居。家，谓一门之内。

传、笺虽然对"室家"没有明确解释，但可以从二家对"宜"的解释看出来。传："宜，以有室家无逾时者。"笺云："宜者，谓男女年时俱当。"意思是，男女在一年当中合适的时节即合于礼法规定的季节结婚，强调的是时令之"宜"。孔疏："是此行嫁之子，往归嫁于夫，正得善时，宜其为室家矣。"则"室家"指男女双方，即夫妻。与传、笺不同的是，首先，《集传》对"室家"从空间上予以解释，而传、笺认为"室家"就指夫妇。其次，《集传》所谓"室家"，其所指范围比传、笺要大：《集传》的"室"对应传、笺的"室家"，而"家"指包括"室"在内的整个一大家人。再看《集传》对这一章的阐发："文王之化，自家而国，男女以正，婚姻以时。故诗人以所见以起兴，而叹其女子之贤，知其必有以宜其室家也。"在这里，对"之子"赋予了"贤"的品质，所以不光"宜其室"，而且"宜其""家"，给夫家的所有人都会带来好运。

6. 父母　鲂鱼赪尾，王室如毁。虽则如毁，父母孔迩。(《周南·汝坟》)

笺：君子仕于乱世，其颜色瘦病，如鱼劳则尾赤。所以然者，畏王室之酷烈。是时纣存。辟（通"避"）此勤劳之处，或时得罪，父母甚近，当念之，以免于害，不能为疏远者计也。

《集传》：父母，指文王也。是时文王三分天下有其二，而率商之叛国以事周。故汝坟之人，犹以文王之命供纣之役。其家人见其勤苦，而劳之曰：汝之劳既如此，而王室之政方酷烈而未已。虽其酷烈而未已，然文王之德如父母然，望之甚近，亦可以忘其劳矣。

笺、《集传》对诗的背景的理解相同，都认为是"被文王之化"的汝坟之人为"王室"（当时还是商朝，纣在位，文王是诸侯）服役，其妇人或家人慰劳并勉励他的话。笺以为"父母"指服役者的父母，《集传》以为"父母"指被周国民众视之为父母的文王。

7. 一发五豝。(《召南·驺虞》)

传：虞人翼五豝，以待公之发。

笺：君射一发而翼五豝者，战禽兽之命。必战之者，仁心之至。

《集传》：一发五豝，犹言中必叠双也。

"一发五豝"，传、笺以为是虞人驱赶过来了五头豝，公只发一支箭，射其中的一头；《集传》解为一箭射双。

8. 绿兮丝兮，女所治兮。(《邶风·绿衣》)

传：绿，末也。丝，本也。

笺：女，女妾上僭者。先染丝，后制衣，皆女之所制为也，而女反乱之，亦喻乱嫡妾之礼，责以本末之行。礼，大夫以上衣织，故本于丝也。

《集传》：女，指其君子而言。言绿方为丝，而女又治之。以比妾方少艾，而女又嬖之也。

传以为，绿由于丝，丝为本，绿为末，先有了丝，再染为绿，是女人所治。女如字。丝为名词，素丝。绿为动词，染绿。笺以为"绿（褖）兮丝兮，女（汝）所治兮"的意思是先做成了褖衣，再去染褖衣上的丝，这就是你做褖衣的工序（其实正常的步骤是先染丝，染成黑色，再去做成褖衣）。绿（褖），动词，做褖衣。丝，动词，染丝。《集传》以为，绿才刚刚制成丝，你（指其君子）又做衣服，则做衣服的是自己的君子。绿为一种制丝原材料。

9. 后　我躬不阅，遑恤我后。（《邶风·谷风》）

笺：我身尚不能自容，何暇忧我后所生子孙也。

《集传》：（而又自思）我身且不见容，何暇恤我已去之后哉！

笺对"厚"的内涵做了具体的解释。

10. 中露　微君之故，胡为乎中露？（《邶风·式微》）

传：中露，卫邑也。

《集传》：中露，露中也。

中露，传以为是专有名词，《集传》以为是普通名词。

11. 何其处也？必有与也。（《邶风·式微》）

传：言与仁义也。

笺：我君何以处此乎？必以卫有仁义之道故也。责卫今不行仁义。

《集传》：处，安处也。与，与国也。因上章"何多日也"，而言何其安处而不来？意必有与国相俟而俱来耳。

传、笺认为，"何其处也？必有与也"的主语是"我君"，即诗序中提到的"黎侯"，"处"指"处此"，即寓于卫国，"与"指"与仁义"，即"卫有仁义之道"；《集传》以为主语是卫君，"处"义为"安处"，"与"指"与国"。

12. 琐兮尾兮！流离之子。（《邶风·式微》）

传：琐尾，少好之貌。流离，鸟也，少好长丑，始而愉乐，终以微弱。

笺：卫之诸臣，初有小善，终无成功，似流离也。

《集传》：琐，细。尾，末也。流离，漂散也。言黎之诸臣，流离琐尾，若此其可怜也。

依传、笺，这两句是责备卫国对于自己前后态度变化明显，由好变坏；依《集传》，则是黎国臣子自况之辞。

13. 娈彼诸姬，聊与之谋。（《邶风·泉水》）

传：诸姬，同姓之女。

笺：诸姬者，未嫁之女。我且欲略与之谋妇人之礼，观其志意，亲亲之恩也。

《集传》：诸姬，谓姪娣也。是以即诸姬而与之谋为归卫之计，如下两章之云也。

诸姬，传、笺认为指的是在卫国没有出嫁的同姓之女，《集传》认为是与自己一起来在所嫁国的同姓姪娣。《泉水》为卫女思归之诗，则"娈彼诸姬"是其所欲见者，这是卫女想象之词，当从传、笺。

14. 问我诸姑，遂及伯姊。（《邶风·泉水》）

传：父之姊妹曰姑。先生曰姊。

笺：宁则又问姑及姊，亲其类也。先姑后姊，尊姑也。

《集传》：诸姑、伯姊，即所谓诸姬也。是以问于诸姑、伯姊，而谋其可否云耳。

诸姑、伯姊，传、笺认为指的是娘家的姑姑和姐姐，《集传》认为指与自己同在所嫁国的姑姑和姐姐。问，依传、笺，是"问遗"之问，依《集传》，是"询问"之问。同上例，当从传、笺。

15. 不瑕有害　遄臻于卫，不瑕有害。（《邶风·泉水》）

传：瑕，远也。不得为违礼远义之害。

笺：瑕犹过也。害，何也。我还车疾于卫而返，于行无过差，有何不可而止我？

《集传》：瑕，何，古音相近，通用。言如是则其至卫疾矣，然岂不害于义理乎？疑之而不敢遂之辞也。

"不瑕有害"，依传，则"不"与"瑕有害"之间为动宾关系；依笺，"不瑕"与"有害"是两个分句，其间是条件关系，"有害"为反问语气；依《集传》，"不瑕有害"是一个反义疑问句，表达了自己拿不定主意的语气。

"不瑕有害"为当时熟语。传读"瑕"为"遐"，笺如字；害传如字，笺读如何。二者说句意错，从《集传》。

16. 大夫跋涉，我心则忧。（《鄘风·载驰》）

笺：跋涉者，卫大夫来告难于许时。

《集传》：宣姜（卫宣公夫人）之女为许穆公夫人，闵卫之亡，驰驱而归，将以唁卫侯于漕邑。未至，而许之大夫有奔走跋涉而来者。夫人知其必将以不可归之义来告，故心以为忧也。

笺以跋涉者为卫国大夫，《集传》以跋涉者为许国大夫。

17. 容兮遂兮，垂带悸兮。（《卫风·芄兰》）

传：容仪可观，佩玉遂遂然，垂其绅带，悸悸然有节度。

笺：容，容刀也。遂，瑞也。言惠公佩容刀与瑞及垂绅带三尺，则悸悸然行止有节度，然其德不称服。

《集传》：容、遂，舒缓放肆之貌。悸，带下垂之貌。

18. 两骖如手 两服齐首，两骖如手。（《郑风·大叔于田》）

传：进止如御者之手。

笺：如人左右手之相佐助也。

《集传》：齐首、如手，两服并首在前，而两骖在旁，稍次其后，如人之两手也。

两骖如手，按照传的解释，就是两匹在旁的骖马，其进止一如御者手的操控；按照笺的解释，即两匹在旁的骖马对两匹在中的服马的帮助，如同人的左手和右手对人体的帮助；按照《集传》的解释，两匹服马并首在前，两匹骖马在旁稍后，就像人的两手，中间的中指和无名指长，两边的食指和小指短。传说的是骖马与御者之间的和谐，笺说的是骖马与服马之间的相互配合，《集传》说的是骖马后于服马的分布与人的手指之间的视觉相似。传的"如"是介词，按照，听从；笺的"如"是连词，如同，像，与……一样；《集传》的"如"也是介词。其说更有形象感，义较胜。

19. 三英粲兮 羔裘晏兮，三英粲兮。（《郑风·羔裘》）

传：三英，三德也。

笺：三德，刚克，柔克，正直也。粲，众意。

《集传》：三英，裘饰也，未详其制。粲，光明也。

三英粲兮，依孔疏，传、笺意为"其人有三种英俊之德，粲然而众多兮"；《集传》意，羔裘名为"三英"的饰物光明。

20. 祈 酌以大斗，以祈黄耇。（《大雅·行苇》）

传：报也。（曾孙成王）酌之以大斗而献之，以报养黄耇之老人。

笺：告也。（成王）酌以大斗而尝之，以告黄耇将养之也。

《集传》：求也。以祈黄耇，犹曰"以介眉寿"云尔。古器物款识云"用蕲万寿"，"用蕲眉寿，永命多福"，"用蕲眉寿，万年无疆"，皆此类也。

传认为已经开始养；笺认为通知老人要养他们；《集传》认为酌酒向神祈求长寿，三家各不相同。

21. 曷　武王载旆，有虔秉钺，如火烈烈，则莫我敢曷。（《商颂·长发》）

传：曷，害也。

笺：其威势如猛火之炎炽，谁敢御害我。

《集传》：《汉书》作"遏"。曷、遏通。或曰：曷，谁何也。

毛传训"曷"为"害"，实指出"曷"假借为"害"，郑玄同意；朱子以为"曷"通"遏"，同为假借，所假却与毛传、郑笺不同；或说"谁何"，即"曷"假为"何"，又一义。

最后两例为朱子引当时新的出土文献与当代历史著作证成字义的，为毛传、郑笺所未及引，而其义更胜，足见一位真大师的风范。

二　朱熹《诗集传》说诗较毛传、郑笺更生活化

1. 喓喓草虫，趯趯阜螽。未见君子，忧心忡忡。亦既见之，亦既觏止，我心则降。（《召南·草虫》）

传、笺以为这写的是卿大夫之妻出嫁前后的心理活动。"喓喓草虫，趯趯阜螽"，以草虫鸣、阜螽跃而从之兴男女嘉时以礼相求呼。"未见君子，忧心忡忡"，是写出嫁途中，女子忧不当君子，无以宁父母，故心忡忡然。"亦既见止，亦既觏止，我心则降"，即已婚后见君子待己以礼，庶自此可以宁父母，故心下也。《集传》以为，南国被文王之化，诸侯大夫行役在外，其妻独居，感时物之变，而思其君子如此。集传说义较胜。

2. 于以采苹？南涧之滨。于以采藻？于彼行潦。（《召南·采蘋》）

笺：古者妇人先嫁三月，祖庙未毁，教于公宫；祖庙既毁，教于宗室。教以妇德、妇言、妇容、妇功。教成之祭，牲用鱼，芼用苹藻，所以成妇顺也。此祭，祭女所出祖也。法度莫大于四教，是又祭以成之，故举以言焉。蘋之言宾也，藻之言澡也。妇人之行，尚柔顺，自清洁，故取名以为戒。

《集传》：南国被文王之化，大夫妻能奉祭祀，而其家人叙其事以美之也。

笺以为，大夫之妻于行嫁前要为教成之祭，而诗所写正是为此祭准备品物，解释的重点在与《礼》沟通，详其文化语境。还从语言文字角度阐发了这种"教成之祭"使用蘋、藻的蕴含——寄托着女子养成的性别期向。《集传》以为是对在平常居家生活中大夫妻能奉祭祀的赞美。

3. 三五　嘒彼小星，三五在东。(《召南·小星》)

传：嘒，微貌。小星，众无名者。三，心。五，噣。四时更见。

笺：众无名之星，随心、噣在天，犹诸妾随夫人以次序进御于君也。心在东方，三月时也。噣在东方，正月时也。如是终岁列宿更见。

《集传》：三五，言其稀，盖初昏或将旦时也。

传、笺认为"小星"以比众妾，"三五"比诸侯夫人。"嘒彼小星"与"三五在东"是两个并列的分句。《集传》认为"三五"指"小星"稀疏分布于天空的样子，则"嘒彼小星，三五在东"是一个句子。

传、笺解此诗受了诗序"惠及下也"的影响，其实序说是错的，不合诗意。在"三五"上做文章，求之过深。闻一多说过此诗，认为是出使者之诗，可信。《集传》认为此两句写景，得之。

4. 怀春　有女怀春，吉士诱之。(《召南·野有死麕》)

传：春，不暇待秋也。诱，导也。有贞女思开春以礼与男会，不欲过时也。又欲令此吉士，先使媒人导成之，不与无媒妁而自行也。

笺：有贞女思仲春以礼与男会，吉士使媒人导成之。疾时无礼而言然。

《集传》：怀春，当春而有怀也。吉士，美士。言美士以白茅包死麕，而诱怀春之女也。

对"怀春"解释不同，传以为"思开春以礼与男会"，笺以为"思仲春以礼与男会"，《集传》以为"当春而有怀也"。传、笺解释得具体，强调了"礼"，《集传》解释得含糊，只按字面做了解释。其中"春"的涵盖范围不同，传以为是"开春"，笺以为是"仲春"，《集传》以为整个的"春"。

对于"吉士诱之"，传、笺解做"吉士使媒人导成之"，为"吉士"之行为补出依据来；《集传》直以为美士诱怀春之女。

5. 绿兮衣兮，绿衣黄里。(《邶风·绿衣》)

传：绿，间色。黄，正色。

笺："绿"当作"褖"，故作"绿"，字之误也。褖兮衣兮者，言褖衣自有礼制也。诸侯夫人祭服之下，鞠衣为上，展衣次之，褖衣次之。次之者，众妾亦以贵贱之等服之。鞠衣黄，展衣白，褖衣黑，皆以素纱为里。今褖衣反以黄为里，非其礼制也，故以喻妾上僭。

传以为，间色之绿不当为衣，今却以为衣，正色之黄反为里而隐，用来比妾蒙宠而嫡失位；笺以为，妇人之服有褖衣，其制黑色而素纱为里，今黄里，非制，以比妾上僭乱礼。

6. 古人　我思古人，俾无訧兮。（《邶风·绿衣》）

笺：古人，谓制礼者。我思此人定尊卑，使人无过差之行。心善之也。

《集传》：我思古人有尝遭此而善处之者以自厉焉，使不至于有过而已。

笺以为"古人"是古制礼者，《集传》以为"古人"是卫庄公夫人庄姜想起的古代与自己遭遇相同而善于自处的同样是国君夫人的人。

7. 彤管　静女其娈，贻我彤管。（《邶风·静女》）

传：既有静德，又有美色，又能遗我以古人之法，可以配人君也。古者后夫人有女史彤管之法，史不记过，其罪杀之。后妃群妾以礼御于君所，女史书其日月，授之以环，以进退之。生子月辰，则以金环退之。当御者，以银环进之，著于左手。事无大小，记以成法。

笺：彤管，笔赤管也。

《集传》：彤管，未祥何物，盖相赠以结殷勤之意耳。

彤管，传、笺认为与古代后宫制度有关，传详细介绍了具体实施，并认为"静女"德貌俱备，可为人君之配；《集传》认为"此淫奔期会之诗也"，未注出"彤管"为何物，推测是情人间相互赠送的信物。

8. 匪女之为美，美人之贻。（《邶风·静女》）

传：非为其徒说美色而已，美其人能遗我法则。

笺：遗我者，遗我以贤妃也。

《集传》：女，指荑而言也。然非此荑之为美也，特以美人之所赠，故其物亦美耳。

女，传、笺解作女人，《集传》以为指荑，同汝。美人之贻，传、笺以为"美"与"人之贻"之间是动宾关系，但对"人之贻"的解释不同，传解为"其人能遗我法则"，笺解作其人能遗我以贤妃。《集传》以为"美人之贻"是定中短语,即美人的赠物。

9. 说 说于农郊。(《卫风·硕人》)

笺:"说"当作"襚"。《礼》《春秋》之襚,读皆宜同。衣服曰襚,今俗语然。此言庄姜始来,更正衣服于卫近郊。

《集传》:说,舍也。(此言庄姜自齐来嫁,)舍止近郊。

说,笺以为即《礼》《春秋》的"襚",动词,脱掉在一路上穿的襲衣,换上正式的结婚礼服。《集传》用了普通的释义。

10. 君子阳阳,左执簧,右招我由房。(《王风·君子阳阳》)

传:由,用也。国君有房中之乐。

笺:由,从也。君子禄仕在乐官,左手执笙,右手招我,欲使我从之于房中,俱在乐官也。我者,君子之友自谓也,时在位,有官职也。

《集传》:由,从也。房,东房也。此词疑亦前篇妇人所作。盖其夫既归,不以行役为劳,而安于贫贱以自乐。其家人又识其意,而深叹美之。

传将"由"释为"用",即从事(官职)之义,笺释为"从",即从行(某人)之义;《集传》对"由"的释义虽用了与笺相同的训释词"从",但由于对"房""君子"的理解不同,笺的"从"也可以是介词,从(某处)之义。

11. 谷则异室,死则同穴。谓予不信,有如皎日!(《王风·大车》)

传:生在于室,则外内异,死则神合,同为一也。

笺:此章言古之大夫听讼之政,非但不敢淫奔,乃使夫妇之礼有别。今之大夫不能然,反谓我言不信。我言之信,如白日也。刺其暗于古礼。

《集传》:民之欲相奔者,畏其大夫,自以终身不得如其志也。故曰:生不得相奔以同室,庶几死得合葬以同穴而已。"谓予不信,有如皎日",约誓之辞也。

传、笺以为,"谷则异室,死则同穴"说的是古夫妇之礼,生时内外异室,死时合葬。正如《礼记·内则》所载:"礼始于谨夫妇。为宫室,辨内外。……男不入,女不出。"① "谓予不信,有如皎日"是诗作者对

---

① (东汉)郑玄注,(唐)孔颖达疏,龚抗云整理:《礼记正义》,北京大学出版社2000年版,第1000页。

决断男女之讼的大夫所说的——为了强调自己所说的古礼不虚。《集传》以为这四句是"民之欲相奔者"之间的誓言。

12. 在我室兮，履我即兮。(《齐风·东方之日》)

传：履，礼也。

笺：在我室者，以礼来，我则就之，与之去也。言今者之子，不以礼来也。

《集传》：履，蹑。即，就也。言此女蹑我之迹而相就也。

履，传、笺释为礼，即履假借为礼；《集传》释为蹑，即本义。"履我即"，依传、笺是紧缩复句，"履"与"我即"之间为因果关系；依《集传》，则是单句，"履我"为动词短语，作状语，"即"为谓语主要动词。

13. 姻　特　不思旧姻，求尔新特。(《小雅·我行其野》)

传：新特，外昏也。

笺：婿之父曰姻。女（汝）不思女（汝）老父之命而弃我，而求女（汝）新外昏特来之女。责之也，不以礼嫁，必无肯媵之。

《集传》：特，匹也。言尔之不思旧姻，而求新匹也。

姻指婿之父。于笺，孔疏，"特谓独来夫家，由不以礼嫁，必无人肯媵送之，故独来也。"新特，新独自而来者，即毛传"外昏"。尤其对特的解释，具有深厚的礼文化背景。

《集传》把"特"简单地释为"匹"，礼的含义大为减少了。"旧姻""新特"对言，很容易让人不再把姻理解为婿之父，而有可能把旧姻理解为原来的妻子，以和新特对应。

三　毛传、郑笺赋予《诗》以政治色彩，朱熹《诗集传》认为描写家庭生活

1. 泛彼柏舟，亦泛其流。(《邶风·柏舟》)

笺：舟，载渡物者，今不用，而与物泛泛然俱流水中。喻仁人之不见用，而与群小人并列，亦犹是也。

《集传》：妇人不得于其夫，故以柏舟自比。言以柏为舟，以致牢实，而不以乘载，无所依薄，但泛然于水中而已。

2. 忧心悄悄，愠于群小。(《邶风·柏舟》)

笺：群小，众小人在君侧者。

《集传》：群小，众妾也。言见怒于众妾也。

3. 日居月诸，胡迭而微。（《邶风·柏舟》）

笺：日，君象也。月，臣象也。微，谓亏伤也。君道当常明如日，而月有亏盈，今君失道而任小人，大臣专恣，则日如月然。

《集传》：言日当常明，月则有时而亏，犹正嫡当尊，众妾当卑。今众妾反胜正嫡，是日月更迭而亏。

4. 静言思之，不能奋飞。（《邶风·柏舟》）

笺：臣不遇于君，犹不忍去，厚之至也。

《集传》：（正嫡）恨其不能奋起而飞去也。

5. 说　死生契阔，与子成说。（《邶风·击鼓》）

传：说，数也。从军之士与其伍约，云我今死也生也，共处契阔勤苦之中，亲莫是过，当与子危难相救，成其军伍之数，勿得相背，使非理死亡也。

笺：从军之士与其伍约，死也生也，相与处勤苦之中，我与子成相说（音悦）爱之恩，志在相存救也。

《集传》：成说，谓成其约誓之言。从役者念其室家，因言始为室家之时，期以死生契阔，不相忘弃。

6. 雄雉于飞，泄泄其羽。（《邶风·雄雉》）

传：兴也。雄雉见雌雉飞，而鼓其翼泄泄然。

笺：兴者，喻宣公整其衣服而起，奋讯其形貌，志在妇人而已，不恤国之政事。

《集传》：兴也。妇人以其君子从役于外，故言雄雉之飞，舒缓自得如此。

传、笺以为诗句是用"雄雉"来兴卫宣公淫乱的事，《集传》以为是兴妇人的君子在外服役而过期。

7. 我之怀矣，自诒伊阻！（《邶风·雄雉》）

笺：怀，安。君之行如是，我安其朝而不去。今从军旅，久役不得归，此自遗以是患难。

《集传》：而我之思者，乃从役于外，而自遗阻隔也。

笺以为，（卫宣公的行径是这样）我安在他的朝廷而没有离去，以至于落下了今天自己遗留下久役的患难。则"我之怀矣，自遗伊阻！"是一个复句，两个分句间是转折关系。《集传》以为，我所思念的人乃自遗阻隔。则"我之怀矣，自诒伊阻！"是一个单句，其中"我之怀"是主语，"怀"在此句中是名词，所怀者，"矣"在主语后面，是语气词，"自诒伊阻"为谓语部分。

8. 展矣君子，实劳我心。（《邶风·雄雉》）

笺：诚矣君子，诉于君子也。君之行如是，实使我劳心矣。君若不然，则我无军役之事。

《集传》：展，诚矣。言诚，又言实，所以甚言此君子之劳我心也。

笺意，这两句是行役的人以自己的遭遇去"君子"那里诉苦的话，他说道："咱们国君的行为的确是这样，实在使我劳心。""君子"是一局外人。《集传》意，我的君子实实在在在外让我劳心。"君子"指自己的丈夫。

9. 百尔君子，不知德行。不忮不求，何用不臧？（《邶风·雄雉》）

笺：女（汝）众君子，我不知人之德行何如者可谓为德行，而君或有所留？我君子之行，不疾害，不求备于一人，其行何用为不善，而君独远使之在外，不得来归？

《集传》：言凡尔君子，岂不知德行乎？若能不忮害，又不贪求，则何所为而不善哉！忧其远行之犯患，冀其善处而得全也。

笺以为这四句是女怨之辞，自己的丈夫德行并不比别人差，而人家没有被国君派到外地服役，自己的却去了。《集传》以为是劝慰之辞，是女子给远行君子提出的立身保安之道。

10. 永矢弗谖。（《卫风·考槃》）

传：（独言先王之道）长自誓不敢忘也。

笺：（在涧独处，觉而独言）长自誓以不忘君之恶，志在穷处，故云然。

《集传》：（虽独寐而寤言）犹自誓其不忘此乐也。

弗谖，宾语省略，三家各自做了补全。传以为不忘先王之道，笺以为不忘当世君之恶，《集传》以为不忘此身一己之乐。

11. 告　永矢弗告。（《卫风·考槃》）

传：无所告语也。

笺：不复告君以善道。

《集传》：弗告者，不以此乐告人也。

笺的解释重在说明臣与君之间的矛盾，政治意味浓；《集传》以为独处者自得其乐，遗世而立，且不以此乐告人，不存在个人与外界之间的紧张感。

12. 彼采葛兮，一日不见，如三月兮。（《王风·采葛》）

传：兴也。葛所以为絺绤也。事虽小，一日不见于君，忧惧于谗矣。

笺：兴者，以采葛喻臣以小事使出。

《集传》：赋也。采葛，所以为絺绤，盖淫奔者托以行也。故因以指其人，而言思念之深，未久而似久也。

对表达方式的解释不同。传、笺以为是"兴"，以采葛比臣以小事外出，一日不见君，忧惧有谗言。而臣忧惧谗言这样的意思确没有明白地说出来，这就是"兴"。《集传》以为此处的表达方式是"赋"，确实有"彼采葛"即"淫奔者"外出，"思念之深"者作了这首诗。

13. 丘中有麻，彼留子嗟。彼留子嗟，将其来施施。（《王风·丘中有麻》）

传：留，大夫氏。子嗟，字也。丘中墝埆之处，尽有麻、麦、草、木，乃彼子嗟之所治。施施，难进之意。

笺：子嗟放逐于朝，去治卑贱之职而有功，所在则治理，所以为贤。施施，舒行，伺闲独来见己之貌。

《集传》：子嗟，男子之字也。将，愿也。施施，喜悦之意。妇人望其所与私者而不来，故疑丘中有麻之处，复有与之私而留者，今安得其施施然而来乎？

留，传、笺以为大夫氏；《集传》以为是动词。子嗟，传、笺以为是大夫之字，即放逐于朝的贤者；《集传》以为妇女"所与私"的男子之字。"彼留子嗟"，依传、笺是名词短语，依《集传》则是主谓宾都全的句子。

14. 无我恶兮，不寁故也。（《郑风·遵大路》）

传：寁，速也。

笺：子无恶我揽持子之袪，我乃以庄公不速于先君之道使我然。

《集传》：寁，速。故，旧也。子无恶我而不留，故旧不可以遽绝也。

不寁故也，于传，孔疏："我乃以庄公不速于先君之道故也"。"故"

即"使我然"，传、笺对"故"的解释相同。则"不寁故也"是紧缩复句，"不寁"与"故也"之间是因果关系。依《集传》，"不寁故也"是单句。寁，虽然传、笺的训释词与《集传》相同，但含义不同：传、笺的"寁"义为速近，快速接近，宾语"先君之道"省略；《集传》的"寁"义为"遽绝"，宾语是"故"，不省。

15. 牂羊坟首　牂羊坟首，三星在罶。（《小雅·苕之华》）

传："牂羊坟首"，言无是道也。

笺：无是道者，喻周已衰，求其复兴，不可得也。

《集传》：羊瘠则首大也。

传、笺同义，解释的是比喻义，笺更明了。《集传》则认为这句是直陈所见，诗人看见羊由于饥饿而头显得偏大。

四　毛传、郑笺与朱熹《集传》对诗中所写生活内容的理解不同

1. 彼其之子　彼其之子，不与我戍申。（《王风·扬之水》）

笺：彼其之子，独处乡里，不与我来守申，是思之言也。

《集传》：彼其之子，戍人指其室家而言也。

彼其之子，笺以为"独处乡里"者，《集传》以为是戍人的室家。

2. 何嗟及矣　啜其泣矣，何嗟及矣。（《王风·中谷有蓷》）

笺：及与也。泣者伤其君子弃己，嗟乎，将复何与为室家乎！此其有余厚于君子也。

《集传》：何嗟及矣，言事已至此，末如之何，穷之甚也。

何嗟及矣，笺以为，（今被弃）将与谁为夫妻呢！自问中包含着悲叹。何，疑问代词，指人。及，与，介词。依《集传》，则反问中包含着悲叹。何，表反问的副词，怎么。及，动词。

3. 东方之日兮，彼姝者子，在我室兮。（《齐风·东方之日》）

传：姝者，初昏之貌。

笺：有姝姝然美好之子，来在我室，欲与我为室家，我无如之何也。

《集传》：言此女蹑我之迹而相就也。

传、笺以"子"为男子，《集传》以"子"为"女子"。

第二节 毛传、郑笺、朱熹《诗集传》错误分析

一 误解语词

1. 肃肃 肃肃兔罝，椓之丁丁。（《周南·兔罝》）

传：肃肃，敬也。

《集传》：肃肃，整饬貌。

"肃肃"为假借字，兔罝貌。传、《集传》忘文生义。

2. 好仇 赳赳武夫，公侯好仇。（《周南·兔罝》）

传：好仇，好的匹偶。

笺：怨耦曰仇。此罝兔之人，敌国有来侵犯者，可使和好之，亦言贤也。

传以"好"为形容词，音 hǎo，"好仇"为定中结构；笺以"好"为动词，音 hào，"好仇"为动宾结构。"公侯好仇"中，"公侯"是动作的受益者，主语是"武夫"。笺说错误。一是"仇"为形声字，起初为类义，后来"仇"专指对立面。两两相对既可以同类，也可以是对立的一方。在诗中是同类之义。笺解字义错。二是说句意不合语法。

3. 退食自公，委蛇委蛇。（《召南·羔羊》）

传：（召南大夫既外夫羔羊之德裘，内有羔羊之德）故退朝而食，从公门入私门，布德施行，皆委蛇然，动而有法，可使人踪迹而效之。言其行服相称，内外得宜。

笺：退食，谓减膳也。自，从也。从于公，谓正直顺于事也。委蛇，委曲自得之貌，节俭而顺，心志定，故可自得也。

传将"自"释为介词，从，则"自公"是介词结构作地点状语，修饰谓语动词"退食"，笺以"自"为动词，听从，则"退食自公"是两个动词短语"退食"与"自公"并列；"退食"解释不同；传以"委蛇"状大夫走路回家时的姿容，笺以为是心性自得的表达。笺将"自"解为动词，显然是错误的。

4. 行道 行道迟迟，中心有违。（《邶风·谷风》）

笺：行于道路之人，至将于别，尚舒行，其心徘徊然，喻君子于己不能如也。

《集传》：言我之被弃，行于道路，迟迟不进。盖其足欲前，而心有所不忍，如相背然。

笺以为"行道"在此是名词，即路人之义，作主语。"迟迟"是状态词作谓语。《集传》以为"行道"是谓语动词，"迟迟"作状语。主语是弃妇，省略。

笺解"行道"为"行于道路之人"，是以体词释谓词。此诗为弃妇自道，非写路人，《集传》说是。

5. 简　简兮简兮，方将万舞。（《邶风·简兮》）

传：简，大也。

笺：简，择。

《集传》：简，简易不恭之意。贤者不得志而仕于伶官，有轻世肆志之心焉，故其言如此，若自誉而实自嘲也。

三家俱错。此"简"为拟声词，拟"万舞"时乐器声。

6. 将　简兮简兮，方将万舞。（《邶风·简兮》）

传：方，四方也。将，行也。以干羽为万舞，用之宗庙山川，故言于四方。

笺：将，且也。择兮择兮者，为且祭祀当万舞也。

"方将万舞"，依传，"方"是地点状语，于四方，"将万舞"是动宾结构，充当谓语主要部分，"简"是主语，大德之人。依笺，则"方将"为同义连文，时间副词，将要，"万舞"为动词。传说错误。

7. 不瑕有害　愿言思子，不瑕有害。（《邶风·二子乘舟》）

传：言二子之不远害。

笺：瑕犹过也。我思念此二子之事，于行无过差，有何不可而不去也？

《集传》：不瑕，疑词。义见《泉水》。此则见其不归，而疑之也。

依传，"不瑕"与"有害"是动宾关系。依笺，"不瑕"即"于行无过差"，"有害"即"有何不可而不去也？"则"不瑕有害"是紧缩复句，可以标点为：不瑕，有害？其中两个分句"不瑕"与"有害"之间是条件关系。依《集传》，可译为"（不回来）该是有祸害了吧？"则"不瑕有害"从功能上讲是疑问句，结构上是简单句。

传、笺望文生义。《集传》排比同样句式，得正解。

8. 望楚与堂，景山与京。(《鄘风·定之方中》)

传：景山，大山。

《集传》：景，测景以正方面也，与"既景乃冈"之"景"同。

依传，"景"为形容词，"景山"与"楚""堂""京"一起作动词"望"的宾语；依《集传》，"景"为动词，同"影"。"山与京"为"景"的宾语。

"望楚与堂，景山与京"，两个小句结构相同，句式对偶，《集传》得其正读。

9. 止　相鼠有齿，人而无止。(《鄘风·相鼠》)

传：止，所止息也。

笺：止，容止。《孝经》曰："容止可观。"无止，则虽居尊，无礼节也。

依传，"无止"应指某种不好的品质没有止息，一直延续存在。止，动词；依笺，则指没有好的容仪和举止。止，名词。传义项选择错误，笺引《孝经》用例，得之。

10. 虽则佩觿，能不我知。(《卫风·芄兰》)

传：不自谓无知，以骄慢人也。

笺：此幼稚之君，虽佩觿与，其才能实不如我众臣之所知为也。惠公自谓有才能而骄慢，所以见刺。

《集传》：言其才能不足以知于我也

三家均因不知否定句中代词宾语前置句型而误解句义。

11. 能不我甲。(《卫风·芄兰》)

传：甲，狎也。

笺：(此君虽佩鞢与，)其才能实不如我众臣之所狎习。

《集传》：甲，长也。言其才能不足以长于我也。

传、笺以为"甲"假借为"狎"，《集传》如字读。

笺、《集传》因不识句法说意错。

二　误解诗意影响释词错误

1. 好　淑女　窈窕淑女，君子好逑。(《周南·关雎》)

传：逑，匹也。言后妃有关雎之德，是幽闲贞专之善女，宜为君子之好匹。

笺：怨耦曰仇。言后妃之德和谐，则幽闲处深宫贞专之善女，能为君子和好众妾之怨者。言皆化后妃之德，不嫉妒，谓三夫人以下。

《集传》：淑，善也。女者，未嫁之称，盖指文王之妃大姒为处子时而言也。君子，则指文王也。周之文王，生有圣德，又得圣女姒氏以为之配，宫中之人于其始至，见其有幽闲贞专之德，故作是诗。

好，毛传如字，音 hǎo，好逑即好的配偶；郑笺呼报反，音 hào，君子好逑即为君子文王和好众妾之怨耦者，使皆说乐也。不过笺对“好”这种讲法于“君子好逑”全句语法上不通。故不为朱子所取。

“淑女”的所指不同。传、笺以为指地位低于后妃的君子的众妾；《集传》以为“淑女”特指姒氏。本书认为“好”为形容词，当从传。“淑女”所指，既非众妾，也非姒氏，此诗为求女之诗，三家都受“后妃之德”的影响，以为与王家婚娶有关，今天看来不必。就拿《诗经》来说，写姒氏来嫁之诗在《雅》《颂》之中。

2. 左右　流　参差荇菜，左右流之。（《周南·关雎》）

传：流，求也。

笺：左右，助也。言后妃将共荇菜之菹，必有助而求之者。

《集传》：或左或右，言无方也。流，顺水之流而取之也。彼参差之荇菜，则当左右无方以流之矣。

左右，传如字，指众妾，名词作主语；笺解为动词，“左右流之”，“助而求之”，左右，动词作状语。《集传》以为是方位词，作方式状语。本书认为“左右流之”的主语是河水，省略了，“左右”为方位词，“流”如字读，用为使动，使……漂流，“之”为代词，指前句的“荇菜”。

3. 服　求之不得，寤寐思服。（《周南·关雎》）

传：服，思之也。

笺：服，事也。求贤女而不得，觉寐则思己职事当谁与共之乎？

《集传》：服，犹怀也。

依传，则“思服”为同义连文；依笺，则“思服”为动宾结构；《集传》与传同，但用了“思”的同义词“怀”来解释。“服”之训，当从毛传、朱子。笺之错，因误解诗旨所致，此诗为求女诗，郑玄作笺时处于经学时代，曲解诗意，按"后妃之德"的思路解之，把人物关系复杂化了，导致释词也错。

4. 芼　参差荇菜，左右芼之。（《周南·关雎》）

传：芼，择也。

笺：后妃既得荇菜，必有助而择之者。

《集传》：芼，熟而荐之也。彼参差之荇菜，既得之，则当采择而亨芼之矣。

芼，传、笺释为"择"，《集传》释为"熟而荐"。芼应释为择，朱子之所以错，有一部分原因是误解诗意，他以为此诗是宫女为姒氏初嫁周文王所作，与后妃助祭联系起来。毛传释语简古，试为证成。芼有择义，受义于毛。《周礼·春官宗伯》："小宗伯之职，……毛六牲，辨其名物，而颁之于五官使共奉之。"郑注："毛，择毛也。"① 毛由周代祭祀用牲尚毛色之礼制而引申出择义，由此更造出"芼"字，义为择菜。《集传》之说无据，只因前人助祭之说而为臆测之词。

5. 服　是刈是濩，为絺为绤，服之无斁。（《周南·葛覃》）

笺：服，整也。女在父母之家，未知将所适，故习之以絺绤烦辱之事，乃能整治之无厌倦，是其性贞专。

《集传》：此言盛夏之时，葛既成矣，于是治以为布，而服之无厌。盖亲执其劳，而知其成之不易，所以心诚爱之，虽极垢弊，而不忍厌弃也。

这里的"服"，笺解为"整"，"整治"，动词。其实与他对《关雎》"思服"之"服"的解释相通，在《关雎》中"服"解为"事"，"职事"，名词。在古汉语中，一个词，往往既可以是名词，也可以是动词，即所谓的"名动同词"。笺将"服"解为"整"，因为所涉及的工作是织布、做衣服，随文释义，根据语境的需要，就做了更为确切的解释。"服"训"事"为常训，现在训为"整"，可以看作是"事"的具体化。

由《集传》对这三句诗的串讲，尤其是对"服之无斁"原因的分析来看，是将"服"解为穿衣，动词。

---

① （东汉）郑玄注，（唐）贾公彦疏，彭林整理：《周礼注疏》，上海古籍出版社2010年版，第702页。

虽然二说都可通，但郑笺之所以解"服"为"整"，确实是以"女在父母之家""其性贞专"为根据的，所以还是从朱子为宜。

三　误择《尔雅》义项致错

这种情况多出现在毛传中，举一例：

言　归　言告师氏，言告言归。(《周南·葛覃》)

传：言，我也。妇人谓嫁曰归。

笺：我告师氏者，我见教告于女师也，教告我以适人之道。

《集传》：言，辞也。上章既成絺绤之服，此章遂告其师氏，使告于君子以将归宁之意。

言，传、笺都解为"我"；《集传》解作语助词。

归，传、笺解为女子出嫁；《集传》将这个"归"与本章最后一句"归宁父母"的"归"联系起来，意谓这两个"归"意思相同，即回娘家。(归宁父母，回娘家安宁父母。归，回娘家。宁，安宁，动词。这里"归宁"应看成两个词，连动结构，"宁"是"归"的目的，"宁"的对象是"父母"。后来的使用中，"归宁"成了一个复音词，这时，语境中不必出现"父母"，"父母"作为义素融合进"归宁"的词义中了)当从《集传》。此"言"用在两个动词之间(上章"服之无斁"之"服"与此句之"告")，《尔雅》中训为"间也"，是虚词，可视为连词。归，既可以是女子出嫁义，也可以是已出嫁的妇女回娘家义。下文既然有"归宁父母"，则是回娘家义。

四　受文献解《诗》影响致错

1. 人　周行　嗟我怀人，置彼周行。(《周南·卷耳》)

传：行，列也。思君子官贤人，置周之列位。

《集传》：人，盖谓文王也。周行，大道也。后妃以君子不在而思念之，故赋此诗。托言方采卷耳，未满顷筐，而心实念其君子，故不能复采，而置之大道之旁也。

传以"人"为"贤人"，《集传》以为是"文王"；传以"周行"为"周之列位"，《集传》以为是"大道"。此为思妇诗，"人"指出门在外的丈夫，"周行"为周的路。传的解释受了《左传》说诗的影响；《集传》则受了诗序的误导。

2. 我 陟彼崔嵬，我马虺隤。我姑酌彼金罍，维以不永怀！（《周南·卷耳》）

笺：我，我使臣也。臣以兵役之事行出，离其列位，身勤劳于山野，而马又病，君子宜知其然。我，我君也。臣出使，功成而返，君且当设飨燕之礼，与之饮酒以劳之，我则以是不复长忧思也。

《集传》：此又托言欲登此崔嵬之山，以望所怀之人，而从望之，则马罢病不能进。于是且酌金罍之酒，而欲其不至于长以为念也。

笺认为第一个"我"指"使臣"，第二个"我"指"君"，而"维以不永怀"的主语是这首诗的作者"后妃"。因此这四句诗所写是使臣出行之后及回来受到君犒劳引发诗作者后妃的心理活动。《集传》以为两个"我"都是作者后妃，所"怀"的外出者即文王。笺以为两个"我"字所指不同，殊为别扭，是受了诗序的影响，不可从；《集传》所说近是，虽然以"我"指后妃有武断之嫌。

3. 说怿女美 彤管有炜，说怿女美。（《邶风·静女》）

传：炜，赤也。彤管以赤心正人也。

笺："说怿"当作"说释"。赤管炜炜然，女史以之说释妃妾之德，美之。

传意，说怿，如字，即悦怿，音 yuè yì，"说怿女美"即彤管以其赤心成就了女人的美德，因此而悦怿；笺意，说怿，当读为"说释"，音 shuō shì，"说怿女美"即女史以彤管为工具来说明、解释妃妾的美德。

此为男女间赠信物（即"彤管"）之诗，传、笺因诗序及《周礼》的影响，其说均误。

参考文献

古籍

（战国）韩非，陈奇猷校注：《韩非子新校注》，上海古籍出版社 2000 年版。

（西汉）公羊寿传，（汉）何休解诂，（唐）徐彦疏，浦卫忠整理：《春秋公羊传注疏》，北京大学出版社 2000 年版。

（西汉）韩婴撰，许维遹校释：《韩诗外传集释》，中华书局 1980 年版。

（西汉）焦延寿，尚秉和注，王鹤鸣、殷子和整理：《焦氏易林注》，九州出版社 2013 年版。

（西汉）孔安国传，（唐）孔颖达正义，黄怀信整理：《尚书正义》，上海古籍出版社 2007 年版。

（西汉）刘向集录，范祥雍笺证，范邦瑾协校：《战国策笺证》，上海古籍出版社 2006 年版。

（西汉）毛亨传，（汉）郑玄笺，（唐）孔颖达疏，龚抗云、李传书、胡渐逵整理：《毛诗正义》，北京大学出版社 1999 年版。

（西汉）司马迁撰，（宋）裴骃集解，（唐）司马贞索隐，（唐）张守节正义：《史记》，中华书局 1982 年版。

（西汉）司马迁撰，（宋）裴骃集解，（唐）司马贞索隐，（唐）张守节正义：《史记》，中华书局 1999 年版。

（东汉）班固撰，（唐）颜师古注：《汉书》，中华书局 1962 年版。

（东汉）许慎撰，（宋）徐铉校订：《说文解字》，中华书局 1963 年版。

（东汉）许慎撰，（清）段玉裁注：《说文解字注》，上海古籍出版社 1988 年版。

（东汉）刘熙撰，（清）毕沅疏证，王先谦补，祝敏彻、孙玉文点校：《释名疏证补》，中华书局 2008 年版。

（东汉）赵岐注，（宋）孙奭疏，廖名春、刘佑平整理：《孟子注疏》，北京大学出版社 1999 年版。

（东汉）郑玄注，（唐）贾公彦疏，彭林整理：《周礼注疏》，上海古籍出版社 2010 年版。

（东汉）郑玄注，（唐）贾公彦疏，王辉整理：《仪礼注疏》，上海古籍出版社 2008 年版。

（东汉）郑玄注，（唐）孔颖达疏，龚抗云整理：《礼记正义》，北京大学出版社 2000 年版。

（三国·魏）何晏注，（宋）邢昺疏，朱汉民整理：《论语注疏》，北京大学出版社 2000 年版。

（三国·魏）王弼注，（唐）孔颖达疏，卢光明、李申整理：《周易正义》，北京大学出版社 2000 年版。

（三国·吴）韦昭注，上海师范大学古籍整理组校点：《国语》，上海古籍出版社 1978 年版。

（三国·吴）韦昭注，徐元诰集解，王树民、沈长云点校：《国语集解》，中华书局 2019 年版。

（晋）范宁集解，（唐）杨士勋疏，夏先培整理：《春秋谷梁传注疏》，北京大学出版社 2000 年版。

（晋）郭璞注，（宋）邢昺疏，李传书整理：《尔雅注疏》，北京大学出版社 2000 年版。

（南朝·宋）范晔撰，（唐）李贤等注：《后汉书》，中华书局 1965 年版。

（南朝·梁）皇侃撰，高尚榘校点：《论语义疏》，中华书局 2013 年版。

（南朝·梁）刘勰著，詹锳义证：《文心雕龙义证》，上海古籍出版社 1989 年版。

（南朝·梁）沈约撰：《宋书》（全八册），中华书局 1974 年版。

（南朝·梁）萧统辑，（唐）李善注：《宋尤袤刻本文选》，国家图书馆出版社 2017 年版。

（唐）房玄龄等撰：《晋书》，中华书局 1974 年版。

（唐）李鼎祚集注，王鹤鸣、殷子和整理：《周易集解》，中央编译出版社

2011 年版。

（唐）李隆基注，（宋）邢昺疏，邓洪波整理：《孝经注疏》，北京大学出版社 2000 年版。

（唐）陆德明撰，黄焯汇校：《经典释文汇校》，中华书局 2006 年版。

（唐）欧阳询撰，汪绍楹校：《艺文类聚》，上海古籍出版社 1999 年版。

（唐）魏征等撰：《隋书》（全六册），中华书局 1973 年版。

（南唐）徐锴撰：《说文解字系传：附音序、笔画、四角号码检字》，中华书局 2017 年第 2 版。

（北宋）欧阳修撰，刘心明、杨纪荣校点，北京大学《儒藏》编纂与研究中心编：《诗本义》，北京大学出版社 2023 年版。

（南宋）洪兴祖撰，白化文等点校：《楚辞补注》，中华书局 1983 年版。

（南宋）戴侗撰，党怀兴、刘斌点校：《六书故》（下册），中华书局 2012 年版。

（南宋）王应麟，（清）阎若璩、何焯、全祖望注，栾保群、田松青校点：《困学纪闻》，上海古籍出版社 2015 年版。

（南宋）郑樵撰，王树民点校：《通志二十略》，中华书局 1995 年版。

（南宋）朱熹注，赵长征点校：《诗集传》，中华书局 2011 年版。

（南宋）朱熹撰，黄灵庚点校：《楚辞集注》，上海古籍出版社 2015 年版。

（明）李时珍编纂，刘衡如、刘山永校注：《新校注本〈本草纲目〉》（第四版），华夏出版社 2011 年版。

（清）陈奂撰：《诗毛氏传疏》，山东友谊书社 1992 年版。

（清）段玉裁撰：《诗经小学二种》（上），广西师范大学出版社 2019 年版。

（清）方玉润撰，李先耕点校：《诗经原始》（全二册），中华书局 1986 年版。

（清）郭庆藩撰，王孝鱼点校：《庄子集释》，中华书局 2012 年第 3 版。

（清）郝懿行撰，王其和，吴庆峰，张金霞点校：《尔雅义疏》，中华书局 2017 年版。

（清）胡承珙撰，郭全芝校点：《毛诗后笺》（上），黄山书社 2014 年版。

（清）孔广森撰，杨新勋校注：《经学卮言》，华东师范大学出版社 2010 年版。

（清）马建忠：《马氏文通》，中国出版集团、商务印书馆 2008 年版。

（清）马瑞辰撰，陈金生点校：《毛诗传笺通释》（全三册），中华书局 1989 年版。

（清）皮锡瑞，周予同校注：《经学历史》，中华书局 2008 年版。

（清）钱澄之撰，朱一清校点：《田间诗学》（下），黄山书社 2014 年版。

（清）钱大昕撰，郭晋稀疏证：《声类疏证》（上），上海古籍出版社 2019 年版。

（清）钱大昕，杨勇军整理：《十驾斋养新录》，上海书店出版社 2011 年版。

（清）钱绎撰集，李发舜、黄建中点校：《方言笺疏》，中华书局 2013 年 第 2 版。

（清）苏舆撰，钟哲点校：《春秋繁露义证》，中华书局 2015 年版。

（清）孙星衍撰，陈抗、盛冬铃点校：《尚书今古文注疏》，中华书局 2004 年版。

（清）孙诒让撰，程邦雄、戴家祥点校：《契文举例 名原》，中华书局 2016 年版。

（清）孙诒让，孙启治点校：《墨子闲诂》，中华书局 2009 年版。

（清）王念孙，张其昀点校：《广雅疏证：点校本》，中华书局 2019 年版。

（清）王念孙，钟宇讯点校：《广雅疏证（附索引）》，中华书局 2004 年版。

（清）王聘珍撰，王文锦点校：《大戴礼记解诂》，中华书局 1983 年版。

（清）王先谦撰，吴格点校：《诗三家义集疏》（全二册），中华书局 1987 年版。

（清）王先谦撰，沈啸寰、王星贤点校：《荀子集解》，中华书局 2013 年 第 2 版。

（清）王引之：《经传释词》，岳麓书社 1985 年版。

（清）王引之撰，李花蕾校点：《经传释词》，上海古籍出版社 2014 年版。

（清）王引之撰，中国训诂学会研究会主编：《经义述闻》，江苏古籍出版 社 2000 年版。

（清）王筠撰：《说文释例》（全二册），北京市中国书店 1983 年版。

（清）吴大澄：《字说》，台北：艺文印书馆 1975 年版。

（清）俞樾：《春在堂随笔》，朝华出版社 2017 年版。

（清）俞樾，王其和整理：《群经平议》，凤凰出版社 2021 年版。

（清）赵在翰辑，钟肇鹏、萧文郁点校：《七纬：附论语谶》，中华书局
　　2012 年版。

　　专著

晁福林：《上博简〈诗论〉研究》，商务印书馆 2013 年版。

陈桥驿译注，王东补注：《水经注》，中华书局 2009 年版。

程燕：《诗经异文辑考》，北京师范大学出版集团、安徽大学出版社 2010
　　年版。

方勇译注：《墨子》，中华书局 2015 年第 2 版。

高亨注：《诗经今注》，上海古籍出版社 1980 年版。

高亨：《周易大传今注》，齐鲁书社 1979 年版。

高鸿缙编：《中国字例》，台北：三民书局股份有限公司 1960 年版。

〔日〕高田忠周纂述：《古籀篇》（二），台北：弘业书局 1975 年版。

顾颉刚：《顾颉刚古史论文集》（卷二），中华书局 2011 年版。

郭沫若：《中国古代社会研究》，人民出版社 1964 年版。

郭沫若著作编辑出版委员会编：《郭沫若全集　考古编　第一卷》，科学
　　出版社 1982 年版。

郭沫若：《青铜时代》，中国人民大学出版社 2005 年版。

郭沫若：《金文丛考》，人民出版社 1954 年版。

郭锡良：《汉字古音手册》，北京大学出版社 1986 年版。

洪成玉：《古今字》，语文出版社 1995 年版。

胡平生、韩自强：《阜阳汉简〈诗经〉研究》，上海古籍出版社 1988
　　年版。

华学诚：《华学诚古汉语论文集》，北京语言大学出版社 2012 年版。

黄德宽主编：《古文字谱系疏证》，商务印书馆 2007 年版。

黄怀信撰：《鹖冠子校注》，中华书局 2014 年版。

黄侃述，黄焯编：《文字声韵训诂笔记》，武汉大学出版社 2013 年版。

黄留珠主编：《中国思想学说史》（秦汉卷），广西师范大学出版社 2008
　　年版。

季旭升撰：《说文新证》，艺文印书馆 2014 年版。

蒋庆：《公羊学引论：儒家的政治智慧与历史信仰》（修订本），海峡出版
　　发行集团、福建教育出版社 2014 年版。

李学勤主编：《字源》，天津古籍出版社、辽宁人民出版社 2012 年版。

林义光，林志强标点：《文源：标点本》，上海古籍出版社 2017 年版。

林义光：《诗经通解》，中西书局 2012 年版。

林义光：《文源》，中西书局 2012 年版。

刘文典撰，冯逸、乔华点校：《淮南鸿烈集解》，中华书局 2013 年第
　　2 版。

刘毓庆：《从经学到文学——明代〈诗经〉学史论》，商务印书馆 2001
　　年版。

刘跃进主编：《中国文学通史·先秦至隋代文学》，凤凰出版传媒集团、
　　江苏文艺出版社 2013 年版。

刘钊：《古文字构形学》，福建人民出版社 2006 年版。

流沙河：《白鱼解字：流沙河讲汉字》，北京联合出版公司 2020 年版。

陆宗达：《训诂简论》，北京出版集团公司、北京出版社 2016 年版。

罗振玉撰：《增订殷虚书契考释》，朝华出版社 2018 年版。

马承源主编：《上海博物馆藏战国楚竹书（一）》，上海古籍出版社 2001
　　年版。

马银琴：《两周诗史》，社会科学文献出版社 2006 年版。

梅广：《上古汉语语法纲要》，上海教育出版社 2018 年版。

潘富俊：《美人如诗，草木如织：〈诗经〉植物图鉴》，九州出版社 2018
　　年版。

裘锡圭：《裘锡圭学术文集·甲骨文卷》，复旦大学出版社 2012 年版。

裘锡圭：《裘锡圭学术文集·金文及其他古文字卷》，复旦大学出版社
　　2012 年版。

上海师范大学古籍整理组校点：《国语》（共二册），上海古籍出版社
　　1978 年版。

邵炳军：《春秋文学系年辑证》（第一册），高等教育出版社 2013 年版。

时兵：《上古汉语双及物结构研究》，安徽大学出版社 2007 年版。

谭其骧主编：《春秋时期全图》，《简明中国历史地图集》，中国地图出版

社 1996 年版。

唐兰：《天壤阁甲骨文存并考释》，上海古籍出版社 2016 年版。

王国维：《古史新证——王国维最后的讲义》，清华大学出版社 1994 年版。

王力主编：《古代汉语》（校订重排本）第一册，中华书局 1999 年版。

王力主编：《古代汉语》（校订重排本）第二册，中华书局 1999 年版。

王力主编：《王力古汉语字典》，中华书局 2000 年版。

王力：《汉语史稿》，中华书局 1980 年版。

王力：《诗经韵读　楚辞韵读》，中国人民大学出版社 2012 年版。

王力：《同源字典》，中华书局 2014 年版。

王利器撰：《颜氏家训集解》（增补本），中华书局 1993 年版。

闻一多：《诗经通义乙》，《闻一多全集 4·诗经编下》，湖北人民出版社 1993 年版。

闻一多：《古典新义》，商务印书馆 2011 年版。

闻一多：《神话与诗》，武汉大学出版社 2009 年版。

吴其昌：《殷虚书契解诂》，武汉大学出版社 2008 年版。

向熹编著：《诗经词典》（修订本），商务印书馆 2014 年版。

徐元诰集解，王树民、沈长云点校：《国语集解》，中华书局 2002 年版。

徐中舒主编：《甲骨文字典》（第 3 版），四川出版集团、四川辞书出版社 2014 年版。

许维遹撰，梁运华整理：《吕氏春秋集释》，中华书局 2009 年版。

杨伯峻编著：《春秋左传注》（修订本），中华书局 2009 年第 3 版。

杨伯峻、何乐士：《古汉语语法及其发展》，语文出版社 1992 年版。

杨伯峻译注：《论语译注》，中华书局 1980 年版。

杨琳：《小尔雅今注》，汉语大词典出版社 2002 年版。

杨树达：《词诠》，中华书局 2004 年第 3 版。

杨树达：《积微居小学金石论丛》（增订本），科学出版社 1955 年版。

杨树达：《积微居小学述林》，中华书局 1983 年版。

雍际春著：《秦早期历史研究》，中国社会科学出版社 2017 年版。

于省吾：《释兆》，《双剑誃殷契骈枝·双剑誃殷契骈枝读编·双剑誃殷契骈枝三编》，中华书局 2009 年版。

于省吾：《甲骨文字释林》，中华书局 1979 年版。

袁珂校注：《山海经校注》（最终修订版），北京联合出版公司 2014 年版。

袁行霈、徐建委、程苏东撰：《诗经国风新注》，中华书局 2018 年版。

约斋编著：《字源》，上海书店 1986 年版。

张玉金：《西周汉语语法研究》，商务印书馆 2004 年版。

赵诚编著：《甲骨文简明词典——卜辞分类读本》，中华书局 2009 年版。

赵逵夫注评：《诗经》，凤凰出版传媒集团、凤凰出版社 2011 年版。

赵振铎校：《集韵校本》，上海辞书出版社 2012 年版。

中国社会科学院考古研究所编：《殷周金文集成（修订增补本）》，中华书局 2007 年版。

朱剑心：《金石学》，山东画报出版社 2019 年版。

朱德熙：《语法讲义》，商务印书馆 1982 年版。

论文

成倩：《郑玄改动"〈关雎〉后妃之德"及原因探析——以"逑，匹"与"怨耦曰仇"的训诂为切入点》，《西北大学学报》（社会科学版）2015 年第 3 期。

傅道彬：《〈周易〉的诗体结构形式与诗性智慧》，《文学评论》2010 年第 2 期。

郭锡良：《关于系词"是"产生时代和来源论争的几点认识》，《汉语史论集》（增补本），商务印书馆 2005 年版。

郭锡良：《介词"于"的起源和发展》，《中国语文》1997 年第 2 期。

郭燕妮、黄易青：《上古汉语虚词溯源与转语平行互证法——以九组常见虚词为例》，《北京师范大学学报》（社会科学版）2019 年第 2 期。

何乐士：《"政以治民"和"以政治民"两种句式有何不同?》，《古汉语语法研究论文集》，商务印书馆 2000 年版。

华学诚：《〈诗〉"不我屑以"解并论"不屑"的成词》，《语言研究》2019 年第 3 期。

黄天树：《禹鼎铭文补释》，张光裕、黄德宽主编《古文字学论稿》，安徽大学出版社 2008 年版。

蒋绍愚：《〈论语〉的阅读与理解》，《汉语词汇语法史论文续集》，商务印书馆 2012 年版。

李姣雷：《湘西乡话来母读擦音塞擦音现象——兼论闽语来母读 s 声母的来源》，《中国语文》2016 年第 4 期。

吕玉仙：《释"不我屑以"——从先秦否定句代词宾语前置的几种情况谈起》，《江苏广播电视大学学报》2012 年第 6 期。

宁静：《"颉颃"释源——兼谈文意训释对义、训的影响》，《国学学刊》2018 年第 3 期。

邵炳军：《〈小雅·正月〉〈雨无正〉〈都人士〉〈鱼藻〉创作年代考论——春秋诗歌创作年代考论之十五》，《德音斋文集·诗经卷》（下册），上海大学出版社 2017 年版。

沈文倬：《略论礼典的实行和〈仪礼〉书本的撰作》（上），《文史》1982 年第十五辑。

石超：《品貌与人格：〈诗经〉"威仪"政治话语研究》，《暨南学报》（哲学社会科学版）2017 年第 10 期。

汤一介：《论创建中国解释学问题——中国先秦解释经典的三种模式》，《瞩望新轴心时代——在新世纪的哲学思考》，中央编译出版社 2014 年版。

汪维辉：《训诂基本原则例说》，《汉字汉语研究》2018 年第 1 期。

王贵元：《〈诗经·鱼丽〉中的"偕"》，载《汉字与出土文献论集》，中国社会科学出版社 2016 年版。

王宁：《干支字形义释》，陆宗达、王宁《训诂与训诂学》，山西教育出版社 1994 年版。

王子杨：《释甲骨金文中的"将"——兼说古文字"将"之流变》，《出土文献》2013 年第 4 辑。

詹鄞鑫：《释辛及与辛有关的几个字》，《华夏考——詹鄞鑫文字训诂论集》，中华书局 2006 年版。

詹鄞鑫：《释甲骨文"者"字——兼考殷代者国及其地理位置》，《华夏考——詹鄞鑫文字训诂论集》，中华书局 2006 年版。

张玉金：《出土战国文献中的介词"於""于""乎"》，中国社会科学院语言研究所《历史语言学研究》编辑部编《历史语言学研究》（第四辑），商务印书馆 2011 年版。